国家社科基金
GUOJIA SHEKE JIJIN HOUQI ZIZHU XIANGMU
后期资助项目

明代山东文学史

Shandong literature history of the Ming Dynasty

周潇 著

中国社会科学出版社

图书在版编目(CIP)数据

明代山东文学史 / 周潇著 . —北京：中国社会科学出版社，
2015.6

ISBN 978 – 7 – 5161 – 5691 – 9

Ⅰ.①明… Ⅱ.①周… Ⅲ.①地方文学史－山东省－明代
Ⅳ.①I209.952

中国版本图书馆 CIP 数据核字(2015)第 048365 号

出 版 人	赵剑英
责任编辑	宫京蕾
特约编辑	刘京臣
责任校对	石春梅
责任印制	李寡寡

出　　版	中国社会科学出版社
社　　址	北京鼓楼西大街甲 158 号
邮　　编	100720
网　　址	http：//www.csspw.cn
发 行 部	010 – 84083685
门 市 部	010 – 84029450
经　　销	新华书店及其他书店

印刷装订	北京市兴怀印刷厂
版　　次	2015 年 6 月第 1 版
印　　次	2015 年 6 月第 1 次印刷

开　　本	710×1000　1/16
印　　张	32.25
插　　页	2
字　　数	578 千字
定　　价	118.00 元

国家社科基金后期资助项目
出版说明

后期资助项目是国家社科基金设立的一类重要项目，旨在鼓励广大社科研究者潜心治学，支持基础研究多出优秀成果。它是经过严格评审，从接近完成的科研成果中遴选立项的。为扩大后期资助项目的影响，更好地推动学术发展，促进成果转化，全国哲学社会科学规划办公室按照"统一设计、统一标识、统一版式、形成系列"的总体要求，组织出版国家社科基金后期资助项目成果。

全国哲学社会科学规划办公室

目　录

绪　论

第一节　研究意义与方法

一　研究意义

文学分地域，古已有之。早在春秋战国时代，中国已形成了六大文化区域类型：齐鲁文化、秦文化、三晋文化、楚文化、吴越文化、巴蜀文化。齐鲁文化的典雅厚重，楚文化的深邃缥缈，秦文化的质重刚毅……都反映在当地人的习俗、精神和气质之中，并作为文化心理的积淀，对其后世的文学产生了深远的影响。《隋书·文学传序》中云："江左宫商发越，贵于清绮，河朔词义贞刚，重乎气质。气质则理胜其词，清绮则文过其意，理深者便于时用，文华者宜于咏歌，此其南北词人得失之大较也。"① 正是着眼于地理气候、气质性格对地域文学风格的影响。

然而随着秦汉大一统后东西文化的交融、东晋文化族群的大规模南迁以及唐宋科举制度的兴盛带来的文人的干谒交游、南北游宦，使文化人群流动频繁，地域文化已不再呈现封闭性特征，其所代表的地域风格也不再鲜明典型，简单的风格论已不足以概括地域文化的面貌，需要深入探究其文学发展的具体状况，以真实地展现日渐复杂多元的地域文学风貌。

此外，文学史是由时间与空间共同建构的，近百年来对文学史的研究多侧重于线形描绘其发展流程，即历时性，而常常忽略文学生成的"空间因素"，即共时性。正如李时人先生所说：

> 大体而言，近百年来……古代文学研究大致形成了两个重点：一是作家作品研究，一是"文学史"研究。前者是对历史上文学现象

---

① 魏征等：《隋书》卷76，中华书局1974年标点本，第6册，第1730页。

"点"的研究，后者则重在对中国古代文学发展的"线形"研究。这种点、线结合的研究，强调了古代文学的时间性发展，却在一定程度上忽视了古代文学的空间流变。强调了名家名作的研究，却在一定程度上忽视了对文学现象的整体观照。

其实，时间和空间是事物存在和运动的两种基本形式，文学也是在"时空"范围内发生的现象，因此不仅是一种时间现象，也应该是一种空间现象。古代文学研究中，只有既注意时间，又注意空间的多维研究，才能真正描绘出各个历史时代文学发展变化的立体的、流动的图像。更重要的是，通过这样一种多维的研究和对历史动态的揭示，我们可以更多地发现中国古代文学发展流变的内在机制，并从中得到一些实际的而不是概念意义的结论。①

一个作家的精神气质与创作心理的形成，总是与其成长生活的地理环境和社会环境息息相关，即总是与特定的地域，尤其是他生长的土地相关联。因此，只有从时空两方面加以观照，把作家置于形成其创作心理与精神气质的具体时空环境中进行考察，才能"知人论世"，更准确地给作家一个文学史的定位，从而更真实地反映一个时代文学的整体面貌。

在中国古代诗歌史上，明代作家人数众多，诗歌创作繁荣兴旺，构成了明代文学发展的主流。但相对于明代小说，明代诗文的研究却是目前古代文学研究中一个相对薄弱的方面。据周明初先生统计，自 1978 年 7 月至 2002 年 12 月的这 25 年中，人大复印资料转载的明代文学研究论文中，小说占到了 75.4%，诗文仅占 12.7%，戏曲亦是如此，仅占 9.1%，其中明代散曲研究仅四篇。即使就已有的诗文研究成果来看，要么集中于对复古派和公安派整体的研究，要么集中于复古运动的领袖和个性解放思潮中的重要成员，如李梦阳、袁宏道身上，而且大都是对理论的关注远远大于对诗歌创作本身的兴趣，对明初和明中叶的其他作家，即使是名家的关注也极为罕见。② 因此，地域文学研究与明代诗文研究相结合，理应引起学术界的重视。

明代诗文作家从地域分布来看，除江浙地区外，还集中于两大区域，

---

① 李时人：《论古代文学的"地域研究"与"流派研究"》，《赣南师范学院学报》2005 年第 1 期。

② 周明初：《二十五年来明代文学研究的一个样本分析——以人大复印资料〈中国古代、近代文学研究〉所选印论文的统计为例》，《南京师范大学文学院学报》2003 年第 1 期。

一为山东，一为广东、福建。在明中叶的两次文学复古风潮中，山东诗文作家尤其突出，占据了诗坛领袖的地位，其影响一直延续至清初。在中国古代文化、文学史上，山东作为一个相对稳定区域，可谓源远流长、内蕴丰厚、成就卓著。古代山东文学的辉煌时期出现在明清，清代山东文人如蒲松龄、孔尚任、赵执信等早已引起了学界的普遍重视，而对同样成就卓著的明代山东诗人却关注甚少。

涉及明代山东文学史研究的著述迄今有《山东文学史论》《山东文学通史》《山东分体文学史》三部，均为通史或分体通史，限于体例限制，明代只作为其中的一部分简单论述，有的还与元代或清代文学并为一段，尚未将明代山东文学作为一个单独的现象进行研究。

《山东文学史论》（李伯齐著，齐鲁书社 2003 年版）最早从文学史角度全面考察山东文学现象，全书共 293000 字，将明清山东文学作为一个整体进行阐述，该书重在从家族、作家里籍的区域分布角度研究山东文学史，故对具体作家的论述相当简略。在统计作家里籍时，对作家的收录不够完整，标准也不统一，且由于异地同名现象而出现了个别的错误，如将邓渼（江西新城人）误作济南新城人而收入。

《山东文学通史》（乔力、李少群主编，山东教育出版社 2003 年版）中的明代部分见于上卷（古代卷）中，约有 12 万字，其中写戏、曲的占 15000 字，写《水浒传》《金瓶梅》的文字约有 25000 字，研究明代山东诗文作家的只有 8 万字左右。书中有不少人名、生卒年、籍贯、职官等错误，如 634 页，将张后觉的生卒年 1503—1580，误写为王道的生卒年 1487—1547；649 页，将散曲家王田，籍贯单县，客居济南误写作历城人；669 页，许成名为正德六年进士，官终礼部侍郎，书中误作"没有功名"；793 页，将李流芳误为濮州李先芳之弟李同芳；794 页，将蓝因的官职——"庆阳通判"写作"凤阳通判"等等。该部分重在描绘明代山东文学全貌，对作家数量没有全面统计，也没作时段、地理分布的整体研究。对作家个体的阐述仅限于主流作家和主要作家，重点介绍了中期的六位作家：边贡、李先芳、李攀龙、谢榛、冯惟敏、李开先。其他名家或一带而过，或未作任何介绍。在研究方法上，阐述主要作家时，往往采用先简单介绍生平履历，然后列出几首代表作品，分析内容及艺术性的简单做法，缺乏整体把握和独到见解。

《山东分体文学史》（李伯齐、许金榜主编，齐鲁书社 2005 年版）分为诗歌、散文、小说、戏曲四卷。诗歌卷将明代单列，约 3 万字，在整体勾勒了明代山东诗坛走势的同时，仅对几个代表作家——边贡、李攀龙、谢榛、李开先、于慎行、公鼐、冯琦、高出、王象春、公䡱等作了简要评述。散文卷将元明作为一段，明代部分 18000 字，介绍了明代前期马愉、毛纪等台阁体散文作家和明中叶复古派散文作家，以及李开先、殷士儋、于慎行等，共 14 位作家，涉及较广，虽论述颇简，但有开拓之功。小说卷在收录上取舍较宽，凡传为山东作家所作或以山东为背景的长短篇小说均予以著录，主要论述了《三国志通俗演义》《水浒传》《金瓶梅》三部章回小说，另以 6000 字阐述了明代山东作家所做的短篇文言或白话小说。戏曲卷只将杂剧、传奇作为考察对象，将元明清三代大量的散曲作品排除在外，故除贾仲明、冯惟敏、桑绍良的杂剧和李开先的传奇外，基本未能体现出明代山东散曲创作繁荣兴盛的风貌。

对明代山东作家进行研究的专著仅见两部，一是许建昆著《李攀龙文学研究》（台北文史哲出版社 1987 年版），该书侧重钩稽李攀龙的家世、交游、年谱。另一是李庆立先生的《谢榛研究》（齐鲁书社 1993 年版），对谢榛的生平行止、与七子中其他成员的关系、诗论、美学思想、创作等各方面都进行了研究。

此外还有多篇硕博论文对明代山东作家或群体进行了研究，截至 2012 年，据知网统计如下：谢榛 9 篇；李开先 6 篇；李攀龙 4 篇；边贡 1 篇；冯惟敏 2 篇；济南诗派 3 篇；明清临朐冯氏 2 篇；明清安丘曹氏 2 篇；明代济南府作家 2 篇；明代青州刘氏 1 篇；于慎行 2 篇；公鼐 2 篇；明清山东戏曲 1 篇。① 另有多篇期刊论文对冯惟敏、李开先、李攀龙、边贡等大家进行了研究，其他名家少见论述，或无人研究，或只见一篇，寥寥可数，且多为介绍性质。多数作家无人问津。

此外，齐鲁文化研究中心近年来从文化角度编著了两套丛书，一是《山东区域文化通览》（山东人民出版社，2012），另一是《齐鲁古代文化家族》（尚未出版），另有山东大学朱亚非教授的《明清山东仕宦家族与家族文化》（山东人民出版社，2009），其中涉及的明代山东作家和文学家族也属于本课题的相关研究范畴。

本书属于明代诗文与山东地域文学的交叉研究，力图通过对作家及其创作的研究，展现明代三百年间山东文坛的整体风貌，揭示出山东文人的

---

① 该统计仅从文学角度进行。另：知网仅收录优秀硕士论文，故应有遗漏。此外，本书稿主体完成于 2006 年，此前的相关硕博论文仅有两篇：蒋鹏举《李攀龙研究》（陕西师范大学，2005）；王卓《文体选择与李开先的文学思想》（首都师范大学，2005），其他均为 2006 年后的研究成果。

诗文创作与齐鲁文化之间的紧密联系。对于推动山东地域文学、文化的深入研究，传承地域优秀文化传统，增强对乡邦文化与文学的了解与认同，填补明代诗文领域研究的空白，无疑都是很有意义的。

本书的着力点在以下几个方面：

1. 第一次对明代山东作家进行了全面搜集，共搜集到诗文、戏曲作家534人，全部以附录形式将其基本情况列出。考证辨订了《明诗纪事》《明史》《明人传记资料索引》《列朝诗集小传》《山左明诗钞》中山东作家姓名、字号、籍贯、生卒年、科考、著述上的缺失、疑点或错误。如李舜臣、任淳、周而淳、杨光溥、宋玟、王清、苏澹、杨梦衮、高名衡、张自慎、毕自岩、卢世㴐、龚秉德等，尽可能使书中提供的每一位作者的世系爵里、出处行迹、人品风格的情况都准确完备。从而为明代山东文学的研究提供了到目前为止较为完备详尽和准确的资料和线索，是对明代地域文学研究的一种开拓。

2. 从时段与作家数量的变化、地域分布、流派、社集、家族群体等方面全方位完整地考察了明代山东作家群体，不囿于传统的明代文学分期，而是根据明代山东文坛发展的实际进行了合理的时段划分，对明末作家的收录也不以遗民和贰臣为依据。对明初、万历、明末三个阶段山东文学发展的流变、分期及其总体风貌，包括文学主张、诗文宗尚、作家分布、社团活动等方面做了补白性的总结。进而概括出明代山东文学的发展阶段和文学宗尚。并且将山东作家的文学活动置于整个明代文学发展的大背景下考察，揭示出与整个明代文学发展状况之间的密切联系和山东地域文学发展的独特性。

3. 文学是文化的一部分，不能孤立地看待文学现象和文学活动，本书立足于文化视野，并初步揭示了齐鲁文化和明代山东文学的总体特征二者之间的密切联系，以及山东作家的文化性格与审美倾向、创作宗旨之间的必然关系。把文学活动与经济发展以及社会生活联系在一起，在明代山东作家的地理分布上梳理出"三纵一横"的线路，揭示了交通状况、地理位置、驿路官道和运河漕运与经济发展以及文学繁荣之间的关系，既具有普遍性，又显示了鲜明的地域性。

3. 对大家名家的研究作了补充和拓展。如对边贡、谢榛、李攀龙的诗歌创作艺术作了补充性研究；对李开先、冯惟敏、于慎行、冯琦、公鼐、王象春等人的诗文创作进行了拓展性的研究。

4. 对一些在当时很有影响、成就不菲，至今却未受到重视、涉及极少甚至无人问津的作家和流派群体，如杨巍、李先芳、戚继光、高出、于若瀛、公鼐、李若讷、"海岱诗社""历下诗派"等，均进行了开创性的研究和考辨。

5. 在对重点作家的研究中，重在将作家的性情、经历与创作相结合，旨在突破以往文学史的刻板面目，勾画出作家鲜活生动的个性形象，以便更好地从创作心态和审美取向上来理解其作品，把握其面貌。

6. 对目前研究极为薄弱的明初作家、复古派核心以外的明中叶作家、晚明及明末作家群体进行了详细介绍，对其诗歌创作作了初步分析。由于明末清初战火播迁，山东又遭受重创，大量文人蹑迹潜踪，著述流散，渐渐湮没无闻，故本书在明末山东作家的搜集整理中格外用力，以备诗史之考。

二　几个问题的说明

(一)"山东"的地域界定

元明清时期的行政区划制度，可以称为行省制。元代以中书省为中央政府，统辖山东、山西、河北之地，称为"腹里"，又在各地设立 11 个行中书省，简称行省，行省是一级行政区，实行省下有路——府——州——县四级制，路与府、府与州有时同级。明代撤销中书省，改称直隶，有南京、北京两个直隶区。改各地行中书省为永宣布政使司，十三布政使司俗称十三省（后有增设）。行政区划基本实行省——府（州）——县三级制，省下辖府，府下辖州、县。有的州与府平级，称直隶州，有的州与县同级，称散州，也有少数州上属府而又下辖县，地位在府、县之间。

本书中的"山东"，指明代的山东布政使司，习称山东省。据《明史·地理志》载：明代山东治济南，统六府：济南府、青州府、东昌府、兖州府、莱州府、登州府，共领属州 15，县 89，无直隶州，除个别地区外，基本上即今之山东省。此外，辽东指挥使司亦为山东所辖，因属今辽宁省，且地域不相邻，故不在本书所论之列。因此，本文使用的山东概念基本与明代"山东省"等同，与今区划有差异者，如东明县，今属山东，明属河北，则不取入。各州县地名也均以明代为准。

历史上的山东地区，早在西周时期即为齐、鲁二国的封地，虽然历代行政区划复杂多变，"山东"（指狭义，非"崤山关以东"）这一地域的概念却基本保持不变，至今仍被称为"齐鲁大地"。齐鲁文化作为六大文化类型之一，在秦汉大一统之后，虽然其独立形态已不复存在，但其文化积淀在历经两千年的岁月中仍呈现出了延续性，依然保持在人们的精神、心理与习惯之中。因此，虽然以明代"山东省"的行政区划作为界定范围，其涵盖的范围与齐鲁文化故地是大致相符的，并不存在机械性界定的问题。

（二）分期问题

关于明代历史的分期，史学界历来说法不一，文学与经济、政治的发展关系经常是不平衡的，故不应教条化地采用一种分法，而应根据各自领域的发展轨迹和实际状态进行合理的切分，并对初期、前期、中叶、晚明、明季这些概念做出明确的界定。本书根据明代山东诗歌发展的实际情况，划分为四个时期，即洪武至弘治初年文学复古运动兴起之前、弘治中期至隆庆朝两次复古运动盛行、万历朝诗文宗尚多元化和明末倡导诗文救世、回归复古这样四个时期。本文的"明初"指洪武、建文、永乐、洪熙、宣德五朝，因为建文、洪熙时间极短，史界常称"明初三朝"；"明前期"指洪武至弘治初年，时间约为130年；"明中叶"指弘治十年左右至隆庆末，时间约为80年；"晚明"指万历、天启、崇祯三朝，时间约为70年；"明末"专指天启、崇祯及南明弘光朝，时间约为30年。

（三）研究起止时间

本书的研究起于洪武元年，止于明末清初。中国历史上对易代之际文人的归属，历来以遗民、贰臣作为判断标准，如《明诗纪事》中收入大量遗民的诗作，对贰臣，即使在明末有多年创作活动者，也概而不论。事实上，不少贰臣入清时已四五十岁，如刘正宗、叶承宗、卢世㴶等，入清不久即卒，主要生活在明代；而有的遗民入清时不满二十，如姜实节、姜安节，实当视为清人。如果片面地以出处大节为唯一标准，显然不符合当时文坛的实际面貌。

因此，本书不以遗民、贰臣作为取舍标准，而主要以作家在明朝生活的时间和创作活动为考察依据，凡在明末有较多文学活动和一定成就者，均予以存录。至于在明末与清初均有较大影响者，如丁耀亢，明末列名"诸城十老"，入清后又有名作《续金瓶梅》问世，则主要以其明末的文学活动为考察对象。其他像徐夜、姜垓等人，入清年龄虽仅而立，但拒不仕清，自从公论，列为遗民，但论述从简；仕清者如赵进美等人，入清也仅而立，一般被视为清人，但在明末又有一定的影响，且清初一段时间内，诗风仍衍明季余绪，故亦予以存录，但不作为考察重点。

（四）收录范围

所收山东作家，主要指生长于山东地域的作家，包括明初移民定居山东者。移民后代通常历经几代繁衍方读书有成，科第荣显，兼之明初所存作家极少，故不存在原籍现籍之争议。古代文人通籍后一般异地为官，游宦四方，山东籍地方官散落各地，除非丁忧、罢官、致仕，很少居乡。推而论之，在山东为官的异地文人则不列入其中。

（五）研究侧重点

明代山东文学从体裁来看，各种文体发展不均，诗歌创作占据主流地位，其次是散曲，出现了大量散曲、杂剧作家。至于文言或白话小说，则是明代山东文学的弱项，几乎没有像样的作品出现，即使几部长篇白话小说，其作者问题也存在极大争议。因此，本书没有将描写中涉及山东的《水浒传》和以明代山东城市社会生活风貌为背景的《金瓶梅》两部小说名著列入研究范围。《三国演义》的作者罗贯中的籍贯虽有可能为东平，但成书时间、罗贯中生卒年尚无定论，《金瓶梅》的作者更是千古谜案，众说纷纭，对这些存在争议的作家和作品，本书亦未列入研究范围之内。

此外，由于明初和明中期散文基本以碑传赠序、奏疏版牍等实用文体为主，前后七子也是有诗无文，直至晚明才大量出现文学性的小品文。因此，本书主要以诗歌作家为主要研究对象，采取诗文同论而以诗歌为主的方法。本文的"作家"概念，指有一定成就和影响的诗歌创作者，并非所有存在诗歌作品者。其次是戏曲作家，鉴于目前对明代戏曲研究尚显薄弱的现状，本书将除李开先、冯惟敏之外的全部明代山东戏曲作家均加以考察。对小说作家则不予涉及。

词鼎盛于两宋，中兴于清，明词呈现出中衰局面，虽然能词者甚夥，但词人多集中在南方，北方作家寥寥。《全明词》中所收山东籍词作家屈指可数，仅边贡、李攀龙、朱之蕃、冯琦、丁耀亢、姜实节六家。其中丁耀亢跨越两代，姜实节入清年未弱冠，故二家所作实属清词范畴，其他各家在明词史上影响甚微，故不作研究。

第二节　齐鲁文化与明代山东文学特征

山东地区地处太行山之东、黄海之西，在远古时期为"九州"之一——青州所在地。地处黄河下游，东部濒临黄海，故又称"山左""海右"，境内有"五岳之首"的泰山，以其优越独特的自然环境居九州之首。故《尚书·禹贡》云："海岱惟青州。"

考古证明，鲁中南曾是几十万年以来古人类活动的一个重要中心，境内有众多古文化的遗存，最早的"山东人"是与"北京人"同时、距今四五十万年的"沂源人"，北辛文化、大汶口文化、龙山文化遗址的陆续发现，证明山东是中华远古文明的一个重要基地。

西周至春秋战国时期，山东是齐、鲁二国的封地。作为几千年华夏主流文化——儒学的发祥地，鲁国诞生了"至圣先师"孔子和"亚圣"孟子，齐国的稷下学宫则是百家争鸣的论坛，齐鲁也因此成为先秦文明的首善之区。"一山一水一圣人"，独特的人文地理环境，悠久的历史文化传统，使山东在古代有"东方三大"（泰山、东海、孔子）之誉。所谓"人杰地灵"、钟灵毓秀的齐鲁大地在秦汉以后，历代文人学士俊才辈出，成为北方重要的文化区域。故明代"末五子"之一、鄞县人屠隆叹曰："窃疑河岳英灵之气，天或者独私于西、北？西、北土厚而气雄浑，故其民博大而深沉，若青齐、燕赵，若关中、太原，古振世豪杰之产，往往而在。"①

先秦是山东文学的肇端与发轫时期，体现在诗歌与散文两大区域。诗歌上，出现了《诗经》"十五国风"中的"齐风"与"曹风"，以及《小雅·小旻之什》中的《大东》篇和"三颂"中的《鲁颂》。散文方面，先秦的齐鲁特别是邹鲁一代，是散文最为发达的地区。史传散文中的《春秋》《国语》《左传》，相传编订者为鲁国的孔子与左丘明；第一部史传文学作品《晏子春秋》的作者，以及诸子散文中《管子》《晏子》《芈子》《邹子》等作品的编著者，皆为齐国人。《论语》《墨子》《孟子》等著名典籍的编著者，也皆为齐鲁人。其中史传散文对我国历史著作的体制、创作原则和语言风格都产生了深远的影响。以《论语》《孟子》为代表的孔孟学说，经过后人的阐发，超越了邹鲁乡曲之学，而成为中华传统文化思想的主流，两千多年来更深刻影响了中国人的民族精神和文化心理。齐鲁还是诗歌理论的发源地，身为东夷人的舜帝提出了"诗言志"（《尚书·虞书》）的命题，先秦各大学派中，对礼乐文辞的重视惟属儒家，"思无邪""温柔敦厚""怨而不怒"等孔门"诗教"的确立，为中国诗歌理论作了奠基。正如乔力所言：

　　　完全可以认为，先秦时代的山东文学是一个异常光辉的、甚至涵蕴经典性的开端，它的某些批评标准、价值取向与美学理想、艺术表现的方法范式，无论显晦因革，都一直贯注到后世的文学创作与批评

① 屠隆：《由拳集》卷12《沈嘉则先生诗选序》，《四库全书存目丛书》，齐鲁书社1997年版，集部第180册。

理论中，影响着其全部的流变历程。①

从汉至唐五代，山东文学经历了漫长的发展时期。在经历了两汉文坛的沉寂之后，山东诗人在汉末的建安时代勃发了活力，"建安七子"中，山东人就占到了四位——孔融、王粲、刘桢、徐幹，"七子"中又以王粲、刘桢成就最高，王粲被誉为"七子之冠冕"，孔融则以散文著称。四人基本代表了建安时期的创作倾向与创作成就。两晋文坛，首推西晋的左思兄妹，在太康作家中，左思的成就无疑是最高的，其《咏史》诗可谓垂范千秋，影响深远。其妹左棻诗文兼擅，是我国中古时期著名的女作家之一。

魏晋南北朝时期，山东出现了众多文化世家大族，他们大多由汉代的经学世家演化而成，如平昌伏氏，琅琊王氏、颜氏，清河崔氏，高平郗氏，东海徐氏、何氏，泰山羊氏等，他们大多随晋室南迁，其侨居郡县仍然沿用原籍的名称，如琅琊，并在很长时期内保持着其家族原有的地域文化传统，直至南朝灭亡。其中产生了诸多诗文名家，如东晋的王羲之，南朝的王融、何逊、徐陵、颜延之，北朝的颜之推、王褒等。汉魏晋南北朝还是我国文学批评史上的一个高峰时期，其中山东籍文人作出了杰出贡献。郑玄、刘桢、颜延之、王筠、任昉、徐陵、颜之推等人的文学批评言论，都促进了我国文学批评的发展，特别是刘勰的文学批评著述《文心雕龙》，成为古代文论史上的扛鼎之作。隋唐五代时期的山东诗人虽然数量不少，但总体而言成就不够突出，未能出现有影响力的大家。

宋金元时期的山东，是全国文化发达地区之一。北宋建都汴梁（今河南开封），促进了文化中心的东移，今天山东的中西部地区便成为京城的东翼。北宋政权大兴文教，私人讲学之风盛行，书院文化的兴盛促进了各地文化教育的迅速发展。当时山东境内较大的书院有济南的至道书院、历山书院、郓城的岳麓书院等，最著名的要数泰山书院，出自范仲淹门下的著名学者孙复、石介等都曾执教于此，泰山学者主张传衍弘扬儒学精神，"文以载道""经世致用"，在政治上支持革新，形成了"泰山学派"。由此带来的山东儒学复兴，以及为恢复儒家传统诗学观的努力，都对山东以至全国的文风产生了重要影响。宋代山东文人在诗文、词领域内均取得了杰出成就。出现了王禹偁、晁补之、李之仪等著名诗文大家或词

① 乔力：《总论》，载乔力、李少群主编《山东文学通史》，山东教育出版社 2003 年版，第1页。

人，词作家李清照、辛弃疾"二安"的光芒更是彪炳千古。

宋代的山东诗词大家主要集中在济南地区，宋元之际的东平则一度成为北方的文化中心。割据东平的严实、严忠济父子兴学重教、礼聘贤士，兼之东平地处南北漕运中枢，交通便利，"世侯文化"与"运河文化"相结合，使东平成为北方戏曲的重镇。著名散曲作家长期客居山东的王磐和济南人张养浩均曾在东平任职。①

山东文学就在长期的发展积淀之中，进入了明、清两代的辉煌时期。

明代山东文学的总体发展既与整个明代文学的起伏盛衰休戚与共，其总体特征又与古代山东文学的精神内核保持着一致性，显现出鲜明的地域文化精神："山东文学所体现出的美学精神的基本内核，是强烈的社会参与意识及对于现实生活和普通人生命运的执着关注，深重的忧患感，坚守道德理性和现实实践品格。"②

自先秦杂文学时期，孔子评诗首重"雅正"，即"思无邪"（《论语·为政》），强调符合礼之规范，注重对社会政治的实用功能和教化的伦理意义，成为古代山东文学经典型的开端。儒家学派之"学而优则仕"、积极入世、建功立业、努力进取的兼济精神和浓厚的"仁"之情怀、人本精神浸润着两千多年的山东文人，深植于其灵魂与血脉之中。

一是对国家社会怀有强烈的责任感。关注国家民族的兴衰命运；忧叹天灾人祸、民生疾苦；痛斥奸佞祸国。敢于将生死置之度外，犯龙颜、逆当政，显示出大义凛然的正气与骨气。如永乐间山阴知县王田阻止郑和搜集宝玉扰民之事；成化间兵部左侍郎张海受命闭嘉峪关捕诛通番回夷，宁无功而返谪官也不忍生灵涂炭；李开先壮年无端被罢，居乡仍念念不忘时政百姓，嘉靖三十四年关中大震，据友人所见而作《平阳哀》《地震》记述天崩地坼和死伤无数的惨状，忧怜深切。海岱诗社成员归隐后衣食无忧，却常有反映民生疾苦之作，如同题之《渑水田家》写水旱、蝗灾以及官府逼租之酷烈；冯裕《谷贵叹》写灾年谷贵，百姓纷纷逃荒的苦况；杨应奎的《观稼》《浴蚕》《牧牛》，黄卿的《织妇》，刘澄甫的《刈麦》等，都是田家生活的真实展现。杨应奎、冯惟敏还写下大量农事散曲，牵念农家忧乐。谢榛虽为布衣，却留下了不少反映边关战乱及百姓遭难乱离的诗篇，如《哀哉行》《塞上老卒》《虏夏寇岢岚》等。比比皆是，不胜枚举。

① 明代前山东文学发展概述吸收了乔力主编的《山东文学通史》和李伯齐、许金榜主编的《山东分体文学史·诗歌卷》的研究成果。

② 李少群、乔力：《试论山东文学的总体特征》，《齐鲁学刊》2004 年第 3 期。

二是极重出处大节、道德修养。山东士子受齐鲁文化和孔孟之教的影响极深，大都志操耿介、负性气盛。为人诚实敦厚，笃于行谊；为官廉洁自律，为民请命；居乡大行文教、赈济灾荒，出过不少耿介端方的名臣、名士。明亡时或以身殉之，或誓死不屈，或终生遗民，骨气大义彪炳千载，光耀史册，可歌可泣。如成化间山西按察副使杨光溥居官廉介，自奉甚俭，冷若冰壶，俨若泰山，直声震中外，致仕时不能置行装，居乡贫甚；兵部员外郎郭玺重情重义，刚直不阿，遭宦官诬告下狱，抄家结果贫甚，宪宗震惊，书名于御屏间，曰"清介官郭玺"；嘉靖间监察御史蓝田为"议大礼"七上谏章，受廷杖几殆，终不屈；嘉靖间户部郎中刘尔牧奏严世蕃窝占边盐，忤严嵩及中贵，廷杖一百，夺爵归里，门庭寒素，一如诸生；高平知县黄作孚观政兵部时，恶严嵩所为，一日谒见时口吟杨继盛临终诗，最终被罢，与弟黄作圣于即墨东南群山中创建下书院以育子弟；万历间兵马司指挥赵完璧执法不避权贵，以忤陆炳下狱。明末莱阳人赵士骥官中书舍人，道德学问，盛有名望，清军攻莱阳，出赀治守具以抗之，次年二月城破，愤然跳城殉国；莱阳人左懋第，福王时拜兵部右侍郎，出使清廷议和，被羁不屈而死；御史黄宗昌任雄县、清苑知县时，大治阉党党羽，不为魏忠贤建生祠，明末清兵围即墨，变卖家产饷军拒守，仲子黄基中流矢而死，妻妾殉之，人谓之"一门五烈"，国变后拒不易服剃发而终。

三是以"雅正敦厚"为宗尚下的包容雅俗、涵浑众体的胸怀。文坛向以"齐风"代指山东文化传统与人文风貌。齐文化之海纳百川、鲁文化之端正淳朴浸润着千百年来的山左士人，因此，宏大雅正、朴质敦厚的"齐风"成为齐鲁地域的文化传统与人文传承。山左文人一向尊崇孔孟儒学，讲求宗经明圣、经世致用，以远古圣贤自期，以道德文章自命，仗义摅难，扶危济困；为人则正直笃厚，善自检束，不游谈无根、不奢华淫靡。这种文化观念反映到诗歌中，虽个性不一，诗风独标，但显示出趋同性特征，即对气魄宏大、浑厚雅正的审美风格的认同与追求。

其包容性体现为创新求变的追求和浓郁的文学批评的自觉意识。退居林下的海岱诗社耆老们在台阁余风、复古大炽中不追流俗、自适性情，清新真率，诗作极具自然之趣、不染雕琢模拟之风，难能可贵；李攀龙于第一次复古风潮衰歇之时，勇于振起复古风标，终得蔚然成风，精神可嘉；谢榛则有《四溟诗话》之理论专著，对于学诗门径多所创发。万历间，公安、竟陵继起文坛，于慎行、公鼐、冯琦、邢侗延续复古派"高古雄浑"之精神，鄙视轻薄浅俗或深细幽昧的文风，厌弃及时行乐、追求物欲或索寂落寞、孤行静寄的人生态度，同时反对模拟、自我树立。王象春、公鼐、李若讷等山左诗人，不为流风习尚所动，自立门径，在社会激变之时，倡导禅诗、侠诗，抒写忧时愤世之情。

此外，山东文坛还具有文体代兴的进步观念，不以雅、俗为畛域，对于向来被视为消遣娱乐、无关宏旨的散曲、戏剧等纷纷染指。有明一代曲作家中，山东籍人士计26人，曲作存1600余首。作家身份除下层文人、低级官吏外，多有显宦大儒。如李开先初学诗于李梦阳，后在唐宋派影响下倡导真情，专注于散曲、戏剧之俗文学，号为"词山曲海"，诗风亦直白浅露，率性而发。在其主盟下，章丘成为词曲创作的一个中心。其他如三品官殷士儋、四品官杨应奎、刘效祖、刘天民等，皆诗、曲兼做。在风格上则以本色为宗，以北曲之豪旷通脱、质朴恣肆为主流，鲜有端谨雕琢词化之作。戏剧虽存不多，但形态多样，如杂剧、院本、鼓词、传奇等。使山东成为北曲创作的重镇。

第三节　明代山东作家历时综述

从洪武至弘治初的一百三十年，是山东文学相对沉寂的时期。明初洪武、永乐、宣德三朝七十年中，山东诗文作家寥寥，见于著录的作家不过十三人，仅牛谅、张绅、黄福堪称名家。究其原因，一是经过元末大动乱，山东一片残破，人口锐减，而济南首当其冲，整个社会尚处于恢复期，山东自然也不例外；二是宋元之后，中国文化的格局发生了变化，随着宋王朝的南渡，文化重心渐次南移至江浙一带，山东虽在北方仍占有重要地位，但已明显落后于江浙地区。

古代文人以文学成就为人所知，主要借助以下途径：一是科举仕进。绝大多数诗文作家都是进士、举人，或以荫得官。纯粹的布衣，又无家世背景的作家，成名概率就要小得多。二是结社交游。依靠群体的力量，依附领袖魁杰，或为师友，或为同年，或为弟子，或为同僚，或为同乡，使一批成就不甚高的文人也得到揄扬推重。如续七子、广五子、广四十子，历下诗派中的一部分作家等。三是家族群体。某一代一人地位声名显赫，前代、同辈、后辈皆得到重视揄扬而得以通显。

然而这几方面的条件对明初山东文人来说都是不具备的。明初定都南京，朝中官员大多为南方籍人士，文坛领袖刘基、宋濂均为浙江人，著名的"吴中四杰"则为江南人，对北方作家了解较少。此外，山东原有的文化家族在东晋时期大多南迁，虽然唐宋以后文化中心又再次北移，但多数文化家族已经逐渐式微，且很少回到原籍而散居全国各地，明初新的文化家族还未形成和出现。另外，洪武十七年才颁布以科考取士，此前主要官员大多以功、以荐、以荫得官，此时的山东文人还未依靠科考登上仕途，即使得中，产生影响也要到几年或十几年以后。况且在"前七子"之前，明代还未有过真正意义上的文学流派。以上众多因素正是导致明初作家稀少的原因。

明代初年，山东接受了大批的山西移民，至永乐后期，人口渐渐增多，加之社会环境安定，经济也逐步得到恢复和发展，作家数量有所增加。然而英宗、代宗朝三十年，见于收录的作家也不过十人左右，且多以政绩见称，难与同时吴越、闽粤诸名家抗衡。在整个明前期的一百年中，山东作家可谓凤毛麟角。自成化朝起至第一次复古风潮之前，随着明政权的北移和稳定，又经过一百年的休养生息，山东文化经济得到了恢复并逐步走向繁荣，教育科举兴盛，作家也渐渐增多，三十年中作家已增至二十人以上，并出现了官廉、张海、杨光溥、蓝章、毛纪等有影响力的作家。

从文坛宗尚来看，洪武朝上承元代，犹存元季余风，地域群落特征明显，作家各逞才情，不拘一格，还未呈现出真正的明诗面貌；永乐后，台阁之风渐兴，平正典雅，风骨不振。弘治初年复古运动兴起之前，山东诗坛的风尚亦大致如此。在戏曲领域，由元入明的明成祖御前侍从贾仲明，代表了明初宫廷北杂剧的最高成就，并在杂剧南化方面起了很大作用。

从明中叶弘治中期一直到明末的一百五十年，是山东文学最为辉煌的时期。首先表现在诗歌领域。作家数量急剧增加，仅以《明诗纪事》为例，万历前的近八十年中，山东作家的数量就达到了八十多人，万历直至明末的七十年，也出现了七十多位作家，且大家名家辈出，在全国范围内具有影响力的作家明显增多。

明中叶，历城人边贡、李攀龙分别跻身前、后七子之列，引领济南诗歌复古之路；冯裕等人以"海岱诗社"之雅集、"临朐四冯"以充盈丰沛之才气，倡导青州诗歌林下之风；二者共同成为山左诗坛振兴之风标。边贡、李攀龙领导的复古运动更是明代诗坛最令人瞩目的盛事，席卷文坛长达百年，余波流脉，绵绵不息，一直影响及清初，李攀龙的影响还远及日本、朝鲜等邻国。此外，"弘正十才子"之一的殷云霄、边贡弟子刘天民、濮州苏祐父子、"后七子"中坚的山人谢榛以及靳学颜、杨巍、李先芳、龚秉德、戚继光等嘉靖后期诗人，都以优异的成就卓立于当时诗坛。这一时期还出现了两个有代表性的诗人群体——海岱诗社和历下诗派，分别代表了明中叶山东诗坛的两种创作风尚。"海岱诗社"出现在嘉靖十四年、十五年间，由青州一带八位致仕或赋闲的官员构成，其创作既摆脱了台阁雍容之风，又不袭七子模拟之弊，以抒写性情、真率闲雅为主要特征。而稍后出现的"历下诗派"则由边贡、李攀龙的乡人构成，作为前后两次复古风潮在济南一带的直接回应，后者的影响远远大于前者，成为明中叶山东诗坛创作的主流。

迨至万历前期，复古派衰歇，于慎行、公鼐、冯琦、邢侗诸大家厌弃摹古剽袭，弘扬"齐风"，在公安、竟陵"楚风"劲吹中，独立一方，声名远扬；万历后期，世态激变，高出、于若瀛异趋独步，追求生新，以新声异响拔萃于当时；王象春、公㒟、李若讷等人另辟蹊径，写作"禅诗""侠诗"，新异奇警。此外，沈渊、贾三近等隆庆朝进士，李尧民、傅光宅等万历前期作家，朱延禧、侯正鹄等万历后期作家及周京、孙镇、宿凤翯等万历末作家皆擅名于当时。明末天启、崇祯间，宋继澄、宋琏、宋玫、姜埰、姜垓、赵士喆、董樵、黄宗昌、杨连吉、王衮、王若之、丁耀亢、赵进美等人立身山左诗坛，呼应复社、几社风向，召唤积极用世，主张宏大雅正，以求有裨世运。

在戏曲领域，明中叶的鲁中地区同时出现了两位戏曲大家——李开先和冯惟敏。在南曲盛行的时期，以质朴豪迈、放达不羁的曲风成为北派曲家的杰出代表。章丘人李开先的传奇《宝剑记》击响了明代传奇兴盛的先奏，临朐人冯惟敏则被誉为"曲中辛弃疾"，均登上了明代山东曲坛的巅峰。李开先优游田园二十年，成为嘉靖一朝章丘文坛的核心，围绕在其周围，形成了绣水作家群，他们推崇俗文学，致力于词曲创作，诗文信笔挥洒，厌弃格调法度，从审美取向上来看，与相距百余里的历下诗派不啻天壤殊途，使章丘成为一个散曲杂剧的创作中心。此外，杨应奎、刘天民、刘效祖、袁崇冕、高应玘、王克笃、丁綵、薛岗也巍然列为名家，以刘效祖最为杰出。晚明北曲不振，亦有孙峡峰、丁惟恕等作家继起，还出现了著名鼓词作家贾应宠，取得了不菲的成就。

明中、后期山东文学的繁荣，还表现在孔孟等古老文化族群的复兴以及众多文化文学家族的新兴，如临朐冯氏、濮州苏氏、东阿于氏、蒙阴公氏、德平葛氏、诸城丁氏、莱阳宋氏、掖县赵氏、新城王氏、即墨黄氏等，这些家族大多同时为仕宦世家，科第蝉联几世，在宗法制社会中，对当地的文化与文学产生了深远的影响，也展现了明中后期山东教育文化的兴盛与发达。诸家族中，以明代后期的新城王氏为最。

明中后期山东作家还有一个显著的特征，即乡邦区域文化意识浓厚，李攀龙对其同学、乡人极力揄扬，促进了"历下诗派"的兴盛。万历时期，随着诗坛格局的多元化和地域诗坛的勃兴，以于慎行、公鼐、冯琦、邢侗为代表的山左诗人，立足齐鲁文化，尊崇孔孟儒学，讲求学务根本、经世致用，诗歌则倡导宏大雅正的"齐风"，彰显出鲜明的区域意识。虽然复古运动在万历之后衰微，李攀龙等人还在明末饱受非议，但整个晚明时期，山东诗人们对李梦阳、何景明、李攀龙、王世贞等复古派大家都极为推崇，鄙弃流行的公安、竟陵诗风。这正是雄浑大雅的齐鲁文化在山左诗人审美意识中的鲜明体现。同时，地域文化对山东作家精神气质的影响也十分突出。山左诗人们大多廉直清正，笃于行谊，淡泊名利，善自检束，不纵情于声色，讲求经世致用之学，怀抱兴国济世之志，出现了一批刚直不屈、耿介不阿的名臣和名士。在弘治、嘉靖朝的殷云霄、"海岱诗社"成员、李攀龙、殷士儋、李开先、"临朐四冯"、戚继光，万历朝的公鼐、高出、王象春以及明末的丁耀亢、姜埰、姜垓、宋玟、刘孔和、王遵坦、赵士喆等人身上，都可以发现一种共同的个性特征，即严正峻切、廉介刚直、雅负性气、疏狂任达、倜傥不群，呈现出才气奔轶、兀傲雄肆的"齐气"。

从文体来看，明代山东文学以诗歌为创作主流，其次是散曲和杂剧，小说方面，与山东地域产生或多或少联系的是三部长篇白话小说——《三国演义》《水浒传》《金瓶梅》，前两部在成书上属于典型的世代累积型作品，《三国演义》的写定者罗贯中籍贯是否山东东平尚存在争议；《水浒传》中梁山好汉的聚合之地虽在山东，施耐庵的确考资料则属渺茫，此外还有"施作罗续"之说；《金瓶梅》的发生地亦在山东，且不乏山东方言，但其作者之争纷纷，莫衷一是。除此三者之外，无非文言短篇的笔记杂著之类，严格地说，应属于野史笔记或史料笔记，而非文学意义上的文言短篇小说，成为明代山东各体文学中最为薄弱的区域。

此外，明代山东女性作家数量极少，寥若晨星，远不及江南之盛，与儒家"女子无才便是德"观念的长期浸染不无关系，也与整个北方地区的闺秀作家偏少的大背景相一致。

第四节 明代山东作家地理分布

在传统上，山东可分为六大文化区：鲁中、鲁西、鲁北、鲁东南、鲁南、胶东；在行政区划上，山东又统辖六府：济南、青州、东昌、兖州、莱州、登州。二者之间不完全重合，大致而言，登、莱二府所辖即胶东地区，鲁北位于济南府的北部，鲁中包括济南府南部和青州府的中、北部，鲁东南指青州府南部和兖州府的东部一带，鲁西包括东昌府和兖州府的北部，兖州府的南部即鲁南地区。总体看来，明代山东文学的发展是比较平衡的，但由于不同州县经济文化发展的差异，明代山东作家在地理分布上也呈现出一定的不平衡性。

从整个明代来看，鲁南和登州府的沿海地区都是作家较少分布的区域，其中鲁南的曹州、曹县和登州府治蓬莱则是作家集中出现的三个州县。其原因则是鲁南地区远离运河和官道，交通不便，经济文化欠发达；而登州府三面环海，州县、人口偏少，较为荒凉，作家大量集中出现在中西部的莱阳。其他四个文化区作家分布则较为普遍，以鲁中、鲁西地区为最多。

明前期作家人数较少，分布也比较分散，除鲁北和鲁南地区外，其余四区都有作家出现，而较集中于鲁中和鲁西两大传统文化区域，即运河流域和政治文化中心地区。明中叶起，随着作家数量的急剧增多，在分布上也显现了与交通要道相伴生的特点，即呈现出"三纵一横"的线性特征。所谓三纵，即水路、陆路两条连贯南京、北京的交通线，和一条省内连接中部与东南的南北交通线；所谓一横，即省内横贯东西的交通线。这三纵一横在省内的路线大致为：

一、鲁西地区南北运河一线：济宁—东平—东阿—东昌府—临清—德州

二、鲁西地区南北陆路一线：滕县—邹县—兖州府—曲阜—泰安—济南府—德州

三、省内东西交通线：堂邑—东昌府—茌平（另一分支为范县—寿张—东阿—长清，在济南交汇）—济南府—章丘—青州府—潍县—（其后分为两条，一条经由昌邑、莱州府、黄县到达登州府）高密—胶州—莱阳—福山—登州府

四、省内南北交通线：青州府—临朐—沂水—沂州—郯城

四条线中，由于鲁西地区的南北陆路一线，南部的滕县至曲阜一段与运河并行，且相隔不远，其一部分交通功能为运河所掩盖，而北部的济南、德州二地又分处于其他路线中，因而这一沿线的作家分布较少。明代的大部分山东作家即分布在其他三条交通线上或毗邻地区，其中青州府至郯城一线又距离较短，故又以其他二线为主。

考之作家籍贯，足以说明这一点。除公鼐所在的蒙阴山区和刘效祖、

杨巍、邢侗所在的鲁北由海丰、武定、德平、临邑、滨州环绕而成的区域外，明代山东享有海内盛誉的文人如贾仲明、边贡、殷云霄、谢榛、李开先、冯惟敏、李攀龙、殷士儋、靳学颜、戚继光、于慎行、冯琦、王象春、高出、于若瀛、黄宗昌、宋继澄、赵士喆、丁耀亢等，皆出自三纵一横的水路、陆路沿线。另据朱保炯、谢沛霖所编《明清进士题名碑录索引》统计，明代山东进士共 1883 人，出自四线之外地区的进士仅 230 人左右，占 12%。

从分布面来看，又大致集中在两个区域，一是中东部自济南府的历城、章丘，向东到青州府的益都、临朐，直至莱州府治掖县；二是东昌、兖州二府自济宁到德州的运河沿岸两个近长方形区域，这里是除登州府外的五府府治所在地，州县城镇密集，人口众多，经济文化发达。

第一区域陆路交通发达，"驿路"作为交通要道，具有输送、传播与积累文化的重要功能，这一区域可称为"驿路文化区"。驿路沿线两侧的先代文化遗存——故城、冢墓、石刻、庙宇、道观、市镇比比皆是，成为山东主要的文化陈列带。而丰厚的文化积淀正是文学繁荣兴盛的沃土，仅就明代文学而言，江浙、荆楚、齐鲁、江右等文学蓬勃之区无不是文化积淀厚重之域。

济南自古是南北交通要道，明王朝定都北京之后，济南由于处于南北二京的必由之路上，且距离北京较近，政治地位更为重要。从文化传统来看，济南自古为通都大邑，青州地区则位于齐文化的中心地带，二地毗邻，自周秦以来即为文献名邦、人才渊薮，文化传统悠久，文化根基深厚，文化气氛浓郁。进入明代后，其教育又得到了充分发展，有明一代山东的书院达 43 所，为北方地区的第二位（河南第一，直隶第三），其中又以济南为多。王阳明曾于弘治十七年（1504）赴济南典山东乡试，录得举人 75 名，并作《山东乡录序》，对济南、青州一带的文化教育影响不菲。也使这一区域成为作家荟萃、大家迭出的文化中心。

第二区域的文化兴起主要源于运河带来的繁荣，可称为"运河文化区"。在隋代大运河的基础上，元代利用山东境内泗水南流入淮、汶水北会大清河入海的自然条件，在鲁西地区疏通开凿了两条新的运河，称为济州河和会通河，由此京杭大运河中段成为"南通江淮，北达幽燕"的大通道。济州河全长 75 公里，从任城（今济宁）至须城（今东平），沟通了汶、泗两水；会通河由东平安山镇东南，经寿张西北至聊城、临清与大运河相接。南北水路的沟通，带来了江南地区的商品和文化，处于运河两岸的城镇经济也开始复苏，经济在漕运的带动下逐步走向繁荣，相继在运河沿岸兴起的临清、济宁等城镇，皆舟航辐辏，商业兴盛，成为一时的重要都会。

元末明初，黄河多次决口，淤塞了山东境内的运河，随着明都的北迁，为保证南北二京漕运的通畅，永乐九年（1411）派工部尚书宋礼重新疏浚了从济宁到临清长达190公里的此段运河，由此漕运大通，运河漕运在国家经济中的作用愈加重要，两岸市镇亦迅速发展，商贾云集，繁华异常。永乐十三年，为减少倭乱对南北运输的影响，又决定罢海运而专任河运。嘉靖后，明政府又两次大规模整治闸河。济宁、临清等地遂发展为"东临四达之衢，商贾集五都之市"，成为当时名噪一时的漕运大码头。

《金瓶梅》中对清河县的描写，即是运河沿岸临清州的真实反映。济宁更是鲁西南地区最大的商货集散地，"冠盖之往来，担荷之拥挤，无隙暑也"①。明代朱德润有诗云："日中贸市群物薄，红毡碧碗堆如山。商人嗜利暮不散，酒楼歌馆相喧阗。"同时官员私家园林密布，有"江北小苏州"之美誉。城市经济的发展、南北文化的交融使运河沿岸文化发达、教育兴盛，在明中期达到了空前鼎盛。因此，在鲁西运河流经的州县也产生了众多诗文名家，其中当以谢榛、于慎行为冠冕。

由此可见，作家的数量与分布除去文化、教育等传统因素外，与交通以及与此密切相关的经济发展状况有着密切的联系。济南府、青州府位于纵横两条陆路交通线的交汇处，东昌府、德州位于水、陆两线的交汇处，这四个地区及毗邻区域也成为诗人作家云集的渊薮。比如历城的边贡、李攀龙和"历下诗派"，章丘以李开先为核心的词曲创作中心，青州以"海岱诗社""临朐四冯"、冯琦为主的诗词曲创作中心，运河流域的临清诗人谢榛、东阿诗人于慎行，德州的邹颐贤及程氏、卢氏家族等，皆产生于这些区域。

明代山东戏曲作家主要集中在第一区域，即济南府的历城、章丘、临淄、北部的滨州和青州府的临朐、益都、安丘、诸城几个县，李开先、冯惟敏、刘效祖、薛岗等人散曲中表现出的质朴豪迈、旷放通脱的风格与齐文化的放达不拘不无关系。

在上述二区域之外，鲁北的滨州、临邑、德平、海丰等黄河下游地区，鲁东南的蒙阴、诸城，鲁西的濮州、曹州等地，虽然经济不够发达，但也产生了大量作家，其中鲁北有刘效祖、邢侗、杨巍、葛曦，鲁东南有

---

① 陈伯友：《重修通济桥记》，载廖有恒修，杨通睿纂《济宁州志·艺文》，清康熙十二年（1673）刻本。

公鼐、公鼒、丁耀亢，鲁西有苏祐父子、李先芳、徐笃等名家问世，在当时的文坛上，均产生了很大影响。这也说明了一个重要问题，即政治、经济可以促进文学的发展，却不能与文学之间完全画上等号，文学的繁荣兴盛依然植根于文化的沃土。

从弘治一直到万历前期，鲁中、西地区作家始终占据诗坛优势，自万历后期直至明末，鲁东作家则渐渐占据了上风。明末山东作家多集中在济南府的新城、长山，青州府的益都、诸城，胶东的掖县、莱阳、即墨等鲁东地区，与明后期胶东地区人口与经济的迅速增长不无关系。但终明之世，山东文学始终以济南和青州两地为中心。

明代山东新兴的文化家族在地理分布上也以鲁中地区最多，如寿光刘氏、临朐冯氏、新城王氏等；其次为运河流域的曹县王氏，濮州苏氏，德州卢氏、程氏，东阿于氏等；再次为胶东地区，如即墨蓝氏、黄氏、杨氏，诸城丁氏，掖县赵氏、宿氏，莱阳宋氏、姜氏等。鲁东南和鲁北的文化家族多出现在明后期，如蒙阴公氏、德平葛氏、临邑邢氏等。新兴文化家族的出现与该地域经济文化的发展显示出同步性和一致性。

第一章　吉光片羽——洪武至
弘治初山东文学

　　明初文坛格局承元末余绪，呈现地域群落分布的态势，吴诗派、越诗派、闽诗派、岭南诗派与江右诗派五派并存，"五家才力，咸足雄据一方，先驱当代"①。与此相比，山东诗人则寥若晨星，文坛地位无足轻重。明初七十年间，山东诗人屈指可数，牛谅、张绅、黄福较为知名；英宗、代宗朝三十年，亦仅有许彬、马愉、刘珝、王清等寥寥数人。在整个明前期的一百年中，山东作家可谓凤毛麟角，且多以政绩见称，难与同时的吴越、闽粤、江西诸名家抗衡。原因一是由元末大动乱带来的经济凋敝、人口锐减；二是宋元之后，中国文化的格局发生了变化，文化中心南移，山东虽在北方仍占有重要地位，但已明显落后于江浙地区。自成化起，经过一百年的休养生息，随着山东文化经济的恢复与繁荣，科举兴盛，作家也渐渐增多，出现了张海、官廉、蓝章、杨光溥、毛纪等有影响力的作家。

　　从文坛宗尚来看，洪武时诗承元代余绪，以吴中、越中文人群最为声势浩大；永乐后，典雅淳朴的江西文风成为诗坛主导，此后笼罩文坛近百年的台阁之风渐兴；如沈德潜所言："宋诗近腐，元诗近纤，明诗其复古也。而二百七十余年中，又有升降盛衰之别。尝取有明一代诗论之：洪武之初，刘伯温之高格，并以高季迪、袁景文诸人，各逞才情，连镳并轸，然犹存元季之余风，未及隆时之正轨。永乐以还，体崇台阁，骫骳不振。"②永乐、宣德时期，"三杨"之诗风为世垂范，但在"前七子"登上文坛之前，景泰至弘治中叶的文学思潮已显现出了过渡的特征③：正统间的翰林学子已表现出对台阁制作之事的厌弃。成化以后，学者多肆其胸臆，以为自得，诗作亦变歌功颂德为指斥时弊。"景泰十子"诗风或怪奇

---

① 　胡应麟：《诗薮》续编卷1，上海古籍出版社1979年点校本，第342页。

② 　沈德潜等编：《明诗别裁集·序》，上海古籍出版社1979年版，第1页。

③ 　廖可斌：《论明代景泰至弘治中期的文学思潮》，《杭州大学学报》1991年第3期。

或艳丽，令人耳目一新，桑悦的文学理论更是复古派的先声。

弘治年间复古运动兴起之前，山东文坛的风尚亦大致如此：洪武朝之牛谅属越中文人群，诗风呈现出纤细清浅的特色；张绅则为典型的山东作家，诗风清健质朴；永乐至天顺时黄福、许彬、马愉、刘翔身为馆阁重臣，诗风以平正典丽为主，具有明显的台阁之气，与当时盛行的文风相应，但尚多意兴活泼之作，少空虚雕琢之气。他如王子鲁、许彬、毛宗鲁、王清等人或存诗甚少，或以官位彰显，成就较弱，诗格诗风则不一而足。成化后，李东阳渐主文柄，反对理、俗之诗风，提出上薄汉唐、规模法度的学古主张，"茶陵派"蔚然成风，开"前七子"复古之先路。此时的山东诗人亦见增多，张海、官廉、蓝章、杨光溥、毛纪有名家之称，郭玺、李晟、敖山等人亦为作手，发抒真情，重视兴象，有唐诗风范，无复春容平易之貌。

明代戏曲创作是继元代之后的第二个高峰，明初和明前期一百年间，曲坛比较沉寂，作家多为由元入明者，朱权的《太和正音谱》所列"国朝一十六人"中，山东的贾仲明为其中之一，永乐中另有散曲作家王田名世，为北曲重要作家。

第一节　不拘一格的洪武朝作家

洪武一朝，由元入明的山东诗人，见于著录者，仅牛谅、张绅、王子鲁、王琏、孔希学五人，有名者惟牛谅、张绅而已。明初定都南京，朝中文武官员多为南土人士，文坛领袖刘基、宋濂均为浙江人，著名的"吴中四杰"则为江南人，对北方作家了解较少。故陈田云："明初山东以诗文名家者，仲绅、牛士良外，指不多屈。宋弼辑《山左明诗钞》，洪武间寥寥数人。当时岂无作者？无好事者表章之耳。"① 此语正道出了明初山东诗人不得彰显的原因。牛谅元末流寓越中，交游当地文人，诗风有明初越中派风格；张绅则可称为明代济南诗坛首位名家，性格文风均带有鲜明的地域风格。

一　流寓越中的牛谅

牛谅虽为洪武朝山东最为著名的文人，考其行迹交游，却无疑归属越

① 陈田编：《明诗纪事》甲签卷18，上海古籍出版社1993年版，第382页。

中文人群之列。牛谅字士良，兖州东平（今东平县）人，工书，善画梅，于元末明初享风雅之名，大量吴越士人与之交游唱和。元至正十四年（1354）中甲午大魁，元末动乱中流寓吴兴（今浙江湖州），旁游他郡。洪武初以秀才被举荐，任翰林典簿，洪武三年（1370）奉命与翰林侍讲、著名经学家、被誉为"开明第一诗人"的福建人张以宁一道出使安南（今越南），封安南国王陈日煃，赐驼纽涂金银印。归后累迁礼部尚书，定释奠礼及大祀分献礼，洪武六年（1373）诏定文武官诰敕之制，后以不任职免。"谅著述甚多，为世传诵"[1]，有《尚友斋集》，又名《牛士良集》。

牛谅元末时"流寓吴兴，时过槜李（今嘉兴）"[2]，与鲍恂、邱民、张羽、王纶、闻人麟、曹瑞、徐一夔等聚会于嘉兴城西郊外的景德寺，携酒赋诗，唱酬甚多[3]。后与徐一夔、张羽同时被举荐入南京，三人又常与唐素、林公庆、陈世昌、朱升等交善，常会饮联句。"盖当日风雅之林，每屈一指，不徒以功名显也"[4]。

牛谅入明时已过中年，其诗风亦沾染着元诗细腻、深微、清浅的特点，题材不出咏物、题画、乐隐的范围，境界不大，边幅稍狭。出使安南时，张以宁曾赋长诗赠之，有句云："更喜清诗慰迟春。"牛谅诗多题画之作，五七言律绝各体皆善，气韵沉静，格律谨严，温婉谐畅，意境浑融，如《破窗风雨图》：

> 风雨东南接漏天，客窗吹破碧纱烟。十年世事关心曲，一片秋声到枕前。花落不妨尊有酒，客来未觉坐无毡。老子曾觅苏端隐，藜杖春泥绿水边。

展现穷而自守、安贫乐道的高洁品行，风神超迈而流畅自如。又如《秋林高士图》：

---

①　《明史》卷136，列传24，中华书局2000年版，第2611页。
②　朱彝尊：《静志居诗话》卷2，人民文学出版社1990年版，第38页。
③　全祖望：《鲒埼亭集外编》卷47"杂问目"（朱铸禹校《全祖望集彙校集注》，上海古籍出版社2000年版）亦有类似记载，出自朱彝尊《禾录》，参与人还有桐庐姚桐寿、昆山顾德辉、温州陈秀民、闽卓成大江、阴孙作、河南高逊志、钱唐陈世昌、会稽唐肃等。因徐一夔寓居嘉兴春波门外白苎里，故名"白苎里社"。
④　朱彝尊：《静志居诗话》卷2，人民文学出版社1990年版，第38页。

> 林皋木叶下，江潭秋水生。灵飙荡阴霭，落景涵虚明。手撷芙蓉佩，目送孤鸿征。冲襟契玄赏，迢遥千古情。

同样展现隐逸怀抱，而简淡高古，萧散冲夷，沉静高华。

绝句则清新俊逸，以婉转流美见长。如两首题画梅之作：

> 陇头人未来，江南春几许。惆怅玉箫声，吹落胭脂雨。（《红梅》）

> 梨花云底路参差，折得春风玉一枝。南雪未消江月晓，欲从何处寄相思？（《画梅》，一题《牛谅士良题墨梅》，收入《永乐大典》子部卷48 "灰梅"条，录自《雅颂正音》）

清丽谐婉，深情款款，咏物不落痕迹，情味隽永，充满诗情画意。

《庚戌五月十三夜梦侍读先生枕上成诗》乃怀念卒于安南的张以宁而作，时犹未回乡：

> 出使艰虞万里同，归期日日待秋风。宁知永诀蛮江上，才得相逢客梦中。岸帻尚看头似雪，掀髯犹觉气如虹。起来挥泪凭阑久，落月啼戚绕殡宫。

诉说了两人万里使安南来的种种艰辛和对早日归乡的期盼，与殁于异乡的友人梦中重逢，音容笑貌仿佛如昨，顿觉再难成眠，在友人灵柩前一洒热泪。情深意切一出于肺腑，沉痛悲慨，一改清浅之气，堪为精品。

二　济南诗人张绅

张绅字仲绅，一字士行，自称云门山樵，亦称云门遗老，本登州蓬莱人，隶籍济南卫[①]，少从事戎马间。洪武十五年（1382）以明经老成为礼部主事刘康所荐，以为达于治体，可备顾问，授鄠县（今陕西户县）教谕。两年后又因通政使蔡瑄之荐，升都察院右佥都御史，翌年授浙江左布政使。"有才略，不琐琐于世事。慷慨激烈，词辩纵横，终日亹亹不

---

① 《列朝诗集》《明诗综》均作济南人，盖依王达善《听雨楼诸贤集》，而据《太祖实录》知其为登州人。乾隆《历城县志》卷40列传六《文苑》称："盖绅本登州人，而籍于济南卫也。"《历城县志正续合编》，济南出版社2007年版，第2册，第790页。

休,……盖北方豪杰之士也。"① 在《高陵篇(并序)》中亦自称"雅好论辩"。工书法,善写大小篆,亦能画墨竹,高启作有《题张云门画竹》诗,且精于赏鉴,于法书名画多所品题,著有《法书通释》二卷,论书法艺术之精妙所在。

从生平经历、创作特征来看,张绅可称为明代济南诗坛的首位代表作家,是边贡的先声,故乾隆《历城县志》云:"乡人为诗,在边华泉先者,绅也。"② 张绅才气横溢,诗文非所用心,"不经意而自成一家"③,其作不拘一格,却具有浓厚的山东风味与地域特征,即淳朴明朗、浅淡平易,颇具鲜活的生命气息。《静志居诗话》云:"齐东自周公谨(周密)而后,复有此人。其诗不藉雕琢,琅然可诵。"④

张绅诗作各体皆长,各随所宜,其乐府诗颇有生活气息,《日出行》云:

> 东方曈曈日初出,田家少妇当窗织。屋头树稀窗有光,小姑催起不暇妆。长梭轧轧秋丝密,一日上机催一匹。丁宁小郎慎勿啼,织成令汝穿完衣。

写农家姑嫂黎明即起,在曦微的晨光中辛勤织布的情景。在平淡的描绘中,充满了浓厚的家常生活气息,又富有新鲜感,十分感人。《捕雀词》写母雀出外觅食被人捕杀,对嗷嗷待哺的雏雀充满了同情,读来令人心酸:

> 原头霜深秋草薄,黄村山儿捕黄雀。高张弓矢低网罗,日暮竞比谁得多。野田吹火拾枯树,一半煨烧杂山芋。北风吹草毛血腥,各自骑牛唱歌去。我身不惜充尔饥,空城黄口待我归。

小鸟在空城上等待着,还以为母亲日暮时必会返巢哺食,谁知母雀早已被贪嘴的山儿捕食。前八句皆在描述事实,结句却以黄雀的口吻道出主旨,并无一句愤激之语,而伤感劝诫自在其中。

---

① 钱谦益:《列朝诗集小传》甲集,上海古籍出版社1983年版,第115页。
② 《历城县志正续合编》,济南出版社2007年版,第2册,第790页。
③ 钱谦益:《列朝诗集小传》甲集,上海古籍出版社1983年版,第115页。
④ 朱彝尊:《静志居诗话》卷4,人民文学出版社1990年版,第103页。

送别诗如《送秦上人归灵鹫山》等，皆以对方所至之地为描绘对象，信笔道来，切合实境，如《送人赴安庆幕僚》中写舒州城云：

> 舒州城在大江边，我昔过之曾系船。年丰米谷上街贱，日落鱼虾入市鲜。山起正当官舍北，潮来直到驿楼前。知君此去红莲幕，民讼无多但昼眠。

"眼前景物信口道出，自不可及"①。

嘉靖《山东通志》称其"清丽典则，有古人风"，徐子元云"方伯词格清健，管见一斑，知其为豹"②。张绅在济南写有不少山水佳作，如《夏夜宿溪上酒醒闻雨》与《又一绝句》乃夜宿济南城西北砚溪村（即赵孟頫洗砚泉处）所作，又如备受推崇的《湖中玩月》：

> 银波千顷照神州，此夕人间别是秋。地与楼台相上下，天随星斗共沉浮。一座不向空中住，万象都于物外求。醉吸清华游碧落，更于何处觅瀛洲。

写湖中赏月的人间胜景。借平湖秋月写水中天地万象，视角独特，描写新奇，笔锋变换，势如游龙，营造出一种恍惚迷离的境界，令人神往。颔联被朱彝尊、王世贞所赏。

作为书画名家，张绅亦多题画之作，清新淡雅，婉丽明媚：

> 闭门绿树老，华池芳草生。偶随蝴蝶起，独自下阶行。何处垂杨院，春风娇鸟鸣。（《题画》）
> 春林无人白石香，白云飞来江上房。扁舟载得吴娃去，三十六湾春梦长。（《题云林画》）

境界韶秀恬淡，意象圆融，思致绵远，回味悠长，似六朝人。

王子鲁号笙鹤道人，东昌高唐（今高唐县）人，洪武中以举荐授河间教授。河间有八景，子鲁暇日各为七律一首咏之，今存六首。《马湾晓

---

① 参见宋弼《山左明诗钞》卷1，《四库全书存目丛书》，齐鲁书社1997年影印本，集部第412册，第8页。

② 同上。

月》云：

> 古河一曲环爵堤，天光混漾浮玻璃。老蟾吐花玉镜缺，游鳞跃藻
> 银钩低。征车道上铎声急，板桥人过晨鸡啼。渔翁待旦棹船去，白鸥
> 飞过黄芦西。

描绘清晨河湾的景色，河水浮金跃银，波光粼粼，驿路上车声辚辚，小桥
上行人往来，渔翁驾着小船驶向河中，惊动了芦苇丛中栖息的白鸥，冲天
而起。诗前半后半动静相生，描绘逼真生动，无论取景的时间还是角度，
在写景诗中都颇为新颖。《濯清飞雨》中描绘瀑布飞泉云："刘侯亭子连
青冥，云来倏忽天瓢倾。苍龙卷海半空落，四檐瀑布生秋声。"以天瓢倾
泻、苍龙卷海喻瀑布铺天盖地、跳跃喧腾的气势，生动传神。另有《漯
水秋风》《郑桥捕鱼》《同乐会友》《南寺晚钟》等。

第二节　明初曲坛作家——贾仲明、王田

一　御前侍卫——贾仲明

贾仲明（1343—1422 后）一作"仲名"，号云水散人、云水翁，济
南淄川（今淄博市淄川区）人，后徙居兰陵（今苍山县），生于元至正三
年，寿八十以上。除戏曲创作外，贾仲明最大的贡献在于对元末明初戏曲
资料的整理和补充。他以挽词的形式，对钟嗣成《录鬼簿》所载 82 位曲
家进行了评说，并极有可能是《录鬼簿续编》的作者，该书收录了《录
鬼簿》之后元末明初 71 位曲家的生平资料和著作名目，成为难得的戏曲
史料。

贾仲明 26 岁时由元入明，此后二十年间一直在南方广交戏曲前辈，
从事戏曲创作，约五十岁左右来到北方，为尚为燕王的朱棣所赏识。《录
鬼簿续编》云："（贾仲明）天性明敏，博究群书，善吟咏，尤精于乐章
隐语。尝传（当作'侍'）文皇帝于燕邸，甚宠爱之。每有宴会，应制之
作，无不称赏。"[1]成祖登基后，贾仲明作为文学侍从，侍应左右，备受
优宠。"公丰神秀拔，衣冠济楚，量度汪洋，天下名士大夫，咸与之相

---

[1] 《中国古典戏曲论著集成》，中国戏剧出版社 1982 年版，第 2 册，第 292 页。

交，自号云水散人。所作传奇（指杂剧）乐府（指散曲）极多，骈丽工巧，有非他人之所及者。一时侪辈，率多拱手敬服以事之。"① 朱权《太和正音谱》称："如锦帷琼筵。"② 著有《云水遗音集》，收散曲近百首，杂剧 16 种，今存《玉梳记》《玉壶春》《萧淑兰》（《菩萨蛮》）、《金安寿》《升仙梦》五种，其他十一种《双坐化》《裴度还带》（全名《山神庙裴度还带》）、《梅杏争春》《调风月》《七世冤家》《碧桃花》《双献头》《燕山怨》《英山梦》《节妇牌》《双告状》散佚不存。又传为《录鬼簿续编》的撰者。

（一）散曲

贾仲明所作散曲今存小令 81 首，套数二组。

贾仲明曾以挽词的形式对钟嗣成的《录鬼簿》进行了增补，以 81 首〔北双调·凌波仙〕小令，对元代"自关先生至高安道"82 位戏曲作家进行了评价和怀念，"拾其遗而补其缺"③，是研究元代曲作家的重要资料。语言爽豁利落，准确简练。如《挽关汉卿》云：

> 珠玑语唾自然流，金玉词源即便有，玲珑肺腑天生就。风月情，忒惯熟，姓名香，四大神州。驱梨园领袖，总编修师首，捻杂剧班头。

以金玉珠玑赞其作品的语言之美，以玲珑肺腑喻其思致之巧，对关汉卿熟悉梨园生活，名耀神州，为戏曲界领袖的成就、地位给予了高度评价。《挽王实甫》云：

> 风月营密匝匝列旌旗，莺花寨明飈飈排剑戟，翠红乡雄赳赳施谋智。作词章，风韵美，士林中，等辈伏低。新杂剧、旧传奇，《西厢记》天下夺魁。

"风韵美"一语中的，概括出王实甫华丽流美的风格，并将"天下夺魁"的赞誉赋予了"王西厢"，亦有识见。末首《以上诸公卿大夫高贤逸士鸿儒总括一篇》则对《录鬼簿》所载作家作了总体评价：

---

① 《中国古典戏曲论著集成》，中国戏剧出版社 1982 年版，第 2 册，第 292 页。

② 同上书，第 3 册，第 23 页。

③ 贾仲明：《书录鬼簿后》，载谢伯阳编《全明散曲》第 1 册，齐鲁书社 1994 年版，第 200 页。

> 钟君《鬼簿》集英才，声价云雷震九垓。衣襟金玉名仍在。著
> 千年遗万载，勾肆中般演诙谐。弹压着莺花寨，凭凌着烟月牌，留芳
> 名纸上难揩。

"诙谐"指众多和美，"莺花寨"指演出场所，"烟月牌"是歌伎的名牌，"弹压"二句意为《录鬼簿》所录作家的作品一直是元代戏曲舞台上演出的主要剧目。高度评价《录鬼簿》及其内容的价值和意义，赞誉元代剧作家声震九霄、流芳万代，显示了重视俗文学的观念和保存作家资料的文学史意识，识见不凡，殊为难得。

小令《北正宫·醉太平·雪夜》见录于《北宫词纪》，将雪夜的两种境界——酒宴欢歌之消遣与文人雅兴之种种，一俗一雅进行对比，云：

> 茶烹凤爪，酒泛羊羔。销金帐里玉人娇，俗则俗到好。韩退之泪
> 洒蓝关道，王子猷兴尽山阴棹。孟浩然诗困霸陵桥，清则清怎熬？

评价只有两句话——"俗则俗到好""清则清怎熬"，倾向却一目了然，显示了作者对俗世享乐的认可，带有浓厚的人情味儿。

与其文学侍从的身份相契合，贾仲明词曲的主旨是歌咏太平。套数《南北黄钟合套·元宵赏灯》（见《北宫词纪》）共十二支曲，描绘了元宵节夜晚庭院街市繁华热闹的欢乐景象，是一幅展现明代节庆风俗的画卷：

> 花灯儿巧妆描，万朵金莲绽池沼。任铜壶绝漏，禁鼓停敲，庭内
> 外香霭齐焚，楼上下灯光相照。（［南画眉序］）
> 青霄，月离了海峤，恰便似宝鉴高悬银汉遥。明皎皎，月色和灯
> 光相射，灯光和月色相交。（［北喜迁莺］）

曲词华美，渲染了火树银花、灯火辉煌的灿烂夜景。整组曲结构前后呼应，曲词整炼华美，衬字俗语较少，极力渲染了繁华丰饶的太平景象。其描述视角、内容选择大多落在士大夫之家和旗馆酒楼，尤其对金闺少女着墨较多，带有鲜明的宫廷文人特征。同时也展现了民间娱乐的场景，雅乐、高跷、滑稽戏等，都是研究民俗的可贵资料。

另有套数《北双调·赠美姬》六支曲，著录于《雍熙乐府》，大抵花营锦阵，字字珠玑，主旨不出点缀升平之外。

（二）杂剧

明代杂剧的发展经历了两个阶段，以明英宗年间藩王朱有燉、朱权的先后去世为标志，前期为宫廷北杂剧阶段，中后期为文人南杂剧阶段。宫廷北杂剧的作者由三类人构成：御用文人、宫廷艺人、藩王。贾仲明则为御用作家的代表。

宫廷北杂剧的内容主要为历史故事、神仙道化和婚姻爱情三大类。贾仲明现存杂剧五种，《玉梳记》《玉壶春》《萧淑兰》三种属于爱情剧，《金安寿》《升仙梦》两种属于神仙道化剧。《玉梳记》与《玉壶春》均写穷困士子与艺妓的爱情故事，在内容构思上有相近之处。即描写富有才华却又潦倒的书生与色艺双全的艺妓相爱，富商巨贾插足其中，鸨儿嫌贫爱富，拒士子于门外，形成书生、艺妓与富商、鸨儿之间的矛盾。最后经过书生得官或经清官断案等曲折过程，有情人终成眷属。

其爱情剧曲词华美工巧，骈俪倾向突出，如《玉壶春》第一折［混江龙］曲中曰：

> 御酒淋漓袍袖湿，宫花蹀躞帽檐偏；列紫衫衣带，听玉管冰弦；挑绛纱红烛，对皓月遥天；醉醺醺红装扶策下瑶阶，气昂昂朱衣迎接离金殿；摆列着玉簪朱履，准备着宝马银鞭。

曲词华丽斑斓，形式整齐对称，音节谐调流畅，极富形式美、音乐美，将李斌幻想金榜题名、金殿赐宴的盛况，描绘得惟妙惟肖。又如《玉壶春》第一折的［鹊踏枝］曲：

> 一个个玉仙天，一双双美婵娟；一层层锦鸡花溪，一里里翠绕珠圈；一步步丹青扇面，一段段流水桃源。

将游春仕女的盛装与袅娜多姿以及风光的绮丽如画展现得淋漓尽致。

明前期杂剧在结构体制上、戏剧语言上、演出形式上都呈现出严谨、整饬、规范化的稳固特征。剧作家竭力追慕"元人矩范"，将元杂剧四折一楔子的形式固定化，但在贾仲明与其后的朱有燉笔下，已出现了把南曲演唱方式和歌舞引入北曲体制之尝试。在贾仲明的《吕洞宾桃柳升仙梦》中，出现了［南东瓯令］、［南桂枝香］等南曲曲牌，可称对北杂剧艺术体制的创新作了局部突破和有益探索，但整体而言，其唱腔主体仍未脱［北仙吕］、［北中吕］、［越调］、［南桂枝香］四大北曲系统，南曲曲牌还未能与北曲水乳交融，显得不够协调。尽管如此，在杂剧的雅化与南化上，贾仲明可谓始开先河。

二　风趣谐谑的王田

王田字舜耕，号西楼，兖州单县（今单县南）人，居济南，故后世多记为济南人。生活于洪武、永乐年间。洪武时，以人才举为济南府学训导，永乐中升山阴县令，后请老归田，自号养颐子。善画水墨山水，工词曲，所作脍炙人口，著有《西楼乐府》。王骥德《曲律·杂论下》评说明中叶散曲作家云："近之为词者，北调……山东则李尚宝伯华，冯别驾海浮，……济南则王邑佐舜耕。"① 徐复祚《曲论》中列举散曲作家三十一人，称为"海岳英灵，文章巨擘，羽翼大雅"②，其中就有王田。

嘉靖、万历时期的散曲家王磐，字鸿渐，亦号西楼，江苏高邮人，亦有《西楼乐府》，二人名又相近，故世人常相混。如王世贞《曲藻》云："王舜耕，高邮人，有《西楼乐府》。"③ 陈所闻《北宫词纪》亦如此。故王骥德云："今世所传《西楼乐府》有二：一为王磐，字鸿渐，高邮人；一为王田，字舜耕，济南人。二人俱号西楼。……弇州所谓……者，盖指舜耕，非鸿渐也。"清人丁丙《善本书室藏书志》则误为一人④。

据康熙《山阴县志》卷24记载，王田为令时，"贞介惠和，有经济大略。时草昧初营造事，段远卫勾摄旗校络绎旁午，供应调发，民且不堪。耕经理节约，不废法，亦不病民……耕又善水墨画，为世所宝"⑤。又《康熙绍兴府志》卷42云："中官郑和下西洋，取宝玉，道所经辄盗横，室庐不宁。耕抗言，邑所产唯布粟，宝玉非所有也，和遂去。"⑥ 王田善曲，画山水有规度，《道光济南府志》卷49云其"才敏，喜为乐府词，脍炙人口，远近传播。山水学高房山，不失矩度"⑦。《民国单县志》卷七则言其"为人蕴藉，自喜遨游名胜，对客挥毫，为一时独步"⑧。

---

① 《中国古典戏曲论著集成》第4册，中国戏剧出版社1982年版，第162页。

② 同上书，第2册，第241页。

③ 同上书，第4册，第36页。

④ 同上书，第4册，第177页。

⑤ 参见赵景深、张增元编《方志著录元明清曲家传略》，中华书局1987年版，第432页。

⑥ 同上。

⑦ 同上。

⑧ 同上书，第433页。

　　王田散曲今存小令三首，套数七组。王世贞《曲藻》云："词颇警健，工题赠，善谐谑，而少风人之旨。"① 张琦《衡曲麈谈·作家偶评》亦云："较为警健，题赠亦善谐谑，而少风人之蕴藉。"② 王骥德《曲律·杂论下》则曰："舜耕多近人情，兼善谐谑"③ "舜耕之词较鸿渐颇富，然大不如鸿渐精炼。"④

　　《北中吕·朱履曲》二首皆为嘲妓之作，《南商调·黄莺儿》见于李开先《词谑》之《王舜耕骂驴》，将王田风趣善谐又敏捷机智的个性展现得淋漓尽致。

　　　　王舜耕往寺中议斋事，所乘驴吃僧舍竹，被僧怒骂，不可忍，将欲回一言，自以一孤客，恐加倍遭辱，乃鞭其驴寓意，细数之曰："在家不吃竹，出家却吃竹，急欲趁程途，锥戳不动，如上窟笼桥。今投竹林，如赶斋的一般。脆生生的竹子，如油炸细馓，可也好吃？将欲割了两耳，教人骂你是秃驴；割了下唇，你又般若般若的；恨将起来，和上唇都割了。欲打折后蹄，怕人叫你做点坐；打折前蹄，怕人叫你做提点；把四蹄都打折，怕你难行道。右边打你，你便右缠；左边打你，你便左缠；就是左缠，我也打你。常言甚有理：一岁不成驴，长老是驴驹。"骂毕，跳上驴背，急出寺门，口唱［黄莺儿］词云："泯耳笑青天，对弹琴也枉然，前身本是和尚变。我谒禅林种福田，你食竹林似宿缘。苦遭怒骂难分辩。到前川，窟笼桥上，会赶脚也难牵。"原乃"一似上刀山"，虽切题，却走韵，友人改为此句，殊不如初。⑤

句句指桑骂槐，又事事切合，机趣横生，令人捧腹。

　　套曲多写仕女闺怨闲情，如《北黄钟·仕女围棋》《北南吕·咏惜花春早起》《北正宫·题情》《北越调·香闺理发》《南中吕·秋深闺怨》《南大石调·闺情》六首皆不脱此樊篱。而套曲《北商调·述怀》九支曲则于其中独树一帜，感叹光阴流逝，世事无成，对人生似有所悟，欲跳脱

① 《中国古典戏曲论著集成》第 4 册，中国戏剧出版社 1982 年版，第 36 页。

② 同上书，第 269 页。

③ 同上书，第 162 页。

④ 同上书，第 177 页。

⑤ 卜键笺校：《李开先全集》，文化艺术出版社 2004 年版，第 1269 页。

尘俗，有劝世意味。

首曲［集贤宾］透露出浓厚的避世意识，对世间的一切营谋都有一种彻悟：

> 二十年一场虚梦境，刚熬到知足好前程。干家私如还了冷债，置田宅做到了空营。钻故纸错认作多识多知，窥先贤参透了无用无能。好光阴如同形共影，紧漫里将咱来缠定。因此上朱颜忙里减，白发暗中生。

以下则具体展现生活的种种艰难和人们的奋争，写人生的不如意和辛勤奔波："一粒米针穿着用，半文钱锥扎也似疼，但开口昧神灵。养儿女衔泥燕，爱钱财竞血蝇，眼睁睁是一个充饥画饼。"（［梧叶儿］）否定了百计钻营、逞强好胜、装模作样的行径："觅火钻冰，扒山弄井。更那堪作怪成精，大模样妆妖则在这小路儿上行，动不动夸强赌胜。"（［逍遥乐］）抒发了自己对人生的参悟："只指望休贫休老，休病休闲，休死休生。"（［金菊香］）顺其自然，清静无为，又侧面流露了志向难酬的感慨："按龙泉长叹了三两声。"（［醋葫芦］）最后以晋代石崇和唐代杨贵妃兄妹为例，揭示了世人争名夺利的执迷不悟和纷纷算计营竞的虚枉性："呀！一个个里边厢扎挣，扒不出活落深坑，倒悬中配上个无星秤。何日满？几时平？方信道吾也难明。"并一针见血，指出虽然费尽心机得来名利，都将是"老阎罗大开着门户等"（［尾声］）。

所用曲牌不多见，显示了作者对乐律的熟悉。语言俚俗简明又蕴含哲理，诙谐中又有穷居山野之人的辛酸。

第三节　台阁文风——永乐至天顺作家

永乐至成化初，相对于开国时期的生气勃勃，文坛陷入了一个相对低潮的时期。政权大定，海内寰一，物阜民康，加之明初之高压整饬文化政策已收成效，以内阁、翰林院为主体的馆阁文人如"三杨"等文风平正典丽、题材则多"颂圣德、歌太平"，君臣、同僚唱和，一时笼盖天下，号为"台阁体"，其病在殊乏个性、尽失兴象，亦并非一无可取。山东诗人黄福、许彬、马愉、刘珝等皆官高位重，多年居朝廷枢要，其文风亦大体不出其右，然尚多意兴活泼之作，清新可诵，无粉饰雕琢、空虚平庸之气，表现出新诗风的滥觞。

一　黄福

黄福（1363—1440）字如锡，号后乐翁，莱州昌邑黄家辛戈人。洪武十七年（1384）以乡荐入太学，任金吾前卫经历，以上书言事超拜工部右侍郎。建文帝时深见倚重。永乐时任工部、刑部尚书，先后两次以尚书衔掌安南（今越南）布政、按察二司事，在交趾十九年，颇著政绩，交人戴之如父。后还朝，任兵部尚书，改南户部尚书兼少保衔。正统五年卒于金陵，成化初谥忠宣，赠太保。黄福身历六朝，从政50年，忧国忧民，廉洁奉公，先后任尚书39年，仕途之荣显，代不多见，死后家产甚少，为后人称道。为人礼仪修整，不妄言笑，自奉节约，解缙赞为"秉心易直，确乎有守"。著有《方山要翰》四卷、《黄忠宣公文集》（又名《后乐堂集》）十三卷、别集六卷，前有杨荣、杨溥、冯时雍三序，皆大言其政绩。《四库全书总目》收录《黄忠宣集》八卷，为其子黄琮所编，仅录其文，未见其诗，而评之为"皆不入格，盖福本以政绩传也"①，未免偏颇。

今观黄福之作，文不如诗，诗风多样，或和平，或悲慨，大多整炼雅正，和顺平易，颇具台阁文风，然无刻意雕琢之气。故《诗统》以为"朴实雅澹"。如冯时雍《序》云："其气平正雅浑，春容大肆，辞不深凿，而意亦独至。且其伸纸立就，不点窜一言一句，而因物赋形，瑰奇变化，皆发诸性情，本诸道义，自中规矩。盖无意于文而不能不文，真天下之至文也。世有穷思苦心务极工巧者，或不出于真情、止诸至理，而矫假是非、佯悲强笑，犹雕脂镂冰，虽工亦何用哉！而公之忧国爱民、亲亲笃友、忠贞耿介之节，闳厚易直之德，通硕经济之才，率于诗文中喷涌四出。"平顺之外，亦时有郁勃慷慨之作，"盖其出镇南交，则锐意于抚馁；及既□朝，居守南京，则存心于经济，故其所发自然有异也。其他随寓兴怀、即物赋形，而魁特超迈之气见于其间者，无不可喜可爱"②。

五绝《送人回广西》清新自然：

海口春光早，沙头柳色新。满斟交趾酒，远送桂林人。

---

① 《四库全书总目》卷175《黄忠宣集提要》，中华书局2003年版，第1551页。

② 黄福：《黄忠宣公文集》，《四库全书存目丛书》，齐鲁书社1997年版，集部第27册，第200页。

诗作于交趾，写客中送客，只述眼前景、当下事，而依依惜别之情自出其中，笔墨简净平顺，且每句用一地名，海口对沙头，交趾对桂林，工整而自然，切合事情，颇有巧思。

黄福七律工雅整炼，不袭陈言，写景言情浑融真挚，怀古吊今时出见地，皆发自衷心，无敷衍应酬之章。故杨溥《题少保东莱黄公文稿》评曰："本之性情，凡所以及乎人者，皆不失忠厚之意。至于览胜江湖，吟咏风月，随所欲而发之，皆能脱略世故……视彼贸贸焉以势利得丧为心者亦辽矣。"① 今观其七律，每篇中大抵颔联甚佳，而结句较弱，是为其通病。《哭岳飞》直言其实，无所凭借，却充溢慨然之叹，自警策动人：

> 大厦将倾势已孤，当年都望此公扶。半千铁骑方兴宋，十二金牌却为胡。海内旄旎无所赖，狱中父子有何辜？累累高冢夕阳外，空使英雄洒泪珠。

写南宋孤守半壁江山，形势危急，而岳飞身负匡复社稷之任，正当中兴有望之际，却为谗言所中，被逮系狱。五六句以反问见愤激之意，结句则写凭吊之情、伤怀之悲，乃少见之与台阁风迥异之作。又如《过浔阳》：

> 一夕东风一雨侵，一帆南上九江深。客寻沽馆荻花外，人唤渡船杨柳阴。彭蠡回看思禹绩，庐山相对慕欧吟。文身地远何时到，篷底鼎尊且自斟。

乃乘舟过江西九江所作，将江上所见、吊怀古迹与远程客怀融为一体。首联三个"一"字，用法新异，尽现烟雨濛濛中一叶扁舟漂泊在茫茫大江之上的情景，如画图在人眼前。颔联对仗工丽，由远及近，写浔阳渡口之状，杨柳荻花、酒肆渡船。其后缅怀九江人文——大禹治水与欧阳修邂逅琵琶女故事，最后有感于前途遥遥，以酒散怀。

二　许彬

许彬（1385—1461）字道中，号东鲁，本丰县苗城里钓台村（今江苏丰县宋楼镇许口村）人，十四岁因灾荒随父迁居兖州府宁阳县（今宁

---

① 黄福：《黄忠宣公文集》，《四库全书存目丛书》，齐鲁书社 1997 年版，集部第 27 册，第 199 页。

阳县）。生而颖异，及学，目十行下，时人皆称神童。永乐十三年
（1415）进士，景泰中以迎还功受知于英宗，英宗复辟，进翰林院学士，
入值文渊阁。未几，为石亨所忌，出为南京礼部右侍郎，甫行，贬陕西参
政，至则乞休去，卒谥襄敏。《明史》云："彬性坦率，好交游，不能择
人，一时浮荡士多出其门。晚参大政，方欲杜门谢客，而客恶其变态，竞
相腾谤，竟不安其位。"① 为明代馆阁体代表作家，著有《东鲁先生集》
14 卷。大学士薛瑄为之序，称其文"若重林邃谷；若冰壶秋月；若太羹
元酒；若波旋马逸；若天地包涵六合不见端倪；若烟云出没万状莫测机
缄……"又赞其诗"和粹春容，冲淡高古，一时为诗者罕与俪焉"。

　　许彬《赠岳蒙泉》诗有云："道上钩衣苍耳子，风前聒客白头翁。"
王士禛《渔洋山人文略》谓："公诗世不多见，此殊可诵。"②《送李佑之
赴陕西参议》诗中云："黄河九曲天边落，华岳三峰马上来。长乐月明笳
鼓静，终南云敛障屏间。"陈田以为"尤雄俊"③，胜过"道上"二句。
其《题王舜耕画》云：

　　　　流水桥头行客，青山树梢人家。仙源正在何处，松萝深锁烟霞。

系咏散曲家王田之画，六言一句的形式十分新颖，词句清新俊爽，脍炙人
口。七律如《灵岩寺》：

　　　　古刹幽深隐万松，四围山拥绣芙蓉。昙花尚逐驮经虎，灵雨尝随
　　　　听法龙。东涧水流西涧月，上方僧定下方钟。白云深锁波舟殿，彼岸
　　　　微茫何处通。

灵岩寺位于济南附近的长清县境内，为一处宋代古刹建筑群，辟山伴水而
建，松林蓊郁，塔林寂寂，风景十分优美，以大殿内的宋代彩塑罗汉像最
为著名。此诗工稳凝练，对仗雅致，状写出众山环抱中灵岩寺的幽深
寂静。

---

①《明史》卷 168，列传 56，中华书局 2000 年版，第 3006 页。

② 王士禛撰，梁宗楠编：《带经堂诗话》卷 21《萐逸类》第 1 条，人民文学出版社 1963 年版，
　　第 593 页。

③ 陈田编：《明诗纪事》乙签卷 11，上海古籍出版社 1993 年版，第 758 页。

三　马愉、刘珝

马愉（1395—1447）字性和，青州临朐朱位村人，宣德二年（1427）江北首位状元，正统间入值文渊阁参预机务，仕至礼部右侍郎，卒赠尚书兼学士，谥襄敏。有明一朝，赠官兼职自马愉始。明代状元有谥者27人，公列其一。"愉端重简默，门无私谒，论事务宽厚"[1]，尝奏清理滞狱、善处蕃使，为帝所纳。《秘阁书目》二卷，今已佚，亦传为其接管文渊阁时率人整理藏书，择其要者而作。

马愉殁后，诗文散佚，成化十六年（1480），山东参政邢居正命青州知府刘时勉裒辑遗存而刊之，成《澹轩集》七卷。其中诗赋四卷，杂文三卷，第六卷又有诗歌错杂其中，盖随得随编，故前后无序。《四库全书总目》提要云："诗多酬应之作，或佳者多佚耶？然史……绝不称及其著作，盖不以文采见也。"[2]

马愉正值三杨"台阁体"盛行的时期，兼之翰林学士的身份和长期的馆阁生活，使其创作不能不受到台阁文风的影响。其诗作多题赠、应制之作，平正典丽，而缺乏深阔的生活内涵。如《题高漫士云山图》：

> 白云缥缈乱山深，最喜幽居傍翠岑。茅屋几家松柏暗，石梯数转薜萝侵。门前流水通南浦，邨外长桥接北林。有客抱琴何处至，祗知来共岁寒心。

描绘了青翠幽深的山村之景，白云缭绕山间，藤萝爬满茅屋，人家小桥流水，正是隐居养性的绝好去处。又如《题李镇抚公余清趣卷》：

> 沙场走马猎初还，细柳辕门尽日闲。倚阁摊书开翠幔，凭栏敲句对青山。数声唳鹤青松下，一曲瑶琴绮席间。正是太平烽火熄，画蛇长弛不须弯。

展现了太平岁月将帅的清闲生活：读书吟诗，弹琴宴集，优游岁月。马愉诗作，皆精致典雅，平和工丽，谐畅深细而缺乏个性。

刘珝（1426—1490）字叔温，号古直，青州寿光阳河里（今青州市

---

[1] 《明史》卷148，列传36，中华书局2000年版，第2754页。

[2] 《四库全书总目》卷175，中华书局2003年版，第1556页。

高柳镇阳河村）人。正统十三年（1448）进士，天顺、成化朝东宫侍讲，累官吏部尚书、谨身殿大学士，为成化朝六大辅臣之一，于国事多有建树。成化末，宪宗好方术，言路久不通，刘珝首请开言路。时内阁三人，万安贪狡阴鸷，刘吉阴毒刻薄，"珝当万安、刘吉等朋比乱政之时，颇能持正"①，而"性疏直。自以宫僚旧臣，遇事无所回护"②。素薄万安，尝斥其负国无耻，由此积忿，日夜思中伤报复，卒为万安、刘吉所构陷，乞休而去，卒谥文和，嘉靖初赐祠额曰"昭贤"。有《古直先生文集》十六卷，乃其子太常寺卿刘鈗所编，诗五卷，文十一卷，志、表、祭文附于末。

刘珝至孝，母父先后丧，皆庐墓三年。为人疏率，"有奇节"③。为东宫侍讲时，"每进讲，反覆开导，词气侃侃，闻者为悚。学士刘定之称为讲官第一，宪宗亦爱重之……每呼'东刘先生'④，赐印章一，文曰'嘉猷赞翊'"⑤。又性喜高谈阔论，直言无忌，遇人无矫饰。《双槐岁抄》云："刘公在内阁，有酒德，善讲经，多谈论，不知者或目为狂躁，然实刚介敢言，潜格君心。"⑥

刘珝书法飘逸，行草尤长，诗风不拘格套，信手随笔，李东阳序其文集云："当其意得兴发，援笔伸纸，顷刻数千百言。"⑦《静志居诗话》云："文和诗率意涂写，不事翦裁，亦间有合格处。"⑧其《白头鸟》诗曰：

残蓼枯荷八月秋，枝间独立更迟留。怜渠本是无情物，何事而今也白头。

① 《四库全书总目》卷175，中华书局2003年版，第1558页。
② 《明史》卷168，列传56，中华书局2000年版，第3009页。
③ 李开先：《闲居集》之一《国朝辅弼歌》，卜键笺校《李开先全集》，文化艺术出版社2004年版，第66页。
④ "西刘"指刘吉（1427—1493），字幼稚，号约庵，河北博野人，与刘珝同年进士，成化五年（1469）入内阁，累迁户部尚书、谨身殿大学士。为人多智术，锐于营私，时为言路所攻，居内阁十八年，人目为"刘棉花"，以其耐弹也。孝宗时数兴大狱，台省为空，中外侧目，令致仕。
⑤ 《明史》卷168，列传56，中华书局2000年版，第3009页。
⑥ 参见何良俊《四友斋丛说》卷7，《历代史料笔记丛刊》，中华书局1997年版，第64页。
⑦ 刘珝：《古直先生文集》，《四库全书存目丛书》，齐鲁书社1997年版，第36册，第4页。
⑧ 朱彝尊：《静志居诗话》卷7，人民文学出版社1990年版，第183页。

咏物而不以隶事用典为之，意兴活泼，有天真之气。又如《青山白云图》：

> 数点云山梦里青，淡烟疏柳晚冥冥。自从失脚红尘里，不敢人前说独醒。

同样通俗自然，发自肺腑，读来质朴亲切。再看《柯谷耕云》：

> 贾得柯山百亩云，春风谷口乐耕耘。牵牛人向村前去，扣角声从陇上闻。野鸟只知催布谷，邻翁不解诵移文。由来方寸多余地，留与儿孙次第分。

诗中充满农家生活之趣，表现了不以财富贻子孙的廉洁情怀。在"台阁体"盛行的风气下，刘珝诗作能信口道来，发抒真情，语语出自肺腑，清新流丽，无矫饰语。虽眼界不大、难出藩篱，却无雍容典重、粉饰雕琢之习，确为难得。

四　夏云英、毛宗鲁、王清

永乐至天顺间，山东尚有夏云英、毛宗鲁、王清等诗人名世，但或存诗甚少，或以官位彰显，成就较弱，诗格诗风则不一而足。

夏云英（1395—1418），青州莒州（今莒县）人，周宪王朱有燉宫人①，有《端清阁诗》一卷，共 69 首，又作《法华经赞》七篇，另有《〈女诫〉衍义》一部，已佚。是明初不可多得的山东籍女作家。父夏鼎，庠生，善诗文，精书画，于莒城文昌阁教书以自存，中年丧偶，视女为掌上明珠，后坐馆豪门，云英随之。她自幼聪慧过人，笃信佛教，姿容绝佳，淡雅如仙，据朱有燉《故宫人夏氏墓志铭》记载，她五岁能诵孝经，七岁学佛，背诵《法华》《楞严》等经。琴棋音律，剪制结簇，一经耳目，便皆造妙。"姿色绝伦，淡妆素服，虽仙姝不足多也"。其诗画佳作初为莒州学署、州衙所得，旋即传至青州衡王府，年十三，选为开封周世子宫人，父不久病殁于莒城僧舍。世子元妃吕氏薨后，以云英专内政，贤明有识见，国有大事，多与其共裁决，谓其"明白道理，有贤明妇人之风"。世子曾养鹊，令作咏鹊诗，云英作箴书以进，以为切勿畜之以伤

---

① 夏云英殁后七年朱有燉始袭封周王，故实为周世子宫人。

生。素体质羸弱，年二十二以遭疾求为尼，受菩萨戒，法名悟莲，未及二载，便洞明佛家内典，六月，作偈示众而逝，年方 24 岁。朱有燉志其墓云："云英端正温良，居宠能畏，雅好文章，不乐华靡。尝取《女诫》端操清静之义，名其阁曰'端清'。"①

诗风长于七绝，秀逸工丽，细腻精巧，描写藩王府闺阁闲适生活，多季节风物之兴，蕴含淡远哀愁。其《立秋》云："秋风吹雨过南楼，一夜新凉是立秋。宝鸭香销沉火冷，侍儿闲自理筜篌。"清新淡朴，境近意远。又如《雨晴》："海棠初种竹新移，流水潺潺入小池。春雨乍晴风日好，一声啼鸟过花枝。"则娟秀明快。再如《秋夜即事》："西风飒飒动罗帏，初夜焚香下玉墀。礼罢真如庭院静，银缸高照看围棋。"写独居礼佛之清静生涯，有秋凉入怀之感。

毛宗鲁字师曾，莱州掖县（今平度市李园街道后戈庄村）人，约生于永乐初年，宣德五年（1430）进士，官御史，有《葵轩稿》。王士禄《涛音集》云："宗鲁诗笔淹润，惜不多见。"② 其诗长于七律，多吟咏家乡一带山水名胜，如平度两髻山、大泽山、云山观等，寄情山水，笔力秀劲稳练。如《大泽山》云：

> 芙蓉朵朵倚空碧，苍松倒挂嵯峨石。山头雨过霁色鲜，岚气浮空翠欲滴。白云出岫本无心，时时绕护禅房阴。衲子挂锡无他事，跏趺日坐苍苔深。

诗系描绘"平度八景"之一的"大泽晴云"景观，大泽山又名"九青山"，胶东名山之一，据志书记载："群山环而出泉，汇为大泽，以此名也。"山中石怪峰奇，岩险洞深，瀑高林秀，雨过天晴，白云朵朵，万木葱茏，佛寺静幽，如入仙境。《采村烟柳》则充满人间烟火气息：

> 城南烟柳余千树，绿荫迷却前村路。春风晴日飏飞丝，薄霭纤云吹不去。傍堤隐隐有人家，轻笼微掩春烟遮。一双白鸟忽飞起，界破溟濛见水涯。

村庄景物动静相生，描写细腻工致，尾联出人意料，见出新意。

---

① 本段皆引自钱谦益《列朝诗集小传》闰集，上海古籍出版社 1983 年版，第 726 页。
② 参见陈田编《明诗纪事》乙签卷 16，上海古籍出版社 1993 年版，第 828 页。

王清（？—1449）字一宁，其先合肥人，世袭兖州济宁卫指挥，慷慨多勇略，累立奇功。正统十四年（1449）黄素养叛乱，围攻广州，王清时任广东都指挥，率水师赴援，失利被俘，投水不死，书诗于衣云："半夜愁吟海珠寺，几回梦堕鬼门关。"数日后，被挟至广州城下，使其劝降，大骂不绝，被害。著有《建纛集》①。

诗歌清健爽朗，《明诗别裁集》收其军旅边塞诗《塞上感怀》一首：

> 西风关外雪初晴，怀古思乡百感生。玉帐枕戈人万里，铁衣传箭夜三更。梦回绝域乌桓地，战罢空山敕勒营。烽火微茫天去远，月中鸿雁送秋声。

写出塞守边所见所感，夜晚边雪初晴，帐中的将军怀古思乡，难以成眠。恍惚的梦境中，又仿佛亲临冲杀过的战场。醒后却只见塞外高旷的天空和月下南飞的鸿雁，越发勾起思乡之情。诗中刻画塞上军旅心情，苍凉悲壮，骨力遒劲，声情慷慨，又饱含真情。唐代边塞诗多文人临边所作，写边地风光、绝域感受，而明代边塞诗多为将帅自画心事，真切感人，王清如是，后世之戚继光亦如是。又如《出塞至鸳鸯海》：

> 落日龙荒觇虏还，剑光直射斗牛寒。少年气节应无敌，肯负平生一寸丹！

此诗作于宣德间于喜峰口觇敌时，抒发壮志报国之心，激越高昂。

第四节　复古风潮初起——成化至弘治末诗文作家

明代文学复古运动虽正式开始于弘治末年，以"七子"为帜志，但文学史上任何一种文学现象的产生均不是毫无征兆的，之前都有着或久或近的渊源。早在元末明初，杨维桢、闽中诗派之张以宁、林鸿等人已有复古之呼声，即使在台阁文风盛行的永乐、宣德年间，杨士奇在《东里集》

---

① 钱谦益：《列朝诗集小传》丙集"王挥使清"条云"有《文通集》八卷"，上海古籍出版社1983年版，第262页。系将仙居人王唐（字一宁，以字行，改字文通，有《文通集》八卷）与王清相混而致误。

卷14之《读杜愚得序》中亦有复古之论，崇尚盛唐、独尊杜甫。成化后，李东阳崛起文坛，在全面总结馆阁制作的同时，提出诗学汉唐、规模法度的复古主张，天下翕然宗之，"茶陵派"诗风盛极一时，开"七子"复古之先声。如沈德潜所云："永乐以后诗，茶陵起而振之，如老鹤一唱，喧啾俱废。后李、何继之，廓而大之，骎骎乎称一代之盛矣。"① 此时的山东文坛，诗人亦见增多，张海、杨光溥、蓝章、毛纪魏为名家，官廉、郭玺、李晟、敖山屏绕左右，诗歌真情，出乎襟怀，充盈山林之象，或浑厚，或清雅，或高逸，无复平庸面目，复古风气呼之欲出。

一　张海

张海（1435—1498）字文渊，济南德州（今德城区抬头寺乡张申村）人，父早卒，入乡学，"性敏而勤，才名特著"②，赖妻子潘氏竭力女红，读书始成。天顺三年（1459）中山东乡试解元，成化二年（1466）成进士，累官至兵部左侍郎。豪迈有气节，以刚直称，汪直擅权，不为所屈。后得命闭嘉峪关捕诛通番回夷而还，孝宗以其无功降山西右参政，李东阳赠诗云："营平图略本常事，定远功名非彼曹。空庭捣穴岂不易，不忍赤子涂脂膏。"指出张海实不忍生灵涂炭故意无功而返的深衷，可见当时朝议之所向。以疾乞归，将行而卒于山西官舍。

程先贞《诗搜》云："侍郎酷好吟咏，篇章甚富，观其格调，颇似初年高季迪。天子称其才压翰林，不虚也。晚年自焚其稿。"③ 谓张海诗风颇似高启，意为天才高逸，清新俊逸，亦不乏雄豪奔放，苍凉激楚，《张氏族谱》后附录张海诗三十余首，的确兼而得之，风格多样。如《次王彦平秋望韵》云：

> 草满西窗苔满阶，尊前一笑且开怀。露添太液池莲净，风入山阳笛引谐。树夹雨声生叶底，雁分云影过天涯。月明一倍堪惆怅，瘦写高梧作断钗。

① 沈德潜等编：《明诗别裁集》卷3，上海古籍出版社1979年版，第75页。

② 魏训田、吴怀涛、董兴华：《明兵部左侍郎张海墓志疏证》，《德州学院学报》2009年第1期。

③ 参见宋弼《山左明诗钞》卷2，《四库全书存目丛书》，齐鲁书社1997年版，集部第412册，第20页。

诗中以爽朗心怀写秋望之景，才气流荡，造语新异，浑融沉厚，跌宕有致。又如《次邓继中秋江回文诗韵》：

> 何如怅别此停舟，滚滚长江一送愁。荷盖翠减秋露宿，树烟浓对晓山幽。歌来暗想花惊眼，赋罢新愁月过楼。波浪碧摇帆影碎，多情正是可人游。

沉郁顿挫，浑厚雅炼，工稳雅致，英迈中不乏苍凉之感。

绝句《清明》诗思奇异，沉快爽宕：

> 痛大如天未有涯，梦将麦饭洒昏鸦。几年不见清明日，来扫白杨树底花。

《七夕》则意浓情深，情怀郁郁，孤独中有几分苍凉：

> 坐看星汉夜迢迢，小酌花前酒一瓢。黄叶声轻鸟匝树，碧云影倒鹊横桥。人间巧事何时歇，天上佳期此夕消。欲倚梧桐傍金井，不禁罗袖起凉飙。

《春闺词二首》婉丽清新，迂徐有致：

> 梦回绣枕耿窗纱，帘幙风轻燕子斜。不信闲愁春不管，平分一半与梨花。

> 小窗睡起坐来慵，宝鸭香销锦帐空。可惜好花容易谢，欲将一笑买东风。

张海诗才气纵横，不袭陈言，重兴象、摅真情，厚重中不乏爽丽，沉雄中夹杂苍凉，有盛唐高华之气韵风慨，是明前期山东不可多得的优秀诗人。

二　官廉、蓝章

官廉（1444—1484）字汝清，号韦轩，又号后乐居士，莱州平度人，十九岁中乡试第六名，天顺八年（1464）成进士，释褐工部虞衡司主事，掌"山林采捕与陶冶之事"，旋即丁母忧，三年后复任，赴浙江采办大木，公私称平，回京改任户部主事。性情刚介，成化十四年（1478）春，奉命往静海查处贵戚侵夺民田百顷事件，不畏权贵，秉公处理。同年秋，直隶、河南一带大饥，至畿南河间府赈灾，活民数万，升任户部员外郎。成化十六年（1480），景州等处民田万顷界接东宫庄田，为内侍冒占，朝廷派官廉往勘，内侍语曰："毋如归我，讲官可得。"廉曰："以万人命易一官，吾弗为也。"尽归所占田于民，事见《明通纪》。升户部郎中，督理蓟东粮饷，多有兴革，上下称赞，深得敬重，任满时猝然病逝于任上。大学士刘珝为作《墓表》，翰林张昇为写《墓铭》，有"修翮翔霄，中道以折；长剑倚空，甫试而缺"之叹惜。

官廉博学多才，善画，工草书，甚负盛名，《佩文斋书家传》称他"嗜二王书""病中不辍临池"。所书成化《重修三元庙碑》石，今尚存，虽已漫漶，书体瘦硬刚劲，神完气足，有大家气象。《嘉靖山东通志》收其《重修（平度）州城池记》《重修（胶州）云溪桥碑记》两文。喜吟咏，毕生不辍，著有《运甓集》《瀛洲集》《蓟东集》。康熙、道光《平度州志》中收其诗作数首，多为咏《平度八景》者，诗风清新明丽，高格不凡。又如其《至后次平谷苦寒》云：

> 客阴用壮气严寒，边戍人家昼掩关。清籁怒风鸣老树，冻云阁雪压前山。拥裘尚怯长途苦，无褐谁知荜屋难。村酒力微诗律拙，怅怀何计破天悭。

以切身所感描绘了阴山边地狂风怒吼、冰雪满山的奇寒，展现了西北塞外的恶劣环境。

蓝章（1454—1525）字文绣，莱州即墨人，就读于西障村"东崖书屋"，中成化二十年（1484）进士，历官婺源令、潜山令、贵州道监察御史、右佥都御史，廉慎明敏。正德初，忤刘瑾，左迁抚州通判。刘瑾败，复起为陕西巡抚，官终南刑部侍郎，三次乞休归，朝廷曾十一次为立坊表。归后自号"大劳仙翁"，于即墨华楼山下斥资创建华阳书院，东西构"望月楼""紫霞阁"，蓝氏子弟皆读书于此，世代科第不绝。有《劳山遗稿》一卷，尝撰《八阵合变图说》以教将士，文有《御寇记》《请赈疏》等。诗多写乡居生活的恬静和归田后的闲适之趣，平易质朴，直书所感。如《送友人》：

> 楚江瞻北斗，晚秋入神京。有书献天子，无刺谒公卿。虎豹九关远，江湖一叶轻。归来寻酒伴，松菊不寒盟。

表达对清正廉直官员的赞许，其中的忧怀民瘼、不事结交、忘我奉公、高洁自励的形象，无疑也是作者的自我写照。又如《野适》：

> 白露横江天色空，江边老木起秋风。幽怀欲吐无人见，曳杖危桥亭子东。

以秋来漫步郊外发抒心中的苦闷和孤独，诗风沉郁老健。

三　杨光溥

杨光溥①字文卿，号沂川，青州沂水（今莒县前杨家庄）人，父杨俨为举人，课子甚严，光溥就读于城东岭附近的沂水书院，中成化五年（1469）进士。初任刑部郎中，理清多年未决之魏国公兄弟攻讦案，宪宗为赐宝褚。居官廉介，自奉甚俭，冷若冰壶，俨若泰山，以直声震台中。任职庐州，微服视赈，百姓爱戴，累官山西按察副使，致仕时不能置行装。居乡贫甚，惟以吟咏为事。著有《剪灯缲谈》《沂川文集》《梅花集咏》《杜诗集吟》等，万历间曾孙杨东野整理刊印，另有《月屋樵吟》《素封亭稿》。

《剪灯缲谈》二卷乃文言传奇小说，题名似仿《剪灯新话》《剪灯余话》而来，多神话传奇故事，情节新奇，辞藻绮丽，穿插诗词，不少篇目反映了婚恋自由的理想及战胜邪恶、不畏强暴的精神，其中的《石湖戮潭蛟志》尤为精彩。《沂川文集》二卷，作于为官及乡居期间，多写隐逸情怀与田园风光，不少涉及乡民疾苦。《梅花集咏》《杜诗集吟》是集句之作，拣择之精，排练组织之巧，若自胸中流出。陈田云："文卿诗有闲适之趣，觉柴桑风景，去人不远。"② 如《春日村居》：

> 锄罢园蔬即治田，阴阴榆柳荫堂前。市沽顿积频年债，午梦真成小洞仙。几叶渔舟春水渡，一声樵笛夕阳川。回思车马红尘路，却恨归来已暮年。

写宁静恬澹的乡村，诗人亲治园蔬，躬耕自给，回首往日的仕途奔波，悔恨没有早日回归田园。颈联工丽雅致，写景堪称绝唱。

---

① 陈田《明诗纪事》误作"杨先溥"，据《沂水县志》改。
② 陈田编：《明诗纪事》丙签卷6，上海古籍出版社1993年版，第1029页。

七绝尤为淡雅清新，首首俊逸怡人，读来含英咀华，芳香满颊。如：

> 《闲坐》：竹根滴沥响山泉，衮衮红尘远市廛。闲向落花深处坐，半庭软草麝香眠。
>
> 《观山》：布谷声中雨霁天，绿杨轻锁一村烟。瓦盆半醉青州酒，泉水东头看种田。
>
> 《春去》：楼外青帘近酒家，莺声巷陌夕阳斜。东风暗地催春去，几日无人唤卖花。
>
> 《夏日即景》：黄梅时节雨初晴，半亩槐阴小院清。却怪山童惊梦觉，午风吹送捣茶声。

明净的心境，恬静的乡村，闲散的思致，悠远的境界，自然平淡的风格，即兴而发、不求工而自工的特点，可步武王维、孟浩然，是盛唐山水田园诗风的后继。

四　毛纪

毛纪（1463—1545）字维之，号砺菴，又号鳌峰逸叟，晚号海翁，莱州掖县（今莱州市）人，成化二十二年（1486）举乡试第一，次年成进士①，正德中官至户部尚书、武英殿大学士，入阁参预机务，嘉靖三年（1524）为首辅三月，寻致仕，卒谥文简。身历四朝，位登台辅，全节完名，殆不多见。归田后，于城西北郊辟"寻乐轩"，筑万绿亭，与同乡宿老如参政郭东山、副使腾谧、通判王岳、学博王邦等结成"五老忘形会"。《忘形会约》云："昔人'四美'之说，而'赏心'其尤关切者。初不拘拘于其迹也，因名之曰'忘形会'""酒不过三巡，蔬不逾五品"，拈题分韵，雅歌投壶，"如是者二十余年"，时人以为有"香山洛社之遗风"。

毛纪在民间留有很多传说。根据《聊斋志异》中故事改编的吕剧《姊妹易嫁》其主人公毛娃，原型就是毛纪，在齐鲁大地可谓家喻户晓。《明史》称："纪有学识，居官廉静简重。与（杨）廷和、（蒋）冕正色立朝，并为缙绅所倚赖。"② 嘉靖初元，与内阁首辅杨廷和等草新诏，驾抑宦官中贵，裁革锦衣卫、减漕粮，将正德中蠹政革除且尽。又亢直清

---

① 钱谦益：《列朝诗集小传》丙集误作"二十二年"，上海古籍出版社1983年版，第256页。

② 《明史》卷190，列传78，中华书局2000年版，第3359页。

节，仗义不屈。世宗欲追尊生父兴献帝，阁臣争之，杨、蒋相继被罢，毛纪虽被任为首辅，持见如初，终不从帝意。朝臣伏阙哭争者，俱被逮系，毛纪疏救，触怒世宗，于是请归。

毛纪著有《鳌峰类稿》二十六卷，《海庙集》四卷、史部类《密勿稿》三卷，《辞荣录》不分卷，《归田杂识》二卷，编《联句私抄》四卷，皆为归田后亲自编定。还曾参与纂修《明会典》，修《孝宗实录》，另纂成第一部《莱州府志》八卷，嘉靖十四年印行。《鳌峰类稿》[①] 前十八卷为文，后八卷为诗。"严分宜作墓志，称其平居手不释卷，老而弥笃，作文浑厚典实，一根于理。"[②] 陈田云："小诗亦有清致。"[③] 毛纪长于七言，律诗不事雕琢，信笔直书所见所感，虽不够雅炼，但真实自然，历历如在眼前，亦有不期而自工者。如《闻雁》：

> 朔莫凉风到帝州，长空忽堕数声秋。书传海国千年恨，望断衡阳万里愁。南北只随时令变，往来宁为稻粱谋。一天明月尘如洗，歌罢新诗独倚楼。

写深秋寂静的夜晚，北雁南飞，声声鸣叫唤起了心头的惆怅，独立楼头，仰望满天星光，不禁感慨万千。《游城西》云：

> 阴云如盖树如帷，尽日游尘不到衣。鸟语春深回客梦，人家昼静掩柴扉。可堪采杞心偏切，似觉寻芳意未违。夕照满林余兴在，坐看山色欲忘归。

诗当作于致仕归乡之后，描绘了郊外漫游的情趣。

绝句俊逸隽永，工致雅洁，颇耐品味。如《铜雀砚》：

> 荒台野烧青，古瓦寒云滴。却把蘸诗毫，东风吊赤壁。

诗咏物兼怀古，写三国时铜雀台的古瓦，被后人用为砚台而濡墨，提笔咏怀的却是当年的赤壁之战。构思新巧别致，将古物与当时的历史背景相联

---

① 朱彝尊《明诗综》误记为《鳌头类稿》。

② 钱谦益：《列朝诗集小传》丙集，上海古籍出版社 1983 年版，第 256 页。

③ 陈田编：《明诗纪事》丙签卷 9，上海古籍出版社 1993 年版，第 1084 页。

系，赋予了深厚的历史内涵。又如《听松卷子》：

> 苍苔白石坐开颜，尽日无尘鹤梦闲。起向前溪一洗耳，涛声随雨落空山。

诗乃题画之作，以极简洁的景物描写，传神地写出了文人画的宁静野逸之趣。清雅闲澹，静穆空寂的情调，颇有韦应物的风神。

五　郭玺、李晟、敖山

郭玺（1435—1475）字文瑞，兖州城武（今成武城北郭楼村）人①。少年丧父，事母至孝，举乡试第一。天顺八年（1464）成进士，选庶吉士。忤李贤，降工部营缮主事，刚直不阿，遭宦官黄顺诬告，下狱抄家，泰然自若，抄查结果贫甚，帝震惊，贬黄顺，加官兵部武选员外郎。居官无谄佞色，门无私谒，宪宗尝书名于御屏间，曰"清介官郭玺"。性情忠直，重情重义，时人称为义士。以疾乞归，未行而逝，仅四十一，李东阳为志墓，赞其"为人处事无谗词妄色，居官未尝阿意所事，其所奋激，虽横权刑法不少挫"，较之"视人之颜色以为进退者"，胜之千百倍。诗存《送王惠民》一首："故乡怜久别，奉诏喜南还。草色都门道，潮声潞渚船。清风随去鹢，明月满前川。伫看来春暮，鹏抟万里天。"颔联以行程描绘心中还乡之切，颈联写景独绝，回味隽永，尾联意境高华，寓意深远。

李晟字孔阳，东昌濮州（今已为镇，属范县）人，成化五年（1469）进士，官御史，终郧阳同知。好言兵，自比诸葛武侯，为世所噗，武宗以为"大言无实，垂老不悟"。《千顷堂书目》录其《经世通略》《平胡兵式》《安攘六论》一卷。诗作豪气奔逸，声情慷慨，向往兵戎生活，如《登榆林太清阁》："太清阁上俯神州，天畔何人赋远游。王粲从军能许国，刘琨长啸此登楼。丹心捧日临高顶，紫塞连云起暮愁。漫道书生无胆气，凭将一剑射旌头。"充满以身许国、壮志平虏的豪情。

敖山字静之，东昌莘县人，成化元年（1465）乡试解元、十四年（1478）进士，由翰林编修升江西提学副使，因疾辞归，晚年沉浸理学，宗邵尧夫之旨。《人物志》云："七岁补郡诸生，赋才雄爽，为文奔放横

---

① 《明人传记资料索引》（中华书局 1987 年版）误作福建"永年"人。

逸，不烦绳削而自合。与濬县王越齐名，人称'江北二杰'。"① 著有《石绫传》《先天手册》、诗集《灿然稿》。诗多为送行赠别之什，如《寄刘温叔阁老致仕》："还山不用杖头钱，鉴水湖边有赐田。随处锄云开晓径，有时餐玉带春烟。平生气节山中相，千古风流洛下仙。望断冥鸿思更切，几时飞梦落钓天。"称颂大学士刘珝的尊荣地位、风雅气节，含而不露，十分得体。

从明初的五派并存、不拘一格到永乐、成化间的"台阁"文风，明诗走完了最初的一百三十年历程。《四库全书总目》云："明代文章初以春容典雅为宗，久之渐流为庸熟。正德间，李梦阳崛起北地，倡为复古之学，戒天下无读唐以后书，风气为之一变。"② 在这场历时四十年、开启明诗新纪元的诗文革新运动中，山东历城人边贡亦参与其间，以名列"弘正四杰"的地位，成为第一次复古运动的中坚，也揭开了山东诗坛鼎盛百年、称雄北方的帷幕。

① 参见宋弼《山左明诗钞》卷2，《四库全书存目丛书》，齐鲁书社1997年版，集部第412册，第22页。
② 《四库全书总目》卷172《沧溟集提要》，中华书局2003年版，第1507页。

第二章　海岳先声——边贡

在明代山东文学史上，边贡的形象意义要超过他的诗文成就。作为"前七子""弘正四杰"之一，他的出现，打破了有明一百三十年来山东诗坛的寥落局面，开启了明中叶的鼎盛和繁荣，并被视为"历下诗派"（"济南诗派"）的奠基人："济南诗派大倡于华泉、沧溟二氏，而筚路蓝缕之功，又以边氏为首庸。"① 堪称海岳先声。故朱观𤏳《海岳灵秀集》云："孝庙以前，海岱之才，无其伦比。"②

边贡（1476—1532）字庭实（又作"廷实"），号华泉，又号野史公，祖籍江苏淮阴，元末避兵乱徙历城（今济南市）。出身仕宦之家，自幼聪慧，读书刻苦，六至十四岁随任应天府治中的祖父居于南京，少年即学识广博，蔚有文名。弱冠中弘治九年（1496）进士，授太常博士，谙于吏事，谨慎周到，颇得孝宗赏识，一日未去上朝，孝宗便问左右："何不见年少官人耶？"

边贡"性峻直，又练习国章，通晓时务，抵掌谈天下事，率凿凿副名实。虽重忤时贵，弗畏避"③。弘治十八年迁兵科给事中，时孝宗病死，上疏劾太监张瑜、太医刘泰、高廷用药不妥，并责太监苗逵、保国公朱晖、都御史史琳用兵有失，"词义剀切，闻者凛然"④。职虽微而慨然以国事自任，王士禛论曰："尚书工诗博雅，为弘正间四杰之一，世但知其文章，而不知其风裁如此。"⑤

---

① 王士禛：《华泉先生诗选序》，载边贡《华泉先生集选》，《四库全书存目丛书》，齐鲁书社1997年版，集部第49册，第2页。

② 《四库全书总目》卷171《华泉集提要》，中华书局2003年版，第1497页。

③ 李廷相：《资政大夫南京户部尚书华泉边公贡神道碑》，载焦竑《国朝献征录》卷31，《四库全书存目丛书》，齐鲁书社1997年版，史部第101册，第549页。

④ 同上。

⑤ 王士禛：《池北偶谈》卷9《谈献五》"边尚书"条，《历代史料笔记丛刊》，中华书局1997年版，第201页。

弘治十五年起，以李梦阳为首的诗文复古风潮兴起，边贡亦加入其中，颇有文誉，李梦阳赞云："是时少年谁最文，太常边丞何舍人。舍人飘摇使南极，直穷金马探泸津。"① 弘治十八年参与了李梦阳弹劾外戚张鹤龄事件，使复古派声誉大振。正德改元，刘瑾弄权，朝政大坏，复古派力诋，并因此纷遭荼毒，相继免官或外放，"一出云霄空怅望，十年歧路各苍茫"②。

正德四年（1509），边贡离京外任卫辉知府，旋改荆州，其《卫辉阻雨奉别幸庵彭太保》那句"宦情时事剧秋云，话到伤心不忍闻"，便是内心苦衷的写照，至荆州后，为官清正，治理有方，据《历城县志·文苑传》记载，他亲定制度，考校官吏，政宽而下不欺，所辖之处"民不扰而事济，治行为天下最"。后调任山西、河南提学副使，并能其官。正德十二年（1517）因母丧还乡。风流洒脱，不拘小节，"以按察移疾还，每醉，则使两伎肩臂，扶路唱乐，观者如堵，了不为怪"③。嘉靖元年（1522）起为南京太常寺少卿，负责管理少数民族及异国文字的翻译，时文体各殊、文字不一，交往不便，边贡统成一体。翌年改南京太仆寺卿，官至南户部尚书。

至金陵后，边贡加入顾璘为首的南京作家群，与朱应登、蒋山卿、赵鹤、景旸等觞咏酬唱。南都曹事甚简，在任十年间，寄情山水，饮酒行乐，无意宦途，《华泉集》卷二《送刘约中之金陵》诗云："君到石城边，应看石城树；树梢百尺合，是侬行乐处。""贡早负才名，美风姿，所交悉海内名士。久官留都，优闲无事，游览江山，挥毫浮白，夜以继日。都御史劾其纵酒废职，遂罢归。"④

边贡"癖于求书，搜访金石古文甚富"⑤ "所蓄不啻数万卷"⑥。还乡后卜居大明湖畔，特地建"万卷楼"以贮之。嘉靖十一年（1532）二月，

① 李梦阳：《空同集》卷20《徐子将适湖湘余实恋恋难别走笔长句述一代文人之盛兼寓祝望焉耳》，《四库全书》，上海古籍出版社1987年版，集部第1262册，第155页。

② 何景明：《大复集》卷27《怀寄边子》，《四库全书》，上海古籍出版社1987年版，集部第1267册，第233页。

③ 王世贞：《艺苑卮言》卷6，载丁福保辑《历代诗话续编》，中华书局1983年版，第1052页。

④ 《明史》卷286，列传174《文苑传二》，中华书局2000年版，第4915页。

⑤ 钱谦益：《列朝诗集小传》丙集，上海古籍出版社1983年版，第315页。

⑥ 李廷相：《资政大夫南京户部尚书华泉边公贡神道碑》，载焦竑《国朝献征录》卷31，《四库全书存目丛书》，齐鲁书社1997年版，史部第101册，第550页。

边家遭火，藏书尽为灰烬，边贡痛惜不已，仰天大哭曰："嗟乎！甚于丧我也！"病遂笃，辞世，年才五十七。著有《华泉集》十四卷：诗八卷，文六卷；《华泉先生集选》四卷，附录一卷，为王士禛所选刻。

边贡居官清廉，图籍外无以遗子孙，其子边习即以负薪授徒为生，贫困以终。清初王士禛访其后裔，"则墓祠久废，七世孙某已为人家佃种矣，乃公言于当道，予以奉祀生。'儿童不识字，耕稼魏公庄。'古今同慨也"①。

第一节　庭实昌毂，左右骖靳——地位辨析

在明中叶诗坛上，边贡与李梦阳、何景明、徐祯卿、康海、王九思、顾璘、朱应登、陈沂、郑善夫号称"弘治十才子"，与李、何、徐、康、王九思、王廷相称"前七子"，又与李、何、徐并称"弘正四杰"。终明清之世，"四杰"为诗家屡屡道及：

袁衮："李、何、徐、边，世称'四杰'，李雄健、何秀逸、徐精融、边朴实，并负盛名，辉映当代。四公殆艺苑之菁英也。"②

王士禛："明诗莫盛于弘、正，弘、正之诗莫盛于四杰……四杰之在弘正，犹其建安之陈思，元嘉之康乐欤！"③

沈德潜："弘、正之间，献吉、仲默，力追雅音；庭实、昌毂，左右骖靳，古风未坠。"④

蒋士铨："北地、信阳，羲娥经纬；边、徐辅协，左右骖靳。"⑤

郑仲夔："北地李梦阳、济南边贡、姑苏徐祯卿、信阳何景明，世称四杰。"⑥

---

① 王士禛撰，梁宗楠编：《带经堂诗话》卷25《轶闻类》第26条，人民文学出版社1963年版，第722页。

② 参见宋弼《山左明诗钞》卷3，《四库全书存目丛书》，齐鲁书社1997年版，集部第412册，第24页。

③ 王士禛撰，梁宗楠编：《带经堂诗话》卷4《纂辑类》第6条，人民文学出版社1963年版，第99页。

④ 沈德潜等编：《明诗别裁集·序》，上海古籍出版社1979年版，第1页。

⑤ 同上书，第4页。

⑥ 郑仲夔：《玉麈新谭》清言卷5《赏誉下》，《明史资料丛刊》第三辑，江苏人民出版社1983年版，第146页。

"四杰"之中，李、何二人倡言复古，领袖文坛，有起衰振敝之功，地位自不可攀。但对边贡与徐祯卿地位的高低却颇存争议。

沈德潜、蒋士铨于李、何后言"庭实、昌毂"，又云"李、何、边、徐"① 意为边贡在前；而陈田列数七子，云"徐昌毂、边廷实"②，袁衮又谓"李、何、徐、边"，则置边贡于后，此乃微意暗含者。

朱观㷆《海岳灵秀集》以为边贡地位紧随李、何之后："华泉之作，虽不逮何、李，然平淡和粹，孝庙以前，海岱之才，无其伦比。"③

李开先的观点无疑带有明显的同乡相厚倾向："时则有庆阳李崆峒、信阳何大复，虽云角立而为二，其与边华泉实则鼎峙而为三。"④

何良俊对边贡评价极高："世人独推何、李为当代第一，余以为空同关中人，气稍过劲，未免失之怒张；大复之俊节亮语，出于天性，亦自难到，但工于言句而乏意外之趣；独边华泉兴象飘逸，而语尤清圆，故当共推此人。"⑤ 显然推奖太过。

而宋征舆明确指出："尚书（边贡）……声价在昌毂（徐祯卿）之下、君采（薛蕙）之上。"⑥ 钱谦益《列朝诗集小传》又引吴人袁衮语曰："李、何、徐、边，世称'四杰'，边稍不逮，只堪鼓吹三家耳。"⑦《诗话类编》更将边贡置于郑善夫之下："弘正之时，北地反正，何徐犄角，庭实上辅继之（郑善夫），下毗近夫（殷云霄）。"⑧

《四库全书总目》对朱观㷆、何良俊、宋征舆三家之说作了总结，认为："三人所论，当以子龙（实为宋征舆语）为持平矣。"⑨ 确定边贡地位在徐祯卿、薛蕙之间。

"前七子"中，李、何诗文兼备，康海、王廷相以文盛，徐、边则以

---

① 沈德潜等编：《明诗别裁集》卷5，上海古籍出版社1979年版，第107页。

② 陈田编：《明诗纪事》丁签·序，上海古籍出版社1993年版，第1131页。

③ 参见《四库全书总目》卷171《华泉集提要》，中华书局2003年版，第1497页。

④ 李开先：《闲居集》之六《边华泉诗集序》，卜键笺校《李开先全集》，文化艺术出版社2004年版，第510页。

⑤ 何良俊：《四友斋丛说》卷26，《历代史料笔记丛刊》，中华书局1997年版，第234页。《四库全书总目》载出自胡应麟《诗薮》，误。

⑥ 陈子龙等编：《皇明诗选》卷3，华东师范大学出版社1991年版，第168页。《四库全书总目》以为陈子龙语，误。

⑦ 钱谦益：《列朝诗集小传》丙集，上海古籍出版社1983年版，第315页。

⑧ 参见宋弼《山左明诗钞》卷3，《四库全书存目丛书》，齐鲁书社1997年版，集部第412册，第24页。

⑨《四库全书总目》卷171《华泉集提要》，中华书局2003年版，第1497页。

诗见长。徐祯卿、王廷相均在文学理论上有所建树,徐祯卿之赋也可谓独步一时。诸子中,边贡散文最不足称,其文集全为墓志、碑文、贺表所充斥,皆平庸无奇。《四库全书总目》云:"其文集……自明以来,谈艺家置而不论。今核其品格,实远逊有韵之词。"即使其诗集中,庆吊、祝寿、赠答之类的比例在诸子中也是最高的,真正反映时事和抒发感慨的作品也不在多数。但边贡又何以被擢入"四杰"之列呢?对此,胡应麟的解释十分中肯:

一是李梦阳、何景明对边贡十分器重:"弘、正并推边、何,徐、李,每怪边品第悬远,胡得此称!及读献吉送昌毂诗'是时少年谁最文?太常边丞何舍人',仲默赠君采亦有'十年流落失边李'之句,则李、何于边,正自不浅。"①

二是仅就诗而言,边贡较之众人无明显弊病。胡应麟云:"余细阅当时诸家,若仲凫(崔铣)、德涵(康海)、敬夫(王九思)、子衡(王廷相),诗皆非长;华玉(顾璘)、继之(郑善夫)、升之(朱应登)、士选(熊卓)辈,或调正格卑,或格高调僻,独边视诸人差为谐和,不得不尔。若君采(薛蕙)、子业(高叔嗣),年宦稍后,元非同列。"②

此外,在当时诗坛上,边贡诗歌平淡和粹,无凌轹跋扈之气,故少为后世抨击。如《四库全书总目》云:"今考其诗,才力雄健,不及李梦阳、何景明善于用长;意境清远,不及徐祯卿、薛蕙善于用短,而夷犹于诸人之间,以不战为胜,无凭陵一世之名。而时过事移,日久论定,亦不甚受后人之排击。"③钱谦益对李梦阳、李攀龙等人吹垢索瘢,不遗余力,于边贡则无恶语,也正说明了这一点。

清初王士禛对作为乡先贤的边贡极为青睐,居京师时,将《华泉集》十四卷选刻为《华泉集选》四卷,并访其后裔,为置奉祀。《四库全书总目·华泉集提要》曰:"国朝王士禛所删定,……其比之曹植、谢灵运,虽不免夸饰,然于李攀龙集终置不论,而独加意于贡集。其去取之间,亦有微意也。"④陈田云:"《华泉集》芜蔓未翦,今睹阮亭《诗选》,顿尔改观。曹子建常叹,异世相知,谁订吾文者?阮亭真华

---

① 胡应麟:《诗数》续编卷一,上海古籍出版社 1979 年版,第 347 页。
② 同上。
③ 《四库全书总目》卷 171《华泉集提要》,中华书局 2003 年版,第 1497 页。
④ 《四库全书总目》卷 176,中华书局 2003 年版,第 1566 页。

泉旷世知己。"①

《华泉集》乃边贡去世后，弟子刘天民所编订，卷一以四言古体《显陵五章送严介溪宗伯》开篇，遭来不少非议，《四库全书总目·华泉集提要》云："昔薛蕙于严嵩为同年，颇相倡和，及嵩柄国，蕙即谢绝往还，并削去旧作，不留一字，至今为论者所称。是集乃以送嵩之作列为压卷，不免见疑于清议。然是集为贡殁之后，其里人刘天民所编，时当嘉靖戊戌，正嵩权炽盛之日，或天民无识，趋附时局以为荣，非贡本志欤？"②

第二节　守之以正，时出其奇——文学主张

作为"前七子"之一，边贡在诗歌理论上积极鲜明地倡导复古，遵循拥护李梦阳的主张，以"诗三百"及汉魏、盛唐诗歌为宗。他在《华泉集》卷十四的《题空同书翰后》中说：

> 鲁公，圣于书者也；子美，圣于诗者也。李子兼之，可谓豪杰之士已矣。今之学者之为诗若书，莫不曰："乃所愿，则学李子也。"及其成也，弗颜、弗杜，则顾曰："非我也，天也。"嗟乎！诗有宗焉，曰《三百篇》；书有祖焉，曰虫沙、鸟迹，斯李子之学矣。今之学者求颜、杜于李子，无乃已疏乎？古之人有言乎"取法乎上，仅得乎中"，斯李子之谓矣。

边贡指出，李梦阳书法似颜真卿，诗歌似杜甫，各得其传，各尽其妙。而后世之师法李梦阳者，书法既不似颜真卿，诗歌亦不似杜甫，去颜、杜甚远，而归咎于天意。其实，李梦阳之成功，在于"取法乎上"，即书法以"虫沙、鸟迹"为宗，诗歌以《三百篇》为宗。因而后世学者也应直接以上古书法与《诗经》为宗，才能像李梦阳一样似颜、似杜。可见，边贡强调诗歌创作应直接宗法古人，即使是当代的名公巨匠也不应效法。与李梦阳"学不的古，苦心无益"③的论调是一致的。

---

① 陈田编：《明诗纪事》丁签卷2，上海古籍出版社 1993 年版，第 1157 页。

② 《四库全书总目》卷 171，中华书局 2003 年版，第 1497 页。

③ 李梦阳：《空同集》卷 62《答周子书》，《四库全书》，上海古籍出版社 1987 年版，集部第 1262 册，第 569 页。

在具体学习方法上，边贡提出了"守之以正，时出其奇"，并强调诗歌应有真情实感，主张"文以载道"。

一　守之以正，时出其奇

《华泉集》卷十四的《题史元之所藏沈休翁高铁溪诗卷》中有这样的论述：

> 兵法有奇有正，诗法亦然，而知者寡矣。休翁、铁溪，固诗家之登坛者也，由今观之，盖高得其奇，而沈得其正。世之论诗者，多厌正而喜奇，喜奇则难矣。正，固不易造也。奇非正则多失；正非奇则茸然不振，其病均耳。守之以正，而时出其奇，非老将孰能当之！元之总戎，固熟于兵法者也，间以其余力发之于诗，骚坛诸将莫敢不敛衽焉。

以兵法之"奇""正"喻诗歌创作的手法，"奇"谓谋篇、造语新异奇警，独出机杼；"正"则谓循规蹈矩，合乎常法。边贡此论，是对诗歌在"法度"与"创新"之间如何把握的探求。

文学理论上的"奇""正"之说最早见于刘勰的《文心雕龙·定势》："夫通衢夷坦，而多行捷径者，趋近故也；正文明白，而常务反言者，适俗故也。然密会者以意新得巧，苟异者以失体成怪。旧练之才，则执正以驭奇；新学之锐，则逐奇而失正。势流不反，则文体遂弊。秉兹情术，可无思耶？"

谢榛《四溟诗话》记载了唐代李靖的"正""奇"之说："李靖曰：'正而无奇，则守将也；奇而无正，则斗将也。奇正皆得，国之辅也。'譬诸诗，发言平易而循乎绳墨，法之正也；发言隽伟而不拘乎绳墨，法之奇也；平易而不执泥，隽伟而不险怪，此奇正参伍之法也。白乐天正而不奇，李长吉奇而不正，奇正参伍，李杜是也。"[①] 同样以兵法喻诗法，可谓边贡之先声。

边贡的"守之以正，而时出其奇"与刘勰的"执正以驭奇"、李靖的"奇正参伍"基本含义是一致的。"正"一方面包括古诗中的内容、情感、意境，另一方面也指文辞、意象、格调、结构方法。"守正"就是要求首先对古诗的这诸多方面熟练掌握。"出奇"就是要创出新意，既包括情感

---

① 谢榛：《四溟诗话》卷2，载丁福保辑《历代诗话续编》，中华书局1983年版，第1169页。

内涵上的创新，也包括构思布局上的创新。只求"正"就会流于平淡凡庸，了无新意；只求"奇"则尖新刻巧，流于险怪。"奇"固能使人耳目一新，但这种出新必须基于对诗歌创作范式的熟练驾驭，否则只能流于邪魔外道，因而，"正"才是学诗者的首要追求，是出"奇"的基础，是学诗的正途。只有以正为主，以"奇"相辅，才能如老将迎敌，战无不胜。既不失诗歌的固有轨度，又可以时出新意，成为"戴着镣铐的舞蹈"。

此论与几十年后的谢榛不谋而合。谢榛《四溟诗话》卷三云："专尚奇者，乃盛唐之端，晚唐之渐也。譬游五岳，出门有伴引之，循乎大道而不失其正；否则歧路之间，又分歧路，愈失愈远，而流荡莫之返矣。正者，奇之根；奇者，正之标。二者自有重轻。……则奇正相兼，造乎大家。"①

由此可见，在学习古诗上，边贡的态度非常灵活，既承认应严格学习诗法，又认为诗法不是死法，可以根据表达的需要加以变化。在初期阶段，自应"尺寸古法"，最终得以"舍筏登岸"，可谓中和了李梦阳、何景明之论，也从另一侧面见出李、何二人的观点只是同一目标进程中的不同阶段，并非根本矛盾。

二　其言弗情也，闻之者弗可兴

边贡还强调诗歌要有真情实感，他在《涉封君挽诗序》中说："其言弗情也，其音弗哀也，其读之者弗可观也，其闻之者弗可兴也。嗟乎！是咏物而已矣。"②指出诗歌没有真情实感，就不可能动人，就不能起到使诵读者"观"——认识现实、"兴"——感发志意的作用。就仅仅是对事物的叙述，而脱离了诗歌言情的本质。

"前七子"文学复古运动的目的，就是重倡盛唐以前的诗歌创作风尚，挽救宋元以来古典诗歌的衰落与异化。因此，针对宋元诗歌的理性化倾向，他们强调诗歌的情感特征，将"诗缘情"放在理论主张的首要地位。

李梦阳云："情者，动乎遇者也。……情动则会心，会则契神，契者音所谓遂于而发者也。……忧乐潜之中而后感触应之外，故遇者因乎情，诗者行乎遇。"③认为情以物迁，辞以情发，情由物见。徐祯卿更是全面

---

① 谢榛：《四溟诗话》卷3，载丁福保辑《历代诗话续编》，中华书局1983年版，第1193页。

② 边贡：《华泉集》卷10，《四库全书》，上海古籍出版社1987年版，集部第1264册，第192页。

③ 李梦阳：《空同集》卷51《梅月先生诗序》，《四库全书》，上海古籍出版社1987年版，集部第1262册，第470—471页。

论述了诗歌的情感特征。他认为情是艺术思维活动的源泉和主宰："情者，心之精也。情无定位，触感而兴。……盖因情以发气，因气以成声，因声而绘词，因词而定韵，此诗之源也。"从文学接受论角度看来，正因为诗歌蕴含着丰富而真挚的情感，所以能感发意志，动人心弦："夫情能动物，故诗足以感人。"①

可见，边贡的见解与"前七子"的共同主张是一致的，是对徐祯卿理论的补充与注解。

三　道也，文之的也

在诗文内容上，边贡主张"文以载道"，他在《书博文堂册后》云："古之君子之于文也，非徒务其博而已也，彼固有所取焉也。《传》曰：'文以载道。'又曰：'文者，贯道之器。'则是君子之取于文者，固将以求道也。"② 在《送杨氏子入武学序》中又云："夫文亦有的焉，曰：'道也者，文之的也；六经者，道之的也。晰于理以正其志，放于文以直其体，参之史以验之，博之诸子以贯之。'夫如是，有不审固者乎？有不百发百中者乎？"③

"文以载道"是唐代古文大家韩愈的主张。所谓"道"，即儒家之道。在"前七子"阵营中，不少作家同样是理学家或带有理学色彩，他们强调"文以载道"，是在"诗缘情"的前提下，对诗文内容做出的补充，即"发乎情"，还要"止乎礼仪"。如康海云："夫因情命思，缘感而有生者，诗之实也；比物陈兴，不期而与会者，诗之道也。"④ 王廷相曰："温柔敦厚者，诗人之体也；发乎情止乎义理者，诗人之志也；杂出比兴，形写情志，诗人之辞也。"⑤

边贡在强调载道是文之目的的同时，还提出了如何做到"载道"，即以儒家经典——六经为根本，以史为参考，广取诸子百家之说以广博知识

① 徐祯卿：《谈艺录》，载何文焕辑《历代诗话》，中华书局 1981 年版，第 765 页。

② 边贡：《华泉集》卷 14，《四库全书》，上海古籍出版社 1987 年版，集部第 1264 册，第 237 页。

③ 边贡：《华泉集》卷 9，《四库全书》，上海古籍出版社 1987 年版，集部第 1264 册，第 176 页。

④ 康海：《对山集》卷 4《太微山人张孟独诗集序》，《四库全书》，上海古籍出版社 1987 年版，集部第 1266 册，第 369 页。

⑤ 王廷相：《王氏家藏集》卷 20《巴人竹枝歌序》，《四库全书存目丛书》，齐鲁书社 1997 年版，集部第 52 册。

与识见，将"经""史""子"三者与"集"的关系作了阐释，无疑是颇有见地的。

第三节 兴象飘逸、语尤清圆——律诗成就

边贡诗平淡秀整，长于近体，尤精于五言，陈子龙云："廷实粗率未除，然时见精诣。五言尤称长城。"[①] 宋征舆云："廷实五言律，华贵不必言。时出俊语，令人百思。何、李劲对也。"[②] 陈田云："华泉古诗佳作不及何、李之多，律诗翩翩，自是风流一代人豪。"[③] 边诗以其飘逸的兴象、清圆的词采而脍炙艺圃，呈现出飘逸俊秀、清越流畅，又不失沉稳平朴、感情真挚深婉的风格特征，独具风调。明清选家对此有目共睹。王世贞云："边庭实如洛阳名园，处处绮卉，不必尽称姚魏；又如五陵裘马，千金少年。"[④] 指出边诗既多姿多彩，又风流俊逸。何良俊对边贡诗歌评价极高，将李梦阳、何景明与边贡作了比较，对何、李二人均指出了缺点，然后说："独边华泉兴象飘逸，而语尤清圆，故当共推此人。"[⑤] 的确概括了边诗的主导风格。

一 飘逸俊秀、平淡和粹

李梦阳曾当面对何景明、边贡说："诗之雄浑吾能之，而俊逸则让二公。"[⑥] 边诗的秀逸中呈现出"平淡和粹"的独特风貌，音节舒缓，语言平淡如话，感情深婉真挚，不以色泽鲜丽、情辞斐然争长，而以构思新巧、风神俊爽取胜。朱观㲀《海岳灵秀集》曰："华泉之作，虽不逮何、李，然平淡和粹。"[⑦] 魏允孚《华泉集原序》云："献吉之词雄，仲默之词逸，昌谷之词苍，先生之词温然粹然。"[⑧] 均指出了其平淡冲和的特点，

① 陈子龙等编：《皇明诗选》卷3，华东师范大学出版社1991年版，第168页。

② 陈子龙等编：《皇明诗选》卷8，华东师范大学出版社1991年版，第474页。

③ 陈田编：《明诗纪事》丁签卷2，上海古籍出版社1993年版，第1157页。

④ 王世贞：《艺苑卮言》卷5，《历代史料笔记丛刊》，中华书局1997年版，第1034页。

⑤ 何良俊：《四友斋丛说》卷26，《历代史料笔记丛刊》，中华书局1997年版，第234页。

⑥ 李开先：《闲居集》之六《边华泉诗集序》，卜键笺校《李开先全集》，文化艺术出版社2004年版，第510页。

⑦ 《四库全书总目》卷171《华泉集提要》，中华书局2003年版，第1497页。

⑧ 载边贡《华泉集》，《四库全书》，上海古籍出版社1987年版，集部第1264册，第2页。

这也正是他区别于何景明、徐祯卿等人之"秀逸"的独有特征。袁袠云："李、何、徐、边，世称'四杰'，李雄健、何秀逸、徐精融、边朴实，并负盛名，辉映当代。"① 所谓"朴实"，也正是平淡和粹之意。

如五绝《十六夜》："春城灯火静，华月满天街。陌上归来晚，香尘有堕钗。"（《华泉集》卷七）民间以正月十四为试灯，十五为正灯，十六为罢灯，诗以正月十六之夜为题，本应写繁华喧闹的赏灯游玩场景，却独辟蹊径，从夜阑人散开始写起，却以末句"香尘有堕钗"，回写了当时观灯与妇女出游"走百病"的盛况与拥挤，出人意料，笔意新颖。

《华泉集》卷七的《送于利②》四绝句，为王士禛所赏③。诗云：

> 送君城南桥，笑折城南柳；归来掩关坐，皎月当窗牖。
> 露下夜已久，清轩调玉琴；凄凉湘水曲，窈窕白头吟。
> 一别春城雨，两回秋月圆；尊前不尽醉，书札但空传。
> 离肠似连环，宛转不可绝；相送淮水秋，相思燕地雪。

乃怀念友人之作，分别以暮春、初秋、中秋、初冬四季为背景，在时间上具有延续性。思念之情亦步步深入。四绝气脉贯通，意境清远，语近情深，神韵独造，令人品味不尽。

《幽寂》云："幽寂耽蓬户，凄凉怀旧吟。莺啼非故国，草色乱春心。落日黄云暮，阴风碧海深。嗷嗷北来雁，二月有归音。"（《华泉集》卷四）诗作于南京任上，描写自己见春色而思念故乡的情绪，笔致含蓄蕴藉，颇耐人寻味。宋征舆曰："三四一联，不过十字中，有无限诗情。"陈子龙曰："三四悲宕。"李雯曰："结亦澹浑。"④

在近体诗中，七律博大精深，五律工稳圆融，而五绝颇为难作，其特点是章短词约而理尽意长。边贡五绝之精擅，固不易到，朱彝尊以为"四杰"中之独步："华泉诸体，不及三家，独五言绝句擅场。昔宋吴江令张达明与客论诗，其言曰：'诗莫难于绝句，尤莫难于五言。欲其章短

---

① 参见宋弼《山左明诗抄》卷3，《四库全书存目丛书》，齐鲁书社1997年版，集部第421册，第24页。

② 于利，济南新城（今桓台县新城镇）人，弘治二年（1489）举人，官扬州府同知。

③ 王士禛撰，梁宗楠编：《带经堂诗话》卷11《合作类》第15条，人民文学出版社1963年版，第274页。

④ 陈子龙等编：《皇明诗选》卷8，华东师范大学出版社1991年版，第477页。

而意长，词约而理尽。'华泉庶足当之。大复赠诗云：'阳春诚独步，清庙徒三叹。'以绝句论，边亦无愧于三家也。"①

边贡七绝亦不乏佳篇。《题美人》（又作《嫦娥》）题下注云："时外舅胡观察谢政家居，寄此通慰。"（《华泉集》卷七）诗云："月宫秋冷桂团团，岁岁花开只自攀。共在人间说天上，不知天上忆人间。"开篇同样写月宫嫦娥的冷清寂寥，但后半首却不落窠臼，笔锋一转，写人间羡慕天上的神仙，殊不知神仙则渴望人间的生活。以此来安慰离官的岳丈，不必因远离庙堂而失落，朝中官员们正羡慕这种闲适自得的生活呢。

又如《重赠吴国宾》："汉江明月照归人，万里秋风一叶身。休把客衣轻浣濯，此中犹有帝京尘。"（《华泉集》卷七）沈德潜以为"婉而挚，视'素衣化为缁'，用意各别。"② 前两句用"明月""秋风"，创造出一种清丽的意境；后两句以不忍洗净衣服上的尘土，表达深深的思念之情。风格清淡委婉，感情浓郁真挚，音节清越舒畅。一反晋代陆机《为顾彦先赠妇诗》之"京洛多风尘，素衣化为缁"之意，而饶有唐音。隽逸、清淡、深婉三者兼而有之。

边贡律诗秀逸中又不失平朴这一特征的形成，与其南北交融的气质个性有密切关系。边贡虽是北方人，但一生中有近二十年的时间是在南京度过的：六岁至十四岁的九年就学于南京，四十六岁后的十年又一直在南京为官。南京地连吴越，六朝古都、风流弘长，无疑给少年时代的边贡以深刻的影响，边贡美丰姿，善交游，个性柔和，又仕途早达，少年得意，使其洒脱而又不拘礼仪，不像李梦阳那样"豪直"。为官留都期间，他优游江山，与顾璘、朱应登、蒋山卿、赵鹤、景旸等南京作家挥毫浮白，癖求金石书画，颇有东南士大夫风尚。这种个性决定了其诗歌飘逸、清丽、洒脱的风格特色。

另外，王世贞评价边诗"如洛阳明园，处处锦烂；五陵游侠，裘马千里。虽复大雅，不心醉乎"③。即虽力倡复古但不拘限其中，不为古所囿。这也正是第一次复古风潮中南京作家群的共同特征。如前所述，由于南京自然地理与人文环境的影响，南京作家群在总体上遵奉复古主张的同时，与李梦阳的法度谨严不同，主张不矜格调，自然出于情性，因质就长，各随所宜，从而以"风调"擅长。与边贡奉行的"守之以正，时出

---

① 朱彝尊：《静志居诗话》卷10，人民文学出版社1990年版，第265页。
② 沈德潜等编：《明诗别裁集》卷5，上海古籍出版社1979年版，第110页。
③ 王世贞：《明诗评》卷1"边尚书贡"，《丛书集成初编》，中华书局1985年版，第20页。

其奇”的创作原则，相互呼应。

至于边诗平淡风格的形成，则在于边贡固有的北人气质。边贡虽久居南方，毕竟不是吴人，他在具有洒脱、风流的南方气质的同时，尚保存了平朴、沉稳的北人个性。《四库全书总目》云其“才力雄健，不及李梦阳、何景明善于用长；意境清远，不及徐祯卿、薛蕙善于用短，而夷犹于诸人之间，以不战为胜，无凭陵一世之名。”① 指出边贡在意境创造方面，尚不及徐祯卿清新淡远，也从另一侧面隐现出边贡诗“平淡和粹”的特征。而袁袠“朴实”一词恰可以见出他与徐祯卿共同的秀逸特征中的差别。

二　精深沉稳、意蕴深含

边贡极富才情，与其气质中属于北方人的稳健、朴质的一面相融合，就形成边贡律绝风格的第二个特点：于沉稳中见流丽。宋征舆云：“尚书才情甚富，故能于沉稳处见其流丽。”李雯曰：“华泉精硕沉快。”② 其怀古七律，精深沉稳，意蕴深含，呈现出感情沉郁，意境深沉的特色。

其《谒文山祠》云：“丞相英灵犹未消，绛帷灯火飒寒飚。乾坤浩荡身难寄，道路间关梦且遥。花外子规燕市月，水边精卫浙江潮。祠堂亦有西湖树，不遣南枝向北朝。”文山祠在今北京市，诗乃边贡拜谒南宋丞相文天祥祠堂所作。短短八句，却是一篇诔文，以悲壮沉雄的语句，表达了对这位节义动天的民族英雄的崇敬，一向被视为边贡的代表作。诗从文山祠内的景象写起，联想起文天祥在国破后被俘羁押不屈而死的遭遇，以子规啼血、精卫填海和伍子胥死后化为钱塘潮喻其复国志向虽死不改。宋征舆曰：“‘花外’二语果是精巧，结意更深。”③ 尾联又回到祠堂，写祠堂外亦有西湖边岳飞墓前的树，枝枝南向，不向北朝，是丞相不屈英灵的化身。沈德潜以为“后半神到，吊信国诗此为第一”④。全诗视野极广，包罗浑含，取材精粹，意永识高，流荡着一股浩然正气。手法上纵横开阖，又首尾呼应。故朱庭珍《筱园诗话》卷三将其与高启《吊岳王墓》、杨慎《武侯祠》并称为“盖代名篇，怀古诗中卓然可传之笔，学者所当熟玩而以为法也”。

① 《四库全书总目》卷171《华泉集提要》，中华书局2003年版，第1497页。

② 陈子龙等编：《皇明诗选》卷3，华东师范大学出版社1991年版，第168页。

③ 陈子龙等编：《皇明诗选》卷10，华东师范大学出版社1991年版，第712页。

④ 沈德潜等编：《明诗别裁集》卷5，上海古籍出版社1979年版，第110页。

《山行即事》二首之二云："陵署青青生午烟，山渠瀫瀫响春泉。白头宫监松林下，闲说英皇北狩年。"（《华泉集》卷七）明英宗朱祁镇受宦官王振怂恿，不顾于谦等大臣的反对，在瓦剌来犯时御驾亲征，结果由于昏聩轻敌，在土木堡一带被俘，并被挟持进攻北京，后羁留塞外，弟朱祁钰继位，后虽被放回，又经夺门复辟，但"土木堡"之役，对明王朝的国势影响深远，被视为由盛而衰的转折点。该诗写路过英宗陵园，听白头宫监诉说英宗往事，虽不置评论，但独提"北狩"一事，褒贬之意自见。

边贡身历三朝，为官清正，时有关心时事、讽喻帝王及反映现实、哀叹民生之作。如《失题》末云："却恐乘鸾逐茅氏，紫霞何处觅仙踪。"当为讽刺世宗沉溺道教；《感事八首》首篇云："天山戎马本天骄，入贡能轻道路遥。底事内兵翻作乱，祸胎疑自武宗朝。"更直斥武宗之荒淫失道，致使蒙古兵叛乱，遗祸后世。又如《宣城道中书事》云："路出荆门不断山，西通巴塞北秦关。四方群盗何时息，五月征夫且未闲。羊祜冢荒碑七尺，武侯祠古屋三间。苍凉云日江村午，愁绝东流去不还。"约作于正德六年任荆州知府时。时荆州一带旱灾，官府赈恤不力，百姓贫困至极，四川及周边地区起义频发，诗即有感时事而作，颈联以荒冢、孤碑、古祠、草屋构成了一幅悲凉萧瑟的画面；尾联以东去不返的江水，喻绵绵不断的愁思，寄托深远。

沈德潜云："华泉边幅较狭，而风人遗韵，故自不乏。李、何、边、徐并名，有以也。"[1] 正是着眼于边贡七律的这种特征。

三 深婉真挚、一往情深

边贡交友颇广，对友人、对亲人，他都倾心相待，其寄怀朋友亲人的诗篇，如前面所述《重赠吴国宾》《送于利》等，都写得深婉真挚，一往情深。

《送都玄敬》二首其二云："驱马别君处，秋阴当暮生。林柯无静叶，江雁有归声。绿水阊门道，青山建业城。未能同理楫，延伫独含情。"都玄敬名都穆，吴县人，边贡任职南京时，结为好友，都穆以太仆少卿致仕回乡，边贡为其送行。首联点出送别的时间，接下来写暮色中秋风劲吹，并以江雁的归声衬托宦游人返乡心切，结句言不能乘舟同行，只能独傍水滨，久立而望，看友人渐行渐远。依依不舍之情盈溢笔端。

边贡对亲人更是满怀深情，亲人的去世使他肝肠寸断，悲不自胜。

---

① 沈德潜等编：《明诗别裁集》卷5，上海古籍出版社 1979 年版，第 107 页。

如《上王氏妹墓》："王郎呼不起，吾妹亦泉台。白日山头下，悲风树里来。有亲差可慰，无子更堪哀。岁岁荒坟土，何人奠一抔？"诗为嫁与王氏而故去的妹妹祭扫时而作，对其无子早逝的身世深表同情，深挚哀婉，令人心酸。早在王氏去世、权厝尼庵时，边贡即作有《城东尼寺哭妹三首》（《华泉集》卷一），其中有云："一为生死哀，感我涕盈襟。"充溢着同胞之情、生死永绝的悲哀。

边贡兄弟二人，弟名边赋，字庭宝，小边贡十一岁，体弱多病，边贡对弟弟格外疼爱，弟弟对他也十分倚重。边贡二十岁中第后即南北游宦，家中就靠弟弟支撑门户，服侍父母，边贡心中充满感激。正德五年（1510）边贡出守荆州途中，与边赋在临清相会，并为其赠字"庭宝"，《寄弟赋》二首即作于此时。其一云："忆尔别我时，日照河边柳。痛哭别我去，上马犹回首。知尔爱我心，不殊足与手。徘徊望行尘，伫立沙上久。"描写兄弟二人分别时依依不舍之情，语言明白如话，感情深挚纯真。

然而就在三年后，年仅二十七岁的边赋不幸去世。边贡为其作《祖奠亡弟庭宝文》，全文如下：

> 於戏！吾与尔为兄弟二十七年，今一旦已矣，其何以为情耶！吾去家而服官，赖尔以寄门户之托；吾弃亲而事君，赖尔以供甘旨之奉。今一旦违我而去，尔则忍矣！老母在堂，哀心如割，使我入无所依，出无所倚，其何以为情耶？明旦迁柩，将殡尔于先府君墓侧，吾弟有知，其必痛此千古之别矣。尚飨！

哀痛之情，令人凄然泪下。即使六年后，边贡仍不能平息心中之痛，《华泉集》卷四《亡弟赋改葬述哀》云："葬汝已六载，那期重抚棺？壮心原不死，遗骨久应寒，石室灵仪在，铭旌粉字残。一为同气感，双涕夕汍澜。"

边贡有三子：边羽、边翼、边习。长子边羽乃边贡四十三岁时所得，疼爱备至，但不幸夭亡，边贡屡作诗念之，《哭儿羽》曰："阿羽生存日，人呼圣小儿。虚疑渥洼种，实有凤麟姿。学步先遵礼，能言即赋诗。悼渠怜子夏，休讶入官迟。"写边羽聪明懂礼，禀赋天资。《湖上忆亡儿羽》云："往岁春湖曲，尝携稚子游。花迎玉肤笑，云傍彩衣流。隔水时穿竹，看鱼数探舟。伤心独来日，烟月暮含愁。"回忆往昔父子同游湖上的欢乐，书写了失子后故地重游的痛楚。

四 气格少让、边幅较狭

边诗也存在着几方面的不足。

一是"气格少让"。王世贞云："何、李赤帜，贡实雁行，羽仪词林，脍炙艺囿。所惜者，气格少让，师友或疏耳。"① 总体来看，边贡集中缺少恢弘阔大的作品，显得气势不足。且立意不高，故《四库全书总目》云其"才力雄健，不及李梦阳、何景明善于用长"②。这也是作家个体风格之体现，不应过多苛责。

其次是"边幅较狭"③。边诗取材范围比较狭窄，思想内容不够深广。这主要源于边贡二十岁即入仕途，一生拘陷于官场，活动范围相对来说受到一定限制。为官又颇为顺畅，未经历过大的磨难和坎坷，晚年益发诗酒自放，无法熟知更多的现实生活。因此，其作品虽飘逸、清丽，却没有深刻的寓意寄托。

如《对月感怀》："惆怅东篱下，西风酒一壶。物随秋渐老，人与月同孤。幻梦疑蕉鹿，尘踪笑网蛛。寒蛩不解意，唧唧响青芜。"（《华泉集》卷四）首联以"东篱""西风"描绘出一幅萧瑟的秋天景象，临风饮酒、采菊东篱，悠闲自得。颔联见景生情，感叹时光易逝，而形单影只。颈联用"覆鹿寻蕉"的典故、以蜘蛛结网为喻，抒发人生如梦，转首成空的感慨。尾联以寒蛩独鸣，不解人意，衬托作者的孤独情怀。全诗情景交融，用典贴切，情致清逸，但不外是文人的闲情逸致。与东汉文人五言诗中浓厚的生命、时空意识和李杜诗歌中强烈的时代精神不可同日而语。

关于边贡诗集，李开先在《边华泉诗集序》中则做出了如下评价："详观其作，或抚景物，或悲人代，或赠送倡酬，制裁错出，意匠妙解。其音清而越，其节畅而舒，其调高而雅，其体正而平，可以力振风骚，挽回正始，国初不足言矣！"④ 较准确地揭示了边贡诗歌的风貌。

① 王世贞：《明诗评》卷1"边尚书贡"，《丛书集成初编》，中华书局1985年版，第20页。
② 《四库全书总目》卷171《华泉集提要》，中华书局2003年版，第1497页。
③ 沈德潜等编：《明诗别裁集》卷5，上海古籍出版社1979年版，第107页。
④ 李开先：《闲居集》之六，卜键笺校《李开先全集》，文化艺术出版社2004年版，第510页。

第三章　山左树旗鼓——第一次复古风潮中的山东名家

从弘治初年至隆庆朝结束整整 80 年的时间，是明代诗歌发展的繁盛期。这 80 年中，又可以几个典型事件为标志分为三个时期：弘治六年李梦阳中进士，前七子派复古运动兴起；嘉靖八年李梦阳去世，李开先中进士，"嘉靖八才子"登上文坛，嘉靖十二年左右，文坛宗尚和士大夫风尚已发生转移；嘉靖二十三年，李攀龙中进士，嘉靖二十六年，后七子派复古运动兴起；隆庆四年李攀龙去世，后七子派复古运动衰微。据此，三个阶段的分期为：

一、弘治初年至嘉靖初年，约 40 年，第一次复古运动的兴盛期。

二、嘉靖中期，约 15 年，唐宋派主导文坛。

三、嘉靖二十六年至隆庆末，约 25 年，第二次复古运动的兴盛期。

在三个阶段中，山东诗人边贡、李开先、李攀龙均为当时巨匠或领袖人物，明代中期的山东诗人也大多在三个阶段的羽翼之下，而以复古宗尚为主。嘉靖中叶唐宋文派兴起，与复古风潮相左，与此相应，青州文坛之"海岱诗社"诸家、临朐冯氏父子兄弟、章丘文坛之"绣水作家群"等，皆自适性情、不重格调，其不追流俗、清新真率的精神影响深远，难能可贵。

王士禛在《香祖笔记》卷十中云："尝欲集海右六郡前辈作者遗集五十家……撷其菁华，都为一集。"并列出了一份共五十四家的名单，但"守官京师四十余载，匆匆未暇。今归田矣，而髦①及之，耳目神理非复故吾，不知斯志能终遂焉否也，聊志此以俟他日"②。未果。弟子张宗柟

---

① 原书如此，恐为"耄"之误。

② 王士禛撰，梁宗楠编：《带经堂诗话》卷 6《题识类》第 49 条，人民文学出版社 1963 年版，第 156 页。

纂辑《带经堂诗话》时，又据《蚕尾续文》补出6家，共计60家①。其中，明初至成化朝不过6家：许彬、黄福、秦纮、马愉、刘珝、毛纪；明中叶有29家——王崇文、靳学颜、蓝田、殷云霄、穆孔晖、边贡、刘天民、许成名、王道、殷士儋、冯裕、冯惟健、冯惟敏、冯惟讷、李攀龙、李先芳、苏祐、苏濬、杨巍、刘隅、吴岳、戚继光、龚秉德、郭本、李舜臣、李开先、谢榛、许邦才、邹颐贤。由此可见中、晚明，尤其是中期山东作家之盛。故"自明中叶，中原坛坫，必援山左树旗鼓"②。

弘治至嘉靖朝前期的山东名家，除去边贡及本书四、五、六各章所论外，尚有殷云霄、邹颐贤、蓝田、刘天民（见第八章《历下诗派》）、李仁、刘隅、李舜臣、苏祐、崔廷槐等人。

第一节　"弘正十才子"之殷云霄

殷云霄（1480—1516）字近夫，号石川，兖州寿张（今阳谷县寿张镇北台村）人。其先世本凤阳大族，元末战乱，太高祖殷仲名避乱北方，遂家于寿张，父殷玘，字佩玉，号刚斋，以贡士知昌黎县，清慎有为，"刚严多知，民畏爱之"③。殷云霄中弘治十八年（1505）进士，次年以疾回乡，自幼体弱，因恶刘瑾专权，近又撄疾，遂不思出仕，构蓄艾堂（今阳谷县张秋镇纸店街东首），藏书数千卷，欲著述、授徒以终其身。刘瑾伏诛后，正德六年（1511），欲携家游宦南方，以避北方刘六、刘七之乱，遂赴京候选。授南直隶靖江县令，"明察有断，不劳而治"，因智勘朱恺被杀案，为民申冤，被写入后来的《智囊全集》《型世言》《三刻拍案惊奇》《别本二刻拍案惊奇》等书，入祀靖江名宦祠。调青田（今属浙江），"青田，剧邑也，近夫去其害民者六七事，他无所更张"④，政绩卓然。《（光绪）青田县志·官师志》称他"清节高标，不阿上官，爱民如子"，去任时，"父老儿童攀马号泣，脱靴建亭"，并作歌谣两首："脱

---

① 张宗楠失考，误以为《香祖笔记》原文所记苏祐"子子冲澹"有误，据《蚕尾续文》改为"二子冲、澹"，事实是苏濬字子冲，苏祐三子苏濬、苏濂、苏潢俱有诗名，无子名苏冲，故只得苏濬一人。

② 王培荀：《乡园忆旧录·序》，中国文联出版社2011年版，第5页。

③ 崔铣：《洹词》卷3《殷近夫墓志铭》，《四库全书》，上海古籍出版社1987年版，集部第1267册，第425页。

④ 同上。

公靴，公将奚如？公行无靴，公行则迟""脱公靴，取其一只，匪遗其一，公不可再得。"擢南京工科给事中，偕同官疏谏武宗纳有娠女子马姬事，以峭直称，次年卒官，年仅三十七岁，归葬寿张镇北台，"会者千人，咸哭之失声"①。1950 年迁建于阳谷城南四棚乡沙河崖村南，黄土一抔，**掩埋遗骨**，清光万里，照耀古今。

殷云霄"修眉碧目，口可空拳。体羸而骨健，读书数行下，既成诵，终身不忘""方峭克约，国子司业穆伯潜笃行苦学，无匹也，犹畏近夫曰：'近夫之耻不善，不啻负秽。'近夫居常不谈人过，及论文则指摘疵瑕，不以一言假人"。他性好藏书，学问博通，以理学名世，"爱诵程氏朱氏书……必六经之旨然后究心焉"②，又负治世之才，可惜时命乖蹇，年寿不永。皇甫汸概其生平曰："七龄诵书，挺童乌之秀；弱冠登朝，怀贾谊之泣；移病东归，有潘岳闲居之情；观道泰岱，为史公好奇之游；应召中起，有孟博清世之志；初莅靖江，日坐孤山以眺滨海；再拜青田，屡憩洞门以探灵秘；雅慕叔子岘首之风，喜谈葛公勾漏之事矣。……所在称治，去辄见思，可不谓文吏兼长耶？……惜乎年不逾于中寿，位不跻于千石，功不铭于盛时，业未见其所止，稍迁给事遂乃遗世狥名，纵躯委化，此献吉所以咨嗟于张子，公济所以悼恸于常生也，造物忌才，谅哉同悲矣。"③

殷云霄官位并不显，却驰名于当时，跻身"弘正十才子"之列，平生雅志诗文，欲以作者自名，是明中期一位颇有影响的文学家和诗人。他与徐祯卿、郑善夫、崔铣等同为弘治十八年进士，并与是年同时加入李梦阳为首的复古阵营，为"前七子"复古运动成员，与李梦阳、何景明、徐祯卿、崔铣、陆深、孙一元、郑善夫等都有密切交往，赠答唱和之作甚多。胡应麟《诗薮》谓其诗属于"前七子"中的"献吉派"，可见其追随李梦阳之论。崔铣云："其为文非秦汉人语不习，又以诗者抒情表志、风人于善，自汉魏至唐作者，皆辩其音节而拟之。作古乐府四百篇，集《志觳录》《金仆姑》数十卷……"④《靖江县志·良吏传》则谓"为文若

---

① 崔铣：《洹词》卷 3《殷近夫墓志铭》，《四库全书》，上海古籍出版社 1987 年版，集部第 1267 册，第 425 页。

② 同上。

③ 皇甫汸：《皇甫司勋集》卷 36《殷给事集选序》，《四库全书》，上海古籍出版社 1987 年版，集部第 1275 册，第 741—742 页。

④ 崔铣：《洹词》卷 3《殷近夫墓志铭》，《四库全书》，上海古籍出版社 1987 年版，集部第 1267 册，第 425 页。

诗，力追古作者"，可见其诗文创作宗尚复古。

殷云霄小边贡四岁，虽追随前七子派，却与乡人边贡来往不多，这无疑是两人相识短暂、聚首无由而近夫又英年早逝造成的。《华泉集》中仅卷四有五言律诗《送殷近夫谢病归寿张二首》：

> 论交方恨晚，为别更匆匆。风雨深期阻，山川幽恨同。杏田淄水北，草阁汶阳东。乡路元相近，清宵有梦通。
>
> 并居城下陌，经岁往来疏。薄宦惟多病，穷愁有著书。春山怀紫蕨，夕浦怅红蕖。去去仙踪渺，何人伴索居。

殷云霄中第后的第二年，即因病归养，诗当作于此时。此后于正德六年返京、授靖江知县时，边贡已于正德四年离京外放，出任卫辉知府。因此一别之后，直至近夫去世，二人再未聚首。

殷云霄与孙一元、郑善夫最为友善，诗风亦与相近，文辞宏丽，才情盎然，笔力雄奇跌宕。王士禛在《分甘余话》卷三中曾以"明诗人多早慧"列举明代诗人中自幼禀赋超常，但生年不超过四十岁者，郑善夫、殷云霄、孙一元三人赫然与焉。但由于他壮年辞世，诗风未经历久熔铸，不免有筋骨未实之感。故钱谦益谓其"诗体逼侧，多近继之（郑善夫），而风调不及。王元美评其诗，如越兵纵横江淮，终不成霸"①。《四库全书总目》亦云其作"大抵才情富赡，而骨骼未坚"②。但在当时诗坛上，殷云霄以其倜傥不羁之才，豪雄逸宕之气，力追古人，成为复古派的有力羽翼。如朱彝尊所云："近夫如传写手，欲开生面，而神采未工。然风格自存，终不作铺眉苦眼求似。"③《国雅品》云："近夫青藻时髦，才情遒丽，如'波喧偏怒石，山暗欲生云''溪静千峰倒，云归众壑昏'，又'狂龙歌舞晚潮外，芳草历乱新晴中'，稍得凤池一毛，龙渊片甲。"④ 其所著《石川集》加上选本在明代曾三度刊刻。其诗亦被《盛明百家诗》《海岳灵秀集》《列朝诗集》《明诗综》《明诗别裁集》《山左明诗钞》《明诗去浮》《明人诗钞续集》《明诗纪事》《国雅品》等多种明诗选集和

---

① 钱谦益：《列朝诗集小传》丙集，上海古籍出版社1983年版，第330页。

② 《四库全书总目》卷176，中华书局2003年版，第1569页。

③ 朱彝尊：《静志居诗话》卷9"苦"误作"苦"，人民文学出版社1990年版，第258页。

④ 宋弼编：《山左明诗钞》卷5，《四库全书存目丛书》，齐鲁书社1997年版，集部第412册，第42页。

《寿张县志》《张秋志》《兖州府志》《靖江县志》《青田县志》等地方志选录，足见其诗歌的成就与影响。

殷云霄一生短暂，著述却颇丰，《海岳灵秀集》云："石川天资豪迈，著述甚富，海岳之灵气也。"① 惜诗文多被火毁于任城，只存《石川集》五卷：《瀛洲遗集》一卷、《瀛洲文稿》一卷、《芝田遗集》一卷、《芝田文稿》一卷，附《金陵稿》一卷。《四库全书总目·石川集提要》曰："是集分两种，又各分诗文为二卷，曰《瀛洲集》者，官靖江知县时作；曰《芝田集》者，官青田知县时作；附一卷曰《金陵稿》者，则官南京时作也。"② 皇甫汸曾选为《殷给事集选》二卷，并以理学名世，今存《明道录》《寻乐客对》等，《山东通志》谓其得周、程渊源，《明儒学案》卷九有记。

殷云霄"雅好游眺川壑，览物歌咏，靖江、青田有大江孤山、混元峰，每暇辄出，啸咏其间，旷然自得"③ "所至登临山水，不以吏事废吟咏，亦不羁之士也"④；家乡一带景致也多有吟咏。集中多登眺书怀、感发志气之作，诗境雄奇奥雅，有初唐陈子昂遒劲之风。故陈田云："近夫好古振奇，豪情健句，杂沓而来。古诗稍落痕迹，七律学杜拾遗，不失为陈正字也。"⑤ 如《次继之户部九日见示诗》：

> 病起杖藜时极目，何处人间千仞冈。满天风雨木摇落，万里烟波江渺茫。况逢佳节盈菊把，不见美人天一方。南北干戈尚未息，独吟安能宽我肠！

写重阳佳日，独自登高，放眼烟波万里，风驰雨骤，落木萧萧。凄风苦雨中，又接到友人书信，备感孤独凄楚，再联想到北虏南倭不时侵扰，国事不振，久久不能释怀。全诗忧世念乱，直诉沉隐之心事，的确与郑善夫戚戚相通。而诗境之苍凉浑旷，堪比陈子昂。又如《九日登混元峰》：

① 陈田编：《明诗纪事》丁签卷10，上海古籍出版社1993年版，第1271页。
② 《四库全书总目》卷176，中华书局2003年版，第1569页。
③ 崔铣：《洹词》卷3《殷近夫墓志铭》，《四库全书》，上海古籍出版社1987年版，集部第1267册，第425页。
④ 钱谦益：《列朝诗集小传》丙集，上海古籍出版社1983年版，第330页。
⑤ 陈田编：《明诗纪事》丁签卷10，上海古籍出版社1993年版，第1271页。

孤杖千峰并起时，江山如此更何之？三年奔走风尘暗，九日登临草木衰。尊酒相逢人去远，乡书不至雁归迟。八溟秋色真寥廓，极目苍云有所思。

感情深沉复杂，境界寥廓苍茫，如俞宪《盛明百家诗》所云："气逸才雄，思奇语劲，骚坛劲敌。"[①] 但气势风神终逊陈子昂。

殷云霄长于五言，有不少佳作，如《吟啸诗为太初赋二首》其一：

朝为梁父吟，莫作孙登啸。龙卧隐神奇，鹤鸣眷高蹈。孤杖五岳游，独茧入溟钓。独往惬幽贞，谁屑悲殊肖。观化俗可遗，承运物莫料。志存蕴经纶，道全适要妙。迟回千古心，睥睨末代诮。悠哉任申写，聊尔成音调。

表达了一种悠悠天地之心和深切的孤独感，可谓与陈子昂异代同心，但气韵偏于低沉。又如《杂诗》：

终日抱膝坐，门前无来客。所怀不可忘，脉脉念畴昔。登高而远望，云雾塞八极。离禽飞且鸣，孤兰惨无色。晤言思亲友，日暮空叹息。

同样表达了一种旷世的孤独情怀，这种悲情在殷云霄的诗中屡屡出现。离禽、孤兰、暮气、云雾等悲愁的意象和八极、畴昔的旷远背景，共同助成了这种郁郁寂寥的意境，颇有东汉文人诗之气息。其《春望》诗云："二月澄江春水深，北孤山头云阴阴。北孤山头云作雨，我欲渡江愁我心。"音节琅琅，有江南乐府诗遗韵。

第二节　蓝田、许成名等

蓝田（1477—1555）字玉甫，号北泉，莱州即墨人，南刑部侍郎蓝章长子，幼有才名，就读于华楼山南麓华阳书院，童辈无能出其右者，长

---

① 宋弼编：《山左明诗钞》卷5，《四库全书存目丛书》，齐鲁书社1997年版，集部第412册，第42页。

而敏绝过人。8岁随父入京，翰林孙珪以长对考之，随口答来，被誉为
"小圣人"；继而随父官婺源，师从休宁程敏政，以梅花赋为题考对，略
加思索，挥笔而就，叹曰："吾举神童时，不能过也！"12岁时，南直隶
提学司马亮命糊名考试，均获一等。弘治五年（1492）乡试中举，年仅
16。山东提学沈钟奇颇疑之，再三复试，蓝田均名列前茅，沈钟奇不胜感
叹："不期即墨之乡，而产蓝田之玉。"从此名扬齐鲁，荐入太学，时杨
宏曾赞云："学冠群经称八斗，文成倚马擅三长。"然仕途偃蹇，嘉靖二
年（1523）方成进士，年已47。官河南道监察御史，"当张璁等希旨议大
礼，田反复抗疏，凡七上章，受廷杖几殆。复纠劾陈洸不法事，直声动一
时"①。嘉靖四年（1525）巡按陕西，父蓝章曾任此地巡抚四载，当地人
曰："一按一抚，一子一父，虏不犯边，民得安堵。"后丁父忧归乡，期
间张璁掌都察院，陈洸等肆意报复，被诬下狱，经多方解救；方得获释，
革职归里。后中外交章论荐，先后三十余疏，终不赴。曰："我数十年老
妇，何可与红颜争艳。"《山东通志》云："田以谏大礼廷杖几死，又以积
忤执政，为所撼拾罢归，三十余年，高尚不起。"②

蓝田著述甚丰，有《北泉草堂诗集》二卷、《北泉文集》五卷、《蓝
侍御集》十卷、《白斋集》一卷、《东归倡和集》一卷等。《四库全书总
目》收录《北泉集》不分卷。罢归后，不问政事，于后院辟"可止轩"，
自得其乐。文名与关中康海、山右马理相鼎峙，而行义尤高。归田后入青
州"海岱诗社"，名列第二。居乡"日惟游心翰墨，筑'万卷楼'居之，
探讨古今，绝户外事不与。搦管呻吟，顷刻盈纸，烂焉五色，观者从旁吐
舌，谓万言倚马才也。"③ 蓝田文集中，"其记序咸闳大畅朗，多裨世教，
端风轨赋，率直简澹""诗则语取畅心，不由雕刻……多无意求工而自然
追雅"④。

其诗和易平朴，不事雕琢，而谐畅爽利，古雅淳厚。如《平坡山》：

　　　　载酒春风里，行歌傍碧溪。云生山寺远，雨涨石桥低。花絮惊飞

① 《四库全书总目》卷177《北泉集提要》，中华书局2003年版，第1581页。
② 参见宋弼《山左明诗钞》卷8，《四库全书存目丛书》，齐鲁书社1997年版，集部第412册，第79页。
③ 潘允端：《蓝侍御集选序》，载蓝田《蓝侍御集》，《四库全书存目丛书》，齐鲁书社1997年版，集部第83册，第88页。
④ 张献翼：《蓝侍御集选序》，载蓝田《蓝侍御集》，《四库全书存目丛书》，齐鲁书社1997年版，集部第83册，第189—190页。

尽，江湖思欲迷。催归太无赖，两两竹林西。

徜徉于明媚的春光里，载酒泛舟碧波之上，春水满池，落红飘飞，令人神思摇荡，乐不愿归。又如《赠邃庵少傅节制三秦用边华泉太常韵》：

前承鸣笳函谷关，旧时部曲笑生颜。单于卷甲归沙漠，回纥移身过雪山。紫塞草肥风细细，洪河戍寂水潺潺。勒名才向燕然石，还绾丝纶黄阁间。

描绘西北边疆息战后难得的安宁局面——蒙古、回部北移，不再侵扰劫掠关内百姓，草原水草丰美，生产渐渐恢复，边民脸上洋溢着久违的笑容。

蓝田绝句雅致清俊，隽永悠长，如《题刘山泉画册四首》其二：

采药蓬山远，餐霞碧海空，不如寻酒伴，携杖过桥东。
积雪满空山，枯藤上寒木。江月落沉沉，孤舟对谁宿。

描绘山中、江边的静寂景色，显现了孤高幽僻的隐逸风调。又如《送李将军孔昭》：

西昆山下雪花浮，野马黄羊作阵游。传令三军齐校猎，元戎新试紫貂裘。

展现西北边关秋来草肥马壮、将士比武校猎的壮观场面，意兴飞扬，气势雄豪。

许成名（？—1558后）① 字思仁，号龙石，东昌聊城（今东昌府区）人，早岁颖异，困诸生中，尝著论见志。正德六年（1511）中进士第四人，选翰林院庶吉士，授编修，历经筵讲官、侍读，修《武宗实录》，升侍读学士，充《大明会典》之《文典》纂修官。前后为讲官十年，宗阳明之学，与修大典，甚为当时名流学者所推崇。嘉靖十六年（1537）任太常寺卿、国子监祭酒，改南吏部右侍郎，升礼部右侍郎兼翰林学士、礼

---

① 《明世宗实录》《国榷》记载许成名卒于嘉靖三十年十一月己丑，而据国家图书馆藏嘉靖三十七年（1558）十月礼部左侍郎兼翰林院学士许成名撰《重修古刹延寿寺记》拓片，可知许成名卒于此后。

部左侍郎。嘉靖二十六年（1547）八月因争吏部左侍郎一职与礼部右侍郎崔桐、少詹事王用宾、黄佐被勒令致仕。"天性长厚，不以名位自高，虽幼贱，必钧礼闾党，亲戚有急，倾身营救。累牍无所爱，里居旷达，觞咏自适，有江左风致"。工书法，"书初学逸少，已，沉醉吴兴，小变之，遒逸飞动，甚为海内时髦鉴赏"。①

许成名甚有文名，著有《龙石稿》八卷，苏祐序云："观诸撰述，清新俊逸，健拔谨严，如芙蓉浸江，晴霞散绮，其幽秀端凝，亦渐进自然者矣。"《山东通志》云："成名在翰林，赋《禁中春晓》诗，为艺林传诵。文章典丽弘伟，诗尤工于近体""评者谓品在唐钱、刘间"②；朱观㸌《海岳灵秀集》云："龙石诗气平音和，盖晚唐之佳者。"③ 皆言有中晚唐风致，似钱起之清雅高逸、情致淡远，刘禹锡之俊爽挚情、寄慨遥深。

其诗明净雅洁，气貌闲淡，音婉调畅，而有清冷幽寂之趣，如《过杨柳青》：

> 前夕桃花渡，今宵杨柳青。春愁归剩日，客舫亦浮萍。驿舍空飘瓦，流离类晓星。寄言当路者，何以慰苍生。

沿途看到百姓流离失所、市井萧条的惨状，希望当政者忧心民瘼，赈抚灾荒，诗风可谓怨而不怒。

又如《桃源道中》：

> 桃源县南清水长，蓼汀芦渚空茫茫。安流遥荡双桨去，残酒犹带秋云凉。野鹳有时立高柳，沙鸥无数点横塘。宦情乡思两不定，乘舟何处兼葭苍？

诗中情景相生，意象省净，写芦荡的苍茫浩荡与心境的彷徨惆怅，水乳交融在一起。描绘野鹳、沙鸥的情态，更是逼真生动，堪称点睛之笔。

其绝句清健俊逸，如《淮阳道中即事》四首其一、其三：

---

① 康熙《聊城县志》卷3，清康熙二年（1663）刻本

② 参见康熙《聊城县志》卷3，清康熙二年（1663）刻本。

③ 参见宋弼《山左明诗钞》卷5，《四库全书存目丛书》，齐鲁书社1997年版，集部第412册，第49页。

> 雨霁前村柳碧，秋深晚稻畦开。田父老耕绿野，渔人醉卧苍苔。
> 水到平湖无岸，草经白露犹青。极浦烟开入画，长江峰列如屏。

爽利轻快，脍炙人口。又如《宿灵岩方丈怀雪泉》：

> 借宿灵岩尚未还，幽情暗与白云间。美人系我松堂梦，清夜幽幽
> 绕故山。

留宿灵岩古刹，却思念美人家园，出语奇警，语句俊逸悠远，情致隽永。

　　弘治朝进士中，王崇文、郭东山、刘钺、陈鼎、穆孔晖等亦以诗知名于时。

　　王崇文（1468—1520）字叔武，号兼山，兖州曹县人。弘治六年（1493）进士，历大同知府，江西、四川副使，山西参政，官终左副都御史巡抚保定，正德十五年（1520）以疾归卒，有《兼山遗稿》。《武宗实录》云："崇文明爽，事至剖决无滞，为人诚笃，然颇粗厉。在江西，士有忤其意者，辄出秽语诟署，又以父珣及兄弟多起甲科，时时以门阀以矜，人或谓之浅云。"王士禛将其列为"山左五十家"之一。与李梦阳有交，明代对民歌和时调小曲的重视，以前七子代表人物李梦阳最早，李梦阳正是接受了王崇文"真诗乃在民间"（《兼山遗集自序》）的论点，进而提出"真诗果在民间"[1] 的著名观点。

　　王崇文诗歌的显著特征是强烈的忧国忧民精神，诗风沉郁顿挫，感慨多悲，颇有杜甫风神。其《谒杜少陵草堂》云：

> 万里桥西有所思，少陵此地寄荒祠。乾坤不尽浣溪水，日月常悬
> 杜甫诗。锦里行吟空落日，曲江回首忆当时。兵戈满地秋风起，今古
> 萧条总一悲。

通过写拜谒杜甫草堂，展现了对杜甫的敬仰和崇敬。作者因杜甫诗歌联想起当日时事，表达了与杜甫同样的忧国忧民的情怀。再如《独坐》：

> 江城漠漠昼常阴，独坐谁知万里心。客久自应悲远道，俸多时复

---

① 李梦阳：《空同集》卷6《杂调曲》之《郭公谣》跋，《四库全书》，上海古籍出版社1987
　　年版，集部第1262册，第44页。

愧官箴。南川群盗降何暮，全蜀三军入已深。传语屯兵须仔细，江防随处有氛祲。

诗作于提学四川时，正德六年左右，四川一带发生旱灾，连及周边地区爆发了大规模的农民起义，此诗即有感时事而作。前半写思虑忧怀之远，后半寄希望于官军早日消弭动乱，天下太平。

郭东山（1470—1530）字鲁瞻，号石崖，莱州掖县（今莱州市）人，首辅毛纪之姐丈，弘治九年（1496）进士。耿直不阿，正德二年以监察御史巡按宣、大二镇，诸多裁抑，为瑾珰构陷，逮下诏狱，被笞免归。正德七年起为四川按察佥事，持法廉平，升兵备副使，官至四川右参政，告归，入"五老忘形会"，诗酒寄情，著有《石崖集》。王士禄《涛音集》云："其诗如披薪刈楚，丛杂之中不乏菁秀。"①《送吴大参政致仕还弋阳》云："晴江一棹出烟波，离思其如万里何？湘浦北来秋雁早，台峰西去夕阳多。风回暗浪嗟萍梗，云隐长松隔茑萝。怅望临歧空伫立，高原独树远峩峩。"送别友人，殷殷嘱托，情景交融无迹，情意真切感人。

刘铉（1476—1541）字汝忠，号西桥，青州寿光阳河里（今青州市朱良镇阳河村）人，吏部尚书刘翔第三子，八岁时，宪宗召见，爱其聪敏，且拜起如礼，即命为中书舍人。宫殿门阈高，同官杨一清常提之出入。帝虑牙牌易损，命易以银。历官五十余年，嘉靖中官至太常卿兼五经博士，仍供事内阁诰敕房。

刘铉熟谙典故，学问淹洽："博学有行谊，与长洲刘棨并淹贯故实，时称'二刘'。"②能诗，与李、何、边、康诸公唱和，有《西桥集》，散失不传。益都人董楠序其集曰："西桥自六岁，了五经大义，行文赋诗，称神童。及官内阁，与空同、对山、大复、华泉相唱和，篇什散失。"③其《同无涯大复待月次韵》云："一笑留君未尽欢，试呼明月此凭栏。岂应银汉遥相隔，正恐琼楼不耐寒。青眼百年知己在，枯桐何处赏音难。莫惭草阁荒凉甚，多少明珠照笔端。"写同何景明登阁望月，展现相交之契，音婉调畅，情景浑然一体。

---

① 参见宋弼《山左明诗钞》卷4，《四库全书存目丛书》，齐鲁书社1997年版，集部第412册，第38页。

② 《明史》卷168，列传56，中华书局2000年版，第3010页。

③ 宋弼编：《山左明诗钞》卷2，《四库全书存目丛书》，齐鲁书社1997年版，集部第412册，第19页。

穆孔晖（1479—1539）字伯潜，号玄庵，东昌堂邑（今属聊城市）人，弘治十七年（1504）举乡试第一，明年中进士，累官至南京太常寺卿致仕，卒谥文简。初仕时，正值刘瑾擅权，卿佐皆跪谒，穆孔晖独与崔铣长揖而已，触怒刘瑾，谪为主事。为学士时，又以触怒权相改官。为官三十年，所居仅避风雨而已。穆孔晖为明代著名理学家，因王守仁试山东时取之，故其学以王守仁为宗，潜心理学，旁及佛学，引佛经以释儒："孔晖端雅好学，初不肯宗守仁说，久乃笃信之，自名王氏学，浸淫入于释氏。"[1] 著有《读易录》《尚书困学》《前汉通纪》《穆文简公宦稿》《穆文简公晚稿》等，今仅有《大学千虑》一卷和《穆文简公宦稿》二卷（聊城朱延禧校刊本）存世。

穆孔晖之作古雅峭拔，无熟易甜润之习，如《对雪》：

> 雪堕崇城曙色迷，断檐平接暮云低。茫茫大地江山合，漠漠寒天一鸟啼。不讶薄衾凉似铁，独怜高枕醉如泥。林间剩有堪忧处，惆怅关河限马蹄。

手法遒炼工稳，语句奇警新异，境界浑阔苍凉。

其绝句脍炙人口，新人耳目。《书怀》云：

> 秦淮新月照人明，独忆家山梦未成。此际高堂应不寐，卧听群弟读书声。

抒写怀乡思亲之情怀，截取想象中此时家中的情景——父母未眠，诸弟书声琅琅，画面亲切感人，又从侧面反映出读书向学的良好家风。又如《送王侍御三锡出参蜀政》：

> 平生染翰青云上，今日方知行路难。闻道华阳多胜概，莫将诗酒爱登山。

送别如话家常，语语亲切自然，诗意盎然。

陈鼎字大器，登州（今蓬莱市）人，其先宣城人，高祖陈迪，官至尚书，死建文帝之难，子孙戍登州卫，遂占籍。陈鼎举弘治十八年

---

[1] 《明史》卷283，列传171《儒林二》，中华书局2000年版，第4859页。

（1505）进士，正德四年授礼科给事中，以上疏揭发权珰廖堂之侄冒籍中乡试事，被诬下狱，尚书杨一清救之，乃释为民。嘉靖初复官，累迁浙江按察使，召为应天府尹，未任卒。陈鼎廉介刚正，不通私谒，为时推服。陈田云："大器官黄门，以劲直著。诗特奇丽，惜不多见。"① 《海市》诗云：

> 凌虚出市何冥濛，云胡独见蓬莱东。竹山妃子巧妆束，翠屏金镜堆芙蓉。几回梳云鲛市暗，有时浴日鲸波红。恍疑根著带鳌极，不然底柱楛骊龙。栖居十二隔烟雾，齐州九点攒神工。小儿造化只如此，芦灰色石非谈空。三山遥指亦有意，桃花未许刘郎通。归来几席有沧海，终当稽首承桴翁。

描写登州海市蜃楼的奇幻壮观，想象纵横天地，跌宕奇丽。

第三节　汉魏古风——邹颐贤等

邹颐贤（1483—1553）字养浩（一作"养贤"），号芦南，济南德州人。明初祖父邹彬自文登迁居德州，父邹祥，明成化十七年（1481）进士，为人宽厚，爱民如子，官至户部郎中。邹颐贤自幼苦读，深得家传，正德八年（1513）中举，历河南新乡、山西阳城知县，一切省啬，以纾民困，赈济民灾，德泽在人，官终甘肃平凉府同知。致仕归，村居不入官府，于城南创建南湖书院，集诸生课艺其中，院内除筑有读书台、斋室、膳室、茶寮、芦南书屋外，庭院遍植花木，古色古香，饶有园林之胜。嘉靖间进士丁永成、举人杨梅、贡生袁一琴都曾求学于此，万历间废弃。与同乡举人马亨衢相唱和，诗酒自娱，著有《芦南集》。

邹颐贤学识渊博，治学力倡求实，尤工古文辞，力倡复古，认为散文须学唐宗古文之"开阖首尾，经佛错综之法"；诗文须"直写胸臆，如谚语所谓开口见喉咙者"。擅长古体，乐府诗如《君马黄》《雉子斑》《采莲曲》《塘上行》等，皆用比兴寄托之旨，缘事而发，感于哀乐，音节婉畅。程先贞《诗搜》云："公诗直学汉魏，深于乐府。"宋弼云："先生胸怀恬澹，情致绵邈，其诗深于比兴，多所寄托，得古人长言咏叹之旨；气

---

①　陈田编：《明诗纪事》丁签卷 10，上海古籍出版社 1993 年版，第 1280 页。

体音节亦骎骎与古为化，非模拟剽窃者所及；其用韵出入间有未考，无害于其诗也。"① 纪昀曰："司马乐府古诗浸淫汉魏，独得神理，为有明一作手。而向之辑明诗者不及焉，北方学者朴不近名，故尔。"

其《采莲曲》云：

> 郎面似莲花，郎心似莲舟，莲花媚他人，莲舟荡不休。采莲思郎面，路遥不相见，折藕牵郎舟，丝长难挽留。莲子生有时，郎去无归期。

以采莲女子的口吻，叙述了对远方男子的思念之情和男子对爱情的不够忠贞，表达了女子对这段爱情的深深无奈与惆怅。又如《白行歌》：

> 白行舞，白行歌，白行落影秋水波。波中鲤鱼如掷梭，三三两两双双过。绩行成丝织为布，远寄边城恐迟暮。边城霜草风更寒，寒衣已裂重装棉。但愿树功常在边，闺中少妇开愁颜。

白行即白鸻鸟，体小而嘴短的一种水鸟，歌以白鸻飞翔秋水上起兴，以鲤鱼双双之暗示、绩行成思之双关表达思偶之情，写女子秋日为远在边城戍守的丈夫赶制冬衣的复杂心情，一面担忧边地荒寒，丈夫衣破难以御寒，一面又希望丈夫多立战功，增添荣耀。不蹈俗窠，不袭陈言，明丽清新，情深意长，深得汉魏古乐府神韵，较之"七子"模拟之作，不啻天壤之别。

其他如《临高台》抒发了对自古忠良被戮、权奸得势的悲愤；《箜篌引》蕴含了名利仕途的凶险无常；《饮马长城窟行》展现了边关战士缺衣少食的艰苦境遇；《短歌行》抒发了人生短暂，人情浇薄、世事无常的感慨。皆以比兴手法，寄托了对时事、朝政、仕途、人生的感受，表达了忧国忧民、怀古伤今的情怀。

五古《杂诗》三十一首亦以同样的手法，抒发了诗人不同流合污的高洁品行和清峻人格，也表达了对世事溷浊、朝政窳败、奸人得势、君子被弃之现实的激愤与难言的苦闷，流露了深沉的孤独感。其一云：

---

① 宋弼编：《山左明诗钞》卷8，《四库全书存目丛书》，齐鲁书社1997年版，集部第412册，第73页。

> 深谷有幽兰，托生杂草莽。芙蓉不在山，菉葹滋以长。良质不自
> 毁，芳香洁精爽。刍牧昧深识，踩躏遂成枉。缙绅岂无珮，金玉鸣清
> 响。风霜日以繁，岁月日以往。绾结不成章，徒切幽人想。

表示要在良莠不分的恶劣环境中清高独立，修洁品行，但在严酷的摧残下
却终究不能实现，只能在岁月流逝中日渐老去，徒增悲慨。

邹颐贤之诗深得时人喜爱与后人尊崇。嘉靖间，副都御史胡瓒宗巡抚
山东，途经德州，得知邹颐贤病故，作《过德州吊邹芦南》一首以吊之：
"不见芦南子，新诗海内传。充囊空彩笔，绝壁有瑶篇。岱岳春薄暮，秋
河汉雨悬。忽看阡上石，含涕独潸然。"清代德州学者程先贞、宋弼及大
儒纪昀皆赞赏有加，纪昀更为这位北方质朴文人不追虚名而不得扬名文坛
深表叹息。

王道（1487—1547）字纯甫，号顺渠，东昌武城人，著名理学家。
18岁中举，正德六年（1511）进士，任应天教授，为人淳懿温恭，诸
生翕然，升南京仪部主事，改吏部郎中，前后在吏部十年，雅操端洁，
擢春坊左谕德，托疾辞归。居一载，起为南京国子祭酒，执法端教，表
率人才，未几又以疾乞归，"自是一意家居，屏迹城府，读书讲学种树
灌园以自适"①。13年后召起，次年任吏部右侍郎仅阅月，以疾卒，谥
文定。

王道始留心词翰，后觉无益，遂精研义理，尚平实简易之学，深具
独立批判与探索精神。在南京期间亲炙王阳明门下，后认为王氏心学
"局于方寸"，改受教于大儒湛若水。"虽潜心理学，而见世之立门户相
标榜者，则深耻之，尝言：'汉以前无名道学者，其人品如张文成、曹
相国、黄叔度、管幼安皆为道学之流，虽老释二氏亦各有所见，不可厚
非。'凡其言议不随时苟同，故能表见辈流，大自树立，不为利害所动，
进退从容……期于俗变风美，入官虽久，自奉如寒素"②。黄宗羲《明
儒学案》、郑晓《今言》、王世贞《弇山堂别集》等均有记载，其对当
时及后世的影响可见一斑。《山东通志》云："公之学，由博返约，不
欲标列门户，著书持论多前儒所未及。在国学，端轨申约，六馆向风，

---

① 严嵩：《吏部右侍郎王公道神道碑》，载焦竑《国朝献征录》卷26，《四库全书存目丛书》，
　齐鲁书社1997年版，史部第101册，第335页。
② 同上书，第336页。

人比之宋仲敏。"① 著有《顺渠文录》十二卷（《明史·艺文志四》著录《王道文集》12 卷）、《周易亿》四卷、《春秋亿》四卷、《大学亿》一卷、《老子亿》二卷、《名臣琬琰录》二卷、《续录》二卷。

朱观㸐《海岳灵秀集》云："先生雅操端洁，道学渊源，重于当世者，固不在诗，录之以见灵秀所钟，增重海岳也。"② 《静志居诗话》云："顺渠说经，不堕宋人理窟。诗虽无意求工，亦少习气。"③ 其《同年刘祠部士凤游玄武湖有诗见示次韵答之》诗云："问讯桃源路，刘郎是旧游。暖催黄鸟谷，春丽白蘋州。龙也嘘云起，鱼兮逐水流。何时解尘组，篙我木兰舟。"描绘春暖花开、鱼龙戏水的江南春景，表达了早日归隐的情怀。《过旧居有感》云："破屋颓垣是几年，重来下马一凄然。丁宁好护门前柳，曾系诗人万里船。"抚今追昔，感慨万千，为朱彝尊所赏。

桑溥字伯雨，号汝公，一号泽山，东昌濮州（今已为镇，属范县）人，正德九年（1514）进士，出任华州知州，开渠治水，清廉治贪，治绩在关中各州郡"称为神明"，在好游，据《华州志》记载，曾在潜龙寺"眺游咏歌，挥洒盈于寺壁，今风雨湮没，半不可读"。历固原兵备副使，官至浙江按察使，以忤权贵免归。晚年大修园林池亭，饮酒赋诗，盖负平生用世之志而无所发泄，以此自遣，著有《宦游集》《闲居集》。其《登咸阳北原》诗云："高原落飞盖，四望暂徘徊。水入黄河去，山从华岳来。汉陵埋宿草，秦苑剩遗灰。莫数兴亡迹，秋深客思哀。"深秋登临荒原，面对秦汉古都的遗迹，抒发怀古幽情，表达对朝代更替、历史兴亡的感慨，诗笔苍浑老练，功力深厚。

吴铠（约1491—1539）字文济，号石湖，兖州阳谷（今县城西关吴南园）人，祖籍江西南昌，曾祖避建文之难至阳谷。吴铠中正德九年（1514）进士，官终都察院右佥都御史巡抚宁夏，卒于任，有清正之誉。存诗二十首，清康熙十二年编《阳谷县志》，收录《盟台遗响》《阿井胶泉》《谷山春晓》《七级古渡》等咏阳谷名胜诗多首。此外见载于《嘉靖宁夏新志》《兖州府志》《明诗综》《山左明诗钞》《明诗纪事》等。其诗长于五言，其中《书营平侯祠壁间》《泾州》《入关》《过晏海忽有感》

---

① 参见宋弼《山左明诗钞》卷6，《四库全书存目丛书》，齐鲁书社 1997 年版，集部第 412 册，第 58 页。

② 同上。

③ 朱彝尊：《静志居诗话》卷 10，人民文学出版社 1990 年版，第 279 页。

《和晋溪》等诗，为其任职西北时所作，描写边塞风光，抒发忧时情怀，慷慨激昂，声韵铿锵。如《书营平侯祠壁间》："白草连天远，黄云出塞平。胡笳吹汉月，羌笛弄秦声。北海犹传箭，西戎未撤兵。留田当宁意，宁惜度金城。"意境苍凉雄阔，颇见功力。

任淳①字元朴，东昌堂邑（今属聊城市）人，正德十六年（1521）进士，官监察御史，弃官归里，有《石麟集》。诗作沉稳清越，边塞军旅之篇苍凉慷慨，《土木驿》云："百年土木荡龙沙，九月风尘拥使车。白日犹余征战色，空山愁绝听胡笳。"虽无一句提及，却使人不由想起发生在这座边塞重镇的惨痛往事，英宗草率亲征，结果大败被俘，虽后被放回，却成为明王朝与蒙古部对抗局面的转折点，对明王朝的国势也产生了深远的影响。诗人以一曲慷慨悲歌，催人反思君王的功过得失。《出塞曲二首》云："十八羽林郎，飞腾事朔方。青萍玄锦毂，赤兔紫丝缰。沙漠今巢穴，燕然古战场。王庭须远遁，卫霍在边疆。"清新别致，爽利流美，对明军破蒙古部寄予厚望。

第四节　李仁、刘隅、李舜臣等

蓝田、李仁、刘隅、李舜臣、黄祯五人均为嘉靖二年（1523）进士，皆著诗名，是榜号称得人。五人诗风虽各有偏长，然皆以雅正朗畅为宗，与复古风潮的宗尚呈现出一致性。

李仁（1489—1552）字元夫，号静斋，一号吾西，兖州东阿（今东阿县刘集镇西苫山村）人，正德十四年（1519）乡试第一，嘉靖二年进士，性简素，母病故，竟出内人首饰以供棺殓。以右佥都御史巡抚陕西时，值地震，存恤赈济，不遗余力，民甚赖之。累官右副都御史巡抚大同，以忤严世蕃，未行归卒。有《吾西遗稿》。

朱观㸌《海岳灵秀集》云："吾西清婉和粹，有中唐余韵。"② 李仁长于写景，精工近体五言，如《湖行书所见》：

　　蒹葭烟中界，茅檐水上村。渔舟常系柳，鹭渚不离门。爱尔机心

---

① 陈田编：《明诗纪事》作"任滽"，误，上海古籍出版社1993年版。

② 参见宋弼《山左明诗钞》卷10，《四库全书存目丛书》，齐鲁书社1997年版，集部第412册，第95页。

息，知予野性存。炎天供远役，惆怅与谁论？

描绘夏日湖上风光怡人，抒写宦途羁旅行役之苦，生发出对乡土田园的向往。《出塞》诗叙写塞外风光和将士保家卫国的豪情，清刚劲健，壮丽俊爽，不愧盛唐：

> 羽檄来青海，朱旗向碛沙。匈奴犹牧马，主将敢言家。天接胡尘暗，山连汉戍斜。铁衣寒不寐，彻夜听胡笳。

《神女庙》咏怀楚怀王与高唐神女的故事，凄美动人：

> 千载阳台路，难招宋玉魂。精灵云雨散，庙貌女郎存。古木凌飞栱，危峰枕坏垣。当时梦中语，只共楚王言。

七律《渑池重九》云：

> 函谷关西山路长，会盟台北野云凉。雁传朔气清霜苦，地近寒流晚稻黄。木落前川还独往，花开别县又重阳。蓟门直上三千里，一夕归心鬓欲苍。

时逢重阳佳节却身在西北，艰苦的环境，孑然一身的孤独，更加催发了诗人心中的思乡怀亲之情，变得如此强烈而不可遏止。

李仁诗作的确有中唐诗歌清峻省净而不乏凄清悲凉的风调，弥漫着寂寞孤独的情思韵味，成就独到而颖异，故陈田云："吾西诗格轩爽，音节清脆，当时山左盛称伯华、懋钦为'二李'，何独遗此玄珠？"[①]

刘隅（1490—1566）字叔正，号范东，兖州东阿苦山（今东阿县刘集镇东苦山村）人，天性好学，个性刚毅，苦读不辍，举嘉靖二年（1523）进士[②]，与父刘约、兄刘田有"一门三进士"之美谈，父子三人皆善诗。刘约（1459—1514）字博之，号黄石，成化二十三年（1487）进士，官河南右参政，秉性正直，襟怀坦荡，还徽王府侵夺民田千余顷，

---

① 陈田编：《明诗纪事》戊签卷15，上海古籍出版社1993年版，第1671页。

② 李贤书修《东阿县志》清道光九年（1829）刻本卷13《乡贤》谓"正德丁丑登进士"，误；且与其志卷12《选举》谓登"嘉靖二年姚涞榜"相抵牾。

刘瑾受贿将其罢官。归田后在东阿镇南十五里的东流泉上构筑精舍，教子弟诗书，著有《黄石吟稿》，曾题诗描绘东流泉池景象云："山屏一曲抱寒塘，玉砌千层泛碧香。"刘田（1479—1517）字伯耕，号东溪，弘治十八年（1505）进士，为人俊爽玉立，豪宕磊落，不肯折节而中，慈厚无城府，累官户部员外郎，卒于京，终年39岁，女由刘隅抚育成人，乃万历间大学士于慎行之母。以诗名，著有《东溪存稿》，长于五言。

刘隅累迁都察院右佥都御史巡抚保定，刺绳贪墨，无所顾忌，官终右副都御史。善于用兵，赏罚分明，因重金犒赏战死士兵家属，有违律条，遭谏罢归，家居二十四年，后事白，诏还，不赴。还乡后，在父亲刘约创办的东流精舍基础上扩建为东流书院，亲自教授课业、主持学务，故又称"范东书院"。

《人物志》云："隅器度汪洋，居常不为小察，及遇大事，确有定守，死生利害，坦然当之。博综群书，文词沈雅，号为名家。"[1] 博学工文，工书，尤擅章草，又善弈棋，以诗名，所著有《范东集》（《家藏集》）、《治河通考》十卷、《古篆分韵》。诗风沉郁俊爽，得杜甫之遗韵，朱观㷇《海岳灵秀集》云："范东意气安闲，辞旨沈快，有杜陵遗意。"[2] 佳作如《再过草堂》一诗：

> 亭皋丛薄带寒流，杜老祠堂江水头。一代文章悬日月，几年衰病托林秋。空园叶落松楷老，满地云阴鸟雀愁。我亦羁栖怀故国，时来江上写离忧。

刘隅任职四川时，多次拜谒杜甫草堂，作有《初谒草堂》《谒杜子祠堂三十四韵》等，对诗圣杜甫极其尊崇，此诗借杜甫漂泊蜀中的遭遇以自况，通过写草堂衰飒荒凉的景象抒发自己去国怀乡的愁苦。又如七绝《正月泊苦渡》云：

> 蜀山才断郢门开，使者乘槎万里来。欲寄一函归故国，雪深无处折寒梅。

---

① 参见宋弼《山左明诗钞》卷7，《四库全书存目丛书》，齐鲁书社1997年版，集部第412册，第68页。

② 同上。

同样表达思乡之情，而构思新颖，不落俗套。

李舜臣（1499—1559）字懋钦，一字梦虞，号愚谷，又号未邨居士，青州乐安（今广饶县李鹊乡李鹊村）人，"生而清颖警悟，日记千百言不忘"①，转益多师，遍读六经，后从乐安陈嘉甫专力于《书》，才学甚富。20岁中举，嘉靖元年入太学，"一日，众友会文，赴迟，止作二篇，雄奇无与比者，友咸以大魁元期之"。明年会试，众考官"得愚谷卷，惊叹以为词雄气厚，学博才高，不露锋锷，超出笔墨畦径之外……作会元自当服天下人矣"②，遂列为第一。廷试时因落字添补失格而列二甲第一，时年24。

李舜臣性简重，处事详慎谨密，而闻有司贪残、选官非人之类，则义形于色。居官尽心国计，负经济才。嘉靖二年（1523）中第后累迁太仆卿，嘉靖二十年（1541）因"九庙灾"与李开先等同时上书引咎自责，未履任而被罢，闲居近二十年，屡荐不起。晚年多病，好登临吊古，兼以注六经、为诗文自遣："夜则注六经，日则登古台；注经有独得，吊古有余哀。有时为诗文，诗细而文该。济时富经略，可惜困蒿莱。君才尤偃蹇，况我更非才。"③ 李开先在诗中对其志怀未伸的遭遇深表戚戚之情，而赞之为"潜心六经之府，不徒为一代之文人；致身三品之贵，亦可为两京之大臣"④。初形貌癯长，后乃"体厚且丰，面白而阔。善饮酒，得痰疾，口涩于言，足艰于步，然饮且不辍，以至大故"⑤。

舜臣与李开先笃善，文坛并称"二李"。舜臣之文高古，他人读之难下，开先则朗诵如己作。开先曾仿李梦阳作《九子诗》纪怀挚友，而列舜臣为首，记载了两人情谊之深、相交之厚、遭遇之同："愚谷履仕途，先予两科，然情符契合，在同乡及其同年，无如余两人者。会则每夜数易烛，离则每月不乏书。余先致仕家居，愚谷夜过焉，时值六月，天将曙，始散去。……别愚谷曾不逾月，即闻致仕邸报，出于权贵所排挤，与罢余

① 李开先：《闲居集》之八《大中大夫太仆寺卿愚谷李公合葬墓志铭》，卜键笺校《李开先全集》，文化艺术出版社2004年版，第639页。

② 同上书，第640页。

③ 李开先：《闲居集》之一《九子诗·李愚谷舜臣》，卜键笺校《李开先全集》，文化艺术出版社2004年版，第47页。

④ 李开先：《闲居集》之八《大中大夫太仆寺卿愚谷李公合葬墓志铭》，卜键笺校《李开先全集》，文化艺术出版社2004年版，第644页。

⑤ 同上书，第643页。

者同一人也。"① 钱谦益亦云:"懋钦与章丘李伯华才名相颉颃,并由吏部左迁,并以京堂罢免,皆为嘉靖初权贵人所龃龉。伯华家居,纵酒度曲,颓然自放;懋钦一意经术……有作必走使相示。两人学业不同,而志趣近和。今三齐之士,屈指先辈有名人,必称二李。"②

李舜臣才识渊博,尤精经学,颇有独见,为著名学者。诗文之余,致力六经,据其文集小序,著有《易卦辱言》《诗序考》《毛诗出比》《礼经读》《春秋左传考例》《穀梁三例》《左传读》《古文考》《三经考》《籀文考》《六经直音》诸书,皆不存,"然亦足见其文有根柢也"。③ 还曾编成《(嘉靖)乐安县志》。

经学外长于诗文,为人清节不屈,文风亦"简古",力浣脂泽,不尚虚饰,厌弃蹈袭,"每愤文体如妆粉骷髅,宦态如牵丝傀儡,则其所作与其所自持可知也已",虽"诗似枯削而有古意,文极精细而得古法",而不免过于峭刻枯槁,殊乏情采。李开先曾戏之为如画卦符:"君作原去皮存肉,去肉存筋,今则筋肉俱尽,而独存其骨乎!毕竟如画《易》卦而后已乎?"④ 著有《愚谷集》十卷:诗四卷——《部署稿》《金陵稿》《江西稿》《归田稿》,文六卷,前有王世贞、孔天胤二序,王序云:"意至而言,意竭即止,大要不使辞胜意""词语体裁,约之简奥,而指事类情,各极其则,诚少则好矣。"康熙五年,周亮工官山东时为重刻并序。《四库全书总目》云:"诗格雅饬,而颇窘于边幅,所长所短,皆在于斯。文皆古质而稍觉有意谨严,或铲削太过,故王世贞尝有体制纤小之讥。然于时北地信阳之学盛行于世,方以钩棘涂饰相高,而舜臣独以朴质存古法。其序记多名论,而《西桥逸事状》一篇,触张璁桂萼之锋,直书不讳。文出之日,天下咋舌。抑亦刚正之士矣。"⑤

李舜臣诗擅长五律,一出于雅正而过于简质古奥,缺乏脂泽情采。《秋日诸友招饮病体未赴二首》其一云:

　　始拟户常关,归身反未闲。一秋农自去,竟日鸟俱还。落木森平

---

① 李开先:《闲居集》之八《大中大夫太仆寺卿愚谷李公合葬墓志铭》,卜键笺校《李开先全集》,文化艺术出版社2004年版,第639页。

② 钱谦益:《列朝诗集小传》丁集上,上海古籍出版社1983年版,第382页。

③ 《四库全书总目》卷172《愚古集提要》,中华书局2003年版,第1504页。

④ 李开先:《闲居集》之八《大中大夫太仆寺卿愚谷李公合葬墓志铭》,卜键笺校《李开先全集》,文化艺术出版社2004年版,第640页。

⑤ 《四库全书总目》卷172,中华书局2003年版,第1504页。

野，澄潭入晚山。登高期后会，为破病中言。

诗作于罢官之后，展现了他诗酒会友而好饮多病的家居生活。《德安道中》描绘了山中初秋的景色和宁静安详的农家生活：

> 蔓草垂藤引使车，石田流水带人居。清秋不落丹岩树，薄午方绿白石渠。谷口鱼梁旌旆转，山中萝径牧樵余。为应问俗迟迟去，才可尘凡渐渐疏。

黄祯字德兆，号海野、北海野人，青州安丘城东黄家营村人，先人明初自淮安迁入。嘉靖二年进士，官至吏部文选司郎中，曾与李开先同曹，免官而归，晚年于黄家庄秦松之荫造别墅而居。性磊落自负，好为诗，与李舜臣并称“山左李黄”。有《北上集》《户部集》《符台集》《北海野人稿》《耘石诗稿》《安丘古志》前四卷稿，并有《拟骚》行于世。《山东通志》云：“祯免官归，日事吟咏，为文力追古作，与李舜臣齐名，海内谓之‘李黄’。李伯华尝曰：‘文人独诣反约为难’，于我朝文章家，固自一名品也。”①

黄祯诗格律严整，雅炼稳健，五律《东田》云：

> 东田陟兰皋，别业山之麓。夕日衔岭头，山猿啸东谷。飔飔晚风细，轻云澹水木。曳履寻友朋，溪上月茅屋。

夕阳的余晖洒在山间，晚风轻拂着山麓，老人拄杖去往好友的住所，正是那溪边月光掩映下的茅屋。七律《黄金台》苍凉悲壮，慷慨英迈，抒发了怀古之情：

> 燕王下诏求贤日，白璧为媒金作台。黄金销尽台秋老，青草萋萋云暮来。西望太行元塞合，东连辽海翠屏间。重怜易水荆卿去，多少黄金买得回？

---

① 参见宋弼《山左明诗钞》卷9，《四库全书存目丛书》，齐鲁书社1997年版，集部第412册，第86页。

第五节 濮州苏祐父子

苏祐（1493—1571）字允吉，初号舜泽，更号毂原，自称野人，东昌濮州（今河南范县王楼镇苏庄村）人，源出蒙古，元世祖五世孙义王于洪武元年逃出大都，在濮州青丘创建基业，洪武四年其乡兵改编为平山卫，苏氏世袭卫指挥。苏祐正德八年（1513）中举，卒业太学，受知于穆孔晖，才名益著。屡次春闱败北，始中嘉靖五年（1526）进士，在官皆有惠政，累迁兵部左侍郎兼都御史总督宣大、山西军务，屡败强寇，晋兵部尚书，坐不请兵饷失事削籍，寻复原职致仕。所著有《孙吴子集解》《三关纪要》《法家哀集》《毂原奏疏》《迨旖琐语》《云中纪要》，与杨循吉同修《嘉靖吴邑志》十六卷等。诗文计有《三巡集》《江西集》《畿内集》《山西集》《塞下集》等。其心腹幕僚龚秉德于万历间刊印，定名为《毂原诗文集》，计文章近百，诗五百余首。《四库全书》著录其诗集《毂原集》十卷、文集《毂原文草》四卷。今存《毂原诗集》八卷、《毂原文草》四卷、《毂原诗草续集》一卷、子部类《迨旖琐语》一卷。

"公为人丰肌魁岸，虬髯电目，望之如神，而不为城府，和易可亲。立朝耿介有节，能决大事。御史时大夫浚川王公署其考曰'有学识、有操持、有胆量、有作为'，时目为四。有道长，博览群籍，游心千古。为文辞歌诗，遒丽典雅，海内以为名家。""既归田里，日与故人长老结社，置酒为欢。平生好施，常建仓储以济贫乏。世故子弟或以贫困来谒，倾资捐济，无所吝惜，远迩颂其高义"。① 《池北偶谈》又载其一则逸事云："濮州兵部侍郎毂原苏公祐总督宣大时，一日闻边警，亲率偏师，出塞御之。战衄，与众相失，敌追急，马蹶而死。正仓皇间，忽山上一白骡驰下，公跃而乘之，得驰入塞。既至，骡忽不见。敌退，遣人至其山迹之，山有文昌祠，白骡宛然在焉。"②

苏祐七岁从塾师授书，属对辄出奇语，名公长老无不惊叹。长而善为诗，诗文大抵以七子为宗，而气格不高，四库馆臣评价不高："大旨宗李

---

① 于慎行：《毂城山馆文集》卷28《明故资政达夫兵部尚书兼都察院右都御史毂原苏公行状》，《四库全书存目丛书》，齐鲁书社1997年版，集部第148册，第87页。

② 王士禛：《池北偶谈》卷24《谈异五·白骡异》，《历代史料笔记丛刊》，中华书局1997年版，第572页。

攀龙之说，不曾作唐以后格，而亦不能变唐以前格，故音节琅琅，都无新意。"① 文集《縠原文草》四卷，每卷又分上下，"词多骈丽，规访文选，而真气不足以充之。在七子派中，又为旁支矣"②。陈田云："舜泽诗是李、何成派。《昭圣皇太后挽章》忠爱悱恻，不愧史诗，可与朱必东《谏慈寿诞辰疏》并传。"③ 而其时乡人颇推重，谢榛《四溟诗话》卷三云："陈一庵太守因徽藩诬奏，谪戍琼州，寓邱文庄别墅，日耽诗酒。每闻缙绅间盛称苏舜泽总制《雪》诗：'初随鸣雨喧相续，转入飘风静不闻。'写景入微，非老手不能也。"④ 穆文熙云："公意兴甚高，得句不苦，自是盛唐遗韵。"于慎行云："苏公诗遒丽典雅，卓然名家。"⑤ 如五古《秋怀》：

> 暇日临飞阁，流光逝骎骎。晒目何所怀？良友系我心。停云可揽结，尊酒阻招寻。旷矣河无梁，怀哉时载阴。杳杳西日驰，泪泪零霞侵。众星既森列，跻彼辰与参。形影宽不接，何由开我襟？

宋征舆以为"苍老有调"⑥。

苏祐诗中最见功力的是边塞之篇，明末陈子龙诸君及清初的沈德潜等人都评价极高。陈子龙曰："司马诗沉雄雅练，边塞之篇，不愧横搠。"李雯曰："舜泽如嫖姚渡漠，深入敢战，惟七言古少而不称。其余至处，虽四大家不避也。"⑦ 如七律《予归入倒马关作》云：

> 南风吹雨傍关来，关上千峰画角哀。老去尚怜金甲在，生还重见玉门开。鹍弦谩引思归调，虎节空惭上将才。圣主恩深何以报？车前部曲重徘徊。

展现壮志报国的雄心，李雯曰："三四一联，此老绝唱，以年境当之，

① 《四库全书总目》卷177《縠原集提要》，中华书局2003年版，第1584页。

② 《四库全书总目》卷177《縠原文章提要》，中华书局2003年版，第1548页。

③ 陈田编：《明诗纪事》戊签卷16，上海古籍出版社1993年版，第1694页。

④ 丁福保辑：《历代诗话续编》第3册，中华书局1983年版，第1202页。

⑤ 参见宋弼《山左明诗钞》卷11，《四库全书存目丛书》，齐鲁书社1997年版，集部第412册，第103页。

⑥ 陈子龙等编：《皇明诗选》卷3《五言古诗二》，华东师范大学出版社1991年版，第209页。

⑦ 同上书，第208页。

弥觉真至耳。"① 此诗亦被沈德潜收入《明诗别裁集》。五律《晓行》云：

> 戒晓双旌发，鸡声动塞城。贝装方结束，剑气早纵横。霜杂轻尘满，烟浮远树平。寄言游侠者，不是少年行。

李雯以为"舜泽五言律，健处极似达夫。"② 又如《李牧祠下眺望作》：

> 泉源冰窦入春分，鸟语花香迟客闻。戍鼓寒沉秦塞月，夕烽晴结汉关云。年来近野多戎垒，时过同阳几雁群。险绝颇怜今昔地，无合惟说李将军。

诗境浑厚闳阔，雅炼沉雄，故陈子龙曰："舜泽五七言律，格律精严，声词清亮，咄咄秩群而上。"③ 又如七绝《塞下曲》：

> 将军营外月轮高，猎猎西风吹战袍。觱篥无声河汉转，露华霜气满弓刀。

高华峻洁，沉着悲慨，不愧盛唐。

　　而钱谦益则对陈子龙等人的评价颇为不屑，以为以长避短，并以朱观㶏《海岳灵秀集》纯为乡人偏袒，云："侍郎诗粗豪伉浪，奔放自喜，今人不复详其风格，徒以其声调叫号，近于雄浑，遂谓关塞之篇，不愧横槊，何相者之举肥也？鲁王孙观㶏评曰：'格不高而气逸，调不古而情真。'又谓其二子青出于蓝，盖齐鲁间之论如此。"④ 钱氏之论，与苏祐宗法其一贯痛诋之七子不无关系。

　　朱观㶏所谓苏祐二子者，乃指苏濂、苏澹。

　　苏濂（1513—1580）字子川，号鸿石，苏祐长子，六上秋闱不第，以荫除鸿胪署丞，仕至巩昌府通判，有《伯子集》13卷。《海岳灵秀集》

---

① 陈子龙等编：《皇明诗选》卷11《七言律诗二》，华东师范大学出版社1991年版，第735页。

② 陈子龙等编：《皇明诗选》卷3《五言古诗二》，华东师范大学出版社1991年版，第525页。

③ 同上。

④ 钱谦益：《列朝诗集小传》丁集上，上海古籍出版社1983年版，第389页。

云："鸿石诗俊雅宏壮，视厥弟为尤。"[1] 其诗多抒发科第偃蹇、岁月蹉跎的伤悲和苦闷，《杂诗二首》其二云：

> 龙且轻韩信，刘歆陋杨雄。贵耳古已然，吠声今成风。短褐读古书，志士甘固穷。畴能察其端，延誉诸王公。是非久乃定，嗟哉彼狡童。

对当时以功名地位取人的社会风气表示了极大愤慨，表达了君子固穷以养志，志在高远的决心。又如《独酌》：

> 门巷人无问字过，天涯客子意蹉跎。黄金不复燕台筑，壮士空怀易水歌。九塞风烟催饷急，七陵风雨入秋多。音书寂寞年华晚，不饮其如旅况何！

抒发了当今无人能识千里马的感慨，只能在旅途中以酒浇愁，来消解心头的苦闷和目睹国事日艰、边塞战火不断而带来的深深忧虑。

《绝句》则清新明媚，一改往日的沉痛愁苦，画面非常富有生机，情趣盎然：

> 新笋抽林与屋齐，乱红飞过画栏西。流莺不管春来去，坐向绿阴深处啼。

苏澹[2]（约1520—1571）字子冲，号元石，苏祐仲子，嘉靖二十八年

---

[1] 参见宋弼《山左明诗钞》卷20，《四库全书存目丛书》，齐鲁书社1997年版，集部第412册，第195页。

[2] 《山左明诗钞》《明诗纪事》均记苏澹为嘉靖乙酉举人，却将苏濂、苏澹置于嘉靖后期作家之列，似与分期不符。考乙酉为嘉靖四年（1525），其兄苏濂也仅有12岁，苏澹更不可能中举。其诗集自序云："年三十尚在举子列"（《山左明诗钞》卷20，第196页），据其兄生年1513推算，苏澹中举当在1545年之后。明清乡试每三年一次，即每逢子、卯、戊、酉年举行，嘉靖朝酉年乡试共有四次，乙酉之后有丁酉（1537）、己酉（1549）、辛酉（1561）三次，丁酉时间太早，辛酉可能性极小，己酉时间最相合，且"乙""己"形近，在抄写中极易混淆，"乙酉"当为"己酉"之误。按苏澹中举在三十岁之前及其兄生年推算，可推知苏澹约生于1520年。又其父苏祐中嘉靖五年（1526）进士，除吴县令时，苏澹已六七岁，二者相和。

（1549）举人，隆庆五年应进士考，卒于京师，有《仲子集》七卷。苏澹早慧，六七岁时随父苏祐赴任吴县，途中能赋诗二联；登虎丘时，又曾为诗四句。"器宇凝重，神采射人，耿耿有丈夫气。为文法史汉，古诗法汉魏，即韩柳、苏黄以下置勿论也。年十四，从宦江西，祭滕王阁，薄王子安赋不古。稍长拟廷试策，挥笔数万言不了。郡守杨公祜叹曰：'苏公有此二子，真奇才也！'"① 却始终未登进士第，故其诗常有感慨之句。《明诗统》云："其诗庄重精丽，雅有父风，中立谓其出于蓝而青于蓝，识者辨焉。"②

苏澹诗较之其兄，气势不如而醇雅过之，擅长五律，平和沉稳，精致工丽，如《晚秋泛钱塘江效何逊体》：

> 挂帆依暮渚，鸣榔破晓烟。才经武林曲，倏济桐江前。潮落平如掌，风轻直似弦。浑疑浮海日，不是问津年。

又如《送钟明府季烈服阙北上》：

> 江县鸣琴客，援琴尚未平。一尊新黍酿，千里故人情。缱绻依鸥渚，迢遥指凤城。秋蝉如解意，断续咽离声。

友人要北上起用，秋日送别，琴声淙淙，酒兴浓浓，蝉声断断续续，似乎在诉说着离别之情。诗中情深意切，兴味醇厚悠长。

七绝《清明日偶题》清新俊逸，情趣隽永，可谓字字珠玑：

> 梨花寂寂燕飘零，药槛兰畦嫩叶生。处处儿童吹柳笛，扶持春事到清明。

写清明题材，却一反通常的凄苦情调，写花雨飘飞，燕子呢喃，草木新发嫩叶，处处生机盎然，儿童的活泼可爱，更增添了画面的灵动鲜活之感。

---

① 李先芳、张实斗纂修康熙《濮州志》卷3，康熙十二年（1673）刻本。
② 参见宋弼《山左明诗钞》卷20，《四库全书存目丛书》，齐鲁书社1997年版，集部第412册，第196页。

第六节　崔廷槐、李学诗、赵鲲、郭宗皋

就嘉靖朝前期而言,嘉靖二年、嘉靖五年、嘉靖八年三科,不仅山东士子大量中试,而且出现了许多诗人名家,一时间作手才人蜂起云涌,山东诗坛空前鼎盛。

崔廷槐(1499—约1560)字公桃,号楼溪,莱州平度崔家小庄子村人,嘉靖五年(1526)与同邑傅汉臣、李学诗同中进士,轰动一时。官终四川金事,有《楼溪先生集》三十卷。陈田云:"楼溪诗清脆可诵。"①诗长于五七言律,尤工五言,多写景感怀之作,笼罩着浓重的愁苦悲凉的色彩,映射出郁郁不如意的心境,如《秋夜》:

> 倚杖坐深夜,高天风露清。开尊延客至,闻笛唤愁生。白露天涯节,金戈塞上城。不堪双泪落,相对欲霑缨。

白露节气到来,秋高气爽,诗人身在塞上,深夜与客酌酒而坐,听到幽幽的笛声传来,备感凄凉。又如《旅怀柬后泉》:

> 风雨山城暮,空庭鸟雀怜。独愁销病骨,久客惜流年。柳岸歌金缕,花丛度锦鞯。何时沧海上,倚醉下春烟?

写山城春景,寄怀友人,诉说自己多愁多病的境况,词句清切工致,情兴隽永悠长。

七绝爽利轻快,风神俊逸,有民歌风味。《潼江》云:

> 潼川江水抱村斜,两岸青山似若耶。一叶小舟双桨荡,月明撑入刺桐花。

又如《杨柳词》:"飞絮垂丝春满天,长安大道凤城边。谁知一别都亭后,回首风尘二十年。"轻快中又多了无限感慨。

---

① 陈田编:《明诗纪事》戊签卷16,上海古籍出版社1993年版,第1704页。

李学诗①（1503—1541）字正夫，号方泉，莱州平度人，父李慧以选贡仕至山西苛岚知州，于两髻山南麓（今上李元村一带）建"两山书院"，教子孙和邑子弟。李学诗为诸生时，即受知于提学王廷相。嘉靖五年（1526）连捷中第，治绩优异，历吏部文选司郎中，嘉靖十二年与唐顺之等11人入选翰林院编修，唐顺之称其"腹中坦坦，不蓄鳞甲"，以胸怀坦荡、光明磊落为人所推重，升左中允兼翰林院修撰，充经筵讲官。病卒，年仅三十九。居间独喜为诗，有《桃花洞集》，传世文《桃花洞记》，唐顺之为写《墓表》，茅坤作《吊桃花洞赋》。

《桃花洞记》一文记叙当年读书两髻山前桃花洞畔时的亲见亲闻："缘径行曲，伛偻循行数十步许，乃即洞境，幽深平旷，莫知其迹。久为堕石堙塞，仅余旁窦，无敢深入者。昔人曾于洞中燃火，由崮山泄烟。盖穿两山之腰，通崮山之上也。"诗长于五言，今存五律《咏门村漱玉》二首、《姜女石》一首，《山左明诗钞》录五首。《蜗牛》为讽世之作：

> 一躯常自负，那解避人行。聚偶循墙湿，留涎篆瓦明。脚长贪远意，头缩善藏情。不揣升高峻，终然困此生。

讽刺了那种畏缩不前、胸无大志又阴暗自负的庸常之人。绝句尤见风神，如《听蛩》：

> 黯淡篱边月，凄清竹里风。草堂秋夜永，独坐听寒蛩。

绘写秋夜凄清静寂的氛围与寥落黯淡的感伤心境，有中唐诗歌清峻幽冷的风调。

赵鲲字宇南、时化，号九岭，兖州寿张（今梁山县马营乡赵坝村）人，嘉靖八年（1529）进士，决案公正，缉寇果敢，政声显赫，官终贵州按察副使，有《九岭集》《读书日记选集》十六卷。诗文宗法七子，《寿张志》称："鲲文宗秦汉，诗拟盛唐。在官亦著政绩。《诗隽》《诗统》载其诗数篇，老成新隽，近亚石川（殷云霄），而名不显于时，亦可慨也。"②

---

① 明代山东进士有两个李学诗，另一李学诗（1530—1580）字叔言，号前峰，兖州东阿人，嘉靖四十四年进士，累官兵部郎中，勤于吏职，万历八年卒官。

② 参见宋弼《山左明诗钞》卷11，《四库全书存目丛书》，齐鲁书社1997年版，集部第412册，第110页。

赵鲲诗多状景抒怀之作，描摹宦途所经之地的风光，对仗工稳，雅炼沉稳，气概较为低沉深婉，尾句涵思隽永，意味无穷，耐人玩味。其《龙江关送家人归》云：

> 湖上北来昼气昏，湖边春草怨王孙。微微树影怀山阁，脉脉泉流过竹根。羸马冲泥寻浦路，孤舟拖雨系江村。临淮欲洒思乡泪，一夜随潮过鲁门。

龙江关在南京，乃于南京大理寺评事任上送家人返乡时所作，写出了分别时的恋恋不舍与无比牵念之情，写老马、孤舟的情态，逼真生动。如《夜泊郧阳城下》

> 客舟一夜枕江声，风雨萧萧过楚城。际晓还来寻旧澨，黄流新涨大江平。

写路过湖北郧阳，在风雨中夜泊江上，清晨寻觅昨日的堤岸，已被新涨的江水淹没了，绝句俊爽传神，绪密思情，有王昌龄、韦应物之致。

郭宗皋（1499—1588）字君弼，号似庵，登州福山（今烟台市福山区）人，嘉靖八年（1529）进士，历官兵部右侍郎、宣大总督。据《明史》载，他为官清廉，无论寒暑，外出皆乘马，不坐轿。词讼皆亲自审决，不假手他人，所到之处廪米外无所受。刚正不阿，敢于面折庭争，虽迭经挫折，仍不畏权贵，嘉靖十二年（1533）以监察御史上《星变疏》，劝世宗"惇崇宽厚、察纳忠言，勿专以严明为治"[1]，被廷杖四十，后又列举刘夔阿附宰相李时的谄媚之行，遭罚俸两月，被誉为"铁头御史"。《福山县志》云："康介初登第，对策不用成格，白献六事，皆切时弊。……迁御史，抗疏受杖，劾保抚刘夔无行，并及辅臣，直声震动，有'郭锁头'之号。抚顺天，以不媚时相罢。起抚大同，督宣大，屡有战功。"[2] 宗皋与李开先、葛守礼[3]为同科进士，葛守礼曾云："天植忠厚，

---

① 《明史》卷200，列传第88，中华书局2000年版，第3531页。

② 参见宋弼《山左明诗钞》卷11，《四库全书存目丛书》，齐鲁书社1997年版，集部第412册，第111页。

③ 葛守礼（1505—1578）字与立，号与川，济南德平人（今临邑县德平镇），嘉靖八年（1529）进士，累官户部尚书、都察院左都御史，有《葛端肃公集》。

吾不如郭君弼。"① 嘉靖二十九年六月，北虏犯大同，总兵官张达等战死，郭宗皋被逮，廷杖一百，戍边陕西靖虏卫，母丧归葬，得刘效祖之力。戍边十七年，隆庆初赦回，承其父——弘治间刑部郎中郭天锡"澡身"遗训，名其堂曰"澡训堂"。"澡身"语出《礼记·儒行》："儒有澡身浴德。"孔颖达注云："澡身谓能澡洁其身，不染浊也。"不久起为刑部右侍郎，迁南兵部尚书，以年迈辞官致仕，体康健，隐居务农二十载，卒谥康介。宗皋年近八十时，总结一生经历，著有《四素录》一卷，"寓君子素位而行，富贵贫贱、夷狄患难无人而不自得之旨"。另有《内经便读》若干卷、《康介公遗集》两卷，诗有《似庵诗稿》，如风行水上，骏利爽快，朗朗可诵。

早在任山西按察副使时，受代州农民皆用盐碱地种植水稻之启发，致仕后自南京携一善做水车的木工与两名善种水稻的老农一同返乡，于福山城北柳子河畔柳行庄置盐碱地 40 亩，制牛挽水车一座，脚踏水车两座，亲自督导开渠、筑畦、整地，醉心农耕，成为胶东引进水稻第一人。并于水田中建"畯喜亭"，联曰："如老农以学不如鲁男子或吾可也，耒耜琴书分玉烛；饱秔饭以求无饱有道者尚为正焉，松筠鸥鹭满烟霞。"其《畯喜亭绝句》十二首为典型的田园农事诗，如：

> 六月莲塘花正开，稻翻新雨碧云堆。江南有客曾倾盖，笑问何人缩地来。

以江南客人之问，点出畯喜亭风光胜似江南，新异别致。他如"无事看云白日卧，有时流水素琴鸣"，"水心亭畔午风香，晚稻芙蕖各吐芳"等，洋溢着浓郁的田园风味，农家之乐跃然纸上。另有《畯喜亭怀古》三首。再如《获稻》：

> 获稻秋霖霁，松阴坐夕晖。鸥闲人共适，霞落雁俱飞。郭远山田贱，年丰瘠土肥。老来畎亩兴，学稼未知非。

秋雨初晴，于田间收获水稻，鸥雁时飞时落，夕阳下松阴寂寂，落霞满天，安宁祥和的田园与诗人躬耕田亩的情志构成了恬淡淳朴的意境。语句清新工致，不袭陈言。

---

① 王士禛：《池北偶谈》卷 5《谈献一·葛端肃公家训》，中华书局 1997 年版，第 99 页。

第七节　赵完璧、程珤、吴岳

山东士子受齐鲁文化和孔孟之教的影响极深，大都志操耿介、负性气盛，在朝为官则直言敢谏，疾恶如仇，不惧权宦、不畏贬官远谪，出过不少耿介端方的名臣，赵完璧、程珤、吴岳亦为其中的杰出者。

赵完璧（1500—1580 至 1591 间）字全卿，号云壑，晚号海壑，莱州胶州人，岁贡生，除兵马司指挥，执法不避权贵，以忤陆炳下狱，与杨继盛声气相应，后得释，迁巩昌府通判，旧囊如洗，杜门不出。工诗，编《唐诗合选》四卷，著有《海壑吟稿》十一卷：诗五卷，文五卷，第一卷为目录，王三锡为序。

其诗成就极高，清真雅秀，语近情遥，深婉动人，有天然之趣，不逐复古流俗，不作声势之态，然科第不彰，位卑职小，不得张其才名。《四库全书总目》云：

> 时炳为锦衣卫都督，与严嵩表里为奸，其势张甚。完璧以指挥末秩，能与之抗。其狱中与杨继盛倡和诸诗，有"辛苦不妨淹日月，授书喜有汉良臣"等句。继盛死西市，完璧作《杨烈妇词》以哀之，有《小雅》怨诽之遗，可谓志节之士矣。
>
> 其诗多触事起兴，吐属天然，绝无叫嚣怒张之态，亦与有明末造矫激取名者有殊。徒以名位未高，史不立传，遂几于湮没不彰。仅赖此集之存，犹得略见其始末，以足见正直之气有不得而消蚀者矣。①

《明诗统》云："别驾性嗜吟咏，有声燕赵。触事起兴，有天然之趣，盖得风雅之遗者。"②

《海壑吟稿》中古、近体并茂，古体如《弃妇辞》《渔父词》《樵父词》皆有所寓托。《弃妇辞》以夫妇喻君臣，为古诗之传统手法：

> 弃妇出兰房，长辞薄幸郎。忆昔授绥日，合卺双鸳鸯。相为琴瑟

---

① 《四库全书总目》卷172《海壑吟稿提要》，中华书局 2003 年版，第 1509 页。
② 参见宋弼《山左明诗钞》卷18，《四库全书存目丛书》，齐鲁书社 1997 年版，集部第 412 册，第 180 页。

欢，宜室期余光。自君荡春心，嬖爱章台倡。冶容盲尔明，荆布成恶裳。娇歌褫尔魄，沉默非巢簧。销神复索家，顾谓邂逅良。劬劳敬克室，反目卒为殃。子为邪孽迷，妾为君子伤。贱妾不足惜，古道孤肝肠。泪出身亦出，请试倡短长。

当为讽刺嘉靖朝黑暗政治，帝昏聩，沉迷道术，不能识人，任用严嵩父子当政，群奸毕集，贤臣君子反遭摈弃，愤懑之情溢于言表，也展现了不以自身为念、满怀忧国之慨的忠臣孤愤。《渔父词》《樵父词》则自表高洁隐逸之致：

　　　　世道久交丧，人心不如水。萧然一钓舟，沧波吾老矣。棹去镜中天，归来芦叶里。鱼鸟作比邻，风月还知己。江山万古情，烟雨平生喜。云静卷钓丝，得失何心尔。雪中无羊裘，日长回猎士。坐看惊涛帆，戒险知谁是。而无名利怀，祸患胡雁此。买得孤村醪，醉中冥甲子。悠然快一眠，化契青蓑底。（《渔父词》节选）
　　　　太古不可挽，空山潜幽人。世务无絷缚，樵苏不为辛。游日旷烟霭，骋怀极嶙峋。咄惜耸肇材，聊斧臃肿薪。空翠冷入骨，残霞每在身。溪谷适踅然，鹿豕凤所亲。朗唱振林木，长啸超风尘。寓兴云与石，逃名秋复春。巢由慕狂踪，尧舜非所钦。岂云负叔敖，含笑弃买臣。此中有真趣，物外曾忧贫。丹崖一千丈，不愿图麒麟。（《樵父词》节选）

在对昏聩世道的极端失望后，作者只能以独善其身、避居林野的隐逸生活自处，享林间之乐、与鸥鸟相亲，俯仰天地，忘怀得失。

近体多写徜徉林壑的幽踪雅致，小诗萧散清逸，轻盈秀美，面目有似中唐山水诗风味：

　　　　何处杨花小院轻，卷帘孤坐午风清。一春寥落江南梦，肠断吴姬劝客情。（《杨花》）
　　　　翠盖斜阳外，雕与绿水边。清风吹细葛，微雨散遥天。沙鸟盟何在，溪鱼乐自牵。好来垂钓处，只是近人烟。（《晚行溪畔》）
　　　　蟋蟀鸣阶下，凉风动槛前。露华侵袂湿，月魄缀檐翩。酷暑知何去，清宵自不眠。幽吟对修竹，相与斗便娟。（《初秋暑退晚坐》）
　　　　错落明垂地，岑寥冷闭关。寒庭花满树，青海玉连山。作赋才难

企，高眠迹可攀。怀人清兴发，孤棹夜中还。（《对雪限韵》）

　　细柳孤村白日长，柴门流水芰荷香，幽轩独抚翠岩光。闲庭芳草晴烟薄，南熏细细余花落。虞弦静抱凭谁作。梦回修竹听啼莺，百鸟丛中噱玉笙，如何迥不近蓬瀛。（《夏日小庄即景》）

　　细雨江风晚，萧条落小舟。一身千里外，百虑五更头。水绕还乡梦，云凝去国愁。沉沉不知晓，一雁叫寒洲。（《舟中夜雨》）

　　程珤字子彬，号静泉，济南德州（今德城区黄河涯镇谢家坟村）人，先祖为掖县人，燕王时隶籍德州左卫。中嘉靖十一年（1532）进士，授怀庆府（今河南沁阳）推官，廉介明决，案无留牍，累官尚宝寺卿，以忤严世蕃左迁，历官江西右布政使，所至锄奸扶弱，奸胥滑吏望风屏迹。乡居不营利、不请托，勤俭洁修，到老未换居室。院后筑一舍，曰"静轩"，日诵读徜徉其中，寒暑不辍，享年86。

　　著有《右丞集》。张九一《序》云："公尚玺，与荫子同舍，孤操自将，微以示异途。螫以蜚语，左官外斥，其后三迁而至右丞，不肯以一日之荣易所好，谓岁寒松柏非邪？所著《谭艺》一编，辨体裁，尚风骨，参意象，扬口风雅，成一家言。所为近体本之才情，傅以色泽，沨沨洋洋，复见正始之音。"[1] 田同之《安德明诗选遗》云："子彬诗协唐音，尤工五律。"[2] 其《送李两山之巩昌》云：

　　　　功名须万里，书剑且三秦。柳色低迎旆，蝉声远送人。西风函谷路，匹马大河津。亦是飞腾地，休看白发新。

砥砺友人建功立业的志气，诗情英特豪迈，意气飞扬。《晚赴宿州以尚宝卿出使》浑厚中带有苍凉之感，题下自注："时有妻丧。"诗云：

　　　　乱山驱独马，返照入寒林。重以暮云合，凄其游子心。疏篱隔吠犬，灌木集鸣禽。灯火前村远，鱼龙大泽深。使星朝北斗，卿月上高岑。独有孤飞雁，哀鸣意不任。

---

① 参见宋弼《山左明诗钞》卷12，《四库全书存目丛书》，齐鲁书社1997年版，集部第412册，第117页。

② 参见陈田《明诗纪事》戊签卷18，上海古籍出版社1993年版，第1751页。

以离群的孤雁自况刚刚失去妻子的痛苦。《栈道》描写蜀中的地势之险：

> 地险襟喉会，川流南北分。千峰兼万壑，匹马逐孤云。黑水蛟龙窟，青林虎豹群。不堪巇绝处，天日又西曛。

诗境雄奇跌宕，高华峻峭，使人想见难于上青天的蜀道和绵延不断的万壑群山。

吴岳（1501—1568）字汝乔，兖州汶上（今南旺镇）人，嘉靖十一年（1532）进士，任职户部，督饷宣府时，吏赂以数千金，拒之。外任庐州等数地，并以清静得民。迁右佥都御史巡抚保定六府，严嵩柄权，引疾去。严嵩败，复起，隆庆初官终南京兵部尚书，上任时途经家乡，家贫寄居寺院，竟染病而卒，谥介肃。

吴岳为人耿介端方，自奉俭素，器无雕饰，服无锦绣，提躬严整，清望冠一时。于慎行《穀山笔麈》记载："汶上太宰吴介肃公岳，清操绝代，嘉靖末年为真定巡抚，见分宜（严嵩）虐焰，即移疾自罢。屏居南旺湖上，茅屋数间，薄田一二顷，仅给衣食，日惟默坐一室，阅禅经数卷。客有过者，亦时或出见，或留设食，食不过数品，率脯菜三四品。然不出谒客，有时游行，惟跨一驴，或讽其矫，公曰：'吾罢吏居家，从来不用邑中夫役，欲觅舆夫，力又不能，老不能骑马，故跨一驴，取其简便，实不矫也。'及嘉靖乙丑，分宜罢相，华亭（徐阶）当国，收罢海内人望，乃起公为御史中丞，报者以檄至，仆入白状，公方趺坐行气未已，仆白一二语，摇手不答，仆不敢言，出俟门外，可炷香顷，乃下床索檄观之，掷不更视，已而亲友从臾，乃出就征。一时士论翕然，以为得人。"①

吴岳善诗，著有《望湖遗稿》一卷，《汶上县志》云其"为诗沉深典雅，屏去色泽，而耻自炫"。《海岳灵秀集》云其"清介廉静，不与世浮沉，盖吾乡之高士也。诗俊逸清洒，精到处已入盛唐蹊径。惜著作不多，诸体未备耳"②。《别二司诸公二首》其一云：

> 寥廓江天远，淹留画舫移。离筋催暮景，归棹剧乡思。泛梗年来倦，投簪老去迟。凭君一尽兴，回首各差池。

---

① 于慎行：《穀山笔麈》卷5《臣品》，《历代史料笔记丛刊》，中华书局1997年版，第51页。

② 参见宋弼《山左明诗钞》卷12，《四库全书存目丛书》，齐鲁书社1997年版，集部第412册，第119页。

雅致精炼，不刻意雕琢而自工。又如《舟中感怀》：

> 百丈牵风上濑迟，末秋霜露剧乡思。萧条已负黄花节，摇落空看杨柳枝。细雨孤舟还隐几，暮云寒笛漫倾厄。羁怀正苦未消歇，隔岸谁歌白苎辞？

诗风清越，对仗工稳，情思顿挫沉厚，表达了宦途中的思乡之苦。七绝《水泉营防秋书壁》云：

> 书剑从军已四秋，沙蓬苦雾不胜愁。可怜并朔良家子，岁岁防边到白头。

情怀苍凉凄切，以自己在军中的切身感受，表达了对北方边民年年服兵役的同情。

第八节　龚秉德、于玭夫妇等

卢宗哲（1505—1574）字浚卿，号涞西，济南德州（今运河开发区芦庄村）人，嘉靖十四年（1535）进士。《程氏家传》记载，时严嵩秉政，欲笼致之，不附，任光禄寺卿时，朝廷采买，偿付不及时，贾人苦之，卢宗哲悉发现金偿之。擢户部侍郎，为严嵩所格，罢归，囊仅四十金，招子卢茂示之曰：“此吾二十年宦装，可受之。”[①] 诗稿甚多，晚年焚之，曾孙卢世㴶辑刻为《焚余草》。同邑程先贞序云：“太史文章高美，致使人主亲洒翰墨，特赐评骘，非不彬彬郁郁，倾动一时，而尽委之祝融，惜矣。然公诗昌明骚雅，响中鸣球，盛世之音在焉。如物之有光，气不可掩也。”[②] 其《赠张锦衣》诗云：“朝乘节钺下层霄，霜满熊幡意气饶。路绕黄河山簇簇，风连青海草萧萧。油幢对月闲吹角，铁骑乘冬便射雕。为振诸蕃莫轻入，临戎今是霍嫖姚。”手法凝练老到，沉雄顿挫，尽显苍凉浑厚的边塞风貌。

---

① 参见宋弼《山左明诗钞》卷12，《四库全书存目丛书》，齐鲁书社1997年版，集部第412册，第120页。

② 同上。

　　任万里字图南，号梅轩，莱州掖县（今莱州市虎头崖镇西原村）人，嘉靖十四年（1535）进士，累官礼科给事中，弹劾不避权贵，以疏公僚忤旨，遂以母老引疾致仕，蓬蒿三径，巾屦萧然，其后九荐不起，著有《梅轩诗稿》。王士禄《涛音集》云："黄门素有刚介之目。其诗如秋霁澄江，萧森平远；白沙锦石，复饶清丽之观。五言如'断梅依水竹，细雨静川沙'，七言如'缥缈秋空双鸟下，萧条山寺几僧归''风急雨声生乱竹，天空雁影度汉塘'，并佳。"① 任万里之诗萧疏澹远，清俊绝俗，又精炼厚重，颇见功力。《过战场有感》云："万里秋风吹朔漠，千年营垒落寒雕。水声不住东流去，疑是秦人怨未消。"感慨苍凉。《忆沱川兄时春夜宿临明馆》云："天空月上雁来时，犹记仙翁白鹤祠。一别京华多少梦，春深无日不相思。"写对友人的思念之情，蕴藉多情，隽永悠长。

　　刘佐字一轩，济南德州人，嘉靖十四年（1535）进士，历官冀北参议，著有《遂初堂诗》。诗集共四册，传至其曾孙时，为过客携去三册，只存五言近体，精工雅炼，颇多佳句。《□沈隐君居》云："不识南塘路，门前烟水横。花繁霑夜雨，苔静媚秋晴。柏径穿云入，芒鞋带月征。山翁无外趣，恬澹味常清。"描写隐居生活，意境清逸俊秀，含英咀华。又如《宿明月寺山房》："梵响侵层汉，云香护石床。鹤来巢古木，人语隐长廊。玉漏催银箭，天河发晓光。明当避禁宇，暂尔听寒螀。"将古刹静寂森严的气氛烘托得恰到好处。

　　王崇义（1509—1560）字子由，号方田，济南淄川（今淄博市淄川区笔桥村）人，嘉靖十七年（1538）进士，授刑部主事，值宫女杨金英等九人谋杀嘉靖帝未成，嘉靖欲尽族诸家，王崇义独抗疏论之，全活七十余人，累官至宁波知府。致仕后，欲营一屋延客而力不能为，好事者共成之，遂名曰"助轩"，其廉洁可以想见。著有《见一诗稿》。子由诗精深朗畅，《北村》诗云："山上青枫海上涛，闭关拟赋子云骚。匣中岁月虚双剑，镜里星霜换二毛。数亩鸿隍新地主，十年尘土旧宫袍。陶公素有烟霞意，此日逢秋兴转豪。"感慨深致而不悲凄。《送赵露泉佥宪陕北》云："豸袍持斧入三秦，十月关城朔风新。鸣珮共怜云署冷，看花仍忆曲江春。乾坤西北烦戎马，海岳中原识凤麟。独美终军正年少，清朝未拟驻军轮。"送人西北任职，用汉代终军的典故，隐喻才高有为，诗中意蕴深

<hr>

① 参见宋弼《山左明诗钞》卷13，《四库全书存目丛书》，齐鲁书社1997年版，集部第412册，第128页。

厚，感情丰富，结撰精炼，气势高迈。

龚秉德字性之，号鸿洲（一作虹洲），东昌濮州（今已为镇，属范县）人，为大司马苏祐幕僚，甚相知，中嘉靖二十年（1541）进士，官至湖广副使，有《三幻集》。俞宪《盛明百家诗》云："虹洲性喜山水，所至必盘桓终日。'三幻'者，虹洲先官润州司理，继官御史，又官永嘉守，自谓宦者，幻也，集是以得名。及为兵宪，诗未专刻。"朱观㶏《海岳灵秀集》云："鸿洲诗和粹婉丽，藻思骏发。"① 陈田云："性之诗词亮音美。俞汝成《百家诗》舍美而录瑕，几为所掩。"② 其诗长于七律，清峻萧瑟，《白龙湫抵灵岩》云：

> 溪回磴转入云深，古木苍藤结午阴。烟浦疏钟来远寺，石门流水泻高岑。山中遄客名黄绮，洞里真僧字道林。落日松涛响空谷，疑闻鸾鹤送余音。

诗中弥漫的那种幽寂森凉的情调，颇有中唐诗歌的风神。又如《登山海亭》：

> 石势参差一径通，扪萝遥望海天空。亭高下瞰扶桑日，野旷平临太乙宫。云起波涛飞几席，潮来风雨入帘栊。行吟洞口青冥上，十二楼台暮霭中。

写景气势磅礴，将山海之境描绘得雄奇奔放。

于玭（1507—1562）字子珍，号册川，兖州东阿（今平阴县洪范镇谢庄村）人。十岁能赋诗，有神童名，读书于刘隅之东流书院，弱冠中嘉靖七年（1528）举人，五上春官不第，嘉靖二十年（1541）谒选，官至平凉府同知，嘉靖三十一年（1552）升甘肃庆阳知府，辞归，赠编修。平生好读书，不问产业，工古文词，落笔万言，大都散佚。子于慎行其家藏稿六卷，作《先考遗集跋语》云："先考文宗《国》《左》，以冲和典奥为体，而不尚浮夸；歌诗雅澹湛深，取法韦、杜，视促数绮丽之调将浼焉。盖能自得于古人之矩，而非求合于流俗者。守丞边郡，周旋幕府，值

① 参见宋弼《山左明诗钞》卷13，《四库全书存目丛书》，齐鲁书社1997年版，集部第412册，第130页。

② 陈田编：《明诗纪事》戊签卷21，上海古籍出版社1993年版，第1840页。

西陲有事，参与行间，故塞上之咏为多云。"①

于玭与仲子慎思、叔子慎言均以举人而终，于慎行选刻父兄三人诗为《于氏家藏诗略》四卷，《跋》云："先君垂髫讲义，以词赋著称，偃蹇一官，不酬素志。两兄趋庭授业，并有文声，亦皆坎壈，青袍不博一第。"②对父兄遭遇不无惋惜之意。邢侗《后序》云："兹集言不相袭，格以类殊，究厥体裁，率沈雄朗润，妙入元解。盖缘本天趣，发之性灵，是以机动神随，意无乏绪。"③

于玭十年为官西北，故诗多写塞上风云，清刚整炼、沉慨低徊，有杜甫之风，朱观𤧰《海岳灵秀集》云："册川诗高洁清修，不减古人，爽慨近于工部。"④ 宋弼云："司马诗极清刚，人当孤介，根柢浣花，不屑晚季一语。"⑤ 如《沧州》：

> 九月一日渤海郡，凉风落叶何纷纷！孤舟伏枕逢秋色，长路停樽对暮云。荒草乱迷龚遂庙，清川曲抱献王坟。古今踪迹堪惆怅，独向沧波吊夕曛。

表达了一种极其复杂的感情，有旅途思乡，有秋景怆怀，有怀古吊远，却无一言明，情绪深沉起伏，低回顿挫，确与杜甫有相似之处。又如《晚怀》：

> 长天漠漠悲雁塞，薄暮悠悠望帝城。客邸三旬愁里月，故乡千里梦中城。北山猿鹤应无侣，上苑莺花漫有情。绿酒可能消远恨，青袍已觉误浮名。

作于春闱赴京之时，表达了在屡次受挫之后孤寂思乡、慨叹不遇的消沉情绪。

于玭妻刘氏（1506—1555），兖州东阿苫山（今东阿县刘集镇东苫山

---

① 于慎行：《穀城山馆文集》卷34，《四库全书存目丛书》，齐鲁书社1997年版，集部第148册，第189页。
② 参见宋弼《山左明诗钞》卷15，《四库全书存目丛书》，齐鲁书社1997年版，集部第412册，第150页。
③ 同上。
④ 同上。
⑤ 同上。

村）人，封淑人。父刘田早卒，刘氏失怙，叔父刘隅养育之。幼聪颖，精于女红，兼通《孝经》《论语》诸书，娴于词翰。道光本《东阿县志》云："幼好学，静慈孝恭，《孝经》诸史，靡不遍览。"[1] 刘隅爱于玭之才，遂妻之。刘氏贤德旷达，深明大义，"家世贵显，诸母窃相谓：'于翁贫甚，奈何以爱女托不可知之子乎？'中丞公曰：'于翁虽贫，是儿必大其门者，于翁不贫也。'及笄归公，戚属咸谓宜人：'餐珍衽绮，安能为布素妇乎？'乃宜人椎布操作而前矣。公诸兄落魄不能给，公又无以给之，宜人曰：'兄弟，手足也，奈何废手足大义而用此簪珥为？'遂为倾箧筒买田百亩，以糊其口。及仲兄殁，所遗子女四人，皆宜人鞠育之，毕其婚嫁。"[2] 婚后，刘氏亲教诸子读书，经书皆其口授，除长子外，其余三人皆得功名，以诗文名世，最著者乃四子、万历间内阁大学士于慎行，"先生贵且老，每思太淑人课灯下，辄废食。及太公讳日，必谢客，罢政事，尽哀"[3]。

刘氏擅文藻，"随夫任秦雍、河洛间，题咏甚多"[4]，"不喜作冶丽语，曰：'非妇人事也。'稿多不存"[5]。《列朝诗集》录其《故城过父友李公旧居》一诗：

> 暮云深锁故城春，绿树苍烟旧白蘋。昔日高楼双燕子，定巢无数往来频。

诗思隽永悠长，极富才情。

① 李贤书修：《东阿县志》卷14，清道光九年（1829）刻本。
② 殷士儋：《金舆山房稿》卷10《陕西平凉府同知册川于公墓志铭》，《四库全书存目丛书》，齐鲁书社1997年版，集部第115册，第790页。
③ 邢侗、阮自华：《东阿于文定公年谱》卷1，手稿本。
④ 李贤书修：《东阿县志》卷14，清道光九年（1829）刻本。
⑤ 钱谦益：《列朝诗集小传》闰集，上海古籍出版社1983年版，第732页。

第四章　林下之风——海岱诗社

"诗流结社，自宋、元以来，代有之"①，而明代文人结社之风尤盛，据郭绍虞《明代的文人集团》一文，经郭先生广泛搜求，共辑得明人结社一百七十六种，这还不是全数。根据明代文人结社的目的和动机，明人社团大致有耆旧会、诗社、讲学会、禅社、文社、曲社、讲史社等几大类，相对于晚明诗社、禅社、讲学会和明末政治性文社的兴盛，耆旧会是明中叶采用较多的一种结社形式。

耆旧会又名耆英会、怡老会，乃延续宋、元士人之习，多由致仕官僚会同一方名士优游山林，结交往来，诗酒唱和，以消闲自适为目的，一般不标宗立派。明代山东文人较大的结社，除明末响应复社、几社号召而带有政治色彩的文社——山左大社外，即属青州府、济南府的三个耆旧会——嘉靖时以冯裕为首的益都"海岱诗社"和以李开先为首的章丘诗会、词会，以及明末天启、崇祯间益都人钟羽正统领的"真率会"。章丘诗会、词会成员多科举未第或仕途不达，行迹难以详核，且无文集流传，创作情况难见全貌；同为举于青州府治益都的诗会，"真率会"虽规模过于"海岱诗社"，创作质量却远逊于前者。故无论从影响还是创作来看，都当以"海岱诗社"为最。

青州府为明代山东六府之一，东临登、莱二府，西北、西南又分别与济南府、兖州府相接，下辖14县，人口密集，交通便利，为陆路交通的要冲。这里地灵人杰，历史悠久，钟灵毓秀，早在先秦时期，便是九州之一——青州的核心地带。府治益都（今青州市）商代时即为大邑，战国时为齐国重镇，南北朝时南燕国曾在此建都，北魏的郑道昭、宋代的王曾、范仲淹、欧阳修、富弼、李清照等名人均在此地留下过遗迹。及至明代，这里更以其久远厚重的文化传承和人文荟萃，成为山东的一个重要文

---

① 朱彝尊：《静志居诗话》卷21"孙淳"条，人民文学出版社1990年版，第649页。

化区，被誉为"吾乡六郡，青州冠盖最盛"①。这次结社，加之冯裕之子"临朐四冯"的声名远播，万历时冯裕曾孙冯琦与公鼐、公鼒兄弟的名震齐鲁，明末王衮、赵进美、李焕章的卓然俊特，使得青州府在明代的山东成为仅次于济南府的第二个文学中心。

第一节　诗社缘起及成员

"海岱诗社"之名，得自结社之地，《尚书·禹贡》云："海岱惟青州。"故名。因集会地点在益都城北郭之禅林，有洋溪流经，故又名"洋溪诗社""益都北郭禅林诗社"，出现在嘉靖十四年（1535）、十五年（1536）间。清初王士禛《古夫于亭杂录》中云："吾乡六郡，青州冠盖最盛，明嘉靖、万历间，官至尚书者八九人，而世宗时，林下诸老为'海岱诗社'，倡和尤盛，其人则冯闾山、黄海亭、石来山、刘山泉、范泉、杨渑谷、陈东渚，而即墨蓝北山（按：当作"北泉"）亦以侨居与焉。"② 成员八人，即石存礼（65岁）、冯裕（57岁）、陈经（53岁）、黄卿（51岁）、杨应奎（50岁）、刘澄甫（54岁）、刘渊甫（50岁）、蓝田（59岁），八人皆为青州一带致仕回乡或赋闲在家或尚未出仕的官员士绅。从王士禛所列八人位次及冯裕为《海岱会集》作首序看，八人中，当以冯裕为眉目。而其发起者，据《蓝氏家传》"山泉举海岱诗社"③ 的记载来看，当为刘澄甫。

冯裕（1479—1545）字伯顺，号闾山，青州临朐人，著名的"四冯"——冯惟健、冯惟重、冯惟敏、冯惟讷之父，致仕后居益都。冯氏本为临朐人，洪武初年，朝廷命山东百姓每三户选一丁壮戍守辽东，冯裕曾祖冯思忠被选，家于广宁左卫（今辽宁北镇县），冯裕遂生于广宁。十二岁失父祜，孤苦贫寒，《嘉靖临朐县志》记载，他"刻苦读书，闻义州（今辽宁义县）贺医闾先生倡明理学，即往师事之"。举正德三年（1508）进士，历知松江华亭、直隶晋州、徐州萧县，所至多惠政，擢南京户部员

---

① 王士禛撰，梁宗楠编：《带经堂诗话》卷6《题识类》第53条，人民文学出版社1963年版，第158页。

② 同上。

③ 宋弼编：《山左明诗钞》卷8，《四库全书存目丛书》，齐鲁书社1997年版，集部第412册，第79页。

外郎。嘉靖六年，冯裕受命知平凉府，携家北上赴任，道出青州，安家于故里，以后期改贵州石阡。居石阡六年，迁贵州按察副使，在黔先后七年，屡建平蛮功，"定播凯百年仇杀之难，销龙氏一旦激变之衅，此其功之表表彰著者，已奉明旨，不次迁擢，而竟以不能俯仰于人论调，乃遂浩然以归"。嘉靖十三年被论解官，归乡，定居益都。

冯裕一生廉平伉直，有裁断，颇著政绩。官华亭令时，邑人张文冕为刘瑾心腹，以家托于冯裕，裕居官守正，无所循庇，文冕告于刘瑾，将逮系之，裕不为动。官南京时，"数忤中贵人意，中贵人欲伺间中之，终无所得，乃益重之，叹服再拜而去。"冯裕谈及自己的一生云："希宠者负君，媚人者负己，谋人者负人，生平盖三无负焉。"① 关于冯裕被解官的原因，徐阶、欧阳德均有涉及："公于财廉，无书问以遗贵近，又不能饰词貌为媚说，故当途之士乃鲜知公者，嘉靖甲午被论致其事。"② "然质直自遂，莫有为之游誉者，甲午被论解官，人莫知其罪。"③ 由此可见，冯裕被罢，完全是廉洁奉公、不事权贵所致，故冯惟敏不无感慨云："先君以三十年科名，一生苦节，万里功勋，而竟以废罢。"④

冯裕之诗师法古乐府、古诗十九首和建安风骨，追求汉魏诗歌那种不假雕饰、自然天成之美，除《海岱会集》中所录诗 123 首外，尚有《方伯集》一卷，为其曾孙冯琦编入《冯氏五先生集》中。

石存礼（1471—?）字敬夫，号来山，益都城里人，弘治三年（1490）进士，官至绍兴知府，在诗社中年最长。《益都县图志》云："存礼淳厚而刚方，所至以严见惮，人多忌之。家居非公事未尝一接显贵。性不乐置生产，每念以清白贻子孙，斤斤然有古人之风。"⑤

陈经（1483—1550）字伯常，号东渚，益都城里人。正德九年（1514）进士，擢兵科给事中，忠直敢言。世宗时官至户部尚书，总督仓

① 张承燮等修，法伟堂、孙文楷纂：《益都县图志》卷 49《人物志·外传》，光绪三十三年（1907）刻本。

② 徐阶：《世经堂集》卷 16，《贵州按察副使闾山冯公墓志铭》，《四库全书存目丛书》，齐鲁书社 1997 年版，集部第 79 册。

③ 欧阳德：《欧阳南野先生文集》卷 26，《副使闾山冯公墓碑》，《四库全书存目丛书》，齐鲁书社 1997 年版，集部第 80 册。

④ 冯惟敏：《海浮山堂文稿》卷 5《复友人书》，《续修四库全书》，上海古籍出版社 1997 年版，第 1345 册，第 363 页。

⑤ 参见宋弼《山左明诗钞》卷 4，《四库全书存目丛书》，齐鲁书社 1997 年版，集部第 412 册，第 31 页。

场，兼管西苑农事。未几，改兵部尚书。时边警日至，陈经殚心筹划，条上防御时宜，嘉靖帝皆允行。以事忤宰执意，兼以"殚尽智虑，调度防边诸务，至废寝忘食，竟以积劳成疾"①，乃具疏力辞，加太子太保致仕而归。去后久之，嘉靖帝犹念不置，会总督仓场员缺，乃下诏以户部尚书起于家，命下而陈经已先期卒于家。《青州府志》云："经性刚方，门无干谒，囊无私遗，诗文草书逼古，世多珍之。"② 与冯裕及乐安李舜臣（见第三章第四节）为儿女姻亲，陈经子陈梦璜娶李舜臣小女，陈经之女嫁于冯裕第五子冯惟直。

黄卿（1485—?）字时庸，号海亭，益都北关人，与冯裕同为正德三年（1508）进士，历知武进、涉县，迁为应州知州，所至皆以能称，擢为太原知府，五阅月而郡大理，累迁江西左布政使致仕。著有《编筥集》，苏祐序云："公少以词赋起齐鲁，既又以直道退居北海，锐意高深，覃思玄远，非苟作者。"③

刘澄甫（1482—1542）字子静，号山泉，青州寿光（今青州市高柳镇阳河村）人，吏部尚书刘珝长孙，太常卿兼五经博士刘钺之兄子。中正德三年（1508）进士，授行人，奉诏册封沈藩，贿馈咸峻拒之，奉使于衍圣公府，礼度无愆。擢广西道监察御史，除恶申正，累官山西布政司参议，以谤归。著有《山泉集》。王士禛《古夫于亭杂录》云："（刘澄甫）有直声，与弟渊甫范泉皆工诗，归田后与……诸老为海岱吟社。其叔（钺）号西桥，八岁通五经，成化中以神童召见文华殿，以荫累官太常少卿，与何、李、康、边诸公相唱和，有《西桥集》。"④ 刘澄甫与蓝田为儿女姻娅，其子刘士云娶蓝田之侄女。

刘渊甫（1486—1548）字子深⑤，号范泉，刘澄甫弟，正德五年（1510）举人，官至汉阳知府，有《范泉集》。《青州府志》云："渊甫致

① 焦竑编：《国朝献征录》卷 39《陈公经神道碑》，《四库全书存目丛书》，齐鲁书社 1997 年版，史部第 102 册，第 103 页。

② 参见宋弼《山左明诗钞》卷 6，《四库全书存目丛书》，齐鲁书社 1997 年版，集部第 412 册，第 61 页。

③ 同上书，第 55 页。

④ 王士禛撰，梁宗楠编：《带经堂诗话》卷 15《氏籍类》，第 26 条，人民文学出版社 1963 年版，第 395 页。

⑤ 《明诗纪事》《山左明诗钞》皆谓"子宏"，《四库全书总目》蓝田《蓝侍御集》卷 6《山西布政司左参议刘君行状》则云"子深"。

仕归益，综文艺，为诗歌，春容藻缋，山川名胜，多所题咏。"①

杨应奎（1486—1542）字文焕，号澠谷、澠池，别号蹇翁，益都东关人，回族，正德六年（1511）进士，历任临洮、南阳知府，引水灌田，大修堤堰，民获其利，嘉靖十三年（1534）致仕。在诗社中同刘渊甫年最少，著有诗文集《澠谷集》，散曲集《陶情令》。安致远《纪城文稿》中有《跋杨澠谷先生草书帖》一文，云："有明当世庙时，吾青文物全盛。有海岱七子，以诗鸣于时，澠谷杨先生其一也。先生以议大礼忤永嘉归，著述余暇，尤精力于草书。所临十七帖，并其所自运，几入右军之奥。"今驼山之顶昊天宫下有嘉靖时所立石碑，碑文《重修驼山昊天宫记》，乃冯裕篆额，杨应奎书丹，陈经撰文。

蓝田（详见第三章第二节），《蓝氏家传》云："幼有才名，与刘山泉（澄甫）、杨用修（慎）、程篁墩（敏政）试以梅花赋，叹其敏绝过人。客居青州，山泉举'海岱诗社'，侍御其一也。"② 蓝田列名"海岱诗社"，年龄仅次于石存礼居第二，却未见其唱和诗作。宋弼云："海岱会集，侍御年在第二，而无诗，集中亦无社集诗，未详何故。"③ 对于蓝田为何在诗社中有名而无诗，清代时益都人李文藻在《海岱会集跋》中推测说："（蓝田）仅存姓氏，而无一诗，岂当时偶与斯会，旋即归去，来山诸君子未忍删落其名邪?"④ 冯裕、陈经都有《秋日有怀蓝北泉》诗，冯裕诗云："昔年骢马过，山郭有光辉。对酒邀明月，寻诗历翠微。夜深还共坐，春到便言归。好谢南征雁，衔书向北飞。"⑤ 可见蓝田确实曾至青州，不久即归即墨。

八人从出身看，多为世家子弟；从科第看，有七个进士，一个举人；从仕途看，多勤政爱民，因忤权贵而被打击；从品行看，皆正直刚方，不事权贵。相近的经历与思想情趣，以及乡谊旧游，正是他们得以结社唱和的基础。

---

① 参见宋弼《山左明诗钞》卷4，《四库全书存目丛书》，齐鲁书社1997年版，集部第412册，第35页。

② 参见宋弼《山左明诗钞》卷8，《四库全书存目丛书》，齐鲁书社1997年版，集部第412册，第79页。

③ 宋弼编：《山左明诗钞》卷8，《四库全书存目丛书》，齐鲁书社1997年版，集部第412册，第79页。

④ 石存礼等：《海岱会集》，1945年杨应奎九世孙杨锡纯抄本。

⑤ 石存礼等：《海岱会集》卷7，《四库全书》，上海古籍出版社1987年版，集部第1377册，第54页。

关于结社的背景，《四库全书总目》云："嘉靖乙未、丙申间，经以礼部侍郎丁忧里居，田除名闲住，渊甫未仕，存礼等五人并致仕，乃结诗社于北郭禅林。"① 按其"社约"规定，诗社每月集会一次，轮流召集，集会地点在益都城北郭禅林寺。每次集会，社员必须拟赋题一道，古今体诗十首。同时规定"会友各备私课簿一册，公课簿一册，大小格式相同，转相抄录。不许将会内诗词传播，违者有罚。"② 可见其作诗完全是自适性情，以此娱老，不以文坛名誉为事。

关于诗社的活动情况，从其唱和的结集《海岱会集》前所录成员所为五篇序——嘉靖十四年十一月冯裕作《长至日海岱会集序》、嘉靖十五年刘澄甫作《五月五日海岱会集序》、黄卿作《九月九日海岱会集序》、三月初九刘渊甫作《上巳日海岱会集序》、杨应奎作《七月七日海岱会集序》来看，"海岱诗社"第一次集会，始于嘉靖十四年初冬，次年有过四次大的聚会，每两月一次，恰逢四个节日，即上巳节、端午节、乞巧节及重阳节。按其社约应为每月聚会一次，也可能中间有小的聚会，或酌情改为了每两月一次。至于此后有没有过活动，因何原因没有继续，则不得而知。而所收录的五序除第一篇外，其余四篇均不按节令时序，殊不可解。

第二节　《海岱会集》的流传与内容

《海岱会集》乃"海岱诗社"成员唱和之诗的结集，系冯裕曾孙冯琦所编。应冯琦之请，魏允贞为作《海岱会集序》。《海岱会集》共十二卷，前有"社约""同社姓氏"及成员所为序五篇。集中共收诗749首，按诗体分类编排，"凡古乐府二卷、五言古诗二卷、七言古诗一卷、五言律诗三卷、五言排律一卷、七言律诗一卷、五言绝句一卷、七言绝句一卷，计诗七百四十九首。"③ 除蓝田外，其余七人均有诗作。从诗题看，既有集会时的命题，也有各人私下闲暇之作。前者一题多篇，联章竞秀；后者则属集会时将平日所作携来以作交流之用。所收诗歌的时限当不拘限于嘉靖十四、十五两年，有少量作品系致仕之前和嘉靖十五年之后所作。

诗集编成后并未刊刻，后以手抄本及《四库全书》本两种版本流传。

① 《四库全书总目》卷189《海岱会集提要》，中华书局2003年版，第1715页。

② 石存礼等：《海岱会集》前《社约》，1945年杨应奎九世孙杨锡纯抄本。

③ 《四库全书总目提要》卷189，中华书局2003年版，第1715页。

青州市图书馆现藏有杨应奎九世孙杨锡纯的手抄本，分元、亨、利、贞四本，共十二卷。关于该手抄本的流传过程，从其序跋大致可以得知。清人李文藻《海岱会集跋》云："文藻十五六时，即闻有《海岱会集》一书，遍访旧家不可得。年来耳书贾刘雪友有写本，而不肯假观，为买一裘，始许录副。适值深冬寒甚，呵冻手抄，起于十一月十一日，至十二月十五日藏事。按：郡志作十四卷，今实十二卷。元本朱笔评点，不能知谁何，其墨笔则云出颜山王枣村洪谟手。"据此可知，冯琦所编《海岱会集》经历一百五十年后，清初时到了王洪谟（一作谋）① 手中，后为书商刘雪友购得，李文藻于乾隆十七年（1752）抄录一部。又据杨锡纯抄本所附闫湘蕙《重抄〈海岱会集〉序》，及杨锡纯再抄附识可知，光绪九年（1883）冬，昌乐人闫湘蕙按李文藻本抄录三部，1945 年杨锡纯又照闫本录副。

又据王士禛《古夫于亭杂录》的记载，王士禛于清初也曾藏有抄本："倡和诗凡十二卷，无刊本，余近访得钞本……此集惜不行于世，乃钞而藏之。"② 时间无疑在李文藻之前，与王洪谟评点本不知有何关系。

《海岱会集》辑成后一直以抄本流传，在明代未曾刊刻，却为何为清代《四库全书》所收录，且注为"兵部侍郎纪昀家藏本"③，此书又是怎样到了纪昀手中？对此，重抄《海岱会集》的闫湘蕙有如下解释："王渔洋（士禛）、李南涧（文藻）俱云《海岱会集》无刊本，而'四库'何以有是书？盖南涧当日以抄本送其房师纪晓岚，时晓岚为总纂官，故目录中有之也。"据此看来，李文藻对于该书的保存与流传，功不可没。④

综观《海岱会集》，七人之作尽管风格各异，但总体倾向却是一致的。一方面，他们以山林岩穴之士的自得之乐为旨趣进行诗歌创作，作为山林唱和之作，这些作品讲究情趣、尚法自然，以抒写性情、真率闲雅为主要特征，与居官者的赠答应酬之作大异其趣。另一方面，他们毕竟是士大夫出身，在向往"竹林七贤"隐居避世的闲情逸趣时，总不忘对人生世事和国事民虞存有感悟和忧虑，正如杨应奎序中所言："雕虫从事，庶

---

① 王洪谟字禹陈，康熙五十九年（1720）举人，山东博山人。

② 王士禛撰，梁宗楠编：《带经堂诗话》卷 6《题识类》第 53 条，人民文学出版社 1963 年版，第 158 页。

③ 《四库全书总目》卷 189《海岱会集提要》，中华书局 2003 年版，第 1715 页。

④ 关于《海岱会集》的版本流传，借鉴了郑树平先生《"海岱诗社"与〈海岱会集〉述论》中的研究成果，潍坊教育学院学报 1998 年第 1—2 期。

成书以成言；撰述何劳，盖因文以见道。"① 因此，在吟咏山水风光，描绘田园生活的同时，也有不少咏史怀古、忧叹民生的内容。

一　流连青州名胜，展现闲适心境

《尚书·禹贡》云："海岱惟青州。"古代的青州包括今天山东省除南部外的全部区域，明时的青州府地处山东中部，西连泰岱、东俯沧溟，地处海岱之间，府治益都山川秀美，古迹名胜众多。南有云门山、驼山、仰天山、玲珑山、劈山等名山连翠，远山近岫，群峰绵延，障城如画。北魏郑道昭的摩崖石刻，隋唐的佛教石窟造像，闻名遐迩。弥河、淄河，流淌左右，城北南阳河、北阳河二水，潺潺流过，环城如带。有"云门拱璧""南楼夜雨""范井甘泉""驼岭千寻""洋溪晚钓""劈峰夕照""花林野趣""行台秋月""地镜倒影""石涧冰帘"十大胜景。

秀美的自然景观成为诗人流连游赏、吟咏唱和的重要内容。诗集中描写山川名胜的作品有三十多篇，几乎涉及益都的各处风景。如石存礼的《云门绝顶新构小亭》《牛山秋望》《上大云寺》，陈经的《半山亭》，冯裕的《石门》《山行》《鹊湖》，杨应奎的《雪中望劈峰》《郊游看竹》，黄卿的《石门》《东郊》《野望》，刘渊甫的《花林野趣》，刘澄甫的《劈峰夕照》《百丈崖》《云门书屋》等，都是其中的佳作。这些诗或写云窟之深幽，或写劈山之险异，或写驼岭之秀色，或写"青州十景"之佳胜，都寄寓了诗人对秀美林壑的深情，也表达了远离宦海风波的闲逸舒畅心境。

如石存礼的《东郊》："为爱东郊好，筇枝伴独行。花香能醉蝶，柳色欲迷莺。但得青春在，何妨白发生。斜阳红尽处，一片暮山横。"（卷七）淡泊清新，有陶渊明风致。冯裕的《东郊》："散步东郊外，春深景物繁。高低杨柳岸，红白杏花村。海气分阳彩，山容减烧痕。方思谷口客，移杖过柴门。"（卷七）黄卿的《东郊》："出郊常是懒，学旷近为真。润野当膏雨，闻莺偶仲春。入村须住步，隔水共招人。但恐桃源失，寻游岂厌频。"石存礼的《石门》："杖屦从所适，爱此石门行。川原敛飞雨，佳木当春荣。兴言盘石间，坐看云气生。徘徊日将夕，山水有余清。"（卷四）既写了春光明媚，杂花生树的绚丽景色，也写了优游林下的闲适之情。可谓品阳春胜景，记隐逸之乐，景幽情适，心静神清。

---

① 杨应奎：《七月七日海岱会集序》，载《海岱会集》，《四库全书》，上海古籍出版社 1987 年版，集部第 1377 册，第 8 页。

又如刘渊甫的《花林野趣》："碧水青山何处村，百花千树半柴门。山藏柳市无车马，水隔桃源有子孙。问舍地偏为得计，寻幽心远遂忘言。悠然迥出尘嚣外，垂老犹矜兴味存。"（卷十）此诗写花林疃胜景。据《嘉靖青州府志》记载，花林疃在城南六里许的云门山麓，是一个花繁景幽的山村，西依云门，南望劈山，村中多种柿树，每至深秋，霜叶蔓延平铺，登山远望如锦，宛如花林，故名。"花林野趣"成为古青州十大美景之一，多为文人题咏。冯裕、陈经、黄卿等皆有同题诗作，而以刘渊甫此诗最为出色，表现了诗人告别官场，远离尘嚣的闲雅心境，写出了世外桃源的意境与情致。特别是"山藏柳市无车马，水隔桃源有子孙"两句，历来为人称道，王士禛《池北偶谈》中说："青州城南花林疃，泉石清幽，有尘外之趣，山泉翁（刘澄甫）题诗云：'山藏柳市无车马，水隔桃源有子孙。'冯宗伯（琦）爱其语，遂与钟司空（羽正）约卜邻其地。"①

除益都风景外，集中还有一些吟咏异地风光之作，如冯裕的《梦游劳山》《海楼秋月》《登潼关望河》，刘澄甫、黄卿的《卢沟桥》《灵岩寺仙刻》，刘澄甫、杨应奎的《过邯郸访卢生梦处》，陈经的《天津观潮》，杨应奎的《过扬子江闻金山寺钟》等。

二　吟咏时令聚会，叙写归隐生活

这类作品在诗集中也占有很大比重。诸人晚年致仕，归隐田园，不再有繁杂的政务纠缠，也不再计较名利得失，而是涉足山水，品味悠闲。在竹篱茅舍、青山秀水中，荡涤心胸；在访友郊游、饮酒赋诗中，体味乐趣；在静坐幽思、时令变幻中，感发情志。静处、郊游、文会、野炊、节令等等，幽美的环境与闲适的生活纷纷出现在他们的笔下，如冯裕的《涧泉濯足》《东池泛舟》《雨中对菊》，陈经的《催海棠未开》《秋夜观天汉》，刘澄甫的《晚坐》《春雨》《九日来山文会》，刘渊甫的《暑夜微凉集东渚第》《晚坐》《除夕》，石存礼的《独酌》《冬夜闻雨》，黄卿的《山中有怀寄知己》《冬夜闻琴》《元日》等，展现了文人士大夫的情趣雅兴与闲情逸致。

如刘澄甫《九日来山文会》："来山亭子苔径斜，野翁携杖看黄花。塞鸿嗷嗷向南去，日光淡淡浮云遮。主人清酒满百壶，羽觞来往飞流霞。对酒赋诗发高兴，长笺矫矫横龙蛇。倒着葛巾篱畔舞，便是柴桑处士

---

① 王士禛撰，梁宗楠编：《带经堂诗话》卷14《遗迹类下》，人民文学出版社1963年版，第69条，第378页。

家。"（卷五）诗写诸人在石存礼别业诗酒欢会，吟咏酬唱的欢快场景，展现了山间林下逍遥适意的乐趣。

再如冯裕《冬日过范泉精舍》："画面青山一亩宫，霜红菊径细泉通。土阶剩见藤萝月，石井徐来松竹风。尽日读书应自得，闭门觅句许谁工？黄柑紫蟹葡萄酒，常对清狂鹤发翁。"（卷十）范泉精舍乃刘渊甫书斋，冯裕冬日过访，青山、菊径、清泉、藤萝、松竹等景物构成一幅清幽静雅的图画，刘渊甫身居其中，品酒吟诗，充分体现了文人雅士的情致意趣。黄卿的《山中有怀寄知己》亦为同类作品："石屋依樵劚始成，忘机猿鹿鲜相迎。重名不羡陶弘景，多事还输向子平。招鹤独穿幽竹径，弹琴时听细泉声。旧游怅望征鸿远，欲寄白云百感生。"（卷十）都写得清新淡远，别具情志。

黄卿的《冬夜闻琴》表现的是文人静居独处的情怀："沉沉道院冷侵衣，有客鸣琴傍翠微。古调悠扬玄鹤舞，新声寥亮白云飞。知音应是惭钟子，得意何须叹楚妃。弹罢夜深人不见，海天寒月下渔矶。"（卷十）诗写冬夜于道院听客弹琴的感受，意境幽远宁静，情致悄怆动人，深具涵咏不尽之意趣。

集中同题诗作《幽居》则专写各自的隐居生活及感受，有写居所的环境，有写读书的快乐，有写农家的情谊，从不同侧面反映了诗人们的田园生活，感物造端，情幽兴远，以淡抹的笔法，描绘出幽静的隐居环境，渲染出一种恬淡和平、宁静洁雅的意境。

三　咏怀人文古迹，寄寓情志感慨

青州为古九州之一，历史悠久。治所益都商代时即为大邑，战国时为齐国重镇，南北朝时南燕国曾在此建都，明代时齐藩、衡藩皆封于此。历代皆有治世能臣、文人墨客在此留下千古遗迹。如北魏郑道昭于玲珑山白驹谷的题刻、宋代宰相王曾读书的"松林书院"、范仲淹执政青州时所建的"范公井"、为纪念富弼而构的"遗爱亭"、欧阳修于云门山上的题刻、李清照夫妇谐隐十载赌书斗茶的顺河楼……古城青州丰富的人文景观，成为文人登临感怀、寓托情志的载体。

陈经《登广固旧城怀古》以深沉的笔调抒写了东晋十六国时期南燕国的盛衰变迁。广固城在今青州市益都镇尧王山前，乃东晋重镇，数为群雄争战之所，公元399年至410年为南燕国的都城。诗云："下马寻孤垒，登高俯旧城。龙冈盘地险，雉堞与云平。东望沧溟会，西瞻泰岳迎。四山屏乱立，一涧带相萦。十二侔秦郡，膏腴拟汉京，封疆仍晋服，巡狩尚尧名。蔚蔚林皋接，油油禾黍成。断崖苍藓合，绝壁紫烟横。野鹿惊人过，村鸡出树鸣。川陵互变易，冠盖几枯荣。阛阓夷丘陇，人家伴牧耕。霸图何寂寞，凄恻不胜情。"先写登高所见广固城地势的雄伟壮观与物产的富饶，后半写城废后的荒凉景象以及由此而产生的盛衰变迁之慨，抒写了一种沧海桑田的历史苍凉感。

杨应奎的《书院松涛》云："精舍阴阴万木稠，隔墙遥望翠云浮。波涛终夜惊成拍，风雨连朝听不休。劲气偶同天籁发，潮音应傍海门悠。空斋得此消岑寂，一榻冷然爽若秋。"写明代青州府儒学"松林书院"的景象。"松林书院"旧名"矮松园"，在城西南，今为青州一中的校园，宋代宰相王文正公王曾曾读书于此，今存"王曾读书台"遗址。院内松柏茂密，古朴苍老。成化二年，知府李昂移名宦祠于此，正德十年，知府朱鉴又移乡贤祠于此。该诗着重描写书院内松涛阵阵、松荫沉沉的幽寂气氛。

刘澄甫的《富亭遗爱》、陈经的《重修富公遗爱亭》二首皆系缅怀宋代青州知州富弼之作。富弼（1004—1083）字彦国，洛阳人，少笃学，有大度，宋仁宗庆历七年（1047）知青州，城西瀑水涧即其祈雨处，尝建亭，后颓圮，后人思其惠政，遂构"遗爱亭"，并于亭畔建"冰帘堂"以祀之，"石涧冰帘"为"青州十景"之一。刘诗云："青社风流忆富公，山川诗酒日融融。春耕问俗云门下，秋水观涛石涧中。半榻冰帘飞碎玉，几株棠树落疏红。荒亭故老谈遗爱，牧唱樵歌感慨同。"（卷十）写秋日临涧观澜，瀑水泠泠，飞花溅玉，幽谷传声的胜景，结尾怀念富公当年德政，传达时事变迁的感慨。亭、堂日久湮没，嘉靖十六年，青州兵备康天爵移建于东阳河北岸水神庙内。陈诗即叙写重修之事，诗云："古庙千年圮，灵台不日成。云浮新栋宇，苔洗旧碑铭。惠泽存先哲，仪型愧后生。可怜仰止地，徒有漫游情。""丞相祠堂旧，今朝胜概增。冠裳秋水集，罗绮暮云层。清酝薰兰泻，芳肴杂桂蒸。何人怀古意，恻怆意难胜。"（卷七）

此外，冯裕的《登表海亭》《文丞相祠》，杨应奎的《怀管宁》《谒苍颉墓》《谒王沂公墓》，陈经的《孟尝君淘米涧》也都借古咏怀，寄托了作者崇尚先哲，自励自勉的情志。

四　反映农民生活，忧叹民生疾劳

《海岱会集》成员归隐后，尽管衣食无忧，但田居生活使他们不时目睹农民的艰难辛劳，常有反映民生疾苦的诗作。如其同题诗作《浭水田家》，滍水即北洋河，诗写水旱、蝗虫之灾害，官府逼租之酷烈，从不同侧面反映了田家衣食无着、难得温饱的困苦。其中刘渊甫之作最为深刻，写与田家老翁攀谈，借其口诉说了苦状："今年二麦少，苦被飞蝗伤。鼓锣互击咶，捕逐多奔忙。近速官家租，旧谷先空仓。强留绢在轴，栏内几牛羊。休除心内病，且救眼前疮。日夜望禾黍，不见禾黍黄。入口无饱饭，上身惟粗裳。贫富有衣食，谁愿进公堂。乐少苦时多，数日思安康。"（卷三）写遭受蝗灾后，农民生计十分艰难，官府还照旧催租，田家只得变卖牲畜家产以解燃眉之急，真实地反映了民不聊生的状况。

冯裕《谷贵叹》云："齐东野老行叹息，枵腹杖藜脚无力。忽闻官粜到城中，赤手低眉泪沾臆。往年斗米数十钱，今岁青蚨百余翼。穉子奔波类鹄形，瘦妻伶仃如土色。荜门采摘啖蔬甲，中产经营卖首饰。大麦未黄小麦青，东邻已窜西邻踣。三春无雨口嗷嗷，百里绝烟心恻恻。命危未免委沟壑，病起犹来看稼穑。"（卷五）写灾年谷贵，虽有官府调拨，农家却无钱买粮，只得以野菜充饥，病中还要勉强劳作，兼春旱无雨，百姓纷纷逃荒的苦况。

冯裕《蠲税》通过对朝廷宽恤租税诏颁发后百姓欣喜庆祝的场景，从侧面反映了税赋负担给农民带来的压力之大："租税年年急，疮痍何日苏。幸逢宽恤诏，将慰海邦逋。妻子仍无地，讴歌半载途。家家共牛酒，欢赏愿须臾。"（卷六）

杨应奎诗中这类作品也较多，如《观稼》《浴蚕》《牧牛》等，其他如黄卿的《织妇》，冯裕、刘澄甫的《刈麦》等，都是田家生活的真实展现。

五 关注时政举措，忧心边防战事

作为文人士大夫，诸人虽归田园，远离政治，但"处江湖之远则忧其君"，他们心中仍存着对国事的关注和对时政时局的担忧。当时的明王朝，西北有蒙古入侵，东南有倭寇骚扰，因此，边防战事尤其引起他们的注目。

刘澄甫的《君马黄》写道："君马黄，臣马白。君马日立赤墀中，臣马行当雪山碛。玉勒嘶秋风，雕弓抱明月。十二闲中云锦花，三千里外寒风沙。香闺红颜泣成血，边城白骨多如麻。交河北流无青草，年年走马交河道。"（卷一）以安宁富贵与征战漠北的强烈对比，揭露连年战争给百姓带来的亲人永诀的伤害和痛苦。

冯裕《战城南》云："前岁战，在云中；今岁战，在辽东。玉林塞南穹庐满，广宁城边人烟空。年年春草腓更绿，不知征战何时穷。……忆昔犁庭绝漠北，焉支祁连入中国。迩来牧马渐南侵，河外三城收未得……"（卷一）冯裕生长于辽东，以其目睹的真实战况，展现了蒙古的入侵给百姓生活带来的侵害，并以昔日强盛、今昔积弱的对比，表达了在外族威胁下战事不休，而对国家安危的深深忧虑。

黄卿的《三关书事》云："曾闻甲戌边声急，白首追谈足怆神。子女牛羊充塞窟，旌箛驼马暗风尘。山埋战骨云长惨，野苦惊沙草不春。旧日偾军今甲第，大廷持法是何人？"诗以追忆的形式，回忆当年闻说的战败惨状，如今败军之将却得到升迁，对朝廷赏罚不明的行径气愤至极，发出了强烈的质问。

此外，集中尚有一些咏物题画之作及古乐府。

第三节　"海岱诗社"的精神与意义

《四库全书总目·海岱会集提要》云："八人皆不以诗名，而其诗皆清雅可观，无三杨台阁之习，亦无七子模拟之弊。故王士禛称其各体皆入格，非苟作者。观其社约中，有不许将会内诗词传播、违者有罚一条，盖山间林下，自适性情，不复以文坛名誉为事，故不随风气为转移。而八人皆闲散之身，自吟咏外，别无余事，故互相推敲，自少疵颣。其斐然可诵，良亦有由矣。"① 对"海岱诗社"的地位与意义做出了高度评价。

冯裕等八人出仕的弘治、正德年间，文坛上正是三杨"台阁体"余风未绝，"前七子"倡言复古、天下巍然向风的时期。此时的"海岱诗社"，处在"三杨""七子"之间，能不为风气所转移，正是这种创作的无功利性使他们摆脱了当时诗坛不良风气的影响，自适其意，直抒性情，实为难得。作为朝廷官员，他们并未以显宦高位自居，端居不问民生，唯知粉饰太平，亦未趋波逐流，追随"前七子"之后、高标拟古，而是学"诗骚"之风、习乐府旧题，创作出极具自然之趣的作品，不染雕琢模拟之气。王士禛以为"诗各体皆入格，非浪作者"②。他们赋闲田园，徜徉于青州的碧水青山之间，悠游自得，发而为诗，自然是山间林下清新之

---

① 《四库全书总目》卷189，中华书局2003年版，第1715页。

② 王士禛撰，梁宗楠编：《带经堂诗话》卷6《题识类》第53条，人民文学出版社1963年版，第158页。

风，而非"歌功颂德""雍容典雅"的"台阁体"；他们即景言情，感事而发，自适其意，不重格调，也决不同于"拟古蹈袭""法度谨严"的"前七子"。冯裕在《长至日海岱会集序》中，描绘了与诸人聚会赋诗的欢快场景，并评价诸人之作云："诗成，俾童子歌之，婉而不媚，壮而不激，密而不弇，闳而不肆，其声和，其律谐，其气大以昌，洋洋乎若聆黄钟之音焉。间山子曰：'吾于复见天地之心，吾于群作见诸子之心。'""天地之心"与"诸子之心"，正是指关注民生与发抒性情。所以魏允贞在《海岱会集序》中说："《海岱会集》自远寄至，读一再。而对景言情，即事属辞，质而葩，逸而典，清新而畅，不矫不艳，异乎今君子诗矣！"一句"异乎今君子诗"，入木三分，正中要害。

"海岱诗社"成员毕竟是致仕赋闲的士大夫，生活范围有限，不免取材较窄，风光怡情、幽居适情、古迹寓情、田家忧乐之外，难有深广的社会生活内容。故《续修四库全书总目提要》（稿本）第四册说："八人皆以闲散之身，自适性情，不事声气，故《海岱诗集》雅正有余，边幅稍隘。"

作为一个致仕官员的耆旧会，"海岱诗社"规模不大，成员不多，兼之各成员位不甚高、名不甚著，唱和之作又秘而不宣，因而在万历朝之前，可谓默默无闻，不为人知。至万历时，冯裕曾孙冯琦始将诗社成员唱和之作编辑面世。以冯琦礼部尚书之高位，《海岱诗社》得以受到重视与揄扬，免于沉埋之厄运。至清代，以同乡李文藻之力，终为《四库全书》所收录，得以世代流传。

"海岱诗社"独立不倚、不追流俗、清新真率的精神影响深远，成为此后青州甚至山东文坛诗歌创作的风向标。诗社成员后人，如"四冯"、陈梦鹤、石茂华、冯琦等皆不以流俗为事，诗作以真情为宗，自然为致。万历时，青州人冯琦、赵秉忠等与于慎行、公鼐、邢侗等山东文人鄙弃公安派诗风，强调应自我树立。明末竟陵派风靡天下，山东士子亦丝毫不为所动，以起衰振敝为要，不屑于"幽深孤峭"的"苦寒之声"。清初诗坛，山东称盛，出现了赵执信、刘正宗等大家，王士禛更成为文坛祭酒，他对"海岱诗社"极其重视，充分肯定。至四库馆臣为《海岱会集》所作提要，"海岱诗社"的地位与意义终于得到了最好的彰显。

第五章　先声夺人——李开先

李开先（1502—1568）字伯华，号中麓，别号中麓子、中麓放客等，济南章丘人，嘉靖八年（1529）进士。累擢太常少卿、提督四夷馆，因伉直拒上，为夏言所忌，以太庙失火，削职罢归，时年仅四十。家居二十七年卒。李开先为"嘉靖八才子"之一，尤善散曲，同时兼长诗文，与冯惟敏同为明代北派曲家的代表；《宝剑记》则为明中叶传奇扭转风气之作，成为明传奇繁盛的先声。

第一节　文采风流、照耀北方——生平成就

一　伉直自负、汲汲经世的个性

李开先祖籍甘肃陇西，宋、金之际定居章丘，先居城南长城岭，后居绿原村（又称"南庄""鹅庄""祖村"），六世祖李进以战功升都统将军，李氏门第始兴，七、八、九三代，仕宦颇盛，此后代代读书，却无人入仕。开先父李淳字景清，号绿原，是李氏第一个举人，却终身未第，在开先十九岁时抱恨而终，临殁对儿子的殷殷期冀，激发了他强烈的功名仕宦之心。李开先"生而卓异，七岁能文"[1]，博学强记，又性好游，常读书夜分，以补白日贻误之功课。嘉靖七年（1528），27 岁的李开先举山东乡试第七名，次年连捷南宫，却因廷试时错落"臣谨对"三字，由一甲改为二甲，观政户部，走上了宦途。

李开先"雅负经济，不屑称文士……慨然以功名自见"[2]。尚为学子

---

① 道光《章丘县志》卷 10，参见赵景深、张增元《方志著录元明清曲家传略》，中华书局 1987 年版，第 46 页。

② 钱谦益：《列朝诗集小传》丁集上，上海古籍出版社 1983 年版，第 376 页。

时，便疾恶如仇，闯入章丘县衙为民申冤。在十三年的仕宦生涯中，他积极入世。三年试政期间，曾两次奉命往上谷、宁夏运送军饷，访问军情苦乐，武备整废，对边疆军情大势、将士疾苦颇为熟悉，目睹边政窳败、军备废弛之状，"便有鞭挞四夷，扫除天下，安事一室之志"①。

他在朝清正有为，自称"血气方刚曾许国"②。任户部主事时，虽有中贵人督之左右，仍能"不竞不绨，委曲调停无挠法"③，终以才望调吏部，嘉靖十六年数月三迁，仕途风顺。嘉靖十八年再迁文选司郎中。吏部职掌官员考核升迁，向称"天曹"，文选司更直接负责权衡黜陟，尤为具要，故在任者多杜门谢客，以示避嫌，而李开先之作派颇与历任不同，既邀朋会友、平易近人，又力抑营竞，不谄附权贵，因而为失势小人所衔，并为首辅夏言所忌，所谓"动遭时相怒"④ 也。殷士儋《李公墓志铭》云：

> 故任吏部者，率矜涯岸，高自标致，扃门谢宾客，虽亲故人不相接，以示尊倨。公故数与诸交游，以诗文相赓和，暇则浮白对弈，谈笑竟日而无废事。卒之，人莫敢干以私而称吏部能，谢绝请谒，亦卒无逾公者。公既负才气，居铨衡要路，素抗直，无善事新贵人。而诸倪幸见抑者，又日媒蘗之。时柄臣衔公不附己，遣逻卒廉公阴事，久之无所得，终不释。⑤

钱谦益亦云："（开先）在铨部，谢绝请托，不善事新贵人。"⑥ 所谓"新贵人""柄臣"，即指首辅夏言。

文选司向难久任，不足一年，开先即擢太常寺少卿。明年（嘉靖二十年）即发生了"九庙灾"事件，宗庙失火俱毁。按惯例，四品以上京官各上疏引咎辞职，由内阁众臣裁定去留，夏言遂借此清除异己，李开先

---

① 李开先：《闲居集》之五《〈塞上曲〉序》，卜键笺校《李开先全集》，文化艺术出版社 2004年版，第 447 页。

② 李开先：《中麓山人拙对、续对》卷上《散对》，同上书，第 1437 页。

③ 殷士儋：《金舆山房稿》卷 9《中宪大夫翰林院提督四夷馆太常寺少卿李公墓志铭》，《四库全书存目丛书》，齐鲁书社 1997年版，第 115 册，第 771 页。

④ 李开先：《闲居集》之二《退居修养偶忆旧事》，卜键笺校《李开先全集》，文化艺术出版社2004年版，第 185 页。

⑤ 殷士儋：《金舆山房稿》卷 9，《四库全书存目丛书》，齐鲁书社 1997年版，第 115 册，第771 页。

⑥ 钱谦益：《列朝诗集小传》丁集上，上海古籍出版社 1983年版，第 376 页。

与李舜臣、吕高、罗洪先、王慎中、唐顺之、赵时春、潘高等十二人被裁革。时内阁大学士、兵部尚书，山东诸城人翟銮曾为开先苦争，终"力不能夺，垂涕从之"①，遂解职归田，时年方四十。

在长达二十七年的赋闲生涯中，李开先虽以拓辟园林、征歌度曲、放情自适来缓解壮岁辞阙、中年被废的痛苦，却终不忘国家南倭北虏之忧患，自称"四十辞官壮心犹不下"②，"存心犹恋阙，驲马久停骖"③，希冀再被起用，曾有《客有讹传将起用予者中夜热甚不能安寝独步望月作为此诗》之作，云："每逢贵客起谈锋，自是轻狂世不容。无复蒲轮征北上，惟工词赋待东封。暑中高枕安眠少，病后巡檐举步慵。月挂松梢临夜半，仓皇疑是吐龙珠。"④ 可见这讹传的消息给他内心带来的不平静。然而在漫长的等待中，这一纸诏书终于没能到来，李开先一颗怀抱经世济民之志的心也渐渐冷却了。

二　积书好客、豪宕不羁的性情

李开先"性好蓄书，李氏藏书之名闻天下"⑤。自称"余有好书之病"⑥，又云："边刘并及予，癖好在收书。"⑦ 边、刘分指边贡、刘钫。所藏词曲尤夥，仅元人词曲就有千余本，"自谓词山曲海"⑧。朱彝尊云："（中麓）藏书之富，甲于齐东。诗所云'岂但三车富，还过万卷余'，又云'借抄先馆阁，博览及瞿昙'是也。先时边尚书华泉、刘太常西桥，亦好收书，边家失火，刘氏散佚无遗，独中麓所储，百余年无恙。近徐尚书原一购得其半，予尝借观，爱签帙必精，研朱点勘，北方学者，能得斯趣，殆无多人也。"⑨ 李开先的藏书，有一部分是抄自文渊阁藏书，当时例许抄览，须先写凭据，按期归还，即所谓"读中秘书"。清初尚书徐原

① 李开先：《闲居集》之九《亡妻张宜人散传》，卜键笺校《李开先全集》，文化艺术出版社2004年版，第717页。

② 李开先：《中麓山人拙对、续对》卷上《散对》，同上书，第1428页。

③ 李开先：《闲居集》之二《林居》，同上书，第178页。

④ 李开先：《闲居集》之三，同上书，第221页。

⑤ 《明史》卷287列传175《文苑三》，中华书局2000年版，第4928页。

⑥ 李开先：《闲居集》之一《寄题葛芝山藏书歌》序，卜键笺校《李开先全集》，文化艺术出版社2004年版，第59页。

⑦ 李开先：《闲居集》之二《晒书》，同上书，第170页。

⑧ 吴梅：《顾曲麈谈》第四章《谈曲》，上海古籍出版社2000年版，第106页。

⑨ 朱彝尊：《静志居诗话》卷12，人民文学出版社1990年版，第332页。

一从李氏后人手中购得一半，后李家陆续变卖，尚余残书数十部，又为一张姓巡抚所得。百年藏书，遂消散无余矣。

李开先为人豪宕不羁，性好客，交游甚广，自称"愚性好客，虽风雨之夕，客常满座"①，以致曾作《病后告减应酬门帖》。据卜键先生统计，与他过从较密的不下五百人②，上至当朝首辅，下至瞽者商贩，从身份地位看，有阁臣、朝官、皇亲、地方官、文士、布衣、平民等；以关系论之，则有文友、书友、僚友、上司、下属、同年、弟子以及乡党。大致分为以下几类：

一是与山东籍朝官交往密切。如京山侯驸马都尉崔元、大学士户部尚书李廷相（濮州人）、大学士兵部尚书翟銮（诸城人）、太常寺卿兼五经博士刘鈗（寿光人）、提督京营兵部侍郎谢九仪（章丘人）、南户部尚书张舜臣（章丘人）、隆庆间礼部尚书兼内阁大学士殷士儋（历城人）、翰林修撰李学诗（平度州人）、太仆卿李舜臣（乐安人）、兵部右侍郎杨选（章丘人）等。

二是与"嘉靖八才子"成员的深情厚谊及与海内文士的广泛联系。

嘉靖八年，李开先与陈束、王慎中、唐顺之、赵时春、熊过、任瀚、吕高同中进士，时称"嘉靖八才子"。李开先深以"嘉靖八才子"为豪，为其他七人都写有追忆的传记或诗文，均情真意切。但他对复古派并不一概否定，他与康海、王九思为忘年交，与王世贞、谢榛等也有书信往来，与李攀龙曾谋面，《沧溟集》卷九有七律《春夜许使君集送江生，过谒李伯华太常，江善鼓琴，因句及之》。此外，与当时名流杨慎、崔铣、何瑭、马理、吕柟、王廷相、高叔嗣、陆深、沈仕、冯惟敏、郑若庸、张诗、梁辰鱼、许宗鲁等都曾有过交往。被其继妻王氏谓为"交遍海内"。

以上两类交往足见李开先在嘉靖朝的文学地位与影响。

三是罢官后与章丘乡党耆旧的结社交游、诗词唱和。词会文友之外，与李开先交善者还有王阶、魏守忠、高明、孙光辉、胡士荣等人。

此外，李开先尚有众多弟子、门客，弟子如梁绍儒、高应玘、张自慎等，门客有虞得琴、雪蓑、朱懋修、吴啸庵、吕时臣等，皆各有所长，与医士、煤客、渔人、艺人、山人、瞽人等下层民众也多有交往。

---

① 李开先：《闲居集》之九《亡妻张宜人散传》，卜键笺校《李开先全集》，文化艺术出版社2004年版，第717页。

② 卜键笺校：《李开先全集》，文化艺术出版社2004年版，第8页。

三　坐销岁月、暗老豪杰的遭际

李开先罢官家居后，"治田产，蓄声伎，征歌度曲，为新声小令，抵谈放歌，自谓马东篱、张小山无以过也。……尝谓'古来才士，不得乘时枋用，非以乐事击其心，往往发狂病死，今借此以坐销岁月，暗老豪杰耳。'"① 在以后长达 27 年的时间里，这位年仅四十、有济世之志、负经济之才的作家就在辟拓园林、弈棋度曲、藏书集画、交游倡和、诗酒自放中，抑郁终老。

李开先喜词曲，且能自为新声小令，家中设戏班，时时歌之。他为求子嗣，置有张二、张三、范四诸妾，皆善乐器，亦其家乐班中的主角。据《四友斋丛说》记载："有客从山东来，云李中麓家戏子几二三十人，女妓二人，女童歌者数人。继娶王夫人方少艾，甚贤。中麓每日或按乐，或与童子蹴毹，或斗棋，客至则命酒，宦资虽厚，然不入府县，别无调度，与东南士夫求田问舍、得陇望蜀者，未知孰贤。"②

词曲外，李开先还善草篆，并酷嗜象棋，章丘至今传闻甚多，《李氏族谱》云："精象棋，自许海内无两手，蒙恩赐棋具。善草篆，邑中胜地多卧碑遗迹。"③ 李开先曾作有《前象棋歌》《后象棋歌》，皆长篇累牍，描绘了与棋手、里人酣战的情形，并追溯了象棋的历史，以广博的比喻，描绘了象棋的玄妙和养生、忘忧的功用。

家居的前六年中，李开先的生活可谓优游林下，然而自嘉靖二十六年起，家中丧事不断，开先屡遭打击，丧妻丧母，丧子失女，老病兼至，构成了李开先后半生二十年真实的生活，而并非尽如世人心目中那个畅快享乐的李太常。

李开先年轻时放浪狎妓，染上了花柳病，后虽治愈，仍留有隐疾，因此，子嗣问题始终困扰纠缠着李开先的后半生，为求得子，发妻张氏屡为买妾，务求美貌，而年过不惑的李开先却始终无子。嘉靖二十六年，妻张氏、爱妾张二迭卒。嘉靖三十一年，母王氏病逝。嘉靖二十七年末、三十年春，妾、继妻王氏各出一子，均不足两年夭折，李开先以《高秋思子

① 钱谦益：《列朝诗集小传》丁集上，上海古籍出版社 1983 年版，第 376 页。李开先语见《宝剑记·后序》。

② 何良俊：《四友斋丛说》卷 18《杂记》，《历代史料笔记丛刊》，中华书局 1997 年版，第 159 页。

③ 卜键笺校：《李开先全集》附录，文化艺术出版社 2004 年版，第 1965 页。

辞》倾吐了心中的巨大哀痛，并自况云："兄无弟少目断秋风楼外宾鸿因起叹，母逝儿亡耳闻夜雨窗前蟋蟀更添愁。"① 嘉靖三十五年，李开先55岁，王氏所生第二子又不育。嘉靖四十五年，十五岁的爱女又不幸夭亡，在屡经打击之后，他终于悲痛地喊出了"何日生男承世业？百年误我是儒经""藏书万卷何书好？得用今知是道经"的呼号。无奈之下，最终过继堂兄弟李继先长子李春坞为嗣。

李开先有脾疾，隔年发作，隆庆元年突然加剧，卒于第二年二月，葬于县南三十里之绿原村李氏祖茔。

四　诗文词曲、曲论杂著的成就

李开先一生创作富赡，有诗文集《闲居集》十二册，同时精于词曲，能写能唱，所作散曲颇多，今存四卷，以《傍妆台》百首最为有名，别作有杂剧《皮匠参禅》，院本集《一笑散》，传奇《宝剑记》《断发记》《登坛记》，并著有《词谑》四卷，除品评词曲外，也论述了散曲尾声的做法，辑录了一些滑稽讽刺的曲文，保存了部分明代戏曲资料。并曾辑录里巷歌谣为《市井艳词》，今不存。其他杂著有《画品》一卷、《中麓山人拙对、续对》三卷、《诗禅》一卷；《改定元贤传奇》十六种；编集《悼内同情集》一卷。钱谦益云："（伯华）改定元人传奇乐府数百卷，搜集市井艳词、诗禅、对类之属，多流俗琐碎，士大夫所不道者。"② 另据《乾隆章丘县志》卷十一记载，其著作尚有《经义待质》四卷、《揭要集》六卷、《梧桐雨》一卷，今不存。诸书行于海内，人称中麓先生。

院本集《一笑散》收六个短剧，今存《园林午梦》《打哑禅》二种，另有《乔坐衙》《昏厮谜》《揽道场》《三枝花大闹土地堂》四种散佚。"院本"是对宋金时期杂剧的称呼，大都是诙谐幽默、暗喻讥讽的滑稽小戏，是后世短剧的先声。称李开先所作短剧为"院本"，是仅就其形式短小言之，其实质当为继宫廷北杂剧之后，以徐渭、汪道昆为代表的文人南杂剧成熟之前，文人对变革杂剧而向多方学习作出的一种探求，并非简单地回归，这种探求自王九思、康海、杨慎就已经开始。

《中麓画品》一卷，作于李开先辞归后的当年。《四库全书总目》云此书："大致仿谢赫、姚最之例，品明一代之画，分为五品，每品之中，

---

① 李开先：《中麓山人拙对、续对》卷中《散对》，卜键笺校《李开先全集》，文化艺术出版社2004年版，第1457页。

② 钱谦益：《列朝诗集小传》丁集上，上海古籍出版社1983年版，第376页。

优劣兼陈。"① 王士禛《香祖笔记》卷五则云："章丘李中麓太常（开先），藏书画极富，自负赏鉴，尝作《画品》，次第明人，以戴文进、吴伟、陶成、杜堇为第一等，倪瓒、庄麟为次等，而沈周、唐寅居四等，持论与吴人颇异。王弇州与之善，尝言过中麓草堂，尽观所藏画，无一佳者。而中麓谓文进画高过元人，不及宋人，亦未足为定论也。"有明显的鄙薄之意。

李开先归田后开始扩拓田产、修筑园林，如章丘城南三里许的南园，即近游园，并广置匾额、楹联，遂于嘉靖二十二年，编成《中麓山人拙对》，此后又陆续编成《中麓山人续对》。李开先居乡时曾蒐录民间词曲谣谚，辑集改定，编为《市井艳词》，惜今不传。

第二节　真诗只在民间——文学观的转变

李开先主要的文学活动在嘉靖时期，处于前后七子之间，而与唐宋派同时。身历前后七子交替和唐宋派崛起的双重文学状态下，李开先无疑受到了两种影响，但李开先的文学思想，既不同于复古派，也不同于唐宋派，而更多地受到了明中叶新兴的民间通俗文学的影响，这使他一生前后期的文学思想发生了深刻的变化，从追随前七子到倾向唐宋派，再到致力俗文学，表现出不同的特点。

一　追随"前七子"与倾向"唐宋派"

李开先未中进士以前，正值弘治、正德年间前七子复古主张风靡天下之时，开先也深受影响。他小李梦阳三十岁，对这位文坛前辈非常推崇，为之作传。还编选过何景明的辞赋集和边贡的诗集，且为之作序。并访康海、王九思于西北，赋诗度曲，相处甚欢。他在《李崆峒传》中说："予为诸生日，慕其名，己丑第进士，即托举主王中川致书，时崆峒已病，枕上得书叹息，以为世亦有同心如此者。"② 可见其时对李梦阳的文学思想的领会与认同。他前期诗作不存，其同乡诗友弥来夫在《闲居集跋》中说："初欲并刻其全集，然前作坚不肯出，无奈何先以此肇其端云。"③ 大

---

① 《四库全书总目》卷114，中华书局2003年版，第975页。
② 李开先:《闲居集》之十，卜键笺校《李开先全集》，文化艺术出版社2004年版，第772页。
③ 卜键笺校:《李开先全集》，文化艺术出版社2004年版，第391页。

概是因为前期多刻意模拟之作，深感惭愧之故。《闲居集》为罢官后所作，其中有七律《赏菊用李崆峒九日无菊诗韵》及模仿李梦阳而作的《九子诗》等，据此仍可窥见一些痕迹。

　　复古派虽然重视情感在诗文创作中的作用，并把抒写真情作为诗文创作之法，但同时又极力强调作品的文才与形式技巧，陷入了"情"与"法"的矛盾之中，并最终为古法所拘囿，造成了斤斤于法度而欠缺真情的弊端。因此，嘉靖初年后，不少文人起而舍其旧学，改弦易辙，别树他帜。

　　嘉靖八年，李开先与王慎中、唐顺之、陈束等人同中进士，时称"嘉靖八才子"。他们为官郎署时，切磋诗文，初期仍以前七子为宗，但渐渐对模拟蹈袭、雕章琢句的做法产生不满，主张吸取古人为文的神理，直抒胸臆，不较工拙，本色自然。王慎中、唐顺之在此基础上发起了"唐宋派"。李开先对当时的文坛风气也深恶痛绝，认为李梦阳的诗文"犹少见本相"①，而赞同唐宋派的主张。《四库全书总目》云："嘉靖初，开先与王慎中、唐顺之、熊过、陈束、任瀚、赵时春、吕高称"八才子"。其时慎中、顺之倡议尽洗李、何剽拟之习，而开先与时春等复羽翼之。"② 然而王、唐二人受阳明心学影响很深，潜心修道养性，带有浓厚的理学气息，与李开先抒写真情的初衷终异其趣。

二　致力俗文学

　　在仕途受挫、罢官归乡后，李开先较多地接触了当时流行的民歌俚曲，对通俗文学的热爱，对市井艳词"真""俗"特点的明确认识，使他的文学思想发生了根本的转折，其论诗转向"意趣"，即活泼自然之趣。有了这样一种自然之趣，即使"格卑调劣，意背字重"③，也在所不顾。他说："予独无他长，长于词，岁久愈长于俗。……'三日不编词，则心烦；不闻乐，则耳聋；不观舞，则目瞽'，此康对山之托言，而予之事实也。"④ 对通俗文学的喜爱和正确认识，是李开先后期文学批评的思想基

---

① 李开先：《闲居集》之十《李崆峒传》，卜键笺校《李开先全集》，文化艺术出版社2004年版，第768页。

② 《四库全书总目》卷177《闲居集提要》，中华书局2003年版，第1585页。

③ 李开先：《闲居集》之六《咏雪诗后序》，卜键笺校《李开先全集》，文化艺术出版社2004年版，第481页。

④ 李开先：《闲居集》之六《市井艳词又序》，同上书，第471页。

础。李开先的文学观点散见于其诗文的序、跋及杂著《词谑》等作品中。

（一）"真诗只在民间"

李开先在词曲方面造诣颇深，并对民歌给予高度重视和评价，他认为里巷歌谣最可贵之处在于"情真"："语意则直出肺肝，不加雕刻""其情尤足感人"，而且语言通俗易懂，便于传唱，故能远近传之，从而形成了他的文学观："故风出谣口，真诗只在民间。"① 他说："诗余简于院本，唐诗简于诗余，汉乐府视诗余则又简而质矣。《三百篇》皆中声，而无文可被管弦者也。由南词而北，由北而诗余，由诗余而唐诗，而汉乐府，而《三百篇》，古乐庶几乎可兴，故曰：'今之乐，犹古之乐也。呜呼！扩今词之真传，而复古乐之绝响，其在文明之世乎！'"② 指出谣歌俚曲与《诗经》、乐府是一脉相传的，每一个时代的文学，都是前代文学精神的继承，当今之民间俗曲亦是古代诗歌的真传，因此，要恢复古代诗歌的风貌，只需向当代的民间歌谣学习。从而为诗文创作指出一条新的途径。

（二）"信口直写所见"

李开先反对一味拟古，厌弃蹈袭，他指出："取今之士，惟文不蹈袭，守不屈不挠者斯可贵也。……每愤文体如妆粉骷髅，官态如牵丝傀儡。"③ 又云："君子不做凤鸣，而学言如鹦鹉，何其陋也！"④ 主张抒发真实自然的个体情感。他说："本木强之人，乃仿李之赏花酣酒；生太平之世，乃仿杜之忧乱愁穷，其亦非本色、非真情甚矣！"⑤ 李梦阳等人主张诗宗李、杜，李开先却认为李、杜亦非人人所必宗，应当根据作者本人所处的时代和个性特点来创作，这样才能做到有真情、有本色。并且强调诗歌创作应触兴而发："诗不必作，作不必工。或抚景触物，兴不能已……时出一篇，信口直写所见。"⑥ 又说："予歌诚亦非时，而予情有不能已而。"⑦ 主张情不能已而发于诗。他称赞好友陈束的诗文说："每情会

---

① 李开先：《闲居集》之六《咏雪诗后序》，卜键笺校《李开先全集》，文化艺术出版社2004年版，第469页。

② 李开先：《闲居集》之六《西野春游词序》，同上书，第494页。

③ 李开先：《闲居集》之八《大中大夫太仆寺卿愚谷李公合葬墓志铭》，同上书，第643页。

④ 李开先：《闲居集》之十《对山康修撰传》，同上书，第759页。

⑤ 魏守忠：《〈田间四时行乐诗〉跋》转叙李开先语，同上书，第1853页。

⑥ 李开先：《闲居集序》，同上书，第39页。

⑦ 李开先：《闲居集》之一《九子诗序》，同上书，第47页。

景来，思奇兴发，一篇成则一篇便可名世。"① 在当时拟古之风弥漫文坛的情况下，具有深刻的针砭作用。

（三）"随笔随心，不复刻苦"

与触兴而发的主张相联系，在创作态度上，李开先崇尚自然随意，不尚虚饰，"于诗，信口而已"，"不较工拙"②，"随笔随心，不复刻苦"③，"随意成之，信笔书之，不用苦思，有如宿构"④，力主诗文创作应如话家常。认为诗歌贵在有天然活泼之趣，如果拘于字句声律，就会失去意趣。他说："诗在意趣声调，不在字句多寡短长也"⑤，"诗贵意兴活泼，拘拘谪谪，意兴扫地尽矣"⑥，"文意遇而自然成之，后世拘声律、分门类，严俪仗，骈四俪六，抽黄对白，而自然之文意漓矣"⑦。这种率意信口、不事雕琢的创作态度，无疑与他豪宕不羁的个性和征歌度曲，颓然自放的生活态度有关。

第三节　汲汲经世、随笔挥洒——诗文

李开先一生写有大量诗文，主要见于 12 册《闲居集》⑧中，《闲居集》收录了李开先自罢归至病逝凡 27 年间的几乎全部诗文作品，包括诗 4 册、文 8 册。散文中有序文 130 篇、墓志铭 50 篇、杂文 9 篇、行状两篇，不下 30 万字，还不包括一些随笔、杂著等集外之作。他在《闲居集序》中称："年四十，罢归田里，既无用世之心，又无名后之志。顿然觉悟，诗不必作，作不必工。或抚景触物，兴不能已；或有重大事，及亲友恳求，时出一篇，信口直写所见……自称其集曰'闲居'，以别居官时苦

---

① 李开先：《闲居集》之十《后冈陈提学传》，卜键笺校《李开先全集》，文化艺术出版社 2004 年版，第 776 页。

② 李开先：《闲居集序》，同上书，第 39 页。

③ 李开先：《闲居集后序》，同上书，第 390 页。

④ 弨来夫：《闲居集跋》，同上书，第 390 页。

⑤ 李开先：《闲居集》之五《塞上曲后序》，同上书，第 447 页。

⑥ 李开先：《闲居集》之六《咏雪诗后序》，同上书，第 481 页。

⑦ 李开先：《闲居集》之六《续对后序》，同上书，第 498 页。

⑧ 李开先未采用文集分卷之惯例，《闲居集》仅标为"集之几"，《闲居集》之五《吕江峰集序》云："余自杂著外，集亦不分卷，凡十二厚册。"卜键笺校：《李开先全集》，文化艺术出版社 2004 年版，第 446 页。

心也。"① 这段话概括了他写作诗文时的心情和文学主张。对于李开先研究而言,《闲居集》无疑具有重要的文化价值。

《四库全书总目·闲居集提要》云:"开先雅以功名自负,既废以后,犹作《塞上曲》一百首以寓其志。又末卷有《苏息民困或问》及《颜神事宜》《浚渠私议》《漯议》诸篇,亦尚汲汲于经世,不甚争文苑之名。故所作随笔挥洒,一篇或至数千言。其诗亦往往叠韵至百首。其持论确与李、何,而终不能夺李、何之坛坫,盖有由矣。"② 虽评价不高,但指出了李开先诗文"汲汲经世",而不为争文苑之名的内涵与风貌。路工曾言:"李氏在诗文上的成就不如戏曲,但也实践了他不务虚文的主张。"③

一　诗不必作,作不必工——诗歌

李开先诗浅显朴野,不求华艳,不循格律,信手随口,钱谦益云:"(伯华)为文一篇辄万言,诗一韵辄百首,不循格律,诙谐调笑,信手放笔……所著词多于文,文多于诗。"④ 朱观㷖《海岳灵秀集》谓之"著作甚富,如貔豼纵横,江海泛滥,一韵百篇,盖白乐天之流也。词浮意浅,绳墨趔中,多何尚焉"⑤,颇有微词。《道光章丘县志》卷十却说:"开先才敏捷,每为文一篇辄万言,为诗一韵辄百首,皆纵笔而成。不为巉岩刻深语,而有天然自在之趣。"⑥ 其中写世态讽时政,貌似玩世,却颇有警拔语。如《伤墓祭者》云:"虽因哀死哭,半为度生难。"正道出了常人的心态。他将罢官后仍关心时事的心理,"譬之僧已受戒,尚论民间事;妇既被黜,还为夫主忧"⑦,贴切而幽默。

《闲居集》中之诗除应酬、赠答、问吊、庆寿等之外,在内容上呈现出以下突出特征:

(一) 用世、忧世

李开先《董孟才诗集序》云:"予亦喜谈好作,且有刻本,独恶其日

① 卜键笺校:《李开先全集》,文化艺术出版社2004年版,第39页。

② 《四库全书总目》卷177,中华书局2003年版,第1585页。

③ 路工:《李开先的生平及其著作》,路工辑校《李开先集》附录,中华书局1959年版。

④ 钱谦益:《列朝诗集小传》丁集上,上海古籍出版社1983年版,第376页。

⑤ 参见宋弼《山左明诗钞》卷1,《四库全书存目丛书》,齐鲁书社1997年版,集部第412册,第1529—1530页。

⑥ 参见庄一拂《明清散曲作家汇考》,浙江古籍出版社1992年版,第88页。

⑦ 李开先:《闲居集》之二《因客问述往事》,卜键笺校《李开先全集》,文化艺术出版社2004年版,第153页。

趋于文，而无用于世，岂非同浴而讥裸裎乎?"① 赋闲前十年，他仍不忘忧国忧民，怀揣一颗"捧日心"，盼望有朝一日再被起用。《自叙》云："松柏伏磐石，侧出终凌云。隼虽暂塌翅，回旋薄苍旻。回旋吾不能，侧出苦无因。既非后凋材，鸟雀与同群。壮志已焉矣，耕钓藏其身。"② 作于嘉靖三十五年，开先好友唐顺之已于前一年复出，诗中表达了他渴望起复又无路可行的无奈。《自壮》云："弹铗食无鱼，吹箫乐有余。久藏三尺剑，空读五车书。渭水权垂钓，王门耻曳裾。潜蛟神物耳，头角有时舒。"③ 以潜蛟自喻自慰，告诉自己且安心归隐，总会有再被起用、效力报国的机会。

嘉靖年间，蒙古贵族俺答部屡犯京畿，李开先登第后的试政期间，曾奉命先后往上谷、宁夏运送军饷，目击塞上防务废弛之状，对边疆将士疾苦颇为同情，罢归后，回忆往昔，不胜慨叹，作七绝《塞上曲》一百首。其一云："数千铁骑饱豺狼，虚把捷音奏上方。女哭儿啼逢祭日，新坟只葬旧冠裳。"④ 直刺当时司空见惯的虚报战功现象。钱谦益谓"其老而益壮，不甘自废如此"⑤。

此外，如《闲居集》之一之《边事》写边将谎报战功，《勉军士》论倭乱，写对无能官军的痛恨，卷一《夏日闻倭报》《边报行》，卷二之《闻倭寇杀伤山东民兵》《闻朝议将调边军备倭感而有赋》《闻复征东兵责在无将也感而有赋》《计处古北口》《忧时事》等都表现了对边境海疆局势的关注，发表了自己对平息边乱、绥靖海域的见解。

嘉靖三十四年十二月十二日夜半，山西、陕西一带发生地震，山西的平阳府受灾最重。平阳友人过访李开先，哭诉了当时天崩地坼和死伤无数的惨状，李开先据此而作了五古《平阳哀》和五律《地震》。《平阳哀》中云："有如地维坼，忽然鸣疾雷。屋倾同拉朽，墙塌类崩崖。物畜不足惜，民命等蒿莱。"⑥ 描写地震时大地隆隆作响，顷刻间墙塌屋陷的骇人情景。《地震》同韵十首则展现了震后山陕大地的惨状："地震连山陕，残伤亿万家。室庐尽倒塌，骸骨乱交加。……土裂火从出，山崩水更

---

① 李开先：《闲居集》之六，卜键笺校《李开先全集》，文化艺术出版社2004年版，第523页。

② 李开先：《闲居集》之一，同上书，第55页。

③ 李开先：《闲居集》之二，同上书，第110页。

④ 李开先：《闲居集》之四，同上书，第353页。

⑤ 钱谦益：《列朝诗集小传》丁集上，上海古籍出版社1983年版，第376页。

⑥ 李开先：《闲居集》之一，卜键笺校《李开先全集》，文化艺术出版社2004年版，第54页。

加。……一望炊烟断，风吹满目沙。"更痛斥了官府不积极赈灾，反而加重赋税，进一步给人民带来了灾祸："民间差已重，额外赋仍加。"致使"昔年歌舞地，惨淡月笼沙"，"一城千万户，只剩一千家"①。人烟稀少，市井萧条，充满了对天灾人祸的哀叹。而此时的明王朝内忧之外，尚北有蒙古兵，南有倭寇的侵扰入犯，可谓"南北还交困，胡尘与海沙"，面对这种种担忧，李开先发出了"愿天生虎将，万里扫龙沙"的呼唤。全诗视野极广，从天灾到人祸到外患，充分展现了李开先忧国忧民，虽闲居而不忘国事时政的可贵精神。

然而在等待十年之后，报国的机会还是未能到来，在亲人迭丧，老而无子，衰病兼至的打击下，五十岁的李开先渐渐心灰意冷，不禁发出了这样的感慨："一朝辞帝辇，十载卧园林。有负凌云志，空怀捧日心。"②

（二）讽世、叹世

作为一位正直忧国、热血满腔的文人，李开先还有不少愤世嫉俗、讽喻社会不良现象的作品，可以见出他高度的社会责任感。

《闲居集》之一《白发叹》乃为刺老年官员染发而作。作者由揽镜自照，白发渐多而回忆起了一桩往事："昔年扈跸乍离京，肩舆都是公与卿。扣算行年各不小，发黑者多白者少。疾驰日夜二百里，乌药虽携难染洗。忽然一日朝行宫，人人俱是白头翁。仕途爱少乃常态，改头换面巧作怪。亦有发白心转黑，少年心事却明白。"诗写嘉靖十八年二月世宗南巡，李开先以验封司郎中随驾，所见到的朝廷大员的情态，讽刺了仕途中人为显年轻而纷纷染发的普遍状况。并由此生发出"发"与"心"、"黑"与"白"的对比，揭露了吏治的窳败。

《寓言》诗意取自魏邯郸淳所著《笑林》里的"楚人"一则，又杂取了《孟子·齐人有一妻一妾章》的情节，诗云：

> 有人曾学隐身术，术犹未得骄其妻。试问此身见不见？妻笑吾眸无鬼迷。面面相觑只咫尺，不隔比邻与藩篱。有身何故不能见，无乃精灵为变幻？夫怪其妻语不情，脚蹴手批口相讪。此问及妾妾伴惊，后瞻未已仍前盼。诡言夫主有何能，藏身不见只闻声。夫喜入市便攫物，物主初疑怒渐生。批蹴更比其妻甚，咤声大骂如雷鸣。术人高叫

---

① 李开先：《闲居集》之二，卜键笺校《李开先全集》，文化艺术出版社2004年版，第103页。
② 李开先：《闲居集》之二《立秋日作》，同上书，第115页。

任摧残，要见吾身却是难。予昔居京大拘泥，怕参宰辅与达官。疏斥累遭犹不悔，跳身重执旧钓竿。①

诗以术士自况，以妾喻所交阿谀逢迎的小人，以妻喻所交实言相告的诤友，以物主喻宰辅与达官，入市攫物则言其忤夏言事。寓言结尾点名题旨，乃是有感于自己在朝为官的遭遇而发。此诗借自嘲，抒发了为官憨直自负终遭摈斥的郁愤，对此他并不后悔，宁愿回乡重执钓竿，也不愿违心屈己以讨好权贵。

又如《夜宴观戏》："扮戏因开宴，坐深夜已阑。一人分贵贱，数语有悲欢。剪烛增殊态，停杯更改观。优旃曾讽谏，获谴叹言官。"② 中间四句指戏中人物之穷达、情节之悲欢顷刻变换，优旃是秦朝优人，侏儒，善以诙谐语讽谏，秦始皇欲广苑囿、二世欲以漆涂城，皆因其讽喻而止。李开先回乡后常招友人观戏遣怀，夜宴观戏，本为自娱，诗人在此却因戏情而联想到自己因言事而获谴的遭遇，感慨言官还不如戏台上的优伶有讽刺时政的自由，从而陡增悲慨。壮年免官之郁愤依然萦绕心怀，才下眉头，却上心头，始终无法排遣。

《赠卜者》系讥刺世情而作："尔自神其术，竭诚远谒吾。得钱闲卦肆，携册总灵枢。三画成爻变，八方与象殊。无疑何用卜，饱饮是良图。"③ 尖锐地指出了占卜者的所谓预知吉凶未来，不过是自神其术的骗人把戏，其目的只不过是为了填饱肚子，得人钱财而已。对那些沉迷于其中、深信不疑的人，无疑具有警醒作用。

（三）近人、悯人

李开先居乡时平易近人，不以致仕四品官员自居，而与乡人往来频繁，友朋中，有相当一部分是煤客、渔夫、山人、艺人、瞽人等下层民众，《闲居集》中有很多诗文即为他们而作。如刘翦，章丘人，以渔为生计，开先为其作有《临浒居》《江乡别业》《渔隐歌为邑人刘翦赋》等。李开先自称"一朝辞帝里，十载作农家"④。《雨不歇》，他对天时和农事极其关注，对农家生活津津乐道，对农家忧苦倾注了同情，可谓与广大民众声息与共。

---

① 李开先：《闲居集》之一，卜键笺校《李开先全集》，文化艺术出版社2004年版，第68页。
② 李开先：《闲居集》之二，同上书，第181页。
③ 同上书，第182页。
④ 同上书，第94页。

《腌辣芥》展现了李开先亲自从事耕种的情景："荒园手自锄，秋种几畦蔬。不熟名为馑，多收腌作菹。酸咸盈瓦甖，香烈绕茅庐。肉食非无味，惟兹味有余。"① 秋天于荒园中辟出一块菜地，种上几畦蔬菜，收获后可以腌作酸菜，其特有的香味更要胜过肉食。描绘了李开先亲近田园的平朴生活，又富有生活情趣。

《悯农》云："二麦已粗收，早禾叶未抽。怨咨夏馑免，亢阳难有秋。逋负不能偿，逃亡不可留。贫者卖儿女，富者卖马牛。倒悬谁与解？沉疴何时瘳？民贫盗必侈，甕牖起戈矛。古来有明验，君子怀隐忧。愿言司牧者，亟为达宸旒。"② 展现了农民挣扎在饥饿、疾病与赋税中的普遍状态，表达了对民不聊生，必起叛乱的忧虑与渴望贤臣上闻于帝王，改变这种现状的急切心情。

对风调雨顺的好年景，李开先与农民一样，充满了对丰收的期待和喜悦之情："秋尽雨弥漫，三冬地不干。苗麦青出垄，野水聚成滩。更得春前雪，无愁分外寒。年丰衣食足，余力又输官。"③ 又如《暑雨》："久旱况骄阳，出门如探汤。油然云泼墨，骤尔雨敲窗。焦稼会生意，风荷荐晚凉。地多悬望切，喜剧有如狂。"④ 酷暑大旱之中的一场骤雨使干枯的庄稼得救，也带来了久违的清凉，不禁使李开先欣喜若狂。诗中流露的情感，完全与农家息息相通。

他平朴仁爱，同情民生疾苦，以悲悯之怀，感叹他们的种种不幸和遭遇，悯老、悯贫、悯苦，孔子云："泛爱众，则亲仁。"李开先可谓近之。

《咏老翁》与《悯老》皆为同情老人而作。《咏老翁》二首之一曰："衰惫无筋力，强行腰欲隤。眼昏微见日，耳蔽不闻雷。病齿难加饭，老怀易感哀。若能成大药，飞步上蓬莱。"⑤ 表现了老人体衰乏力，耳聋眼花，齿秃食少，念旧感怀的无奈。《悯老》云："莫恃年方少，少年能几时？壮心犹未遂，华发忽如斯。水下流偏速，日斜影易驰。勿谈伤感事，人老易生悲。"⑥ 更多的是对年华易逝、光阴疾驰，在不知不觉中老之将至而壮志未遂的感伤。

---

① 李开先：《闲居集》之二《雨不歇》，卜键笺校《李开先全集》，文化艺术出版社 2004 年版，第 93 页。
② 李开先：《闲居集》之一，同上书，第 43 页。
③ 李开先：《闲居集》之二《秋冬之交雨多未为不善也诗以喜之》，同上书，第 93 页。
④ 同上书，第 95 页。
⑤ 同上书，第 93 页。
⑥ 同上书，第 140 页。

《悯贫》揭示了贫富差别的巨大与社会的不平："猎猎朔风急，街头吹倒人。有衣不掩骭，无粟甑生尘。温室宁知腊，华堂别贮春。豪奢纨绔子，难以语贫民。"[①] 穷人衣不蔽体，甑无储粮，冻死街头；而豪门暖意融融，丝毫感觉不到冬日的寒意。与杜甫之"朱门酒肉臭，路有冻死骨"，异曲而同工。

《伤祭墓者》云："墓祭人无数，愁容不忍观。风狂过午后，花淡似春残。九转肠应断，两行泪不干。虽因哀思哭，半为度生难。"[②] 描写了清明扫墓时人们的愁容与泪水，并且点明这泪水中多半是因为生之艰难。可谓准确揭示了人的生存状态。

《逆旅病客》描写了一位旅人卧病久困异乡的苦状，与春归急于回乡的迫切："残躯羁别馆，病目哭穷途。旅食终朝减，家书累岁无。履穿为客久，灯暗照人孤。归兴今难遏，杜鹃不用呼。"[③] 旅客长期困于客栈中，贫病交加，衣履破烂，形单影只，家中音信全无。随着阳春到来，终于难以遏止心中归乡的渴望，在杜鹃声声中动身了。

对民生疾苦的同情与关注，体现了李开先民胞物与的情怀与对世态人情的深刻体察。

（四）伤逝、遣怀

对于李开先的后半生，人多言其征歌度曲、闲适自得，而不知他曾经的深切创痛与隐忧。李开先归乡后，身边亲人——发妻、爱妾、母亲、三子、女儿——接踵而逝，连遭厄运，使他悲不自胜。相知友人亦纷纷谢世，更让他充满感伤。他写下了大量悼怀之作，展现了晚年不堪其苦、身心多病的凄凉心境。

嘉靖二十六年（1547）八月，发妻张氏因小产而卒，开先念念不忘，《亡妻忌辰》云："伤心复是妻亡日，倏忽经今已六霜。若得生前存子女，犹于身后慰衷肠。驱魂难借金篦力，照面仍余宝镜香。感旧怜新浑不语，愁多但觉鬓苍苍。"[④] 白发频添，睹物思人，益发思念曾经共渡患难的结发之妻。

同年冬，爱妾张二卒，年仅十八，葬于南园之北。张二乃徐州人，善乐器，开先《侍姬张二诔》中云："貌美言温，性坚情真。身虽堕落烟

---

① 李开先：《闲居集》之二，卜键笺校《李开先全集》，文化艺术出版社2004年版，第140页。
② 同上书，第169页。
③ 同上书，第184页。
④ 李开先：《闲居集》之三，同上书，第213页。

花，心则迥出风尘。赞理内政，蔚有令闻。年青而折，莫究厥因。岂尔家之薄福，抑苍苍之不仁？"① 对其出淤泥而不染的品质极尽赞誉。李开先对她的怀念经久不息，为作《侍姬张二诔》《忆张二》等。《过张二墓》云："枕边遗嘱言犹在，陇上经春雪未消。几欲临风歌楚些，游魂杳杳不堪招。"② 足可见怀念与感伤之深。

　　嘉靖三十一年六月，开先母王氏病逝，《哭母》诗三首之三云："予年过半百，兄弟叹伶仃。镜里朱颜改，巾中华发盈。久无题柱志，只为倚门情。亲逝吾衰甚，为农了此生。"③ 李开先早年丧父，对母亲感情极深，母亲的去世更增添了李开先心中的凄凉，使他罢官十年来心中犹存的再仕之念也渐渐湮灭了。

　　嘉靖二十七年末，47 岁的李开先喜得长子，取名苏郭，仅一岁半而夭折。嘉靖三十年春，继妻王氏又生一子，取名九十，寓长寿之意，久盼子嗣的李开先终于老来得子，欣喜若狂。然而就在嘉靖三十二年秋，不足三岁的九十又夭折了，他悲痛欲绝："抚之号啕兮，泣下数行。送之郊野兮，摧裂衷肠。倏忽秋深兮，草木萎黄。白露穰穰兮，又重之以严霜。日苦短兮夜偏长，天廖阔兮地迷茫。"④ 可谓天地变色，惨痛愁绝。嘉靖三十五年，不幸再次降临，王氏所生第二子又不育，开先《哭子》诗云："三子相连丧，昼号夜不宁。之无谁认字，诗礼哪传经？珠失空挥掌，鹤归拾堕翎。医愁难得效，无药制颓龄。"⑤ 是年他 55 岁，年过半百，却后继无人，心中的凄苦焦虑可想而知。

　　《哭幼女招弟》作于嘉靖四十五年秋，当年九月初二，开先唯一的爱女招弟卒于家。招弟"小字淑秀，幼时见者咸惊其貌，稍长女伴悉资其长。针指虽犹□人，而识字能运笔，弹棋兼抚琴，又非他人之女可及者。寡言少笑，博记多能。沉静舒徐其举止也，红白娇艳其容色也。古称女美为媄，淑秀盖众女中之尤美者。已许聘亚卿谢少溪之子庭薰，乃以十五岁夭殇。"⑥ 年已六十五岁的李开先心如刀割："心如刃刺泪如倾，霜种花娇恨不平。设帨旧居秋草满，埋香新冢暮云横。微茫犹记惊人色，疑讶如闻

① 李开先：《闲居集》之一，卜键笺校《李开先全集》，文化艺术出版社 2004 年版，第 83 页。

② 李开先：《闲居集》之四，同上书，第 327 页。

③ 李开先：《闲居集》之二，同上书，第 101 页。

④ 李开先：《闲居集》之一《高秋思子辞》，同上书，第 86 页。

⑤ 李开先：《闲居集》之二，同上书，第 105 页。

⑥ 王枝：《中麓山人续对》跋语，同上书，第 1657 页。

唤婢声。偶向绣房檐下过，风吹窗纸助哀鸣。"①

二　透彻光明、委屈详尽——散文

李开先的散文可分为时政散文、人物传记和记游散文三大类。《闲居集》之十二的"杂文"为时政散文，卷九、卷十的"行状""传"为人物散文，卷十一的"记"则为记游散文。

（一）救世爱民、透彻光明——时政散文

李开先的时政散文抨击贪官污吏，关心百姓疾苦，集中体现了他汲汲经世、有志用世的胸怀抱负。

《颜神事宜》② 一文先叙述了颜神镇的地理位置及历代行政沿革，既而从自然环境与行政治理两方面分析了明开国以来此地屡次爆发农民起义的原因，从而提出了去镇设县的主张，并详细分析了设县的依据、具体办法及此举带来的"五利"。文中立论有据，所陈措施得力，体现了李开先对国计民生的高度关注以及不为虚言的品格。

《苏息民困或问》③ 一文借有客相问而作答的形式，洋洋洒洒，就如何救章丘之民于困苦，尽情发表了对赋税、徭役、养马等方面的看法，提出了解决的措施。明代，随着官府的日趋腐败，苛捐杂税不断增加，广大农民苦不堪言。章丘之民向官府交纳之银两，没几年就由 7000 两增加到 11000 两。在银两提高的同时，农民为官府养马的负担也随之加重。李开先"民之畏马如畏虎，加马则如加虎"的说法，令人震撼。从文中详细的统计数字中，可以看出李开先对地方经济、民政等方面情况的关注和熟悉程度，以及他所负有的经济之才。

李开先关心地方农业生产，尤其重视水利建设。《漯议》④ 一文详细描绘了大小清河的发源、沿途流经地，以及给各州县带来的影响，写出了他对家乡河道治理与农业生产的见解与主张。他又通过对章丘境内最大湖泊白云湖的实地考察，撰写了《浚渠私说》，文章描绘了该湖的自然状况，讲述了历年造成的灾祸，发表了治理意见，纵横考证，立论精辟而有说服力。

---

① 李开先：《闲居集》之四《哭幼女招弟》，卜键笺校《李开先全集》，文化艺术出版社 2004 年版，第 304 页。

② 李开先：《闲居集》之十二，同上书，第 863 页。

③ 同上书，第 870 页。

④ 同上书，第 883 页。

《白云湖子粒考》直接揭露了藩府宗室贪得无厌，侵吞民田、盘剥百姓的行径，这种状况在明中叶具有一定的代表性。奸民高玘与德王府相互勾结，将历城、章丘之交的514顷白云湖湖地谎报为1300顷，并奏请为德府庄田，从而多向百姓索取钱粮。官吏勘量时，为迎合德府，虚量谎报，终于凑足1300顷之数，眉目不论虚实，皆收取三十文的租税，湖民含冤无处诉告，交不上租税，德府便派官员带领校尉"拘拷小民，自春尽到冬初"，并且贿赂笼络地方官，"不时延待酒席"，为其帮凶。李开先愤怒地写道："民犹畜也，假虎以翼，安得有完畜哉！剥民之膏，乃填奸人口腹。"并且表示了为民申冤，不畏官府的精神："此说一出，必有忌之者，而惧之者众矣。章（丘）为剥床以肤，历（城）则任其为机上之肉。"① 对章丘、历城二地官府的指斥可谓一针见血。

（二）绘影传神、真挚生动——记人散文

李开先散文中数量最大者，当属怀人叙事之作。不少文章通过生动感人的生活细节，讲述人物的人生经历，写来字字血泪，人物呼之欲出，展现了李开先对人生和人情的深刻观照与体察。

其描写父、母、妻、妾及众妹、幼子和奴婢等亲人的文章，无不真切、形象，充满感人之情。如《封太宜人先母墓志铭》中，写其母年十九岁嫁到李家，"先大夫为庠生，居城市，日用仰给于南村，时有不足处，母自凑补之，不令先大夫知也。夜坐每二三更，书声琅琅，机声轧轧，两相趁逐。"② 写其亡妹卢氏在父殁家贫后，日日下厨为开先及两妹做饭，"余力则精针指组绉细工，而丝枲之作，夜以继日。……一日偶见枕顶绣鞋，女贾携之而出，工巧炫丽，以为他家物何以至此？妹言：'吾所手制，将鬻之以解燃眉之急。'余闻之惨怀，洒泪不能已。"③ 这类文章，虽写一家之私，却是人间真情亲情的真切流露。在《亡妻张宜人散传》中，写张氏无子，为延续李家子嗣，曾"遣其弟为吾买妾丰沛，濒行，告以多方物色，务得丽人，使吾心爱，爱则渴望生育"④。虽属家中隐私，但开先下笔坦诚，而少道貌岸然之气。特别是记叙老年得子之喜、丧子之悲的文章，表达了封建时代生平坎坷的文人在晚年的一点微薄的喜

① 李开先：《闲居集》之十二，卜键笺校《李开先全集》，文化艺术出版社2004年版，第880页。

② 李开先：《闲居集》之八，同上书，第630页。

③ 李开先：《闲居集》之七，同上书，第582页。

④ 李开先：《闲居集》之九，同上书，第717页。

悦，也浸满了一次比一次更深陷入的悲苦与孤寂。

李开先散文中的佳作，应属一部分写三教九流中人物的作品。他们多为开先晚年的挚友。最突出者当属被人视为"狂妄简傲"的雪蓑道人和瞽者刘九。

雪蓑可为明代一怪，他本名苏洲，河南杞县人，徙居唐县，少时起流浪四方，喜施舍，善染翰，知音律，能蹴鞠，不拘小节，问其出身则密不告人，因而对他的身世有种种猜测，"疑者转深，讥者益众"。雪蓑长期居留山东，为青州衡王之门客，曾于嘉靖二十五年左右依李开先而居两年许。李开先《雪蓑道人传》云："予与之交厚，独得其实，为之传其大略，以释疑解嘲云。"① 文中叙述了雪蓑颇有传奇性的经历，更着力刻画了雪蓑独特的性格和品德："恃其颖性，学一事则精一事，而字书、弹琴、蹴鞠、歌唱，皆可居海内第一流。作半笔片纸小画，亦差可人意。后极口谈内外事，津津涎唾俱出。自负有独得处，是亦狂妄之一端。但见人或病或贫者，即施药出财以救济之。尝被人连累，监禁七八月得释，则拱手别去，不出一怨言。人有侮慢之者，亦不较也。""醉后高歌起舞。更有风韵，只是玩世不恭，人难亲近耳。"文章最后云："予尝断之曰：'虽涉狂妄简傲。终是异人也。较之丧心灰脑者，则大有间矣。'年今七十又四，久不东游，未知无恙否？传之作，意欲存其人，不但释疑解嘲而已。"文章简短生动、形象逼真，写雪蓑之狂狷、怪僻与世态之炎凉，活画出了雪蓑其人，充溢着淳厚的人情味。

《瞽者刘九传》以欲扬先抑之笔，写"予素不延接瞽者，而一二友人尤甚焉，以为与其听善瞽歌讴，不如受丑妇怒骂。"真可谓厌恶之极。但经友人一再推荐之后，他将刘九"馆之城中闲第及城外小园"，听其说唱后，竟"自恨得之晚，惟恐去之速也"②。刘九名守，号修亭，济宁人，博雅记诵，于"三教九流，百工众技，无一不通"，胜过有目之人，李开先"尝以刘九、雪蓑并论之：刘九则恋恋不舍，油油与偕，一言之合，亲如胶漆，一事之差，势如冰炭；雪蓑则麾之不去，抬之不来……然皆不同于人，且有益于人者也。"揭示了刘九率性与雪蓑怪癖的不同个性。文章后半交待了刘九的归宿，"刘九一日思其故乡，涕泣别去，约以不数月复来，既而杳无音耗，询之济宁人，云以好饮致疾，卒于周百户村。"行文简洁，极富感情色彩。

----

① 李开先：《闲居集》之十，卜键笺校《李开先全集》，文化艺术出版社 2004 年版，第 750 页。
② 同上书，第 751 页。

　　而文章的结尾却极富意味，写刘九同其邻张三死后同见阎君，"检查生死善恶簿，应复他生人世，且各问其所欲。刘九曰：'愿得二明目，仍住河边。'张三云：'只愿无目，在深山中。'究其所以，刘云：'痛恨有司贪财傲物，今添四季考察，河边净洗吾目，试观终得无事否？'张云：'世俗偷薄，人情翻覆，无目兼且深山，以不见为净，免受业障苦恼也。'世之人将为刘九乎？将为张三乎？二者无一可者也！"借刘、张二人之口，揭示了官吏贪墨与人情浇薄的社会现状，无疑是小说笔法。

　　（三）境界开阔、情景交融——记游散文

　　李开先记游写景散文不算太多，却相当精彩，内容繁富，境界开阔，自成一格。如《忆游南内记》翔实而形象地描写了帝王之家的金碧辉煌、气势恢宏和富丽豪华；《游藏龙洞记》回忆了与友人共同畅游故乡名胜藏龙洞之情景，描绘奇丽，如写洞中景象云："其左虚旷而右幽邃，上穹窿而下磊砢，内窔奥而外通明。野鸽飞鸣，有妨坐语；石气空翠，能湿行衣。风掠花稍，异香满座；水从洞出，冷气袭人。"①《浚渠私说》虽为政论文，但夹叙夹议，情景交融，其中描写白云湖的景色云："白云英英出其中，湖因以名。重青浅碧，拖练揉蓝，春艳秋辉，朝浓暮淡，一日之间，虽云异态；一岁之间，俱是奇观。向尝拉伴嬉游，至于湖心，舟中仰面，人烟了不可见，惟水与山连，山与天接，山如锦屏，天如华盖。俯仰天地，表里湖山，信为一方之浩壤，而三齐之水府也。"②诗情画意，盎然纸上，笔墨相当出色。

　　李开先罢官后，构筑了多处园林，他对园亭楼台的记述相当多，其中不乏描绘精彩之作。如《水风卧吟楼记》中对风与水的描写："风吹水涌曰波，风行水皱曰涟，风微水如鸣弦，风静水如沉璧，风急水如战鼓，风怒水如惊雷。"③文字形象恰切。烟楼在李开先城中的宅第中，上结一长亭，"则高耸数千余丈。虽甍不鳞，栋不虹，远可望数百里，近则尽览一城之胜。三面当山，非若背山起楼者。万井咸聚，一尘不飞，槛风可清暑夕，檐月能敞高秋。春花冬雪，更出奇观"。将一小小烟楼，写得极富情趣。雪后李开先"与客登而乐之，争睹飞烟直出，淡抹浓妆，散彩霞、

①　李开先：《闲居集》之十一，卜键笺校《李开先全集》，文化艺术出版社 2004 年版，第851 页。

②　李开先：《闲居集》之十二，同上书，第 862 页。

③　李开先：《闲居集》之十一，同上书，第 849 页。

笼残月、逗寒云、飞轻缣、曳素练，晓迎旭日，暮锁长空。"① 文字之美，令人心旷神怡。《后知轩记》全文不足五百字，却讲出了读书人的乐趣，写李开先苦于应酬无虚日，不暇读书，乃"日惟避喧南园内。园去城二里余，跨一蹇，携两童，凌晨而出，薄暮而还，稍得塞充宁神，绎寻旧业，而读所未读之书"②。

李开先的这类风光小品，似更接近晚明之"小品文"，但细细体察之后就会发现，在表面幽默、滑稽、清淡、脱俗的背后，深深埋藏着的，仍是那一颗经世济民、愤世嫉俗之心。

第四节　词山曲海、长歌当哭——词曲

一　北派散曲的代表

李开先年少时即好词曲，自称"敲棋编曲，竟日无休"③，居官时南北驱驰不暇作，罢官后则专力为之，所作甚夥，亦以词曲名世。李开先的散曲，以其刚直豪放、意气充盈、放达不羁、才气纵横而著称，在众多曲论著作中，都将李开先与同时代的冯惟敏并提，作为北派散曲作家的代表。

李开先之作，深得同时曲家康海、王九思、冯惟敏的叹赏。《道光章丘县志》卷十云："（开先）工为金元诸曲，尝使关中，康德涵、王敬夫辈凤擅才名，意不可一世。见开先词，皆折节倒屣，不敢居前辈。"④ 李开先亦颇自负，"征歌度曲，为新声小令，搠谈放歌，自谓马东篱（致远）、张小山（可久）无以过也"⑤。同为东鲁曲家，且相隔仅两百里的临朐人冯惟敏对李开先的才华、襟度推崇备至，常相过从，《仙吕·点绛唇·李中麓归田》套曲赞赏曰："囊括了三坟五典、八索九丘。网罗了百家众技、三教九流。席卷了两汉六朝、千篇万首。弹压了三俊四杰、七步八斗。""多少词林翰府侪，则被他一笔勾，乾坤豪士眼中收，这其间能说会道堪居首。"冯惟敏还有《醉太平·李中麓醉归堂夜话》十八首、

① 李开先：《闲居集》之十一《烟楼记》，卜键笺校《李开先全集》，文化艺术出版社 2004 年版，第 835 页。

② 李开先：《闲居集》之十，同上书，第 811 页。

③ 李开先：《闲居集》之八《诰封宜人亡妻张氏墓志铭》，同上书，第 632 页。

④ 参见赵景深、张增元《方志著录元明清曲家传略》，中华书局 1987 年版，第 46 页。

⑤ 钱谦益：《列朝诗集小传》丁集上，上海古籍出版社 1983 年版，第 376 页。

《傍妆台·效中麓体》六首，言："文章不数《三都赋》，忠诚不忘千秋录，精通不但五车书，老先生自许。"既表明了冯惟敏的崇敬，又说明了李开先的自负。

而王世贞、王骥德、张琦等人则对其评价不高，攻击矛头一致指向深得北方曲家赞誉的散曲《傍妆台》和传奇《宝剑记》：

王世贞《曲藻》云："北人自王（九思）、康（海）后，推山东李伯华。伯华以百阕［傍妆台］为德涵（康海）所赏。今其辞尚存，不足道也。所为南剧《宝剑》《登坛》记，亦是改其乡先辈之作。二记余见之，尚在《拜月》《荆钗》之下耳，而自负不浅。一日问余：'何如《琵琶记》乎？'余谓：'公辞之美，不必言。第令吴中教师十人唱过，随腔字改妥，乃可传耳。'李怫然不乐罢。"①

王骥德《曲律·杂论下》评说明中叶散曲作家云："近之为词者，北调……山东则李尚宝伯华，冯别驾海浮……李豪而率"②，又云"山东李伯华所作百阕《傍妆台》，为康德涵所赏，予购读之，尽伧父语耳，一字不足取也。"③

张琦《衡曲麈谈·作家偶评》云："伯华以《傍妆台》百阕为对山所欣赏，今其词尚在，不足道；所为《宝剑》《登坛》记，亦是改其乡先辈之作，固自平平，而自负不浅，弇州尝讥其腔律未协，非苛求也。"④

三人可谓众口一词，声口绝似，仔细辨别就会发现，王骥德、张琦其实同是对文坛泰斗王世贞说法的随声附和。究其原因，一是李开先的过分自负引起了他们的反感，更重要的则在于身为南土人士，三人论曲皆宗南派，对沉雄豪放、不拘声律的北曲及北派作家存在天然的偏见的缘故。明中叶散曲有南北二格，而以北派为主，北曲作家如李开先、冯惟敏等又间作南调，由于不熟悉南曲声韵，皆非当家，如沈德符指出李开先"所作《宝剑记》，生硬不谐，且不知南曲之有入声，自以《中原音韵》叶之，以致吴侬见诮"⑤。这恐怕也是遭王氏等人置喙的重要原因。

---

①　《中国古典戏曲论著集成》第 4 册，中国戏剧出版社 1959 年版，第 36 页。

②　同上书，第 162 页。

③　同上书，第 180 页。

④　同上书，第 269 页。

⑤　沈德符：《顾曲杂言》，《中国古典戏曲论著集成》第 4 册，中国戏剧出版社 1959 年版，第 203 页。亦见《万历野获编》卷 25《南北散套》，《历代史料笔记丛刊》，中华书局 1997 年版，第 640 页。

如今，李开先在明代曲坛的地位已是不争的事实，可谓是非自有公辨。举其《南仙吕·傍妆台》三首观之，无须争辩，高下自现：

> 泪潸潸，辞家上马驻雕鞍。雄韬未遂平生态，莫作等闲看。飘飘雪下鹅毛细，阵阵风来马耳寒。平西域，逐北番，得生还处还生还。

> 眼匆匆，眼前光景耳边风。疾飞夜月如朝日，春雁即秋鸿。每逢冷节花相似，但入新年人不同。为栖鸟，作卧龙，得从容处且从容。

> 笑嘻嘻，葫芦提罢大家提。世情都把真为伪，不辨是和非。五陵豪气空千丈，百岁光阴已四十。三十而立，七十者稀，得栖迟处且栖迟。

曲词感愤激烈，有正有谑，既描绘了守边生活的艰苦，抒发了边境将士痛恨侵边仇寇、杀敌心切和立功边陲的雄心，又陈述了鸿愿不展，才能未伸，栖迟林下的苦衷。风格亢爽，读之令人振奋，论之为"伧父语""不足道"，不免是强项欺人之语。

吕天成《曲品》评曰："李开先……熟腾北曲，悲传塞下之吹（指《塞上曲》一百首）；问著南词，生扭吴中之拍。才原敏赡，写冤愤而如生；志亦飞扬，赋遒囚而自畅。（指《宝剑记》）此词坛之雄将，曲部之异才。"[1]　吴梅云："李中麓……罢归后，以词曲娱老。著有《宝剑记》《断发记》诸传奇。文采风流，照耀北方。"[2]　可谓确论。

二　散曲集《赠康对山》《卧病江皋》《中麓小令》《四时悼内》

北派曲家，李开先外，他如冯惟敏、康海、王九思、刘效祖等人，亦多为士大夫而见黜者，故其所作放宕胸襟，刺世抒怀，然不涉靡丽，诸家散曲，多为怡情悦性、疏散郁怀的"志情"之作，即使逍遥于风月情怀，也绝无淫滥之气。表现出真率自然、质朴浑厚的特征，元散曲"豪放"一格，北派传承最多，而又不同于元散曲的急切透辟，一览无余，显得沉稳雅正，带有更多的士大夫气息。

---

① 吕天成《曲品》卷上，吴书荫校注《曲品校注》，中华书局 1990 年版，第 13 页。

② 吴梅：《顾曲麈谈》第四章《谈曲》，上海古籍出版社 2000 年版，第 106 页。

（一）《赠康对山》

嘉靖十年，李开先试政户部，奉使运饷至银夏，在乾州（今陕西乾县）与康海意外相逢，归程中又特往鄠县访王九思，"赋诗度曲，引满称寿，二公恨相见晚也。"① 李开先云："过关来，词客王公，才子康公，风韵真同派。价高众人抬，文高万卷开，后会知谁在？"（《南南吕·一江风》）引二人以为知己，交口赞誉，并对世事无常，后会无期深致忧思。此间，李开先写下了长篇套数《述隐·赠康对山》，是其目前所见的最早词曲作品，笔触酣畅锋利，直刺当时弥漫官场与社会的俗陋风习，为明散曲中罕见之长篇佳作。也正由于其中所传达出的犀利锋芒与文采风神，赢得了康海的认同与赞誉。

康海洒脱超迈的情采令李开先极其钦敬，其宦途的坎坷更使李开先感慨同情。在曲中，李开先不仅对康海"读书破万卷，诗成神鬼惊，才华炫耀珍珠迸"（［十四煞］）的文学成就极尽赞誉，也流露了对宦途艰险的深刻理解，表达了对归隐林泉的倾慕。

曲中首先借"述隐"抒发了对蝇营狗苟、构陷中伤的奸佞小人的贬斥，［滚绣球］曲中云："把伤心世态闲评。热情怀变冰冷，正团栾散小星。都只为争名求胜，巧舌头恶浪千层。你如今文高一世人偏忌、学贯三才志不行，怎能够万里前程！"从而发出了"谁肯去奏龙庭奋龙剑斩了神奸佞"的呼唤。

［十六煞］和［十五煞］为康海才高遭忌的命运鸣不平，以问道养生相劝慰：

> 你家传有长公，少年早著名，片言只字人偏敬。龙楼独对三千字，雁塔高题第一名，登相位如石磴。只去把心田内草茅尽划，岂知道眼界傍豺虎凭凌。
>
> 文章千古名，雄才万里城。霜毫落处丰神劲，片时更扫云烟散，万态全非月露形。时不用，君之命。喜服些金光瑶草，更和那玉屑石精。

套曲后半部分表达了对文武官员纷纷争名夺利现象的看法和对自由惬意的田园生活的赞美。［十三煞］云：

---

① 钱谦益：《列朝诗集小传》丁集上，上海古籍出版社 1983 年版，第 376 页。

幸一身得自由，做三公待怎生？笑他每千方百计穿捷径。闲愁镇日空千遍，夜睡何曾到五更？偓落出膏肓病。做一个投林的倦鸟，胜强如出海的飞鹏。

认为"人情好不平，人心好不明"（［十二煞］），"任豪侠傲九卿，被功名误一生"（［四煞］），世人沉浸在荣华富贵的梦里，岂不知在整个政治腐败局面下，"假若是一钱不受，管教你寸步难行"（［十一煞］），正义忠良反遭陷害贬谪："长沙窜贾生，汨罗葬屈平，只因他要把朝纲正。"（［一煞］）因此，"繁花风里灯，功名水上萍，晦明迁转全难定"（［二煞］），一切功名利禄都是虚空，不如返璞归真，隐居林下，诗酒词曲，自在逍遥：

结团茅在浒西，近园林远市城，山光水色遥相映。花间时有金钗堕，门外常闻骏马鸣。着个伶俐的通名姓。推辞了达人贵客，单请这酒友诗朋。（［三煞］）

（二）《卧病江皋》

嘉靖十年（1531）暮春，李开先自宁夏饷边归，于途中染病，至河南时病发，只好扶病抵家，于家中卧病经秋，《卧病江皋》即作于此时。一百一十首曲子，全用《南南吕·一江风》曲牌，每曲都以"病难捱"开头，每句所押韵之字也完全相同。各曲均从病况和病中心境写起，稍事点染，即转向对世情时政的讥评。慨叹朝廷与边关，痛惜世风之日下，同情黎民百姓，展示了病中一个正直士大夫的无奈与孤独。故弟子高应玘《卧病江皋序》云："愤世疾邪，固云多实；喻言托兴，善用其虚。"[①]

《南南吕·一江风》诸曲，与《傍妆台》风格浑似。

一云："病难捱，顿改亡斜态，碎补囹圄债，几曾来，不识低昂，不论贤愚，不辨清浑派。青萍一剑抬，寒芒两刃开，谁许奸雄在！"

曲词中跳动着一颗"济世泽民"之心。中麓登科之年，未及而立，雅负

① 卜键笺校：《李开先全集》，文化艺术出版社2004年版，第1169页。

经济，抱负远大，故有手持青剑刺奸邪的豪气。

> 一云："病难捱，虐政狼蛇态，重赋鸡豚债。上堂来，乱打胡敲，碎打零敲，巧计临时派。无钱必定抬，有钱释放开，索命阎罗在！"

揭露了当时赋税沉重，官吏巧计聚敛，任意敲诈勒索，虐政如虎狼的真实状况。一句"索命阎罗在"表达了作者的愤慨之情。

> 一云："病难捱，壮志风云态，绝意烟花债。跨鹤来，七里滩头，独木桥边，古渡沧浪派。藤床向月抬，柴门背水开，排闼青山在。"

在病中，纵有一腔抱负难以施展，从而向往田园生活：

> 一云："病难捱，五柳先生态，五斗郎官债，挂冠来。采菊东篱，种豆南山，名利休铺派。白衣把酒抬，黄花对酒开，吾爱吾庐在。"

表达了他要像五柳先生那样，挂冠而去，采菊东篱，归隐田园。是其无奈境况下心理的寄托与慰藉。也反映了李开先心中"济世"与"归隐"的矛盾心理。

（三）《中麓小令》

《中麓小令》所收，即著名的百阕［傍妆台］，作于李开先归田后的第四年。［傍妆台］又名［临镜序］，句式三七、五五、五五、三三七，共九句六韵，第三、五、七句不用韵。他以豪放恣纵的语言，一是写叹世乐闲的思想，在勘破世情、隐居乐道的背后，不时显露出对官场黑暗、人情险恶的不满；二是写他所熟悉的边关将士的苦乐和艰辛。时人以为"与东篱、小山并驱争先"。［傍妆台］极富声誉，王九思曾有和作一百首。

中麓伉直自负，不事权贵，及其触犯当路，中年致仕，失去了壮志豪情，不得已以声伎自我排遣，聊度岁月，胸中自有难言之郁忿在焉。故商善夫《与中麓书》曰："有以见我公不得已之情，发诸善谑，古谓长歌当哭，殊为至言。"李开先在《中麓小令引》中亦自称："中多悲忿之音、激烈之词。"① 袁西野《〈中麓小令〉跋》云："句雄健而意连属，既不失之俗，又不失之文，以为一词已尽，已足名世矣！"②

第一类散曲，从表面看来，曲中几乎全是"自了汉"的言语，举凡人情世态、仕途名利、是非成败，都视作过眼烟云，乐在诗酒烟霞，逍遥闲散，而就在这旷达调笑中，世道浑浊、官场风气也显现出来。李开先自云这些曲子"中多悲忿之音、激烈之词"，王九思认为"感情激烈，有正有谲"，所有曲子都以一句佻达之语作结，而背后隐含的，恰是李开先对无辜遭罢的抑郁愤激。其一云：

> 雨丝丝，冲风跃马欲何之？闲游正喜风吹袂，况有雨催诗。休图云里栽红杏，好向山中觅紫芝。磨而不磷，涅而不缁。得随时处且随时。

写弃官归隐的乐趣，细雨斜吹，闲游赋诗，悠悠自在。"休图云里栽红杏"出自唐代高蝉《下第后上永崇高侍郎》中的诗句"天上碧桃和露种，日边红杏倚云栽。"今反其意而用之，是说不要祈冀做官，"好向山中觅紫芝"，则指道教徒的采灵芝服食长生，意为归隐。结尾引用《论语》中表示耿介不移的话"磨而不磷，涅而不缁"，意在加以否定，代以"得随时处且随时"的佻达语，看似玩世，实则牢骚满腹。又一阕云：

> 自度度，百年屈指四十多。从前已是个伤弓鸟，休更作扑灯蛾。酒酣拔剑婆娑舞，兴发乘舟欸乃歌。粗知丁字，幸登甲科，得风魔处且风魔。

写自思自量，人世已度四十多年，回首因得罪权要而被罢官，决意今后任情自适，"风魔"指狂放不羁、不拘礼法，反映了坎坷的仕途生涯和罢归之后的田园逸趣。虽欲借前车之鉴，歌舞自适，但终难平胸中之恨。佯作风魔的背后，悲愤流露胸臆之间。

二是描写军旅生活，时蒙古俺答不时南侵，掳掠京畿，李开先任职户部时，曾先后往上谷、宁夏运送军饷，对边疆将士疾苦颇为熟悉和同情，因此曲中有不少写边关生活的作品，如：

---

① 卜键笺校：《李开先全集》，文化艺术出版社 2004 年版，第 1189 页。

② 同上书，第 1206 页。

> 曲弯弯，一轮残月照边关。恨来口吸尽黄河水，拳打碎贺兰山。铁衣披雪浑身湿，宝剑飞霜扑面寒。驱兵去，破虏还，得偷闲处且偷闲。

黄河河套地区是俺答部盘踞的大本营，贺兰山在今宁夏回族自治区西北部，也属河套地区。曲写戍边将士的豪迈气概和边地苦寒卓绝的环境，对他们不畏艰辛，御敌破虏而难得清闲的生活给予同情，结尾写得胜而归，将士解甲，洒脱超然。

（四）《四时悼内》

悼亡之类题材，在清中叶散曲中始大量出现，代表着散曲随诗化和词化而来的题材的扩大，而在明代散曲中极为罕见，李开先以一卷散曲来写悼亡，可谓首开风气。《四时悼内》一卷，乃为其亡妻、爱妾及二子而作，表达了悼念之情与深切悲痛。

发妻、爱妾卒后，李开先悲痛至极，乃作《四时悼内》套曲四首，写春夏秋冬不时悼念之情。《南仙吕·临镜序·夜长不寐》为冬时悼曲，首曲［临镜序］写冬夜怀念亡妻爱妾，终不成眠，散步庭院，唏嘘感叹：

> 梦难成，失群孤雁断肠声。觉来搔耳推孤枕，散发步空庭。眼前离恨天般远。望后团圆月不明。（合）断弦难续，悲歌怎听？这般情况几曾经。

自亡妻去后，他无时无刻不在思念，"相思日日容颜改，夜夜梦魂惊"。（［前腔］）在孤坐中听二更鼓响，不禁感叹中年丧妻，形单影只：

> ［掉角序］遇穷冬霜雪严凝，正中年形影伶仃。夜迢迢银汉无声，一滴滴玉露伤情。空有那待月楼，礼星亭，焉文阁，谁与同登？

全曲情感真挚纯厚，悲悼之思悠远绵长，表达了对亡妻的一往情深。

妻妾相继谢世不久，开先续弦齐东王氏，并先后得苏郭（妾出）、九十等三男，却都先后夭折，这对他打击更大，为此他作了《悼殇词》和《中秋对月忆子警悟词》两篇套曲，［好姐姐］云："怎熬？福薄命薄，子息宫枋星偏照。仰长空浩浩，这衷情难告。须知道桑榆暮景虽非远，松柏寒冬后凋。"心中的凄苦可知。正如他在《四时悼内小序》中所说："愁肠欲断，泪眼将枯，以此付之童辈，长歌当哭，非以恣泆乐而喜篇什也。

观者必有知吾苦心者！"①

三　传奇《宝剑记》《断发记》

《宝剑记》《断发记》《登坛记》是李开先的三部传奇，其中《登坛记》今已失传，以《宝剑记》最负盛名，成为明中期扭转风气之作，以《宝剑记》为始，明传奇进入了其光辉的繁兴。

（一）明中叶传奇的开山之作《宝剑记》

李开先早期积极用世，雅负经邦济世之才，以建立"雄出一世"的功业自励。赋闲后，他"身居林下，心存魏阙"，一度热切地盼望着复起，对国事民虞仍然十分关注，创作中处处流露出对世事的关心和国家前途的忧虑，充满着强烈的忧国忧民的思想感情。《宝剑记》就寄寓了他对时事的感慨。故皇甫汸过章丘，值《宝剑记》新成，赠诗云："雄心每向词中发，变态都将戏里看。自愧交知成白首，犹持长剑倚人弹。"②

《宝剑记》言林冲被高俅父子陷害、逼上梁山的故事。借林冲与奸臣童贯、高俅的冲突斗争，言嘉靖朝夏言、严嵩乱政的现实。嘉靖中后期，纷纭多故，北寇凭陵，海氛不靖，世宗皇帝却迷恋道教，宠信方士，大兴土木，营建斋醮。皇帝昏庸，朝政腐败。阁臣夏言招权纳贿，排斥异己。李开先及许多好友即身受其害，其后的严嵩更是残忍专横，奸诈阴柔，遍植私党，流毒海内。剧中的"四海苍生水火间，纷纷满目权奸，哀哉可叹，祸国殃民，那更开边患。天条轻犯，致生命遭涂炭"，正是对当时社会现实的真实摹写。故沈德符云："填词出才人余技，本游戏笔墨间耳，然亦有寓意讥讪者。如……李中麓之《宝剑记》，则指分宜父子。"③

明初由于对戏剧的创作和演出采取严格的限制政策，戏剧多大力宣扬"义夫节妇，孝子顺孙，劝人为善"，故而百余年间，呈现颓落之势。一时盛行的《五伦全备记》和《香囊记》，或以时文为南曲，图解伦理，限制了戏剧的生机。《宝剑记》的出现，振聋发聩，扭转了这一颓势，它借《水浒》中林冲的故事，反映现实朝廷之黑暗，以抒孤愤，以强烈的现实性和深厚的内涵，成为明传奇出现转机的标志，从此明代传奇开始走向复

---

① 卜键笺校：《李开先全集》，文化艺术出版社 2004 年版，第 1234 页。

② 皇甫汸：《皇甫司勋集》卷 28《访同年李伯华于章丘》，《四库全书》，上海古籍出版社 1987 年版，集部第 1275 册，第 684 页。

③ 沈德符：《顾曲杂言·填词有他意》，《中国古典戏曲论著集成》第 4 册，中国戏剧出版社 1959 年版，第 207 页。

兴，李开先不啻有首发之功。

李开先盛年被摒，借词曲以寄寓感慨，他对《水浒传》中的林冲故事进行了改造，把林冲和高俅矛盾的起因由高俅之子图谋林冲之妻变为忠良林冲与奸臣童贯、高俅之间的直接对立，是林冲"忠君爱国"与童贯、高俅"欺君误国"矛盾的激烈冲突，确立了忠奸斗争的主题。剧中的林冲不再是那个武艺高超却谨小慎微、逆来顺受的武将，而是一个疾恶如仇，饱读诗书的儒臣，他"只知忠君爱国，不肯附势趋时"，在其身上体现了李开先强烈的忧国忧民之情，也寄寓了他虽"困槽杨之下，其志常在奋报"的思想情绪。该剧将"人之异态隐情，描写殆尽"，由于描写人情，扶正锄奸，产生了强烈的艺术感染力："足以寒奸雄之胆，而坚善良之心"，尝"搬演此戏，座客无不泣下沾襟"①。

《宝剑记》对以后的传奇创作影响很大，成为忠奸剧的定型。为此后的《鸣凤记》《浣纱记》揭露现实，抨击朝政竖起了先帜。

在曲词上，《宝剑记》改变了明初传奇的骈俪化与雅化倾向，回归"本色"，具有文雅工丽但通俗自然的特点。第二十、二十一、二十三等出，将林冲发配沧州时的满腔怨愤，刻画得栩栩如生；第三十七出《夜奔》，摹写林冲夜奔，慷慨悲壮，酣畅淋漓。故吕天成《曲品》评曰："才原敏赡，写冤愤而如生；志亦飞扬，赋逋囚而自畅。此词坛之雄将，曲部之异才。"② 以著名的"夜奔"一出为例：

　　　　[新水令]按龙泉血泪洒征袍，恨天涯一身流落。专心投水浒，回首望天朝。急走忙逃，顾不得忠和孝。

　　　　[沽美酒]怀揣着雪刃刀，行一步哭号咷。拽长裾急急蓦羊肠路绕，且喜这灿灿明星下照。忽然间昏惨惨云迷雾罩，疏剌剌风吹叶落，振山林声声虎啸，绕溪涧哀哀猿叫。吓的我魂飘胆消，百忙里走不出山前古庙。

曲辞不刻意雕琢，质朴自然，苍凉浑厚，绘情写景，真切生动，具有较强的艺术表现力，显示了作者极为深厚的词曲功底。

（二）《断发记》

全剧三十九出，叙隋唐易代之际绛州闻喜人李德武与妻裴淑英的婚姻

---

① 雪蓑渔者：《宝剑记序》，卜键笺校《李开先全集》，文化艺术出版社 2004 年版，第 928 页。

② 吕天成：《曲品》卷上，吴书荫校注《曲品校注》，中华书局 1990 年版，第 13 页。

故事，本于《旧唐书》卷193及《新唐书》卷205之《烈女传》，并稍加缘饰。写已故豫州刺史之子李德武新娶黄门侍郎裴矩之女裴淑英，性情温婉，德容兼备，在为李母祝寿的家宴上，为礼部侍郎之子柳直所垂涎，遂以事告发牵连至李德武，被发配幽州充军。裴矩逼女改嫁，淑英坚决不从，恰边关误传德武阵亡，李母伤心而亡，柳直再度逼婚，淑英断发示决。后德武边关受赏，被尔朱总管召为婿，十余年后，回家省亲，夫妻团圆，淑英、尔朱氏情同姐妹，李家因节孝忠贞，一门旌表。

关于该剧的创作缘起，李开先在剧终自述道："五伦全处蒙旌表，《绝发》《宝剑》记世少，管教万古名同天地老。"（第三十九出《余文》）剧中充满浓重的贞节忠孝的教化色彩。吕天成《曲品》评曰："事重节烈，词亦佳，非草草者。且多能守韵，尤不易得。"[1] 虽在音律上有所进境，在思想上却渐呈暮态。

《断发记》有明万历十四年（1586）金陵唐氏世德堂刊本，全名《新刊重订出相附释标注裴淑英断发记》，为日本学者田喜一郎收藏。但作者始终有疑问，原本未题作者，吕天成《曲品》卷下著录，亦未题撰者，祁彪佳《远山堂曲品》亦列为无名氏之作，自《古人传奇总目》始标为李开先作[2]，明清以来诸家曲目因之。日本学者岩城秀夫《中国戏曲善本三种》卷首《解说》，举《宝剑记》第四出［梁州序］、第十五出［山坡羊］为例，比较《断发记》中相应曲牌，证明二剧押韵规律完全相同，因此认定《断发记》是李开先所作。[3]

四　院本《园林午梦》《打哑禅》

李开先在漫长的赋闲生涯中，经历了由希望复起而渐渐失望至彻底绝望的心路历程，他将满怀不得已之情，发诸谐谑。《园林午梦》《打哑禅》二剧，对荒唐的世态、虚伪的人情极尽嘲讽，正表达了他在一腔抱负破灭以后的深刻失望。

《园林午梦》写一江上渔父，闲时读书消遣，"见案上有崔莺莺、李亚仙二传（即《西厢记》《绣襦记》），仔细看来，他两个也差不多，难分贵贱，怎定低昂？"时当正午，渔父困倦，就在园林里昏昏睡去。梦中

---

① 吴书荫校注：《曲品校注》卷下，中华书局1990年版，第189页。

② 《中国古典戏曲论著集成》第6册，中国戏剧出版社1959年版，第281页。

③ 蒋星煜《日本新刊〈中国戏曲善本三种〉》，载《中国戏曲史探微》，齐鲁书社1985年版，第93页。

崔莺莺和李亚仙二人听了渔父的话后互不服气，上场当面争辩，互相攻讦揭短，难分高下，丫环红娘和秋桂也前来助战，更是出言不逊，以至厮打，此时渔父醒来，剧亦结束。李开先在剧后跋语中云："但望更索诸言外，是则为幸不浅耳！"① 可见在这表面的闹剧之后，却寓意深藏。

渔父一上场便唱道："长江夜来风浪起，惊醒渔翁睡。钓台也不安，仕路当知退，床前几番长叹息。"无疑乃感叹宦海风波险恶，而梦中相国小姐崔莺莺和上厅行首李亚仙极力贬抑对方，抬高自己，又分明是喧嚣争竞的官场与世态的映写。剧本末尾，渔父梦醒后的一番话更揭示了李开先创作该剧的用意所在：

> 奇怪！奇怪！园林中方才合眼，梦见两个女仙，各逞其能；两个女奴，各为其主。多因我机心尚在，因此上梦境不安，从今后早断俗缘，务造到至人无梦。

显然，渔父垂钓，机心尚在，正喻示自己身虽引退，而未忘复起，表达了他深感拯世救民之志无望而欲断"俗缘"的复杂心情，"俗缘"即是他那难以抛却的用世之心。

《打哑禅》代表了文人南杂剧讽刺揭露、幽默夸张的一面，采录了一个在山东、河南流播甚广的故事，同样寄意颇深。写相国寺真如长老深有修行，见"众生每嫉妒贪嗔，背生灭性，要把祖师流传的佛法，救度他一救度"，便出了一个哑禅，命徒弟撇空贴在山门前，悬赏黄金十两，叫人来猜。屠夫贾不仁贪图赏金，抱着侥幸心理前来一试。经过一番比画，长老以为贾屠猜中，赢走赏金，随后用佛经为徒弟加以解释，并对贾屠大加赞赏。徒弟遂向贾不仁求教，却原来贾屠打哑禅时对长老手势的理解与自己的动作全与卖猪、买猪、杀猪之事相关，丝毫不关佛法。

剧中用一种漫画夸张、谐谑绝倒的方式，一是对佛教禅宗末流不外揣测的特点进行了嘲讽，二是借真如长老、贾不仁、撇空三人描绘了一个贤愚不辨、世事颠倒的社会。长老本欲救度众生，结果为一个不懂佛理、贪婪投机的屠夫所骗，徒弟也离他而去。长老期待和希望的落空，说明这个社会的不可救药。正如剧末所云："聪明长老走了徒弟，懵懂屠儿打了哑禅。世事颠倒每如此，眼前琐碎不堪观。"

剧中的长老正是李开先自我形象的写照。暗示了在这样一个颠倒荒唐

---

① 卜键笺校：《李开先全集》，文化艺术出版社 2004 年版，第 1149 页。

的社会里，他满怀救世济民的热诚，正如长老意欲济度众生一样，显得迂腐可笑，表现了他心中深深的失落和无奈。

第五节　众星拱月、绣水风雅——章丘词会

李开先生于弘治十五年（1502），嘉靖八年（1529）中进士，隆庆二年（1568）去世，二十岁时正值嘉靖元年（1522），如果将其从事文学活动的时间最早从这一年算起，李开先一生的文学活动可谓集中于嘉靖一朝，与其共始共终。明代的章丘县，城东有绣江，源出于城东北百五十里外的长白山，流过章丘全境，因此，又常以绣水代指章丘。嘉靖一朝，李开先成为章丘文坛的核心，围绕在其周围形成了绣水作家群。此后直至清代，李开先依然代表着章丘文坛的精神，影响深远。

嘉靖二十年夏，李开先罢官返乡后即病倒了，秋日痊愈后，即被当地文人耆旧邀入词会，并推为会长，与邑中词人往来唱酬，以词曲自娱。李开先曾作《归休家居病起蒙诸友邀入词社》二诗记其事，其二云："诸友俱能作，如吾何所能。强推为会长，深愧不相宜。《玉树》多悲调，《竹枝》亦俗词。口占南北曲，即席赋歌儿。"①

章丘富文堂词会，乃布衣袁崇冕所倡建。李开先《〈东村乐府〉序》云："古来诗有会固矣，词惟富文堂一会尔，或有之，然余莫之前闻也。自辛丑夏罢归田庐，优游词会，每月相参作主，分题定韵，言志抒情，北曲南歌，长章小令，不两年，充然成帙。"自乔岱辞世后，又值李开先丧妻，聚会遂停，李开先回首当初聚会情景，不禁感慨万千，云："慨自龙溪乔金宪捐馆，雅会遂寝，几欲复之，又以丧吾内人，不忍作乐，事散而复聚，知在何时？忆昔词成之余，相与吊古穷奇，登山临水，一倡众和，大笑长呼，出游鱼而惊秣马，愁花鸟而走山灵，今恍如隔世事矣！即当订约刻期，比之旧会加盛，使富文堂退然远望焉，是则余意也。"②

文会起初为八人，后故旧交替纳新，人数难定。李开先曾于嘉靖四十五年（1566）会友王阶去世时作《云峰王处士墓志铭》，文中列举其要者如下：乔岱、夏文宪、袁崇冕、谢九容、杨盈、刘北滨、姜大成、陈德安

---

① 李开先：《闲居集》之二，卜键笺校《李开先全集》，文化艺术出版社 2004 年版，第 89 页。
② 李开先：《闲居集》之五，同上书，第 397 页。

及李开先，此皆骨干成员，"为词会数年"①，历下进士谷继宗"亦慕名赴会"，另有弻来夫、李冕、逯希闵、谢九仪、刘禄、刘守、张师雍、王阶等人，皆缔交非一日。

一　乔岱、刘守

乔岱（1478—1542）字希申，号龙溪，章丘人，弘治十五年进士（1502），官至山西按察司佥事，嘉靖二年（1523）致仕，"购华第、市良田……悠游林泉，放浪诗酒。虽歌童环视，不废读书，日有日程，月有月记，文细而事该"②。

乔岱年长李开先24岁，乃词会中之忘年交。嘉靖二十年（1541）李开先东归后，"至家之数日，即召入会中。每月朔日，输次设酒，各出新作，品校进止，无者有罚"。词会举行八九次之后，乔岱病逝。乔岱长于词曲，"诗兼苏、黄骨气，有数十卷，藏于家"③。乔岱殁后二十年，李开先搜集其词作，得数分之一，欲为刻之而不成册，遂作《乔龙溪词序》，姑以存之。序云："其词语老健，词意新奇，见者不问名姓，知其为北人也。"④

刘守（1466—约1551⑤），号修亭，一作百亭⑥，俗称"刘九"，山东济宁人，江湖游艺人，瞽者，博雅记诵，能说书兼歌讴，其他卜算符咒，医药方术，天文地理，内养外丹，悉通大略。居章丘时为李开先门人，李开先作有《瞽者刘九传》，更详细交代了刘九生平以及相识分别的经过，"乃济宁都御史泽之远族，自谓是其第九子。……尝在高唐祷雨有验，州守致礼酬谢，以口语得罪，避之而东。"⑦并有《赠济宁刘九》二首，其一云：

> 世上心盲目不盲，目明不若此心明。刘郎歌比张司业，博记人称虞伯生。

比之张籍、虞集，注云："张籍官司业，盲而善歌古诗，韩昌黎谓其不亚吹

---

① 李开先：《闲居集》之八，卜键笺校《李开先全集》，文化艺术出版社2004年版，第675页。
② 李开先：《闲居集》之七《山西按察司佥事前监察御史龙溪乔公合葬墓志铭》，同上书，第555页。
③ 同上。
④ 李开先：《闲居集》之五《乔龙溪词序》，同上书，第436页。
⑤ 此据李开先《瞽者刘九传》的写作时间推算。
⑥ 谢伯阳编《全明散曲》作"伯亨"，恐为讹误，齐鲁书社1994年版，第1册，第843页。
⑦ 李开先：《闲居集》之十，卜键笺校《李开先全集》，文化艺术出版社2004年版，第751页。

竹弹丝，敲金击石。虞集博学善记，以文宗代草事丧明。九官人目虽盲，善记诵，善歌南北词曲。"其二云：

> 门第原来是世家，不徒鼓吹善琵琶。推占内养兼医药，百试曾无一事差。①

记刘九身世，并对其弹唱、占卜、养生、医药等技艺高度评价。

刘守散曲今存套数一组——《北双调·闺情》，共十四支曲，写夫君远赴科场，离家已满载，闺中少妇的寂寞相思之情，曲辞婉转哀怨，但华美中又间杂口语，有生硬杂凑痕迹，不甚协谐，亦不够流畅本色。如〔锦上花〕云：

> 懒展星眸，倦梳云髻，怅望雕鞍。粉郎何日归？寂寞兰堂，玉人长夜悲。千里相思，一春辜负矣。断钗孤凤忧，破镜只鸾栖。恨锁难开，紧封愁眉，夜永难捱。交我减削玉肌。恨结难松，牢栓病体。②

写少妇因相思而无心梳妆，无情无绪的孤寂生活。尾曲〔鸳鸯煞〕则抒发了她的一往深情：

> 则为这寄书人不至伤心碎，把离愁撇入在湘江内。无缘咱孤枕独眠，染病耽疾。唱到信杳音稀，生拆散鸳鸯，全废寝忘食。便做死到黄泉我可也忘不了你！

二　袁崇冕、袁公冕

袁崇冕（1487—1566 后）祖籍冀州，移寓章丘，居章丘城西，故号西野，进士袁弼之子，兄袁公冕、弟袁轩冕，皆以科第起家，袁崇冕独以布衣终，寿八十开外。状貌魁伟，胸怀磊落，性疏狂，好弈棋，长李开先十五岁，两人自少结识。李开先《处士袁西野像赞》云："魁然其貌，坦然其心。内养真有得，外物不相侵。久宾乡饮，寄迹词林。敲棋无倦，放笔豪吟。能任利名展脱，不随尘世浮沉。疏狂情性，磊落胸襟。寿年难量

---

① 李开先：《闲居集》之四，卜键笺校《李开先全集》，文化艺术出版社 2004 年版，第 335 页。
② 谢伯阳编：《全明散曲》第 1 册，齐鲁书社 1994 年版，第 843 页。

其数，物理独观其深。之人也，其即古之真隐与遗直、今之识事而知音者乎？"①

袁崇冕雅善词曲，首倡章丘词会，自视高出一世，善诗谜、善棋，其作灯谜及知灯谜，亦自谓一世无出其右。所著有《袁崇冕诗集》《拾闲野意》《春游词》《秋怀草》《西野乐府》等。《列朝诗集小传》云："（西野）善金元词曲，有《西野老人乐府》，王美陂、李中麓亟称之。"② 王士禛亦云："（西野）工金元词曲，所著《春游》《秋怀》诸曲，足参康、王之座。与李中麓唱酬。王美陂曰：'雅俗相兼，飒飒有余音。'杨方域曰：'神圣工巧，元人之俦。'中麓曰：'金石之音，元黄之色。'其为名流击赏如此。尝有客以《黄莺学画眉词》谒李太常，坐客皆言佳，西野后至，太常曰：'翁素负知音，试择佳句几何，予已有定评。'西野目毕，应声曰：'止起五字是词家语，馀无足取。'太常展手示之，云止'未老已投闲'一句。客皆大笑叹服。"③

李开先与袁崇冕为词友近四十年，开先《西野〈春游词〉序》云："西野年愈长，词益工，而论尤合。近作《春游》一阕，语俊意长，俗雅兼备，声中金石，色兼玄黄，真如游上林而踏青郊，淑景春葩，历历在目。"④

另据李开先《词谑》，知其长于北调："予家酒会，词客咸集。就中袁西野（袁崇冕）长于北词而短于南，吕东野（吕时臣）长于南词而短于北；刘修亭（刘守）无目，板眼最正，东野时或有失。予尝戏之曰：'西野不知南，东野不知北；修亭有板无眼，东野有眼无板。'座客无不鼓掌大笑。"⑤

袁崇冕散曲今不传，仅于李开先《词谑》中得见小令二首，皆为嘲谑之作，一为《北双调·清江引》，云："有不知韵而作之者，西野讥之。词出戏笔，兼首句第二字错用侧声，亦可为捧腹之助。"曲云：

　　　沈约近来憔瘦损，打不开糊涂阵，五言一小词，四句协三韵。提

---

① 李开先：《闲居集》之一，卜键笺校《李开先全集》，文化艺术出版社 2004 年版，第 84 页。

② 钱谦益：《列朝诗集小传》丁集上，上海古籍出版社 1983 年版，第 376 页。

③ 王士禛：《池北偶谈》卷 14《谈艺四》，《历代史料笔记丛刊》，中华书局 1997 年版，第 336 页。

④ 李开先：《闲居集》之六，卜键笺校《李开先全集》，文化艺术出版社 2004 年版，第 494 页。

⑤ 李开先：《词谑》"谑言"条，同上书，第 1272 页。

来到口边头煞力子忍。①

一为《北双调·雁儿落过得胜令·嘲僧》：

> 贪婪心怎忘？嗜欲情偏荡。人前捻数珠，背后轮禅杖。无志向西方，有计跳东墙。波罗密味食咒，南无佛救命王。经堂，挂搭上唐三藏；僧房，窝藏下黄四娘。②

讥讽僧人不守佛家戒律，贪财好色，人前念经，背后纵欲，反映了明中叶时僧人普遍世俗化的社会现状。

兄袁公冕（1483—1537）字西溪，弱冠举于乡，嘉靖二年（1523）授官汝宁府通判。致仕后，与李开先交，时开先尚为秀才。公冕性情开朗洒脱，为人敬重。李开先《六十子诗》中云其："风骚善笑谈，在处人知敬。济北著诗名，汝南敷善政。"③ 并在《袁西溪传》中云："（公冕）读书撮其精华，吐为文章，踔厉风发，不蹈故常。酒所酷好，诗则其尤长也。醉必亢声高歌，醒复放杯雄饮，气魄凌驾一世。人有病其狂者，惟识者曰：'胸中有物，宜其眼底无人也。'"④ 终因酒致疾而卒。

袁公冕善诗，为《列朝诗集》著录。李开先曰："论者以为吾章有三俊，谓东谷能官，龙溪能文，而西溪能诗也。"⑤《闲居集》载其《十月始见菊》诗，云："怪尔清姿消瘦尽，冷风疏雨亦凄其。玄同乍见真成晚，白首相期亦未迟。云暗郡城愁独坐，日斜乡国忘移时。樽前摘索原因醉，烛底歌吟转更悲。"⑥ 公冕曾为一妾作《忆秦娥》二阕，一追忆，一代答，词云：

> 愁漠漠，春城过雨东风恶。东风恶，杜鹃哀鸣，杏花零落。桃源应悔当时错，秦楼更觉新来薄。新来薄，不堪重醒，断肠天末。
>
> 愁脉脉，邻鸡三唱东方白。东方白，断云行雨，杳无踪迹。镜鸾

---

① 李开先：《词谑》"讥作词失韵"条，卜键笺校《李开先全集》，文化艺术出版社 2004 年版，第 1264 页。

② 李开先：《词谑》"嘲僧"条，同上书，第 1280 页。

③ 李开先：《闲居集》之四，同上书，第 384 页。

④ 李开先：《闲居集》之九，同上书，第 730 页。

⑤ 李开先：《闲居集》之九《袁西溪传》，同上书，第 731 页。

⑥ 李开先：《闲居集》之三，同上书，第 280 页。

怕照离人色，被鸳空拭娇啼渍。娇啼渍，不堪重醒，一番萧索。①

三　谷继宗、谢九容、谢九仪、弭来夫

历城人谷继宗（详见第九章第二节）驰名一时，与李开先交往甚密，诗文之外，亦工散曲。益都人钟羽正曰："吾乡作词曲者李开先、谷继宗与海浮，皆著名一时。"②徐复祚《曲论》中列举散曲作家三十一人，称为"海岳英灵，文章巨擘，羽翼大雅"，谷继宗亦列名其中。③王世贞《曲藻》则评价不高，云其"所为乐府，微有才情，尚出诸公之下"④。张琦《衡曲麈谈·作家偶评》亦云："谷继宗、谢茂秦辈，皆有逸韵，尚居诸君之下。"⑤

谷继宗谙音律，曾改旧律以作《璇玑词韵》，李开先《词谑》云："谷少岱《璇玑词韵》，过于用心，费了许多转折，终不如旧韵之简便。"⑥

《道光大清一统志·济南府三》云："时邑人袁崇冕、谢九容、龚最（当为袭勖之误），并以诗词名世。"⑦

谢九容，号东村，章丘耆老，章丘词会成员，曾为《中麓小令》题跋，有《东村乐府》，李开先序云："操健笔而擅词场，人各有能矣。余独以东村谢君为老作家，格古调平，音谐字妥，娱众目而便歌喉，真艺林中之善鸣者也。年且长而有行，人似讷而实豪。不惟会友重之，乡人亦多贤之者。……大抵贤则敬，敬则久者，人也。爱则传，传则远者，文也。是刻可谓兼之。"⑧

弟谢九仪，号少溪，嘉靖七年与李开先同年中举，嘉靖十一年（1532）进士，仕至户部左侍郎，年五旬余，上疏乞休。归田后与李开

---

① 李开先：《闲居集》之九《袁西溪传》，卜键笺校《李开先全集》，文化艺术出版社 2004 年版，731 页。

② 康熙《青州府志》卷 15，参见赵景深、张增元《方志著录元明清曲家传略》，中华书局 1987 年版，第 455 页。

③ 《中国古典戏曲论著集成》第四册，中国戏剧出版社 1959 年版，第 241 页。

④ 同上书，第 36 页。

⑤ 同上书，第 269 页。

⑥ 李开先：《词谑》"谷少岱词韵"条，卜键笺校《李开先全集》，文化艺术出版社 2004 年版，第 1264 页。

⑦ 参见赵景深、张增元《方志著录元明清曲家传略》，中华书局 1987 年版，第 47 页。

⑧ 李开先：《闲居集》之五，卜键笺校《李开先全集》，文化艺术出版社 2004 年版，第 397 页。

先友善，李开先《赠谢少溪》即作于其甫归之时，序云："少溪负经济才，历任中外，藉藉著贤声。……虽林下有高贤，而仕途失一良臣耳。"诗云："谢子负经纶，京卿早乞身。林泉喜有伴，兵赋属何人？约日游东岳，终宵礼北辰。里中称逸叟，天下仰名臣。"① 亦章丘文会成员，李开先云："少溪尝督学北畿，江浙乡试，或为监临，或司腾校，素以文为职，词亦文之一也。"有文集流传② 。兄九韶、弟九式，俱能文。

弭来夫字子方，号少庵，章丘人，秀才，在章丘设馆授徒，兼善撰文，乃李开先连襟，尝为其跋《闲居集》，屡试乡帷不第，有文名于乡间间，尝以岁贡任温县训导，今存小令一首《北双调·沉醉东风·朝黑妓》，见《北宫词纪》《词谑》③ ，曲云：

　　　帘影内一团窈窕，被窝中百样娇娆，虽无青鸟随，剩有乌云罩。赴阳台暮暮朝朝。张敞空将新月描，几曾显蛾眉淡扫？

曲风笑谑多端，流畅生动。

四　其他

夏文宪号黉山，与李开先、谢九仪、张克恭（号柏山）同为嘉靖七年举人。曾与李开先同观水上烟火，有诗云："巧技传京国，载舟戏水傍。纵焚鏖赤壁，飞礮破襄阳。照浪鱼龙骇，飘烟燕雀翔。升平多乐事，偏集太常庄。"李开先有《昼日观水上烟火次夏黉山韵》题下注："别有一种制造繁华，不减夜间。"

杨盈字守谦，号双溪，中正德三年（1508）副榜，不就，正德六年不第，谒选为陇州路学官，清正爱民，嘉靖五年自山西潞城知县遭小人构陷罢归④ 。其子杨选字以公，嘉靖二十三年进士，历官总督蓟辽副都御史，能诗，与李开先交善。

陈德安字泰峰，章丘人，举人，曾任乐亭知县，与李开先交好，同在

---

① 李开先：《闲居集》之二，卜键笺校《李开先全集》，文化艺术出版社 2004 年版，第125 页。
② 李开先：《闲居集》之五《〈东村乐府〉序》，同上书，第 397 页。
③ 李开先：《词谑》"二〔沉醉〕"条，同上书，第 1272 页。
④ 李开先：《闲居集》之九《封文林郎监察御史双溪杨公暨配太孺人时氏墓表》，同上书，第692 页。

章丘诗会中。嘉靖三十三年，积极参与了《田间四时行乐诗》的校订印行。

李冕（1490—1563）字端甫，号脉泉，章丘人，嘉靖五年进士，仕至云南右布政使，宽恕简静，持操皭然，号称"廉平"，嘉靖三十五年以老疾致仕，返乡后入章丘诗社，与李开先相交甚笃。

逯希闵号西墅，章丘人，仕至石州判官。其子与开先之女招弟曾定亲，招弟病亡后，两家仍相亲厚①。《明诗纪事》收有逯希韩，为章丘布衣，恐为逯希闵之兄弟辈。

刘禄（1509—1571）字惟学，号后峰，章丘人，嘉靖二十三年进士，官户科给事中时，因疏救尚书王杲，忤严嵩，廷杖谪嘉浦尉。隆庆初复职，升太常少卿，致政后与李开先往还，入词会。

张师雍（1486—1566），字公度，号悔庵，章丘人，以例贡选授代州同知，长李开先16岁，为忘年交。

姜大成（？—1551）字子集，号松涧，章丘人，嘉靖十六年举人，由选贡中顺天府榜，仕至屯留知县。好词曲，李开先与其交善，为作《屯留知县姜君合葬墓志铭》。

王阶，字士登，号云峰，章丘人，布衣，开先居乡时挚友，病逝于嘉靖四十五年（1566），"乃社中之善作能识者也"②。李开先曾称其为人："云峰王友，明敏端确。行不苟同，志不可夺。雄谈愤激，真气喷薄。不存形迹，不露圭角。善处恩杜，善藏锋锷。能审时宜，真知词学。若疏而密，似文而朴。为贾为农，半村半郭。……寒素者就之如蓄火温室，燥热者即之如含风高阁。"③

李开先在章丘的影响，一直延续至清代，长达百年，《光绪山东通志》卷一九九云："章丘李开先尝称客济南，胡春以鹅管做笛，有穿云裂石声。大梁周侍郎亮工过章丘，犹见有为此技者。其《追忆》诗云：'鹅管檀槽明月夜，百年犹按奉常歌。'盖谓此也。"④

---

① 此据卜键为《中麓山人拙对、续对》卷下《跋语》所作之《笺》，卜键笺校《李开先全集》，文化艺术出版社2004年版，第1640页。而据同卷之开先晚辈王枝所作跋语，招弟（小字淑秀）乃许聘与谢九仪之子谢庭薰，而十五岁夭亡，见《李开先全集》第1657页。恐卜键先生所记有误。

② 李开先：《闲居集》之九《云峰王处士墓志铭》，卜键笺校《李开先全集》，文化艺术出版社2004年版，第673页。

③ 李开先：《闲居集》之一《处士王云峰赞》，同上书，第84页。

④ 参见赵景深、张增元《方志著录元明清曲家传略》，中华书局1987年版，第47页。

第六章　蜚声齐鲁——临朐四冯

在嘉靖、万历间的山左诗坛上，青州以其人文荟萃、俊才辈出而成为济南之外的第二个文学中心。清初文坛泰斗王士禛在《古夫于亭杂录》中说："吾乡六郡，青州冠盖最盛，明嘉靖、万历间，官至尚书者八九人。"① 临朐冯氏一门的出现，无疑是最浓重的一笔华彩。

冯氏至"海岱诗社"眉目冯裕始显，其后冯裕四子绍承家学，皆取科第，并擅文名，时称"临朐四冯"，成为冯氏文学的鼎盛时期。冯裕乃嘉靖三年进士，长子惟健中嘉靖七年举人，三子惟敏中嘉靖十六年举人，次子惟重、四子惟讷皆举嘉靖十七年进士。一朝一门，父子五人，十五年间两举人三进士，足为难得，更兼兄弟四人皆擅诗文，故人谓"临朐四冯，称于齐鲁"。

四冯之名、字，当取自《论语》中的三句话：惟健，字汝强，取"天行健，君子以自强不息"之意；惟重，字汝威，取"君子不威则不重"之意；惟敏，字汝行；惟讷，字汝言，取"敏于行而讷于言"之意。

王士禛《渔洋诗话》云："冯氏自闾山先生（裕）起家进士，以诗名海岱间，有四子②：惟健、惟重、惟敏、惟讷，皆有诗名。惟敏兼工词曲；惟讷纂《古诗纪》《风雅广逸》诸书，有功艺苑。"正如公鼐所言："历下树赤帜，骚坛据上游。同是东方士，冯氏四子优。"③

---

① 王士禛撰，梁宗楠编：《带经堂诗话》卷 6《题识类》第 53 条，人民文学出版社 1963 年版，第 158 页。

② 冯裕实有五子，第五子冯惟直字汝敬，卒于嘉靖十九年（1540），年仅二十余，无功名，《光绪临朐县志》卷 15《烈女传》载："冯惟直妻陈氏，益都尚书陈经之女也。惟直卒，生遗腹子，不育。"

③ 公鼐：《问次斋稿》卷 5《读冯侍讲诗》，齐鲁书社 1998 影印本，第 75 页。

第一节　曲中辛弃疾——冯惟敏

　　冯惟敏（1511—1578）① 字汝行，青州府临朐人，因乡有海浮山，故号海浮。嘉靖十六年（1537）举人，谒选直隶涞水知县，谪镇江儒学教谕，迁保定通判，现存作品有诗文集《海浮山堂辑稿》十卷：《海浮山堂诗稿》五卷、《海浮山堂文稿》五卷；《冯海浮集》一卷；《石门集》一卷；散曲集《海浮山堂词稿》四卷、杂剧《梁状元不伏老》《僧尼共犯》，另纂有《保定府志》，与王家士合纂《临朐县志》四卷。一生可以概括为四个阶段：少年南京、贵州的积累，二十五年科场的困顿，十载官场的辛酸，八年归隐的优游。

　　冯惟敏生于其父冯裕直隶晋州知州官舍，五至十七岁，随父南京户部员外郎之任。天资早慧，学问日进。十七岁独随父出守贵州石阡，在黔七年后，父子归里，已是为文宏肆，万言立就，声誉名噪一时。时王慎中任山东督学，王乃"唐宋派"中坚，自负博学，对人少有许可，及见惟敏之作，则称赏有加，自谓不及。嘉靖十六年（1537）中举，次年二兄惟重、四弟惟讷同中进士，而惟敏则屡试不第。至嘉靖四十年的23年间，他居于临朐仁寿乡，除应考外基本不出乡里，于家乡冶源海浮山下筑别业，与李开先、县令王家士及曾为青州兵备副使的王世贞及其弟王士懋、曾任益都县尹的胡宗宪相交往。嘉靖三十一年（1552）与王家士共同修成第一部《临朐县志》。

　　就在冯惟敏居乡后的十五年间，冯家丧事不断：嘉靖十八年二兄惟重卒于庐江任所；明年春，五弟惟直英年暴病而亡；又明年，三妹出嫁，嫁后长病不起；嘉靖二十四年二妹卒于广宁；次年父亡；嘉靖三十一年母故；次年长兄惟健病故。父母双亡，兄弟五人中已有三人辞世，屡遭亲人送丧的打击。

---

　　① 　冯惟敏卒年历来有1580、1590两种说法。1580说主要根据《海浮山堂词稿》中有纪年的散曲到《复儿度辽省墓》《戊寅试笔》为止。前曲后惟敏自注云："余戊戌（1538）东归一展墓，逮今四十年。"乃戊寅年（1578），惟敏六十八岁，再宽延二年，便是1580。台湾中央图书馆编《明人传记资料索引》（中华书局1987年版，第622页）、姜亮夫编《历代人物年里碑传综表》（中华书局1959年版，第453页）则皆云卒于1590年，未知所据。据《冯氏世录》："冯公讳惟敏……卒于万历六年戊寅二月二十日子时，享年六十八岁，孝子子升奉祀。"故其卒年应为1578。

嘉靖四十一年（1562）春谒选为直隶涞水知县。只身赴任，政事之余，常为词曲以遣怀，《正宫·端正好·邑斋初度自述》小序云："余始试邑于涞，重以禄不逮亲为永憾。不携家累，只一童自随。杪秋初度……命笔填词，至三煞，潸然泪下不可止。童窃觇之，后传于山中，只谓思乡然耳。"[1]

天命之年始入仕途，使他深知百姓疾苦，在任时行不扰民，"缮学宫，浚城隍，树以榆柳，行道之人歌咏之"[2]。涞水县去京师近，县中豪右众多，中贵人势力尤炽，占据要职，兼并土地，逋逃租税，惟敏择其最恶者惩之，贫民赞誉而豪右之毁谤四起，任职仅一年半，便解官回临朐闲住。

近一年后，又被任命为镇江府儒学教谕，嘉靖四十四年（1565）冬到任镇江。次年春至南京晋见上司，故地重游，访旧交、结新知，击节赏音，欢聚一堂，成为他人生中一件经久难忘的快事。归后在官邸尊经阁以北筑"仰高亭"，邀友聚会，并与江万山、陈五山等九人结为"江城吟社"，不时于长山徐来亭分韵赋诗，放舟漫歌，其乐无穷，并于嘉靖四十五年自刻了诗文集《山堂辑稿》。在任期间还结识了昆山的梁辰鱼，两位南北著名曲家开始了交往，并与梁辰鱼的姑父俞允文及南京文坛盟主许毂、邢雉山等著名文士相往来。隆庆元年（1567）冯惟敏在镇江任上受聘典试云南，五十七岁而为万里之游，滇闱试录多出其手，一时传诵，不久返回。

隆庆三年（1569）春迁为保定府通判。到任之年，恰逢燕、赵、齐、楚大范围水灾，他亲临灾区，眼见百姓疾苦，而上官照催租税，他位卑言轻，束手无策，针对弊政"陈郡利害十六事"[3]，却不得采纳。此间奉命纂修《保定府志》。隆庆四年，蒐辑为严嵩父子所害的忠臣杨继盛的遗文《杨忠愍集》刊刻行世。同年，上司命其兼署满城县事，坚辞。在保定任上，惟敏郁闷多病，又与庸钝无能的上司不谐，饱受其无端指责之苦，深感情志不畅。隆庆五年（1571），冯惟讷自江西告老归乡，惟敏亦动归隐之意，愿与弟共享晚年，将告而恐不得获准，下半年升任兖州鲁王府审理，次年春未赴任而径归，时年 62 岁。

---

① 冯惟敏：《海浮山堂词稿》卷 1，上海古籍出版社 1981 年版，第 12 页。

② 李维桢：《大泌山房集》卷 65《冯氏家传》，《四库全书存目丛书》，齐鲁书社 1997 年版，集部第 152 册，第 114 页。

③ 姚延福：光绪《临朐县志》卷 14《人物》，民国十六年（1927）再版本。

冯惟敏为官十载，南北三迁，沉沦下僚，百不如意，更为不幸的是，就在归田当年，惟讷竟因病而亡，兄弟五人中惟己独存。他曾沉痛地总结这十年的遭遇："半纸功名，六品王官，百样参差，十分潦倒，一味孤寒。"① 归乡后，他筑亭于海浮山，名曰"即江南"，又在冶泉之东构"凭吟亭"，日与朋辈觞咏其中，自号海浮山人。每当天日清澄，放舟冶水，浩歌自适，见者以为神仙中人。万历二年，朝廷因冯惟敏长期不到任，将其除名，归乡六年后遘疾卒。

冯氏重礼法，惟敏亦然。《咸丰青州府志》云："惟敏虽不显，不与世接，自放山水，类任达旷骧者流。然家居独闲（娴）礼法，每岁首与子侄家宴，为诗歌，道天伦乐事，必加勉勖。卒之日，侍者以朱衣进，摇首曰'不当服此。'时盖有綦丧云。齐鲁间言家法，称冯氏。"②

一　气韵生动的词曲

（一）地位——明代散曲第一大家

冯惟敏擅词曲，与李开先、沈仕③、金銮④、梁辰鱼等戏曲作家相友善，并与康海、王九思一起，被视为明前期北派曲家的代表，甚至较康、王受到更多的赞誉。清初文坛泰斗王士祯曾云："惟敏……词曲为明第一手。"⑤ 任中敏称扬冯惟敏曰："才气之横溢，笔锋之犀利，无往而不淹盖披靡，篇幅虽多，各能自举，不觉其滥，亦非康王一派之所及也。"⑥ 冯惟敏在词曲方面的成就与地位，得到当时众多作家的肯定：

李维桢云："填词尤号当家，西北人往往被之弦索。"⑦

---

① 冯惟敏：《海浮山堂词稿》卷2《阅报除名》，上海古籍出版社1981年版，第79页。

② 参见赵景深、张增元编《方志著录元明清曲家传略》，中华书局1987年版，第456页。

③ 沈仕（1488？—1565？）字懋学，又字子登，号青门山人，浙江仁和（今杭州）人。生于官宦之家，弱冠即有才名，不务举业，喜漫游，足迹遍江淮、齐鲁、燕蓟、闽峤等地，性格疏放，常一掷千金。散曲全写艳情，以"冶艳"著称，号"青门体"，有《唾绒集》。

④ 金銮，嘉靖间著名散曲家，字在衡，号白屿，甘肃陇西人。嘉靖、万历间侨居南京，往来淮扬、两浙间，结交四方豪士。性豪爽，洞晓音律，酒酣聚几高吟长咏，有《萧爽斋乐府》，所作取材广阔，风格多样。

⑤ 王士祯撰，梁宗楠编：《带经堂诗话》卷15《氏籍类》第25条，人民文学出版社1963年版，第394页。

⑥ 任中敏：《散曲概论》卷2"派别第九"，《散曲丛刊》第十四种，中华书局1931年版。

⑦ 李维桢：《大泌山房集》卷65《冯氏家传》，《四库全书存目丛书》，齐鲁书社1997年版，集部第152册，第114页。

钱谦益云："汝行善度近体乐府，盛传于东郡。"①

《康熙益都县志》卷九云："诗文雅丽，尤善为乐府，以俊语度新声，传之远迩，闻者解颐。"②

王世贞《曲藻》云："近时冯通判惟敏，独为杰出，其板眼、务头、撺抢、紧缓，无不曲尽，而才气亦足发之；止用本色过多，北音太繁，为白璧微颣耳。"③

益都人钟羽正云："吾乡作词曲者李开先、谷继宗与海浮，皆著名一时，而论者以冯为胜，观其才情、腔调，卓有独得，所谓别学、别才非可效而及也。承蜩弄丸，即圣人不能与争，况歌词乎？是足以名家矣。"④

明代曲论家王骥德则对冯惟敏多有微辞，《曲律》中屡以"粗豪"论之。《论咏物》在称赞其《咏鞋杯》诸曲"妙绝"的同时，又云："亦未免间以粗豪语，不无遗恨耳。"⑤《杂论下》评说明中叶散曲作家云："近之为词者，北调……山东则李尚宝伯华，冯别驾海浮……李豪而率，冯才气勃勃，时见纰颣。"⑥ 又云："直是粗豪，原非本色。"⑦ 不乏对北派散曲作家的偏见成分。

明中叶散曲，南北分格，而基本以北曲为主流。南北曲之分，主要在音乐与音韵，此外还有内容取材与情调风格的差异。王骥德《曲律·杂论上》云："南、北二调，天若限之，北之沉雄，南之柔婉，可画地而知也。北人工篇章，南人工字句。工篇章，故以气骨胜；工字句，故以色泽胜。"⑧ 南曲绝大多数于花间闺阁中取材，婉丽柔媚，色泽艳丽；而北曲较少涉及闺阁艳情，多抒胸怀意气，此胸怀意气，又多为超沉轶俗、放达不羁之情，故不免豪气充盈。此外，"北曲方言时用，而南曲不得用者，以北语所被者广，大略相通，而南则土音各省、郡不同，入曲则不能通晓故也。"⑨ 故而北曲还有广泛运用方言之便利，易得质朴真率之味。南方

① 钱谦益：《列朝诗集小传》丁集上，上海古籍出版社 1983 年版，第 390 页。

② 参见赵景深、张增元编《方志著录元明清曲家传略》，中华书局 1987 年版，第 455 页。

③ 《中国古典戏曲论著集成》第 4 册，中国戏剧出版社 1959 年版，第 37 页。

④ 康熙《青州府志》卷 15，参见赵景深、张增元编《方志著录元明清曲家传略》，中华书局 1987 年版，第 455 页。

⑤ 《中国古典戏曲论著集成》第 4 册《曲律》卷 3，中国戏剧出版社 1959 年版，第 134 页。

⑥ 同上书，第 162 页。

⑦ 同上书，第 173 页。

⑧ 同上书，第 146 页。

⑨ 同上书，第 148 页。

方音复杂不难通，为达通晓，必用文辞，故而工于字句，形成工丽华美之风。这也就是王骥德以南人角度，看冯惟敏之作未免"粗豪"的缘故。

郑骞先生以为在题材的深度和广度、境界的高下上，北曲要胜过南曲："康、王、冯之作，描写其个人之生活，描写其个人之情性，风格理趣，面目各殊，尤为超出元人，而非同时婉丽一派所能及也。至是而散曲境界始宽，堂庑始大，体制内容，乃臻完备；明人之所以别于元人者，固在此耳。"① 近代以来，曲评家已充分认识到了冯惟敏散曲的价值。吴梅说："明人散曲，既如是之富，而其间享盛名、传丽制者，当以康海、王九思、陈铎、冯惟敏、梁辰鱼、施绍莘为最著。"②

《海浮山堂词稿》四卷，共收小令 178 篇，四百多首，套数 48 篇，总计 500 余首。卷一收套曲 32 首，卷二上为《归田小令》，卷二下为小令，卷三为《击节余音》散套 11 首和杂曲，杂曲全部为赠妓和嘲风弄月之作，卷四收套曲 5 首。其散曲豪放质朴，多愤世嫉俗之作，气韵生动，在明曲中独树一帜。

（二）取材广阔，内容丰富

作为北派曲家，冯惟敏与李开先一样，追步关、马，与当时南派作家多取法乔、张，用委婉清丽的笔调，写闺阁风情或山川景物有着明显不同，他以豪放恣纵的语言，写忧时讥世、叹世乐闲的思想，并将题材扩大到即景抒情、吊古伤今和应酬赠答之外的农村生活、农家苦乐、科举考试等，在勘破世情、隐居乐道的背后，不时显露对官场黑暗、人情险恶的不满。

1. 农家忧乐：心怀济世志，喜看桑麻长

冯惟敏的散曲中，有相当一部分写农村生活与农家甘苦。他以极多的笔墨，来关注天灾人祸中的农民，以民胞物与之怀，与农家一起忧乐嗟叹，一反前人谈禅咏物、吊古伤今的路子，这在散曲作家中极为少见，为元代张养浩以来的第一人，也是冯氏散曲最富特色之处。

如《双调·胡十八·刘麦有感》四首、《双调·折桂令·刘谷有感》二首均作于作者弃官归乡之后的第二年，即万历元年（1573），时山东发生大旱，粮食歉收，农民苦苦挣扎，官府依然催租。作者满怀同情，于是年夏天写下了这两组曲子，记录了当时凄惨的景象。《刘麦有感》二首云：

---

① 郑骞：《冯惟敏及其著述》，《燕京学报》，1940 年第 28 期。
② 吴梅：《中国戏曲概论》卷中，上海古籍出版社 2000 年版，第 173 页。

八十岁老庄家，几曾见今年麦！又无颗粒又无柴。三百日旱灾，二千里放开。偏俺这卧牛城，四十里忒毒害。

穿和吃不索愁，愁的是遭官棒。五月半间便开仓，里正哥过堂，花户每比粮。卖田宅无买的，典儿女陪不上。

《刈谷有感》二首是《刈麦有感》的姊妹篇，其一云：

自归来农圃优游，麦也无收，黍也无收。恰遭逢饥馑之秋，谷也不熟，菜也不熟。占花甲偏憎癸酉，看流行正到奎娄。官又忧愁，民又漂流。谁敢替百姓担当，怎禁他一例诛求！

万历元年岁在癸酉，遭遇饥荒，时冯惟敏63岁，故云"占花甲偏憎癸酉"。"奎""娄"是二十八宿中的两宿，相应于地上的分野恰在鲁地，"看流行正到奎娄"，意说天灾流行到山东一带。曲中展示了麦黍无收、菜谷不熟的荒年景象。而朝廷又不减免捐税，一味诛求，县官无奈，百姓流亡。其二云：

近新来百费俱捐，官也无钱，民也无钱。远乡中一向颠连，村也无烟，市也无烟。贫又逃富又逃前催后趱，田也弃房也弃东走西迁。幸赖明贤，招抚言旋。毒收头先要合封，狠催申又讨加添。

写荒年饥馑，朝廷捐税有增无减，无论贫民富室都无力承担，纷纷流亡他乡，背井离乡，东躲西藏，村市一片萧条。幸有官府招抚流亡，得以回乡，而胥吏却又借机讨红包、敲竹杠，百般勒索。足见民生之艰。

以"苦风""苦雨"之类为题的作品，反映了在水旱频仍的年头，农民挣扎生存的辛酸。《前调·苦风》二首其一写道："难将风雨调，无计回天道，颠乾坤昼夜狂飙。禾亥科折尽泥中倒，黍谷磨残水上漂。哀哀告，千劳万劳，谁承望一年勤苦总无聊！"描写即将收获之时，一场突来的大风将农作物都吹倒刮走的情形，对辛苦一年却成空的农民充满了同情。

《南商调·玉江引·农家苦》和《南正宫·玉芙蓉·喜雨》二首则写农家依赖天时的苦乐。前曲描绘了一幅农村水灾图：

倒了房宅，堪怜生计蹙。冲了田园，难将双手扝。陆地水平铺，

秋禾风乱舞。水旱相仍，农家何日足？墙壁通连，穷年何处补？往常
时不似今番苦，万事由天做。又无糊口粮，那有遮身布？几桩儿不由
人不叫苦！

以农家口吻，倾诉墙倒房圮，田园冲毁，秋风凄紧，无衣无食的凄惨和苦
难。曲中饱含深厚感情，令人泪下。后曲其一云：

初添野水涯，细滴茅檐下。喜芃芃遍地桑麻。消灾不数千斤价，
救苦重生八口家。都开罢，乔花、豆花，眼见得葫芦棚结了个赤
金瓜。

此曲写于《刈麦有感》等作品之后不久，写大旱过后终于风调雨顺，丰
收在望的景象与农家久旱逢甘霖后期待温饱的喜悦心情。曲中充满了愉快
兴奋的感情，与农家息息相通。

冯惟敏还作有《清江引·戊寅试笔》十首，戊寅为万历六年
（1578），时已68岁，"试笔"即新春伊始写下的篇什。其中两首很值得
重视，它与时政息息相关：

雪月风花细裁剪，又喜年成变。三农到处安，五谷殊常贱，愁只
愁折官粮难办钱。

好年成一文钱一片金，又似今番甚。枭粮没去头，变产无人贷，
一条鞭不弱如十段锦。

万历间推行"一条鞭"法，把全国田赋、徭役及各色捐税合为一项，按
田亩摊派，用银两缴税。这两首小令写丰收之年谷贱伤农和改用货币缴纳
税赋带给农民的痛苦。结句指出新法加给农民的负担也不比缴纳实物赋税
有所减轻。其时"一条鞭"法刚实行不久，作者已分明揭示出了这一政
策的弊端。

2. 讽世之作：揭露昏官，针砭世道

冯惟敏以切身的经历和敏锐的眼光关注官场和生活的方方面面，举凡
吏治腐败、科举考试、坑蒙拐骗、勾心斗角、世态人情，都成为他笔下讽
刺的对象。

《北正宫·醉太平·李中麓醉归堂夜话》十八首作于嘉靖四十一年
（1562），他进京谒选，路过章丘，探望了乡居的李开先，在其醉归堂饮

酒夜话，对时事世情颇多感触，归而作曲以记之。其一揭露当时清官难寻，昏官不法，吏道不严明，使良善被害而恶人得逞，百姓无处诉冤的普遍状况，曲云：

> 包龙图任满，于定国迁官，小民何处得伸冤？望金门路远！严刑峻法除良善，甜言美语扶凶犯，死声淘气叫皇天，老天公不管！

十年辗转下僚的为官生活，身临其境的困苦经历，使他对地方官场内幕了如指掌，也在他的笔下栩栩如生。套曲《正宫·端正好·吕纯阳三界一览》中云：

> 有钱的快送来，无钱的且莫慌，寻条出路翻供状。偷与我金银桥上砖一块，水火炉边油两缸，残柴剩炭中烧炕。若无有这般打点，脱与我一件衣裳。（［二煞］）

借森罗殿的贪墨枉法，讽刺世间官府吏治的腐败与胥吏的贪婪。《北中吕·朝天子·感述》则揭示了贪官污吏装腔作势、心口不一的两面性和瞒天过海、恶贯满盈的行径，断言他们迟早要被剪除干净：

> 矫情，撇清，心与口不相应。谁家猫犬怕闻腥？假意儿装干净。掩耳偷铃，踢天弄井，露面贼不自省。丑声，贯盈，迟和早除奸佞。

套曲《般涉调·耍孩儿·财神诉冤》借财神之口，辛辣地嘲讽了现世人们对财富的贪婪和祈求，［九煞］曲云：

> 人人下苦求，个个忒认真，却不道财神供照时和运。时来共喜石崇富，运去偏憎原宪贫。一家儿写一本《钱神论》。谁不待黄金过了北斗，白璧降了西秦。

《北中吕·朝天子·卜》是对算命先生信口编造、随便应付的欺骗行径的揭露：

> 睁着眼莽诌，闭着眼瞎诌，哪一个知休咎？流年月令费钻求，就里多虚谬。四课三传，张八李九，一桩桩不应口。百中经枕头，卦盒

儿在手，花打算胡将就。

《折桂令·下第嘲友人乘独轮车》和《小梁州·饲蚁有感》则涉及科举制度下文人科考的遭际和境遇。前曲以生动的笔触描绘了落第归来的举子失意落魄的形象，从而展现了科举制度带给知识分子的精神伤害和生命折磨。

  [折桂令] 问先生归计如何？也不张旗，也不鸣锣。小小车儿，低低篷子，款款折磨。蜷得个腿偎腮软瘫做一朵，敦得个手揸胸世不得通活。怕待奔波，且谩腾挪，只落得两眼迷离，四鬓婆娑。

友人春试铩羽而归，蜷缩在小小的独轮车上，一路颠簸折磨，不得舒展，早已手脚麻木，更兼颜面无光，前途渺茫，落第的打击使他失魂落魄，若痴若魔，鬓发散乱，精神恍惚。曲词幽默中杂糅着辛酸，充满了对友人的同情。后曲则以蚂蚁比喻应试文人，揭示了科举制度羁縻笼络知识分子的本质和读书人无法选择，只能趋附的悲哀。

  [小梁州] 无千无万聚庭阶，犯险的惹祸招灾。那年江省考遗才，人厮躧，多十最堪哀。纵然吾意无毒害，脚到处众命难捱。撒了把细麸皮，引的他忙成块。喜的是手疾眼快，齐入穴中来。

应考举子多如蚂蚁，熙熙攘攘难免发生事故。"考遗才"指对未能参加统一考试的生员另行补考，也称"录遗"。作者任镇江儒学教谕时，江苏省参加"录遗"的生员就发生了人多拥挤互相踩踏的事件。"撒了把细麸皮，引的他忙成块"准确生动，一针见血，点出了科举制度笼络士人的本质。

  3. 志情之作："入世"与"避世"的矛盾

  明中叶散曲复兴之时，正是成化朝后期阉祸始烈、奸佞当道、士大夫正气受抑之时，因此，恰是一批不得志的士大夫，如康海、王九思、杨挺合、李开先等人，掀起了明代散曲振兴的波澜。散曲文体特有的"避世—玩世"精神与主题范式，恰恰遇合了他们"不遇"的心态，因而其情怀的宣泄发抒，无不带有"避世—玩世"的色彩，冯惟敏作为其中一员，自然也不例外。

  "避世"精神表现为对以"闲居""隐居""恬退""闲适""幽居"

"乐闲"等主题的生活的向往与描写，是"进取"失意之后的一种精神
"退守"，是心灵受抑之后的另一种自由。"玩世"则表现为以一种嘲谑放
达的口吻和态度看待世间生活甚至自己，展现无所拘囿的心灵，带有不无
自欺的精神超脱意味。两者相辅相成，互为表里，渗透于散曲创作的思
想、内容、风格与手法之中。

《北中吕·朝天子·自遣》四首写于归田后不久，曲中对其十年官场
生活进行了反思，语句看似自嘲，实则愤激，对自己辛苦为官、饱尝折磨
的运命充满了激愤和不平。其一云：

> 海翁，命穷，百不会千无用。知书识字总成空，浮世干和閧。笑
> 俺奔波，从他盘弄，你乖猾，俺懵懂。就中，不同，谁认得鸡和凤！

"和閧"，哄骗之意，"浮世干和閧"意为世上的人都是靠欺骗过日子的。
这首曲子说自己被"乖猾"的世人盘弄，正话反说，牢骚满腹，抨击了
是非颠倒、不辨贤愚的官场和世道。

《正宫·塞鸿秋·乞休》两支曲，约写于隆庆五年（1571）下半年，
冯惟敏时任保定通判，被擢为鲁王府审理，他不愿就任，作此曲见志。语
言活泼，情趣淡雅，富有个性。第一首云：

> 论形容合不着公卿相，看丰标也没有搊搜样，量衙门又省了交盘
> 账，告尊官便准了归休状。广开方便门，大展包容量，换春衣直走到
> 东山上。

言自己没有大富大贵之相，不如早日远离宦海，去过自由自在的隐逸生
活。前两句自嘲其实是对沉抑下僚的不满，结句则表达出摆脱官场羁绊后
的愉快。第二首云：

> 坐时节颤巍巍高挑严陵钓，行时节咿呀呀远泛山阴棹，闷时节韵
> 悠悠忽听得苏门啸，闲时节消停停遍采天台药。石坛晒道书，童子看
> 丹灶，那时节冷清清白没个人来到。

以高人雅士的生活情趣，写山林隐居的自得之乐。表面上是玩世作风，粪
土功名，实则展现了避污浊之世的精神世界。在这里，一切令人不快的东
西被弃置于视野之外，个体的精神自足成为一切。

其实，这种所谓的避世玩世，只是与官场现实无法苟合后的解脱之道，佻达通脱的语言，也是内心激愤难平的另一种宣泄，与清静无为、逍遥世外的佛道精神本质不同。冯惟敏写下的大量反映农村生活、农民苦乐的词曲，正是他关怀民生、关注世道的内心情感的反映，可谓心怀济世志，喜看桑麻长，非纯粹避世乐闲之人所能为。

《耍孩儿·十自由》即显露了作者的这种"入世"与"避世"的矛盾心理。此曲共十首，以作者为官的亲身感受，将身在官场的种种不自由和辞官后无拘无束的自由心境作对比，其中二阕云：

> 心呵意悬悬不自安，急煎煎无限愁，愁的是为民为国无昏昼。十分如意难为福，少不应心便是仇，把心肠使碎了干生受。俺如今，何思何虑，无恼无忧。

> 膝呵见官人软似绵，到厅前曲似钩，奴颜婢膝甘卑陋。擘拳曲踞精神长，作小伏低礼数周。俺如今出门两脚还如旧，见了人，平身免礼，大步揪搜。

写为官时日夜操劳，心无宁日，公事办好无人表扬，一旦不称上司之心就祸事临头。见了上司还要卑躬屈膝，恭谦拘谨，礼数周全。两支曲都写出了宦途的艰险忙碌和作者既有"为民为国"之忧，又不甘折腰事权贵、身不由己的矛盾心理。

性情怀抱之外，冯惟敏还有不少庆吊赠答、风月酬唱之作。后者调笑谑浪，其中多有与妓女之间的真情相悦，也不乏粗率庸滥之篇。

（三）风格多样，劲切雄丽

冯惟敏的散曲，代表了北派刚直豪放、质朴沉雄的主导风格，而整体上又以情趣为主导，豪放中有沉着，质朴中有情韵，这也是明代北派散曲区别于元散曲的显著特征。其作品有的豪爽激越、有的萧飒俊逸、有的清丽绵密、有的俳谐俚俗，显示出多样的风格。

1. 慷慨任气、亢爽激越，又不失意蕴

《清江引·八不用》是一组小令的总题，共八首，通过对象征权力和地位的乌纱帽、拖天带、皂朝靴、花藤轿等八种官员服舆的描述，揭露和讽刺明代官场的总体腐败状况。八首总题云：

> 乌纱帽，满京城日日抢，全不在贤愚上。新人换旧人，后浪催前浪，谁是谁非不用讲。

曲中以乌纱帽作为官位权力的代名词，以富有象征性的抢乌纱代指官场的纷纷攘攘、明争暗斗，整个官场已失掉了择贤能而用的基本准则，只能是结党营私、任人唯亲、鬻官买官，吏治的腐败不言而喻。语言简练爽豁，干净利落，其中的意蕴却十分丰厚。

套数《黄钟·醉花阴·听钟有感》作于京中，大概是参加春闱大比之时，序曰："语云：'钟鸣漏尽，夜行不止。'概古今通禁也。然往往有犯而不校者，无乃家给人足、外户不闭之时乎？"而曲中却描绘了一幅森严可怕、犯而必校的情景，言外之意在说明当时社会与太平盛世的不同。

曲中写宵禁的钟声响起，人人心惊胆战，急忙回家：

> ［喜迁莺］响动了人人惊怕，恨不得疾走慌忙奔到家。锁心猿拴意马，快做个抽身罢手，倒免得斗口磨牙。

不论贵贱贫富，家家闭户，防范甚严：

> ［出队子］街坊小户掩了篱笆，酒店茶房上了板搭，便是相府侯门早也栓闭杀。

而更夫、兵马司已经出动巡夜，御街上戒备森严，见有人稍停片刻就缉拿审问：

> ［幺］疏钟才罢，听梆声怕怕他。这壁厢提铃喝号的磣油花，那壁厢扎铺巡风乔坐衙，摆列着把路拦街尖哨儿马。

写更夫摇铃喝号，油腔滑调令人肉麻。"扎铺"即设置哨所，"尖哨儿马"即栅栏，指兵马司在御街上安置哨所，设置栅栏，巡逻盘查。

> ［刮地风］那一个消停半时霎，动不动就当贼拿。猪毛绳丢在膊儿上挂，齐向那冷铺里拖拉。正当门牌楼一架，兽头房规模不大，穷蓼花，丑土巴，絮聒聒有些闲话。他道你发罢擂撞罢钟到处行踏，这的是御街头不是你房廊下。笑你个不知时大傻瓜。

"冷铺"谓监狱，写一人宵禁后因迟回了片刻，就被当作贼捆绑起来带回监狱审问，受了一番责骂。此曲的叙述视角不断转换，起初是第三人称全知视角，作者以局外人的眼光看兵马司抓人；随后转为被抓人的视角，描述他所见到的牢房内外景象；最后又是官吏的教训口吻。使得叙述相当生动，场景如画，人人口吻毕肖。

从整组套曲来看，曲文笔调辛辣幽默，语言既俚俗本色，又活泼风趣。在浓厚的调侃意味中生动展现了当时京城的百姓生活和官与民之间的不和谐。

2. 嬉笑怒骂，皆成绝调

这是"避世—玩世"精神在散曲风格手法上的展现。同时，这种由"玩世"带来的对世俗生活的广泛关注，又使散曲弥漫着浓厚的生活气息。冯惟敏的散曲，大量运用谚语、俗语、口语，生动活泼，贴近世情人心。

套曲《仙吕·点绛唇·改官谢恩》用反语将贬官降职写成调笑事，同时也表现了自己为官除暴安民的志向，《油葫芦》一曲中写道：

> 俺也曾宰制专城压势豪。性儿又乔，一心待锄奸剔蠹惜民膏。谁承望忘身许国非时调，奉公守法成虚套。没天儿惹了一场，平地里闪了一交。淡呵呵冷被时人笑，堪笑这割鸡者用牛刀。

曲折反映出整个吏治窳败、有志不得伸的政治大环境。

套数《北南吕·一枝花·对驴弹琴》是隆庆四年（1570）任保定通判时所作，整套曲运用寓言的形式，尽情描写了对驴弹琴的徒劳与扫兴以及驴子粗蠢恶劣的形态，借题发挥，骂尽世间一切昏庸无能的草包官吏，抒发了怀才不遇的愤慨之情。如〔一枝花〕曲云：

> 知音古来稀，感物非容易。名琴偏爱抚，大耳不曾习。思忆颜回，怎入驴肝肺？难通草肚皮！俺这里勾打吟猱，他那里前跑后踢。

〔梁州〕曲中又写驴子"支蒙着两耳朵长勾一尺""仰天大叫乔声气""秋风灌耳空淘气，不知音不达意"，〔尾〕中则云："看了他粗愚痴蠢村沙势，似不得禾黍秋风听马嘶，怎怪他不解其中无限意。""村沙势"意为粗野、恶劣之状。均为借题发挥，骂尽世间草包之辈。冯惟敏在任保定时，与庸俗无能的上司龃龉不合，饱受其无端指责和搓磨，此曲中的驴子，指的正是其上司。

《北双调·河西六娘子·笑园六咏》是冯惟敏著名的豪放曲，他对世间的勾心斗角、得失成败皆付之以一种冲天的笑声。

> 其一：问道先生笑甚么？笑得我一仰一合，时人不识余心乐。
> 呀，两脚跳梭梭，拍手笑呵呵，风月无边好快活。
> 其二：名利机关没正经，笑得我肚儿里生疼。浮沉胜败何时定？
> 呀，个个哄人精，处处赚人坑，只落得山翁笑了一生。

语气极度夸张，对名利机关全都不屑一顾，这种不合常态的狂笑，正是对世态不满的一种变相的极端表现。

任中敏先生说："冯之意志，亦及怨愤。所异于康（海）、王（九思）者，在怨愤便索性将全部怨愤痛快出以示人，较少做作，而才气之横溢，笔锋之犀利，无往而淹盖披靡。"[①]

3. 婉转蕴藉、情景相生的闺情

冯惟敏的闺情之作，有不少写得含蓄宛转，深情款款，不在同时作手之下。吕天成《曲品》将其置于王九思、康海等"二十五家"之一，并誉为"冯侍御绮笔鲜妍"，正是指此类而言。

如《南仙吕·月儿高·闺情》："月缺重门静，更残午夜永。手托芙蓉面，背立梧桐影。瘦损伶仃，越端相越孤另。抽身转入，转入房栊冷。又一个画影图形，半明不灭灯。灯，花烛杳无凭！一似灵鹊儿虚器，喜蛛儿不志诚。"描绘闺中少妇月夜思夫，夜长不寐，青灯照影，孤苦伶仃。此曲妙在情境相生，遣词传神，传达了思妇的心情。

《北双调·蟾宫曲·四景闺情》四首，分四季写闺情，内容虽不外触景伤情，离愁别恨，但艺术上颇具特色，其一曰：

> 正青春人在天涯，添一度年华，少一度年华。近黄昏数尽寒鸦，
> 开一扇窗纱，掩一扇窗纱。雨丝丝，风蔼蔼，聚一堆落花，散一堆落
> 花。闷无聊，愁无奈，唱一曲琵琶，拨一曲琵琶。业身躯无处安插，
> 叫一句冤家，骂一句冤家。

以反复出现而有变化的叠句，构成每一段落中相反相承的两种意境，形式新鲜，音调悠扬动听。这种被称为"重句体"的体裁，较晚才产生，冯惟敏此作，虽非首创，却有领袖风气之作用，为后来许多曲家所仿效。

---

① 任中敏：《散曲概论》卷2 "派别第九"，《散曲丛刊》第十四种，中华书局1931年版。

吴梅举其［月儿高犯］八支曲中的二首，以为“其词深得南人三昧，顾世皆以北调相推重，亦传之有幸不幸焉”①。

　　　　其一：红粉多薄命，青春半残景。人去瑶台怨，花落胭脂冷。袅娜腰围，强把绣裙整。弓鞋浅印，浅印残红径。三月韶光，背栏杆无限情。情离别几曾经。再相逢扯住衣衫，影儿般不离形。
　　　　其二：玉宇明河浸，琼窗朔风凛。展转蝴蝶梦，寂寞鸳鸯锦。阁泪汪汪，长夜捱孤枕。从来不似，不似今番甚。一片闲愁，生呓查恼碎心。心害得死临侵。欲待要再不思量，急煎煎怎样禁。

此类作品多作于冯惟敏科第失意、隐居冶源的时期。这期间，他多与歌妓往来，赠答酬唱，作品风格多绮艳清丽，似可属之南曲，故为王骥德等人所赏，以为“尤称妙绝”②。

4. 兼有秀丽流美、文采熠熠之作

冯惟敏散曲虽大量运用俗语方言，却无俚俗之病，其中有不少典雅清新、秀丽流美之作，更多地表现出士大夫的“逸气”。

嘉靖四十一年，冯惟敏进京选官，路过济南，得以与著名曲家沈仕结识。嘉靖四十四年春，冯惟敏将赴镇江之任，进京谢恩，在京城又与沈仕相遇，套曲《双调新水令·沈青门（仕）乞画》便作于此时。整组曲子抒发了文人之间的投合交契与诗酒相得的乐趣，充满了士大夫的情趣雅致，如［水仙子］云：

　　　　青门地接凤凰楼，绿水波萦鹦鹉洲，朱英香泛麒麟囿。写生绡纪胜游。一行书铁画银钩，一联诗郊寒岛瘦，一度曲评花判柳，一腔春蕴藉风流。

吴梅以为“清丽整炼，与元人手笔不同”③。又如［二煞］：

　　　　清风到碧梧，斜阳下绿槐，千山列嶂烟横黛。幽窗正与云门对，

---

① 吴梅：《顾曲麈谈》第四章《谈曲》，上海古籍出版社 2000 年版，第 109 页。
② 王骥德：《曲律》卷 3《论咏物》，《中国古典戏曲论著集成》第 4 册，中国戏剧出版社 1959 年版，第 134 页。
③ 吴梅：《中国戏曲概论》卷中，上海古籍出版社 2000 年版，第 173 页。

别业遥连地镜开，寒流一缕拖裙带。想前朝鸦盘宝髻，凤插金钗。

以一连串生动别致的比喻，描绘沈仕所居住的环境，充满浓郁的诗情画意。

总之，较之前代，冯惟敏散曲的题材内容有了极大的拓宽，举凡抒怀言志、写景咏物、世间百态、百姓疾苦、亲情伦理、庆吊赠答、参禅悟道、风月闺情，都出现在他的词曲中，几乎涵盖了诗歌的所有表现范围，反映出冯惟敏思想的复杂性和丰富性。在风格上，其作刚劲质朴，豪爽悲放，又不乏俊逸清新之处，充分发挥了北曲"劲切雄丽"（王世贞《曲藻》）的特色，成为明代北曲的殿军。任讷云："冯惟敏《海浮山堂词稿》四卷，生龙活虎，犹词中之有辛弃疾，有明一代，此为最有生气、最有魄力之作矣。"①

（四）杂剧《不伏老》《僧尼共犯》

冯惟敏写作的杂剧剧本有《不伏老》和《僧尼共犯》两种，均受到时人揄扬。

《不伏老》又名《传胪记》，正名作："王从善自负青春小，刘贤良开樽延旧好。贾希德下第送长亭，梁状元一世不伏老。"《海浮山堂词稿》附刻本作《梁状元不伏老玉殿传胪记》。系一文人历史剧，写北宋文人梁颢皓首穷经，求取功名，却几经黜落，屡试不第，艰苦备尝，困窘兹至，然志不为所屈，终于在 82 岁那年状元及第。剧情本于《宋史》卷二九六："（梁颢）字太素，郓州须坡人……初举进士，不中第。……雍熙二年复举进士……赐甲科，解褐大名府观察推官……四年……召为右拾遗，直史馆，赐绯。……景德元年，权治开封……六月暴病卒，年九十二。"依《宋史》所记，梁颢应试五十年，年73 方中进士。而洪迈《容斋四笔》卷十四对此作过考证，梁颢卒年实为四十二岁，《宋史》所记有误。剧情对宋史记载多有改动，从内容取材看，该剧当作于嘉靖十八年至四十年冯惟敏未第居乡期间，其意无疑以梁颢的经历自寓自勉。

该剧的意义在于通过梁颢的科举经历，反映了冯惟敏在求取功名的过程中对科举制度的深切体会。一是通过对礼部会试过程的描绘，展现了科考对士子的人格侮辱与身体摧残。第一折写士子进场后，"进了门，耳边厢，喝一声：'仔细搜！'则被他捏捏挪挪，搜检那袖儿里排筵；过了响，头直上，喊几阵'上紧写！'则被他击击聒聒，比并得眼儿中灼火"。考

---

① 任中敏：《散曲概论》卷2"派别第九"，《散曲丛刊》第十四种，中华书局 1930 年版。

试时"英雄入彀，虾腰曲脊，紧靠着四扇板儿；卫士传餐，侧耳听声，单等那三通梆子"。吃的是"半生不熟干饭团，这的是太仓多年老米；连泥带土托腮骨，原来是天津道地干鱼"；喝的是"东半碗，西半碗，腥泔水，却有几点儿连毛汤料"。不仅被肆意搜身呵斥，而且饭菜极其粗劣，这种非人待遇使得应考士子们"一个家丧气销魂，不是病，不是痛，可又早皮里抽肉；一个家搜肠刮肚，不知饥，不知渴，只觉得口内生烟"。读书人的尊严荡然无存，连起码的生存条件也不能保证。二是通过描述士子落第后的尴尬和痛苦，揭示了科考给广大士子带来的精神打击和心灵折磨。剧中的梁颢一次次落第，连书童都敢当面对他调笑奚落："只怕你中了进士做官之时，我也老的挣不得钱娶不得家小了也！"冯惟敏无疑借梁颢之口说出了他个人和那个时代士子的无限苦衷。

《不伏老》关目自然合理，语言磊落豪爽，具有较高的艺术造诣。祁彪佳《远山堂剧品·雅品》评《玉殿传胪》（《不伏老》）云："偶阅俗演梁太素曲，神为之昏。得此剧，大为击节。近有《题塔记》，能畅写其坎坷之状，而曲之精工，远不及此。"① 钱谦益说："余所见《梁状元不伏老》杂剧，当在王渼陂（九思）《杜甫游春》之上。"② 吴梅以为"其妙处固不可及"③。青木正儿以为《不伏老》"曲辞语语本色，直迫元人"④。

《僧尼共犯》写龙兴寺和尚明进与碧云庵尼姑惠朗正当青春年少，因情欲的萌动而相爱，在尼庵偷情被街坊发觉，扭送至官府。没想到铃辖官吴守常将二人打了一顿板子，勒令还俗，二人欢欢喜喜结为夫妻。全剧充满滑稽戏谑的色彩，却深刻反映了明中叶社会背景下的人文思潮，即尊重人性、肯定人情、承认人欲。从而突破了宗教的禁欲主义，肯定了人的合理欲求。剧中的吴守常便是这一思想的代言人，他说："杖断还俗，是法当如此；成就两人，是情有可矜。情法两尽，便是俺为官的大阴骘也。"指出还俗既合法又合情，无疑比那些捉奸的街坊更具有进步性。冯惟敏还借助僧尼二人之口，表达了他对人性解放的呼唤："惟愿取普天下庵里寺里，都似俺成双作对是便宜。"

祁彪佳《远山堂剧品·逸品》评《僧尼共犯》云："本俗境而以雅调写之，字句皆独创者，故刻画之极，渐近自然。此与《风情》二剧，并

---

① 《中国古典戏曲论著集成》第6册，中国戏剧出版社1959年版，第153页。

② 钱谦益：《列朝诗集小传》丁集上，上海古籍出版社1983年版，第390页。

③ 吴梅：《顾曲麈谈》第四章《谈曲》，上海古籍出版社年版2000，第109页。

④ 青木正儿：《中国近世戏曲史》，中华书局1954年版，第191页。

可作词人谐谑之资。"①

在艺术上，冯惟敏的杂剧体制灵活，《不伏老》五折，《僧尼共犯》四折，均无楔子。此外，《僧尼共犯》改变了传统杂剧一人主唱到底的模式，根据剧情灵活处理。主角明进由"净"来扮演，突出了喜剧色彩，判官吴守常则由"末"来扮演。在演唱上，第一、四折由"净"主唱，第二、三折由"末"主唱，而在第四折中，又有三支曲系僧尼合唱，以渲染二人的欢快心情。在语言上，二剧活泼老辣，诙谐幽默，本色自然，无论曲词还是宾白，均无雕琢之感，既通俗易懂，又值得回味。可谓明中叶北派杂剧的代表作品。

二　才气纵横的诗文

冯惟敏的诗文，传世者三种：《海浮山堂辑稿》（《海浮山堂诗文稿》）十卷及盛明百家诗本《冯海浮集》一卷、《冯氏五大夫集》（《冯氏家集》）中的《石门集》一卷。

《海浮山堂辑稿》于嘉靖四十五年（1566）刻于润州，其中诗五卷，文五卷，是冯惟敏最早的文集，也是研究冯惟敏诗文最重要的资料。其中所收录的作品，止于冯惟敏在镇江为官时期。《冯海浮集》为明俞宪所编《盛明百家诗》之一种，收诗153首，刊刻时间稍后于《海浮山堂缉稿》，其中作品多同于《海浮山堂缉稿》，较其多收的作品则基本是在镇江时期所做，如《姚伯子徐来亭小集因送吕山人》《别家》《别诸生示姜子业》《乌江三首》《试院喜晴同诸僚长限韵》《贵竹道中》《柬李太守磐石》《吊黄鹤楼》《方定溪侍御迁湖广金宪余由楚来未遇必便道过山中岁暮余方次池口未及访晤聊此寄怀二首》《石头城有怀》等。《石门集》收诗150首，为万历二十四年（1596）康丕扬选、冯惟敏侄孙冯琦校刻本，所收作品与《海浮山堂缉稿》大多相同，多收的作品则包括了冯惟敏仕宦后期所做，如《雄州送弟》等。三个集子中，以《石门集》最为晚出。

《海浮山堂诗稿》中收诗404首，包括五古、七古、五律、七律、五言排律、五绝、六绝、七绝各体。加上《石门集》和《冯海浮集》中多收的48首，共得诗452首，赋2篇（见《石门集》）。《海浮山堂文稿》收文80篇，包括叙、碑志、行状、祭文、杂著，另据郑骞《冯惟敏及其

① 《中国古典戏曲论著集成》第6册，中国戏剧出版社1959年版，第168页。

著述》① 中所著录的 3 篇，即《矿洞议》《重修三义祠碑记》《海浮山堂词稿自序》，冯惟敏现存文章共计 83 篇。此外，《海浮山堂文稿》卷五《杂著》类中的《贺王指挥君辅平盗帐词并引》一文中，还载有一首 [满江红] 词②。

在"四冯"中，惟冯惟敏以词曲兼长，其余三人则皆擅诗。钱谦益说："（汝行）诗虽未工，亦齐鲁间一才人也。"③ 其诗文在取材和风格上与其词曲有共通之处，李维桢云："其文不为刻削，语情事若指掌上。"④《康熙青州府志》卷十五、《康熙益都县志》卷九则皆云其"诗文雅丽"，即叙事本色，不假雕琢，而不乏典雅俊逸。

冯惟敏自少即对科考之路不感兴趣："曩余弱冠不屑举子业，愿受一廛而为翁氓，翁弗许，使游乡校。"⑤ 而对山水田园的闲适生活充满向往："弱冠嗜远游，夙婴山水癖。"⑥ 兼之父亲以出色的政绩却被弹劾解官的结局，使其对周旋于仕途的艰险产生了恐惧："私窃自念，先君以三十年科名，一生苦节，万里功勋，而竟以废罢。某独何人，敢于仕途周旋奔走也。"⑦ 他对官场始终抱持着一份怀疑，从没有过热切的追求。正是这样一种对官场若即若离的心态，使他在科举考试一再失利的情况下，并没有表现出无法排解的愤激，而是始终在"仕"与"隐"的矛盾心态下徘徊。

在《燕州别驾行》中，他似乎不再以功名为念：

> 少小学狂儿，功名富贵何足为！束发攻词赋，此身肯为儒冠误？但知世上有英雄，岂必床头守章句。东海之滨南山垠，耕田凿井歌帝仁。长年愿作无为民，不愿出为唐虞臣。⑧

---

① 《燕京学报》1940 年第 28 期。

② 参见李简《冯惟敏〈山堂缉稿〉说略》，北京大学学报（哲社版）2003 年第 40 卷第 4 期。

③ 钱谦益：《列朝诗集小传》丁集上"冯通判惟敏"条，上海古籍出版社 1983 年版，第 390 页。

④ 李维桢：《大泌山房集》卷 65《冯氏家传》，《四库全书存目丛书》，齐鲁书社 1997 年版，集部第 152 册，第 114 页。

⑤ 冯惟敏：《海浮山堂文稿》卷 3《贺旧令尹褚凤台寿八袭叙》，《续修四库全书》，上海古籍出版社 1997 年版，第 1345 册，第 329 页。

⑥ 冯惟敏：《海浮山堂诗稿》卷 1《七里溪别墅五首》之二，同上书，第 238 页。

⑦ 冯惟敏：《海浮山堂文稿》卷 5《复友人书》，同上书，第 363 页。

⑧ 冯惟敏：《海浮山堂诗稿》卷 2，同上书，第 256 页。

但在遭到酷吏欺凌时，他又慨叹不能出人头地、一申冤抑。《石门集》中的《七歌行》末首最能反映他居乡时的这种心态：

> 山中之人志不伸，瞪然垂钓河水滨；偶逢河上丈人语，问答出处倍酸辛。男儿四十未致身，穷途屈曲怕问津；洞口闲云迟行迹，归来老作无忧民。

在经历了十载仕途的磨难之后，冯惟敏终于彻底厌弃了官场，重回山水的怀抱。《七里溪别墅》五首，即作于弃官归乡后，咏其别业山水胜景，兼写归隐田园的志向胸怀。其四云：

> 从来知远辱，至人贵自全。不羡公与侯，所志受一廛。吾家有旧业，乃在城东偏。一丘藏一壑，宛转依清川。生涯故不常，中道成弃捐。弃捐从此去，一去二十年。非无五亩宅，在邑多纠缠。幸兹协初心，归我汶阳田。

全诗纡徐有致，抒发终于归园田居的喜悦心情，颇肖陶潜风格。其五云：

> 我田无远近，处处缘澄溪。朝发巨洋浒，暮泊野水栖。野航流北陆，香稻来东齐。岂伊贵异谷，美利贻烝黎。名山近村落，待暇恒攀跻。仰瞻霄汉遥，俯眺浮云低。偏偏比翼鸟，乃在太行西。终岁不合并，激昂飞且啼。

则写别业中适意悠闲的田居生活：乘舟泛溪，顺流而下，航船经行，香稻在田，闲暇登山，俯仰自得。

冯氏自惟敏之父冯裕移居青州府治益都后，子孙一直散居于益都、临朐两地。青州城南门附近至今还保留有冯氏宗祠和花园，号曰"偶园"，乃冯惟讷玄孙、康熙大学士冯溥所建，而冯氏别业在临朐城东的冶源，茂林修竹，山水相依，清泉汩汩，有池名铸剑池，今俗称老龙湾。朱彝尊曾至此一游，亟称之云："临朐冶源，山水绝胜，高梧一林，修竹万个，泉流其中……士人谓园是海浮所筑。缲马林间，想见东山丝竹之胜。后游莫再，恒萦于怀。读先生《七里溪别墅》二诗，犹不禁神往。"[①]

---

① 朱彝尊：《静志居诗话》卷13，人民文学出版社1990年版，第375页。

《海浮山堂文稿》中有文五卷，前三卷为赠叙，卷四为祭文、墓铭，卷五为杂著，无甚可取。在其出仕之前于嘉靖三十一年与知县王家士合纂完成的《临朐县志》中，则寄托了他经世致用的理想。他对开矿、税赋、力役等与民生息息相关的问题，都发表了自己的看法。当时，贪官墨吏与地方豪强勾结，设矿兵，争开银矿，为害地方，冯惟敏深为不满，写了《矿洞记》一文，陈说了开矿的利害，其中云："民采之，率弃本业，啸聚山谷，分落树敌，杀伤无算，必捐躯覆族而后已；官采之，则大吏必至，有司奔命，供帐舆马之费，骚动数百里……耗财蠹民，至是极矣！"可见在其隐居乐道的背后，跃动的仍是一颗关注国计民生的心。

第二节　"四冯"的文学观及其诗歌创作

惟健、惟重、惟敏、惟讷兄弟四人皆擅诗文，并称为"临朐四冯"①，在嘉靖朝文坛上，连枝竞爽，同以诗文蜚声齐鲁间。

一　冯惟健、冯惟重、冯惟讷其人

四冯中，惟健长惟重三岁，年龄相近，惟敏小惟重七岁，长惟讷两岁，二人年龄相近。冯氏五兄弟除惟敏外，寿皆不永，惟直二十余卒，惟重三十六卒，惟健五十三卒，惟讷不满花甲，隆庆六年后，惟惟敏独存，古来才气纵横而短寿者众矣，良可嗟叹。

冯惟健（1501—1553）字汝强，改字汝至，号冶泉、陂门山人，嘉靖七年（1528）举人。"才情俊发，超然绝尘"②，早负才名，有文誉，随父冯裕游于南都，"方弱冠，文名崭崭起，声闻士林，南都人士无不知有冯汝强者"③，光绪《临朐县志》也称其"少有文名，随父官南都，与陈凤、卢国贤辈结文社青溪之上，诸人皆早负盛名而推惟健为祭酒"，却七上春官不第，"既龃龉于时，奇思健气，溢为词章……本其志，殆不徒以文人自命，思欲为国家输诚效节，著功业于春秋，退而抒意缀词，成一家

---

① 冯惟重英年早逝，留诗较少，有些论者只称"三冯"。

② 李维桢：《大泌山房集》卷65《冯氏家传》，《四库全书存目丛书》，齐鲁书社1997年版，集部第152册，第113页。

③ 陈凤：《陂门集叙》，载冯惟健《陂门集》，《四库未收书辑刊》，北京出版社2000年版，第21册，第560页。

言，卒未之能待也"①，于嘉靖三十二年抱憾而终，年五十三，有《陕门山人集》八卷②。李开先叹道："可惜大冯君，善书更善文。有才终不售，今又一刘蕡。"③

冯惟重（1504—1539）字汝威，号芹泉，少聪颖好学，"十岁能属文，观书数行俱下，有会于心，辄手录之"④。随父宦游南京时，与兄惟健一起，参加了当地的诗文结社。许榖《海浮山堂缉稿序》云："余弱冠与乡中诸子会文于青溪之上，适冶泉、芹泉二君自临朐来，从其先大夫宦游留曹，于是始识冶泉、芹泉二君。"惟重"刻意为诗，无大历以后语"；书法遒逸，有晋人笔意。归临朐后已颇具才名，"齐鲁间执经为弟子者日众"⑤。嘉靖十三年（1534）中举，四年后成进士，官行人，次年嘉靖帝南巡，惟重奉命告祭湖湘一带，馈遗无所受，行至庐江，疽发于背而卒，年仅三十六，有《大行集》，存诗五十余首。

冯惟讷（1513—1572）字汝言，号少洲，"生有奇质，风神秀彻。既长，开敏沉毅，辨悟绝伦，名起齐鲁间"⑥。与仲兄惟重同年举山东乡荐，嘉靖十七年（1538）又同登进士榜，累迁江西左布政使，所至皆有声绩，隆庆间以病请老，特进光禄寺卿致仕，"仕宦三十年，图书诗卷外无长物"⑦。次年病卒，年六十。有《光禄集》十卷，及《风雅广逸》《楚辞旁注》《选诗约珠》《文献通考纂要》《杜律删注》等，编《古诗纪》（《汉魏六朝诗纪》）156卷，与杜思纂修《嘉靖青州府志》18卷。

关于《汉魏六朝诗纪》，时人及后人均评价较高，钱谦益认为，该书"自上古以迄陈隋，网罗放失，殊有功于艺苑"⑧。《四库全书总目·古诗纪提要》云："其书前集十卷，皆古逸诗；正集一百三十卷，则汉魏以下、陈隋以前之诗；外集四卷，附录仙鬼之诗；别集十二卷，则前人论诗

① 姚延福修：光绪《临朐县志》卷14《人物》，民国十六年（1927）再版本。

② 朱彝尊：《静志居诗话》卷13云有《冶泉集》，人民文学出版社1990年版，第375页。

③ 李开先：《闲居集》之四《六十子诗》之《冯冶泉惟健》，卜键笺校《李开先全集》，文化艺术出版社2004年版，第385页。

④ 陈凤：《陕门集叙》，载冯惟健《陕门集》，《四库未收书辑刊》，北京出版社2000年版，第21册，第560页。

⑤ 同上。

⑥ 余继登：《淡然轩集》卷6《明通奉大夫光禄寺卿少洲冯公墓志铭》，《四库全书》，上海古籍出版社1987年版，集部第1291册，第871页。

⑦ 钱谦益：《列朝诗集小传》丁集上，上海古籍出版社1983年版，第390页。

⑧ 同上。

之语也。时代绵长，采摭繁富，其中真伪错杂，以及牴牾舛漏，所不能无。故冯舒作《诗纪匡谬》一卷以纠其失，然上薄古初，下迄六代，有韵之作，无不兼收。溯诗家之渊源者，不能外是书而别求。固亦采珠之沧海，伐木之邓林也。……至今惟惟讷此编为诗家圭臬。"① 别有《风雅光逸》十卷，则此书之前集。

二　自适性情，不重格调——"四冯"的文学观

从"四冯"所处的文坛背景来看，冯惟健、惟重起步要略早于"后七子"，而冯惟敏、惟讷则几乎与"后七子"同时。他们与"后七子"派的关系，是个颇值得研究的问题。冯惟重去世时，"后七子"尚未登上文坛，所以他与诸子未有交往。冯惟健、惟讷与七子中的谢榛、王世贞多有来往。惟讷与李攀龙还有过赠答，但从他们留下来的诗作看，两人也仅是一般性的应酬。冯惟敏与李攀龙同为山东文坛的才子，历城、临朐两地相隔不过三百里，两人不可能互不闻知，却未发现他们交往的痕迹。其中的原因颇为微妙，不乏李攀龙生性高傲，除其复古派同人及历下友人外，少所许可，然而归根结底大概还在于"道不同不相为谋"的根本分歧。

从"三冯"与王世贞的关系及王世贞的评价上，也可得到证明。王世贞与三冯都有交往，并在嘉靖三十五年（1556）出任青州兵备副使期间，与惟敏、惟讷二人有过多次接触（时惟健已卒），与冯惟敏的情谊还颇为深厚。但王世贞对惟敏、惟讷之诗却颇有微词："冯汝行如幽州马行客，虽见伉俍，殊乏都雅" "冯汝言如晋人评会稽王，有远体而无远神。"② 较之他对七子派成员的大加褒扬，其中党同伐异的意味显见。"三冯"中，冯惟讷与复古派交往最多，尚被评为如此，至于在散曲、杂剧等俗文学领域用力的冯惟敏，在以古雅相标榜、不屑于俗文学的七子派眼里，自然是"殊乏都雅"了。

总体看来，冯氏兄弟的文学观念倾向于自适性情，不以格调法度为念，自然也反对摹拟。冯惟敏在散曲《李中麓归田》序中说："（为文）推移不御，惟世为然。……若夫文字之变，诗又甚焉。三百篇中，变居其二。继又变为骚，为五七言，为律，为今乐府。嗟乎！变极矣。诗由性出，存乎其人；声与政通，系诸其俗。古今递降，如鳞次然。轩古轻今，不烦审辨。然而作者可以适性，闻者可以考俗，感发郁陶，激昂偷靡，其

---

① 《四库全书总目》卷 189，中华书局 2003 年版，第 1716 页。

② 王世贞：《艺苑卮言》卷 5，丁福保辑《历代诗话续编》，中华书局 1983 年版，第 1036 页。

用一也。"指出文学是随时代不断变迁发展的，主张"诗由性出"，反对"轩古轻今"。又说："四言尽于三百，五言极于汉魏，唐律宋词，各臻其工，模拟虽逼，定不及也。"反对模拟，并且强调有感而发，不作无病呻吟："以近调自寓，取足目前意兴而已。"① 冯惟讷在《〈哀逝诗五首〉序》中也说："昔孝武制《嗣姗》之歌，安仁创《荏苒》之什，良以同心中折，齐体先坠，哀思内激，形之咏歌。今观厥词，婉约悲怆，虽世代悠邈，而读之泫然。"② 同样注重"哀思内激""婉约悲怆"的真情之美。显然，"四冯"对"真情"十分重视，与李攀龙等"视古修辞，宁失诸理"的格调至上主张迥然有异。

在嘉靖朝山东文坛上，临朐冯氏重视真情、反对模拟，与李开先为首的章丘作家群一起，形成了与复古派相异的另一种创作倾向。康丕扬《刻四冯先生诗集序》云："济南边廷实氏、李于鳞氏后先以声诗雄海内，于是海上齐鲁之士，靡不彬彬谈大历、开元之业，而独青州冯先生兄弟振镳连驱、埙篪并举。"③

"四冯"中影响最大的当属冯惟讷，他有感于"世之为诗者多根柢于唐，鲜能穷本知变以窥风雅之始"④，出于追溯唐以前诗歌的流变、保存古代作品的目的，他穷十四年之精力编成《古诗纪》，第一次对唐以前的历代诗歌进行了搜集整理。《古诗纪》对当时诗风的纠正自不必言，更重要的是，它对后世的诗文编辑整理产生了深远影响，清张溥的《汉魏六朝百三名家集》，沈德潜《古诗源》以及近人丁福保的《全汉三国晋南北朝诗》，今人逯钦立的《先秦汉魏晋南北朝诗》等，无不被其光泽。

于慎行在《冯光禄诗集叙》中，曾将冯惟讷和李攀龙并提，并揭示了二者的不同：

> 盖嘉隆间齐列大夫修骚雅之业者，于历下有李沧溟先生，于北海有冯少洲先生，李先生所为，力追古始，以调高一代；而冯先生所论，网罗数百千载，以富雄一代。海内操觚之士，无不望李先生之鹄以为驳虞狸首，而亦无不搜猎于冯先生之苑以为陆海蓝田，于是齐以

---

① 冯惟敏：《海浮山堂词稿》卷 1，上海古籍出版社 1981 年版，第 1 页。

② 冯裕等撰，冯琦编：《冯氏五先生集》之《光禄集》，明万历二十四年北海冯氏家刻本。

③ 冯裕等撰，冯琦编《冯氏五先生集》前序，明万历二十四年北海冯氏家刻本。

④ 张四维：《古诗纪原序》，冯惟讷编《古诗纪》，《四库全书》，上海古籍出版社 1987 年版，集部第 1379 册，第 3 页。

> 二先生重于天下。然冯先生所自著歌诗……渊然闲靓，萃然庄莹。浮
> 声切音，按之无邠而有所不欲尽于音；丰葩俊藻，绅之欲出，而有所
> 不欲尽于辞，不乃与李先生异耶？……夫才有所出而趣有所极。李先
> 生致在不能不为，而冯先生致在能之而不为。①

指出冯惟讷诗歌不欲模拟声辞的特点，"不乃与李先生异耶"一句，无疑
意味深长。

其实，山左诗坛的这两种倾向并非水火不容，二者都基于孔孟儒学的
共同传统，即主张宗经明圣、崇尚古雅。冯氏兄弟与七子派有所交往也正
是基于这种共同点，只不过在创作倾向上有所不同。李攀龙等人侧重于学
习古诗的格调法度，在字句间求似，虽主张发抒真情，却陷入了"情"
与"法"的矛盾之中，只能舍情而趋法；而"四冯"在崇尚古雅的观念
下，却更注重抒写自己的真性情，不求似于古人，从而更具有时代感和生
活气息。此外，复古派专力于古文辞，对词曲等当代的俗文学了不为意
（王世贞后期有所改变），而冯惟敏则倾力为之，就这一点来看，相距不
啻天壤。

"四冯"诗歌的创作倾向，很大程度上受到了其父"海岱诗社"成员
冯裕的影响。"海岱诗社"成员"其诗皆清雅可观，无三杨台阁之习，亦
无七子摹拟之弊……盖山间林下自适性情，不复以文坛名誉为事，故不随
风气为转移"②。《续修四库全书总目提要》（稿本）说："迨惟健兄弟踵
起，以海涵岳负之才，竞爽一门，掉鞅坛坫而诗派始大。惟健怀才早逝而
作述率厉，蔚起群从，其功尤不可没。"③肯定了冯裕的门风对其诸子的
影响，也指出了作为长兄的冯惟健在继承家学中的先导作用。

三　"仕"与"隐"的徘徊——"四冯"的诗歌创作

由于人生经历的不同和性格气质的差异，"四冯"的诗歌形成了不同
的风格：冯惟健诗沉郁顿挫；惟重诗清新俊逸；惟敏诗才气纵横；惟讷诗
典雅俊丽。同时，由于生活环境和生活经历的部分相似，他们的诗作又呈
现出一致性：徘徊在"仕"与"隐"的矛盾之中，多写目及身历的山水

---

① 于慎行：《榖城山馆文集》卷10，《四库全书存目丛书》，齐鲁书社1997年版，集部第147
册，第213页。

② 《四库全书总目》卷189《海岱会集提要》，中华书局2003年版，第1715页。

③ 中国科学院图书馆编：《续修四库全书总目提要》（稿本）第四册，齐鲁书社1996年版。

与农事，更多地流露出生活气息。

"四冯"虽为同胞手足，诗歌面貌却不尽相同，对四人诗歌成就的高下，也历来评价不一。

朱观㶇《海岳灵秀集》认为冯惟健诗成就最高："陂门奇思骏发，古选冲逸，近体严整，盖杰作也"①；惟讷次之："其诗俊逸秀丽，纵横绳墨间，时出奇峰，亦骚坛一大匠也"②；惟敏最下："海浮词虽逸而气未雄，律虽协而调少逊"③，却独不言惟重。王兆云《皇明词林人物考》因袭了朱氏的观点。

钱谦益《列朝诗集小传》引述了朱氏的观点，云："兄弟四人，三人皆有集（按：四人皆有集），以才名称于齐鲁间，独惟重无闻焉。而宗伯文敏公琦，则惟重之孙也。鲁王孙观㶇撰《海岳灵秀集》，论三冯之才，则首推汝强云。"④ 且于"四冯"中，惟惟重不予收录，其意亦可见。

另一种观点则认为冯惟讷诗成就最高。明末陈子龙编《皇明诗选》，于"四冯"中独选惟讷诗；清初朱彝尊也对惟讷青睐有加："光禄诗亦华整可观，三冯并称，其贾氏之伟节乎！"⑤ 清人朱琰编《明人诗钞续集》，选录惟讷诗，对其地位再次肯定："三冯皆负才名，鲁王孙朱观㶇撰《海岳灵秀集》首推汝强；陈卧子《明诗选》独收汝言，镂金错彩，汝言诗颇似颜光禄，是三冯之铮铮者，宜卧子独收之也。"⑥ 张廷玉等亦以为惟讷在兄弟中诗名最高："惟重、惟健、惟讷皆有文名，惟讷最著。"⑦

惟重早逝，存诗较少，影响不大，在"四冯"中显得最为单薄，故一向被人忽视，直至清代的王苹和宋弼，始受到较高赞誉，列为冯氏父子之冠。宋弼在《山左明诗钞》中指出，万历时冯氏父子之诗并行于世，而钱谦益、陈子龙独无得见惟重之作，十分奇怪，并说："予观《大行集》，清新俊逸，直逼盛唐，特未深厚尔。钱以陂门为最，朱以季子为

---

① 参见宋弼编《山左明诗钞》卷7，《四库全书存目丛书》，齐鲁书社1997年版，集部第412册，第70页。

② 同上书，卷9，第90页。

③ 同上。

④ 钱谦益：《列朝诗集小传》丁集上"冯举人惟健"条，上海古籍出版社1983年版，第390页。亦见于朱彝尊《静志居诗话》卷12，谓赵执信语，文字基本相同，人民文学出版社1990年版，第375页。

⑤ 朱彝尊：《静志居诗话》卷13，人民文学出版社1990年版，第376页。

⑥ 朱琰：《明人诗钞续集》卷8，清乾隆刻本。

⑦ 《明史》卷216，列传104《冯琦传》，中华书局2000年版，第3805页。

良，持论不同，故当共推仲子。昔历下王秋史（王苹）以《大行》为五集之冠，盖先予论定云。"①

四人中，冯惟敏于诗最不擅长，钱谦益以为："诗虽未工，亦齐鲁间一才人也。"② 观点较为允当。清末时的陈田却首次予以肯定："临朐四冯，朱中立首推汝强诗。王秋史谓汝威诗为四集之冠。朱竹垞谓汝言诗华整可观，其贾氏之伟节乎！余谓终不若汝行之才气纵横也。"③

在创作上，"四冯"诗风面貌各异：惟健诗苍健而低回，情感最为深沉；惟重诗清新疏隽，最得盛唐风致；惟敏诗磊落跌宕而挥洒自如，最见才气；惟讷诗明丽俊逸，平和典雅，最近儒家"怨而不怒"的诗教。"四冯"诗风的不同，除了性格气质的差异外，不同的经历遭遇是更重要的因素。

冯惟健自嘉靖七年中举后屡赴会试不第，一生以建功立业自期却怀才不遇，偃蹇科场，友人陈凤回忆道："甲辰，再上南宫，复下第。予守比部，数过予。夜谈语及时事，辄抵掌自奋，有四方志，若愤世不已用者。"④ 这种遭际沉淀在他的诗文中，便形成一种沉郁顿挫、苍劲而低回的悲慨风格。如：

> 《登观音寺》：天削孤峰峻，医间最上头。穷岩藏古寺，悬石结危楼。雪瀑欠林润，松门六月秋。夜来禅榻卧，天汉掌中流。
>
> 《姑孰道中》：烟起树色暝，水生江岸仄。夜来别故人，风雨最萧瑟。
>
> 《燕齐道中》四首其一：历下逢元旦，莺花独悯然。故人赠椒酒，稚子具蔬筵。剑拂齐关外，车回易水边。楼外有归雁，呖呖向苍烟。⑤

慷慨而不悲凉，失意却不失望，透露出一股郁发感激之气。

---

① 宋弼编：《山左明诗钞》卷7，《四库全书存目丛书》，齐鲁书社1997年版，集部第412册，第72页。

② 钱谦益：《列朝诗集小传》丁集上"冯通判惟敏"条，上海古籍出版社1983年版，第390页。

③ 陈田编：《明诗纪事》戊签卷8，上海古籍出版社1993年版，第1518页。

④ 陈凤：《陂门集叙》，载冯惟健《陂门集》，《四库未收书辑刊》，北京出版社2000年版，第21册，第560页。

⑤ 惟健诗皆见《陂门集》，《四库未收书辑刊》，北京出版社2000年版，第21册。

冯惟重的科举之路比较顺利，其诗或清新秀丽，或刚健挺拔，没有长兄的那种磊落坎壈之气。如五律《湖南杂题》云：

> 楚泽风光好，凌晨独放船。野舍青草合，江馔白鱼鲜。转槛山移影，扬帆水吐烟。明朝还泛泛，搔首愧张骞。①

诗风清新淡远，颇有王维、孟浩然之风致。尤其值得称道的是其七律，刚健清拔而又意气倜傥，充溢着一种英姿勃发的豪情。如《黄鹤楼》：

> 徒倚危栏眺远空，晴川芳草古称雄。六龙尚未临江表，双鹤先教下楚官。霜后蒹葭秋似水，雨余楼阁暮成虹。试看白水多真气，不数兰台有大风。

与长兄相似，冯惟敏自嘉靖十六年中举后，也是科场偃蹇，直到52岁才踏入官场，却最终无奈而归。惟敏才气纵横，其诗中也多牢骚愤激之语，有的也不免过于刻露而少含蓄蕴藉。早年作品，感情激扬，纵横捭阖，倜傥不群。如《上巳日作时落第客京师》作于会试落第后：

> 三月三日东风恶，满城桃李都摇落。乍随飘扬入重云，还自低回委深壑。长安道上东复西，曲江池边路转迷。飞空不解作红雨，著土岂得为香泥。风声如雷尘如墨，行道之人长太息。春光犹有三之一，千树万树无颜色。花开花落会有时，抵死不分狂风吹……②

科场落第的失意在他的笔下汩汩滔滔，一涌而出，情感激越，笔势飞腾，气脉贯通，辞采壮丽，较典型地体现了冯惟敏前期诗作的风貌。中年隐居家乡，寄情山水，诗作中表现出明显的隐逸倾向，感情也趋向内敛平和。但是那些反映政治现实和民生疾苦的诗篇，还是锋芒时露。这种愤激不平，在他的散曲中体现得更为明显。

与诸兄相比，冯惟讷算是仕途、年寿与文誉均得的一个，尽管他的人生也不算太长。他的诗或明丽清新，或含蓄蕴藉，都怨而不怒，颇符合

---

① 惟重诗皆见冯琦编《冯氏五先生集》，明万历二十四年冯氏家刻本。

② 冯惟敏：《海浮山堂诗稿》卷2，《续修四库全书》，上海古籍出版社1987年版，第1345册，第244页。

"温柔敦厚"的诗教传统。如《秋日寄怀家兄》云:

> 燕山木落雁来迟,远客南归未有期。明月双悬江海泪,秋风一寄
> 鹡鸰诗。淹留贾谊才无敌,漂泊冯唐鬓欲丝。最是昭王遗恨处,黄金
> 台上草离离。①

诗乃出任江西时所作,严整工致,又满怀深情,故园亲人久违,白发渐生
双鬓,诉说了漂泊游子的思乡怀人之情。

其边塞诗意气飞扬中又沉稳蕴藉,如《闻警》:

> 八月塞门开,单于射雁回。五原秋草尽,万骑羽书来。秦陇疮痍
> 后,疆场战伐催。黄云迷处所,羌笛暮生哀。

又如《出榆关逢征兵使人作》:

> 闻道云中将,先秋戒铁衣。虎符千里至,龙旗五营归。夜月明雕
> 戟,山风曳画旗。谁怜瀚海外,杂虏驻金微。

宋征舆曰:"此公边塞之作,清切可诵。"② 冯惟讷这种温容冲和的风格,
较多地体现出对传统的继承而缺少自创,所以诗名虽著,成就却不算太
高。故钱谦益说:"评其诗者,以为博洽多记,自出为鲜。"③ 颇为婉转地
道出了冯惟讷诗的这种不足。

"四冯"诗歌虽风格各异,但在题材内容上却有其一致性。

一是"仕"与"隐"的矛盾。

"四冯"的人生都非一帆风顺,建功立业的抱负与无可奈何的现实时
常使他们陷入"仕"与"隐"的徘徊中。冯惟敏既有屡试不第的经历,
又有十年官场的艰辛,这一矛盾在他的诗中体现得最为明显。如《七歌
行》《七里溪别墅》六首、《雁湖钓叟》等。冯惟健一生未踏入仕途,屡
试不第的辛酸使他不再热衷于科考,转而向往隐逸之乐,如《渔矶湾作》

---

① 惟讷诗皆见冯琦编《冯氏五先生集》,明万历二十四年冯氏家刻本。
② 陈子龙等编:《皇明诗选》卷 8,华东师范大学出版社 1991 年版,第 543 页。
③ 钱谦益:《列朝诗集小传》丁集上"冯光禄惟讷"条,上海古籍出版社 1983 年版,第
　390 页。

云："洗耳岂要誉，曳途终远害。逍遥得所终，繁华焉足赖。"冯惟讷的科举之路较为顺利，但也是仕途蹭蹬："浮沉五品，秩凡七任，历十有五年。"[①] 长期沉居下僚的经历使他于《早秋书怀》中道出了"自惭拙计干微禄，何日狂歌返敝庐"的心声。冯惟重由于中进士不久便去世了，不存在出处的矛盾，但在奔波宦途身心疲惫时，也表现出对山水田园的向往。如《湖南高隐卷》："五柳径边陶令宅，百花潭上瀼西庄。年来已订山灵约，莫谩移文到草堂。"

二是摹写山水名胜。

"四冯"都有不少诗歌描绘山水风景，山水田园正是他们厌倦科举仕途后的精神归宿。如冯惟健的《登石门》："穷谷栖悬构，高云溜石渠。濯缨新雨后，开洞夕阳初。童子落佳果，山僧进野蔬。吟诗坐树下，风叶碧疏疏。"诗写家乡临朐石门山的景致，清新质朴，饶有情趣。又如冯惟重的《幽居》："兴来每独往，不必客相从。修竹山窗月，微云野寺钟。检书惟使鹤，投杖恐成龙。总有求羊径，常教翠藓封。"冯惟敏的《阁居早秋》《登虎山寺塔》等，皆属此类。惟敏《登泰山》诗更是气势磅礴，落笔不凡："我来登泰山，不负古今闻。灏气吞山色，宫烟杂海云。洪濛如未辟，时序故难分。秦汉多奇迹，皇虞不勒勋。"冯惟讷的《长青看山》《香山寺次韵》等都写得自然清新，淡雅有致，如《香山寺次韵》："香界盘空磴，松萝一径幽。何须问葱岭，此地即丹丘。槛是诸天隔，泉将德水流。山花杂只树，随意满芳洲。"

三是对田园农事的关注。

山水名胜是厌倦科举和官场的精神寄托，而一旦归隐，就必须面对田园农事。冯惟健的《蝗谣》就表达了对农事的忧虑："蝗高飞兮，无食我苗兮，汝腹可饱。官租安可逃兮，明明者天，亦莫我劳兮。"冯惟敏此类题材的作品在其诗中并不多见，但在其散曲作品中却大量存在。如《刘麦有感》《刘谷有感》《喜雨》《苦雨》《农家乐》《农家苦》等，都表现出与农家休戚相关的感情。惟重中进士后不久便去世；而惟讷也在致仕的次年春天便去世，两人都没有多少农村生活的体验，因而这类题材的作品很少，故在诗作的现实性方面较惟健、惟敏有所不逮。

---

① 冯惟敏：《海浮山堂词稿》卷1《忆弟时在秦州》序，上海古籍出版社1981年版，第5页。

第七章　布衣诗侠——谢榛

谢榛（1499—1579）[①] 字茂秦，号四溟山人，又号脱屣山人，东昌临清人。眇一目，人称"眇君子"，以诗著嘉靖间，为"后七子"之一，并与谢陛（字少连，歙县人）、谢兆申（字保元，号耳伯，建宁人，万历贡生）并称"三谢"。有《四溟山人全集》二十四卷：诗二十卷，《四溟诗话》（《诗家直说》）四卷，及游京师时所著《游燕集》八卷（已佚）。

第一节　交游干谒、布衣终老的一生

谢榛很早就以写作诗歌谋生，"年十六，作乐府商调，少年争歌之。已，折节读书，刻意为歌诗"[②]。《四溟诗话》卷三自述云："余自正德甲戌（九年，1514），年甫十六，学作乐府商调，以写春怨……请正于乡丈苏东皋，东皋曰：'尔童年爱作艳曲，声口似诗，殆非词家本色。初养精华而别役心机，孤此一代风雅何邪！'因教之作诗。澹泊自如，而不坠厥志。迄今五十余年，皤然一叟，惟诗是乐。"亦不知是否进学，因自幼右目失明，无缘科举，而以诗雄于时，最终选择了干谒寄食之路。据《乾隆怀庆府志》卷23 记载，他"初游河内，寓何文定家，后又寓河内刘泾、孟县刘思问家，在怀赋诗百首"[③]。

他虽无功名，在当时却极有声誉。嘉靖十三年（1534），36 岁的谢榛西游彰德，移家安阳，为赵康王朱厚煜所宾礼，至以贾姬相赠。康王有贤

---

① 谢榛生卒年通常认为是 1495—1575，见臧励龢等编《中国人名大辞典》，商务印书馆民国十年（1921）版。此从李庆立先生之说，见李庆立《谢榛生卒年代考辨》，《文学遗产》1996年第 6 期。

② 《明史》卷 287，列传 175《文苑传三》，中华书局 2000 年版，第 4930 页。

③ 参见赵景深、张增元《方志著录元明清曲家传略》，中华书局 1987 年版，第 461 页。

孝名，喜读书，善文瀚，结交四方宾客，嘉靖三十九年（1560）赵康王
殁后，谢榛离开安阳，客游山西，旅居潞安潞王府。《乾隆潞州府志》卷
24 称，潞藩"诸王争延致，藩府王、将军、中尉多工诗繇榛启之也"①。
后"游道日广，秦、晋诸王争延致，大河南北皆称谢先生"②。隆庆元年
（1567），又往游彰德，赵康王曾孙赵穆王朱常清亦尊礼有加。晚年曾自
况："行经百度水，只是一漳河。"③ 暮年"游燕、赵间，至大名，客请赋
寿诗百章，成八十余首，投笔而逝"④，享年 81 岁，卒葬安阳城南。

　　谢榛虽贫贱，但有侠义之风。据汪元范《诸公爵里》记载，他"早
岁以声诗鸣河朔间，赵康王修梁王故事，延为上客，当筵授简，人拟之汉
之邹、枚云。公才负不羁，性耽游览，虽卜居于邺，中乎时游。大人成
名，雅重节侠，海内人士，一与定交，辄以肝胆相向，周人之急，即倾囊
倒箧无所惜"⑤。而最使谢榛大负盛誉的，是他以区区一介布衣，而脱救
"广五子"之一的卢柟于死狱。

　　卢柟字少楩，号浮邱，浚县人，家资殷富，输赀为国学生。少负才
敏，博闻强记，过目不忘，落笔数千言立就。然为人跅驰，好使酒骂座。
谢榛于嘉靖十五年前后曾游京师，与时在北京国子监读书的卢柟相识。后
谢榛游彰德府，卢柟数应乡试不售，愤归浚县，嘉靖十九年（1540）因
事而得罪了县令蒋宗鲁，被构陷入狱，判死刑。《明史》记载了此事本
末，卢柟"尝为具召邑令，日晏不至，柟大怒，彻席灭炬而卧。令至，
柟已大醉，不具宾主礼。会柟役夫被榜，他日夜雨墙倾，役夫压死，令即
捕柟，论死，系狱，破其家。里中儿为狱卒，恨柟，笞之数百，谋以土囊
压杀之，为他卒救解。柟居狱中，益读所携书，作《幽鞫》《放招》二
赋，词旨沉郁"⑥。嘉靖二十六年，谢榛携卢柟之作入京师，见诸贵人，
泣诉其冤状曰："生有一卢柟不能救，乃从千古哀沅而吊湘乎！"诸人读
其赋，无不潸然涕出者。平湖陆光祖迁为浚县令，平反其狱。嘉靖三十一
年秋，卢柟得以出狱。

① 参见赵景深、张增元《方志著录元明清曲家传略》，中华书局 1987 年版，第 461 页。
② 《明史》卷 287 列传 175《文苑传三》，中华书局 2000 年版，第 4930 页。
③ 谢榛：《四溟集》卷 3《漳河有感》，《四库全书》，上海古籍出版社 1987 年版，集部第 1289
　　册，第 658 页。
④ 《明史》卷 287，列传 175《文苑传三》，中华书局 2000 年版，第 4930 页。
⑤ 赵彦复：《梁园风雅》，参见李庆立《谢榛诗集校笺》，江苏古籍出版社 2003 年版，第
　　1377 页。
⑥ 《明史》卷 287 列传 175《文苑传三》，中华书局 2000 年版，第 4931 页。

谢榛鼎力拯救卢楠，完全是一种行侠仗义之举。汪元范《诸公爵里》曰："（卢楠）后得释，公（谢榛）无纤毫德色。"① 其高风亮节如此。义救卢楠一事使谢榛声名鹊起，时人目之为虞卿、鲁仲连，"士大夫争愿识之，河朔少年家传说矣"②。

谢榛入京时，李攀龙、王世贞方结诗社，遂延揽谢榛入社，其理论主张成为诗社的论诗宗旨。在"后七子"中，谢年齿最高，影响颇大，后因与李攀龙意见不合，与诸子时有龃龉，遂被排斥在五子、七子之列。但事实上，谢榛的诗论一直为"后七子"所宗，担当着流派理论纲领的作用。

谢榛的身份，"布衣"一词不足以概括之，确切地说应是"山人"，指弃置科举，不治生业，行迹往来于城市山林之间，多据诗文、书画、技艺谋生的特殊士人群体。明代嘉靖年间，在政治、经济、文化思潮转变的背景下，不少布衣士人标号山人，游迹各地，以诗文书画交结达官显宦、士子商人，寄食篱下。至万历年间，已是山人遍天下。沈德符云："山人之名本重，如李邺侯（唐代人李泌）仅得此称。不意数十年出游无籍之辈，以诗卷遍赘达官，亦谓之山人，始于嘉靖之初年，盛于今上（万历帝）之近岁。"③

谢榛的晚年是在一位红颜的陪伴下度过的，她就是赵康王所赠之贾姬。贾姬事见于潘之恒《亘史》，言之甚详：

> 赵王雅爱茂秦诗，从王客郑若庸得《竹枝词》十章，命所幸琵琶姬贾，扣度而歌之。万历癸酉（元年，1573）冬，茂秦从关中还，过邺，偕若庸见王。王宴之便殿，酒行乐作，王曰："止。"命缬瑟以琵琶佐之，声繁屏后，王复止众妓，独奏琵琶。方一阕，茂秦倾听，未敢发言。王曰："此先生所制《竹枝词》也。谱其声，不识其人可乎？"命诸伎拥贾姬出拜，光华射人，藉地而竟《竹枝》十章。茂秦谢曰："此山人鄙俚之词，安足污王宫玉齿？请更制《竹枝词》，以备房中之乐。"王曰："幸甚。"茂秦老不胜酒，醉卧山亭下，王命

---

① 赵彦复：《梁园风雅》，参见李庆立《谢榛诗集校笺》，江苏古籍出版社 2003 年版，第 1377 页。

② 王世贞：《弇州四部稿》卷64《谢茂秦集序》，《四库全书》，上海古籍出版社 1987 年版，集部第 1280 册，第 124 页。

③ 沈德符：《万历野获编》卷23，《历代史料笔记丛刊》，中华书局 1997 年版，第 585 页。

姬以袿代荐，承之以肱。明日，上新《竹枝》十四阕，姬按而谱之，不失毫发。元夕，便殿奏技，酒阑送客，即盛礼而归贾于邸居，茂秦载以游燕、赵间。逾二年，至大名，客请赋寿诗百章，至八十余，投笔而逝。乙亥（1575）①之冬月也。姬率二子，奉枢停大寺之旁，每夜操琵琶一曲，歌茂秦《竹枝词》，必痛绝而罢。已乃以千金装付二子，令归葬，自破乐器，归老于阛阓间。后三十余年，余访旧宿寺中，寺僧犹能道其遗事。②

赵康王卒于嘉靖三十九年，此处的"赵王"当为赵穆王。《渔矶漫钞》《随园诗话》卷八转载此条，《明史》卷 287 所记略简，皆云乃赵穆王所为，惟朱彝尊《静志居诗话》卷一及《四库全书总目》卷 172 云为赵康王朱厚煜："赵康王至辍侍姬以赠之，如姜夔小红故事。"据李庆立先生考证，《亘史》所记有误，时间非万历元年，而在嘉靖三十三年（1554）至嘉靖三十九年（1560）之间，赠姬者当为赵康王③。这段传奇为谢榛略显凄凉的漂泊一生增添了一抹温暖的色彩。故王世贞题《谢四溟集》云："邺下风流古所稀，梁园词赋有光辉。赵王一去贾姬死，天下何人重布衣。"

第二节　"奈何君子交，中道两弃置"——与李、王之公案

作为"后七子"元老之一，且年辈最长的一位，谢榛与李攀龙的所谓"绝交"和被削名"七子"是他人生中的一件大事，也是后七子内部的一桩著名公案。五百年来一直为文学史家所关注。其始末缘由虽众说纷纭，但历来同情谢榛者为多。别有用心者更是津津乐道，以为后七子党同伐异、欺凌布衣、盛气凌人、不可一世的明证。自明末艾南英、钱谦益对复古派大张挞伐以来，落在李攀龙等人身上的污垢的确太多了，面对纷繁复杂的文字记载，须一一加以辨析，方能拂去历史的尘埃，还事实一个本来面目。

① 据李庆立先生考证，此谢榛卒年有误，当为己卯（1579），见前注。

② 钱谦益：《列朝诗集小传》丁集上，上海古籍出版社 1983 年版，第 423 页。

③ 李庆立：《谢榛行实考二则》，《阜阳师院学报》1995 年第 1 期。

一 "绝交"始末

谢榛年长李攀龙十九岁,长王世贞三十一岁,因救卢柟于嘉靖二十六年(1547)入京,告于刑部,得与李攀龙、王世贞等人相识。至于他最早加入复古阵营的时间,他自己就有两种说法,一是嘉靖二十八年,《四溟诗话》卷三云:"己酉岁(嘉靖二十八年)中秋夜,李正郎子朱延同部李于鳞、王元美及余赏月,因谈诗法。"王世贞亦回忆说,嘉靖二十六年他中进士后,经李先芳介绍加入李攀龙等人的刑部诗社,"已于鳞所善布衣谢茂秦来"①;一是在嘉靖三十一年(1552)春天,《四溟诗话》卷四云:"嘉靖壬子春,予游都下,比部李于鳞、王元美、徐子与、梁公实、考功宗子相诸君延入诗社。"按第二种说法,他入社在六子中(按:此时吴国伦还未入社)最晚。据此推断,在嘉靖三十一年之前,谢榛一直与李、王等人保持着密切的联系,是年始正式加入。还有一种可能,即诗社在嘉靖三十一年春天始有"六子"之名,谢榛将其视为他正式入社的标志。

与李攀龙定交之初,两人论诗相合,十分投契,李攀龙有七古《送谢茂秦》一诗云:"孝宗以来多大雅,布衣往往称作者。"② 对谢榛给予极高评价,称为知己,全诗洋溢着一种"乐莫乐兮新相知"的喜悦和欣快的心态,李雯以为"堂堂而来,气满心畅"③,大概作于刚刚结交之时。陈子龙据此而云:"李、谢意气如此,何以不终?"④

后七子集团形成初期,宗旨未定,谢榛较为成熟的诗论便成为诗派的理论纲领,又因年龄最长,故深得器重,李攀龙有诗云:"谢榛吾党彦,咄嗟名士籍。遂令清庙音,乃在褐衣客。"⑤ 推誉甚高。《初春元美席上赠茂秦得关字》亦作于七子初结社时:"凤城杨柳又堪攀,谢朓西园未拟还。客久高吟生白发,春来归梦满青山。明时抱病风尘下,短褐论交天地间。闻道鹿门妻子在,只今词赋且燕关。"⑥ 全诗化用典故,突出了谢榛布衣高士、王府贵客的身份和交游满天下的名声,称颂得体。

---

① 王世贞:《艺苑卮言》卷7,丁福保辑《历代诗话续编》,中华书局1983年版,第1068页。

② 李攀龙:《沧溟集》卷5,李伯齐校点《李攀龙集》,齐鲁书社1993年版,第103页。

③ 陈子龙等编:《皇明诗选》卷6,华东师范大学出版社1991年版,第364页。

④ 同上。

⑤ 李攀龙:《沧溟集》卷4《二子诗》之二《谢茂秦》,李伯齐校点《李攀龙集》,齐鲁书社1993年版,第87页。

⑥ 同上书,卷7,第178页。

嘉靖三十一年春天，画工绘"六子图"，定"六子"（时吴国伦尚未入社）之名，而谢榛拒和"五子诗"，不久离京赴晋中，明年秋李攀龙亦出任顺德知府，此时，二人已表现出明显的不和迹象。据《戏为绝谢茂秦书》记载，李攀龙赴任顺德后，谢榛就在附近而不觐面，李攀龙派仆役携礼物邀见，谢以李未亲自登门拜访而扔掉礼物，将仆役骂回，云："昔在长安邸中，殊厌贵人，曾尔一守臣也！"不久即游赵王府中。由此推断，谢榛离京的原因也极有可能是因诗社名次问题与李攀龙发生了龃龉。李攀龙于是作怀诸子诗，以示进退，去谢榛而进吴国伦。谢榛亦悔之，请人去说合，表示愿"同好弃恶，复修旧德"。李攀龙余怒未消，不作答复，于是谢榛"恶声滋至"。

当年秋冬之际，李攀龙与诸子会于太行山论诗，谢榛因没有得到足够的重视，便写信给吴国伦攻击李攀龙"称诗（按：指论诗）如此，他何用粪土为"！进行离间①。吴国伦向李攀龙告发，王世贞闻之，站在李攀龙一边，云："今日之事，我为政。……不侫恶其无成德，是用宣之，以惩不一。"② 遂将此事遍告诸子，诸子亦对谢榛痛心疾首，但还未有斥逐之举。

嘉靖三十三年春，谢榛再游京师，路过顺德，拜谒李攀龙，二人因事而起龃龉。谢榛之京后，向权贵散布流言，中伤李攀龙。在京师的王世贞再三驰书告之李攀龙，并大骂谢榛。于是李攀龙作《戏为绝谢茂秦书》，正式宣布了两人的决裂。"元美诸人咸右于鳞，交口排谢榛。削其名于七子、五子之列"③。《明史》《列朝诗集小传》《静志居诗话》以及鲁九皋《诗学源流考》等书，都记载了李攀龙"遗书绝交"之事，但遍检《沧溟集》，除《戏为绝谢茂秦书》外，"绝交书"却无从寻见。或许"绝交书"即《戏为绝谢茂秦书》，也可能是王世贞编订《沧溟集》时刊落了，这从复古运动后期吴国伦写给王世贞的一封信中，可以窥见端由。《甔甀洞稿·报元美》云："于鳞集尚未遍阅，无论诗文，其中书记，更多可删，幸足下裁之，毋使后人谓我二三兄弟复蹈李、何诸君故辙。"很可能是出于担心日后贻人内讧的口实，影响"后七子"的声誉而删去了。

---

① 朱彝尊《静志居诗话》卷13云："迹其隙末，乃因明卿入社，四溟喻以粪土，由是布恶于众。"（人民文学出版社1990年版，第386页）此乃朱彝尊误读，谢榛所指粪土，意在李攀龙，而非吴国伦，但此条被今人广泛引用，未得以纠正。
② 李攀龙：《沧溟集》卷25，李伯齐校点《李攀龙集》，齐鲁书社1993年版，第559—560页。
③ 钱谦益：《列朝诗集小传》丁集上，上海古籍出版社1983年版，第423页。

明代诗文复古运动无论前期还是后期，复古派领袖在文风性格上都有着一个显著的特点——"法西斯式作风"。在"前七子"李梦阳与何景明、徐祯卿的论战和争鸣中，虽然只是诗文见解和文学观念的分歧，李梦阳的不可一世和对何景明的强词夺理、盛气凌人，极尽攻讦之能事，以及论战结束后仍耿耿于怀，不失时机加以讥刺的种种表现，已充分显示了这一点。前七子内部的论战直接导致了复古运动的衰微，后七子内部的纷争与倾轧更是连绵不绝。先后发生过排斥李先芳、摈弃谢榛、指斥吴国伦"境外交"等事件。在谢榛事件上，王世贞多次致信李攀龙，对一位年长二三十岁的穷老布衣，不遗余力地诋诃谩骂，虽是出于愤怒，还是有着很强的仗势欺人的意味。李攀龙的这种作风，从他写给谢榛的两首诗及徐中行的信中亦足可见之：

> 谁惜虞卿老去贫？平原食客一时新。怀中白璧如明月，何处还报按剑人？①
> 老去长裾满泪痕，秋风又曳向何门？可知十载龙阳恨，不道前鱼亦主恩。②

《与徐子与》其四又将谢榛与李先芳并提曰："日茂秦寄诗见怀，及伯承所贻新刻，并多出入，畔我族类。子与固云'文章老自知'，乃两君既种种，可以其文章知之矣。"③《与徐子与》其五在对李先芳表示不满后，又将矛头转向谢榛："殿卿（许邦才）报谢茂秦近状，曳裾沈王门，拥一老伎故赵女，居常千金装自快，是为诗市也。此自小冯君先容，正惟牛头未见四祖时耳。今安得此老伎为元美抓痒痂矣。"④

在谢榛有意求和攀附后，仍冷嘲热讽，极尽中伤谩骂之能事。平心而论，李攀龙的文学才华，实在后七子之首，主盟亦在情理之中，但这种以家长自居和大张挞伐的做法实在有失道德和情谊，与李攀龙严冷孤介的性格不无关系。

---

① 李攀龙：《沧溟集》12《寄茂秦》，李伯齐校点《李攀龙集》，齐鲁书社 1993 年版，第301 页。
② 李攀龙：《沧溟集》卷12《寄谢茂秦》，同上书，第311 页。
③ 李攀龙：《沧溟集》卷30，同上书，第664 页。
④ 同上书，第665 页。

二　原因探析

关于李、谢交恶的原因，可谓众说纷纭。在李、王等看来，完全是由于谢榛布恶而招致；而在谢榛看来，则是因为自己的"直言数兮生衅尤"①，才引来了"七子交口诋诃"②。外界则有争名夺利、身份差异、人品高下、理论分歧等多种说法，下面一一加以列举。

（一）争名夺利说

在诗派形成之初，李攀龙、王世贞之所以延揽身为布衣的谢榛入社并奉之为长，一是借助其极负盛誉的山人之名，二是凭借其理论主张为诗派奠基。正如朱彝尊所言："（后）七子结社之初，李、王得名未盛，称诗选格，多取定于四溟。"③谢榛以诗侠闻名秦晋，而义救卢柟之举更使他声名大噪。初入仕途、尚未扬名的李、王等人，倚重的正是谢榛的这种盛誉。诗派形成初期，李攀龙、王世贞均无明确的诗文理论，多依靠谢榛较为系统的理论主张作为诗派的精神核心。谢榛也一直以元老和长者自居，未能与诸人倾心相交，并与诸子产生不和。由于在诗社中未能取得一尊地位，便进而攻击李攀龙并进行离间，引起众人不满。随着李攀龙声望日隆，势位渐高，越来越不能容忍和听任一介布衣的轻视和攻击："岂其使一眇君子肆于二三兄弟之上，以纵其淫，而离散昵好，弃天地之性？必不然也！"④《明史》也持这种观点："李攀龙、王世贞辈结诗社，榛为长，攀龙次之。及攀龙名大炽，榛与论生平，颇相镌责，攀龙遂贻书绝交。"⑤这段记载与钱谦益《列朝诗集小传》的文字颇为相似："济南李于鳞、吴郡王元美结社燕市，茂秦以布衣执牛耳，诸人作'五子诗'，咸首茂秦，而于鳞次之。已而于鳞名益盛，茂秦与论文，颇相镌责，于鳞遗书绝交……倚恃绂冕，凌压韦布。"⑥但本质却不同，《明史》言诗社中以年龄论，谢榛为长，李攀龙次之；而钱谦益则以地位论，言谢榛本为社长和领袖，李攀龙夺其地位，此乃从个人好恶出发的过分揄扬，并非事实。

---

① 谢榛：《四溟山人全集》卷3《登城歌》，明万历三十二年（1604）赵府冰玉堂刻本。

② 《四库全书总目》卷172《四溟集提要》，中华书局2003年版，第1512页。

③ 朱彝尊：《静志居诗话》卷13，人民文学出版社1990年版，第386页。

④ 李攀龙：《沧溟集》卷25《戏为绝谢茂秦书》，李伯齐校点《李攀龙集》，齐鲁书社1993年版，第560页。

⑤ 《明史》卷287，列传175《文苑传三》，中华书局2000年版，第4931页。

⑥ 钱谦益：《列朝诗集小传》丁集上，上海古籍出版社1983年版，第423页。

（二）身份差异说

后七子中，惟谢榛为布衣，余皆进士，且谢榛长于众人二三十岁，实为两代人，在年轻的进士群体中，显得相当不谐调，故朱彝尊以为："特明时重资格，于章服中，杂以韦布，终以为嫌耳。"①

徐渭则从缙绅与布衣身份地位的高下悬殊角度，为谢榛呼愤不平："昨见帙中大可诧，古人绝交宁不罢？谢榛既与为友朋，何事诗中显相骂？乃知朱毂华裾子，鱼肉布衣无顾忌。即令此辈忤谢榛，谢榛敢骂此辈未？回思世事发指冠，令我不酒亦不寒。"（《廿八日雪》）认为李攀龙诸人借助官员身份，居高临下，仗势欺人。当然，徐渭作为晚明个性解放思潮的先驱，反对复古派的态度极其鲜明激烈，从诗中看，他只是看到了李攀龙《戏为绝谢茂秦书》，对其中的是是非非并未深究，况且徐渭本人亦无缘科第，连续八次都未能中举，对谢榛不免惺惺相惜，因而其观点无疑带有个人的感情色彩和出于情理上的臆测。

（三）谢榛布恶说

结社初期，李攀龙等人对谢榛倾心相待，十分推重，而谢榛则以交结权贵为务，"延颈贵人，倾盖为故，自言多显者交，平生足矣"②，而视诗社诸子为"泛交情"，从而招致诸人不满。《四溟诗话》卷三述及此事，云卢柟冤狱平反后，谢榛感怀而赋诗云"'长存排难意，遂有泛交情'，以示比部李沧溟。沧溟曰：'数年常闻高论，皆古人所未发，余每心服，可谓知己，而亦以为泛交之流也！'指其诗而颔之者再。大司徒张龙岗（舜臣）过南都，谓诸缙绅曰：'四溟子以我辈为泛交，可讶也！'"③并且"四溟在七子中，倔强自喜，目眇好骂，故同社多与之不合"④。嘉靖三十一年春，李、王倡作"五子诗"以志情谊，而谢榛竟加以拒绝，被李攀龙视为"叛去"⑤。此外，李攀龙、王世贞曾多次提到谢榛"二三其德"，行为反复，穷途则来归，志不遂则滋恶声。激怒李攀龙后，又主动重修旧好；论诗不得志，便致书吴国伦，离间诸子；请谒不遂，便飞短流

---

① 朱彝尊：《静志居诗话》卷 13，人民文学出版社 1990 年版，第 387 页。

② 李攀龙：《沧溟集》卷 25《戏为绝谢茂秦书》，李伯齐校点《李攀龙集》，齐鲁书社 1993 年版，第 559 页。

③ 谢榛：《四溟山人全集》卷 23，明万历三十二年（1604）赵府冰玉堂刻本。

④ 胡思敬：《四溟山人诗跋》，载李庆立《谢榛诗集校笺》，江苏古籍出版社 2003 年版，第 1368 页。

⑤ 王世贞：《弇州四部稿》卷 119《答宗子相》，《四库全书》，上海古籍出版社 1987 年版，集部第 1281 册，第 31 页。

长，恶意中伤。另据《玉壶新谭》记载："济南（李攀龙）居官廉甚，谢榛尝以私事来干，冀其枉法，祈请再三，李终不听。谢瞋目奋袂起，以拳击之。于鳞走人，得免。谢怒尤未平，鞅鞅而去。便欲离间五子，王、吴咸不直谢，以榛语来告，于鳞始遗榛书，与绝。"[1] 其行为确实有污，是以激怒众人。

（四）人品高下说

谢榛作为山人，不治生业，生活无着，只能靠交游干谒，不免有低下之态，这在身为朝廷命官的李攀龙诸人看来，不免厌弃鄙薄。明代曾有无名氏散曲《时调·挂枝儿·山人》专讲"山人"的行径云："问山人，并不在山中住，止无过老着脸，写几句歪诗，戴方巾称治民，到处去投刺：京中某老先，今有书到治民处；乡中某老先，他与治民最相知。临别有舍亲一事干求也，只说为公道、没银子。"虽无直接评论，但讥刺之意十分明显。

李攀龙《戏为绝谢茂秦书》云："昔逮尔在赵王邸中，王帷妇人而笑之，尔犹能涉漳河也。"又据钱谦益记载："（赵）王虽好客，客见必蒲伏长跽，称主臣。"[2] 则谢榛客赵府时，低下之态亦可得而知。谢榛未入诗社时，曾居于京城一长公主家，受尽欺凌，继而与李攀龙相交，三日后，"告者曰：'有君子眇而躁，视事左右必得志，然吾惮其为人也。'""延颈贵人，倾盖为故，自言多显者交，平生足矣"[3]。

与李攀龙生嫌隙后，谢榛显然郁愤不平，做出了一些有失厚道的言谈和举动。如《玉壶新谭》记载："谢茂秦素善济南，已而有隙。谢在京师诬李不法事，众默然。魏顺甫（按：魏裳）闻之往质曰，先生为见之耶？谢遽曰，亦闻之人耳。魏正色曰，此乃尽市交态。便拂衣径去。"[4]

还有一些学者认为诗歌主张与创作风尚的分歧才是导致两人决裂的根本原因[5]。

综上所述，李、谢决裂的根源在于谢榛的行为欠妥与李攀龙等人的盛气十足。诗社成员均为科第出身，谢榛以山人身份干谒的人品行径与众人

---

[1] 郑仲夔：《玉壶新谭》清言卷8《仇隙》，江苏人民出版社1983年版，第154页。

[2] 钱谦益：《列朝诗集小传》丁集上，上海古籍出版社1983年版，第494页。

[3] 李攀龙：《沧溟集》卷25《戏为绝谢茂秦书》，李伯齐校点《李攀龙集》，齐鲁书社1993年版，第559页。

[4] 郑仲夔：《玉壶新谭》清言卷8《简傲》，江苏人民出版社1983年版，第150页。

[5] 李庆立：《"后七子"内部分化的一桩著名公案——李、谢之争考论》，《温州师范学院学报（哲社版）》1995年第4期。

格格不入，贻人口实，而倔强自负，与诸子时起冲突，早已引起了众人的不满。又二三其德，作出了一些不够光明磊落的举动，激起众怒，于是以李攀龙首发，王世贞助阵，诸子交口相诋，李攀龙最终贻书示绝。

其实，李攀龙的《戏为绝谢茂秦书》只是为了表示一下愤怒，以示对谢榛行为的回击，并非誓不再相往来，"戏"字足可见之。实际上，诸子与谢榛之间的交往也并未中断。就在贻书当年年末，谢榛即来到顺德谒见了李攀龙，临别还接受了李的馈赠。李攀龙作有《阁夜示茂秦》四首，之一云："相逢殊不恶，久别竟谁欢？贫病他乡老，交游古道难。"之四云："把袂今何夕？高斋雨雪清。诗才君矍铄，酒兴我纵横。同病无交态，相依岂世情。春来征渤海，陈对引王生。"① 表面看来仍是宾主相欢，似乎二人已言归于好。嘉靖三十五年七月，谢榛又携卢柟与王世贞、李攀龙会于大名。此后不久，九月李攀龙升任陕西按察副使时，谢榛曾追送至新乡。并与李、王等人多有书信诗歌往来。故宋弼《山左明诗钞》中云："然考其始末，李固未为显绝。"②

究其原因，当首先归于谢榛为弥合裂痕之诚恳殷勤，不再倔强矜持，时时寄赠存问。此外，"眇君子虽耄，而绳墨犹存"③，谢榛诗歌的成就依然是有目共睹，赢得诸子的肯定。此外，随着年龄的增长，李攀龙、王世贞、吴国伦等人狂躁不再，盛气渐弭，更多地感念旧日交谊，对谢榛的仇视也逐渐化解。李攀龙辞官归乡后，虽仍耿耿于怀，在友人的调解下，终于表示"何肯更念旧恶也"。并在《报茂秦书》中发出了"能坐甘薄俗，过我论诗不？"的邀请④。李攀龙晚年编选《古今诗删》时，其中五律一体收谢榛 27 首，居然多过李梦阳（26 首）。

谢榛去世时，七子已凋零殆尽，王世贞即作《闻谢茂秦客死魏郡寄诗挽之》曰："总为济南抔土在，也堪挥泪布衣游。"徐中行以福建按察使赴京述职而路过，赋诗哀悼，且怜其"诸子生计甚微，乃出囊中装遗之"，可谓对谢榛与诸子的交谊作了一个较圆满的交代。

---

① 李攀龙：《沧溟集》卷 6，李伯齐校点《李攀龙集》，齐鲁书社 1993 年版，第 143 页。

② 宋弼编：《山左明诗钞》卷 17，《四库全书存目丛书》，齐鲁书社 1997 年版，集部第 412 册，第 161 页。

③ 李攀龙：《沧溟集》卷 29《与吴明卿书》其一，李伯齐校点《李攀龙集》，齐鲁书社 1993 年版，第 643 页。

④ 李攀龙：《沧溟集》卷 28，同上书，第 637 页。

第三节　奇笔破万卷——近体诗

谢榛"虽终于布衣，而声价重一代"①。所存 2553 首诗中，以近体见长，能熔铸变化，较少模拟之习。尤精于五律，功力深厚，法度谨严，句响字稳，气逸调高，而怀抱冲和，本色自存。王世贞也承认，谢榛"刻意吟咏，遂成一家。……其排声偶，为一时之最"②"诗宗法少陵，穷体极变，原旨推用，五七言律，得其十九，近体之麟凤哉！布衣风格，从古未有，孟浩然亦当退舍"③。宋征舆以为"空同、大复、昌谷、于鳞外，亦无其伦"④。即使不倚仗"七子"之名，在明代诗坛上，也能卓然自立。故钱谦益曰："茂秦近体，工力深厚，句响而字稳。"⑤ 沈德潜推誉甚高："四溟五言近体，句烹字炼，气逸调高，七子中故推独步。"⑥

一　句响字稳、气逸调高

谢榛主张近体诗以初、盛唐为法，尤其重视对字法、句法的锤炼，赵康王以为"得少陵体裁、太白格调"⑦。在诗歌音节句式的安排上，谢榛确有过人之处，运用格调法度异常熟练，故汪元范《诸公爵里》云："若其揽景摹事，绝去凡近，一步一趋，深合轨度，非老于斫轮者不能。"⑧

谢榛五、七言近体，总体上呈现出情真笔老、精严整炼的面貌，在具体风格上，则变化多姿，既有豪壮苍劲、爽朗激昂之作，也有精深雄丽、意蕴深涵之篇，更有气韵沉静、澹雅隽逸之什。

豪宕爽朗者如《塞下曲》五首之二：

---

① 《四库全书总目》卷 172《四溟集提要》，中华书局 2003 年版，第 1511 页。
② 王世贞：《艺苑卮言》卷 7，丁福保辑《历代诗话续编》，中华书局 1983 年版，第 1062 页。
③ 王世贞：《明诗评》卷 1，《丛书集成初编》，中华书局 1985 年版，第 19 页。
④ 陈子龙等编：《皇明诗选》卷 9《五言律诗三》，华东师范大学出版社 1991 年版，第 570 页。
⑤ 钱谦益：《列朝诗集小传》丁集上，上海古籍出版社 1983 年版，第 423 页。
⑥ 沈德潜等编：《明诗别裁集》卷 8，上海古籍出版社 1979 年版，第 215 页。
⑦ 朱厚煜：《四溟旅人诗序》，载李庆立《谢榛诗集校笺》，江苏古籍出版社 2003 年版，第 1351 页。
⑧ 赵彦复：《梁园风雅》，参见李庆立《谢榛诗集校笺》，江苏古籍出版社 2003 年版，第 1377 页。

> 旌旗荡野塞云开，金鼓连天朔雁回。落日半天齐追虏，弯弓直过李陵台。

写塞上荒寒、朔风劲吹之象与健儿驰马、奋勇杀敌之态，笔力遒健，雄放恣肆，结末戛然而止，悬念无穷。故蒋士铨以为"弇州雄阔，济南矜贵"而"茂秦斗拔"①。又如《榆河晓发》：

> 朝晖开众山，遥见居庸关。云出三边外，风生万马间。征尘何日静，古戍几人闲？忽忆弃襦者，空惭旅鬓斑。

诗写拂晓从榆河出发时的所见。榆河在今北京市北，一名温榆河，俗名富河，自居庸关南流。首句的"开"字，活现出群山于日出时从黑暗中渐渐显露的情景。颔联更是众口传诵的名句，写居庸关的壮丽险峻，将塞外风云、万马腾风的典型风光浓缩于十字之中，字句飞腾骄骜，跃跃纸上。后半首由边关不靖想到汉代的英雄终军，终军十八岁选为博士弟子，徒步入关就学，关吏以出入凭据缯予之，终军云："大丈夫西游，终不复转还。"弃缯而去。后果持节出关，奉命使粤。由终军之事业又想到自身之遭遇，感极而悲，自惭奔波路途，一事无成，而双鬓已斑。该诗写关山行旅，情系古今，气势高逸，志深笔长，手法上则情自境生，层层深入，转折自如，得杜甫诗之神采，在锤炼字句上尤见功力，显现出谢榛诗歌的一贯特色。

精深雄丽、意蕴深涵者如《渡黄河》：

> 路出大梁城，关河开晓晴。日翻龙窟动，风扫雁沙平。倚剑嗟身世，张帆快旅情。茫茫不知处，空外棹歌声。

诗写经过开封而渡黄河的情景。旭日初升，照耀着关山河流。河上风大浪涌，抚平了岸边的沙滩，像要把龙宫摇撼。船上的诗人嗟叹着漂泊不定的身世，心情又在张帆疾行的轻快中暂得舒展。此时，忽然在茫茫无际的水天一色中，仿佛从空中传来了船歌之声。此诗即景抒情，景象阔大，情怀旷驰，意境浑然深远；诗风规模杜甫，格律森严，句法井然，抑扬顿挫，风力健劲。颔联锤炼工整，"翻"字状出阳光下河流汹涌澎湃的磅礴气

---

① 沈德潜等编：《明诗别裁集》前蒋士铨序，上海古籍出版社 1979 年版，第 4 页。

势，"扫"字则写出了风的强劲，二字又分别与句末的"动""平"相呼
应。尾联宕开，以一片空灵虚幻的景色寄意寓情，不言而言，留下深广的
情感空间。

又如《送刘将军赴南都》：

> 江风吹棹送人寒，一剑横秋只自看。应过淮阴吊韩信，月明曾照
> 汉家坛。

明代咏韩信之诗多见，一则南北两京交通，运河水路必经淮阴；二则明开
国功臣遭际多与汉初同。此诗送别兼怀古，将自古功臣境遇冷语道出，颇
有识见，又含蓄切合情事，写来不着痕迹。

再如为沈德潜所激赏的《送谢武选少安犒师固原因还蜀会兄葬》：

> 天书早下催星轺，二月关河冻欲销。白首应怜班定远，黄金先赐
> 霍嫖姚。秦云晓渡三川水，蜀道春通万里桥。一对郫筒肠欲断，鹡鸰
> 原上草萧萧。

上半首言谢少安严寒出关，语义奇伟；下半首则言其还蜀葬兄，意境凄
婉。二事本不相关，而气韵浑然一体，"将题意逐层安放，一气转折，有
神无迹，与高青邱《送沈左司》诗，三百年中不易多见者"[1]。

《元夕道院同公实子与于鳞元美子相五君得家字》则为气韵沉静、澹
雅隽逸者之佳作：

> 长空月正满，游骑监京华。夜火分千树，春星落万家。乘闲来紫
> 府，垂老问丹砂。笙鹤归何处？依稀见彩霞。

诗乃谢榛与李攀龙等"五子"于元夕之夜在道院分韵赋诗而作，可分为
前后两部分。上半首突出了"元夕"的时令特色，写圆月高挂昊天，北
京城中车水马龙，道路挤得水泄不通，夜晚火树银花，万家灯烛如春夜的
繁星密布。高度概括了元夕景物，设色浓丽繁复，描摹精切，凸显了京城
的繁华。沈德潜云："'春星'五字，亦警亦秀，自能高压满座。"[2] 下半

---

① 沈德潜等编：《明诗别裁集》卷8，上海古籍出版社1979年版，第220页。
② 同上书，第217页。

首则回到"道院"的环境，紫府丹砂，笙鹤烟霞，由极热闹处忽转入清幽静寂，也显现了六人之情趣与俗不同。一动一静，对比鲜明，情趣迥然有别，又浑然一体。使全诗既切合了元夕的时景，又气韵沉静，感情深沉，故陈子龙评曰："神情间胜。"①

又如《野兴》：

> 白白霜凝地，飞飞雁渡河。孤峰依汉迥，老树得秋多。月晓山精伏，时清野父歌。短筇随我意，一径入烟萝。

写深秋清晨，野外散步之所见。前四句描述眼前之景——白霜凝地，飞雁南归，孤峰独立，老树萧索。后半首则出现了人的活动，以山精的引退、野老的歌声来衬托环境之寂寥，结句写自己拄杖向林中而去，渐行渐远，意蕴无穷，使人有尘外之想。

二 反映战乱、议论时政

谢榛一生四海云游，浪迹天涯，足迹遍及秦晋、京津、冀豫、齐鲁的大部分地区。在长期的奔波中，广泛接触到社会底层的现实生活，目睹了不少战乱的景况。嘉靖二十九年"庚戌之变"时，他正在北京，亲眼目睹了蒙古军队在京郊烧杀掳掠的情形。而其长期栖迟的西北晋、代等地，恰是蒙古与明朝争战的边塞，蒙古军队经常犯境入侵，因此，谢榛留下了不少反映边关战乱及百姓遭难乱离的诗篇。如《四溟山人全集》卷二的《哀哉行》《王主簿乐三归自昌平志感》《元夕同李员外于鳞登西北城楼望郭外人家时经兵后慨然有赋》《少女词》；卷三《有感》；卷四《塞上老卒》《赋得边马有归心》；卷五《北望五首》《野望》《虏夏寇岢岚》；卷七《秋日即事》五首；卷九《读杨中丞石州陷后之作感而赋此二首》等。

《哀哉行》题下注云："时庚戌八月十六日敌犯京师。"反映嘉靖二十九年蒙古鞑靼部掳掠京师之事。诗分四章，以重章叠沓的形式，分别以老丈、儿童、少妇、少女的凄惨遭遇为内容，反复咏叹：

> 燕京老人鬓若丝，生长富贵无人欺。少年慷慨结豪侠，弯弓气压幽并儿。自嗟迩来筋力衰，动须僮仆相扶持。忽惊杂骑到门巷，黄金如山难解危。余息独存剑锋下，子孙散尽生何为。厩马北驱嘶故主，

---

① 陈子龙等编：《皇明诗选》卷9，华东师范大学出版社1991年版，第575页。

劲风吹断枯桑枝。哀哉行！天何知！

　　燕京小儿眉目青，出门嬉戏娘叮咛。一麾容颜问所欲，恨不上摘月与星。岂意今秋值丧乱，兄妹散失身伶俜。北去伤心涕泪零，风沙满面栖荒坰。长成被发能跃马，阴山射猎无时停。回首宁不念乡国，长城日落天冥冥。哀哉行！谁堪听！

　　燕京少妇殊可怜，自嫁北里无婵娟。临镜装成数顾影，日换罗绮何新鲜。正尔相欢鼓琴瑟，愿如并蒂池中莲。中秋月好宁长圆，烽烟散落高梁川。铦锋逼人动寒色，不忍阿夫死眼前。一去龙沙断归路，吁嗟此身犹独全。哀哉行！天胡然！

　　燕京女儿何盈盈，隔花娇语如春莺。邻姬盛装失光彩，颜色信是倾人城。许嫁城中羽林将，千金奁具犹言轻。门前一朝塞马鸣，晓眠未足心魂惊。颠倒衣裳科鬓发，驱之北去悲吞声。独恨跣足走荆棘，不与爷娘同死生。哀哉行！难为情！

　　老丈家资殷富，安享尊荣，却转眼间骨肉离散，孤苦一人；小儿得娘呵护，疼爱备至，却被掠去北方，远离亲人故乡；少妇新婚燕尔，美满幸福，却突然间丈夫被杀，自身被掳，苟活异域他乡；少女娇艳美丽，待嫁闺中，也被驱驰而北，爷娘暌违。四者的遭遇无疑具有代表性，美满安宁的生活被塞外胡尘打破，战乱带来的是亲人离散，被掳他乡，读来令人心酸。

　　《王主簿乐三归自昌平志感》则直接叙述了胡兵的残暴和战后的凄惨，诗中云：

　　嗟哉宁阳簿，东北惊鼙鼓。一身乱后回，眼见苍生苦。伏尸满地下乌鸢，谁复盖棺归黄土。高秋鸡犬静千家，落日桑榆空万户。万户荒凉谁复存，昌平道上易销魂。……烟尘歘起天改色，敌骑杂沓当人门。杀气遥连碣石馆，愁云更失燕丹村。村墟四顾豺虎乱，龙荒戍卒各星散。

　　胡骑突至，尘土飞扬，胡兵如狼似虎，杀人如麻。乱后野风萧飒，伏尸遍野，鬼火明灭，人烟断绝，千家万户妻离子散，一派荒凉凄惨的景象，深切展现了侵略带给百姓的荼毒。

　　再如《有感》："薄伐元中策，论兵自古难。汉唐频拓地，将帅几登坛。绝漠兼天尽，交河荡日寒。不知大宛马，曾复到长安？"议论汉胡交兵，呼唤边境和平，企盼各民族和平共处，友好往来。

谢榛虽未到过南方，但他关心国事，对东南沿海的倭患也十分关注，作有《邹子序过邺因谈吴门之乱偶赠》《维扬兵后寄张金宪士直》《哀江南八首》《吴人郑速季入邺省兄中伯因谈倭寇之乱久而归赋此以赠三首》等，他还针对朝政发表了不少看法，表现了深切的忧国忧民意识，对于一位山人来说，的确难能可贵。如《夜话李孺长书屋因怀其尊君左纳言》："忘年尔我重交情，论事相同见老成。月到广除寒有色，鸦归疏柳夜无声。三农最苦江南税，百战方休海上兵。岁暮银台应感叹，几人封事为苍生？"写与友人彻夜长谈，说及税赋和倭患给江南人民带来的痛苦，慨叹朝中官员无人为百姓代言。沈德潜云："时江南增税，海寇方息，山人感事及之，非泛作忧时语。"①

《有客谈沈参军事感而赋此》对沈炼因得罪严嵩被害一事义愤填膺，怒不可遏，诗云："宝剑作龙吼，我心胡不平。独存燕赵气，长啸古今情。道丧由天地，才高系死生。行藏云共灭，凄惨月孤明。"② 一改往日舒缓工稳的诗风，对沈炼的遭遇号呼不平，词气激愤，义形于色，又一次展露出诗侠之英风。

三　身世飘零、真切感人

谢榛数年游于秦晋，西北风光，常萦现笔端，而老大飘零，生计无着，时陷困窘，饱览世态炎凉，使其诗中亦复时露凄苦，往往真切感人。如《苦雨后感怀》：

> 苦雨万家愁，宁言客滞留。蛙鸣池水夕，蝶恋菜花秋。天地惟孤馆，寒暄一敝裘。须臾古今事，何必叹蜉蝣？

谢榛对雨，有一种特别的感受，写雨亦多佳句，如"半窗低晓月，几处苦秋阴"（《雨后早起》）；"夜凉槐雨滴，月暗草虫吟"（《秋雨宿权店驿有感》）；"西山改气色，北斗失阑干"（《积雨感怀》）等。此诗却始终贯穿着风雨栖迟、千里为客、身世飘零之感，尤其是颈联"天地"句，对孤苦寒塞的境遇颇多无奈。结句则转入人生无常之叹，不失达观。

又如《过清源故居有感》："旧业成暌远，亲朋久失群。百年生长地，

---

① 沈德潜等编：《明诗别裁集》卷8，上海古籍出版社1979年版，第219页。

② 谢榛：《四溟山人全集》卷13，明万历三十二年（1604）赵府冰玉堂刻本。

一片往来云。独立空流水，长吟但落曛。结茅何日定，西陇事耕耘。"题下有注云："予故居今属王氏南村。"但谢榛之弟谢松，仍依王氏而居。回到自己曾长期居住的地方，却变成了一个陌生人。全诗用语平淡，而蕴含的感情十分复杂。既有对故居旧业的眷恋，又有物是人非、家园易主的悲慨，还有漂泊为客、远离亲朋的自伤，因而面对流水落日，频添怅惘，最后流露出希冀叶落归根又无法实现的无奈。

《秋日怀弟》思念久别的兄弟，写手足之情，一往而深：

> 生涯怜汝自樵苏，时序惊心尚道途。别后几年儿女大，望中千里弟兄孤。秋天落木愁多少，夜雨残灯梦有无？遥想故园挥涕泪，况闻寒雁下江湖。

谢榛诗中好用"灯"字，饱含着孤苦凄寒的意味，如"关河秋后雁，风雨夜深灯"（《暮秋即事》）；"暝烟官树合，寒雨驿灯孤"（《宿淇门驿感怀》）；"孤灯千里客，夜半两年情"（《和王侍御沁阳再逢除夕》）等，此首亦如此。诗开头由弟之打柴割草、辛勤劳作，而及己之飘零异乡。颔联写兄弟二人分别之久、相隔之遥。颈联以深秋凄清之景，衬托自己悲凉的心境。结句再次关涉思念故园亲人，感慨身在江湖。叶矫然《龙性堂诗话续集》云："谢茂秦诗多矜重而出，独有《秋日怀弟》一律，情真笔老，若不经意为工。……此诗人多不录，知音者少耳。"

沈德潜虽认为谢榛"古体局守规格，有宗法而无生气，弗取也"[1]，但谢榛乐府诗颇有佳作，同样以情真见长。

《捣衣曲》云："秦关昨寄一书归，百战犹随刘武威。见说平安收涕泪，梧桐树下捣寒衣。"《捣衣曲》为乐府曲名，捣衣者，捣生绢为熟帛，裁衣以寄远，故多戍人思妇之词。古时秦地甘陕一带多关，如函谷关、玉门关等，故称"秦关"，刘武威指汉代武威太守刘子南，封冠军将军。传说他得了仙人的萤火丸，在战争中能隐形避兵，不受伤害，故多打胜仗。这首诗刻画了捣衣妇的内心世界，丈夫出生入死，身经百战，妻子在家思念不已，又时刻担心丈夫的生死。收到丈夫的来信，随即泣下，泪中有相思之苦，更有深深的担忧，怕得到的是凶信。待得知丈夫平安后，转悲为喜，又忙着操劳家务，为丈夫缝制冬衣了。忧而转喜，喜中有忧，对士兵妻子心理的揭示可谓委婉曲折，细致入微，有独到之处。沈德潜云："'可怜无定河

---

① 沈德潜等编：《明诗别裁集》卷8，上海古籍出版社1979年版，第215页。

边骨，犹是春闺梦里人'，几于哀感顽艳矣。此诗可以嗣音。"①

《远别曲》云："阿郎几载客三秦，好忆侬家汉水滨。门外两株乌桕树，叮咛说向寄书人。"以南方汉江边女子的口吻，写对远客西北的情人的思念，对所居环境向传信人反复嘱托，惟恐情人归寻不见，捎信人传达不确，尤见女子的一片痴心。"写情极真，方之'茨姑叶烂'一篇，可云新声古意"②。

总体看来，谢榛各体诗佳作斐然，但作为山人，其诗歌创作的本质不过是干谒谋生、交游应酬的文字工具，因此其诗集中十之八九是投赠之作，有不少诗格卑下，如《上安庆王诞第四县主天仙歌》《岁杪行上德平镇安庆三王》等，后者更近于向三王乞讨。故与谢榛同时的布衣鹅池生宋登春"之京师，布衣谢榛，诗藉甚公卿间，生得而唾之曰：'此以声律佣丐者也，何诗之为？'"③

此外，谢榛之诗，过多依靠技法的精熟，他本身亦津津乐道于所谓"剥皮法""野蔬借味法""偷狐白裘法""缩银法"，甚至为应付而使用的"了诗债之法""煮米无粥法"等，把诗歌创作等同于文字技巧，从而缺乏鲜明个性和内在的风骨气韵。其实这也是谢榛在诸体之中，独擅五言近体的原因，要之，四言、骚体、古乐府，最易见出模拟蹊径；五古要求气混意雄；七言歌行须才气奔放；七言律则须博大深沉，惟五言律以工稳见长，正合谢榛之才。如朱彝尊所见："四溟论诗云：'平顺却难险巇易。'斤斤局守格律，尺寸不逾，有隽句而乏远神，有雄句而无生气。……四溟馨折虽工，特公孙子阳之修饰边幅，仅堪作清水令耳。"④

诸家在充分肯定其近体诗的成就之外，也指出了这种弊端：

王世贞以为谢榛学杜，只"得杜貌"⑤，"第兴寄小薄，变化差少"⑥。

朱观㷀《海岳灵秀集》云："语法盛唐而气格不逮。"⑦

---

① 沈德潜等编：《明诗别裁集》卷8，上海古籍出版社1979年版，第221页。

② 同上书，第222页。

③ 徐学谟：《鹅池生传》，参见钱谦益《列朝诗集小传》丁集中"宋登春"条，上海古籍出版社1983年版，第514页。

④ 朱彝尊：《静志居诗话》卷13，人民文学出版社1990年版，第387页。

⑤ 王世贞：《艺苑卮言》卷6，丁福保辑《历代诗话续编》，中华书局1983年版，第1050页。

⑥ 王世贞：《艺苑卮言》卷7，丁福保辑《历代诗话续编》，中华书局1983年版，第1062页。

⑦ 宋弼编：《山左明诗钞》卷17，《四库全书存目丛书》，齐鲁书社1997年版，集部第412册，第161页。

胡应麟曰："茂秦虽流畅，然自是中唐，与诸公大不同。"①

钱谦益云："茂秦诗有两种：其声律圆稳持择矜慎者，弘、正之遗响也；其应酬牵率排比支缀者，嘉、隆之前茅也。"②

宋征舆曰："茂秦五言律，似胜诸名家。然句法篇法未免束缚，神情不能出四十字外。此其所以不及也。"③

此外，谢榛晚年，诗格退化。早年壮游秦晋河朔时，英名侠概，驰誉大江南北，诸藩王争相延至，待为上宾，这时的谢榛志得意满，论交天下，其诗歌也呈现出劲健昂扬、俊逸爽朗的格调。但随着赵康王的去世，生活变得日益窘迫，其诗歌也不时展露出凄怆、婉细的风貌，如卷三之《登城歌》、卷二十之《暮鸦有感》及《适晋稿》卷二之《风筝》等，从而带有了某种中唐甚至宋人诗歌的意味。④

第四节　《四溟诗话》

明代前后七子的诗话之作，颇具影响者有三：徐祯卿《谈艺录》一卷，王世贞《艺苑卮言》八卷，谢榛《四溟诗话》四卷。其中首屈一指者当属谢榛的《四溟诗话》（原名《诗家直说》）。谢榛虽被排斥在七子、五子之列，但事实上，其诗论却一直为诸子所肯定，担当着流派理论纲领的作用。如《明史》云："当七子结社之始，尚论有唐诸家，各有所重。榛曰：'取李、杜十四家最胜者，熟读之以会神气，歌咏之以求声调，玩味之以裒精华。得此三要，则浩乎浑沦，不必塑谪仙而画少陵也。'诸人心师其言。厥后虽合力摈榛，其称诗指要，实自榛发也。"⑤

《四库全书总目》对谢榛诗论评价不高，《四溟集提要》云："榛诗足以传，而论诗之语则多迂谬。"⑥《诗家直说提要》云："榛诗本足自传，而急于求名，乃作是书以自誉，持论多夸而无当。又多指摘唐人诗病而改定其字句。……今观其书，大旨主于超悟，每以作无米粥为言……又以炼

① 胡应麟：《诗薮》续编卷2，上海古籍出版社1979年版，第355页。

② 钱谦益：《列朝诗集小传》丁集上，上海古籍出版社1983年版。第423页。

③ 陈子龙等编：《皇明诗选》卷9，华东师范大学出版社1991年版，第570页。

④ 李庆立：《谢榛研究》，齐鲁书社1993年版，第286页。

⑤ 《明史》卷287，列传175《文苑传三》，中华书局2000年版，第4931页。

⑥ 《四库全书总目》卷172，中华书局2003年版，第1512页。

字为主。……是但为流连山水、摹写风月闲适小诗言耳。不知发乎情、止乎礼义，感天地而动鬼神，固以言志为本也。"① 王士禛亦认为"《四溟诗话》多学究气，愚所不喜"②。都看到了谢榛斤斤于句法的局限性，即所谓"迂谬"与"学究气"。

谢榛在《四溟诗话》卷三中谈及自己在诗派形成之初，提出具体诗文理论主张时的情景，说："予客京师，李于鳞、王元美、徐子与、梁公实、宗子相诸君招余结社赋诗。一日，因谈初唐、盛唐十二家诗集，并李、杜二家，孰可专为楷模，或云沈、宋，或云李、杜，或云王、孟。余默然久之，曰：'历观十四家所作，咸可为法，当选其诸集中之最佳者，录成一帙，熟读之以夺神气，歌咏之以求声调，玩味之以裒精华。得此三要，则造乎浑沦，不必塑谪仙而画少陵也。夫万物一我也，千古一心也。易驳而为纯，去浊而归清，使李、杜诸公复起，孰以予为可教也。'诸君笑而然之。是夕，梦李、杜二公登堂谓予曰：'子老狂，而剧言如此。若能出入十四家之间，俾人莫知所宗，则十四家又添一家矣，子其勉之。'"

这段话全面集中地展现了谢榛的复古主张，一是复古宗旨——以初盛唐为宗；二是学古对象——初盛唐之最佳者；三是学习途径——"三要"；四是学诗目标——"十四家又添一家"。《四溟诗话》全面体现了这些主张。

一、诗话较全面地论述了诗歌艺术的本质特征，尤其注重"情景"论。认为"诗乃模写情景之具，情容乎内而深具长，景耀乎外而远且大"。（卷四）并以生动的比喻，说明了诗中情与景的关系："作诗本乎情景，孤不自成，两不相背。……景乃诗之媒，情乃诗之胚，合而为诗。"（卷三）"情景相触而成诗，此作家之常也。"在艺术表现上，则应"情景适会，与造物同其妙"（卷二）。是对诗歌"情景论"的精辟阐述。

二、《四溟诗话》论诗宗唐，主格调说；并讲究烹炼，不专效某家某体，而是遍采各家。它以大量的篇幅论述唐诗，认为唐诗气格甚高，宜为诗家楷模，主张师法初唐、盛唐，而以盛唐为主，对李、杜等十四家诗给予了极高的评价。对李、杜二家尤为赞扬，李、杜的诗歌"格高似梅花，韵盛似海棠"，他认为学唐诗首先应从二家入手，并采用"三要"之法："李、杜，十四家之最佳者，熟读之以夺神气，歌咏之以求声调，玩味之

① 《四库全书总目》卷197，中华书局2003年版，第1801页。

② 王士禛撰，梁宗楠编：《带经堂诗话》卷29《答问类》第28条，人民文学出版社1963年版，第837页。

以衰精华。"（卷三）

三、在以盛唐为法的同时，更注重诗歌要表达"性情之真"。他认为盛唐诗尤其是杜诗，就是主真情的，"诗贵乎真"（卷一），而"今之学子美者，处富有而言穷愁，遇承平而言干戈，不老曰老，无病曰病，此摹拟太甚，殊非性情之真也"。（卷二）厌弃为学杜而于诗中无病呻吟、强做姿态。

四、"神气"与"提魂摄魄法"。谢榛认为，诗歌艺术的精髓在于"神气"，即诗歌所表现出的独特的精神意韵与气质风格。他批评前七子"摹临古帖"式的学古做法，乃是"窘于法度，殆非正宗"（卷二），认为"作诗最忌蹈袭"（卷二），正确的方法是得其"神气"，摄其"魂魄"，即"提魂摄魄法"。

他说："诗无神气，犹绘日月而无光彩。学李、杜者，勿执于句字之间，当率意熟读，久而得之。此提魂摄魄法也。"（卷二）指出在师法唐人时切勿拘守于字句之间，师貌而不师心、徒具形似是远远不够的，关键是注重领悟唐诗的"神气"，所谓"熟读之以夺神气，歌咏之以求声调，玩味之以衰精华"。即熟读盛唐诗，以领会其声调、精神，而不必模拟字句，只有形神兼备，才能臻于唐诗之妙境。不难看出，这种提法与前七子何景明所谓"领会神情"主张有会心之处。

五、"养气"与"蜂酿蜜法"。谢榛认为诗歌不同风貌的形成则关乎作者的艺术修养，即"养气"：

> 自古诗人养气，各有主焉。蕴乎内，著乎外，其隐见异同，人莫之辨也。熟读初唐、盛唐诸家所作，有雄浑如大海奔涛，秀拔如孤峰峭壁，壮丽如层楼叠阁，古雅如瑶瑟朱弦，老健如朔漠横雕，清逸如九皋鸣鹤，明净如乱山积雪，高远如长空片云，芳润如露蕙春兰，奇绝如琼波蜃气。此见诸家所养之不同也。（卷三）

所谓"养气"，即作家加强自身的审美与艺术修养。谢榛以为"汉人作赋，必读书万卷，以养胸次"（卷二），在此，又以精辟绚丽的比喻，描绘了唐代诗人的不同气质与艺术风格，指出诗人创作风格的千姿百态，皆出于内在气质与修养的不同。基于这种认识，在学古门径上，谢榛认为"学者能集众长，合而为一，若易牙以五味调和，则为全味矣"（卷三），从而提出了"蜂酿蜜法"：

予以奇古为骨，平和为体，兼以初唐、盛唐诸家，合而为一，高其格调，充其体魄，则不失正宗矣。若蜜蜂历采百花，自成一种佳味，与芳馨殊不相同，使人莫知所蕴。（卷四）

古人作诗，譬诸行长安大道，不由狭斜小径。以正为主，则通于四海，略无阻滞。……夫大道乃盛唐诸公之所共由者，余则曳裾蹑履，由乎中正，纵横于古人众迹之中。及乎成家，如蜂采百花为蜜，其味自别，使人莫知辨也。（卷三）

主张学诗一是门径要正，取法乎上，二是不宜专主一家，要如蜂采百花，广取博收，哀精华而酝酿，化为甘饴，虽取自百家，而融会变化，卓然自立。

六、谢榛还突出强调了一个新的概念——诗歌的"英雄气象"："赋诗要有'英雄气象'。人不敢道，我则道之；人不肯为，我则为之。厉鬼不能夺其正，利剑不能折其刚。"（卷四）

这里的"英雄气象"，实际是强调了诗人自身要保有清正刚直的精神品质，富贵不淫，威武不屈，在作品中则表现为仗义执言，刚正不阿，彰善击恶，不避祸福，呈现出正声直节的"英雄气象"，与孟子所倡言的"大丈夫""浩然之气"，可谓一脉相承。联系到谢榛以布衣之身，奔走呼号，终脱卢柟于死地的侠义之举，这"英雄气象"，正是最好的注脚。

七、《四溟诗话》还以发展的观点看待古诗的发展演变。谢榛说："《三百篇》直写性情，靡不高古，虽其逸诗，汉人尚不可及。今学之者，务去声律，以为高古，殊不知文随世变，且有六朝唐宋影子，有意于古，而终非古也。"（卷一）"今之作者，譬诸宫女，虽善学古妆，亦不免微有时态。"（卷四）在谈及宋诗的演变时说："钱、刘七言近体，两联多用虚字，声口虽好，而格调渐下，此文随世变故尔。"（卷四）这无疑是相当正确的认识。

此外，在诗歌创作方面，谢榛从写景、述事、遣词、造句、构思、拟古等方面具体论述了虚实、奇正、浓淡、动静难易等技法的相互转化关系。

纵观谢榛的诗歌理论，表现出以下特点：一是取径较宽，主张融会百家；二是反对模拟蹈袭，不求字句法度的形似，而是追求得其神髓，融而无迹；三是注重"性情之真"；四是提出了"英雄气象"，强调诗人独立自由、正直勇猛之精神。较之李攀龙、王世贞严格的"格调""法式"论，带有一定的进步性和开放性。

第八章 一代诗宗——李攀龙

正德以后，前七子派影响渐微，正德末年（1521），何景明卒，嘉靖九年（1530），李梦阳弃世，第一次复古运动光焰殆尽。随之，以王慎中、唐顺之为首的"唐宋派"崛起文坛，他们变"文必秦汉"为唐宋、欧曾，倡导"文以明道"，以伦理为本，以修辞为末，主张不拘格调，信笔直书。至嘉靖十五年左右，文坛风尚已发生转移，"尽洗一时剽窃之习……李何文集几于遏而不行"①。也不可避免地带有失却规范、放任自流的弊端。嘉靖中叶，李攀龙、王世贞、谢榛等人在交游之谊的基础上形成了后七子派，促使诗坛形成长达百年的第二次复古之盛事，其领袖与宗主则是继先贤边贡之后而再起的历下人李攀龙。

李攀龙（1514—1570）字于鳞，号沧溟，济南府历城（今济南市）韩仓店人，嘉靖二十三年（1544）甲辰进士，除刑部广东司主事，历郎中，出任顺德知府，三年后升陕西提学副使，不久谢病告归，建白雪楼，家居近十年，隆庆时起为浙江副使，转浙江参议，擢为河南按察使，不久因母丧归里，哀毁过度，病卒。有《白雪楼诗集》十卷、《沧溟集》三十卷（凡诗十四卷、文十六卷、附录志传表诔之文一卷）传世，编《古今诗删》三十四卷。《白雪楼诗集》刻于嘉靖四十二年，早于《沧溟集》，前有魏尚序，又有《拟古乐府序》二篇，一为历城许邦才撰，一为李攀龙自序。宋光庭选其文为《李沧溟集选》四卷。余者如《诗学事类》24卷、《韵学事类》12 卷、《唐诗选》7 卷、《诗文原始》1 卷，皆系伪托。

第一节 "微吾竟长夜"——严冷狂直的个性

李攀龙读书喜古文辞，其人性格简倨纳凿，严冷狂直，矜才使气，孤

---

① 钱谦益：《列朝诗集小传》丁集上"李开先"条，上海古籍出版社 1983 年版，第 376 页。

高自许，对人少所许可；而正直忧国，有强烈的政治责任感。曾赠诗王世贞云："寥落文章事，相逢白首新。微吾竟长夜，念尔和《阳春》。把酒千门雪，论交四海人。即今燕市里，击筑好谁亲?"① 其孤高自许可见。对其个性的了解有助于揭示其高标复古的一个文化动因，也有助于正确辨析明末出现的针对李攀龙的激烈攻击。

一　吾而不狂，谁当狂者?

李攀龙于正德九年（1514）生于历城（今济南市），其母徐氏梦日入怀而得子，故起名攀龙，字于鳞。父李宝（1487—1522），字来贡，捐币为德懿王典膳，好酒。攀龙九岁，父卒，母时二十八岁，二弟病残，三弟仅月余，家境贫寒，母子艰难度日，攀龙于是年入学，勤奋自勉。十五岁时与殷士儋同学毛诗于同郡张潭先生。十七岁，发妻徐氏来归，婚后生活极贫困。

复古派再兴的动因复杂多样，需要特别指出的是，厌弃训诂帖括和科举制业，厌弃程朱理学和陆王心学，是李攀龙、梁有誉、汪道昆等后七子派人物的总体倾向，也是前后两次复古风潮兴起的除崇唐心理与诗坛振兴意识以外的重要文化动因。这一点，在主盟李攀龙身上体现得格外分明。

李攀龙自少简傲狂直，厌训诂而喜古文辞，十八岁补郡诸生时，"耻为时师训诂语，人目为狂生，于鳞自谓非狂也"②。王世贞《李于鳞先生传》亦云："于鳞益厌时师训诂学，间侧弁而哦若古文辞者。诸弟子不晓何语，咸相指于鳞：'狂生！狂生！'于鳞夷然不屑也。曰：'吾而不狂，谁当狂者！'"③《明史》又云："稍长为诸生，与友人许邦才、殷士儋学为诗歌。已，益厌训诂学，日读古书，里人共目为狂生。"④

嘉靖十五年（1536），李攀龙二十三岁，王慎中督学山东，奇攀龙之文，擢为诸生冠。嘉靖十九年（1540），李攀龙中乡荐第二名，四年后成进士，试政吏部文选司。不久因病返乡，遂得以接续少年之好，致力于古文辞。"归则益发奋励志，陈百家言，附而读之，务钩其微、抉其精，取

---

① 李攀龙：《沧溟集》卷 6《寄元美》，李伯齐校点《李攀龙集》，齐鲁书社 1993 年版，第 149 页。

② 殷士儋：《故明嘉议大夫河南按察使李公墓志铭》，李伯齐校点《李攀龙集》附录，齐鲁书社 1993 年版，第 685 页。

③ 王世贞：《弇州四部稿》卷 83，《四库全书》，上海古籍出版社 1987 年版，集部第 1280 册，第 365—366 页。亦见焦竑编《国朝献征录》卷 92。

④《明史》卷 287 列传 175《文苑传三》，中华书局 2000 年版，第 4931 页。

恒人所置不解者拾之以绩学。盖文自西汉以下，诗自天宝以下，若为其毫素污者，辄不忍为也。"① 钱谦益则曰："于鳞举进士，候选里居，发愤读书，刺探钩摘，务取人所置不解者，撅拾之以为资，而其矫悍劲鸷之材，足以济之。"②

二　七子之社、党同伐异

嘉靖二十五年（1546），李攀龙病愈还京，明年授刑部广东司主事，参与吴维岳、王宗沐、袁福征等人所结刑部诗社。同年三月，新科进士殷士儋、李先芳亦曾来社，王世贞方中进士，观政大理寺，经李先芳引介，得以与李攀龙定交，二人十分投契。不久，谢榛因卢柟之狱入京申冤，告于刑部，从而与李攀龙相识。李、王、谢三位"后七子"骨干成员初步确立。

嘉靖二十九年（1550），李攀龙升任刑部员外郎，新科进士徐中行、宗臣先后入诗社。明年攀龙升刑部郎中，梁有誉入诗社，与王世贞、谢榛共为"六子"（按：时吴国伦尚未入社）。嘉靖三十一年（1552）春，画工绘"六子图"，李攀龙又提议各赋"五子诗"以志情谊，正式定"六子"之名。明年秋，李攀龙迁顺德知府，有善政，上官交荐，三年后擢为陕西提学副使。

李攀龙性严直，不善掩饰，喜怒皆形于色，与人交，心中有芥蒂则直言不讳，一言不合则拂衣而去。反映在诗文上，即表现出强烈的党同伐异作风。在李攀龙贻书与谢榛绝交的公案上，历来同情谢榛、诟诋李攀龙者为多，以为蔑视布衣、霸气十足。尽管事实十分复杂，不能完全归过于李攀龙，但他严冷强硬、疾恶如仇的个性可见一斑。

王世贞《艺苑卮言》记有几则逸事："（于鳞）按察关中，过许中丞宗鲁③，许问今天下名能诗何人，于鳞云：'唯王某（谓余也）。其次为宗臣子相。'时子相为考功郎。许请子相诗观之，于鳞忽勃然曰：'夜来火烧却。'许面赤而已。"④ 王士禛《香祖笔记》云："余尝嗤之，夫子相诗

① 殷士儋：《故明嘉议大夫河南按察使李公墓志铭》，李伯齐校点《李攀龙集》附录，齐鲁书社 1993 年版，第 685 页。

② 钱谦益：《列朝诗集小传》丁集上，上海古籍出版社 1983 年版，第 428 页。

③ 许宗鲁字伯诚，号东侯，咸宁人，正德丁丑进士，历官副都御史巡抚辽东，有《少华》《陵下》《辽海》《归田》等集 52 卷。

④ 王世贞：《艺苑卮言》卷 8，丁福保辑《历代诗话续编》，中华书局 1983 年版，第 1078 页。

未必能过伯诚，即索观亦属恒事，何至怫然如此？……特著……以为文士相轻之戒云"①　又"李于鳞守顺德时，有胡提学者过之。其人，蜀人也。于鳞往访，方掇茶次，漫问之曰：'杨升庵（慎）健饭否？'胡忽云：'升庵锦衣绣肠，不若陈白沙（献章），鸢飞鱼跃也。'于鳞拂衣去，口咄咄不绝"②。均颇状李攀龙倔强自负及偏袒党人之作风。

时山东兖州东平人殷学为陕西巡抚，"以刻核名，尤傲而无礼"③，一再檄令攀龙属文，李攀龙怫然曰："文可檄致邪？"拒不应。嘉靖三十七年八九月间，陕西数次地震，攀龙心悸，又对殷学的颐指气使不满，兼之念母思乡，于是上书以疾请辞，未等吏部批准便离任而归。殷士儋云："于鳞为人素羸顿，不习西土。西土当地裂后，犹时时动摇，数心悸，又念太恭人独家居，遂乞骸骨归。"④　吏部允其病愈后复用。

三　白雪楼高紫气盘

李攀龙返乡后，在鲍山、华不注之间建白雪楼以自娱。曾作《白雪楼》诗云："伏枕空林积雨开，旋因起色一登台。大清河抱孤城转，长白山邀返照回。无那嵇生成懒慢，可知陶令赋归来？何人定解浮云意，片影漂摇落酒杯。"⑤

关于"白雪楼"，有不少逸闻，《香祖笔记》云："李按察攀龙'白雪楼'初在韩仓店，所谓'西揖华不注，东揖鲍山'者；后改作于百花洲，在王府后、碧霞宫西，许长史所谓'湖上楼'也。今趵突泉东有白雪楼，乃后人所建，以寓仰止之意，非旧迹也。"⑥　梁宗楠附识《香祖笔记》云："勇参云：《西山日记》：李于鳞解组后构白雪楼，楼三层：最上其吟咏处，中以居一爱姬，最下延客。四面环以水，有山人来谒，先请投其所作诗文，许可，方以小蚱蜢渡之，否者遥语曰：'亟归读书，不烦枉

---

①　王士禛撰，梁宗楠编：《带经堂诗话》卷25《俗砭类》第11条，人民文学出版社1963年版，第759页。

②　王世贞：《艺苑卮言》卷8，丁福保辑《历代诗话续编》，中华书局1983年版，第1078页。

③　王世贞：《艺苑卮言》卷7，丁福保辑《历代诗话续编》，中华书局1983年版，第1064页。

④　殷士儋：《故明嘉议大夫河南按察使李公墓志铭》，李伯齐校点《李攀龙集》附录，齐鲁书社1993年版，第685页。

⑤　李攀龙：《沧溟集》卷9，李伯齐校点《李攀龙集》，齐鲁书社1993年版，第219页。

⑥　王士禛撰，梁宗楠编：《带经堂诗话》卷14《遗迹类下》第17条，人民文学出版社1963年版，第361页。

驾也。'"①

李攀龙居白雪楼九年，杜门谢客，惟与许邦才、殷士儋、袭勋、潘子雨等故交往来。自云："杜门，一切谢绝客，萧然若未尝有世上人者。"②各家对此多有记载：

> 王世贞：于鳞归杜门，自两台监司以下请见不得。去亦无所报谢，以是得简倨声。又尝为诗，又云："意气还从我辈生，功名且付儿曹立。"③
>
> 《明史》：构白雪楼，名日益高。宾客造门，率谢不见，大吏至亦然，以是得简傲声。独故交殷、许辈过从靡间。④
>
> 殷士儋：归构一楼于华不注、鲍山之间，曰"白雪楼"。于鳞为人高亢，有合己者引对累日不倦，即不合辄戒门绝造，请数四，终不幸一见之。既而于鳞亦不自驾修请谢也。⑤

但他并未断绝与海内文人诗家的书信往来与诗歌唱和，尤其是与"后七子"其他成员，更是传书递简，声息相通，依然高踞诗社领袖、一代诗宗的地位。这九年的乡居生活，可谓"杜门高枕，闻望茂著，自时厥后，操海内文章之柄垂二十年"⑥。

四 荒草深埋一代文——身后寥落

隆庆元年，李攀龙以荐出任浙江按察副使，不久升任参政，又擢为河南按察使。"攀龙至是摧亢为和，宾客亦稍稍进"⑦。晚年的李攀龙，折节下交，洞悉人情。隆庆三年，母徐氏卒于河南任所，李攀龙扶柩归乡，与父合葬，丁忧在家，摒绝宾客十三个月之久，并因哀毁得疾。隆庆四年

---

① 王士祯撰，梁宗楠编：《带经堂诗话》卷25《轶闻类》第13条，人民文学出版社1963年版，第714页。

② 李攀龙：《沧溟集》卷29《与吴明卿书》其三，李伯齐校点《李攀龙集》，齐鲁书社1993年版，第644页。

③ 王世贞：《艺苑卮言》卷7，丁福保辑《历代诗话续编》，中华书局1983年版，第1064页。

④ 《明史》卷287，列传175《文苑传三》，中华书局2000年版，第4931页。

⑤ 殷士儋：《故明嘉议大夫河南按察使李公墓志铭》，李伯齐校点《李攀龙集》附录，齐鲁书社1993年版，第685页。

⑥ 钱谦益：《列朝诗集小传》丁集上，上海古籍出版社1983年版，第428页。

⑦ 《明史》卷287，列传175《文苑传三》，中华书局2000年版，第4932页。

（1570）六月，为母亲过周年忌日，并有信给袭勖，总结了自己的官宦生涯①。八月十九日，心痛病突发，次日病逝，年五十七，葬于牛山。殷士儋作墓志铭，王世贞作祭文及传。

李攀龙正直爱国，有强烈的政治责任感。仕宦生涯前后18年，史称卓有政绩，人赞其"书狱狱平、治人人安、风士士起"②。但其身后却极为寥落，子孙式微，渐渐湮没无闻。长子李驹，后李攀龙十年奄逝，次子李采早夭，三子李驯无后，二孙嗣鸿儒、鸿仁亦相继卒，所遗家眷窘困度日。王士禛《池北偶谈》有如下记载：

> 李沧溟先生身后最为寥落，其宠姬蔡，万历癸卯，年七十余矣，在济南西郊卖胡饼自给，叔祖季木考功（王象春）见之，为赋诗云："白雪高埋一代文，蔡姬典尽旧罗裙。"云云。邢太仆子愿有与孙月峰巡抚书云："窃见李沧溟先生攀龙，葆真履素，取则先民，熔古铸今，蔚为代宝。而今五亩之宅，已非文靖之旧；襄阳之里，空标孟亭之石。侗每寻访人士，皆云李驹沧丧，有子继亡，止遗孱孙，又复无母，才离褓褓，寄命嫠媪，僦就穷巷，托迹浮萍，并日无粗粝之食，经年眇浆汁之馈。伏愿明公，下记所司，略损公帑，为赎数椽之敝屋，小复白雪之旧居，月或给米一石，布若干匹，藉以长养壮发，绵延后昆。一线犹龙之绪，实被如天之福。斯文一脉，其畴逆心。"观二事，沧溟清节可知矣。③

蔡姬即李攀龙二十八岁时所置之妾蔡氏，蔡姬事又见《香祖笔记》："李沧溟食馒头，欲有葱味而不见葱，唯蔡姬者所造乃食。其法先用葱不切入馅，而留馒头上一窍，候其熟即拔去葱，而以面塞其窍。此谢在杭（肇淛）《文海抄》所载，即所谓'蔡姬典尽旧罗裙'者也。"④ 王象春《白雪楼》诗云："荒草深埋一代文，蔡姬典尽旧罗裙。可怜天半峨眉雪，空自颓楼冷暮云。"可谓感慨系之。

---

① 李攀龙：《沧溟集》卷26《报袭克懋》，李伯齐校点《李攀龙集》，齐鲁书社1993年版，第586页。

② 包敬弟点校：《沧溟先生集》，上海古籍出版社1992年版，第717页。

③ 王士禛：《池北偶谈》卷12《谈艺二》"沧溟蔡姬"条，中华书局1997年版，第272页。

④ 王士禛撰，梁宗楠编：《带经堂诗话》卷25《轶闻类》第13条，人民文学出版社1963年版，第714页。

五 毁誉参半的身后

明代文坛的一个显著特点，就是设坛分站，派别林立，壁垒森严，攻讦不休。盛气凌人、咄咄逼人的派别之争，此起彼伏。钱谦益在《赠别胡静夫序》中曾这样描绘明代文坛："今之称诗者，掉鞅曲踊，号呼叫嚣，丹铅横飞，旗纛杆立，牢笼当世，诋谰古学，磨牙凿凶，莫敢忤视。譬诸狂易之人中风疾走，眼见神鬼，口吞水火，有物冯之，憒不自知。"①由于李攀龙勤学早达，个性又倨傲严冷，矜才使气，目空一切，故易遭人攻击。他与王世贞诸人，致力修复西京大历以上之诗文，操文章之柄，登坛设站，号令一时。李、王既殁，文坛宗风转移，至万历间，公安袁宏道兄弟始以赝古诋之；天启中，临川艾南英排之尤力，于是弹射四起，毁誉翕集。

《列朝诗集小传》云："其徒之推服者，以谓上追虞姒，下薄汉唐，有识者心非之，叛者四起，而循声赞诵者，迄今百年，尚未озн止。"②

《静志居诗话》云："元美比之峨眉天半雪，至谓'文许先秦上，诗卑正始还'，誉过其实。于鳞乃居之不疑，据白雪楼，高自位置。此时章邱李伯华架插万卷书、海丰杨伯谦吟精五言体，是宜降心相从，乃感大言谓'微吾竟长夜'，其非妄人？又自诩与元美狎主齐盟，目四溟以橐鞬鞭弭左右，四溟岂心服乎？"③

《明史》云："攀龙才思劲鸷，名最高，独心重世贞，天下亦并称王、李。又与李梦阳、何景明并称何、李、王、李。……其为诗，务以声调胜，所拟乐府，或更古数字为己作，文则聱牙戟口，读者至不能终篇。好之者推为一代宗匠，亦多受世扶摘云。"④

总观其一生业绩，少在政事，多在诗文。他主盟文坛二十余年，与王世贞领袖风雅，承袭前七子，倡复古，反台阁，被推为"一代宗匠"，诗名不仅高于当代，且影响及于明末清初百余年。

沈德潜序《明诗别裁集》云："宋诗近腐，元诗近纤，明诗其复古也。……于鳞、元美，益以茂秦，接踵曩哲。虽其间规格有余，未能变化，识者咎其鲜自得之趣焉；然取其菁英，彬彬乎大雅之章也。……尚书

---

① 钱谦益：《有学集》卷22，《钱牧斋全集》，上海古籍出版社2003年版，第5册，第898页。
② 钱谦益：《列朝诗集小传》丁集上，上海古籍出版社1983年版，第428页。
③ 朱彝尊：《静志居诗话》卷13，人民文学出版社1990年版，第381页。
④ 《明史》卷287，列传175《文苑传三》，中华书局2000年版，第4932页。

钱牧斋《列朝诗选》，于青邱、茶陵外，若北地、信阳、济南、娄东，概为指斥；且藏其所长，录其所短，以资排击。……不必大匠国工，始知其诬妄也。"①

《四库全书总目》亦云："明代文章，自前后七子而大变。……尊北地，排长沙，续前七子之焰者，攀龙实首倡也。……攀龙资地本高，记诵亦博，其才力富健，凌轹一时，实有不可磨灭者。汰其肤廓，撷其英华，固亦豪杰之士。誉者过情，毁者亦太甚矣。"②

第二节　"文必秦汉、诗必盛唐"——诗文主张的误解与再读

对"后七子"的否定，始自明末袁宏道、艾南英诸人，明末清初的文坛泰斗钱谦益更是丑诋七子、痛讥钟潭，不遗余力，尤其对李攀龙等人，寻章摘句，断章取义，深文周纳，以偏概全，辱詈诟骂，无所不至，有失中正公允，更丧大家风度，以其文坛祭酒的地位，海内宗风，李攀龙诸子的诗文主张遂被误解几百年。但有识之士代不乏人，清初王士禛等人即对后七子诗论进行了辩白。尤其近年以来，随着研究态度和研究方法的转型，一批学者以严谨求实的学风，探求明代文坛的真实状态，笼罩在前后七子身上的迷雾也渐渐消散，认识日渐清晰，终可还文坛一个真实的李攀龙。

虽然前后七子有一套系统完整的文学复古理论，但作为后七子领袖的李攀龙虽矢志复古，却没有大的理论建树，更无系统的诗论著作。王世贞曰："李于鳞评诗，少见笔札。"③ 他的有关文学的论见，仅散见于一些序文之中。然而我们从他极少的文论中却能看出他文学主张的异常鲜明和坚定。概括起来主要有三点：

一是学古对象："文自西京，诗自天宝而下，俱无足观。"④ 这是前七子理论的继承和发挥，也是后七子所延续的前七子最具影响的文学主张。李攀龙正以此作号召，与王世贞等结成后七子而名播天下。

---

① 沈德潜等编：《明诗别裁集》，上海古籍出版社 1979 年版，第 1 页。

② 《四库全书总目》卷 172《沧溟集提要》，中华书局 2003 年版，第 1507 页。

③ 王世贞：《艺苑卮言》卷 4，丁福保辑《历代诗话续编》，中华书局 1983 年版，第 1005 页。

④ 《明史》卷 287，列传 175《文苑传三》，中华书局 2000 年版，第 4932 页。

二是创作范式："视古修辞，宁失诸理。"① 李攀龙认为文章之法，尽备古人之作，强调模拟，祖格本法，反对唐宋派的"理胜相掩"。他的这一主张把李梦阳"严守古法，尺寸模拟"的复古拟古理论推向了极端。

三是学古方法："拟议成变，日新富有"。② 李攀龙把诗作为言志、抒情的工具，在模拟中求新、求真，在创作中师其意而不师其迹。这其实也是李梦阳"情动乎遇"理论的引申。

由此可以看出，李攀龙确实是"于本朝独推李梦阳"③。他的文学主张没有多少创见，基本延续了前七子李梦阳的主张，只不过持论更严苛。而从某种意义上讲，文学主张的一以贯之是前后七子影响明代诗坛二百年的重要原因。

对于李攀龙的诗论，历来有不少相沿成习的误解，而招致诟病，须加以辨析，才能真正理解李攀龙诗论的内涵。

一　文必先秦两汉，诗必汉魏盛唐

李攀龙称："文自西京，诗自天宝而下，俱无足观。"④ 即殷士儋所云："盖文自西汉以下，诗自天宝以下，若为其毫素污者，辄不忍为也。"⑤ 亦即钱谦益所云："高自夸许：'诗自天宝以下，文自西京以下，誓不污我毫素也。'"⑥ 他编选《古今诗删》，始于古逸，终于明代，唐以后宋、元作品无一选入。王世贞亦曰："齐梁纤调，李、杜变风，亦自可取。贞元而后，方可覆瓿。"⑦

这一始自"前七子"的复古理论一直被概括为"文必秦汉，诗必盛唐"，其实前后七子均未有此言论，其取法范围也并非如此狭窄。如何景明云："学歌行近体，有取于（李、杜）二家，旁及唐初、盛唐诸人，而

①　李攀龙：《沧溟集》卷16《送王元美序》，李伯齐校点《李攀龙集》，齐鲁书社1993年版，第390页。

②　王世贞：《李于鳞先生传》，李伯齐校点《李攀龙集》附录，齐鲁书社1993年版，第689页。

③　《明史》卷287，列传175《文苑传三》，中华书局2000年版，第4932页。

④　同上。

⑤　殷士儋：《故明嘉议大夫河南按察使李公墓志铭》，李伯齐校点《李攀龙集》附录，齐鲁书社1993年版，第685页。

⑥　钱谦益：《列朝诗集小传》丁集上，上海古籍出版社1983年版，第428页。

⑦　王世贞：《艺苑卮言》卷1，丁福保辑《历代诗话续编》，中华书局1997年版，第960页。

古作必从汉、魏求之。"① 康海、王九思则认为："文先秦两汉，诗必汉魏盛唐。"② 因此，参照李梦阳、李攀龙诸人的观点，这种概括明显有误，他们对盛唐以前的诗歌，并未有丝毫否定之意。他们宗汉崇唐，是要取法乎上，对其他时代的诗文，并非一概否定。如李攀龙《报刘子威》云："汉魏以逮六朝，皆不可废，惟唐中叶不堪复人耳。"③ 编《古今诗删》时，"始于古逸，次以汉魏南北朝，次以唐，唐以后继以明，多录同时诸人之作"④，也说明了这一点。因此，应以"文必先秦两汉，诗必汉魏盛唐"概括之，较为允当。

对盛唐以前和中晚唐诗歌的肯定，也可以从李攀龙的创作中找出直接的证据。李攀龙向以七绝称雄于时，实际上，从《沧溟集》中的 340 首七绝全面考察，李攀龙除了学习盛唐的李白、王昌龄外，还兼学初唐和中晚唐的各大家。

首先，李攀龙的七绝中有不少初唐体，其特点是大量用对偶句作结尾，甚至全诗都是对偶句。七绝是随着初唐近体诗的律化完成而逐渐成熟的一种新诗体，在初唐七绝中不仅讲究音律、辞藻，且骈偶化倾向特别显著，尤其多用偶句作结，有的全诗都用对偶句构成，这是初唐七绝的一个重要特征，还处于"音律未谐，韵度尚乏"阶段，直至变偶句作结为散句作结，才"句格成就，渐入盛唐矣"⑤。

在李攀龙的七绝中，带有这种初唐体特征，即用偶句结尾的就有 27 首，有的甚至全由偶句组成，且均为作者精心构制之作，如《送子相归广陵》其五："白云无尽楚天寒，鸿雁萧萧枫树丹。扬子月明愁里度，芜城雨色梦中看。"《张明府见惠榴柿》其二："谁遣明珠掌上来，秋风吹笼石榴开。若非金谷园中树，定是河阳县里栽。"《送刘户部督饷湖广》其一："洲边处士题鹦鹉，陂上公孙拥骕骦。到日夏云生七泽，愁时秋色满三湘。"《送子相归广陵》其三："少年裘马结交场，壮岁功名竹帛光。海内黄金看意气，人间白雪见文章。"前两首是用对句作结，而后两首全诗都由对偶句组成，显然是对王勃绝句的直接模仿。

---

① 何景明：《大复集》卷 34《海叟诗序》，《四库全书》，上海古籍出版社 1987 年版，集部第 1267 册，第 302 页。

② 康海：《对山集》卷 3《渼陂集序》，《四库全书》，上海古籍出版社 1987 年版，集部第 1266 册，第 342 页。

③ 李攀龙：《沧溟集》卷 26，李伯齐校点《李攀龙集》，齐鲁书社 1993 年版，第 581 页。

④ 《四库全书总目》卷 189《古今诗删提要》，中华书局 2003 年版，第 1717 页。

⑤ 胡应麟：《诗薮·内编》卷 6，上海古籍出版社 1979 年版，第 107 页。

"前七子"领袖李梦阳近体师法盛唐，规模杜甫，李攀龙则追本溯源，认为近体肇始于初唐，他认为"七言古诗唯杜子美不失初唐气格，而纵横有之"①，由此可见他对"初唐气格"的重视。重视初唐可以说是"后七子"的普遍倾向。王世贞亦云："夫诗之体，莫悉于唐，而唐莫美于初盛。……初则由华而渐敛，以态韵胜；盛则由敛而大舒，以风骨胜。"② 因而，认为李攀龙近体诗仅仅师法盛唐，绝句仅仅师法李白、王昌龄的看法是不确切的。

此外，"前后七子"均特别轻视中晚唐诗，这是人尽皆知的事实，其原因则是中晚唐诗多用典、多议论，格调卑下，缺乏风人之致。然而其创作实践则不尽然，如李攀龙《塞上曲四首送元美》其四："白羽如霜出塞寒，胡烽不断接长安。城头一片西山月，多少征人马上看。"《寄元美》其一："蓟门城上月婆娑，玉笛谁为出塞歌。君自客中听不得，秋风吹落小黄河。"无论构思、意象还是格调，都带有李益《从军北征》《听晓角》等诗的痕迹。

李攀龙七绝学习中晚唐的另一表现是大量用典。绝句用典始自中晚唐，以李商隐最为突出。据粗略统计，在《沧溟集》第十二卷的 90 首七绝中用典之作竟有 51 首之多。可见，"诗必盛唐"之论是不确切的。

二 才学相兼，驭之以法

李攀龙喜论才情，《送王元美序》云："故同一意一事而结撰迥殊者，才有所至不至也。"③《选唐诗序》云："亦惟天实生才不尽，后之君子乃兹集以尽唐诗，而唐诗尽于此。"④《报戚都督》云："王元美雄才，篇章交映，是为质有其文武焉。"⑤《报刘子威》云："重玩佳集，则足下以才自雄。"⑥

但他又同时认为有才而不能约之以法，则不能善于用才。《报刘子威》在赞誉刘凤富于才情之后，云："然体裁各率所自至，而风尚不可不

① 李攀龙：《沧溟集》卷15《选唐诗序》，李伯齐校点《李攀龙集》，齐鲁书社 1993 年版，第375 页。

② 王世贞《弇州续稿》卷53《唐诗类苑序》，《四库全书》，上海古籍出版社 1987 年版，集部第 1282 册，第 693 页。

③ 李攀龙：《沧溟集》卷16，李伯齐校点《李攀龙集》，齐鲁书社 1993 年版，第 390 页。

④ 同上。

⑤ 同上书，卷28，第 616 页。

⑥ 同上书，卷26，第 581 页。

一谕。……未闻馨控九折之坂，而失驰康庄者也。要之，才患不自雄耳。以余观于佳集，官知神欲，亦在乎熟之而已。"① 以为熟悉创作之法，御才而行，自然下笔通神。

《三韵类押序》乃嘉靖末年为四明文士薛晨所作，于才学之外，进一步讲求"文法"："辟之车，韵者，歌诗之轮也。失之一语，遂玷成篇，有所不行，职此其故。盖古者字少，宁假借必谐声韵，无弗雅者。书不同文，俚始乱雅，不知古字既已足用，患不博古耳。博则吾能征之矣。今之作者，限于其学之所不精，苟而之俚焉；屈于其才之所不健，掉而之险焉，而雅道遂病。然险可使安，而俚常累雅，则用之者有善不善也。"② 意为才学相兼，方能体会古人为文之法，用其"险僻""俚俗"之变，即"用古"而变通，这也是他因"博古"而"法古"的思想渊源。

这在《王氏存笥稿跋》中有更鲜明的表现："今之不能子长文章者，曰：'法自已立矣，安在引于绳墨？'即所用心，非不濯濯，唯新是图，不知其言终日，卒未尝一语。不出于古人，而诚无他自异也。徒以子长所逡巡不为者，彼方且得意为之，若是，其自异尔，奈何欲自掩于博物君子也。关中故多文章家，即祭酒（王维桢）在著作之庭且三十年，为文章其用心宁属辞比事未成，而不敢不引于绳墨也。……原夫法有所必至，天且弗违者乎？巧者有余，拙者不足。"③ 李攀龙认为今人所言一字一句，无不出于古人，不可能避而趋新。即如王维桢之盛名，为文三十年，尚且不离司马迁之绳墨，何况常人呢？关键在于如何掌握并运用古人之法，这正是巧与拙的不同之处。所谓"于法不必有所增损，而能纵其凤授，神解于法之表，句得而为篇，篇得而为句，即所称古作者"④。

李攀龙还特别强调运用古代语汇，他说："今夫《尚书》《庄》《左氏》《檀弓》《考工》《司马》，其成言班如也，法则森如也，吾摭其华而裁其衷，琢字成辞，属辞成篇，以求当于古之作者而已。……句得而为篇，篇得而为句，即所称古作者其已至之语，出入于笔端而不见迹。"⑤

---

① 李攀龙：《沧溟集》卷26，李伯齐校点《李攀龙集》，齐鲁书社1993年版，第581页。

② 同上书，卷15，第374页。

③ 同上书，卷25，第568页。

④ 王世贞：《弇州四部稿》卷83《李于鳞先生传》，《四库全书》，上海古籍出版社1987年版，集部第1280册，第366页。

⑤ 同上。

可谓斤斤于格调法度，与前七子"摩临古帖"式的学古方法多有相似之处。

李攀龙认为诗人应才学兼得，不出古法樊篱，又能运用自如，如《古诗后十九首》小引所云："制辔策于垤中，恣意纵马，使不得旁出，而居然有一息千里之势，斯王良、造父所难为耳。"① 意为拟古要像驭马于小土堆中，既要任马驰骋，又不可逸出范围之外。这种境界，实难做到。

三 "拟议以成其变化"

李攀龙《古乐府序》云：

> 胡宽营新丰，士女老幼相携路首，各知其室，放犬羊鸡鹜于通途，亦竞识其家，此善用其拟者也。至伯乐论天下之马，则若灭若没若亡若失，观天机也。得其精而忘其粗，在其内而忘其外。色物牝牡一弗敢知，斯又当其无有拟之用矣。古之为乐府者，无虑数百家，各与之争，片语之间，使虽复起，各厌其意，是故必有以当其无有拟之用，有以当其无有拟之用，则虽奇而有所不用也。《易》曰："拟议以成其变化，日新之谓盛德。"不可与言诗乎哉！②

这段文字成为后人攻击李攀龙等人"拟古剽窃"的口实。钱谦益评论道："其拟古乐府也，谓当如胡宽之营新丰，鸡犬皆识其家。宽所营者，新丰也，其阡陌衢路未改，故宽得而貌之也。令改而营商之亳、周之镐，我知宽必束手也。《易》云'拟议以成其变化'，不云'拟议以成其臭腐'也。……影响剽窃，文义违反，拟议乎？变化乎？"③ 利用李攀龙之譬喻而攻之，可谓视若仇寇，义愤填膺。然而诗文创作与营构街市本质不同，商之亳、周之镐不能再现，是因为实物已毁，汉唐之诗文口口相传，又如何不能模仿？只是不应割剥字句，剽窃剿袭而已。而在这一点上，李攀龙确有可指摘之处。最典型的要数《陌上桑》，将"来归相怨怒，但坐观罗敷"改作"来归相怨怒，且复坐须臾"，不仅只改换数字，且将"坐"的"因为"之意理解为坐立之"坐"，显然原作亦未读懂，贻人笑柄。

---

① 李攀龙：《沧溟集》卷3，李伯齐校点《李攀龙集》，齐鲁书社1993年版，第67页。

② 同上书，卷1，第1页。

③ 钱谦益：《列朝诗集小传》丁集上，上海古籍出版社1983年版，第428页。

四 "唐人无古诗，而有其古诗"

李攀龙《选唐诗序》云：

> 唐无五言古诗，而有其古诗，陈子昂以其古诗为古诗，弗取也。
> 七言古诗唯杜子美不失初唐气格，而纵横有之；太白纵横往往强弩之
> 末，间杂长语，英雄欺人耳。至如五七言绝句，实唐三百年一人，盖
> 以不用意得之，即太白亦不自知其所至，而工者顾失焉。五言律、排
> 律，诸家概多佳句；七言律体，诸家所难，王维、李颀颇臻其妙。即
> 子美篇什虽众，愦焉自放矣。①

可见李攀龙于唐诗并非一概而论、无差别地学习，而是推崇杜甫的七古，
李白的五、七言绝句，王维、李颀的七言律诗，至于五言律诗及排律，则
兼取诸家，五言古诗，则取法于汉魏六朝。因此，李攀龙言唐无古诗，是
认为唐人之五古与汉魏六朝自别，并主张在学习诗歌时分别体裁，取作家
之最精擅者，以为取法对象。

这段话不幸也成为钱谦益攻击李攀龙的把柄之一："（沧溟）论五言
古诗曰：'唐无五言古诗，而有其古诗。'彼以昭明所撰为古诗，而唐无
古诗也，则胡不曰魏有其古诗，而无汉古诗，晋有其古诗，而无汉魏之古
诗乎？"② 颇有强词夺理的意味。

对此，王士禛可谓慧眼独具，针对别人对李攀龙此论的质询，回答
说："沧溟先生论五言，谓唐无五言古诗，而有其古诗，此定论也。钱牧
斋宗伯但截取上一句，以为沧溟罪案，沧溟不受也。要之，唐五言古顾多
妙绪，较诸十九首，陈思、陶、谢，自然区别。"③ 其友人张笃庆、内兄
张实居又进一步加以阐释。张笃庆云："历下之诗，五古全仿选体，不肯
规摹唐人；七古则专学初唐，不涉工部，所以有唐无五言古诗之说也。"
张实居在历数唐代名家之古诗后，云："安得谓唐无古诗乎？试取汉魏六
朝絜量比较，气象终是不同，谓之唐人古诗则可。沧溟先生其知言哉！"

---

① 李攀龙：《沧溟集》卷 15《选唐集序》，李伯齐校点《李攀龙集》，齐鲁书社 1993 年版，第
375 页。

② 钱谦益：《列朝诗集小传》丁集上，上海古籍出版社 1983 年版，第 428 页。

③ 王士禛撰，梁宗楠编：《带经堂诗话》卷 25《答问类》第 5 条，人民文学出版社 1963 年版，
第 826 页。

第三节　高华矜贵、直接盛唐——律诗成就

作为诗人，李攀龙一生大约创作了 1400 余首诗歌，乐府、古诗、律诗、绝句、赋、颂，各体兼备。李攀龙诗歌的突出弊端在于乐府诗的剿袭与剽窃，这一点多为人所诟病，然而瑕不掩瑜，其七律七绝的艺术光辉依然足以照耀后人。这一点得到了明清两代评家的充分肯定。王世贞曰：

> 于鳞拟古乐府，无一字一句不精美，然不堪与古乐府并看，看则似临摹帖耳。五言古，出西京建安者，酷得风神，大抵其体不宜多作，多不足以尽变，而嫌于袭……七言歌行，初甚工于辞，而微伤其气，晚节雄丽精美，纵横自如，烨然春工之妙。五、七言律，自是神境，无容拟议。绝句亦是太白、少伯雁行。排律比拟沈宋，而不能尽少陵之变。①

沈德潜云：

> 历下诗，元美诸家推奖过盛，而受之掊击，欢呼叫咻，几至身无完肤，皆党同伐私之见也。分而观之，古乐府及五言古体，临摹太过，痕迹宛然；七言律及七言绝句，高华矜贵，脱弃凡庸。去短取长，不存意见，历下真面目出矣。②

王氏言之有据，但溢美太过。沈氏之评，应该说是心平气和、恰如其分。

李攀龙对自己的七言律也很自负，据王世贞《书与于鳞论诗事》记载，李攀龙曾自言："七言律遂过足下一等，足下无神境，吾无凡境耳。"③

相比而言，钱谦益与朱彝尊过多地强调了李攀龙律诗中意象雷同、词语重复之处，以偏概全，讥讽诟詈，确有失大家风范与选家公心。

---

① 王世贞：《艺苑卮言》卷 7，丁福保辑《历代诗话续编》，中华书局 1983 年版，第 1066 页。

② 沈德潜等编：《明诗别裁集》卷 8，上海古籍出版社 1979 年版，第 193 页。

③ 王世贞：《弇州四部稿》卷 77，《四库全书》，上海古籍出版社 1987 年版，集部第 1280 册，第 297 页。

钱谦益曰:"七言今体,承学师傅,三百年来,推为冠冕,举其字则五十余字尽之矣,举其句则数十句尽之矣。……专城出守,动曰'东方千骑';方舟共载,辄云'二子乘舟'。辽海中丞,袭镖骑之号;庐江别驾,蒙小吏之呼。……于是狂易成风,叫呶日甚。"①

朱彝尊云:"于鳞乐府,止规字句,而遗其神明。……惟相和短章,稍有足录者。五言学步苏、李、曹、刘,如'浮云从何来,焉知非故乡''来者自为今,去者自为昔',差具神理,然新警者寡矣。七古五律绝句,要非作家。惟七律人所共推,心慕手追者,王维、李颀也。合而观之,句重字复,气断续而神孤离,亦非绝品。"②

李慈铭《越缦堂读书记》对两家之见进行了反驳:

> 沧溟诸君,可厌者拟古乐府耳,五古亦勘真诣,七古高华亮美之作,自为可爱,惟不宜多取。至于七律七绝,非仅浮声为贵,胡可非也?如谓其用字多同,格调若一,则又不尽然。观其随物赋形,古泽可掬,何尝不典且丽。至诗中常用好字,本自不多,陶谢韦杜王孟诸公,何独不然?且明之高、薛、边、徐、二皇甫专长五古,比而观之,多有雷同,较其真际,亦不数见。牧斋竹垞,于彼则誉之无异词,与此则诋之无遗力,不亦失是非之公耶!③

《四库全书总目·沧溟集提要》对各家观点作了概括:"所作一字一句,摹拟古人。骤然读之,斑驳陆离,如见秦、汉间人;高华伟丽,如见开元、天宝间人也。……今观其集,古乐府割剥字句,诚不免剽窃之讥。诸体诗亦亮节较多,微情差少。杂文更有意诘屈其词,涂饰其字,诚不免如诸家所讥。然攀龙资地本高,记诵亦博,其才力富健、凌轹一时,实有不可磨灭者。汰其肤廓,撷其英华,固亦豪杰之士。誉者过情,毁者亦太甚矣。"④

李攀龙近体学唐,尤工七言,其七言律绝最为人所称誉。680 余首七言律绝中,七律 348 首,七绝 332 首,共占其诗歌总数近半。虽然格调雷同者并不鲜见,但七律确有王维之秀雅、李颀之流丽,俊洁响亮,佳作颇

① 钱谦益:《列朝诗集小传》丁集上,上海古籍出版社 1983 年版,第 428 页。

② 朱彝尊:《静志居诗话》卷 13,人民文学出版社 1990 年版,第 381 页。

③ 李慈铭:《越缦堂读书记》集部·总集类"明诗综"条,上海书店 2000 年版,第 1192 页。

④ 《四库全书总目》卷 172《沧溟集提要》,中华书局 2003 年版,第 1507 页。

多；格调、风韵不让唐人。先人评其律绝之佳，决非妄语。于慎行云：
"历下以气骨合神，湛涵万有，而发以雄迅，意尝超于象之表。……譬之
五音，历下则轩辕之鼓，素女之琴，高张急节，铿锵驰荡，足以骇耳洞
心。"① 沈德潜曰："七言律已臻高格，未及变态；七言绝句有神无迹，语
近情深，故应跨越余子。"② 胡应麟曰："高华杰起，一代宗风。"③ 均揭
示了李攀龙诗歌雄浑高迈、风华绝代的风采。

李攀龙对于诗歌创作，相当谨慎，不工者必不示人。陈子龙云："于
鳞天骨既高，人工复尽。如玉出蓝田，而复遇巧匠；珠同隋侯，而更耀蝾
首。故遇瑕则剔，有美必双。总其经营反侧，不轻染翰，故能领袖群
伦。"又曰："陈眉公征君语予曰：'少时见元美先生云：往者燕邸之会，
于鳞诗必晚出。见他人有工者，必废已作，不复示人。'前辈自矜其名乃
尔。今人颓唐放笔，便布通都，何其不自好也！"李雯亦云："于鳞如长
离苞羽，扬翚九霄，意不妄下人间，以故弹射处寡。"④ 因此其集中多精
品，如锦绣珠玉，璀璨夺目。总观李攀龙七言近体，呈现出以下鲜明的
特征。

一　雄浑峻洁，风神高迈

李攀龙登临游历七律，描绘雄奇壮丽的河山，抒发忧国悲慨情怀，整
练浑厚，雄浑峻洁，高华雄奇，意气飞扬，成为李攀龙诗歌的首要特征，
其风神高迈，一时无出其上者。故宋征舆云："于鳞七言律，是有明三百
年来一人。"陈子龙曰："于鳞七言律，有王维之秀雅，李颀之流丽，而
又加整练，高华沉浑，固为绝调。"⑤

七律《登黄榆马陵诸山是太行绝顶处》四首，气势恢宏，沉着悲慨，
其四云：

> 千峰郡阁望嵯峨，此日褰帷按塞过。落木悲风鸿雁下，白云秋色
> 太行多。山连大陆蟠三晋，水划中原散九河。回首蓟门高杀气，羽林
> 诸将在横戈。

① 朱彝尊：《静志居诗话》卷13，人民文学出版社1990年版，第394页。
② 沈德潜等编：《明诗别裁集》卷8，上海古籍出版社1979年版，第193页。
③ 胡应麟：《诗薮》续编卷2，上海古籍出版社1979年版，第352页。
④ 陈子龙等编：《皇明诗选》卷1，华东师范大学出版社1991年版，第74页。
⑤ 同上书，卷11，第751页。

诗为其任顺德知府时所作，写巡行塞上，经黄榆岭和马陵山，登临绝顶，秋风劲吹，落木萧萧，太行掩映在白云秋色之中，三晋大地太行盘踞、黄河流荡，地势雄奇，山河壮丽，在北方鞑靼不时威胁的情势下，成为重兵镇守的军事要塞。再如《栎秋登太华山绝顶》其二：

> 缥缈真探白帝宫，三峰此日为谁雄？苍龙半挂秦川雨，石马长嘶汉苑风。地敞中原秋色尽，天开万里夕阳空。平生突兀看人意，容尔深知造化功。

诗人辞官归里，登临华山绝顶，俯三峰，望中原，胸襟开阔，神思驰骋。首二句以神秘缥缈的白帝宫引出争奇斗胜的华山三峰，落笔神奇。中四句，大笔挥洒，一展华岳雄视关中宏阔之势。秦川汉苑，历尽沧桑；关中天地，秋风漫卷。结句沟通人生与天地，发出了深沉感叹。气势雄浑博大，音调峻洁响亮。

其七绝同样出色，如《塞上曲送元美》四首其二：

> 白羽如霜出塞寒，胡烽不断接长安。城头一片西山月，多少征人马上看。

这是一首拟古乐府。白羽指紧急传递的书檄，胡烽谓北方边境的烽烟、烽火，长安则代指北京，西山指北京西郊的群山。王世贞这次奉旨紧急出塞，与北方边境的防务有关。诗中描写了边警紧急、危及京城，征人戴月出发的情景。"白羽如霜"既交代了告急信的促迫，又暗示了边境的苦寒。首二句可谓珠联璧合，将王世贞出塞的背景与边地的环境结合得浑然一体。"西山月"则象征了家园与团圆，征人马上望月，是思念家人，渴望团圆，企盼边境平安的心情的表达。末二句写征人思乡，却不着一字，含义尽出。全诗刚健英发，高华峻洁，手法含蓄，意境高妙，与盛唐边塞诗风格极其相似，故陈子龙以为"不愧盛唐"①。

又如《送子相归广陵》七首其六：

> 广陵秋色雨中开，系马青枫江上台。落日千帆低不度，惊涛一片雪山来。

---

① 陈子龙等编：《皇明诗选》卷13，华东师范大学出版社1991年版，第905页。

这首七绝写离别时的惆怅，但另辟蹊径，无一字关涉别愁。四句皆为写景，却不写目前之送别，而是宕开笔触，直接写宗臣到达之地——扬州，设想扬州秋雨潇潇，宗臣系马江皋，落日时千帆降落，航船停渡，江面上波涛滚滚，如雪山般涌来，景象苍茫悲壮。将自己的关怀与惜别由凄凉风雨、连天白浪表现出来。把行者的离愁和送者的惆怅寓于意象之中，神采飞扬，格调高远，情韵兼胜，余意不尽。与《和聂仪部明妃曲》异曲同工，皆为"不写之写"，意境雄浑、音调峻洁，又得盛唐绝句之涵浑蕴藉，正见学唐之功力。

《挽王中丞八首》则是李攀龙斥奸励忠、歌颂忠良的最为动人的诗篇。其一云：

> 司马台前列柏高，风云犹自夹旌旄。属镂不是君王意，莫作胥江万里涛。

嘉靖三十九年（1560），边帅王忬因逆拂严嵩父子被构陷致死，其子王世贞扶枢归葬。隐居于乡的李攀龙单骑出吊，并作诗八首凭吊这位忠勇爱国之士。这首诗颂扬忠良、指斥奸相，凛然正气，化作一片沉雄，满腔愤慨化作不尽哀伤。沈德潜评曰："为中丞吐气，而忠厚之意宛然。"[1]

二　含蓄婉转，风骨内含

李攀龙的七言绝句还继承了王昌龄七绝风骨内蕴、句意深婉的特色，讲求谋篇布局，语义锤炼，即陈子龙所谓："于鳞绝句，词甚练而若出自然，意必浑而每多可思，照应顿挫俱有法度，未易至也。"宋征舆曰："何、李绝句，多随笔而出，于鳞每篇必作意，所以独上。"这使其绝句内涵丰富、意境深远，故李雯云："于二十八字中，写数十言所难尽者，于鳞于此处，每绝尘而上。"[2]

如《和聂仪部明妃曲》其二：

> 天山雪后北风寒，抱得琵琶马上弹。曲罢不知青海月，徘徊犹作汉宫看。

---

① 沈德潜等编：《明诗别裁集》卷8，上海古籍出版社1979年版，第201页。
② 陈子龙等编：《皇明诗选》卷13，华东师范大学出版社1991年版，第904页。

沈德潜极其推崇该诗，以为其"不著议论，而一切著议论者皆在其下，此诗品也"①。宋征舆也认为"明妃曲得此方称"②。聂仪部指聂静，嘉靖十四年进士，官礼部仪制司郎中。诗以王昭君怀抱琵琶北入匈奴后的一个片断进行描绘，曲达旅途中昭君的委曲心事，形象鲜明，寄意独别。写天山雪后寒风刺骨，昭君于马上弹着琵琶，以荒寒寂寞的气氛，寄托对昭君的同情。后二句有意揣测昭君将塞外之月当作汉宫之月的心态，曲折表现昭君对汉宫的眷恋。诗意正大和平，只将一幅真实的画面展现在读者眼前，不加任何评论褒贬，而情文相生，意不竭而识自见，韵高意远、真挚感人，有唐诗之蕴藉涵浑而不染宋人尖新刻露之习。

又如七律《初春元美席上赠茂秦得关字》：

> 凤城杨柳又堪攀，谢朓西园未拟还。客久高吟生白发，春来归梦满青山。明时抱病风尘下，短褐论交天地间。闻道鹿门妻子在，只今词赋且燕关。

此为七子初结社时分韵赋诗而作。谢榛久客京师，郁郁不得志，于鳞赏其才华、哀其不遇，于诗中巧妙化用典故，突出谢榛布衣高士、王府贵客的身份和交游满天下的名声，称颂十分得体，且声情高华，脍炙人口，故传为名篇。诗从反面切入，聚会之时，却从象征离别的杨柳写起，突出京城初春的时令特征，然后以"未拟还"拉回。前四句皆写谢榛以诗干谒、漂泊异乡的身世。颈联切合谢榛身份，云其不屑仕进，而交游遍天下。沈德潜云："诵五六语，如见茂秦意气之高，应求之广。"③尾联用汉末隐士庞德公携妻归隐鹿门的典故，指出谢榛终将与家乡妻子高隐。四联诗，一纵一收，收放自如，且意向丰富，包容万千，语句高度凝练，虽多处用典，但出之自然，意气高华。

后七子之一的吴国伦被谪时，李攀龙作有《于郡城送明卿之江西》：

> 青枫飒飒雨凄凄，秋色遥看入楚迷。谁向孤舟怜逐客，白云相送大江西。

---

① 沈德潜等编：《明诗别裁集》卷8，上海古籍出版社1979年版，第202页。
② 陈子龙等编：《皇明诗选》卷13，华东师范大学出版社1991年版，第920页。
③ 沈德潜等编：《明诗别裁集》卷8，上海古籍出版社1979年版，第195页。

嘉靖三十四年（1555），杨继盛上疏弹劾严嵩十大罪，被杀，吴国伦时任兵科给事中，纠众为杨继盛送葬，忤严嵩，谪江西按察司知事，途经济南，李攀龙时告病家居，为置酒送行，作此诗。全诗低沉含蓄，一往情深。前二句遥写明卿乘舟入楚沿岸所见，全为写景，却通过飒飒秋风、萧瑟秋雨，展现了自己低回悱恻、依依不舍的无尽惆怅。有离别的黯然销魂，也有对明卿遭贬的郁愤，意在象外，凄凉满怀。后二句直抒胸臆，表达了对孤独友人无限的同情，对世态炎凉的愤懑。末句一语双关，既显示了两位挚友的高风亮节，又以白云寄托自己对明卿之行绵绵不尽的挂念，抒情意味极浓，将满腹心绪寄托飘浮的白云。全诗景象凄楚，风神高远、情致婉转，缠绵而又豪迈。

值得注意的是，雄浑与蕴藉在李攀龙诗歌中常兼而有之，如《寄元美》其七：

> 渔阳烽火暗西山，一片征鸿海上还。多少胡笳吹不转，秋光先入蓟门关。

诗用雄浑之笔，写出边塞的雄奇壮美，又宛转曲折之笔，写出征人的无限乡愁和哀怨，音节亢亮而情韵兼胜，与王昌龄《从军行》"撩乱边愁听不尽，高高秋月照长城"有异曲同工之妙。所以李雯评曰："何减龙标。"[1]

三　语近情深，沉着意真

李攀龙律绝高浑英迈而出于自然，有李白自然真率的特色，尤令人倾倒。陈子龙以为"词甚练而若出自然"[2]，沈德潜以为"有神无迹，语近情深"[3]，都指出了这一鲜明特色。

李攀龙性孤介，慎交游，但对知己友人则情深意切，这充分体现在其送别怀人诗中。如《寄许殿卿》：

> 漠漠雨如沙，翩翩燕子斜。官贫轻逆旅，乡远重携家。昨夜怀人去，春风抚岁华。临行独御水，问使到梅花。

---

① 陈子龙等编：《皇明诗选》卷13，华东师范大学出版社1991年版，第912页。

② 同上书，第904页。

③ 沈德潜等编：《明诗别裁集》卷8，上海古籍出版社1979年版，第193页。

诗乃寄同乡挚友许邦才所作，李攀龙时在京师，以诗代简，寄慰友人。前二句写眼前景，后四句写昨日事，春晖时节，细雨霏霏，许邦才远游为官，路途遥遥，携家而行。末二句回到当下寄信之时，笔触跳转自如，随意变换，手法高超，"漠漠"一联幻化杜甫《水槛遣心》之"细雨鱼儿出，微风燕子斜"诗句，而不落痕迹。感怀少年至交，情深意真，笔调委婉，秀色在骨，王夫之《明诗评选》卷五誉之为"破尽格局，神光独运"。又云："于鳞自有此轻微之思、深切之腕，可以天游艺苑。"可谓推崇备至。

李攀龙正直爱国，而"倏去倏就，三仕三已，如调世然"①，友人亦大半正直之士而多遭排斥，加之生性孤高傲世，长期生活于寥落之中，造成了他既热衷政治又杜门避事的创作心态，故其诗歌中愤激与悲凉、委婉与深切共存。

《寄别元美》云：

> 谁怜伏阙上书还，国士衔冤动帝颜。杀气始应高碣石，飞霜犹自满燕山。风尘双泪绨袍尽，湖海扁舟白发间。却念十年携手地，不知春色在吴关。

首句以王世贞兄弟因父王忬被杀，于隆庆元年伏阙上书事领起，次句颂新君为故臣昭雪。颔联指王忬生前杀敌、蒙冤而死，颈联喻自己与王世贞的交谊，并露归隐之意。尾联追溯当年游从之趣，仍以友情之深作结。全诗前半大气偾张，意气飞扬；后半蕴藉情深，余韵悠然，读来声情并茂，确有过人之处。

《登华不注山送公瑕》云：

> 鸿雁高飞木叶丹，逍遥台上一凭阑。浮云不动孤峰起，落日长临二水寒。多病故人书未达，中原秋色醉相看。欲愁匹练江南道，极目吴门驻马难。

华不注山在济南东北，诗当作于李攀龙告病归乡时。诗人与周天球（字公瑕，长洲人，诗学七子）秋日同登华不注，暮色投射在黄河、济水上，

---

① 李攀龙：《沧溟集》卷26《报袭克懋》，李伯齐校点《李攀龙集》，齐鲁书社1993年版，第586页。

孤峰独立，白云迟迟。后半首言自己因多病而对故人疏于音信，天球今日饱看中原秋色，回到故乡想起今日一同登临的依依惜别之情，必多惆怅。

《平凉》云：

> 春色萧条白日斜，平凉西北见天涯。唯余青草王孙路，不入朱门弟子家。宛马如云开汉苑，秦兵二月走胡沙。欲投万里封侯笔，愧我谈经鬓有华。

平凉府在今甘肃，是明朝与鞑靼部对峙的边界，诗作于任陕西提学副使时，写过平凉时所见藩王兼并土地的严重和西北边境形势的严峻，表达了对国事的忧虑和无奈。"唯余"二句写当时韩王府聚敛土地之状，反映了全国的普遍状况，语平朴而含激愤，又极工致，"讽致虚婉，音调琅琅"①，尤为诗家所称。

胡应麟说："仲默（何景明）不甚工绝句，献吉（李梦阳）兼师李、杜及盛唐诸家，虽才力绝大而调颇纯驳。惟于鳞一人一以太白、龙标为主，故其风神高迈，直接盛唐。"② 认为李攀龙与李白、王昌龄的七言绝"可谓异代同工"③，其高"足可雄视千古"④。

七律《怀子相》更多抒发了"天涯宦迹左迁多"的慨叹：

> 蓟门秋林送仙槎，此日开樽感岁华。卧病山中生桂树，怀人江上落梅花。春来鸿雁书千里，夜色楼台雪万家。南粤东吴还独在，应怜薄宦滞天涯。

卧病怀人，心自悲凉，夜色天涯，时空滞重。诗人通过意象的虚实相融，表达了对友人的绵绵相思，并隐喻了对国事的深切担忧。诗句质朴无华，而又意蕴深厚；沉郁顿挫，而又怨而不怒，颇得杜诗之遗风。

四 拟议变化，出神入化

李攀龙主张"拟议成变，日新富有"，古乐府虽模拟太过，但还是有

---

① 陈子龙等编：《皇明诗选》卷11，华东师范大学出版社1991年版，第765页。
② 胡应麟：《诗薮》内编卷6，上海古籍出版社1979年版，第110页。
③ 胡应麟：《诗薮》续编卷2，同上书，第364页。
④ 同上书，第357页。

不少作品确实达到了这一境界，如宋征舆所云："济南工于拟议而变化出焉。"①

其七古代表作《岁杪放歌》云："终年著书一字无，中岁学道仍狂夫。劝君高枕且自爱，劝君浊醪且自沽。何人不说宦游乐，如君弃官亦不恶。何处不说有炎凉，如君杜门复不妨。终然疏拙非时调，便是悠悠亦所长。"当作于隐居白雪楼时，弃官归隐、杜门谢客，诗乃于鳞自况，以示愤世嫉俗、洁身自好、安闲自得的人生态度。

钱钟书先生曾在《谈艺录》中详细剖析了这首《岁林放歌》模仿唐张渭《赠乔琳》之处：

> 七子模拟，为人诟病。……然世只睹其粗作大卖而已，若其琢磨熨帖，几于灭迹刮痕者，则鲜窥见。……《岁杪放歌》，余所爱讽，……而迄无识其全出依仿者。李诗云："（见上）。"唐张渭（一作刘慎虚）《赠乔琳》云："去年上策不见收，令年寄食仍淹留。羡君有酒能便醉，羡君无钱能不忧。如今五侯不爱客，羡君不问五侯宅。如今七贵方自尊，羡君不过七贵门。丈夫会应有知己，世止悠悠何足论。"两诗章法、句样以至风调，无不如月之印潭、印之印泥。李戴张冠，而宽窄适首；亦步亦趋，而自由自在。虽归摹拟，了不持扯。"印板死法"云乎哉，禅家所谓"死蛇弄活"者欤？②

应该说，李攀龙的不少诗歌，尤其是律绝确可谓点铁成金。《岁林放歌》外，再来比较李攀龙的《于郡城送明卿之江西》与李白的几首诗。李攀龙云："谁向孤舟怜逐客，白云相送大江西。"李白《闻王昌龄左迁龙标遥有此寄》云："我寄愁心与明月，随风直到夜郎西。"又《黄鹤楼送孟浩然之广陵》云："孤帆远影碧空尽，惟见长江天际流。"很明显，无论是意境的创设，还是手法的运用，李攀龙都借鉴了李白之诗，师其意而不师其迹，十分高明。

"大风千古见雄才"③，李攀龙是一位有风骨的正统文人，他以其出众

---

① 陈子龙等编：《皇明诗选》卷1，华东师范大学出版社1991年版，第74页。

② 钱钟书：《谈艺录》（补订本），中华书局1984年版，第605页。

③ 李攀龙：《沧溟集》卷10《送都转运刘使君还万安有序》，李伯齐校点《李攀龙集》，齐鲁书社1993年版，第246页。

的才华给当时衰微的文坛带来了活力和生机。在其诗作中，或隐或显，或敛或放，或壮怀激烈，或低吟浅唱，始终荡漾着一股傲然高华之气。出于对古文辞的热爱与古人精神的向往，他以汉魏盛唐为法，希望以此振起衰敝，重现汉魏盛唐之灿烂华章，但他过分强调对古格、古调、古代语汇的学习和模仿，却没有完全做到"不见迹"，在形式上又未能尽去古人面目。正如叶燮所评："凡使事、用句、用字，亦皆有一成之规，不可以或出入。……其使事也，唐以后之事戒勿用……其用字句也，唐以前未经用之字与句戒勿入……使之连咏三日，其言未有不穷，而不至于重见叠出者寡矣。"[1] 王叔承云："诗衰于宋、元，北地起而复古，一代摩拟之格，此其创矣。历下一变，锻炼淘洗，脱凡腐而尚精丽。然才情声律，未及变化，故用豪句构壮字自高。"[2]

　　其诗用典雷同、意象重复之处屡见不鲜。胡应麟《诗薮》指其诗"用字多同，十篇而外，不耐多读"。凡写登高，就不离"茱萸""菊花"，凡写饮酒，就不离"高阳""东篱"，凡写集会，就不离"梁园""平台"，他如"万里""风尘""千山""雄风""浩气""中原""白雪""黄金""紫气"等层见迭出。因其诗中多"风尘"二字，曾被人讥之为"李风尘"，又如《杪秋登太华绝顶》四首，每首都有"万里"二字，也是诗家一戒。在语言词汇上字重句复，正是李攀龙诗作在明代中叶盛极一时而终至招来訾诟的原因之一。对此诸家多有论述：

　　据钱谦益《列朝诗集小传》记载，王叔承致信屠隆，论李攀龙诗云："七言律最称高华杰起。拔其选，即数篇可当千古；收其凡，则格调辞意，不胜重复矣。海陵生尝借其语，为《漫兴》戏之曰：'万里江湖迥，浮云处处新。论诗悲落日，把酒叹风尘。秋色眼前满，中原望里频。乾坤吾辈在，白雪误斯人。'云云，大堪绝倒。"其中"万里""浮云""落日""风尘""秋色""中原"皆为李攀龙律绝常用词。对此，钱谦益随声附和："七言今体，承学师傅，三百年来，推为冠冕，举其字则五十余字尽之矣，举其句则数十句尽之矣。……专城出守，动曰'东方千骑'；方舟共载，辄云'二子乘舟'。辽海中丞，袭镖骑之号；庐江别驾，蒙小吏之呼。……于是狂易成风，叫呶日甚。"[3]

---

[1]　叶燮：《原诗》卷3《外篇上》，王夫之等辑《清诗话》，上海古籍出版社1978年版，第590页。

[2]　钱谦益：《列朝诗集小传》丁集上，上海古籍出版社1983年版，第494页。

[3]　同上书，第428页。

对李攀龙代表的复古派衰微的原因，周准可谓一语中的："选明诗者众矣，矜才藻者类鲜风裁，尚规格者徒存体貌，二者交失。夫风裁不具，洪、永所以未及于盛；体貌徒存，嘉、隆所以渐及于衰也。"①

① 沈德潜等编：《明诗别裁集》，上海古籍出版社 1979 年版，第 3 页。

第九章　济南名士多——历下诗派

济南古称历下，因城南有历山，舜帝曾躬耕于其下而得名，自古为人文渊薮。明代置历城县（今济南市），为山东布政使司衙门和济南府治之所在。因明中叶笼盖文坛的前后七子中，被誉为"弘正四杰"的边贡和后七子领袖、一代诗宗李攀龙均为历下人，因而在他们的同乡中形成了一批追随者，他们均为历城或章丘人士，或为知交，或为同学，或为晚辈，或为同僚，围绕在边、李二人身边，往来酬唱，共同尊奉复古派的诗歌主张，他们的活动年代几乎与复古派同时，在当时的文坛上，被目之为"历下诗派""济南诗派"①。故万历时诗人王象春云："济上之诗以边庭实先生为鼻祖，其后李于鳞、许殿卿、谷少岱、刘函山，不可胜数。'济南名士多'，从昔然矣。"② 由于其成员之诗文创作基本以前后七子为宗，又与边贡、李攀龙等人多有交往，可视作两次复古运动在济南一带的回应。

若以有领袖、有羽翼、有主张、有活动的文学流派之公认的四项标准衡之，历下诗派只是一个在乡邦之谊基础上由地域诗人群体而形成的较松散的派别，其乡党意识较强而流派意识较弱。并无明代诗派诗社那种典型的党同伐异和门户作风，显得较为开放。也正因如此，历来对"历下诗派"的发展概况缺乏明确的认识，对其成员构成更是始终缺乏一个明确的界定。几百年来，在明清文学史上，"历下诗派"只是作为一个模糊的概念而存在，兼之明末清初对李攀龙等人的偏见与攻讦，更使与之密切相关的"历下诗派"遭遇冷落，几乎被遗忘，更遑论关注与研究。因此，对"历下诗派"的发展脉络予以界定，从文学宗尚和与边、李的关系上

---

① 朱彝尊《静志居诗话》卷16"高出条"（人民文学出版社1990年版，第489页）、《四库全书总目》卷179《葛太史集存目提要》（中华书局2003年版，第1616页）均以"历下余派"称之。

② 王象春：《济南百咏》之《边华泉》题注，武进涉园1928年石印本。

对其成员构成进行发掘与辨析，无疑是很有意义的。

第一节　诗派构成

从历下诗派的形成和发展来看，明显以边贡和李攀龙为领袖分为前后两期。

最早对历下诗派的兴起发展进行明确论述的，是清初的文坛泰斗王士禛，作为边贡、李攀龙的乡人（王为济南府新城人，今桓台县新城镇），王士禛对历下诗派十分关注，他多次指出：

"济南诗派大倡于华泉、沧溟二氏，而筚路蓝缕之功，又以边氏为首庸。"①

"历下诗派，始盛于弘正四杰之边华泉，再盛于嘉隆七子之李观察沧溟。"②

"吾乡风雅，盛于明弘、正、嘉、隆之世，前有边尚书华泉，后有李观察沧溟。"③

这是非常切合实际的论断。边贡卒于嘉靖十二年（1533），11 年后，李攀龙中嘉靖二十三年进士，因而，分别围绕在两位领袖身边，形成了前后两批作家群体。边贡虽有开创之功，但他弱冠登第，一直南北游宦，居乡的时间仅有两次：一是正德十二年因丁母忧归乡，至嘉靖元年起为南太常寺少卿的四年；二是嘉靖十年五月致仕至嘉靖十一年二月去世，不足一年的时间。两次时间均较短，对历下诗坛的影响可谓不大。因此，无论在当时和身后，其乡党中的追随者并不多，仅其弟子刘天民、其子边习等。而自嘉靖元年（1522）至嘉靖十年这十年间，边贡一直在南京就职，他挥毫浮白，寄情山水，与顾璘等人共同构成了第一次复古运动中的南京作家群。其对文坛的影响，也主要集中在这段时期。朱观𤏳的《海岳灵秀集》评价边贡云："孝庙以前，海岱之才，无其伦比。"④ 因此，边贡对历

---

① 王士禛：《华泉先生诗选序》，载边贡《华泉先生集选》，《四库全书存目丛书》，齐鲁书社 1997 年版，集部第 49 册，第 2 页。

② 王士禛撰，梁宗楠编：《带经堂诗话》卷 25《轶闻类》第 26 条，人民文学出版社 1963 年版，第 722 页。

③ 同上书，卷 4《纂辑类》第 6 条，第 99 页。

④ 参见《四库全书总目》卷 171《华泉集提要》，中华书局 2003 年版，第 1497 页。

下诗派的贡献，恐怕更多的来自他以列名"弘正四杰"的文坛地位首开风气而对历下诗人带来的精神鼓舞。

历下诗派的主要活动时期为正德、嘉靖两朝，约六十年的时间。而其真正大倡于时，是在李攀龙领袖文坛的二十年间，这也是历下诗派的鼎盛时期。在这二十年中，李攀龙在济南度过了近十年的时间。自嘉靖三十七年（1558）自陕西提学副使任上告归，至隆庆元年（1567）起为浙江按察副使的九年间，李攀龙高居白雪楼，杜门谢客，大吏至亦然，惟与知己故交往来酬唱，"独故交殷、许辈过从靡间"①。其人则殷士儋、许邦才、袭劼、潘子雨等，而以殷士儋、许邦才为骨干。故王世贞云："于鳞所亟称者，非王生六七辈，则其乡人许殿卿、潘润夫、袭克懋也。"② 李攀龙亦云："齐鲁于文学其天性，即今日里党可谓多贤。"③ 嘉靖、隆庆年间，历下诗人号称"边李殷许"，这一提法，正是以边贡、李攀龙为前后领袖，以殷、许为股肱局面的准确概括。

在后期历下诗派成员中，最早与李攀龙相识的是殷士儋与许邦才。殷士儋《李公墓志铭》云："于鳞……比就外傅，则余及今长史许殿卿皆以髫年，相约为知交。"④ 殷士儋虽小李攀龙八岁，但李攀龙十五岁时，二人曾同学毛诗于张潭，并同中嘉靖十九年举人，李攀龙于嘉靖二十三年得第，三年后，殷士儋也考中进士，恰好王世贞也于同年登第，得以共同结社唱和；不久李攀龙出任顺德，殷士儋则留任京师，嘉靖三十七年李攀龙告归家居时，殷士儋已先于前一年以母疾请归，次年母丧守制，直至嘉靖四十一年服除，再起为裕王讲官。五年中，二人往来甚密。

许邦才亦自少即与李攀龙结识，与殷士儋同为李攀龙的莫逆之交。李、许二人皆家贫而同起于患难，故相知甚深。殷士儋云："盖于鳞素善殿卿，早岁俊杰相命，期遭会崛起泽大流施。自余童髫，心重此二人。此两人慎许可，独亦推进余忘年与游也。"⑤ 许邦才于嘉靖二十二年乡试中举后，一直困顿科场，而李攀龙于嘉靖二十三年中第后居京，许邦才借科

---

① 《明史》卷287列传175《文苑传三·李攀龙传》，中华书局2000年版，第4931页。

② 王世贞：《弇州四部稿》卷68《潘润夫家存稿序》，《四库全书》，上海古籍出版社1987年版，集部第1280册，第178页。

③ 李攀龙：《沧溟集》卷8《送殷正甫并引》，李伯齐校点《李攀龙集》，齐鲁书社1993年版，第185页。

④ 同上书，《附录》，第685页。

⑤ 殷士儋：《金舆山房稿》卷5《许殿卿移守永宁序》，《四库全书存目丛书》，齐鲁书社1997年版，集部第115册，第709页。

考之便，得以入京与七子相游。李攀龙居乡时，许邦才恰在设藩济南的德府任右长史。时王世贞为青州兵备副使，吴维岳为山东监察御史，诸人数会于华阳、洛水之间，相与唱和。

袭勖则是嘉靖十二年与李攀龙在府学中相识的。时李攀龙二十岁，入府学，与许邦才、袭勖过从甚欢。攀龙为袭勖父所作《明处士袭公（彪）墓志铭》云："余弱冠与（袭勖）游甚欢，即犹与光炳（袭勖子）、光燿（袭勖兄子）处诸生中也。"① 袭勖科场屡挫，一直居乡，年五十始补选贡生，六十出仕。与李攀龙、殷士儋酬作甚多。

潘子雨与李攀龙的交往，不知始于何时，但二人均为嘉靖十九年举人。潘子雨字润甫，二弟子云为县学生员，三弟子霓中嘉靖三十二年进士，历官员外郎，而潘子雨始终未能中第，李攀龙告归时得以往来过从。潘子雨与殷士儋为儿女姻亲，其子潘凤翔娶殷之第三女为妻。嘉靖四十一年，潘子雨谒选为河北广平府邯郸县令②，李攀龙有《送潘子雨之邯郸》诗四首以别之。后改河南彰德府临漳知县，仕至行太仆少卿。李攀龙与潘氏弟兄均有诗文往来，潘子雨有《潘润夫家存稿》，王世贞为序，今未见。

李攀龙同学知交中尚有郭宁。郭宁字子坤，习治《礼记》，亦曾授学于家塾。幼与李攀龙同为县学诸生，中举后亦久未能登进士榜，乃于嘉靖四十四年赴礼部谒选，除庐州别驾，历官藩府左长史。与李攀龙、殷士儋均有深交，《沧溟集》中所见倡和之作亦有十余首之多。但郭宁未能以诗名，故不计入"历下诗派"成员之中。

历下诗派成员，除袭勖为章丘人外，均来自历城。但在嘉靖朝，并非济南一带所有的诗人均追随复古派的诗文主张。在相距历城百余里的章丘，即以李开先为核心形成了一个散曲戏剧的创作中心，成员有乔岱、袁崇冕等人，历下人谷继宗亦与之来往密切，他们推崇俗文学，诗文信笔挥洒，厌弃格调法度，从审美取向上来看，与李攀龙等人不啻天壤殊途。历下诗派成员中，只有刘天民、殷士儋兼作词曲，除殷与李开先有深交外，大部分作家专攻诗文，不屑于俗文学，风气异于以李开先为领袖的章丘词曲中心。③

同时活跃在嘉靖朝的历城、章丘诗人还有谷继宗、刘汝松、张舜臣、

---

① 李攀龙：《沧溟集》卷21，李伯齐校点《李攀龙集》，齐鲁书社1993年版，第495页。
② 李攀龙：《沧溟集》卷22《潘母赵氏墓志铭》，同上书，第515页。
③ 李开先虽与殷士儋交善，但创作风貌实不相同。

逯希韩、华鳌等。张舜臣字熙伯，号东沙，章丘人，嘉靖十四年（1535）进士，官终南户部尚书兼都御史，与李开先同乡，且同中嘉靖七年举人，二人交往密切。张舜臣寄李开先诗云："寰海文章伯，东山李太常。"并曾为《中麓小令》作跋，对其十分推崇，同时又与谢榛等人有交，与"历下诗派"的关系尚不清楚。逯希韩乃章丘布衣，其兄弟逯希闵号西墅，与李开先相亲厚，属章丘作家群，而非历下诗派成员。至于谷继宗、华鳌二人，论者向以历下诗派成员目之，此乃不合事实的臆断（详见下文）。刘汝松字贞吾，历城人，嘉靖二年进士，官知府，以诗名。据钱谦益《列朝诗集小传》记载："同时，历下有刘汝松、谷继宗者，皆举进士，有诗名，谷亦能填词，而诗俱未工。"① 由于刘汝松的资料留存甚少，《沧溟集》中也未见其蛛丝马迹，他与历下诗派的关系目前仍是一个疑点，还需进一步加以探讨。

明中叶复古派笼盖文坛的时期，除历城、章丘两地以外，还有不少山东籍诗人追随在前后七子周围，他们虽非历下乡人，但在仕宦期间得以与边、李诸公相识，而与复古派成员有着密切交往，在文学上奉行复古主张，有的还参与了前后七子派的文学活动，如刘铉、殷云霄、苏祐、赵鲲、靳学颜、靳学曾、李先芳、刘尔牧等人，可视为历下诗派之外围。

因此，历下诗派是由领袖、成员及外围共同构成的诗人群体。以下即对其成员的情况略作阐述。

第二节　谷继宗、华鳌非"历下诗派"成员辨析

一　谷继宗

一直以来，因为谷继宗身为历城（今济南市）人，有诗名，又与李攀龙等人同时的缘故，论者多以属之历下诗派，如前引《山左明诗钞》所云，将其与刘天民、李攀龙、许邦才并提，事实上，无论从创作态度还是交游范围看，谷继宗都与章丘词曲作家群的关系更为密切，当非"历下诗派"一脉。

谷继宗字嗣兴，号少岱，嘉靖五年（1526）进士，官知县，"宦未通

---

① 钱谦益：《列朝诗集小传》丁集上"靳侍郎学颜"条，上海古籍出版社 1983 年版，第 391 页。

而遭谗早废"①，三载而辞官。年龄长于李攀龙等人，享年八十开外。以诗名世，有《岁稿》一卷，兼工散曲。钱谦益有云："历下有刘汝松、谷继宗者，皆举进士，有诗名，谷亦能填词，而诗俱未工。"②

谷继宗乡居期间与章丘曲作家时有往来，尤与李开先交善，《闲居集》中有很多两人往来的记载。谷继宗颇倾心丹药，曾双目失明，为避人事，往章丘依李开先而居，历三月，岁暮始归，明春有良医以针灸之法疗之而复明。李开先曾作《贺谷少岱丧目重明》诗，诗前有序，叙之甚详。《道光济南府志》卷四十七记谷继宗失明后依李开先事亦甚详。

关于谷继宗辞官的原因和性情嗜好，李开先《赠少岱》中云："宰邑三年政已成，才高自古谤偏生。闻鸡起舞常无寐，倚马能诗旧有名。"③据前两句来看，谷继宗辞官的原因起于毁谤；后两句则言其诗思敏捷，片刻即就。

谷继宗向以文思敏捷著称。李开先《闲居集》中有多首诗记之，如其失明居章丘时，"应酬无虚日，诗文无暇时。……所历不过九十日，所作则有数百篇"④。与李开先随意挥洒、动辄百韵的诗风颇为相近。因此，李对其诗歌评价甚高，如："酒狂我亦嵇中散，诗思君为王右丞。……几回欲和阳春曲，阁笔停杯愧不能。"⑤但正是这种率易的诗风，使其作品虽多而成就并不突出。如钱谦益所云："富于篇什，以倚待立就为能，故可传者绝罕。"⑥与李攀龙审慎精严的创作态度迥异其趣。且遍检《沧溟集》，李攀龙与其往来的篇什仅有一首，即卷七的七律《酬谷明府见寄》，其非历下诗派之成员明矣。

二　华鳌

华鳌字时镇，号空尘，济南章丘人，邑诸生，祖父华珩，官御史。华鳌工诗善画，有《空尘诗集》。对华鳌生平记载较详者，当属清初的王士禛，《池北偶谈》云："华鳌，字空尘，亦章丘人，御史珩之孙。邑诸生，妙于绘事，落笔辄题其上曰'空尘诗画'。人丐之画，辄瞪目不应。当其

①　李开先：《闲居集》之五《贺谷少岱丧目重明》诗前小序，卜键笺校《李开先全集》，文化艺术出版社 2004 年版，第 415 页。

②　钱谦益：《列朝诗集小传》丁集上，上海古籍出版社 1983 年版，第 391 页。

③　李开先：《闲居集》之三，卜键笺校《李开先全集》，文化艺术出版社 2004 年版，第 207 页。

④　李开先：《闲居集》之五《贺谷少岱丧目重明》诗前小序，同上书，第 415 页。

⑤　李开先：《闲居集》之三《谷少岱赠诗次韵奉答》，同上书，第 205 页。

⑥　钱谦益：《列朝诗集小传》丁集上"靳侍郎学颜"条，上海古籍出版社 1983 年版，第 391 页。

意得，迥出笔墨蹊径之外。诗亦如之，五言尤超诣。"①

称华鳌与李攀龙相往来的记载，也惟见于王士禛，《渔洋诗话》云："鳌工诗善画……与李沧溟、杨梦山相唱和。"②《池北偶谈》又云："鳌亦沧溟友。予少见其集，今无从购矣。鳌姓字亦见《杨升庵集》。"③ 但遍检《沧溟集》、杨巍《梦山存家诗稿》及杨慎《升庵集》，并未有任何记载与华鳌相往来的文字，则王士禛所记颇不知所据。

事实上，华鳌与同乡李开先有所交往，《闲居集》之四有《空尘诗为华生时镇赋》三首，云：

> 物外一闲身，真空不染尘。有时为绘事，意古笔鳞皴。
> 静里道心生，书斋远市城。一尘飞不到，万籁寂无声。
> 村舍幽而旷，辋川似不让。红尘半点无，何况有千丈。

称赞华鳌心境之澄明空灵，遨游物外，居处之远离尘嚣，幽静避世，画作有古意。

华鳌乃隐逸派诗人，其诗存世不多，王士禛于《池北偶谈》中采其佳句，如《题王仁甫卜筑》云："大隐不在山，出处乃适意。"《送吕中甫山人》云："秋老留红叶，风轻转白蘋。"《宿惠上人院》云："爱此疏林月，兼之一磬清。"《孤坐》云："雨霁闻啼鸟，风停数落花。"《过杨九山川上居》云："炉头留宿火，花径闭秋云。""人以拟浩然'微云疏雨'之句。"④ 以为得孟浩然风神。

华鳌精于五律，如《访山人不遇》云："采秀不知处，空留白日间。双松如候客，独鹤解当关。只为怜同病，方能到此间。欲寻藤杖迹，云数满千山。"写空山的宁静清远，雾霭缭绕，松鹤相亲，展现出"诗中有画，画中有诗"的静逸明秀之美，的确属于盛唐王、孟一派。《睡起自述》则是他闲适散澹生活的生动写照，诗云："槐午睡方熟，息肩者稚子。老妻撼绳床，饭熟呼不起。不能工磬折，发乱无人理。我懒我自知，不要旁人喜。"

---

① 王士禛：《池北偶谈》卷 14《谈艺四》"袭勖华鳌"条，中华书局 1997 年版，第 336 页。

② 王士禛撰，梁宗楠编：《带经堂诗话》卷 12《佳句类》第 13 条，人民文学出版社 1963 年版，第 290 页。

③ 王士禛：《池北偶谈》卷 14《谈艺四》"袭勖华鳌"条，中华书局 1997 年版，第 336 页。

④ 同上。

　　无论从闲静鄙视的处事态度还是萧散适意的诗风来看，华鳌都不应属于历下诗派。历下诗派成员刘天民、李攀龙、殷士儋等人，都表现出强烈的干预时事、积极入世的政治热情和刚直耿介的处世作风。李攀龙诗歌的格调铿锵、高华整炼、雅丽沉雄的风神和浓烈的美刺精神，也正是这种内在个性的发抒与体现。

第三节　前期诗人：刘天民、边习

一　刘天民

　　刘天民（1486—1541）字希尹，济南历城（今济南市）人，因城南二十里有函山，故号函山，正德九年（1514）进士，累迁至河南、四川按察副使，所著有《蛰吟集》《田间集》《愧庵集》《刺寿稿》《南行稿》《游蜀吟稿》二卷等，其孙刘亮采汇刻为《函山先生集》十卷，另著有《读选便览》四卷等。刘天民小边贡10岁，长李攀龙28岁，属历下诗派前期年辈较早的诗人。

　　刘天民为人豪隽倜傥，谈吐爽利，"自少以至投老，有风调，善谈吐，庶几乎嬉笑怒骂皆成文章者"。"海岱诗社"成员黄卿曾对李开先云："同一事也，他人言之或无意味，但自函山口出，人无不倾听者矣。"李开先称其"负经济而逃于诗酒，善谈笑而不难乎诙谐"[1]。任吏部时，因文章得名，与薛蕙有"省中二彦"之称。

　　在朝为官时，他劲节直谏，置个人安危于不顾，于正德、嘉靖两朝的政治大事——谏武宗南巡和"议大礼"中，"谏草两陈，再答阙下"[2]，两次都积极参与，与众大臣伏阙上书，并先后两次受廷杖。直声震于一时。后因被小人所中，由吏部文选司郎中谪知寿州，按惯例，京官外谪，出京时须以眼纱遮面。刘天民路过吏部时，选人数千拥其马，不得行。刘天民索性掷眼纱于地，曰："吾无愧于官，俾汝辈见吾面目可耳。"[3] 缙绅郊外饯行者，三日乃已。友朋蔡鹤江赠诗云："元祐党人沧海外，贞元朝

---

① 李开先：《闲居集》之七《四川按察司副使前吏部文选司郎中函山刘先生墓志铭》，卜键笺校《李开先全集》，文化艺术出版社2004年版，第544页。

② 朱彝尊：《静志居诗话》卷10，人民文学出版社1990年版，第285页。

③ 李开先：《闲居集》之七《四川按察司副使前吏部文选司郎中函山刘先生墓志铭》，卜键笺校《李开先全集》，文化艺术出版社2004年版，第543页。

士晓星前。"以北宋元祐党人喻之，讥刺谗言小人。王耕原赠诗云："君不见盘中紫脂蟹，畴昔横行今安在？又不见坐上虎皮裀，当日负嵎思杀人。世间反覆那可数，彼夫何事用心苦。"暗示进谗者虽横行一时，终如盘中之蟹、剥皮之虎，不得善终。

嘉靖九年（1530）升河南按察司副使，平反冤狱，有政声，移四川。嘉靖十四年（1535）由四川按察副使任上，被朝廷考校官吏而以贪罢免，时年五十，愤懑不平，遂以词曲自娱。"王道思序其诗，称其为豪隽倜傥之士，屡摈而稍进，一进而辄斥。晚年好为词曲，杂俗兼雅，歌者便之。李中麓云：'济南刘函山，以副使罢官，愤愤不平，做三《胡十八》一套[仙吕]，有云："嚼口根青琐郎，绰口气黄阁老，把俺这无嫂嫂的陈平也，串下一个招。"又云："鹪鹩林多大小，葵藿肠容易饱，擎一瓯村里茶，抹一篇窗下稿。"其托寄感慨如此。'"[①] 晚年与李开先有交，居家七年而卒。

刘天民为边贡门人，且长女适边贡次子边习为妻。《华泉集》中与刘天民往来的诗歌共18种42首之多，如卷三《春日卧病寄刘子希尹王子孟宣》："我济富山水，人称名士乡。两生俱俊杰，吾道岂荒凉。"卷五《答函山希尹》："吏曹清雅复谁如？三载淮阴远谪居。岂谓风蓬叹流转，久从霄汉拟迁除。子平实有归田赋，公干虚传卧病书。乘月共怜霜燕起，悲鸣犹是落弦余。"卷六《寿春刘子希尹言念故乡有拂衣之兴奉问》："恨别君今忆旧山，感时予亦念乡关。天涯歧路几回首，岁暮风尘多苦颜。"《寄希尹再和前韵》："归使过江凭说，信有人相忆水云间。"卷七《题扇寄寿春希尹》："淮南花雨送春还，丛桂阴阴郡阁闲。自是刘安有仙骨，谪居犹近八公山。"皆可见二人交往之密切，情意之殷殷。

王士禛《渔洋诗话》谓其诗长于古体，而近体不及："余选《华泉集》刻成，又选刘吏部希尹集，得若干篇。希尹名天民，历城人，及与华泉相唱和，古选在华泉之上，五言近体，精深华妙远不及边矣。"[②]《蚕尾续文》中又将刘天民与许邦才之名实进行比较，不无感慨地说："名诅足尽信哉！"[③] 言下之意，谓其不得边氏之揄扬鼓吹，故名不著，似有为刘天民不平者。

---

① 钱谦益：《列朝诗集小传》丙集，上海古籍出版社1983年版，第364页。

② 王士禛撰，梁宗楠编：《带经堂诗话》卷4《纂辑类》第6条，人民文学出版社1963年版，第100页。

③ 同上书，卷6《题识类》第41条，第152页。

陈田则以为王士禛之论乃出于同乡之私心："希尹以直谏名，亦留心风雅，不尽合辙。渔洋谓古选在华泉之上，亦乡曲之言耳。"①《四库全书总目》又指出了其古体诗失于模拟的不足："今观其集中，如《拟宫词》五十首，《古别离·宿楚相祠》等作，尚可谓怨而不怒者。特其模拟太多，不能卓然自成一家耳。"②

刘天民虽将一生牢骚不平之气尽情发之于词曲，其诗歌中却不见痕迹，故顾璘《刘函山先生文集序》云："（先生）清才卓识，气盖一世……今观其诗文，内境春融，神游太古，乐所乐，无芥蒂于得失……其所养可窥矣。"③

如《有所思》云："幽居杳不惬，新情无与语。江草发相思，山花乱愁绪。凉风满故林，明月下前溆，何处抱琴来？搔首旷延伫。"写幽居生活的寂寥清冷，透露出沉重而郁闷的情怀。诗境清逸，格调舒缓，确可谓怨而不怒，无丝毫郁怒逎张之态。

同边贡相同，刘天民亦长于五言，气逸调畅，沉稳流利，如《出安丰郭》："一雨净云沙，江村风日斜。乘来刺史马，访遍野人家。檐雀搏残黍，篱龙吠落花。拟投南寺宿，望里见烟霞。"写春日出游所见田园乡村风光，清丽明快，充满生活气息，颇有边贡五言诗流美清圆之特色。

董复亨《繁露园集》对刘天民之诗给予高度评价："予读边、李二公及《函山文集》，庭实若泺上之泉，于鳞若华不注，函山则大明湖，槐柳婆娑，蒲荷荟蔚，何若不有？先生与庭实同时，于鳞之名则先生所命，可称'历下三绝'。"④将其与边贡、李攀龙并列，言边诗清圆，李诗雄奇，而刘天民之作秀美多姿。虽不无褒扬过甚之意，然所设喻极当，深得刘天民诗歌风貌。

二　边习

边习字仲学，号南洲，济南历城（今济南市）人，边贡次子⑤。边贡清廉，所至登临山水，购古书金石文字累数万卷，皆毁于火，而家无中人

---

① 陈田编：《明诗纪事》戊签卷 12，上海古籍出版社 1993 年版，第 1584 页。

② 《四库全书总目》卷 167《函山集提要》，中华书局 2003 年版，第 1575 页。

③ 刘天民：《函山先生集》前序，《四库全书存目丛书》，齐鲁书社 1997 年版，集部第 70 册，第 232 页。

④ 参见宋弼《山左明诗钞》卷 7，《四库全书存目丛书》，齐鲁书社 1997 年版，集部第 412 册，第 64 页。

⑤ 边贡有三子：边羽、边翼、边习，边羽夭亡。

之产，殁后无以遗子孙，后人式微，渐渐湮没无闻。清初王士禛"访其后裔，则墓祠久废，七世孙某已为人家佃种矣"①。边习负薪授徒，取给饘粥，贫困以终，有《睡足轩诗》一卷存世，清初遗民徐夜购得手稿，"纸札草恶，犹是当日真迹……装潢而藏之"②。王士禛选刻《华泉集》于京师时，删存其中48首诗，改题《边仲子诗》，附刻于后。

对边贡的清操、边习的遭遇，也不免感慨万端："先生（边贡）仲子习，字仲学，颇能诗。……而老鳏贫婆，至不能给朝夕以死，则先生清节可知也。"③"仲子以尚书之胄，饥饿终其身，残编零轴，几饱鼠蠹。阅百余年始遇吾两人者收拾护持，于昆明灰劫之余，仅以是詹詹者为楚相之寝丘也。嘻！廉吏安可为哉！"④

边习与严怡⑤相唱和，王士禛谓边习之诗其佳句如"野风欲落帽，林雨忽沾衣""薄暑不成雨，夕阳开晚晴""宛有家法"⑥。《四库全书总目》则云："习诗远不及其父，尤多应俗之作。其挽李东阳二诗，论虽公而评太讦，亦乖诗品。"⑦

边习同其父一样，也精于五言。《早秋晚眺》曰："薄暑不成雨，夕阳开晚晴。鸡鸣还应候，蝉老欲吞声。白发怜孤赏，青藜罢野行。柴门一翘首，愁绝远山横。"诗中描绘早秋的傍晚，微雨初晴，蝉声断断续续，垂老的边习皤然白发，立于柴门外远眺，远处横亘的山峦如心中的忧愁般绵绵不绝。诗风萧疏简远，明秀雅素，结句意蕴包容，颇耐品味。

《夜雨》诗则展现了其愁苦的心境："山窗一夜雨，忽送九秋寒。多病忧时促，孤衾付永叹。不工门外瑟，独考涧中槃。出处皆无似，孰云天地宽。"一夜秋雨过后，天气陡然转寒，使病弱的边习不免感叹春夏的美好时光过得太快，薄薄的衾被怎能抵挡即将到来的严寒呢？联想到自己欲

---

① 王士禛撰，梁宗楠编：《带经堂诗话》卷25《轶闻类》第26条，人民文学出版社1963年版，第722页。

② 同上书，卷12《佳句类》第8条，第288页。

③ 王士禛：《池北偶谈》卷9《谈献五》"边尚书"条，《历代笔记史料丛刊》，中华书局1997年版，第201页。

④ 王士禛：《边仲子诗序》，载边贡《华泉先生集选》，《四库全书存目丛书》，齐鲁书社1997年版，集部第79册，第320页。

⑤ 严怡字士和，号石溪，江苏如皋人，以贡生选为博平训导。

⑥ 王士禛撰，梁宗楠编：《带经堂诗话》卷12《佳句类》第8条，人民文学出版社1963年版，第288页。

⑦ 《四库全书总目》卷177《边仲子诗提要》，中华书局2003年版，第1580页。

仕无路、欲隐无凭的穷困处境，边习发出了"孰云天地宽"的无奈长叹。这无疑是他窘困生活与悲苦心境的真实写照。

历下诗派的两位领袖其后皆式微，李攀龙子孙中无人能诗，边贡则幸赖边习，尤可稍传衣钵，故王士禛《论诗绝句》云："济南文献百年稀，白雪楼空宿草菲；未及尚书有边习，犹传林雨忽沾衣。"①

第四节 后期诗人：殷士儋、许邦才、袭勖

一 殷士儋

殷士儋（1522—1582）字正甫，号棠川②，济南历城（今济南市）人。嘉靖二十六年（1547）进士，为裕王（后为隆庆帝）讲官，"凡关君德治道，辄危言激论，王为动色"③。隆庆即位后，累擢礼部尚书兼武英殿大学士，入内阁。高拱专政，屡加排挤，遂于隆庆五年（1571）上疏逊避以归，筑庐泺水之滨（在今趵突泉西万竹园），以经史自娱，家居 11 年卒。时张四维为政，旧与殷士儋有怨，遂谥"文通"，"文通"乃谥号中极低之评价，久之，改谥"文庄"，学者称棠川先生。墓在城西南郊之殷家山。有遗集《金舆山房稿》14 卷，为门人东阿于慎行所编，凡诗颂二卷，文 11 卷，讲义一卷；谢政后专力于词曲，有《明农轩乐府》一卷，另有《川上精舍讲章》一卷。

殷士儋为人倜傥，有胆略，《聊斋志异》中《狐嫁女》一篇中"殷天官"的原型，即为殷士儋。小李攀龙八岁，未第时曾同学毛诗于张潭数年，终生为至交。与许邦才、李开先亦相交莫逆。殷家自士儋曾祖父殷横以来，皆仕宦通家。殷士儋七岁入学，先学毛诗，后改礼记，更从卢生、尹生及郭宁学。嘉靖十九年举乡试后，丁父丧，至嘉靖二十六年始应进士考，与李先芳、王世贞等同中进士，并加入李攀龙、吴维岳、王宗沐等人的刑部诗社，共相唱和。嘉靖三十六年以母疾请归，奉母还乡，次年母丧守制，直至嘉靖四十一年起复为裕王讲官。五年中，设学于家，弟子甚

---

① 王士禛：《渔洋山人精华录》卷 5《戏仿元遗山论诗绝句三十二首》，《四库禁毁书丛刊》，北京出版社 2000 年版，集部第 53 册，第 74 页。

② 《明人传记资料索引》作"文通"，误以谥为号。

③ 《明史》卷 193，列传 81，中华书局 2000 年版，第 3415 页。

众，两次乡试，历城中举者多出其门。时李攀龙亦告归在乡，得以朝夕过从。《沧溟集》中酬赠殷士儋之作多达 23 篇。于鳞殁后，殷士儋为作墓志铭，赞其于李梦阳之后，"益拓其业，斐然成一家言，虽古大雅者流，何以过兹？可谓当代之宗工巨匠，垂不朽者也"①。殷士儋性情宽和，守正不阿，又能诗文，与后七子相往来，实为李攀龙不可多得之挚友。门生于慎行《太保殷文庄公文集叙》云："济南自边宗伯廷实以文雅轫始，先生与李于鳞氏生而承其后，相与左提右挈，力挽浇漓之习，而求复诸古。虽其中各有所负，未必相下，而有以相成。"②《四库全书总目》则云："士儋与李攀龙游，今观其诗文，盖直以乡曲之谊相周旋耳。其投契不在文章也。"③

殷士儋"有俊才朗识，卓冠人表，而又力学强识，淹贯群籍。其为文赋，宏博巨衍，不逐时格"④。观《金舆山房稿》之诗，格调高远，风神英迈，雅丽沉雄，实为李攀龙一派："王忠伯⑤云：先生登高而赋，饯别而歌。体齐鲁之雅驯，兼燕赵之悲壮，采吴越之婉丽，求胜于历下（李攀龙）、娄水（王世贞）之间。"⑥

其《送刘希宏驿宰之高邮》云："迢递淮南驿，风烟隔楚波。潮平渔火近，日落客帆多。远树生乡思，青山入棹歌。春来见芳草，知尔忆鸣珂。"以高邮之景色风物建构全诗，又处处关涉怀乡与别离之情，情景浑融无迹，语近而情深，音婉而调畅，余韵袅袅。

《送霁寰吴师参藩大楚》云："海岱间关四载余，长安七贵不通书。稍迁犹作天涯客，自信干时计独疏。"对不为干进，不谀权贵，宁可沉沦下僚，漂泊天涯的高洁品操深致钦慕。

-《题番马图》则另有一番壮阔豪宕之气盎然笔端，诗云："玉塞无声夜有霜，橐驼五万入渔阳。平沙落日悲风起，马上横梢四白狼。"状边塞

---

① 殷士儋：《故明嘉议大夫河南按察使李公墓志铭》，李伯齐校点《李攀龙集》附录，齐鲁书社 1993 年版，第 685 页。

② 于慎行：《榖城山馆文集》卷 10，《四库全书存目丛书》，齐鲁书社 1997 年版，集部第 147 册，第 402 页。

③ 《四库全书总目》卷 177《金舆山房稿提要》，中华书局 2003 年版，第 1595 页。

④ 于慎行：《榖城山馆文集》卷 28《殷公行状》，《四库全书存目丛书》，齐鲁书社 1997 年版，集部第 148 册，第 77—78 页。

⑤ 王家屏（1536—1603）号对南，大同山阴（今山西省山阴县）人，隆庆二年进士，累官首辅。

⑥ 朱彝尊：《明诗综》卷 43 "殷士儋条"，中华书局 2007 年版，第 2138 页。

荒寒之景如入画图，而刚健英发，雄浑峻洁，属之《沧溟集》中，亦毫不逊色。

二　许邦才

许邦才字殿卿，又字克之，号空石，济南历城人，嘉靖二十二年举省试第一，为解元，声名甚著，惜此后四上春官不第，嘉靖三十二年谒选为直隶赵州令，以不任事谪为永宁令，后改任德府右长史，嘉靖三十八年母卒守制，服阙，调为周藩左长史。① 许邦才"轩轩豪举，傍若无人"②，工诗，有才名，与李攀龙交谊笃厚，编二人往来诗篇为《海右倡和集》，以志情谊。隆庆六年，裒其诗文为《梁园集》4卷，周王朱崇易为序，另《济南府志》著录其《瞻泰楼集》16卷。

作为乡人，许邦才与李攀龙少时即相识，二人十分投契。许邦才在诸生中颇有人望，交游甚广，而独与李攀龙一见如故，相知相得。李攀龙在《许母张太孺人序》中回忆二人少时的交往，云：

> 余弱冠时，吾党士盖多从殿卿游矣。则殿卿乃三顾余庐中，信宿与言天下事，握手不置也。吾党士至相谓曰："久不见殿卿，何至与李生友哉？李生，狂生也。"人皆以余为狂生，盖殿卿谓余非狂生云。

二人同样家贫，同样丧父，读书县学中，共渡患难，兼之志趣相同，而相互砥砺，相濡以沫，李攀龙云："余与殿卿读书负郭穷巷，不能视家人生产，落落羁身乡校内，佔毕业为之，俊杰相命以好古，多所博外家之语，慕左氏，司马子长文辞，与世枘凿不相入。……既廪……余复每过殿卿，即纵酒谈笑，上嘉版筑屠钓之遇，下及射钩赎骖之役，苟富贵，无相忘也。仰屋窃叹，重悲昔人盛年功名，扼腕之间，无不志在千里，计未使吾党士知也。"许邦才交不择人，其母张氏为督促儿子勤奋读书，禁止他与诸生辈往来，而独不禁李攀龙，并曾予以资助，李攀龙对此一直心存感激："余尚记忆，殿卿自肥子来，持进不满千钱，太孺人命给余夜读，值膏数升遗之，余至今耿耿；东壁余光，念《哀王孙》而进食，意无已时。

① 王士禛：《池北偶谈》卷4《山东解元》云："山东解元在明时，仕多不达。"《历代笔记史料丛刊》，中华书局1997年版，第92页。

② 谢榛语，载朱彝尊《明诗综》卷48"许邦才"条，中华书局2007年版，第2414页。

又殿卿于我，无论沫湿相呴濡，即上书张中丞府中相推，第身自贱士，乃手援我，殿卿岂自知后时乃至今也!"许邦才对李攀龙亦倾慕有加，积极趋附，称其"明精渊识，矫矫逸气，巍如泰山不可动，浩如百川不可御"，并自愧弗如，也深得李攀龙赏识。① 二人相交至深，可谓一生的挚友，并结为儿女姻亲（许邦才长女适李攀龙三子李驯）。李攀龙告归后高踞白雪楼，称"所为朝夕周旋者，殿卿一人耳"②! 可见交谊之厚。

作为诗友，他们常相过从酬唱，互相赠答之什甚夥，就《沧溟集》来看，与李攀龙酬赠最多者，无疑是许邦才。李攀龙为其所作寄赠、酬答、和韵、怀念、送别、庆吊之作，可谓俯拾皆是。如七古《送永宁许使君》二首，五律《殿卿至》《送殿卿》《答殿卿》《为殿卿悼亡》，七律《赵州赠许使君》《赵州道中忆殿卿》《送许右史之京》《寄殿卿》《答殿卿》，五言排律《和殿卿咏梅篇》，五绝《寄殿卿》《病中赠殿卿二首》，七绝《送殿卿》《答殿卿》等，诗文共计 80 余篇之多。

也正由于李攀龙之揄扬奖誉，又借入京科考之便得与七子相游，许邦才在当时甚有诗名，相济南德藩时，兵部尚书杨博、工部尚书朱衡、兵部右侍郎蔡汝楠宦游山东，均对其甚为推崇，折节加礼。对此，诸评家多不以为然，以为名实不符。

宋征舆曰："于鳞亟称殿卿，其《梁园集》殊不称，绝句差快意。"③《静志居诗话》云："殿卿如锐头年少，骋猎平原，耳后生风，鼻头出火。《长歌》有句云：'长卿慕人千载前，何似与君俱少年？子云慕人千载后，何似与君俱白首？'爽气殊伦，令张正言为之，不过此也。王元美赠诗云：'是时历下李攀龙，往往道汝文章伯。'乃《卮言》评诗，竟不之及，又夷之'四十子'之列，取舍似未公也。"④ 其实，朱彝尊只看到了李攀龙对许邦才的奖誉，而以为王世贞评诗不公，对许重视不够。对此，王士禛的看法也许更接近许邦才诗名之后的本质：

　　　　许左使殿卿少与沧溟倡和，齐名乡曲，今《梁园正续集》诗，殊不足当沧溟下驷，何也？弘、正间历下有刘天民希尹者，官吏部

---

① 李攀龙：《沧溟集》卷 18《许母张太儒人序》，李伯齐校点《李攀龙集》，齐鲁书社 1993 年版，第 437 页。

② 李攀龙：《沧溟集》卷 29《与许殿卿》，同上书，第 655 页。

③ 陈子龙等编：《皇明诗选》卷 13，华东师范大学出版社 1991 年版，第 938 页。

④ 朱彝尊：《静志居诗话》卷 14，人民文学出版社 1990 年版，第 406 页。

郎，同时，视边尚书华泉稍后，其诗古选实胜边，特近体不逮耳；而左史独擅名者，则以沧溟、弇州辈张之也，名讵足尽信哉！①

钱谦益更是一语中的："殿卿与于鳞相友善，著《海右倡和集》，因于鳞以闻于当世。今之尊奉济南者，视殿卿直附骥之蝇耳。……于鳞与友人书云：'殿卿《海右集》，属某中尉为序。不佞尝欲畀诸炎火，元美亦以为然。'一时文士护前树党，百年而后，海内人各有心眼，于鳞亦无如之何也。"②

其实对许邦才诗歌的成就，李攀龙亦有清醒的认识，在《与许殿卿》中云："新篇殊觉遒上，神明垂应。但足下妙悟，求似即止，不肯由所不似以致其似，为遽有所隔乎？"③ 许邦才诗，大抵舒缓有致，声调幽远，多以平声为韵，不急不迫，不亢不厉，典雅和平，并非完全浪得虚名，但格局较狭，气势不足。故朱观㸌《海岳灵秀集》曰："空石诗仿于鳞而气格不逮，然于鳞诗多客气，而空石温厚或过之。"④ 如《汴河守冻》云："客馆寒灯泪满襟，间关万里欲归心。眼前一水冰霜苦，又说三江瘴疠深。"抒发冬夜独居客馆，寒冷难耐，愈发怀乡思亲的孤苦心绪，"能以唐人之法行目前意"⑤。《寄怀元美》云："鸿雁惊秋海上还，片云孤月蓟门关。如何昨夜西窗梦，不道千山与万山。"惦念王世贞出塞，将边塞风光与关怀之意熔铸笔端，殷殷道出，情深意长。

三 袭勖

袭勖字克懋，一字懋卿，济南章丘人，"父彪，尝以输租诣京师，见遗钱百缗于道，辇载而驰及前遗钱者，付之径去"⑥。袭勖少贫，牧羊豕于山中，手不释书卷，既而小吏诬其逋租，益发愤力学。年三十始补为府学诸生，与子光炳、侄光燿及李攀龙同学。五十为贡生，年六十，以岁贡

---

① 王士禛撰，梁宗楠编：《带经堂诗话》卷6《题识类》第41条，人民文学出版社1963年版，第152页。

② 钱谦益：《列朝诗集小传》丁集上，上海古籍出版社1983年版，第433页。

③ 李攀龙：《沧溟集》卷29，李伯齐校点《李攀龙集》，齐鲁书社1993年版，第655页。

④ 参见宋弼《山左明诗钞》卷14，《四库全书存目丛书》，齐鲁书社1997年版，集部第412册，第141页。

⑤ 陈子龙等编：《皇明诗选》卷13，华东师范大学出版社1991年版，第938页。

⑥ 王士禛：《池北偶谈》卷14《谈艺四》"袭勖华鳌"条，《历代笔记史料丛刊》，中华书局1997年版，第335页。

官江都县训导，转威县教谕，迁开平卫教授，归后五年病卒。袭勖大李攀龙十岁有余，卒年较李攀龙为后，享年七十岁以上。著有《袭懋卿集》，及《太极图解》《性命辨》，"刘尚书白川①称为朱元晦（熹）功臣、王伯安（阳明）诤友云"②。

袭勖虽与李开先同时，且为同乡，却不屑于词曲之学，故不与其交游，"见李中麓以词曲名，耻之，锐意学古文辞，时称为'醇谨君子'"③。王士禛亦有如下记载："袭勖……少贫牧豕，年三十始补诸生。时邑中李太常伯华（李开先）、袁西野（崇冕）方尚金元词曲，勖谓伤雅道，独与济南殷正甫、李于鳞、许殿卿为古文辞，相友善。"④

袭勖与李攀龙、殷士儋酬作甚多，《沧溟集》中赠答袭勖者，如五律《袭克懋托疾不肯人仕赋赠》，七律《夏日袭生过鲍山楼》《答袭茂才》《于白雪楼送袭生入贡》，五言排律《夏日袭生过白泉精舍索赠》，五绝《答寄袭懋卿》，七绝《寄袭勖》《感逝示克懋》，文《送袭懋卿序》及书信《报袭懋卿》《报袭克懋》等计16篇之多，并为其父袭彪撰墓志铭。

李攀龙称"许殿卿不可谓不知我，至其知我而信我，懋卿一人耳"⑤。隆庆四年（1570）李攀龙去世之前，尚有信给袭勖，总结自己的官宦生涯。及李攀龙卒，袭勖因其妻丧求志于王世贞，王世贞复信中云："公非于鳞集中所谓袭克懋者耶，则不佞之获神交久矣。公以尊夫人之戚来告且请志，而书则语语于鳞也。不佞安敢辞？……来币却附使完璧，并文上，乞收入。于鳞已矣，称其友者，不佞庶几一见焉。"⑥ 从文辞间可见，李攀龙与袭勖挚交如是。

袭勖多田园乡居之什，写时令的变迁，写田园的风光，写萧闲的生活，以常人的心态写常人常理，朴实中蕴含秀雅。如《立秋》："烟云黯淡仲宣楼，荏苒年华逝水流。白首乡山千里外，满城风雨又新秋。"作于晚年出仕之后，于他乡想象故乡的新秋景象，淡淡的思乡之情中又饱含着

---

① 刘应节字子和，青州潍县人，嘉靖二十六年进士，累官刑部尚书。

② 王士禛：《池北偶谈》卷14《谈艺四》"袭勖华鬘"条，《历代笔记史料丛刊》，中华书局1997年版，第335页。

③ 朱彝尊：《静志居诗话》卷17，人民文学出版社1990年版，第523页。

④ 王士禛：《池北偶谈》卷14《谈艺四》"袭勖华鬘"条，《历代笔记史料丛刊》，中华书局1997年版，第335页。

⑤ 李攀龙：《沧溟集》卷26《报袭克懋》，李伯齐校点《李攀龙集》，齐鲁书社1993年版，第586页。

⑥ 王世贞：《弇州四部稿》卷128《与袭克懋》，《四库全书》，上海古籍出版社1987年版，集部第1281册，第150页。

对时光荏苒、白首无功的身世感慨。《寄于鳞》云："瓜田十亩济城东，云外青山小苑通。流水桃花迷处所，几家春树暮烟中。"瓜田、青山、流水、桃花、春树、人家、晚烟，描绘了一幅恬静闲适的春日田园，平淡自然，不假雕饰，怡人的景物与清淡的情思相融，构成了澹远清逸的诗情与诗境，有孟浩然之风神。

历下诗派成员，除两位领袖及刘天民、殷士儋驰名文苑、名实相符外，许邦才、袭勖等人，创作成就均不甚高，这也许是历下诗派逐渐为后世所遗忘的原因之一。但他对明中后期山东文坛的影响却是根深蒂固的。万历初期，复古派影响渐微，诗坛百家争鸣，公安渐居上风，风靡一时，而山左诗人在力求革新、摒弃复古派模拟蹈袭弊病的同时，依然追寻着历下浑朴雅正的诗文传统，呈现出迥异于公安、竟陵的创作面貌。此外，万历年间，依然有不少济南一带的作家步武"七子"，如葛曦、毕自岩等。这种影响一直延续到明末清初。清初山左诗人大家迭出、享誉文坛的兴盛局面，无疑是山东文学继"历下诗派"之后的又一次辉煌。

第十章　返古兮而变流靡——第二次复古风潮中的山东名家

嘉靖朝中后期，文坛迎来了以李攀龙、王世贞为首的"后七子"复古风潮，山东诗坛以李攀龙乡人为主的追风影从，形成了"历下诗派"，他如谢榛、靳学颜、赵邦彦、李先芳、戚继光等亦如星斗璀璨，格外引人注目。自然也不乏独立不倚之士，如"临朐四冯"的自适性情、不重格调，杨巍的高旷简古、旨趣天成等。

第一节　卓然成家——靳学颜

靳学颜（1514—1571）字子愚，号两城，兖州济宁人，天资聪慧过人，幼时读书日记千言，七岁便能出口成章，"为人朴真谅直，博学慕古"[①]，曾捡巨金交还失主。济宁为运河大邑，商贾辐辏，为避市肆喧嚣，离家读书于微山县两城乡。两城因战国时期的匡城、矛城而得名，位于北方最大的淡水湖南四湖之一的独山湖畔，山湖并存，风光秀美，其时交通不便，游人罕至，确为清净佳处，其读书处号"两城董园"。于此数年，恋恋难忘，常称己为两城人，晚年更以"两城先生"为号。嘉靖十三年（1534）得举乡试第一，明年成进士，年仅22，授南阳推官，历吉安知府，迁左布政使，以廉平称。隆庆初为太仆寺卿，改光禄寺卿，拜右副都御史巡抚山西。应诏陈理财之策，上《讲求财用疏》，凡万余言，尤详于选兵、铸钱、积谷，针对明中叶的银荒和边患，建议改革金融制度[②]，朝廷付有司议之，终未尽行，被誉为"才略恢弘，可属大计""负经济之略

---

① 钱谦益：《列朝诗集小传》丁集上"靳侍郎学颜"条，上海古籍出版社1983年版，第391页。

② 参见陈子龙等《明经世文编》第4册，中华书局1962年版，第3145页。

者"。后任工部右侍郎，晋吏部左侍郎，见高拱以首辅掌铨，专恣甚，遂谢病归卒。《实录》云："学颜为人淳谨，内行修洁，文学气节俱为时论所重。"①

回乡后，修园林三座，一曰"拙园"，因自号"拙叟"故名之，取《老子》"大巧若拙"之义，位于城东北隅，园中茂林修竹，风光宜人。二曰"负郭园"，又名"归自园"，在北郭洸河岸，天仙阁东，有饭牛堂、旷然亭、览秀楼、倚月桥、星石等胜景。靳学颜《归自洸园》诗云："幽筑同于野，闲扉深自扃。暂归逢落木，屡别惜凋零。对镜欢无日，间梃发欲星。烦蝉亦自聒，留坐为渠听。"三曰"避尘园"，取自"地绕三溪尘不到，门垂五柳昼常关"诗义。位于东郊马驿桥之南面，东有洸河、南有府河环绕，有乐饥堂（又称清华堂）、含虚阁、独寤斋，延景、听秋、知鱼、绿尊四轩，习坎、吾与、晚秀三亭等胜景；又有钓台、鱼池、溪桥、水槛、觞渠、洗砚泉、鹤汀、芦塘、柳堤、花径等佳处；另筑一小楼，题曰"四我"，即庄子所谓"假我、劳我、佚我、息我"之义。三园中，学颜最爱"避尘"，在《三楼诗·序》中云："半卷涵虚清华也。"谓卷中一半乃居避尘园所作。殁后亦葬于此。学颜因官至吏部左侍郎，人称"靳少宰"，乡人又呼为"靳天官"，其弟靳学程、靳学曾亦皆出身科第，学曾官终山西按察副使，乡居筑有闲园。

靳学颜与李攀龙同龄，早于鳞十二年中第，参与了吴维岳、王宗沐等主盟的刑部诗社活动，后与李攀龙、李先芳、殷士儋唱和，与谢榛亦有交往。嘉靖二十六年，李攀龙从顺天府同考归来，适逢李先芳、殷士儋进士及第，谢榛居京，二李、殷、谢、靳遂以山东同乡身份结社赋咏，并萌生复古的趋向。于慎行为李先芳所撰《墓志铭》云："与历下殷文庄公、李宪使于鳞、任城靳少宰、临清谢山人结社赋咏，相推第也。"② 因此，学颜可谓"七子"元老，但不知何故，未列"七子"，考其行迹，当为长期外任之故。著有《间存集》八卷，《两城集》《荒稿园志》等，殁后所存仅十之二三，其子靳需等人裒辑为《靳两城先生集》二十卷，集中诗十四卷，文六卷，同邑于若瀛为序。

① 焦竑编：《国朝献征录》，《四库全书存目丛书》，齐鲁书社1997年版，史部101册，第341页。

② 于慎行：《毂城山馆文集》卷21《明故奉直大夫尚宝司少卿北山先生李公墓志铭》，《四库全书存目丛书》，齐鲁书社1997年版，集部第147册，第609页。

朱观㷆云："子愚诗宗初唐，雄浑老健，卓然成家。"① 《四库全书总目》云："其诗格律清整，而蹊径尚存，不脱历下流派。文则偶然挥洒而已。"② 陈田云："子愚颇擅才华，集中有《七讽》《解嘲》诸篇，颇以作者自命。诗则古体摹拟前人，时有佳篇；近体率意颓唐。"③ 今观《两城集》，才气纵横，喷薄而出，故不为检束。

就体裁看，长于七言古，擅写初唐体。多情深婉绵，泠然可诵，风韵兼有南朝梁陈之细腻绵密、初唐之鲜妍明丽，如《东京歌》《绿竹引》《古意》《竹枝词》等。《长安道》云：

> 金络青丝缰，翩翩紫骝马。白面谁家郎，借问冶游者。调笑章台侧，系辔垂杨下。垂杨毵毵白日长，垆头春酒郁金香。高楼思妇搴珠箔，碧草如烟空断肠。

冶丽流美，令人想见当日长安之繁华和少年之意气，不无年少中第、春风得意自况。《燕京暮春歌》云：

> 三月杨花满御沟，可怜春色亦东流。行人不用多惆怅，鹧鸪年年唤白头。

以暮春为题材者不外伤春之悲，此诗却旷达朗畅，丝毫不见惜春愁怀，显现出靳学颜一贯的明朗心境。再如《春词》：

> 花雾萦帘双燕翔，垂杨摇日金缕长。宝钗蝉髻斗宫妆，自矜纤手弄流商，秦声燕曲空相望。含情敛眉罢金柱，绿窗无人训鹦鹉。

从外部着手写美人居处之环境、装扮、情态、动作，暗示其内心的空虚寂寞。与温庭筠《菩萨蛮》（小山重叠）有异曲同工之妙。

近体善七言，多写宦游踪迹、时节感怀、怀古咏史、乡居之乐等，无苦吟雕琢之感，信手写来，语近情深。如《送虹川先生之楚》：

---

① 参见宋弼《山左明诗钞》卷13，《四库全书存目丛书》，齐鲁书社1997年版，集部第412册，第123页。

② 《四库全书总目》卷177《两城集提要》，中华书局2003年版，第1590页。

③ 陈田编：《明诗纪事》戊签卷19，上海古籍出版社1993年版，第1776页。

　　　　清淮渺渺抱寒流，十月旌旄下楚州。七泽风云占王气，九章词赋忆灵修。豸冠梦入星辰地，孔盖春经杜若洲。已有瑶华酬白雪，郢中歌客未须愁。

典雅而不雕琢，沉厚而不滞重，意兴朗健，神采飞扬中才气流荡。又如《舟中望武当山》：

　　　　汉江夜雨千丈渊，一叶飞下龙门滩。七十二峰杳何所？武当之山真巉岏。日月闪烁苍翠里，元气簸荡虚无间。南岩可望不可及，霞衣遥拜金宫仙。

写江上乘流飞驰，舟中遥望巍峨深秀的武当山，发出由衷的赞美和感叹，清新质朴，爽朗明快。再如七绝《监亭遣闷》：

　　　　四十余年未老身，五千里地一藩臣。亦知短袖非能舞，敢笑当场大袖人。

诗似别有寄托，当为讽刺高拱把持朝政而作，对其翻云覆雨、长袖善舞之态深恶之，故辞官以归。

第二节　贾梦龙、赵邦彦、刘尔牧等

　　贾梦龙（1511—1597）字应干，号柱山翁，祖籍博平（今聊城茌平县贾寨），先祖贾德真避明初战乱徙于兖州峄县（今枣庄市峄城区），其父贾宗鲁以贡生历安肃、山海、高淳、南阳诸郡学官，贾梦龙随父宦游近二十年。父卒归乡，以文望见推，年近五十，以岁贡生官河北内丘训导，60岁退居峄城，构永怡堂，悠游二十余载，以子贾三近贵，赠太常寺少卿。有《泲东吟稿》《昨梦存稿》、散曲集《永怡堂词稿》等。学界有其为《金瓶梅》作者之说。

　　贾梦龙的思想为儒释道皆备，心态闲旷、超脱豁达。他自称贾泲东，四休居士。"泲东"即"东泲宫"秀才、"宣尼庙"儒生之意。"四休"即"休争强使智""休入城和市""休生事""休浸溽"。笃信佛道，重修峄城南天柱山（旧为葛峄山）文笔峰上的佛母塔。自云："口中牙齿参差豀，面上眉须横竖丝，惟有一双闲袖手，尚能涂抹壁头诗。青毡坐破已无毡，谏议须封不是官。闲坐小楼开四壁，漫卷诗卷对山看。"当是晚年写照。

其诗多写游赏情怀，自然浅近，信口道来，不事雕琢，如《重九前一日游沧浪夜坐》："红树苍山秋水清，晚云微敛月光生。幽人随意浅深酒，童子和歌长短声。旧日留题仍石壁，十年奔走愧尘缨。山中行乐无拘束，爱结青牛道士盟。"又如《题青檀寺》："霜叶寒云动夕春，偶从僧刹寄行踪。鸣书白石诗留碣，宛转碧溪泉绕松。暂放吟眸看野马，还舒老手试屠龙。明年载酒寻芳迹，满径桃花春又红。"皆表达了无意仕途、享乐林泉的隐逸之怀。

赵邦彦字元哲，号少虚，兖州东阿（今平阴县东阿镇赵庄村）人，嘉靖二十二年（1543）举人。赵邦彦少有隽才，博学负气，不能虚心以应时俗，遂屡抧春官，隐居东阿镇西范庄村南虎窟山（又名狮耳山）中，去城三里，筑虎窟书屋，西百余米即虎窟禅寺。道光《东阿县志》卷八《祠祀志》载："虎窟寺，在县西三里虎窟山南峪，崖北向，其后有洞，洞前有亭，有楼，为游眺之地，明赵邦彦隐居其中，有《钟楼记》。"

家日贫，衣食不给，亲戚见其坎壈，又落落难合，多弃之不顾。岁时伏腊，邦彦持粟沽酒，与山僧、田父辈相与对饮，耳热眼白，仰天呜呜，里儿皆笑之而不知其所以。有人劝其出仕，亦笑而不答。有诗三千余首，清初顺治间县令朱应毂选为《赵元哲集》八卷刻之行世，后陈田门人刘琴于赵邦彦族人处得之，陈田为选订，付刘琴刻之，刻否不得而知。

朱观炌云："少虚与殿卿（许邦才）、海浮（冯惟敏）同举，二子回翔仕籍，少虚独结庐山中，养元自适，读书种竹，以至终身，则其高致可想矣。诗如其人。"于慎行《序》云："先生诗雄丽瑰玮，取法初唐，亦可鸣銮振辔，辗其后尘。"[1]　陈田云："元哲五言如'花边孤骑人，云里万风青''花风低燕雀，柳浪戏凫鹥''串雨遥明灭，山云乍有无''贫觉妻孥累，愁随迟暮生'，皆佳句也。"[2]

赵邦彦诗古近体兼善，古体如《春游》《出塞》《出游》《春寒行》等，皆大气磅礴，酣畅淋漓，有不羁之气。律绝多写隐居生涯、描状山中景致，清奇沉静，简远澹泊，事外有远致。如《夕归即事》：

---

①　参见宋弼《山左明诗钞》卷18，《四库全书存目丛书》，齐鲁书社1997年版，集部第412册，第173页。

②　陈田编：《明诗纪事》戊签卷21，上海古籍出版社1993年版，第1853页。

村晚催归兴，青崖一径攀。荒山红叶寺，野水白鸥湾。渔唱隔烟浦，僧来扣竹关。夕阳林影乱，冉冉数鸥还。

写日暮时分登山攀崖而归所见，状山村湾水宁静、寺僧掩门、渔歌遥传、白鸥归栖之景如在目前，有宋初王禹偁《山行》之风。又如七绝《寻僧不遇》：

欲雨不雨天气凉，野寺无人秋叶黄。松墀宴坐了无语，时有飞花点石床。

自然如话家常，而颇有诗情画意。再如《登香山寺》：

鹫岭岧峣锁赤扉，长松怪石莽因依。径攀日月旐林渺，气涌金银慧界稀。初地雨醒蕉鹿梦，诸天花洒荛荷衣。何颙莫讶耽禅境，一入红尘万事非。

香山位于城东南13公里，为东阿诸峰之一，寺始建于金大定年间，其"宝灯阁"日夜灯火辉煌，香烟弥漫，四壁镶镜，灯影镜中，属东阿古八景之一，明代为游览胜地。赵邦彦还作有《香山寺与宝灯和尚谭禅二首》。

刘尔牧（1525—1567）字长民，号成卿，又号尧麓，其先为青州诸城人，曾祖刘海徙居兖州东平，遂占籍，居今州城街道桂井子村。父刘源清，正德九年（1514）进士，官终兵部左侍郎，卒赠兵部尚书。刘而牧"生而状貌瑰奇丰顺，疏眉目，天资殊绝。数岁受书，日记万余言，而气度凝重，不与群儿伍"。其父与说史传所载古人行事，辄曰："我能为之。"中嘉靖二十二年（1543）举人，明年成进士，年方二十。授户部主事，"虽少贵而练习吏事，以才伏一时"。晋户部山西司郎中，兼摄广西司事，在部八年，后以廉直言事，奏严世蕃窝占边盐，忤严嵩父子及中贵人，被廷杖一百，夺爵归里。家居十余年，"杜关下帷，披阅典籍，自旦至夜，手不释卷，里人罕识其面。……门庭寒素，一如诸生""为人端慎好礼，容止甚庄，才识锋敏，议论慷慨，有志功名。天性澹泊，无所嗜好，唯笃学慕古，宅心道秘。尝从欧阳宗伯讲性命之学，毅然以圣贤自期。而又上下千古，力为文词。"①隆庆初，廷臣交荐，未召而卒，年仅四十三。

---

① 于慎行：《穀城山馆文集》卷25《故明奉政大夫户部郎中尧麓刘公墓志铭》，《四库全书存目丛书》，齐鲁书社1997年版，集部第148册，第5—6页。

与李攀龙为同年进士，三年后王世贞登第，"后七子"诗社始拉开帷幕。作为李攀龙乡人，刘尔牧参与了诗社早期的活动，"王元美初登第，即与结社"①，并为寡许可的李攀龙所称。在诗文创作上也始终力追古人，文尚西汉，诗学晋唐："其为文沉浸奥雅，取裁西汉，至所自称说，以为古之作者必本原六经乃得成业。诗则质寄陶柳、神合建安，盖东方名能诗者。边、李诸公以往，公最为雄焉。"② 王世贞以为"质秀才捷，尚未成家"③。著有《使辽集》《使楚奏议》《分曹奏议》《分类百家小说》《星命钩玄》等书，有诗文集《尧麓集》。

刘尔牧诗作沉郁浑厚，苍凉豪宕，有郁勃不平之气。如《漫兴》：

> 意气横生醉后歌，少年犹自说三河。风尘极目须长剑，云水关心寄短蓑。霄汉只今饶雨露，穷途空自怜阳和。春来莫笑柴门僻，庭树开花满旧河。

古诗《妾薄命》采用比兴体：

> 自怜妾薄命，敢怨主恩移。遭此萎菲日，能忘欢乐时。秋风难再热，落叶不胜悲。独有高楼月，流光与恨随。

以弃妇自喻，当为遭廷杖夺爵之事而发之。仗义直言而无端被罢，仍以温柔敦厚之风出之，可谓深得诗教。

散曲名家刘效祖（详见第十一章第三节）"平生尤长于诗"④，有诗文集《云林稿》六卷、《春秋窗稿》二卷，惜遗集无存，惟见于诸家选本。另著有《四镇三关志》十卷，有明万历四年刻本。刘效祖散曲擅场，誉于当世，一曲甫出，街谈巷诵，朝廷内外皆知其名。虽不以诗名，但其诗歌成就不俗，《海岳灵秀集》云："仲修诗沉着雄浑，七绝尤得盛唐气格，李伯承（先芳）之亚也。"⑤ 陈田云："副使七绝，风调俊爽。王阮

---

① 钱谦益：《列朝诗集小传》丁集上，上海古籍出版社1983年版，第435页。
② 于慎行：《穀城山馆文集》卷25《故明奉政大夫户部郎中尧麓刘公墓志铭》，《四库全书存目丛书》，齐鲁书社1997年版，集部第148册，第7页。
③ 王世贞：《明诗评》卷4《明诗评后叙》，《丛书集成初编》，中华书局1985年版，第103页。
④ 刘芳躅：《词裔序》，谢伯阳编《全明散曲》，齐鲁书社1994年版，第2327页。
⑤ 参见宋弼《山左明诗钞》卷19，《四库全书存目丛书》，齐鲁书社1997年版，集部第412册，第187页。

亭《香祖笔记》欲辑其乡前辈明人有集者五十家，而遗副使名，则《云林稿》流传之鲜可知矣。"①

其诗独擅七绝，沉着爽朗，俊秀天成，但无处不在的感伤与悲凉带有浓厚的中唐风味，不似盛唐气度。如《塞上曲赠刘司马二首》：

> 龙沙近接古檀州，多少从军倚戍楼。寒夜不堪愁绝处，西山片月挂城头。
>
> 朔风吹雪度沙场，传道单于猎白狼。北望征尘何处是，暮云无迹草茫茫。

诗中渲染了边塞环境的荒寒寂寞和戍边生活的凄苦无望，意气衰飒，带有浓重的悲凉色彩。有的则全无雕琢，脍炙人口：

> 杨柳千条拂地垂，春风宕漾客心悲。谁家年少轻离别，偏把愁声笛里吹。(《折杨柳》)
>
> 南山遥对菊花开，欲采无人为举杯。纵说柴桑贫谢客，何曾不许白衣来？(《九日独酌》)

情致淡远，韵味绵长，弥漫着感伤与惆怅，表现出一种孤独冷落的心境和清雅高逸的情致，酷似中唐韦应物、刘长卿风格。

第三节　诗思秀发——李先芳

在明代后期有关后七子派的诗论诗话中，李先芳的名字被屡屡道及，钱谦益更以千古独秉公心的面目，在《列朝诗集》中为其号乎不平，揄扬过甚。这并非因为他在复古运动中占有重要地位，也并非是其诗文创作有极高成就，关键在于他早年与李攀龙、王世贞等人的一桩公案，

李先芳（1511—1594）字伯承，初号东岱，更号北山，其先湖北监利人，明初以士伍北徙，遂隶籍东昌府濮州（今已为镇，属范县）。中嘉靖二十六年（1547）进士，除新喻知县，累迁尚宝司少卿，以事降亳州同知，不久迁宁国府同知，后因御史弹劾罢官，遂不复出。

---

① 陈田编：《明诗纪事》己签卷 10，上海古籍出版社 1993 年版，第 2035 页。

李先芳诗名藉甚，与俞允文、卢柟、吴维岳、欧大任一起被王世贞列入仅次于"后七子"的"广五子"之列。有诗文集《清平阁集》、《东岱山房稿》30卷、《江右诗稿》二卷，诗话《读诗私记》二卷、《诗隽》等。《读诗私记》成于隆庆四年，乃阐释《诗经》之作，"盖不专主一家者，故其议论平和，绝无区分门户之见"①。今存《东岱山房诗录》十三卷、《外集》一卷、《江右稿》卷上，黄甫汸选为《李氏山房诗选》六卷，分体编次，间有评语，今存二卷。李先芳兼作词曲，有《泰然亭乐府》。

李先芳早慧，年少时美如冠玉，风姿甚都，从伯父蒙泉公就学，十六岁即能赋诗，曾作为驸马的人选入京，虽未选中，但声名鹊起。年二十中举，此后六入春闱方中进士。性情放浪不羁，自负才名，傲睨于人。任尚宝司少卿时，曾以赋诗调谑得罪两吏部，又曾以授印羞辱两御史。两御史出巡时，按惯例至尚宝司取印。授印时，两御史令着黑衣的下属取之，遭到李先芳的质问："尚尔郎当授印彩衣，安所得黑衣耶？"两御史大为惭愧，怀恨在心，于嘉靖四十二年大计吏时借机报复，李先芳遂被谪亳州同知，"好士右文，修李太白墓，风致翩然"②。在地方任职时，李先芳更倨傲无礼，奴视僚属，不具宾主之仪，最终因此而被罢官。于慎行以为其"赋性豪迈，不能稍有俯仰以谐时俗，卒以见忌"③。

李先芳家资殷富，壮年罢官后，又善于经营，家业更加兴盛，于是大兴土木，构建园亭，广蓄声妓。李又谙晓音律，尤擅长琵琶，人谓之江东查十八，无以过也，以词曲自娱，放浪形骸。同时，兴趣转入学术研究，著述甚丰，诗文之外，有《毛诗考证》（朱彝尊《经义考》载入），《春秋辨疑》二卷，《老子本义》一卷，《阴符经解》一卷，《汉书注亿》一百卷，《拾翠轩杂纂》四卷，《折衷录》《蓬玄杂录》《五岳志略》《阐微录》《安攘新编》《医家须知》《一壶千金》《壶天玉镜》《濮州志》等，共计五十余万言。《乾隆曹州府志》卷二一谓其尚有《北山全集》一百卷，不详。

李先芳家居时不喜造访谒请者，惟与同乡兵部侍郎苏祐及后辈临邑邢

---

①　《四库全书总目》卷16《读诗私记提要》，中华书局2003年版，第129页。

②　康熙《宁国府志》卷9，参见赵景深、张增元《方志著录元明清曲家传略》，中华书局1987年版，第54页。

③　于慎行：《穀城山馆文集》卷21《明故奉直大夫尚宝司少卿北山先生李公墓志铭》，《四库全书存目丛书》，齐鲁书社1997年版，集部第147册，第610页。

侗等人交游。且居乡多行善事："为人慷慨任侠，内敦孝友，外施德义，赈赡贫乏，惟恐不足。……郡人至今称焉。"① 优游林下、享诗酒声妓之奉四十余年卒，大学士于慎行为撰墓志，太仆卿邢侗为作行状。

一 "筚路蓝缕"之功的纷争

李先芳诗文成就并不突出，在诗文复古风潮中可谓无足轻重，但他对于第二次复古风潮的形成，对于后七子的崛起文坛，却起到了一定的桥梁和铺垫的作用。

"后七子"诗社的母体，是吴维岳、王宗沐、袁福征等在刑部所结"白云楼诗社"，后李攀龙加入，但"白云楼诗社"与后来的第二次复古风潮宗旨不同。在后七子派形成之前，李先芳"诗名已著，嘉靖二十六年，李攀龙自顺天府同考任上归来，适逢李先芳、殷士儋中第，同观政大理寺"，"（先芳）乃与历下殷文庄公（士儋）、李宪使于鳞（攀龙）、任城靳少宰（学曾）、临清谢山人（榛）结社赋咏，相推第也"②。王世贞亦同年及第，还是王世贞得以结识李攀龙和加入诗社的中介人。王世贞回忆他与李攀龙的结识时说："是时有濮阳李先芳者，雅善余，然又善济南李攀龙也，因见攀龙于余，余二人相得甚欢。"③ 此后，李先芳离京出任新喻知县，李、王结盟，诗社渐盛，嘉靖三十年，李先芳回京任户部主事，旋又丁外艰而去。嘉靖三十一年，"六子"之名既成，而无李先芳，既而吴国伦加入，时号"七子"。嘉靖三十三年李先芳返京就任刑部后，因诗社名位之事与李攀龙起争端，李致书相劝。李攀龙卒后，王世贞继为领袖，始将其列入"广五子"中。李先芳则始终对此耿耿于怀。此事亦被有心人作为李攀龙等人的道德污点而见于多家记载。如：

《静志居诗话》云："伯承与元美、于鳞同舍，皆故等夷。继而七子盛名，狃主坛坫，元美收之'广五子'之列，意濅不平，晚逃于词曲。观其《诗隽》一书，详于淮北，远及巴蜀，而独黜大江以南。盖以吴、楚、扬、粤之间，七子实居其五，其微意可窥也。"④

---

① 于慎行：《穀城山馆文集》卷21《明故奉直大夫尚宝司少卿北山先生李公墓志铭》，《四库全书存目丛书》，齐鲁书社1997年版，集部第147册，第610页。

② 同上。

③ 王世贞：《弇州四部稿》卷71《王氏金虎集序》，《四库全书》，上海古籍出版社1987年版，集部第1280册，第214页。

④ 朱彝尊：《静志居诗话》卷13，人民文学出版社1990年版，第393页。

《四库全书总目》云："嘉靖诗社，先芳首倡，厥后李、王踵兴，遂摈斥先芳，不与七子之列，继以先芳愤激，乃收之'广五子'中。"①

钱谦益的记载更为绘声绘色："始伯承未第时，诗名籍甚齐鲁间，先于李于鳞。通籍后，结诗社于长安（按：此指京师）。元美隶事大理（大理寺），招延入社，元美实扳附焉。又为介元美于于鳞。嘉靖七子之社，伯承其若敖、蚡冒也。厥后李、王之名已成，羽翼渐广，而伯承左官落簿，五子、七子之目皆不及伯承。伯承晚年每为愤盈，酒后耳热，少年用片语挑之，往往努目嚼齿，不欢而罢。邢子愿②以台使按吴，访峿州而归，伯承与极论始末，语已目直上视，气勃勃颐颊间，拍案覆杯，酒汁沾湿，子愿逡巡不敢应。后为伯承志墓，亦略及之。余闻之卢德水③如是。"④

所谓邢侗志墓，盖指《奉训大夫尚宝司少卿北山先生濮阳李公行状》，有云："先生辛巳（万历九年，1581）向余言：余为诗成而于鳞始学诗，余见于鳞于元美，而元美（当为"于鳞"）忱元美，竞称五子，而余见汰。余归，独来独往，而五子疏。试取余言而与五子较同乎？异乎是，宜弗相急而寖相遐也。"对此，邢侗作为晚辈，又未身历其事，不便分辨是非，于是"衿口嗫不敢答"。⑤

同为后七子诗派的先驱和创始者，吴维岳（字峻伯，嘉靖十七年进士）的情况亦与之类似。钱谦益云："峻伯在郎署，与濮州李伯承、天台王新甫（王宗沐）攻诗，皆有时名。峻伯尤为同社推重，谓得吴生片语，如照乘也。已而进元美于社，实弟蓄之，及李于鳞出，诗名笼盖一时，元美舍吴而归李。峻伯愕眙盛气，欲夺之不能胜，乃罢去，不复与七子、五子之列。元美后为广五子诗，追录伯承、峻伯，而二公皆讳言之，颇以牛后为耻。"⑥

后七子派形成之后，又发生了逐除谢榛等事件。王鸿绪《横云山人史稿》记载后七子形成的过程云："攀龙始官刑曹，濮州李先芳、临清谢

---

①　《四库全书总目》卷 177《江右诗稿提要》，中华书局 2003 年版，第 1596 页。

②　邢侗（1551—1612）字子愿，济南临邑人，万历二年（1622）进士，书法名家。

③　卢世㴓（1588—1653）字德水，号紫房，晚号南村病叟，济南德州人，天启五年（1625）进士。

④　钱谦益：《列朝诗集小传》丁集上，上海古籍出版社 1983 年版，第 426 页。

⑤　邢侗：《来禽馆集》卷 19《奉训大夫尚宝司少卿北山先生濮阳李公行状》，《四库全书存目丛书》，齐鲁书社 1997 年版，集部第 161 册，第 645 页。

⑥　钱谦益：《列朝诗集小传》丁集上，上海古籍出版社 1983 年版，第 343 页。

榛、孝丰吴维岳辈方倡诗社，攀龙往与焉（按：李攀龙入诗社早于李先芳和谢榛，此论与事实不符，详见下文）。王世贞初释褐，先芳引入社，遂与攀龙定交。继宗臣、梁有誉入，是为五子。未几徐中行、吴国伦亦入，改称七子。诸人多少年，才高气锐，互相标榜，七才子之名播于天下。摈先芳、维岳不与，已而榛亦被摈，攀龙遂为之魁。"①

以上诸家所记，似乎都在暗示和指向一点，即李攀龙、王世贞等人乃忘恩负义、过河拆桥的小人。

李先芳与李攀龙等人的矛盾，根本起因在于嘉靖三十三年李先芳服阙归京后，自恃诗名早于李攀龙诸人，对不能居诗社领袖表示不满，如邢侗所云："历下（李攀龙）简贵，不暗近人；而濮上（李先芳）伉爽敢决，任侠自豪，两人者论难过从，瑕瑜不相贷也。迨后历下名愈高，濮上苦为所掩。"② 李攀龙时任顺德知府，遂致书相劝：

> 某虽薄劣，然念足下久要即甚不忘。日以元美辈褎然为文章家称首，某则自不欲伯承出其后，有以激故人尔。苦无他也。每与元美言，何尝不伯承在口。今复虑伯承不安西署，急将生议，及，又不欲伯承暗投，以是为切切悒悒。其意也，尚不以厚哉？里闬狂士，固不朽为期，所不合执事者如此，不敢隐矣。③

解释说自己在诗社中的领袖地位，乃王世贞等人所公推，并未忘却老朋友。而对李先芳之非议，李攀龙仅表示无奈而已，也无从谦让，惟希望李先芳不要因此事挑起事端，态度语气极为平和。

文人集团内部的排挤倾轧和名利之争本就不可避免，李攀龙又一向以盛气凌人著称，于后七子中以家长自居，作风霸道，动辄以"五子"名位示亲疏进退。在明后期复古派受到广泛批评、一片骂声的背景下，钱谦益等人便揪住此事不放，极力夸大渲染，加以丑化，以此为攻击后七子的口实，从人格上对其进行贬低，因此很有必要加以辨析，澄清事实。

---

① 参见陈田《明诗纪事》己签卷1"李攀龙"条，上海古籍出版社1993年版，第1869页。

② 邢侗：《来禽馆集》卷19《奉训大夫尚宝司少卿北山先生濮阳李公行状》，《四库全书存目丛书》，齐鲁书社1997年版，集部第161册，第643页。

③ 李攀龙：《沧溟集》卷26《与李比部伯承》，李伯齐校点《李攀龙集》，齐鲁书社1993年版，第572页。

二 "摈斥说"辩诬

且不说钱谦益的描绘系来自辗转听闻,就实际情况看,应该说李先芳之名不在"七子"之列,也是很自然的事情,有外部时空条件的限制,也有其自身的原因。

首先,李先芳加入诗社的时间并不早于李攀龙,王鸿绪《横云山人史稿》所谓李先芳、谢榛、吴维岳等倡诗社,"攀龙往与焉"的说法与事实不符。李攀龙中进士后因疾回乡,嘉靖二十五年归京,明年初授为刑部广东司主事,遂加入刑部诗社,而李先芳于是年三月新科进士发榜后方入社。故《明史》在引用王鸿绪的说法时,改为"攀龙之始官刑曹也,与濮州李先芳、临清谢榛、孝丰吴维岳辈倡诗社"①,其意自明。

李先芳于嘉靖二十六年加入刑部诗社后不久,明年即授新喻知县离京而去。吴维岳、王宗沐亦于同年离京外放,京中只有李攀龙、王世贞,由李攀龙介绍,谢榛加入。嘉靖二十九年,徐中行、梁有誉、宗臣等人皆中进士而加入诗社,复古阵营才壮大起来,诗社的复古宗旨、理论主张也渐渐确立,第二次复古运动兴起。嘉靖三十一年,诗社骨干始倡为"五子诗",李攀龙、王世贞各赋《五子篇》,"用以记一时交游之谊",后吴国伦加入,"后七子"② 始传名天下。

这期间,李先芳一直在外,虽于嘉靖三十年回京,旋又丁外艰而去,并未参与李、王主持的诗社骨干的活动,对复古宗旨和理论的确立并无建树,与诗派后来的发展兴盛也没有必然的关系,故王世贞在《与李于鳞》中云:"伯承视足下及仆,仅杯酒然诺交。……竟慭创收桑榆耳,于鳞自忘之耶?"③ 况且刑部诗社与复古运动的性质并不相同。故《明史》在引述王鸿绪"王世贞初释褐,先芳引入社,遂与攀龙定交"之语时,又特意加入"明年,先芳出为外吏"④ 一句,也可窥见端倪。吴维岳亦是如此,即使当时与李先芳同科中第、同入诗社的高岱⑤,情形也复相同,他们不得列名"五子""七子",自在情理之中。

---

① 《明史》卷 287 列传 175,《文苑传三》,中华书局 2000 年版,第 4932 页。

② "五子"加上作者自己,为"六子",后吴国伦加入,为"七子"。

③ 王世贞:《弇州四部稿》卷 117,《四库全书》,上海古籍出版社 1987 年版,集部第 1281 册,第 4 页。

④ 《明史》卷 287 列传 175,文苑传三,中华书局 2000 年版,第 4932 页。

⑤ 高岱,湖北京山人,嘉靖二十九年进士,官刑部郎中,学有高名,时人重之,钱谦益《列朝诗集小传》云其"开七子之前茅"。

其实，早在结社初期，李攀龙的领袖地位已是有目共睹的事实，所谓"摈先芳、维岳不与，已而榛亦被摈，攀龙遂为之魁"的说法，纯为挟持私见的臆造。李先芳不能成为诗社核心，更多的原因还在于其自身。

一是诗名虽著，才力不逮。

陈子龙云："伯承为七子先驱，而其后不振。"① 李攀龙有《送新喻李明府伯承》诗回忆二人定交，宋征舆于此诗后评论曰："当时雅重伯承而其诗不称。"② 宋弼以为，就诗论之，李先芳不与五子、七子之列，虽"愤激不平，亦固其所"。③ 详见后论。

二是畏惧祸端，迟疑动摇。

后七子等人交游之初，只限定在自己的圈子内，不与外界交往，王世懋云："诸君子既刻厉相责课，务在绝他游好，一意行其说，即流辈有时名者，视之蔑如也。"④ 这种偏激做法，引来了众多非议，"侧目者日益众"。并且在复古运动开始不久，诸子就在政治上与严嵩等权奸发生了激烈冲突，公开对立，祸端接踵而至，多次遭受贬谪罢官等打击。

李先芳为人轻薄放浪，患得患失，无君子之德。于慎行云："（伯承）浮湛避世，不干进取，有以自适也。"⑤ 而宋征舆则云："伯承殊孟浪，宜其见轻于同人。"⑥ 李先芳加入诗社后不久即离京而去，后虽又调回，但因与诸子结社而在仕途上遇到的麻烦使他犹豫却步，态度不再积极，渐渐疏远了诗派核心，后来，李先芳的兴趣转入学术研究，又以词曲自娱，放浪形骸，诗格退化，遂与复古派异趋。

从王世贞、李攀龙的一些记述中也可窥见鳞爪。王世贞云："无何（结社不久），众欢然呶詈之。虽濮阳（指李先芳）亦稍稍自疑，引避去。"⑦ 李攀龙《与徐子与》之五曰："向约李伯承，暮春者，我二人于

① 陈子龙等编：《皇明诗选》卷8，华东师范大学出版社1991年版，第546页。

② 同上书，第358页。

③ 宋弼编：《山左明诗钞》卷16，《四库全书存目丛书》，齐鲁书社1997年版，集部第412册，第153页。

④ 王世懋：《王奉常集》卷14《徐方伯子与传》，《四库全书存目丛书》，齐鲁书社1997年版，集部第133册。

⑤ 于慎行：《毂城山馆文集》卷21《明故奉直大夫尚宝司少卿北山先生李公墓志铭》，《四库全书存目丛书》，齐鲁书社1997年版，集部第147册，第610页。

⑥ 陈子龙等编：《皇明诗选》卷11，华东师范大学出版社1991年版，第749页。

⑦ 王世贞：《弇州四部稿》卷71《王氏金虎集序》，《四库全书》，上海古籍出版社1987年版，集部第1280册，第214页。

日观之上，赋相遇也。其人嫋嫋自爱，终恐三舍引避，安能顾草庐？"①
其间是是非非虽不甚明了，但李先芳态度不够坚定，与复古派若即若离，
显然十分清楚。

后来，李攀龙在给友人的书信中谈及李先芳时，对其为人与创作，均
流露出不满。《与余德甫书》其四提及李先芳罢官后赠诗稿事，曰："李
伯承亦以疏归，寻惠刻稿，其在吾党虽有臭味，然落落耳。"②《与徐子
与》其四则将其与谢榛并提："日茂秦寄诗见怀，及伯承所贻新刻，并多
出入，畔我族类。子与固云'文章老自知'，乃两君既种种，可以其文章
知之矣。"③

事实上，李攀龙、王世贞均不讳言李先芳的引介之功，多次提及此
事，王世贞回忆他与李攀龙的结识，除前引《王氏金虎集序》外，《艺苑
卮言》又云："伯承前已通余于于鳞，又时时为余言于鳞也，久之，始定
交。"④ 李攀龙《送王元美序》亦云："先是，濮阳李先芳亟为元美道余，
及元美见余时，而已心知其为余。"⑤

复古派也并未如论者所说，因为其官场失意而摈弃李先芳，弃之不
顾，王世贞、李攀龙都有不少寄赠、思念之作。李先芳出知新喻县时，王
世贞作《天宁寺饯别李新喻伯承》相送，后又多次在诗中念及他，如
《弇州山人四部稿》卷 23 之《春日过李三于鳞小饮适谢茂秦至有怀伯承
明府》《有怀伯承因答于鳞》，卷 30 之《答伯承新喻》等。《沧溟集》中
也有不少与李先芳往来的诗歌书信为证，如卷 5《送新喻李明府伯承》；
卷 8《人日与伯承集子与（徐中行）宅得胡字》，当为李先芳调回京城，
嘉靖二十九年以后事；卷 9《李伯承谪亳州》系李先芳被贬时寄慰之作；
卷 12 有《寄伯承》；卷 14 有《重寄伯承》；卷 26 的书信《与李比部伯
承》系李先芳任刑部侍郎时；《答李伯承书》系谪官亳州时，卷 28 亦有
书信《报李伯承》等，皆为明证。只不过将他置于诗社外围而已。

李攀龙七古《送新喻李明府伯承》回忆二人定交之初的情形，曰：
"尔昔红颜客蓟门，献书不报哀王孙。一朝置身青云里，座上还开北海
樽。余亦题诗郭隗台，燕山秋色对衔杯。论交共惜黄金尽，此处空悲骏马

---

① 李攀龙：《沧溟集》卷 30，李伯齐校点《李攀龙集》，齐鲁书社 1993 年版，第 665 页。
② 同上书，第 647 页。
③ 同上书，第 664 页。
④ 王世贞《艺苑卮言》卷 7，丁福保辑《历代诗话续编》，中华书局 1983 年版，第 1068 页。
⑤ 李攀龙：《沧溟集》卷 16，李伯齐校点《李攀龙集》，齐鲁书社 1993 年版，第 390 页。

来。可怜郢曲今亡久，《下里》之歌吾何有？文章稍近五千言，《雅》《颂》以还《十九首》。才子新传《白雪篇》，江城忽借使君贤。那堪西署为郎者，多病离居卧日边。"宋征舆论曰："当时雅重伯承。"①《寄伯承》云："才子含香满玉墀，仙郎赋就几人知？只今西省空相忆，扬马风流自一时。"提起当年诗会聚首，都记忆犹新，且对李先芳推置甚高。

李先芳被贬亳州时，曾致信李攀龙，时于鳞亦落职闲居于家，遂自历下复书相慰，《答李伯承书》中云："日闻解郡，良久自失，奈何伯承亦复坐及此也！以足下重名，无终困理。即杜门卒业，效不朽一大事因缘，又奈何乎伯承乎？"② 款款眷眷，极尽劝勉。

李先芳似乎也没有钱谦益所形容的那样激愤难平，而与李攀龙等势同水火。据于慎行记载，嘉靖三十二年左右李先芳丁艰后再次回京，补刑部，时七子之名已经形成，李先芳仍参与了复古派在京成员的唱和："先生既负时名，不得一当艺苑，又出试吏，仆仆对牒，非其好也。及入为曹郎，居多暇日，而海内名能诗家吏部宗子相（宗臣）、张助甫、兵部张肖甫（张佳胤）、同部王元美、徐子与辈云集阙下，先生尽与之交，朝夕倡咏，期为复古，而诸子之名大噪，长安称一代盛际矣。"③ 李攀龙之母去世治丧时，李先芳还曾寄予极大帮助，故李攀龙于《报李伯承》书中深致感谢。若心存忌恨，又怎会与之往来？

李先芳集中还有不少与复古诸子唱酬的诗篇，如《别王比部元美》中云："棘寺同官日，兰尊结社时。过门邀并骑，入省封弹棋。"念念不忘当日与王世贞同观政大理寺，结社吟咏、过从甚密的情景。《再寄王元美》为先芳晚年所作，诗中云："当年汉署共鸣珂，班马才名不啻过。天畔孤臣吾老矣，中原诸少竟如何？"同样怀念往昔诗酒唱酬的时光，表达了多年未见而对当日诗社故旧的挂念。晚年还曾作悼念亡友的《五哀诗》，其中就有谢榛和李攀龙。

并且他相当敬重李攀龙，虽有恩恩怨怨，"然修戈待糒，未尝一日忘于鳞"④。邢侗所列其文友十六人中，首即李攀龙。于鳞去世时，李先芳

① 陈子龙等编：《皇明诗选》卷6，华东师范大学出版社1991年版，第358页。

② 李攀龙：《沧溟集》卷26，李伯齐校点《李攀龙集》，齐鲁书社1993年版，第583页。

③ 于慎行：《穀城山馆文集》卷21《明故奉直大夫尚宝司少卿北山先生李公墓志铭》，《四库全书存目丛书》，齐鲁书社1997年版，集部第147册，第609—610页。

④ 邢侗：《来禽馆集》卷19《奉训大夫尚宝司少卿北山先生濮阳李公行状》，《四库全书存目丛书》，齐鲁书社1997年版，集部第161册，第643页。

作《寄吊》诗云："四海论交二十秋，夫君佳句胜曹刘。怀中久握连城璧，历下重开白雪楼。入梦长庚元不偶，行空天马故难留。灌园剩有山翁在，倚杖柴门哭不休。"以天马行空喻李攀龙的行迹与才华，可谓知人。在《五哀诗》中又写及李于鳞云："鲍山宿草几经秋，历下犹传白雪楼。白雪调高人寡和，鲍山云尽水空流。断肠梦魂通今夕，握手交情忆昔游。晓倚东门占紫气，真人倘许驾青牛。"情意殷殷，对于鳞评价甚高。陈田论之为"心折于鳞如此"①。

因此，李先芳的愤愤不平，并非不见容于诸子，只是自视甚高，不甘居于李攀龙之下，且作为诗派先驱、元老功臣，不得厕身"七子"之列，成为诗社核心而已。

三 诗坛地位辨析

李先芳甚有文名，乾隆《曹州府志》卷 15 甚至谓其虽为七子所摈，"而人之称先芳者如故。且并攀龙称'山东二李'。临邑邢侗亦最推重之"②。但后人对其诗歌均评价不高。李先芳壮年罢归后，以词曲声伎自放，诗格发生退化。李攀龙对王世贞谈及其新刻诗集时云："李伯承走示新刻十本，寻为读之，推意就辞，未合而战，遂劣长驱，沾沾自爱也。"③

钱谦益从门户之见出发，为李先芳争意气，云："今之论者，奉历下为晋、楚，揶揄伯承，使之捧盘盂而从小邾（战国时小国，为楚所灭）之后。余录伯承诗，次于于鳞之上，使伯承之魂，为之默举，且以间执耳食者之口也。"④ 并非出于公心。

宋弼于《山左明诗钞》卷十六中辨之曰："予以东岱诗及王、李并观，律绝足以相拟，古体殊不敌。故非邾莒之从，差可齐秦之匹，以视徐、吴、梁、宗，有过之而无不及也。虞山推之于鳞之上，第欲重抑历下，而不知其言之过也。"

于慎行序其集，将李先芳与李攀龙并论，云："吾里两李先生，其称诗不同。历下，以气骨合神，湛涵万有，而发以雄迅，意尝超于象之表。濮阳以才情赴调，融洽众采，而出以和平，力尝畜于法之中。譬之五音，

---

① 陈田编：《明诗纪事》已签卷 4 "李先芳"条，上海古籍出版社 1993 年版，第 1946 页。

② 参见赵景深、张增元《方志著录元明清曲家传略》，中华书局 1987 年版，第 55 页。

③ 李攀龙：《沧溟集》卷 30《与王元美》之七，李伯齐校点《李攀龙集》，齐鲁书社 1993 年版，第 675 页。

④ 钱谦益：《列朝诗集小传》丁集上"李同知先芳条"，上海古籍出版社 1983 年版，第 426 页。

历下则轩辕之鼓、素女之琴，高张急节，铿鍧駍荡，足以骇耳洞心。濮阳则昭华之琯、嬴台之箫，肃雍和鸣，可使龙吟凤下。盖所谓异曲同工者。"① 虽因作序之故，推誉甚高，然字里行间，只言李先芳诗歌之和平中音，高下自别。

故《四库全书总目》云："于慎行称其诗与李攀龙异曲同工，邢侗亦称历下名愈高，濮阳苦为所掩，然修戈待糒，未尝一日忘于鳞。今观其诗，才力实出攀龙下。慎行等以乡曲情，均不欲分左右袒耳。明末攻攀龙者，虽欲以跻攀龙之上，非笃论也。"② 陈田亦云："《东岱山房集》近体差有合作，较其才力，安能与数子争雄？于鳞所云读伯承新刻，推意就辞未合，而战遂劣，非苟论也……牧斋乃欲次伯承诗于于鳞之上，伯承有知，亦不敢自居矣。"③

尽管如此，李先芳亦有不少佳作，特别是模山范水、游赏景致之作，穆敬甫称为"诗思秀发，绰有右丞之风"④，亦齐鲁间一才人。如《鄱阳湖》：

> 吴城临古渡，湖水接天开。一夜南风起，扁舟万里回。波漂星子县，云没大孤台。却望苍茫里，匡庐秋色来。⑤

《再过玉堤》云：

> 马蹄日日逐红尘，白发青山应笑人。昨日玉河堤上过，杏花开尽不知春。

清新澹远，澄静明丽，二首为《静志居诗话》所称。又如《滕王阁》：

> 高阁嶙峋揽上游，还将歌舞向东流。剑江割据衡庐险，镇柱平分

---

① 朱彝尊：《静志居诗话》卷13，人民文学出版社1990年版，第394页。
② 《四库全书总目》卷177《江右诗稿提要》，中华书局2003年版，第1596页。
③ 陈田编：《明诗纪事》己签卷4"李先芳"条，上海古籍出版社1993年版，第1946页。
　按：断句错误，当作"推意就辞，未合而战遂劣"，参见上引李攀龙原文。
④ 参见宋弼《山左明诗钞》卷16，《四库全书存目丛书》，齐鲁社1997年版，集部第412册，第153页。
⑤ 李先芳诗俱见《东岱山房诗录》，《四库全书存目丛书》，齐鲁社1997年版，集部第119册。

吴楚秋。云外片帆生极浦，雨中芳草遍青洲。江南满地无舟楫，天畔何人独倚楼？

前半首写滕王阁凌驾长江之上的雄奇气势和割据衡庐、平分吴楚的险要位置，后半首写登阁所览江上胜景，结句颇有天地悠悠的苍凉孤独之感。《早春文昌阁》云：

> 一泓春水挂城头，百叠遥山带雪浮。地是谢公曾作郡，人如王粲旧登楼。松篁隔岭开晴色，关塞连天忆旧游。为报梅花消息好，凭栏不见使人愁。

写景兼怀人。《由商丘入永城途中作》显得生机盎然：

> 三月轻风麦浪生，黄河岸上晚波平。村原处处垂杨柳，一路青青到永城。

商丘、永城皆在河南省东部黄河故道附近。这首诗写作者从商丘到永城沿途所见景色，诗意平和欣快，描写恬淡的乡村风光，给人欣欣向荣之感。

李先芳亦能写雄奇壮阔之景，如《九江》：

> 浔阳江尽水连空，九派烟波处处通。彭蠡不传淮海信，江豚空拜石龙风。溢城树色浮天上，庐阜岚光写镜中。估客乘流千艇下，轻帆飞过楚云东。

九江为水路要冲，江河汇聚，水天相接，庐山倒映在波平如镜的江面，万千客船顺流而东，诗中将九江渡口烟波浩渺，千帆竞渡，如同在云中飞行的胜景如画图般展现在读者面前。

李先芳弟李同芳[①]，字幼承，官至王府审理，亦能诗。钱谦益以为"才情不亚其兄"[②]。其《饮酒》云："山扉悄无事，家酿复新香。迟尔二三子，陶然醑一筋。论心爱丘壑，灸背阅年光。雪积冰难解，冬残日乍

---

① 明代另有一李同芳，字济美，号晴原，昆山人，万历八年进士，官至山东巡抚，撰有《视履类编》二卷，自录其生平善迹。

② 钱谦益：《列朝诗集小传》丁集上，上海古籍出版社1983年版，第426页。

长。岁时鸟过目，身世雁随阳。多谢高阳伴，同来入醉乡。"前半写初春时节，山居清闲，邀二三友人共酌家酿。后半发抒对山水田园生活的热爱，同时感慨屡试不第、南北飘零的遭际。

第四节　独发清音——杨巍

杨巍（1517—1608）字伯谦，号梦山、盘石，因以"山"字为辈，行二，故又号二山，济南海丰（今无棣县）人，中嘉靖二十六年（1547）进士，与王世贞、李先芳、殷士儋同科，累擢右佥都御史巡抚宣府，以养母归。两年后复起，隆庆初进右副都御史移抚山西，复乞养母去。神宗即位，再复起，进吏部左侍郎，又以终养归，母年逾百岁卒。万历十年，三度复起，累迁吏部尚书，时"申时行当国。巍素厉清操，有时望，然年耄骫骳，多听其指挥"。"巍初扬历中外，甚有声。及秉铨，素望大损。然有清操，性长厚，不为刻核行"。万历十五年大计吏，杨巍徇私，贤否混淆，群情失望。①万历十八年，年近八十，屡疏乞归，赠太师致仕。

杨巍纯孝，曾为养母三度乞归，为人有雅致。于慎行云：

> 海丰太宰杨公巍，天性纯孝，母夫人年百余岁，食啖犹健，杨公朝夕上食，躬尝以进，即有不乐，辄拍手歌舞，作小儿态，以娱母意。母夫人当冬月病，思食西瓜，走使四方觅致，至则不及饭舍，杨公以此大痛，终身不思西瓜，暑月渴甚，但饮水而已。一日诸公会座，左右以西瓜进，见杨公不食，询故，乃得其详，后问公门下亲识，馈送无以西瓜入门者。此亦人所难也。
>
> 杨公好奇，多雅致，平生宦游所历名山，皆取其一卷石以归，久之积石成小山，闲时举酒酬石，每石一种，与酒一杯，亦自饮也。余慕其事而无石可浇。山园种菊二十余本，菊花盛开，无可共饮，独造花下，每花一种，与酒一杯，自饮一杯，凡酬二十许者，径醉矣。②

杨巍又号"盘石"，似得于此。妹嫁临邑邢侗之兄邢偘，博学能文，书法自成一家。

---

①　《明史》卷 225 列传 113，中华书局 2000 年版，第 3947 页。

②　于慎行：《穀山笔麈》卷 5《臣品》，《历代史料笔记丛刊》，中华书局 1997 年版，第 56 页。

杨巍工诗，自称中岁方学诗："余自幼习举子业，不知为诗，至嘉靖乙卯（按三十四年，1555）外补晋臬（巡抚山西）时，督学使者为曹君纪山①，始提挈余为诗。谓以唐人为宗，且辨其体格，余不甚解。及余归田，有四明吕山人②者往来海上，相与倡和，共明此道，听其所谈，亦不甚解。平生得诗总之不下千篇，门人李生善楷书，因命收掌。及余宦京师，李生病故，此物亦随化去，子侄辈复随处抄录，无论岁月、朝野，得诗六百余篇，亦多矣。"③ 陈田云："（梦山）自书《存稿》后，乃谓得于曹纪山、吕时臣为多。雅抱冲襟，令人翛然意远。"④

杨巍与"后七子"同时，且与李攀龙、李开先同为济南府人，却并不追随复古派之后，也不似李开先之自然随意，诗风清迥绝俗，高旷玄远，在明诗中别立一宗。因游离于复古主流之外，又不与复古诸子交游酬唱，故少为人所知，以致名渐不传。有《梦山存家诗稿》八卷存世，系由临邑邢侗、邹观光删定，刊刻行世，传播不广，清初王士禛选订为三卷，由其友人德州谢重辉⑤重刊之，另有诗选辑《橄余录》，二书今皆不存。

《静志居诗话》云："梦山与中麓、沧溟同郡，而其诗远法右丞、左司，近取苏门，不蹈章邱粗鄙之音，不随历下叫嚣之习，信豪杰之士也。……当嘉靖初，北地、信阳朝华已谢，沧溟集盛唐人字句以为律，一时宗之，正犹隋苑，剪彩成花，浅碧深红，未尝不眩人目，然生意绝少。此时读梦山诗，如水仙十囊、江梅一尊，嫣然薄冰残雪之外，有不爱惜者邪！"⑥

《明诗综》记载了诸家之誉："朱中立（观烱）云：'梦山诗不事雕绘，旨趣天成。'王贻上（士禛）云：'先生五言，直举胸臆，真澹雅素，而格在其中，陶韦嫡派、储王之雁行。'又云：'先生诗萧疏简远，得渊明、摩诘之真品，当在苏门（高叔嗣）之次、西原（薛蕙）之上。'谢方

---

① 曹忭，江陵人，嘉靖二十年进士，官至右副都御史，巡抚云南。

② 吕时臣字中甫，号四明山人，鄞县（今宁波）人，以避仇客游历下，与李开先、杨巍切劘酬和。后游青州衡王府，为新乐康宪王朱载玺礼遇，晚岁至沈宣王所，客死河南。朱彝尊《静志居诗话》卷14云："诗品在中麓、梦山之间，同时曳裾王门者，多逊之。"

③ 杨巍：《存家诗稿》跋，《四库全书》，上海古籍出版社1987年版，第1285册，第541页。

④ 陈田编：《明诗纪事》戊签卷4，上海古籍出版社1993年版，第1444页。

⑤ 谢重辉（1647—?）字方山，德州人，以荫官至刑部郎中，著有《杏村诗集》，与王士禛过从甚密。

⑥ 朱彝尊：《静志居诗话》卷13，人民文学出版社1990年版，第358页。

山（重辉）云：'先生擅场，本在五言，其近体妙处，发源王、孟，接轨高、薛，嘉隆尘坌之习曾未染其笔端，故是间代清律。'"①

《四库全书总目·存家诗稿提要》云："其中岁学诗，与唐高适相类，而天分超卓，自然拔俗，故能不染尘埃，独发清音。……其他高旷简古之作，尚复不少，固与当时嘈杂之音相去远矣。"② 邹观光《孚如集》云："杨公诗高旷玄远，冲夷澹泊，河朔魏允中击节诵公《晋中》诗：'灯前梳白发，马上梦青山。'思沈而致远，非唐人不能道。"③

王士禛对杨巍极其推崇，在其诗论、诗话中屡屡言之，不厌其烦，可称杨巍的异代知音：

> 《池北偶谈》：明诗本有古淡一派，如徐昌国（祯卿）、高苏门（叔嗣）、杨梦山（巍）、华鸿山（察）辈。自王李专言格调，清音中绝。④
>
> 《居易录》：杨梦山先生五言古诗，清真简远，陶韦嫡派也，五律尤高雅沉澹。⑤
>
> 《分甘余话》卷二：吾郡杨太宰梦山先生，五言冲古淡泊，在高子业（叔嗣）、华子潜（察）季孟间，如："远道令人愁，况近单于垒。""秋风入雁门，羽书日三至。""微微霁景流，天壤色俱素。""乡心生塞草，事事入秋风。""风雨楼烦国，关山李牧祠。""闲将流水引，梦与古人居。""雨响残秋地，城分不夜天。""石古苔生遍，泉香麝过余。"皆逼古作。⑥
>
> 《渔洋诗话》：五言简古得陶体，五言近体声希味澹，固是间代清律，明作者自高苏门之外，未见其比。⑦
>
> 《池北偶谈》：海丰杨梦山宫保太宰（巍）有存家稿八卷，五言

---

① 朱彝尊：《明诗综》卷43"杨巍"条，中华书局2007年版，第2139页。

② 《四库全书总目》卷172《存家诗稿提要》，中华书局2003年版，第1509页。

③ 参见陈田《明诗纪事》戊签卷4，上海古籍出版社1993年版，第1444页。

④ 王士禛：《池北偶谈》卷12《谈艺二》"王奉常论诗语"条，《历代笔记史料丛刊》，中华书局1997年版，第273页。

⑤ 王士禛撰，梁宗楠编：《带经堂诗话》卷2《评驳类》第12条，人民文学出版社1963年版，第64页。

⑥ 同上书，卷12《佳句类》第12条，第289页。

⑦ 同上。

最简古得陶体，明人所少。①

关于王士禛极力推举杨巍的原因，四库馆臣之见可谓一言中的："盖其神韵清隽，与士禛论诗宗旨相近，故尤赏之。"②

杨巍无论诗之作，但以选辑《弘正诗钞》，表明了自己的审美取向。③王士禛《渔洋山人文略》卷十二云："海丰故太宰梦山杨公诗，予曩居京师，既选其最者，刻梓以传，又得《檄余录》，以授其县人吏侍冰壶王公，诸为重刊，会其卒，未果。戊辰，于仁慈寺复得《弘正诗钞》，盖太宰撰集名家之作，起空同（李梦阳）、迄石川（殷云霄），凡十卷，合《檄余录》观之，公取裁大旨约略具是矣，宜其自运之清迥绝俗也。"④

杨巍诗中最长于五律，陈田云："梦山集五律最胜，直擅右丞、文房胜境，余子不足道也。"⑤沈山子以为胜过同样精工五律的谢榛："梦山五律，固是长城，其全首矜炼者不待言。句如'风雨楼烦（《四库全书》本《存家诗稿》《明诗综》卷四八皆作'兰'）国，关山李牧祠'，'春风吹户牖，芳草遍庭除'，'薄地不盈顷，草房才数间'，'渔樵原旧业，荷芰有初衣'，'花忆春城发，门怜（《四库全书》本《存家诗稿》《明诗综》卷四八皆作'连'）芳草多'，'北窗风到处，深树鸟鸣时'，'碉雪春仍积，岩花夏始开'，'家贫人卧稳，桥断客来稀'，'杯外分平楚，窗中到远山'，'霜筛连夕院，野烧到经台'，'野烧惊沙雁，霜风落塞榆'，'人垂灯下泪，鬼哭雨中魂'，皆近自然，岂四溟山人所能及？"⑥

其《平定李侍御应时予之同年友也曾视予病感之寄此》云："前年视我山中病，落日独骑骢马来。记得任家亭子上，连翘花发共衔杯。"王士

① 王士禛：《池北偶谈》卷19《谈艺九》"梦山诗"条，《历代笔记史料丛刊》，中华书局1997年版，第463页。

② 《四库全书总目》卷172《存家诗稿提要》，中华书局2003年版，第1509页。

③ 关于《弘正诗钞》，历来作者不明，《千顷堂书目》和《明史·艺文志》未见著录，惟《四库全书总目》卷192《弘正诗钞提要》云："不著编辑者名氏，惟卷首曹忬序谓：'二山杨君工于诗，所选弘治、正德间诗钞，正如淘沙见金，非具大金刚臂力者不能'云云。不知'杨二山'何名。所录凡李梦阳、何景明、康海、薛蕙、徐祯卿、郑继之、王廷相、边贡、孙一元、殷云霄十人之诗。"据此，《中国古籍善本书目》署作杨□辑，《四库全书存目丛书》直书其人为杨二山。据陆林《明代〈弘正诗钞〉辑者考》考证，该书即出杨巍之手。

④ 王士禛撰，梁宗楠编：《带经堂诗话》卷4《纂辑类》第16条，人民文学出版社1963年版，第106页。

⑤ 陈田编：《明诗纪事》戊签卷4，上海古籍出版社1993年版，第1444页。

⑥ 朱彝尊：《静志居诗话》卷13，人民文学出版社1990年版，第358页。

禛《池北偶谈》卷十九及《居易录》中，皆大加赞赏，以为"'常忆任家亭子上，连翘花发共衔杯'。新异不经人道"①。

　　杨巍于隆庆初以右副都御史巡抚山西，其边关诗也颇多佳作，如：《雁门九日无兴登高作诗二首》：

　　　　九塞行将遍，三秋岁欲残。故乡归未得，客抱向谁宽？云送台山暝，风吹关树寒。干戈正扰攘，何处可凭栏！

　　　　把酒不能醉，登高奈所思！岂堪云断处，正值雁回时。风雨楼烦国，关山李牧祠。寒花无意赏，况复鬓毛衰。

雁门关在今山西代县西北，诗写重阳佳节，却身在前线，思乡怀人，却无可慰藉，干戈扰攘，战火不熄中，触目生愁，无心登高凭栏，把酒临风，一赏秋色。北雁南飞，愁杀离人，忧国怀乡中，又自伤老去。诗境凄清，遍地感伤，笔法从容沉着，"风雨"一联，尤为人击赏。《过石岭关》亦为同时所作：

　　　　石岭月初上，登登仆从劳。山城秋路远，戍鼓夜声高。驱马临重隘，感时换二毛。风尘频看剑，无梦向江皋。

石岭关在山西阳曲东北百二十里，为并州、代州、云州、朔州四地要冲。作者巡边至此，多日鞍马劳顿，更兼忧虑时艰，头发渐已斑白，却为国而忘家，感时奋发，时刻不敢懈怠，表现了尽忠国事的高尚情怀。

　　杨巍集中还属即景抒怀之作最见特色，如《秋雨宿长安岭》：

　　　　满户烟霞傍戍台，疏灯独坐一尊开。夜深怪底不能睡，松柏千山风雨来。

夜深独酌，听松涛阵阵，风雨袭来，寂静与涵闳融为一体，意境有独到之处。又如《忆东霞炼师》：

　　　　前日桃花路口分，自言采秀入闲云。海天漠漠正东望，一鹤飞来

---

① 王士禛撰，梁宗楠编：《带经堂诗话》卷12《赋物类》第9条，人民文学出版社1963年版，第309页。

疑是君。

颇有蝉蜕轩举之趣，冲夷澹远，不染尘埃，令人生尘外之想。《春斋漫兴》写静居独处的山林生活：

> 远地无人到，春风忆故林。傍檐独鸟啭，积雨众芳深。中散琴为侣，山公酒是心。欲骑黄鹄去，万里孰能寻？

以嵇康、山涛的隐逸生活自喻，简古冲淡，清迥绝俗。

杨巍在《存家诗稿跋》中自云：“余疏散人也，况习禅寂，不好苦思。”① 可见其诗风禅悦澄明的渊源所在。

第五节　发扬蹈厉——戚继光

戚继光（1527—1587）字元敬，亦曾以文明、汝谦为字，号南塘，晚号梦诸，登州府蓬莱人②。元末六世祖戚详归附朱元璋，以军功世袭登州卫指挥佥事（千户），父戚景通屡立战功，历官京师神机营副将，56 岁始得子，故教育甚严，以读书在识“忠孝廉洁”四字励之。父殁袭官，年仅 17，管理屯田事务，纤尘不染，革除积弊，众心悦服。嘉靖二十七年率山东子弟远守蓟门，防御鞑靼，并著《备俺答策》，当政奇之。嘉靖二十八年中武举。次年秋进京会试，值俺答入侵，督防九门，并提出十几条方略，朝廷备为“将才”。倭寇大侵东南沿海，嘉靖三十二年升都指挥佥事，督理山东备倭事宜，下辖文登（属登州）、即墨（属莱州）、日照（属青州）三营二十五卫。两年间安不忘危，训练部伍，整饬卫所，备倭最为得力，御史何熙、雍焯交章推荐，以为“英敏绰兼乎文士，气宇不群于武流。持己老成有凝定不扰之守，御军安静多从容应变之才”。

浙江是当时倭患最重的地区，嘉靖三十四年（1555），戚继光调任浙江屯田，次年任宁绍台参将，至义乌招募农民矿工四千余人，编练新军，

① 杨巍：《存家诗稿》跋，《四库全书》，上海古籍出版社 1987 年版，第 1285 册，第 541 页。

② 关于戚继光的祖籍，有蓬莱、定远两种说法。事实上，戚家本世居蓬莱之东牟，自戚继光六世祖戚详避乱安徽定远，后从军，遂以定远为籍。故戚继光自称定远人，也称世居东牟，二者并不矛盾。

成为抗倭主力，深受百姓爱戴，人称"戚家军"，又训练水师，极大增强了浙江海防，五战五捷，大灭倭寇，又率兵援闽，与谭纶、俞大猷配合，四战大捷，被倭寇称为"戚老虎"，升任总兵。至嘉靖四十四年倭患平息，共在东南十二年，屡建奇功，成为蜚声内外的名将、流芳百代的英雄。为表彰其杰出功勋，朝廷在登州城内修建了"母子节孝"坊和"父子总督"坊。

嘉靖中期后，蒙古部族不时内犯，威胁京师。隆庆元年（1567）秋调任北方，以都督同知署理戎政，总理蓟州、昌平、保定练兵事务，后任蓟镇总兵，整修边墙，新造、购置新式武器，严明纪律。然所谓将习于知兵而危君，朝廷处处掣肘，戚继光处境艰难，但仍矢志不移，期间得到了几届首辅尤其是张居正的赏识和倚重。十六年间多次打败蒙古朵颜部，东西虏再不敢入犯，边境晏然。进左都督，加少保衔。张居正病逝，受牵连而被排挤，于次年二月谪调广东，任南粤总兵，诸事受制、百不如意，仍积极整饬兵备。张居正家族籍没，戚继光亦年末被罢。抗倭时所染肺疾日益加重，于是请还登州。

戚继光一生南征北战，为国保疆守土四十一年，为得士心，经常慷慨解囊，又廉洁奉公，因此"野无成田，囊无宿镪，惟集书数千卷而已"①。罢官后本无薪俸，结发妻子王氏又反目。王氏乃万户之女，夫妇感情甚笃，但无子嗣，戚继光为此暗纳妾沈氏、陈氏、杨氏，生五子。王氏得知后，手持利刃，欲杀戚继光，戚继光号啕诉说祖宗遗愿，最终将次子安国归王氏养育。安国娶妻后不久去世，王氏失去依靠，于是囊括所有积蓄回了娘家。这使戚继光经济上异常窘困，"病至不能庀医药，颓颔而卒"②，谥武毅。一生著述颇丰，有《止止堂集》5 卷，《练兵实纪》9 卷，《杂集》6 卷，《纪效新书》18 卷，《武备新考》14 卷，以及《明史·艺文志》著录的《禅家六籍》16 卷、《将臣宝鉴》1 卷和奏议 140 余篇等。其余《莅戎要略》1 卷乃《练兵实纪》中之条约部分，《长子心铃》乃后人钞撮《练兵实纪》而成，非戚继光所著。戚继光沉毅有度，具文武之才，戎马倥偬之暇，手不释卷，兵书之外，留下了不少诗文篇章。以名将而饶才情，被誉为"负文武才如公者，一时鲜见其俪"③。

诗文杂记主要见于《止止堂集》，包括《横槊稿》和《愚愚稿》两

---

①　钱谦益：《列朝诗集小传》丁集中，上海古籍出版社 1983 年版，第 541 页。

②　同上。

③　郭朝宾：《止止堂集序》，戚继光著，王熹校释《止止堂集》，中华书局 2001 年版，第 8 页。

部分，共五卷，《横槊稿》上中下三卷；《愚愚稿》上下两卷。据《戚少保年谱耆编》卷 12 记载，乃由戚继光本人于万历十年（1582）九月汇编而成。"止止堂"是戚继光蓟州总理署中三间书房，兼作理政之用。"止止"者，取《周易》"大畜"卦意，意为"健而止"，即刚健而不妄行，可止则止，进退有度。

《横槊稿》上卷收诗歌 250 首左右；中卷汇集了不同时期撰写的赠序、纪行、墓表、墓志铭及贺表等；下卷乃祭告和誓词。《愚愚稿》上卷乃以儒家经典为凭借，对如何以"智、信、仁、勇、严"为标准，选拔和培养将领、教谕士兵，如何担当起"修身、齐家、治国、平天下"的责任等问题，进行了阐述；卷下则记载了许多异闻奇事。

一　将军本色是诗人——诗歌

戚继光戎马一生，南平倭患，北征蓟门，以果毅善战，驰名中外。"将军本色是诗人"，《止止堂集》中最有文学价值的部分无疑集中在《横槊稿》卷上的两百多首诗歌中。《四库全书总目·止止堂集提要》云："继光有平倭功，当时推为良将。诗亦伉健，近燕赵之音。"①

戚继光博通书史，喜与文人交，颇具儒将风雅，钱谦益云："少保少折节为儒，通晓经术，军中篝灯读书，每至夜分。戎事少闲，登山临海，缓带赋诗。"② 朱彝尊云："军中有暇，辄与文士接席赋诗，集名止止，稿曰愚愚，居曰梦梦，是亦好奇矣。"③《南庄即事》云："小亭无一事，白日苦催诗。"《江楼》云："谁伴主人一潇洒，滩边钓石石边鸥。"则固以诗人自期。其《出塞二首》前有小引，云："夏四月，单骑阅险，行二十里外，水萦山抱，鱼泳鸟鸣，何啻江南。"寥寥数语，颇饶风致。

戚继光与汪道昆、王世贞、李攀龙等人都有交往，而与汪道昆最为倾心。隆庆元年北上时，途经杭州，戚继光会见解职家居的挚友汪道昆，由其介绍，与时任浙江按察副使的李攀龙相识，并到太仓会见了王世贞，以宝剑相赠。王世贞即席赋诗，作《戚大将军入帅禁旅枉驾草堂赋此赠别》《戚将军赠宝剑歌》二首相送。前者云："初闻小队驻吴江，忽漫花溪隐画艭。细柳尚虚金锁甲，前茅时缓碧油幢。南中旧部思驰义，塞上新城喜

① 《四库全书总目》卷 178，中华书局 2003 年版，第 1606 页。
② 钱谦益：《列朝诗集小传》丁集中，上海古籍出版社 1983 年版，第 541 页。
③ 朱彝尊：《静志居诗话》卷 14，人民文学出版社 1990 年版，第 413 页。

受降。倘写云台须第一，如论国士总无双。"①

万历十一年，戚继光由蓟镇谪调南粤，路过杭州，苏州等地，皆流连数日，与当地名士诗酒唱和。在杭州时，他与卓明卿、汪道昆、汪道贯、汪道会等五越名士十九人社集西湖，举秋社，又名西湖社。汪道昆《太函集》卷三十六《卓徵甫传》曾云："昔在西湖，戚元敬为秋社宰，不佞为客。四座皆名家，徵甫与焉。闻者以为高会。"同集卷七十六《南屏社记》又云："往余由武林而趋吴会，即此西湖。四方之隽不期而集者十九人，于是乎有中秋之会。"万历十三年，戚继光解职归乡，路过苏州，"罢镇归，过吴门，角巾布袍，偕二三文士，携手徒步，人莫知为故将军也。"②

戚继光之诗是其戎马生涯的写照，内容宏富，风格多样。篇幅上，长者一千二百余字，短者仅十六字；体裁上，有古体，有律诗；句法上，三言至七言皆备；风格上，既有发扬蹈厉之作，亦有清婉调畅之歌。皆发抒自然，少有约束，而言之有物，感情真挚。

他以起放自如的歌唱，书写了横戈马上、壮志报国的热血衷肠和保国安民、轻生重义的高尚人格，也抒发了遭谗遇毁、壮志难酬的痛苦。其军旅篇什慷慨悲壮，尤见雄奇。如《韬钤深处》云：

> 小筑惭高枕，忧时旧有盟。呼尊来揖客，挥麈坐（一作"共"）谈兵。云护牙签满，星含宝剑横。封侯非我意，但愿海波平。③

古代兵书有《六韬》和《玉钤》，故"韬钤"指用兵方略，此处借指军帐。诗作于嘉靖二十五年，时戚继光仅19岁，管理登州卫屯田，写一夕忧国，难以安居，遂与老友于帷幄深处饮酒谈兵。颔联尽展运筹帷幄，谈笑自如的将帅风采；颈联以藏书和宝剑写其读书习武，志在报效的胸怀抱负；末联则显现轻视利禄，惟以保国安民、海疆和平为愿的高风亮节。全诗声情激越，豪气满怀，格调高旷，感人至深。

《过文登营》为任都指挥佥事备倭山东时，巡视文登驻军所作：

> 冉冉双幡渡海涯，晓烟低护野人家。谁将春色来残堞，独有天风

---

① 陈子龙等编：《皇明诗选》卷11，华东师范大学出版社1991年版，第795页。
② 钱谦益：《列朝诗集小传》丁集中，上海古籍出版社1983年版，第541页。
③ 戚继光：《止止堂集》之《横槊稿上》，中华书局2001年版，第13页。

送短筇。水落尚存秦代石，潮来不见汉时槎。遥知百国微茫外，未敢忘危负岁华。

前半首写清晨乘船缓缓行直至文登营，村舍人家的炊烟正袅袅升起，军营的号角声在春风中回荡。后半首怀古感今，追溯秦汉往事，末句更识见高远，放眼海外诸国，展现忧患情怀和报国雄心。诗境浑厚苍茫，一片赤诚，气度高华，振奋人心。

《铁马》以垂挂于檐间、在风中作响的铁马自喻，写其身经百炼，檐前效力而不为功名，又一次昭示了无私报国的精神品格。诗云：

一簇敲风百炼成，中宵惊起玉关情。总然用尽檐前力，应是无心为利名。

戚继光还有不少诗篇，对百姓民生倾注了极大的关注，他写战后的宁德城，虽然收复，却一片凄凉，"孤城已复愁还剧，草合通衢杂藓痕。废屋梁空无社燕，清宵月冷有悲魂"（《宁德平》）。对战争给百姓带来的创伤深感痛苦。相反，他对百姓生活安定则由衷喜悦：

《天台道中柬林尹》：乱后遗黎始卜家，春深相与事桑麻。绿云万顷无闲地，浪说河阳一县花。

《春野》：短竹编篱人几家，野扉傍水碧阴斜。晴莎何益翩翩燕，淑气无私处处花。浙海风和横蚱蜢，越山春静老烟霞。愧予不是寻芳客，夜夜严城度戍笳。

从中也映射出他不求虚名浮功，但愿百姓安乐的高尚人格。

戚继光多数诗歌气魄宏壮，激越铿锵，格调昂扬，如作于浙东抗倭时期的《宜曛洞》："共爱朝曦好，吾怜夕照斜。听桡归晚渡，看鸟篆晴沙。啸发悲高叶，杯空落断霞。醉衔三尺舞，直欲挽天槎。"又如《奉诏北还元日邀曹都阃顾黄方三山人集大安暨氏耀金亭分得连字》，作于隆庆元年十一月奉旨北上而与友人分别时，诗中亦满怀丹心报国的壮志豪情：

圣主筹边日，孤臣应召年。临池惊短鬓，聚梗识多贤。二水分闽楚，丹心誓地天。感恩怀尺疏，直欲捣祁连。

镇守蓟门之后的诗歌，则多沉郁悲壮，兼有幽咽感愤之作，原因正如钱谦益所云："（少保）结发从戎，间关百战，绥靖闽、浙，功在东南。……出镇之后，当事者掣其肘，不得行。……生平方略，欲自见于西北者，十未展其一二，故其诗多感激用壮，抑塞贲张之词。君子读而悲其志焉。"①

如《读〈孤愤集〉》：

> 独夜秉青藜，往迹何历历。有恨拂龙泉，生不与时适。古来兴废事，掩卷三太息。呜呼少保冤，九州目所击。书空徒咨嗟，谁为吁天笑。不知后世人，视今何如昔？义士莫向江南行，尸祝家家正寒食。

写夜深于烛光下读韩非的《孤愤》篇，由岳飞之被诬联想到自己为人所忌的遭遇，壮志难酬，心情沉痛，感慨万端。但于痛苦之中，也不时传达出老当益壮、雄心不已的抱负："晨炊烟断家谋拙，旅病魂惊国事老。西望蓟门通御气，孤臣不惜敝征袍。"（《己巳除日署中乏薪得毛字》）

又如《登石门驿新城望寨》：

> 万壑千山到此宽，边城极目自辛酸。援桴志在捐身易，按塞年来报国难。尚有二毛知往事，偶闻百舌送秋寒。圣朝不欲穷佳器，疏草空从午夜看。

由于蓟门地近京师，时传流言，朝廷掣肘，戚继光在《练兵条议疏》中深有感触。此诗即感慨"百舌"进谗，身受羁靮，报国艰难。不久知己谭纶、俞大猷又相继病逝，戚继光更是颇受打击。

明代武将社会地位通常低于文士，武将作诗亦常被目之鹦鹉学舌，附庸风雅，但戚继光军旅之什则每见论于名家笔记、诗话中。尤其是《登盘山绝顶》一诗，登高抒怀，激昂慷慨，悲壮淋漓，饱含雄浑苍凉之致，为多家所击赏。诗云：

> 霜角一声草木哀，云头对起石门开。朔风虏酒不成醉，落叶归鸦

① 钱谦益：《列朝诗集小传》丁集中，上海古籍出版社1983年版，第541页。

无数来。但使玄戈销杀气，未妨白发老边才。勒名峰上吾谁与？故李
将军舞剑台。①

盘山，又名盘龙山、徐无山，在蓟县西北，为京东第一名胜，平地突起，
山势峻峭。前四句写登高所见，边境号角声声，深秋草木凋零，云头巍
起，两峰对峙，暮色中成群的归鸦飞过天际，将军在朔风中持虏酒而饮，
却时刻惦念边境的安危，毫无醉意。后四句抒发怀抱，以唐初名将李靖为
效法的榜样，表达了宁愿终生守边保国的崇高胸怀。

《香祖笔记》评之曰："见英雄本色，有文士所不能道者。……孰谓
兜鍪之流只解道'明月赤团团'也？"②《四库全书总目》称其"格律颇
壮，今石刻尚存"③。《明诗别裁集》云："无意为诗，自足生趣，若郭定
襄④，直于诗坛中位置之。"⑤此诗与《度梅岭》三首，亦为朱彝尊《静
志居诗话》所赏。《度梅岭》其一云：

> 溪流百折绕青山，短发秋风夕照间。身入玉门犹是梦，复从天末
> 出梅关。

当作于晚年移镇广东时。诗中已无少年意气风发之态，颇多南北驱驰、岁
月奄忽、身已暮年的感慨。

除发扬蹈厉之作外，《横槊稿》中亦有不少清新自然、清婉调畅之
作，如《江楼》《闺意》《潞河听笛述闺情》《暮春舟中》《马上作》《山
居》等。如《潞河听笛述闺情》：

> 茫茫辽海无鳞羽，戍客寒深妾怨深。何处少年吹铁笛，愿风吹入
> 阿郎心。

以思妇口吻，述说对戍边之人的思念与牵挂，流美自然，颇有民歌风味。

---

① 此诗不见于《止止堂集》，当作于刻集之后。

② 王士禛撰，梁宗楠编：《带经堂诗话》卷 19《武人类》第 4 条，人民文学出版社 1963 年版，
第 563 页。

③ 《四库全书总目》卷 178《止止堂集提要》，中华书局 2003 年版，第 1606 页。

④ 郭登字元登，武定侯郭英之孙，幼英敏，及长，仪观甚伟，博闻强记，有文采，善议论，好
谈兵，以功封定襄伯。

⑤ 沈德潜等编：《明诗别裁集》卷 9，上海古籍出版社 1979 年版，第 230 页。

又如《马上作》:

> 南北驱驰报主情，江边花月笑平生。一年三百六十日，多是横戈
> 马上行。

这是一首在紧张的军事生活中吟成的诗作，不事雕琢，却清新自然、流畅
有致。全诗写由于戎事紧迫，无暇游乐，辜负了美好的时光。虽然只有四
句，却可视为这位民族英雄一生戎马生涯的写照。

二　因事抒思，搦管成章——文稿

郭朝宾《止止堂集序》云:"公秉鹰扬之气，抱死馁之志，其在师
中，凡誓戒、祭告、奏凯、悼亡、纪行、赠答，则因事抒思，搦管成章，
故其文闳壮可追乎古，其声慷慨自合乎律也。"即指《横槊稿》中、下卷
之文而言。

《横槊稿》中卷的赠序如《赠御史大夫汪长公序》《蓟门稿序》《张
侍御闭关三疏序》等，皆为其所亲历之事、所相熟之人而作，而少浮泛
应制之辞;纪事、纪行之文如《闽海纪事》《留别亭记》《重建三屯营城
记》等，均与戚继光抗倭和御虏的军事活动相关，亲历亲见亲为，保留
了当时的珍贵史料;墓表、墓志等则为研究某些历史人物提供了翔实的依
据。下卷乃祭告和誓词。所祭者有阵亡士兵、部下将领、上级统帅、业师
长辈等，亦包括祭告神灵;誓词则可分为誓将和誓师，均与当时战争
有关。

名《愚愚稿》者，"人皆尚智，公独如愚而以愚自居，其所称述发明
多独得之见。"[1] 上卷共 11 篇，如《〈大学〉经解》《〈尉缭子〉论题》
等，通过摘录阐释儒家经典诠释了自己的军事思想。《策问》则以问答形
式，剖析了战略战术问题以及自己的才干得失。他将武将分为"上智"
"下愚""愚而又愚"三类，自己愿作后者，因此自号"愚愚子"，借以
自省自警。

《愚愚稿》下卷为杂记，"杂说中乃多及阴骘、果报、神怪之事，不
免偏驳"[2]。尽管如此，其中涉及了当时的许多社会生活和社会状况，如

---

[1]　郭朝宾:《止止堂集序》，戚继光著，王熹校释《止止堂集》，中华书局 2001 年版，第
8 页。

[2]　《四库全书总目》卷 178《止止堂集提要》，中华书局 2003 年版，第 1606 页。

明代初期与中期官员致仕归乡情况的变化：

> 嘉靖三十年前后，市人群处剧谈。但云：某某做官回，囊资何其厚也，是何其能也，积薄者或骂之曰"口虽子"。至有犯颜批鳞而得祸者，众必曰："著何苦？"国初士大夫仕归，多无资囊，每每以任为籍，至今人皆美之。遇外客必谈曰："某乃某时宦籍子孙。"今乃畏属如虎，但得归报，必遥构之，预发行李。至期轻身而出，尚有抛石吊逐者。此与攀辕卧辙，为何等事，岂民之不古使然哉？
>
> 三十年前宦归，行李至国门，尚多夜入。曰："勿使乡党见。"今之归者，动以百数笥，必日中经闹市运之，惟恐其乡党不见，则不相荣矣。盛驰奴仆，索取夫马于官。仆在马上，德色骄人，遇官府不避道。余所亲睹者，良可叹哉！

一方面反映了明中叶普遍的重利轻义的世风世态，同时也映射了明中叶吏治的不再清明，官员多谋私利，重虚荣，与下属之关系紧张，亦不得百姓爱戴。

除《止止堂集》外，戚继光尚有奏议140余篇，未成集，多见于《戚少保年谱耆编》及陈子龙选辑的《明经世文编》卷346至350的《戚少保文集》，今人张德信先生据此编为《戚少保奏议》，亦为研究其军事思想的直接资料。

此外，戚继光还有两部重要的军事著作——《纪效新书》与《练兵实纪》，是系统论述军事训练的重要兵书，在我国近古军事史上有其独特地位。两书中强调了练兵、选将、治械、军纪、阵图等治军内容，皆有创见，且均用口语写成，在古代兵书中绝无仅有，以其卓越的军事思想和实用价值，为后世所重视。问世四百年来，多次刊印，影响深远，"兵家奉为金科玉条，可以垂之百世者也"[1]"谈兵者遵用焉"[2]。以至曾国藩训练湘军时，也仿效戚继光成法，束伍练技。

《纪效新书》是嘉靖三十九年戚继光备倭东南时总结练兵经验所著。语言通俗晓畅，全用口语，符合普通将士的文化水平，便于领会掌握，亦可见戚继光重视实用的思想。《四库全书总目》提要云："皆阅历有验之言，故曰'纪效'。其词率如口语，不复润饰，盖宣谕军众，非如是则不

---

① 钱谦益：《列朝诗集小传》丁集中，上海古籍出版社1983年版，第541页。

② 《明史》卷212列传第100，中华书局2000年版，第3743页。

晓耳。"① 如卷四《谕兵》中云："兵是杀贼的东西，贼是杀百姓的东西，……你在家哪个不是耕种的百姓……养了一年，不过望你一二阵杀胜。你不肯杀贼保障他，养你何用？"又一条云："赏罚，军中要柄，若该赏处，就是平时要害我的冤家，有功也是赏，有患难也是扶持看顾；若犯军令，就是我的亲子侄，也要依法施行，绝不干预恩仇。"据清人笔记载，后竟因此而斩长子，可谓言出必果②。

《练兵实纪》是戚继光由浙东调任蓟镇总兵后练兵所作。亦采用口语写成，大量引用谚语、俗语，如《练营镇·练战实》云："（技艺）学一件有一件助胆，所谓'艺高人胆大'也。"通俗易懂之外，兼有形象生动的特点。

戚继光晚年调任广东，悒悒不得志，心境痛苦中，于万历十二年（1584）衷《纪效新书》（18卷本）与《练兵实纪》之精华，加以修改补充，成《纪效新书》14卷本，亦称《武备新考》，仍冠以《纪效新书》之序。

第六节　杨盐、于慎思、栾尚约等

杨盐（1524—1621）字尔贡，号炼庵，父杨良臣、兄杨舟皆善诗。杨盐出生于山西黎城其父令所。自幼聪敏，三岁就外师，人称"才子杨三爷"，四岁即能诵诗，五岁父卒，哀慕如成人，十四岁时，不仅文章有成，且洞晓声律，在县内颇有名声。嘉靖四十年（1561）中举，后屡试不第，万历八年（1580）谒选山西吉州学正。吉州地处僻壤，人文不兴，杨盐重视教育，奖掖学子，士风大变。时境内连年灾荒，杨盐亲见逃荒饥民饿死荒郊之惨状，作《流离叹》呈上请赈，情真意切，朝廷为之发赈，使吉州百姓得以全活。一次渡江，闻哭声，讯知一应成者无奈卖掉四个子女，立为捐金赎回。万历十一年（1583）考选南直隶沛县令，临行时，吉州百姓攀辕号泣，车不能行。任沛县令期间，民胞物与，力除弊政。曾积羡金数百两及以治漕河功所受鎏金，用于赈济百姓、填补前任亏空。为官清正耿直，不媚上官，廉洁为江北第一。巡

---

① 《四库全书总目》卷100《纪效新书提要》，中华书局2003年版，第840页。
② 宋起凤：《稗说》卷2"戚南塘用兵"，中国社科院历史研究所明史研究室编《明史资料丛刊》第二辑，江苏人民出版社1983年版，第70页。

仓御史杨鸣凤至沛县，索银遭拒，怀恨在心，遂罗织诬奏，杨盐愤而归里。沛县士绅百姓数千人赴京为其申冤，杨盐亦上疏朝廷，申明原委，得以昭雪。

归里后居"味道楼"，宴友吟诗，琴书自娱，又于城南门内建"承桂堂"，用做瞻仰祖像及子弟课业之处。尤善书法，笔宗欧阳询，运笔结体龙跳虎卧，自成一体。其大字遒劲飞动，旧时莱州的"褒鳌云朔坊""纶褒坊"和即墨县治前的"山海名邦坊"，杨氏街门前的"世科"悬额，均为其墨迹。即墨城南曾有为其父子所树"世步青云坊"。

杨盐长于五言，沉静流美，婉娈有思致，著有《味道楼诗钞》。如《听客鸣琴》：

> 对酒不能饮，空斋调素琴。欲弹招隐曲，翻作思归吟。花鸟乱春色，风沙澹夕阴。孤灯坐自照，清漏滴人心。

意境寂寥，思致清幽，简古淡远，有魏晋古风。又如《闻蛩》：

> 露寒花径曲，蛩集草根鸣。对月三更夜，吟秋一片声。美人添恨谱，孤客近愁城。不寐情何极，松膏续短檠。

静夜忧思难眠，情志无以派遣，其渊永隐约，志深笔长，颇得阮籍《咏怀》之意味。

栾尚约字孔源，号岱沧，莱州胶州人，与刘效祖、丘橓同为嘉靖二十九年进士，由溧水知县授江西道御史，谪安州通判，迁怀庆推官，被论削籍，有《百一集》。其《宫词》云：

> 玉箫吹断落花香，空结流苏五凤凰。不遣和戎即恩幸，敢矜颜色过朝阳。

朱彝尊以为"殊不失温柔敦厚之教"[1]。《寄赵澹卿》云：

> 问道西石隐，溪南自掩门。里儿笑茅屋，诗客问山村。午梦春池

---

① 朱彝尊：《静志居诗话》卷13，人民文学出版社1990年版，第362页。

草，高寻夜月尊。相思燕水阔，东望一销魂。

清真简远，恬淡朴质。

于慎思（1531—1588）字无妄，号航隐，又号庞眉生，于慎行仲兄，小字襕衫，东阿诸生，太学生，善古歌行，尤工古赋，有《庞眉生集》16卷：诗七卷，杂文八卷，乐府一卷；杂著有《剑术》《说林》《兵略》《八阵图解》《诸家要略》《论文博采》《群书题跋》等。

于慎思性格疏放不羁，厌弃举子业，嗜酒自放，"年十六七时，从父之关中，过古秦汉陵墓、宫阙之墟，辄击剑悲歌，洒涕徘徊，不知者目为狂生，慎思自谓不狂。尝为安边策欲上之，不果。省试时，见陈兵夹索，以为非待士体，愤不入；即入，故阙其草而去，遂逃于酒间，曰：'吾不从科名进矣！'"① 于慎行云："先生生有异质，跌宕负奇气。年十六七即遍读群书，日课一帙，凡诵数十万言，率能记忆。工为文赋，尤嗜《离骚》，亦好兵家。……己酉乡试，先生年十九……故事，士子入闱，解衣裸跣，陈兵夹索。先生叹曰：'此录囚耳，安取礼士？'念欲弗入，恐见不能，入而著义七篇，楷书如法，故为不具草。出则走城西伎馆，大醉累日，长歌而归，誓不从诸生试矣。"后在其父督促下，不得不以科考为业，然志终不在此。亦未能得一第。

于慎思诗文兼工，诗歌长于歌行、骚赋，不善近体，兼作词曲，"为人魁梧长大，渥颜丰顺，谈说经史，擘画世事，奇伟不凡。……为文奥雅雄浑，取法迁史，而不事模拟，为一家言。诗工长歌，喜孙太白（一元）、常楼居（伦）之调。至为骚赋，沈酣楚声，尤非俗好所及。而近体声病，则时有出入焉。亦间为元人乐府，大有风韵，多从狭邪中得之"②。《四库全书总目》以为，于慎思诗、文、乐府"皆有纵横排奡之奇，而颇涉粗豪"③。

于慎思歌行奇崛豪宕，神采飞扬，兀骜之气纵横笔端。《送三弟之平凉》云：

剑气凌长空，狐裘犯霜雪。匹马赴崆峒，愁生千里别。胡风骚骚

---

① 李贤书修：《东阿县志》卷14《人物下》，清道光九年（1829）刻本。

② 于慎行：《穀城山馆文集》卷24《亡兄太学都讲航隐先生墓志铭》，《四库全书存目丛书》，齐鲁书社1997年版，集部第147册，第717页。

③ 《四库全书总目》卷179《庞眉生集提要》，中华书局2003年版，第1609页。

胡雁号，嗟尔梦断魂亦劳。关河迢递烟尘满，零落栖迟叹我曹。骨清发短心万丈，怜尔亦是人中豪。尘埃碌碌涸俗眼，遂合骐骥同凡毛。人怜人羡何足数？世事翻覆若风雨。结束重赋远游篇，万里长途吊千古。鸳鸯鸂鶒相追随，我乃与君成别离。牵衣挽袂儿女事，丈夫安用涕泗为！

将离别赋写得气势奔放，豪迈拓驰，怀才不遇之情一泻千里，故朱观𤐈《海岳灵秀集》云："无妄集中，《望岳吟》《河平谣》诸篇，天才跌宕，笔阵激跃，有太白风骨，不特甲科之遗才，亦东方之隽品。"① 王士禛以为"诗才情过文定，尤工古赋"②。

《孤鹤》可谓自况之作："本是冲天物，谁教六翮伤。孤栖残树底，时向小池旁。已自惭鸡鹜，焉能足稻粱。长鸣松月白，云海意茫茫。"于慎思正如那只铩羽的孤鹤，谪落人间，不能振翅高翔于青天云海深处，悲鸣中依然有着鸾凤之音。

于慎言（1536—1564）字无择，号冲白。于玭第三子，弃世时年仅二十九岁。于慎行志墓云："年甫十四，列为学官弟子，即应省试。御使读其文，辄见嗟异，议且入毂，参政豫章万公讶其太少，曰：'此儿国器，毋遽以一第盈之。'而以其卷传览，诸公声烨然噪济上矣。""为人修长玉立，风骨矫矫，天才警敏，落笔千言，河倾泉涌，纸上作刺刺声。"③嘉靖三十一年，十七岁的于慎言中乡试省魁，却接连三次礼闱报罢，父母于此间皆逝，嘉靖四十三年愤悒而卒。善章草，篆隶工楷，并皆精妙，有《冲白斋存稿》。于慎言"为人孝友耿介，不逐流俗。资性颖敏，迥绝常人。其为文赋，下笔千言，顷刻立就。……尝从陕西还渡河，其前二舟皆覆，舟中人号咷痛哭，慎言闭口危坐不动，竟全舟以济，舟中异之，相率罗拜曰：'郎君福人也。'是年遂领荐"④。

于慎行曾将两位兄长加以比较，云："吾两兄皆异才也：先生（慎思）博物闳览，贯穿百家，而精丽少谢无择（慎言）；无择文词瑰钜，挥

① 参见宋弼《山左明诗钞》卷20，《四库全书存目丛书》，齐鲁书社1997年版，集部第412册，第197页。

② 王士禛撰，梁宗楠编：《带经堂诗话》卷6《题识类》第39条，人民文学出版社1963年版，第151页。

③ 于慎行：《穀城山馆文集》卷24《亡兄乡贡进士冲白先生墓志铭》，《四库全书存目丛书》，齐鲁书社1997年版，集部第147册，第718页。

④ 李贤书修：《东阿县志》卷14《人物下》，清道光九年（1829）刻本。

翰辄数千言，而多识不及先生。然皆文苑之英也。"①

于慎言诗歌流畅雅丽，惜天不假年，不够遒炼。于慎行云："其为古文辞，庄丽遒美，喜作六朝俳体，然自谓非其至也。歌诗爽朗不群，飘然有凌云气，而矩裁未成。"② 又云："先生才高而俊，学博而精，发为文辞，探源《国》《左》，托体六朝，埒近世黄五岳、皇甫司勋之法，然自谓应世之作，非其至也。歌诗春容遒雅，取裁盛、中，以为'学杜不成，且落宋人恶趣'，此固卓有所见，非拾人咳唾者。"③

其《陇头水》云："一溪呜咽水，日夜断人肠。响带三川语，晴飞九塞霜。东来秦草绿，西去陇云黄。几并征人类，遥添素泸长。"音节谐畅而气骨未坚。

综观整个弘治、正德、嘉靖三朝，山东诗人人才辈出，接踵曩哲，在文学宗尚上基本与文坛主流一致，笼盖在前后两次复古风潮之中，李开先虽与唐宋派联系密切，但根本的文学主张并不相同，且李开先的文学影响主要体现在戏曲领域，对山东诗文作家影响不大。因此，取法汉唐，宏正典雅、含蓄蕴藉、精致工炼就成为这八十年间山东诗歌创作的总体风尚。此后，随着万历朝的到来，山东诗坛也随着整个文坛的步伐，进入了他的变革时期。

---

① 于慎行：《毂城山馆文集》卷24《亡兄太学都讲航隐先生墓志铭》，《四库全书存目丛书》，齐鲁书社1997年版，集部第147册，第717页。
② 同上书，卷24《亡兄乡贡进士冲白先生墓志铭》，第718页。
③ 同上书，卷12《冲白斋存稿叙》，第443页。

第十一章　且放悲声唱到老——明中叶山东曲坛

据任讷《散曲概论》统计，明代散曲作家多达三百三十多人，而收入谢伯阳编《全明散曲》有姓名可考的作者竟超过四百人，共留下了一万多首小令，一千多套套曲，可见明代散曲作家、作品的数量丝毫不逊于元代。就其总体倾向看，较之元散曲本色自然、粗豪真率的风格，明代散曲，尤其是南曲，呈现出明显的词化、雅化特征；其次是酬应之作增多，而清新活泼渐失；此外，有一部分散曲，则专供秦楼楚馆浅斟低唱，呈现出绮罗香泽的风情，失去了元散曲浓郁的生活气息。

有明一代散曲作家中，山东籍人士共计 26 人，其中作品留存百首以上者 7 人：冯惟敏、李开先、刘效祖、薛岗、丁绥、王克笃、丁惟恕。从时间流程看，明初和明前期一百年间，曲坛比较沉寂，作家多为由元入明者，乃元散曲之余韵尾声，还未呈现出真正的明代散曲风貌，山东的贾仲明、王田为其中的佼佼者；至明中叶成化后期，曲坛呈现出兴盛之势，嘉靖间，南曲、北曲交相辉映，"北之沉雄，南之柔婉"①，各擅胜场，而总体上以北曲风格为主流。山东的冯惟敏、李开先、刘效祖均为北曲派的冠冕。

从作家成分来看，较为复杂，26 位作家中既有显宦，如三品官殷士儋、四品官李开先、杨应奎、刘效祖、刘天民；也有位卑言微的小官，如王田、冯惟敏、张国筹、高应玘、桑绍良、叶承宗、丁耀亢；还有科考不利的诸生，如张自慎、王克笃、薛岗；亦有终身布衣，如丁绥、丁惟恕、孙峡峰等，甚至底层百姓，如裁缝马惠、瞽者刘守。②

明代山东戏曲作家在地域分布上呈现为两大中心：一是济南府，主要

---

① 王骥德：《曲律·杂论》，《中国古典戏曲论著集成》，中国戏剧出版社 1959 年版，第 4 册，第 146 页。

② 嘉靖、万历间，峄县人贾梦龙（详见第十章第二节）亦有散曲集《永怡堂词稿》，未见《全明散曲》收录。

集中在历城（今济南市）、章丘两地；一是青州府，主要集中在益都（今青州市）、临朐、诸城等地。两府作家，大都诗文、词曲兼长，如刘天民、李开先、谷继宗、殷士儋、刘效祖、杨应奎、冯惟敏、丁耀亢等。此外，鲁西南的东阿（今平阴县）、东平、曲阜、济宁、濮州等地也有名家问世。

在题材选择上，山东曲家的取材可谓丰富多彩，涵盖了整个元明散曲的题材范畴，但也有几类较为突出，一是讽刺世态的愤懑之作。如刘天民、李开先抒写无端被罢之痛苦，冯惟敏讥刺官场之恶人当道，虚伪贪酷。二是展现避世乐闲的隐逸情怀。如王田感慨人生彻悟，冯惟敏抒写归乡之乐，丁綵咏叹知足常乐。三是反映民俗世态、忧心民瘼之作。如杨应奎、冯惟敏之农事词，刘效祖之新年风俗套数。四是调笑嘲讽的劝世之作，冯惟敏之《小梁州·饲蚁有感》，张自慎之《折桂令·讥愚而诈且无恩者》，高应玘之《醉太平·阅世》等等。皆展现了山东曲家脚踏实地、民胞物与的儒家情怀。

就明代山东曲坛的艺术特点来看，主要有三①：

一是南、北曲兼作的基本表现。明代南、北曲竞繁，明中叶后南曲渐盛，据《全明散曲》统计，山东作家共作北曲796套，南曲817套，并不因北人而弃南曲，无疑乃时代风气使然。但在风格方面则以北曲之豪旷豁达、质朴诙谐为主流，明显受到地域文化的影响，在地理、物候、风土人情等因素影响下所形成的质实、爽直、豁达的个性特点直接反映在山东曲家的创作中。

二是以豪放、俗朴、率真为主，兼有清雅之作。王田、刘龙田、冯惟敏、刘天民、高应玘等人的散曲皆嬉笑怒骂，活泼通脱，豪辣恣肆。刘效祖、丁綵还有不少借用"时曲"的创作，体现了尚俗的风气。殷士儋、丁惟恕等人之作则较为清雅纤徐，与其生活环境、科第身份、生平遭际不无关系。

三是铺陈、白描、俳体、对仗等手法的巧妙运用。使得散曲艺术翻新出奇、逞才弄巧，活泼动人，充分保留了散曲早期的本色与活力，有浓厚的蒜酪气息，较少端谨矜持、精雕细琢，流于雅化、词化。

在戏剧领域，明初永乐间山东有杂剧作家贾仲明，上承元代余绪；明中叶，冯惟敏作有杂剧《不伏老》《僧尼共犯》，李开先有院本集《一笑

---

① 刘英波：《明代山东散曲艺术特点概说》，《焦作师范高等专科学校学报》2012年第4期，略有变动。

散》，桑绍良作有杂剧《独乐园》，而李开先的《宝剑记》则击响了明人传奇的序曲。明末还出现了一位鼓词作家贾应宠。

第一节　刘龙田、刘天民[①]、杨应奎

一　刘龙田

刘龙田，约正德初至嘉靖间（1510—1559）在世[②]，生平事迹不详。吕田成《曲品》卷上仅云："刘龙田，山东人"，《曲品》他本亦作"刘□□能田，山东人"[③]，可见"龙田"为字或号。所作散曲，见《南词韵选》等书。按：万历时有刘龙田，刻有《西厢记》《三国志传》《伤寒百症歌发微论》等，其书坊名"乔山堂"，从时间看，应不是一人。《康熙新城县志》卷八云："济南有章丘李中麓、袁西野，历城有刘五云，皆以北曲擅场。"[④]"刘五云"疑即刘龙田。

吕天成《曲品》卷上谈及明代王九思、康海等诸名家云："诸公多潜文章之派，并扬词曲之波。歌套数，洋洋盈耳之欢；唱小令，呜呜会心之妙。篇章应不朽，姓字必兼存。允为上品。"刘龙田即列名二十五家之一，并云"刘龙田风来东鲁"[⑤]，可见其成就不低。另一方面，历史上"东鲁"的含义有二，一是与"西鲁"相对，指今天山东的曲阜，"西鲁"则指今天河南的鲁阳一带；二是以济南、泰山为界，将山东省划为两部分，"东鲁"即泛指济南、泰山以东的区域。说明其可能为曲阜或济南一带人。从其现存作品看，多用典型的济南、章丘一代口语，则其为历城或章丘人的可能性居多。

所作散曲今存小令十支，曲辞朴质爽豁，直抒胸臆，生动而自然，无矫饰之气，北曲特色浓厚。

《南仙吕入双调》三首皆写男女恋情，全用第一人称抒情，其中《朝元歌》是一曲描写被遗弃女子愤慨之情的小令：

---

① 谢伯阳编《全明散曲》作"刘天明"。
② 刘英波：《明代散曲家补正》，《鲁东大学学报》2013 年第 3 期。
③ 吕天成撰，吴书荫校注：《曲品校注》，中华书局 1990 年版，第 142 页。"能"恐为"龍"之误。
④ 参见赵景深、张增元编《方志著录元明清曲家传略》，中华书局 1987 年版，第 474 页。
⑤ 吕天成撰，吴书荫校注：《曲品校注》，中华书局 1990 年版，第 157 页。

> 坑煞，闪煞，好教我难禁架。气煞，悔煞，听信他当初话。事到
> 如今，才知是假。俺也曾在花阴柳下，惯把乖挝，教他反来将口夸。
> 薄幸俏冤家，哄了人当甚么？俺且装聋作哑，不知你几时作下！

从叙述来看，男子不仅薄情，而且品行恶劣，女子性格则爽朗豁达。曲辞质朴本色，"坑煞""闪煞"（被骗）"哄人""作下"（遭报应）等是典型的鲁中口语，充满生活气息，宛然女子在向同伴诉说，为自己的遭遇悔恨气闷，又能唤起人强烈的同声共气之感。

《孝南枝·闺怨》则写了女子与所爱发生误会，又无法剖白的复杂心态：

> 行行泪，种种愁，云情雨性今反仇。泪也为君流，愁也为君兜。
> 君曾知否？便有闲语闲言，谁先谁后，谁短谁长，谁改谁依旧。心也
> 羞，面也羞，见人羞，说也怕人羞。

《朝元令·思情》刻画男子对女子的刻骨相思，以男子口吻出之，新颖别致：

> 实乖，好乖，我见他偏偏爱。难捱，怎捱，我为他恹恹害。晚夜
> 思量，难分难解，少甚么蛾眉粉黛，十二金钗，偏他怎教我常挂怀？
> 口儿里说丢开，心儿里兜上来。莫不是前生祸害，少欠他风流情债。

写男子因爱生思，纵有美色环绕，独对所爱女子牵肠挂肚，难以释怀，状其朝思暮想、神思不宁的恋爱心理，可谓揣摩尽致。

二 刘天民

边贡弟子刘天民（1486—1541）为"历下诗派"前期主要成员（详见第九章第三节），为人豪隽倜傥，有风调，善谈吐。嘉靖十四年，五十岁的刘天民自四川按察副使任罢职家居，愤懑不平，遂以词曲自娱。晚年与李开先有交。所作"杂俗兼雅，歌者便之。盖虽假金元之音以泄不平，亦可见才之优赡，无往不宜也"[1]。今仅存小令四首、[仙吕] 一套，皆为

---

[1] 李开先：《闲居集》之七《函山刘先生墓志铭》，卜键笺校《李开先全集》，文化艺术出版社2004年版，第544页。

罢官而作，传达了他激愤难平的心情。

《北正宫·叨叨令·罢官作》见于《北宫词纪》，亦为《词谑》所收，无题目，曲云：

> 只为着舌头尖、口嘴多，弄的你声名裂；脖子强、腰肢挺，搬的你脚跟趄；眼目空、手策高，挤的你官阶劣；面貌衰、容颜改，枉把你胡须镊。兀的不恼杀人也么哥！兀的不恼杀人也么哥！再休题心性灵、机关大、情场热。①

写自己因耿直强项、不善趋事而遭权奸算计，被免职而归，直抒了对官场中争名夺利、暗中倾轧的极端愤恨。

李开先《词谑》中还存其小令《双调·胡十八·罢官作》三首和《仙吕》套曲，小令其一云：

> 这功名要怎么？生被他拖逗杀。从来无有半星儿差，平白里结下个大疙疸。天和地是个傻瓜，鬼和神是个哑巴。张果老跌下驴，孙伯阳落下马。

写自己尽职尽责却无端被罢，指天骂地，责问鬼神，倾诉了对官场翻云覆雨的怨愤和世道不公的痛恨。措辞尖锐，情感激烈，曲词质朴而贴近人情，无丝毫掩饰和做作。

《仙吕》套曲李开先只记其大略，未分曲牌，其中有云："把俺这没嫂嫂的陈平，也串下一个招。"② 为李开先所称。

三　杨应奎

杨应奎（1486—1542）字文焕，又字渑谷、渑池，别号赛翁，青州益都（今青州市）人，正德六年进士，官至南阳知府，为"海岱诗社"成员（详见第四章），有散曲集《陶情令》一卷，清钞本。

大量描写农村生活是明中叶青州府作家的一个共同特征，冯惟敏尤为突出，杨应奎散曲也多写致仕归田后的村居生活，展现宁静恬美的田园和

---

① 李开先：《词谑》"只为着舌头尖"条，卜键笺校《李开先全集》，文化艺术出版社2004年版，第1278页。

② 卜键笺校：《李开先全集》，文化艺术出版社2004年版，第1274页。

自得其乐的闲居情怀。

小令《南商调·黄莺学画眉·村田乐》描写了夏收之后农村质朴安恬的生活场景，显示了民胞物与的胸怀。曲云：

> 荷锄耕荒郊，叹来年，登场早，六月堆香饭新稻。喜墙头醅过，瓦缶歌敲。竹篱外颗颗金桃，绳枢侧纂纂朱枣。市朝争及村田乐，愿咸登三五人温饱。

写收获后，灶中新米泛香，村人自酿良酒，邻里隔墙相送，篱笆外的桃树上鲜桃灼灼，庭院里的枣树上果实累累，生活安详自足。作者不免发出城市居官生活怎及田园的感慨，"咸登三五"指上古三皇五帝的时代，结句表达了愿人们都过上康乐安定生活的愿望。

《南商调·黄莺儿·归田四季词》是四支组曲，分别描写自己乡居后田园四季的风光景致和萧散闲适的生活。其《春曲》云：

> 纳履入山林，日迟迟棠转阴。管什么蜂衔与蝶趁，对双峰口吟。酿秫米自斟，春风消歇花垂尽。漫垂纶，讴歌鼓腹，桃源里乐闲身。

写暮春到山林中漫步，日光煦暖，海棠茂盛，落花缤纷，蜂蝶逐飞。作者自斟自饮，对山吟诗，讴歌垂钓，宛如置身世外桃源，赞美了春日闲游的惬意生活。

第二节　张自慎、张国筹、高应玘

明中叶章丘一地，戏曲作家大量涌现，蔚为大观，有李开先、乔岱、袁崇冕、谢九容、谢九仪、珲来夫、张自慎、张国筹、高应玘等人，历城人谷继宗、济宁人刘守亦时游章丘，众人都与李开先交游唱和，以为魁首，如众星拱月。除李开先外，以袁崇冕、张自慎、张国筹、高应玘最为杰出。章丘乡党并有富文堂词会之设，每月一聚，使章丘成为嘉靖朝山东最大的词曲创作中心。故冯惟敏云："今之词手，章丘人擅场矣！"① 乔岱、

---

① 冯惟敏：《海浮山堂词稿》卷1《南吕·一枝花·谢少溪归田》序，上海古籍出版社 1981 年版，第 4 页。

谷继宗、袁崇冕、谢九容、谢九仪、刘守等章丘词会成员见第五章第五节。

一　张自慎

张自慎字敬叔，号就山，又号诚庵，济南商河人，为邑诸生，负才藻，落拓不羁，来章丘即家于此，游于李开先之门，自称："自慎幼备弟子员，每试幸不落人后，不幸屈抑被黜，又幸而久侍麓师讲席。"① 知其科举被黜，事则不详。李开先为人不轻许可，见自慎则亟加称赏，曰："老夫衣钵，须此子张大之。"②

方志及诸词曲选家常录"张诚庵"，云为章丘人，其生平事迹不详，与李开先、冯惟敏往来，约为同时人。李开先《〈改定元贤传奇〉序》中有"门人诚庵张自慎"之语③，可知张诚庵即张自慎也，非章丘人。

李开先《赠诚庵张茂才》云："失志权宁耐，有时得发舒。何人怜伏骥？空自赋枯鱼。鲁酒茶难似，齐竽瑟不如。诗词聊遣兴，兼且带经锄。"④

张自慎工诗文，尤善词曲，尝著杂剧三十余种，惜稿多散佚不存。清人张万青纂修乾隆《章丘县志》云："余间索其散套并杂剧三四种读之，才情兼美，雅俗相参，真一代妙品也。太原万伯修每向人曰：'北曲一派，海内索一解不可得。眼中独见张就山耳。'其为名流所重如此。"⑤

张自慎与冯惟敏相唱和，《海浮山堂词稿》卷二上《归田小令》有《谢张诚庵双调之赠》。张自慎曲作惟存《双调·折桂令·讥愚而诈且无恩者》一首，为李开先《词谑》收录，是一篇讽世之作。

> 小哥哥大样村筋，捏杀鸳鸯，打死麒麟。一字无能，半星不识，满口胡云。倒叉子门里出身，作孤堆掌上观纹。冷脸留宾，恶语伤人，寸箭无功，点水无恩。⑥

---

① 张自慎：《中麓山人拙对、续对》卷下《跋文》，卜键笺校《李开先全集》，文化艺术出版社2004年版，第1637页。

② 乾隆《章丘县志》卷9，参见赵景深、张增元《方志著录元明清曲家传略》，中华书局1987年版，第47页。

③ 李开先：《闲居集》之五，卜键笺校《李开先全集》，文化艺术出版社2004年版，第461页。

④ 李开先：《闲居集》之二，同上书，第177页。

⑤ 乾隆《章丘县志》卷9，参见赵景深、张增元编《方志著录元明清曲家传略》，中华书局1987年版，第47页。

⑥ 卜键笺校：《李开先全集》，文化艺术出版社2004年版，第1280页。

"大样村筋"意为傻模傻样，呆头呆脑；"孤堆"是当时口语，比喻寒贱势孤。此曲讥讽某些年轻人不学无术，自以为是，且愚钝顽劣、奸诈欺骗，对人刻薄寡恩，无丝毫敦厚淳朴之心。曲中予以描画形容、揭露嘲讽，有警醒世人之意。

二 张国筹

张国筹①，济南章丘人，选贡生，官行唐知县。少负才名，善金元词曲，与李开先同时，"所著有《脱颖》《茅庐》《章台柳》《韦苏州》《申包胥》等剧，在袁西野、李中麓伯仲间"②。据道光《章丘县志》卷十记载，他另有《临歧柳》传奇，皆藏于家。

三 高应玘

高应玘字仲子，号仲纯、笔锋，济南章丘人，生卒年不详，主要生活于嘉靖年间，工诗，亦精词曲，为李开先得意弟子。嘉靖时贡生，隆庆时曾官直隶元城（大名府治）县丞，有清白之誉。时王世贞任大名兵备副使，高应玘上诗访谒，为其所赏。南乐（大名府南）魏懋权时为诸生，与高应玘相往来。居无何，归乡，益以诗文自娱。有诗文集《笔锋诗草》《归田稿》，散曲集《醉乡小稿》，藏于家。作有杂剧《北门锁钥》，为当时曲家所赞赏，"论者以为词人之雄"③。

从《醉乡小稿》自序来看，他是个"癖性散逸，酷嗜词曲"且"耽于游赏"之人，所作今存小令八首，对世态人情多有讽刺。如《正宫·醉太平·阅世》云：

> 花花草草，攘攘劳劳。近来时事怎蹊跷，百般家做作。蛆心狡肚伏机窍，损人利己为公道，翻黄造黑驾空桥。老先生笑倒！

其中的鼎足对三句尤为豪辣，"翻黄造黑驾空桥"指无中生有，捏造事实，拨弄是非。曲中淋漓尽致地抨击了那种机关算尽、损人利己、颠倒黑白、造谣生事的世风世态，也反映了随着明中叶商业经济的发展和个性思

---

① 《今乐考证》《曲录》均作"张国寿"。

② 王士禛：《池北偶谈》卷14《谈艺四》，《历代笔记史料丛刊》，中华书局1997年版，第337页。

③ 同上。

潮的崛起而带来的道德颓丧和伦理危机。这在同时代的许多曲作家中成为普遍的创作主题。

小令《北双调·庆宣和·爽约》写儿女风情：

> 竹叶风筛金珮遥，泪眼偷瞧，疑是听琴那人到：错了，错了！

［庆宣和］曲牌句式为七四、七二二，共五句五韵。末二句一般要重叠，有轻倩风趣的韵味。曲中写一位女子久等情人不来的片断。情人爽约，女子心中委屈焦虑，不由泪眼盈盈，突然一阵响动，女子误以为情人来到，抬眼望去，不过是风吹竹叶，簌簌作响罢了。写小儿女情态，逼真生动，朴质自然，无南派脂粉缠绵之风。

第三节　刘效祖

明中叶山东词曲名家除李开先、冯惟敏外，首推刘效祖。

刘效祖（1522—1589）字仲修，号念庵，济南滨州人①，长期寓居京师，故又称宛平（今北京近郊）人。幼有孝行，登嘉靖二十九年进士，除卫辉府推官，诛锄豪猾，谢绝馈遗，平反冤狱无算，暇则课诸生读书。升户部主事，备边储、督漕运，声望日隆。进户部员外郎、郎中，时嘉靖帝金珠之供需求颇丰，御史谏言当尚俭，刘效祖酌盈济虚，权衡调和以平。严嵩父子欲罗之为党羽，婉言谢绝。升陕西固原兵备副使，不辞行，不宴请，为严嵩所衔。在任除暴安良，颇行正义，执法不避藩王。时山东福山人郭宗皋谪戍原州，请间归乡葬母，诸司唯俟应，效祖慨然谓之曰："戍者以失柄臣心，吾侪可锢人以媚人乎？说累臣非埒大僇，且也以亲图归，何失孝子心？第归，我即罢遣，勿恤。"② 一日，蒙古兵突袭，入花马池，总兵恰外出，无守城者。效祖率先登城，令城中老幼备矢石以待，敌见有备，退去。官至陕西按察副使。嘉靖四十二年（1563）大计吏，为忌者所中，罢归，年才四十二。五原人扶老携幼，号泣车前，声震四十里。

---

① 谢伯阳编《全明散曲》作"惠民"，"惠民"为清代武定府治，即明代的武定州，明清诸书并无其为武定州人的记载，恐误。

② 康熙《畿辅通志》卷22，参见赵景深、张增元《方志著录元明清曲家传略》，中华书局1987年版，第452页。

　　于是退居林泉，辟日涉园，陶情觞咏，肆力乐府，与海内词客为盛会。寄情词曲，击节歌之，以抒其悒郁愤懑。时京兆缺志已久，府尹欲征效祖纂之，未果。恰督府刘某欲修《蓟门边乘》，遂聘之，于是至檀州，阅三载，得以纵游塞上。

　　能诗，其作俊爽豁朗。散曲尤有名，风格爽利，多蒜酪体，活泼生动，充溢着浓郁的生活气息，"虽涂巷歌诼，人情物态，不啻写声绘影。"① 盛传一时。隆庆皇帝曾遣宦官索其题册，呼曰"念庵"。刘效祖赋诗记之云："更生双鬓已萧骚，敢谓文章擅彩毫。过误偶承明主问，因缘不是《郁轮袍》。"京师一时盛传其事，以为列朝列代所未有。所著有《都邑繁华》《闲中一笑》《裁冰剪雪》《莲步心声》《短柱效颦》《云林和稿》《空中语》共七卷，《塞上言》一卷，《灯市谣》《长门词》二卷，《盛世宣威》《清时行乐》二卷，《混俗陶情》《良辰乐事》等。惜虽经镂板，当时就多散佚，仅存辑本《词脔》一卷，系由其后人在诸家选本中搜集残存而成，收小令一百一十二首，套数一篇。

　　刘效祖才高而命蹇，壮年被废，不得已将一腔牢骚愤懑之气，尽泻于词曲之中，故其从孙刘芳躅云："（公）负开济之略……一官龃龉，遽遂初衣，悒郁不自得，恒寄情词曲，以抒泻其愁思。遄往多蒜酪体，新声盛传一时，至闻之禁掖。……先少保搜集其仅存者，题曰《词脔》，特百一而已。……公所为散曲，都人至今犹歌之。……呜呼！由其达生之言观之，则怀忧者可以自广，而以才若是，不见容于当代，俾老于筝人酒徒之间，百世而下悯其志者，益见其言之足悲也已。"② 胡介祉亦云："念庵公负才不偶，龃龉于时，官止陕西宪副。退居林泉，吟咏不辍。翰墨之余，间为词曲小令，以抒其怀抱而寄其牢骚，当时艳称，至达宫禁。"③④ 皆对其散曲成就之高、声誉之隆、流传之广给予高度评价，而对其遭逢深致惋惜之慨。

---

① 胡介祉：《词脔跋》，谢伯阳编《全明散曲》，齐鲁书社 1994 年版，第 2327 页。

② 刘芳躅：《词脔序》，谢伯阳编《全明散曲》，齐鲁书社 1994 年版，第 2326 页。

③ 胡介祉：《词脔跋》，谢伯阳编《全明散曲》，齐鲁书社 1994 年版，第 2327 页。

④ 《词脔》序、跋皆言刘效祖以散曲为隆庆皇帝所知，而钱谦益《列朝诗集小传》丁集上（上海古籍出版社 1983 年版，第 393 页）则云："以赋诗自豪，篇籍流传，禁中皆知其名。穆庙遣中官出索其诗，都人传其事，以为本朝所未有也。"所记当为一事，而误以散曲为诗。

一　叹世、乐闲与儿女风情之作

刘效祖散曲的内容，主要为叹世、乐闲与儿女风情三类。任讷《曲谐》卷一云："所作虽不尽中绳墨，而亢爽之气，盎然满纸。集中香奁与闲情之外，亦好为警世之语。"

前者寓牢骚讽刺于旷放通脱之中，这是明中叶北曲作家如康海、王九思、李开先、冯惟敏等作品的共同特征。

《南商调·黄莺儿》云：

> 堪笑世情薄，百般的都弄巧，李四戴着张三帽。歪行货当高，假东西说好，哄杀人那里辨青和皂！许多遭，科范总好，到底被人瞧。

展现了明中叶社会由农业文明向商业文明转型时期，原有的传统道德发生蜕变，在利益的驱使下，普遍出现的弄虚作假、以假当真、以次充好、多方欺骗的浇薄世风与世态人情。"科范"本是元杂剧术语，指剧中动作、表情等方面的舞台提示，这里指装模作样的手段和表演，"总好"意为"纵好"，断言卑劣行径终被人识破。曲子灵活运用谚语、俗语、口语、方言，显得自然流畅、精警活脱，极富生活气息。

《双调·沉醉东风》同样是讽世之作：

> 蜗角名徒劳技痒，蝇头利枉惹心忙。急攘攘螳捕蝉，恶狠狠蛇吞象，巧机关百样千桩。回首荣华不久长，都做了渔樵话讲。

讥讽世人追名逐利而贪心不足，不顾后患，用尽心计，而荣华富贵终不过如过眼烟云，转瞬即逝，显示了作者看破名利荣辱的旷达胸襟。

第二类则写对归隐安闲生活的自得之乐。亦是北派散曲题材之一大宗。如《双调·沉醉东风》：

> 东华路、尘沙滚滚，玉河桥、车马纷纷。官高休羡荣，命蹇须安分。靠青山、紧闭柴门，闲把英雄细讨论，能几个、到头安稳？

《中吕·朝天子》云：

> 喜碧山日亲，把银鱼早焚。销缴了、功名分。轻车鸠杖鹿皮巾，

也不让、黄金印。晚景无多，前程休问。趁明时、自在隐。寻几个故人，团坐在荜门。尝则把、阴晴论。

儿女风情之作是刘效祖散曲的一大特色。刘效祖能用街头巷尾之小曲，入为小令，极通俗又极工炼，所作《锁南枝》《挂枝儿》运用民歌形式，写儿女恋情，颇为清新细腻，对市井妇女大胆热烈的爱情心理，揭示得相当透彻。如《南仙吕·醉罗歌》：

> 惜花惜花愁难罢，春去春去病偏加。闲将心事诉琵琶，诉不尽离情话。王魁薄倖也不似他，桂英薄命也不似咱。恨来提着名儿骂。情嚼蜡，意搦沙，空劳魂梦绕天涯。

写一女子埋怨丈夫或情人久无音信，暮春时节，相思成疾，离愁难耐，"情嚼蜡"意为毫无趣味，"意搦沙"形容毫无成效，将其爱恨交加的心情，写得缠绵而泼辣。

刘效祖作有以艳情为题的《南双调·锁南枝》一百阕，今存十六首，抒情口吻多半为女性，或盼丈夫归来，或怨丈夫薄倖，均热烈活泼，大胆缠绵，又通俗如话。如：

> 团圆梦，梦不差。眼见他归来，俏声儿诉她："非是我失业抛家，非是我恋酒贪花，非是我负义忘恩、两头骑马。为只为书剑飘零，因此上负却临行话。"吐胆倾心，全无虚假。欲开言再问个端的，猛抬身那得个冤家！

以旁观者的视角，写一个思妇的团圆梦，通过梦中与丈夫的对话和梦醒后的失落，将其思念、怨恨、猜疑的心理展现得生动逼真、惟妙惟肖，以细腻的笔致，展现了她对丈夫真挚而深切的感情，尤其是梦中丈夫的话，既是思妇的自我安慰，又鲜活生动，俨然日常夫妻对话，极为难得。

二　通俗平易与秀丽工整的风格

《静志居诗话》云："副使负经世略，坐计吏罢官，晚寄情词曲，所填小令，可入元人之室。""杂之小山乐府中，不能辨也"。[①] 刘效祖有不

---

① 朱彝尊：《静志居诗话》卷13，人民文学出版社1990年版，第361页。

少秀丽工整的小曲，文采斐然，清新可喜，确与张可久相似。如《双调·沉醉东风》：

> 门巷外旋栽杨柳，池塘中新浴沙鸥。半湾水绕村，几朵云生岫。爱村居景致风流，闲啜卢仝茗一瓯，醉翁意何须在酒？

歌咏其所居之处清幽可爱，生活闲适自得，词句雅丽，属对工稳，用典切当，清新流美。但念庵散曲风格，终与小山不同。念庵虽也写艳情，也写隐逸，却通俗平易，不似张小山之雕镂文采。

如《中吕·朝天子》云：

> 惜花、爱花，转眼春光罢。猛然想起俏冤家，半晌丢不下。月底闲情，枕边私话，你如何都当耍？休夸你滑，除死甘休罢。

用第一人称独白手法，写一女子见景生情，埋怨情人负心，展现了一个爽朗、泼辣、热烈、坦诚的女子形象，语言明快如话，曲风率直纯真，充满了浓厚的生活气息和鲜活感，有民歌风味。

《双叠翠·无题》抒写了相思女子因看到秋天萧瑟景象而引起的无限离愁。

> 怕逢秋，怕逢秋，一入秋来动是愁。细雨儿阵阵飘，黄叶儿看看骤。打着心头，锁了眉头。鹊桥虽是不长留，他一年一度亲，强如我不成就。

"细雨"两句以极浅近的口语，就把秋天渐渐逼近的动态刻画得十分形象生动。

三　新春风俗画——套数《良辰乐事》

《中吕·粉蝶儿·良辰乐事》是刘效祖今存唯一的一篇套数。首尾共二十支曲，是一组长篇套数。全曲以浅近通俗的艺术语言，描绘了当时北京城民间欢度新春佳节和闹元宵的盛况，对这一节庆的各种风俗习惯以及人情世态都做了详尽而又生动的刻画，宛如一幅精彩纷呈的明代新春风俗画，具有记录和保存民俗的重要价值。

全曲分为三大部分，开头至［石榴花］六曲写年前的准备和除夕之夜；〔斗鹌鹑〕到〔六煞〕写大年初一拜年的欢闹场面；〔五煞〕到结尾写元宵观灯的拥挤熙攘场景。

〔醉春风〕和〔红绣鞋〕写家家装点门楣，插芝麻秸、立将军炭、贴春联、门神、挂钱，立财神、钟馗，迎接新年。

〔醉春风〕芝麻秸遍檐插，木炭头沿户倚，黄钱高挂两门旁，端的是喜也喜。更有那降鬼钟馗，加冠童子，进财神位。

〔红绣鞋〕贴一副蜡笺纸宜时，门对上写着：阳春一布，万物光辉。纸门神对面儿逞雄威，左边的执着斧钺，右边的掌着瓜锤，恰便似定唐朝胡敬德。

还要打扫布置厅堂庭院，在灯杆上捆上松桧枝，准备点天灯，置办年礼吃食，连忙几个通宵："庭阶下收拾的似水，厅堂中铺设的偏奇。两三夜何曾睡，办年食节礼，热闹似摆宴席。"（〔满庭芳〕）临近除夕，祭祀祖先天地，炉内焚松柏苍术，燃放爆竹驱邪避秽："献供养，敬祖先，焚纸马，酬天地，爆竹如雷惊邪祟。"（〔普天乐〕）

忙乱过后，一家人终于团坐在一起过除夕，酒过三巡，小辈敬礼，老辈教训："如今新春节至，你添了一岁，休贪花，少恋酒，莫胡为。"

〔斗鹌鹑〕到〔尧民歌〕五支曲，描写了生动热闹的拜年场面："梳洗得头脸光鲜，打扮得身子儿俊美，济楚衣冠所事宜，比寻常更整齐。先拜了恩府恩官，后拜了亲朋邻里。"（〔斗鹌鹑〕）街肆店铺关门歇业，拜年的人却来来往往，十分稠密。每户人家都迎来送往，礼数周全，平日有嫌隙的，趁此和好，一团和气。中午时分，主人殷勤热情，留客吃酒。

〔么篇〕刚送出张世英，又接进李彦实。你看他叉手躬身，假意虚情，逊让谦推。一个说有生受多起动，重蒙光辉；一个说拜望迟，勿蒙见罪。

〔十二月〕进门来慌忙施礼，叙罢了长幼尊卑，脑袋儿连磕至起。说从前言语差迟，休和俺一般见识，自今日道过了休提。

〔尧民歌〕呀，我见他慌忙扒起走如飞，一个价扯衣牵袖怎容回。一个说见成热酒饮三杯，一个说看经吃素忌初一。他两个强了一会，只得吃几杯，才能够唱喏抽身退。

叙述视角依然不断转换，生动如画，亲切自然，正是刘效祖散曲的一贯特色。

[耍孩儿]、[七煞]、[六煞] 三支曲以一拜年贪杯、醉卧街头的人为主人公，写了一段幽默诙谐的插曲，读来让人忍俊不禁。他自早上七点直拜到下午两三点，喝得醉醺醺，渐渐酒力不支，当街睡倒，一直睡到繁星满天，醒后发现腰带、饰物也丢了，新衣服也破了，嘴脸也磕破冻伤了，妻子也不在身边，不由得十分懊恼，发誓再不吃酒：

> [六煞] 系腰儿不见了，找刺儿在哪里？沿街滚破了天罗地，新衣服扯绽了襟和领，冻脸上磕伤了嘴共鼻，怎见俺那秋胡戏！空懊恼赌神发咒，血条子再也不吃。

此后六支曲为第三部分，描绘了元宵节赏灯游玩的盛况。[五煞] 写家家户户张灯结彩，各色人等齐聚街头，观灯闲游："村的俏的街头闯，老的小的厮混挤，到处里闲游戏。小姑儿跟定嫂嫂，外甥儿扯住姨姨。"接下来写了"走百病"的古老习俗，即元夕妇女群游，祈免灾咎，前一人持香避人，凡有桥处，三五相率而过，谓之度厄，俗云走桥。[三煞]写各种杂耍和南北百戏登场，喧哗热闹的场面。

> 一处处博戏高，一丛丛社火齐，端的是欢娱正遇丰年岁。南来弦子和琵琶，北去笙箫对管笛，打鼓唱《荆钗记》。热闹似搬房拜庙，喧哗的如抢鼓夺旗。

[二煞] 写拥挤中家人被冲散，"女孩儿不见了娘，男子汉岔破了妻，东奔西走难寻觅"。三更起行人稍见消歇，四更才结束欢闹，"三更渐渐人行少，四鼓看看月坠西，家家才把门儿闭"。

[一煞] 和 [尾声] 却是一种反拨，反映了狂欢过后的神疲心累和沮丧失落。连日操劳奔波，身心疲惫不堪，年年后悔，却年年如此，道出了过春节人人切身的感受和普遍的状态。尤其真实亲切，于心有戚戚焉。

> [一煞] 才觉得心内灰，吃紧的肚又饥，少魂没实思量睡。两只腿脚如石重，一片心肠似箭疾，盼不到家阑内。带衣儿连忙倒卧，困腾腾一似着迷。
>
> [尾声] 到天明扒起来，事事的都后悔。被窝里说几句牙疼誓，来岁依然这样儿的。

整套曲热闹活泼，年前忙乱、除夕团圆、初一拜年、元宵赏灯场面连贯，衔接过渡十分自然，充满了喜气洋洋的节庆气氛和轻松欢快的情绪。各个场景，各种人物的语言、情态，都刻画得绘声绘色、活灵活现，具有浓厚的生活气息，尤其对因拜年贪杯而致醉卧街头的描写，既真实又风趣，幽默中包含着善意的讽劝，读来耐人寻味。

第四节　殷士儋、王克笃

一　殷士儋

殷士儋（详见第九章第四节）与李攀龙、许邦才、李开先为至交，平生所作除诗文集《金舆山房稿》外，尚有《明农轩乐府》一卷，收套数14首，初刻于济上，万历四年，后学宙楨（号绍庵，又号二庵山人，唐府宗正）为序而重刻之，万历六年许邦才又为重刻，并作序。

宙楨《刻明农轩乐府小叙》记叙了殷士儋致仕后的生活与词曲创作的景况，云："公既罢相归济上，绝口不谈声利，而于诗文亦谢不复为。日与其友人许殿卿辈，策欸段命扁舟，延眺山昔华之峰，寄傲明湖之渚。酒酣兴逸，则肆口而占乐府数阕，间自为曼声引而歌之相乐也。"

殷士儋虽与时不谐，才智未伸，而所作词曲殊无愤世嫉俗与急恚亢厉之音，而情致恬退，胸怀超旷，展现了优游自得的归隐生活，宙楨《刻明农轩乐府小叙》所谓"乃若鸿冥蝉蜕，胸次超然，触事赏心，直以笔其真乐。自非有道，讵易臻兹？以是称于缙绅间，岂独词调之工已邪？公以台鼎旧臣，道不合而引退。盛年茂德，遇不究施天下，谈士谁不为公搤捥？而徜徉林壑，曾无几微效愤世者所为，乐府可概见矣"。

所存散曲，据题材可分作四类：

一是游赏宴欢之作。如《北正宫·冬夜许殿卿潘望甫载酒过访观傀儡听儿盘弹琴二公即席各会佳句走笔抒谢》《北仙吕·张华岩参山居题赠》《南北中吕合套·新春五日宴集鹤江斋赏梅试笔》《北双调·云庄约会鹤江预制佳词届期雨阻不至词以嘲之》《北大石调·雪后同刘宪副伯东周封君子敏及袁范诸主泛舟夜分至天心水面亭漫赋》等。或友朋欢会，或冬夜观戏，或新春赏梅，或雪后泛舟，皆见归养之后的闲适自得，其乐无穷。如《北双调·云庄约会鹤江预制佳词届期雨阻不至词以嘲之》中［离亭宴带歇指煞］曲中所道："信口讲南华，随心歌北曲，轮递开东道。

逢时各尽欢，莫遣山灵笑。学取那耆英九老，寻乐地日遨游，共襟期永相好。"又如《北大石调·雪后同刘宪副伯东周封君子敏及袁范诸主泛舟夜分至天心水面亭漫赋》首曲［念奴娇］所言："真山真水，这期间恰好天生吾辈。万物静观皆自得，是处佳境堪题。也不问春夏秋冬、阴晴风雨，兴到时常随喜。想神仙风味，也只如此而已。"皆淋漓尽致地展现了同辈知己时相聚首，坦诚相待，投契相得，悠游林下之乐趣。

二是为老友贺寿之作。有《北中吕·寿春溪七十》《北南吕·寿鹤洲七夕初度》《北双调·鹤江初度寿词》《北双调·寿空石初度》《北中吕·寿鲁峰六十》等，可谓以曲代寿序，曲中对老友风节操守交口赞誉，而始终贯穿着安身知命、恬淡乐闲的主题。如云老友鲁峰致仕后"住湖山深处，种修竹千竿，接名花数株。岸柳汀蒲，隐隐桃园渡，共诗朋酒徒，享风月无边趣"。（［四边静］）"兴道也时临钓渚，客来呵旋摘园蔬。消长日围棋赌墅，醉斜阳掷采呼卢。会心处华山泳水，是仙家阆苑蓬壶。"（［十二月］）

三是参禅悟道之作。有《北黄钟·病起读楞伽偈述》《北南吕·大士像赞》二首，亦为辞阙后对青天朗月、心境澄明生活的参悟之感。

四是述怀写抱之作。如《北双调·写真自嘲》等。殷士儋之作，虽时时流溢蝉蜕轩举、胸次超然之趣，无心涛怒骋之遒张，但其中还是可以透见感慨身世遭际之情绪，《北双调·写真自嘲》共十一支曲，［驻马听］曰：

> 直下承当，苦辣酸甜已备尝。从来倔强，吉凶荣辱不思量。也不妨对面起刀枪，也不知转眼生波浪。空乱攘，数十年睡梦里糊涂账。

［雁儿落］云：

> 当年时血气刚，豪气有三千丈，弄精神惹是非，拚①性命胡冲撞。

对自己二十五年的为官生涯作了反省，写自己生性耿介，又不知退避，毫无提防，而竟遭打击，甘苦备尝，流露了对官场凶险，权臣倾轧的不满。从而如黄粱一梦，最终醒悟，"牵前绊后利名缰，假扮乔装傀儡场。东涂

---

① 谢伯阳编《全明散曲》"拚"作"挤"，误。

西抹丹青障，细看来全是谎"（［水仙子］）。不如从名利场中抽身退步，回归本性良知，心怀舒畅，安享自在：

> 守着这本分营生，认得这本来面目，受用这本地风光。天平上没折了斤两，方寸中没坏了心肠。用舍行藏，自在徜徉。常喜得满面春风，哪怕他两鬓秋霜。（［水仙子］）

尾曲集中展现了殷士儋晚年诗酒吟咏、返璞归真、知足常乐的生活态度：

> 也不会高谈阔论相标榜，也不喜甜言蜜语厮夸奖。幸且安康，尚未赢尪。畅道是遇酒开怀，闻诗技痒，唤作个陆地神仙，也不敢多谦让。一任他世态炎凉，尽着咱玩水登山日游赏。（［鸳鸯煞尾］）

许邦才盛赞殷士儋散曲声韵和谐，流畅自然，无不可歌："其每阕出即被之管弦，而流传于喉吻，虽狭邪童伎辈相竞习之不苦其难，岂非得其自然之机，而用韵如出诸肺腑者乎？以冠乎词林，而传之不朽也，必由是矣。"（《重刻明农轩乐府序》）宙楨亦云其"音节铿铿若自金石出，而情与景会，语语天成，超诣词场三昧之境，即胜国所传诸大家之制，不是过也"。（《刻明农轩乐府小叙》）

殷士儋曲词古雅整炼，内蕴丰厚，有浓厚的文人士大夫之气，无谐谑笑浪之风，与混迹市井之作迥然有别，所谓"状奇绝之景色，写幽真之物情，有元人未之逮者"。（许邦才《重刻明农轩乐府序》）如《北双调·咏怀古迹》十二支曲写济南人文旧迹，风光胜景，如入画图中。如首曲［集贤宾］总写济南览胜云：

> 古齐都自来多胜景，襟泰岱跨沧溟。蓬莱岛东通福地，紫微垣北拱神京。济水派大清河夏后亲鉴，历山原美田畴虞帝亲耕。好风俗万家弦诵声，眼面前图画天成。明湖光潋滟，鹊华声峥嵘。

以流畅的笔致，写身为古齐国的家乡东濒大海，西接岱岳的雄奇地势和远通海外、北接京畿的要冲地位，并热情赞美了古城历下的悠久文化与山水风物，舜帝曾躬耕于历山，禹帝曾照影于济水，民风淳厚，一派礼乐教化之风。大明湖波光潋滟，西之鹊山、东有华山拔地而起，山水之美兼具。又如［逍遥乐］：

　　水环山映似螺黛，千堆玻璃，万顷岚霭，层层列参差锦绣围屏。七十二泉源远近称，数不尽美号佳名。有密脂金线、柳絮芙蓉、漱玉濯缨。

前半曲描绘了济南城山环水抱的独特美景，大明湖水波平如镜，澄明净澈如玻璃翡翠，四周一圈小山簇拥，林木翁郁，千峰翠色，如锦绣围屏。后半曲集中描写了济南的特征景致——七十二泉，泉名别致，各有情趣，享誉天下。对山水景致的描绘可谓优美传神，充满诗情画意，饱含着赞美之情。

二　王克笃

　　王克笃（约1526—1594后）字菊逸，兖州东平寿里人，善曲，有散曲集《适暮稿》一卷，收小令一百三十五首，套数八组。王克笃的散曲，包括世情、咏物、述怀等内容，皆质朴无华，如家常闲话，而幽默诙谐，声情并茂，读来有亲切朴实、忍俊不禁之感。

　　写世情之作，如小令《中吕·红绣鞋·阅世》：

　　急煎煎油锅插手，恶狠狠钱眼翻身，恨不能太行山变做了雪花银。没满坑填不勾，定盘星忒认真，走的这昧心桥步步紧。

此曲系讽刺聚敛钱财者贪婪成性，欲壑难平，不惜昧心坑骗，可谓入木三分，深及骨髓。

　　《正宫·塞鸿秋·闲笑》亦嘲讽之作，与上曲刺贪财者相比，涉及范围更广，揭露世情心态更深。曲云：

　　到几时干净净戴一顶乌纱帽？到几时颤巍巍坐一乘花藤轿？到几时精块块积几屋鸦青钞？到几时娇滴滴几房家生俏？半夜里睡不着，千条计寻思到，天明依旧把豆腐叫。双黄锁日日眉间挂，一盘珠夜夜胸前画，恨不能泥块儿变做金子渣，糠秕儿巢作珍珠价。口含着饭说饿杀，腰缠着钱学抄化，别人碗里偏馒头大。

将垂涎富贵者的面目与心理摹画得淋漓尽致，惟妙惟肖。曲中大量运用叠字及排比句式，极富表现力，如"双黄锁"句比喻眉头紧皱，"一盘珠"句喻指盘算谋划，以及俗语、民谚的通篇运用，都使全曲生动如话，诙谐调笑，极准确地展现了某些世人的心态。

咏物之作则是以寓言的形式，借动物的某些生态和习性讽刺世态人情。曲云：

> 《双调·落梅花·咏莺》：翎毛贵，声韵娇，占春光锦衣花毛。这枝又上那枝高，到惹的鶺鹌笑。

借写莺羽毛华丽悦目、啼声婉转清越、于枝上活泼跳转的形态，讥讽那些攀高枝、谒权贵者的巧言令色，十分形象而尖锐。再看《双调·落梅花·咏蛙》：

> 青草畔，绿水涯，借阴凉逍遥长夏。寸余井底闹喧哗，几曾见东洋大？

以井底之蛙所见有限，却聒噪不停，讽刺见识短浅而妄自尊大者，比喻贴切，寓意鲜明。

《双调·折桂令·自叹》乃述怀之作：

> 浮生五十已无闻，百岁光阴早半分。看看日暮穷途近，好将息梦里身，加餐饭养性修真。海外无灵药，壶中有剩春，试问知音。

感伤年过五十而无所造就，还是修身养性颐养天年，"海外无灵药"显示了作者正确看待生老病死的人生态度。此曲乃聊以自慰之词，字里言外有一种淡淡的酸楚。

第五节　丁綵、薛岗、桑绍良

一　丁綵

丁綵（约1533—1603）[①]号前溪，以号行，青州诸城（今胶南市大

---

① 谢伯阳编《全明散曲》订丁綵生卒年为：约1573至1637后，不知所据，明显有误。据杨东甫《散曲家丁綵、王庆澜生卒年及作品断句辨误》（《阅读与写作》2007年第11期，第34页）考证，丁綵生卒年约在1533—1603之间。

村镇）人，丁耀亢从祖，布衣终生。明嘉靖年间与兄丁纬由丁家大村徙居西南五里，因地处大村西南，故名之为西南庄，富甲一方。村西有濂溪北自陶山而来，绕村前而东、而南，入白马河，丁纬居西，故号围溪，丁綵居东，故号前溪。兄弟交好，便于"瞻水"上修建一单拱石桥，名"鸰鹡桥"，今尚存。丁綵自少即仰慕义侠，特别敬慕西汉侠士郭解之为人，遂以其为榜样，为人行侠好义，乐善好施，疾恶如仇，扶贫济困，名播遐迩，蒲松龄《聊斋志异》第三卷第十篇的《丁前溪》即为其所做，记载了他不忘一饭之德而巧妙厚报的故事。

丁綵善词曲，有散曲《小令集》一卷。多写对世态人情的感悟，展现了旷达通脱的胸怀和积极乐天的人生态度，语言明白如话，又准确干脆，入木三分。如《南双调·锁南枝半插罗江怨·歌怀感事》云：

> 黄金尽，志不衰，还把眉毛挽起来，虎瘦了尚有雄心在。经过了几个十年，更换了多少楼台！谁家否了谁家泰？谁吃了不死的金丹？谁挂着无事的招牌？劝君少把精神卖，天理上果有循环，冥冥中自有安排，几年来见不得谁成败。

以一连串的反问句，说明了穷通祸福、生老病死都是人生的常态，劝人们不管何时都要眉头舒展，乐观自信，保持积极向上的生活态度，不甘失败，自强不息，是一首劝世之曲，对于激励人们在逆境中处之泰然，树立信心无疑是有价值的。曲中贯穿着一种奋发向上的进取精神，展现了作者豪放刚强的个性。

《南商调·黄莺儿·自慰》与上曲一脉相承，表现了知足常乐的处世态度。曲云：

> 凡事不如人，不如人不挂心，如人的百样心无尽。有财的傲人，有势的害人，无财无势才安分。掩柴门，蹬妻抱子，如人的不如咱。

"蹬妻"即山东方言的"得妻"之音。此曲一面以安于贫贱、不垂涎富贵、阖家团圆安乐自慰，一面揭露了权势之家的贪得无厌和为富不仁。

疏放旷达，通脱自适是丁綵为人鲜明的特征，《南商调·金衣公子·自嘲》亦承袭了这个一贯的主题。曲云：

> 休笑俺胡诌，俺胡诌不害羞，个中滋味谁参透！该愁处不愁，得

讴处且讴，天来大事丢开后。笑凝眸，人情世故，尽在我心头。

此曲可谓是对自己散曲创作的总结，谓自己的曲作看似荒诞无稽，实则饱含着对人生的感悟，蕴藏着生活的至理。同时进一步以自身乐观的精神和疏阔的行为，展现了通达开朗的处世态度。

二　薛岗

薛岗（约1535—1595）字岐峰，号金山野人，青州益都（今青州市）人，万历元年（1573）赴省试夺经魁，而此后四上春官不第，遂弃举子业。善词曲，撰有散曲集《金山雅调南北小令》一卷、戏曲《香山记传奇》等。

薛岗曲风豪迈壮美，曲词多用典故，与同期曲家质朴无华的风格多有不同，带有更多的文人特征。与同邑前辈冯惟敏并名，人称"冯君骚雅，薛君壮丽"。

薛岗散曲多言志述怀之作，如小令《南正宫·玉芙蓉·北上途中言志》一曲，作于应试途中，曲中表达了他渴望进取、济世报国的满腔报负，曲云：

> 文光射斗杓，壮志通天窍。望长安，亲操才笔题桥。禹门万丈金麟跃，雁塔千寻锦字标。男儿辈，才豪气豪，俺只待输忠报国继夔皋。

"亲操才笔题桥"出自《华阳国志·蜀志》，载成都城北十里有升仙桥，司马相如初入长安时，题市门曰："不乘赤车驷马，不过汝下也。""禹门万丈金麟跃"指鲤鱼跳龙门的典故；"雁塔千寻锦字标"则出自王定保《唐摭言》卷三，唐代新进士及第，朝廷赐宴曲江池后，前往慈恩寺塔（大雁塔）题写姓名的故事。全曲运用三个仕途通达的典故，显示了北上应试、志在必得的决心。结尾又以舜帝时的两位贤臣自期，抒发用世之壮志。曲风雄健，豪情满怀，跃然纸上。

《双调·玉江引·适志》则明显系绝意仕进后的晚年所作。曲云：

> 月满良宵，才圆又缺了；花弄春娇，才开又卸了。白发不相饶，青春容易老。盖世英豪，瀛洲馆在否？震主功劳，麒麟阁在否？红尘误了人多少？大梦谁知道！临风浩浩歌，对月呵呵笑，醉里乾坤犹恨小。

作者科场屡挫，心灰意懒，他临风而歌，对月而叹，纵酒疏放，抒发时光易逝、人生短暂、功名误人的感慨。此曲以浩浩乾坤为背景，纵观古今时空变换，感悟人生得失成败，境界阔大，与《西江月》词"滚滚长江东逝水，浪花淘尽英雄，是非成败转头空……古今多少事，都付笑谈中"可谓古今同慨，异曲同工。

三　桑绍良

桑绍良字子遂[①]，一字季子，东昌濮州（今已为镇，属范县）人，桑溥（见第三章第三节）之子，嘉靖三十四年（1555）举人，中经魁，曾为山西黎城教谕，万历二年（1574）官岚县知县，工诗，治小学，工戏曲，精于声律，有《青郊杂著》一卷，《文韵考衷六声汇编》十二卷。二书并刊，《四库全书总目》经部·小学类存目收录，只云"绍良字遂叔，（湖南）零陵人"[②]，并无行迹简介，恐有误。

戏曲仅知杂剧《独乐园司马入相》一种，此剧今存脉望馆乌丝栏钞本，王季烈校订《孤本元明杂剧》即据此本排印，题目作"独乐园学士著书，耆英会司徒结社"，正名作"宋天子擢用忠良，温国公超迁仆射"。祁彪佳《远山堂剧品·妙品》著录此剧，简名为《独乐园》，但误记作者为苏澹，盖由脉望馆钞本署"苏叔子校"而致误，以校者为作者。

《独乐园》为末本，四折一楔子，系一历史故事剧。演述北宋司马光以神宗任用王安石变法，屡谏不听，遂闭门不出，专修《资治通鉴》，并同富弼、文彦博等致仕官僚结耆英社，往来唱和，反对新法，邵雍等人也时有参与。司马光修完《资治通鉴》后进呈圣上，神宗大加褒奖，将其重新召回拜相，司马光复出后摈斥新法，并尽黜参与变法之人。

该剧本事《宋史》卷336司马光本传有载，言司马光屡陈祖宗之法不可变而神宗不听，"安石起视事，光乃得请，遂求去。以端明殿学士知永兴军。……徙知许州，趣入觐，不赴；请判西京御史台归洛，自是绝口不论事。……《资治通鉴》未就，帝尤重之，以为贤于荀悦《汉纪》，数促使终篇，赐以颍邸旧书二千四百卷。及书成，加资政殿学士。凡居洛阳十五年，天下以为真宰相"。据宋人李格非的《洛阳名园记》记载，司马光在洛阳时自号"迂叟"，名其园曰"独乐园"，当为此剧所自。

就体制而言，此剧恪守元代北曲传统，仙吕、中吕、越调、双调四大

---

① 雍正《岚县志》作"于遂"，《四库全书总目》作"遂叔"。

② 《四库全书总目》卷44，中华书局2003年版，第388页。

套关联亦符合北曲固有格范，角色安排亦同。在明中后期南曲风行的背景下，如此恪守北曲轨范者已属凤毛麟角，故祁彪佳评之云："妙在从君实口角中讨出神情，此于移商换羽外，别具锤炉；即在元曲，亦称上乘。"①同样从再现元曲风范角度置评。

———————————

① 祁彪佳：《远山堂剧品》，《中国古典戏曲论著集成》，中国戏剧出版社 1959 年版，第 6 册，第 145 页。

第十二章　一自源流归历下——
万历朝山东文坛

　　自万历起，明王朝步入了他的老年，晚明到来了。清初文坛盟主王士祯在《香祖笔记》中说："尝欲集海右六郡前辈作者遗集五十家……撷其菁华，都为一集。"并列出了一份名单，共计五十四家，张宗柟纂辑《带经堂诗话》时，又据《蚕尾续文》补出六家，共计六十家①。但京师为官四十余载，忙于宦途，匆匆未暇。归田后，又年齿已高，目力精神有限，终未果。所列六十家中，明初不过十分之一，明中叶三十家，万历以后的诗人占到了二十五家：于慎行、傅光宅、于若瀛、邢侗、公鼐、公鼒、冯琦、钟羽正、王象艮、王象春、高出、王与胤、卢世㴠、王若之、刘孔和、张光启、徐夜、董樵、王潆、王袞、王遵坦、姜埰、姜垓、赵士喆。其中名家有于慎行、邢侗、冯琦、公鼐、公鼒、王象春、高出、于若瀛等，可谓领袖文坛。由此可以想见晚明山东文坛之盛。

第一节　晚明山左文坛宗尚

　　晚明诗派群体多缘地域而构成，如公安、竟陵、粤东、吴中、岭南（广州）、甬上、松江、新安……无不如此。山左诗坛同样引人注目。明中叶流被天下的复古风潮衍至晚明，后七子派耆旧相继弃世，不再一统天下，地域诗坛出现勃兴。万历初年，吴中、越中（绍兴）、甬上（宁波）、闽中（福州）、山左、粤东、太仓、新安坛坫林立，李贽、徐渭、汤显祖自成一帜，诗坛呈现多元化格局；万历中后叶，公安、竟陵"楚风"大炽，新声卓昇、风易俗移，闽中、山左、松江诗坛金声玉

---

①　王士禛撰，梁宗楠编：《带经堂诗话》卷6《题识类》第49条，人民文学出版社1963年版，第156页。

振、交响其中。

在山东诗坛，万历前期，则以公鼐、冯琦、邢侗、于慎行为代表，反对模古剿袭，弘扬"齐风"，倡言革新；万历中叶，公安派风靡天下，山左作家在鄙弃的同时，宗风也开始转变，高出、于若瀛等人力避软熟，不袭陈言；万历后期，世态激变，王象春、公鼐、李若讷等人另辟蹊径，鄙弃公安派"淡且适"的适己之诗，倡导"禅诗""侠诗"，抒写忧时愤世之情。崇祯间，明王朝"陆沉"前夜，士子们开始关注现实，祈冀以文学起衰振敝，引发了明末诗风的转移。在齐鲁，宋玫、赵士喆、丁耀亢、赵进美、姜埰、姜垓等人与复社、几社遥相呼应，申明诗风宏大雅正之旨。

因此，晚明山左诗坛的发展轨迹可以概括为："齐风"振世——"侠禅"愤世——"大雅"救世。

一　总体取向：导源历下、浑厚雅正

晚明山左诗人的审美取向总体上带有浓厚的齐鲁地域文化特征，尊崇孔孟儒学，讲求宗经明圣、学务根本、经世致用，以远古圣贤自期，以道德文章自命，为人则正直笃厚，善自检束，不放浪情怀，不侈谈性理。这种文化观念反映到诗歌中，则表现为对气魄宏大、浑厚雅正的诗文风格的认同与追求。无论是万历前期还是后期，山左诗人们都鄙弃公安派诗风，明末万历、天启之间，竟陵派风靡天下，山东士子却丝毫不为所动，甚至与其发生了激烈的文学论争。这些都源于一种文学与学术观念的大分歧。

万历前期的山左诗人与稍后的公安派几乎同时以革新的面目崛起文坛，但却与后者的诗论大不相同、泾渭分明。

年辈最早的于慎行很少交接公安派诗人，他归隐穀山故里的十六年中，公安派历经兴衰，其诗"典雅和平，自饶清韵，又不似竟陵、公安之学，务反前规，横开旁径，逞聪明而偭古法，其矫枉而不过直，抑尤难也"[1]。明显揭示了他与公安诸子的隔阂。

公鼐虽与公安派的雷思霈、曾可前多有交往，他称赞曾可前"白雪操来知和寡，红尘应尽见交难"[2]，与雷思霈更是投份契合，称："顾我独

① 《四库全书总目》卷172《穀城山馆诗集提要》，中华书局2003年版，第1512页。
② 公鼐：《问次斋稿》卷20《送曾长石太史还楚》，齐鲁书社1998年影印本，第216页。

知心，投份若神契。"① "丈夫契合非偶然，片言相许为生死。"② 可见相知之深，但就其本质而言，这种契合与相知，乃是处于共同的政见和品行操守，并非与文学相关。

山左诸家中，与三袁往来最多的可谓冯琦。冯琦于万历十六年典湖广乡试时，录袁宏道，得结师生之谊。自万历二十四年至二十九年的六年中，袁曾五次致信冯琦。万历二十六年，袁宏道进京补职，结社谈禅论诗，第二年接连三次致信座师，希望以冯琦的文坛地位，力驳非议，支持公安派，称："至于诗文，间一把笔，慨摹拟之流毒，悲时论之险狭，思一易弦辙，而才力单弱，倡微和寡，当今非吾师，谁可就正者？……得师一主张，时论自定。"③ 但冯琦对此却反应平淡。

万历后期，王象春、公鼐、李若讷等人自立门庭，诗风奇警新异，对公安派多有微词，王象春《公浮来小东园诗序》中称公安派"矫枉太过，相率而靡，坐老温柔乡中，岂不令白云笑人"，鄙视纵情适意的人生态度和轻巧率性的诗风。

高出则与竟陵派领袖钟惺进行了激烈的文学论争。他致书钟惺，对《诗归》主张的"幽深孤峭"说提出异议，认为诗文"厚"方能"达"，可谓反其道而行。一个"厚"字，足见山左文人的取向。

此外，对乐府创作的关注和重视是嘉靖、隆庆及万历以来山左诗坛的一个显著倾向。与于慎行、公鼐、冯琦的皆好乐府相比，公安、竟陵派诗人则了不措意，这一分野之趣也恰恰说明了二者对"雅正"之诗和传统诗教的不同审识态度。

在此观念下，自万历至明末，一代诗宗李攀龙一直备受山左诗人们的推崇，公鼐称"千秋惟见济南生"④ "济南匠心奇且丽"⑤，并亲赴济南寻访李攀龙白雪楼遗迹，赋诗四首，曰："池亭价重传齐鲁，文苑名高并李何。"⑥ 葛曦、李尧民、钟羽正更是追步七子派的作家。万历中叶，门派攻讦之风大炽，李攀龙饱受非议，诟詈万端，高出为复古派辩诬云："第

---

① 公鼐：《问次斋稿》卷7《八哀诗》之《翰林院检讨夷陵雷公思霈》，齐鲁书社1998年影印本，第93页。

② 公鼐：《问次斋稿》卷9《送雷何思还夷陵》，齐鲁书社1998影印本，第114页。

③ 袁宏道：《瓶花斋集》卷10《冯侍郎座主》，《袁宏道集笺校》卷22，上海古籍出版社1981年版，第780页。

④ 公鼐：《问次斋稿》卷28《赠蒋生》其三，齐鲁书社1998影印本，第274页

⑤ 公鼐：《问次斋稿》卷8《长歌赠邢子愿席上》，齐鲁书社1998影印本，第104页。

⑥ 公鼐：《问次斋稿》卷16《历下访白雪楼》其四，齐鲁书社1998影印本，第174页。

使今日诸贤而生王、李之时，其为希声附景，攀骥尾而藉鸿翼，又可胜道哉？"① 王象春亦愤愤不平曰："昔人诗禅并称，尚存大雅。今日诗社酷似宦途，端礼门竖党人之碑，韩侂胄标伪学之禁，谈诗者拾苏、白馀唾，矜握灵蛇，骂于鳞先生为伧为厉，为门外汉，此辈使生七子登坛时，恐咋舌而退矣。"② 王象春早年师法李崆峒，尤推重李攀龙，好友公鼐曾有诗云："骚坛世界日争新，格套淫哇莽自陈。……独有可儿王季木，时将诗吊李于鳞。"③ 明末的丁耀亢也对李攀龙的诗歌叹赏不已，云："白雪中原紫气盘，百年万里几回看。大言自可酬清庙，草木云霞路径宽。"④

可见，自明中叶起，复古派一脉"高古雄浑"之精神始终为山左文坛所继承，正如公鼐所言："关中作者擅辞场，海内争传李梦阳。一自源流归历下，至今大雅在东方。"⑤

二　万历前期：标举"齐风"、倡言革新

万历前期，以于慎行、邢侗、冯琦、公鼐为代表的山左诗人承继了边贡、李攀龙以来的历下诗脉，但应当指出的是，他们并无意于祖述复古之论，而旨在取其"高古"精神。因此，他们推崇李攀龙律绝的整练雄迈，高华沉浑，却反对复古派"拟议以成其变化"的论调，针砭李攀龙诗歌中剽窃剿袭、乏真情而少意味的痼疾，强调应自我树立。他们对同样是后七子立派人物山人谢榛的不甚关注，也足以说明了他们的取舍态度，原因不乏谢榛与李攀龙交恶，更为重要的则在于谢榛正是后七子派复古理论的创立者。

万历初年，后七子派光焰渐烬，发生新变，山左诗人开始反对复古，倡言革新。万历前期山左诗人的诗论与创作整体上呈现出以下特征。

（一）反对模拟、自我树立

邢侗与公鼐一起论诗，公鼐《长歌赠邢子愿席上》谈及复古诸子云：

① 高出：《镜山庵集》之《自序》，《四库禁毁书丛刊》，北京出版社 1998 年版，第 30 册，第582 页。

② 王象春：《济南百咏》之《李观察沧溟诗序》，《问山亭主人遗诗补集》，《丛书集成续编》，台湾新文丰出版社 1989 年版。是集录诗 79 首，是王象春侄孙王士骥等人删选《济南百咏》所得。

③ 公鼐：《浮来先生诗集》卷 4《长安杂忆》第十七首，《四库禁毁书丛刊》，北京出版社 1998年版，第 160 册，第 628 页。

④ 张清吉校点：《丁耀亢全集》之《陆舫诗草》卷 4《李于鳞》，中州古籍 1999 年版。

⑤ 公鼐：《问次斋稿》卷 28《赠蒋生》其二，齐鲁书社 1998 影印本，第 273 页。

余子纷纷未易说，拟议原非吾所悦。丈夫树立自有真，胡为效彼西家颦。天地数理非秘昔，河岳英灵无终极。啧啧莫问群儿喧，愿成昭代一家言。①

"拟议"即针对李攀龙而发，明确表达了反对拟古剽袭、强调自我树立的诗观。

于慎行则辨析古乐府源流，指出李攀龙、王世贞等人的所谓"古乐府"之作，或为模拟剽窃，或牵强不合。认为汉铙歌、古乐府魏晋以降，曲调、体制已不传，今之一二名家，嗜古好奇，所为拟乐府，实仅取其篇名。如李攀龙所作，"词旨颇近，而不能自为一词"，纯为摹拟；王世贞稍出己手，即不甚似。②《列朝诗集小传》载其论古乐府云："唐人不为古乐府，是知古乐府也。……近世一二名家，至乃逐句形模，以追遗响，则唐人所吐弃矣。"③

公鼐持论亦同："近乃有拟古乐府者，遂颟以拟名，其说但取汉魏所传之词，句抚而字合之。""李于鳞曰：'拟议以成其变化。'噫，拟议将以变化也，不能变化，而拟议奚取焉？"进而肯定了杜甫、白居易等人能于古乐府之外自我树立的精神："杜子美、白乐天之伦，则创为意而不习其目，皆卓然作者。"④

临朐冯氏传人冯琦继承了冯裕、"四冯"不喜复古的家学门风，直刺拟古专求形似、失之真情的弊端："今之为诗者，一何与古异也！古人之诗，情而已。若远若近，若切若不切，而可以纾己之情，可以谕人之情，人己之情两尽而语不必书尽，彼与我知之，而后人有不及知者，此古人之所工也。其在后人则不然，其人其地其事与夫官秩姓氏皆引古事相符，以为典切而已，情不必纾人，情不必谕语，已尽而读之，不了了一了，而遂索然无余。"⑤

在这种背景之下，他们主张自我树立，并立足于区域文化特征，标举"齐风"，即推崇齐鲁文化传统和雄浑大雅之诗。

---

① 公鼐：《问次斋稿》卷8《长歌赠邢子愿席上》，齐鲁书社1998影印本，第104页。
② 于慎行：《穀山笔麈》卷8《诗文》，中华书局1997年版，第84页。
③ 钱谦益：《列朝诗集小传》丁集中，上海古籍出版社1983年版，第546页。
④ 王士禛：《池北偶谈》卷11《谈艺一》"公文介论乐府"条，《历代笔记史料丛刊》，中华书局1997年版，第266页。
⑤ 冯琦：《宗伯集》卷11《谢京兆诗集序》，《四库禁毁书丛刊》，北京出版社1998年版，第15册，第161页。

（二）标举"齐风"、宏大雅正

齐国曾为"战国七雄"之一，东濒大海，西接岱岳，占据了山东的绝大区域，盛产渔盐胶革，富庶强盛，傲视群雄，有泱泱大国之风，故历史上向以"齐风"代指山东文化传统与人文风貌。毗邻的鲁国更是礼乐圣人之邦，民风敦厚，端正淳朴，可谓郁郁乎文哉，因此，宏大雅正、朴质敦厚的"齐风"就成为齐鲁地域的文化传统与人文传承。反映到诗歌中，则表现出一种气魄宏大、雄浑雅正的特征。

在《赠蒋生》其一中，公鼐表达了对古"齐风"的向往与倾慕："东海茫茫东岱雄，齐王旧国图羁空。厨鸡六传皆绵邈，惟有泱泱古大风。"①"齐风"成为山左名家们的共同追求，这点也得到其他地域诗人的广泛认同。这在他们的赠答唱和中比比皆是：

　　公鼐赠冯珣诗：我也导其波，君也扬其澜。……主盟非吾事，愿君恢齐风。②
　　冯琦称赞公鼐诗：一歌先齐风，大海扬波澜。③
　　王衡赠冯琦诗：东海固大风，体大或错糅。……谁裁齐音傲，澹与琴瑟友。……鲁史世尔家，诗庭尚敦厚。④
　　李维桢称扬邢侗：崛起山东，而海内倾乡之，如岱宗之长五岳，如东海之表大风。⑤

公鼐、冯琦、邢侗、于慎行诸大家不约而同地倡扬"齐风"，究其原因，则不仅仅在于前七子中的边贡名列"弘正四杰"，首开山左风气；后七子中的领袖李攀龙、理论家谢榛响彻明代文坛，照耀山东诗史，更深层的原因在于复古风潮倡导的雄浑大雅、朴茂浑成的诗风与齐鲁文化厚重坚实、朴质宏正的文化传统不谋而合。故公鼐《长歌赠邢子愿席上》云：

① 公鼐：《问次斋稿》28《赠蒋生》其一，齐鲁书社1998影印本，第273页。
② 公鼐：《问次斋稿》卷5《赠冯季韫》，齐鲁书社1998影印本，第76页。
③ 冯琦：《宗伯集》卷1《喜孝与至赋赠》，《四库禁毁书丛刊》，北京出版社1998年版，第15册，第52页。
④ 王衡：《缑山先生集》卷2《酬冯琢庵先生》，《四库全书存目丛书》，齐鲁书社1997年版，集部第178册。
⑤ 李维桢：《来禽馆集序》，载邢侗《来禽馆集》，《四库全书存目丛书》，齐鲁书社1997年版，集部第161册，第342页。

"为君历选代宗工，前称弘正后嘉隆。北地雄浑真大雅，步趋尽出少陵下。"① 焦竑序《问次斋稿》，亦称山左诗为大雅嫡传，公鼐之作"极变穷工，卒归大雅"②。

（三）诗以抒情、不主格调

于慎行论诗倡"神情"之说："古人之诗如画意，人物衣冠不必尽似，而风骨宛然；近代之诗如写照，毛发耳目无一不合，而神气索然。"③

《冯宗伯诗集序》亦云："夫自三百篇以降，至于汉魏及唐，体裁不同，要以袖然意象之表，不可阶梯，正在神情耳。世人不知，则求多于辞，辞不能超，而求助于气，大归高张气节，愈费而愈不足。"④ 指出追摹古人，不在格律、声调、法度、文辞的形似，关键在于汲取古诗的"神情"。

在批评复古派尤其是李攀龙一味追求高古雄浑、格调法度，罗列古人词句，却忽视抒写今人性情方面，冯琦、于慎行二人更是声气相投，在冯琦应于慎行之请为其父于批所做的《于宗伯集序》中，表达了二人共同的主张："诗以抒情，情达而诗工；文以貌事，事悉而文畅。古人之言尽于此矣。而后之作者高唱矜步以为雄，多言繁称以为博，取古人之陈言，比而栉之，以为古调、古法，调不合则强情而就之，法不合则饰事以符之。夫句比字栉，终不可为调与法，即调与法，亦终不可为古人，然则徒失今人情与事耳。……窃以为调欲远、情欲近。法在古人，事在今日，必不得已，宁不得其调与法，而无失其情与事。"⑤

（四）熔铸百家、自然化工

于慎行主张广收博取，融会众家，水到渠成，反对模仿剽窃，简单摹古。认为古人文章之妙在"读书万卷，出入百家，惟咀嚼于理奥，取法其体裁，不肯模拟一词，剽窃一语"。他特别强调一个"化"字，指出好文章如"煮成之药""百草成煎，化为汤液"，火候功夫俱备，自然水到渠成。而今之为文者，"读一家之言，则舍己而从之"，率意附和，不能博采众家。不读书、不用功，无根无柢，作文时就只能"合众以成之，

① 公鼐：《问次斋稿》卷8，齐鲁书社1998影印本，第104页。

② 焦竑：《问次斋诗稿序》，载公鼐《问次斋稿》，齐鲁书社1998影印本，第1页。

③ 于慎行：《穀山笔麈》卷8《诗文》，《历代史料笔记丛刊》，中华书局1997年版，第84页。

④ 于慎行：《穀城山馆文集》卷11，《四库全书存目丛书》，齐鲁书社1997年版，集部第147册，第427页。

⑤ 冯琦：《宗伯集》卷10，《四库禁毁书丛刊》，北京出版社1998年版，第15册，第159页。

甚至全句抄录，连篇缀辑"，以剽窃为摹古，如"合成之药"，稍加分辨，来源俱知。① 又称："天壤之间，有形有质之物，未有能不朽者，必化而后不朽。"② 诗亦如此。

冯琦则一贯标宗自然："古人所由传，正以独诣为宗，自然为致。"③

（五）宗经明圣、学有根柢

《四友斋丛说》云："北方士夫淳朴有古风，不虚作声势。"④ 此言自确。无论为人与为学，山左诸家均有着强烈的宗经返圣的倾向，学术根柢讲求纯正，审美取向博大雅正，以学问读书为事，无南方文人普遍的声色嗜欲和放浪情怀之气，带有典型的齐鲁士子的风习。

公安派引禅入儒，作"自适"之诗，与推重孔孟之学、不喜侈谈心性禅学的山左诸家学术根柢大相径庭。山左诸家植根齐鲁文化，尊崇孔孟儒学，返本尊经。在当时的万历文坛上，于慎行与冯琦皆以学有根柢、博通端雅而驰名词馆，推为一时之冠。于慎行文论中更特别强调以深厚的学养为根柢，且与道德联系在一起，学务本根，以正本清源。公鼐在《读宋史新编题陈亮传后》中亦云："晋尚清谈五胡张，宋崇儒教金元竞。自古昏狂必覆邦，未若浮虚基祸盛。何如反本守经常，五品三才原自定。谁抑洪水辟榛芜，此语终当俟后圣。"⑤ 认为清谈为误国之阶。而冯琦在对待"李贽"等狂禅派人物上态度更严厉，万历三十年李贽为张问达所劾，数日后冯琦即上书响应，指责士大夫"异学"风气。⑥ 《明史》亦云："时士大夫多崇释教，士子作文，每窃其绪言，鄙弃传注。前尚书余继澄奏请约禁，然习尚如故。琦乃复极陈其弊，帝为下诏戒厉。"⑦

正是这种文学和学术的分歧，使山左诗人在倡言革新中选择了不同于公安派的道路，带有了鲜明的齐鲁文化特征。

---

① 于慎行：《穀山笔麈》卷8《诗文》，《历代史料笔记丛刊》，中华书局1997，第84页。

② 于慎行：《穀城山馆文集》卷12《宗伯冯先生文集序》，《四库全书存目丛书》，齐鲁书社1997年版，集部第147册，第433页。

③ 冯琦：《宗伯集》卷10《于宗伯集序》，《四库禁毁书丛刊》，北京出版社1998年版，第15册，第159页。

④ 何良俊：《四友斋丛说》卷18《杂记》，《历代史料笔记丛刊》，中华书局1997年版，第158页。

⑤ 公鼐：《问次斋稿》卷9，齐鲁书社1998影印本，第120页。

⑥ 沈德符：《万历野获编》卷10"黄慎轩之逐"条，《历代史料笔记丛刊》，中华书局1997年版，第271页。

⑦ 《明史》卷216列传104，中华书局2000年版，第3805页。

三 万历后期:"禅诗""侠诗",重开诗界

万历中叶,正是公安派诗风风靡大江南北之时,也是山左诗坛交替嬗变的时期。万历三十一年冯琦卒;万历三十四年公鼐归隐蒙山,杜门十余年;万历三十六年于慎行卒;万历四十年邢侗卒。山左文坛巨星纷纷陨落。万历三十九年后,公安派主将凋零殆尽,竟陵派继起文坛,在楚风衍衍浸淫中,闽风、齐风特立独行。王象春、公鼐、李若讷等山左诗人,不为流风习尚所动,自立门径,在社会激变之时,倡导禅诗、侠诗,抒写忧时愤世之情。

李若讷在万历后期文坛上,与王象春、公鼐并称"山东三才子",以王象春为知己,所作诗文新异出尘。王象春与高出、文翔凤(三水人)并称"北方三子",以诗名万历间。王象春早年推重李攀龙、师法李崆峒,后主张"重开诗世界",推重禅诗、侠诗,其《问山亭诗》变风变雅,得老杜之骨力,才气奔逸,风格奇警。鼐乃公鼐之弟,与冯琦、于慎行、王衡、邢侗等人都有交游,而与王象春论诗最相投。公鼐之作时见愤郁急怒,激愤现实,被王象春誉为"侠而禅者"。

王象春在天启五年为公鼐诗集所做的《公浮来小东园诗序》中,首先形象地概括了七子、公安之论及其折中观点,然后揭橥了两人的论诗大旨,云:"定诗者亦如八寸三分帽子,人人可移。一人曰:必汉魏必盛唐,外此则野狐。一人驳之曰:诗人自有真,何必汉魏,何必盛唐。一人又博大其说曰:何必汉魏,何必不汉魏,何必不盛唐。两祖莫定,五字成文。今天下盖杂处于第三说矣。三说聚讼,权必归一,过瞬成尘,言下便扫,其或继周,宁能无说?浮来请于此再下转语,吾尝赠浮来句云:'重开诗世界,一洗俗肝肠。'"二人不欲遵从流俗,折中七子、公安之论,认为"七子以大声壮语笼罩一世,使情人韵士尽作木强,诚诗中五霸。今矫枉太过,相率而靡,坐老温柔乡中,岂不令白云笑人"[①]。他们批评七子空作豪情壮语,忽视抒写情韵,也鄙弃公安派一味放纵自适,坐老温柔乡中,而要自我树立,重开诗界。

关于诗世界,王象春在上序中指出:"诗固有世界。其世界中备四大宗:曰禅、曰道、曰儒,而益之曰侠。禅神道趣,儒痴而侠厉,禅为上,侠次之,道又次之,儒反居最下。"可见,他们将诗之世界分为四等,以

---

① 王象春:《公浮来小东园诗序》,载公鼐《浮来先生诗集》,《四库禁毁书丛刊》,北京出版社 1998 年版,集部第 160 册,第 504 页。

适意求趣的道诗和温厚雅正的儒诗为下，而以禅诗、侠诗为上。主张以禅诗抒发参悟精见，书写一段精神气韵，以侠诗传达刚肠戾气和晚世残照中的愤世之情。

这种主张，与七子、公安及万历前期的乡先贤们有着明显的差异，传达出了一种强烈的政局混乱、动荡不宁的时代信息。

第二节　万历朝诗文作家

除去于慎行、公鼐、冯琦、邢侗、高出、王象春及于若瀛、公鼒、李若讷等大家名家（详见下章）之外，万历朝尚有以下作家有名诗坛。

一　沈渊、贾三近、王教

沈渊（1535—1577）字子静，号澄川，济南新城（今桓台县新城镇）正德里人，少而英敏骏发，日诵千百言，缀文立就，同舍生咸束管避之。据王士禛《古夫于亭杂录》记载："先生幼时，塾师夏楚之负痛投地，师曰：'一滚滚下地，能对则贳汝。'公应声曰：'两登登上天。'师大奇之。"① 可见文思之敏捷。夫人荆氏极贤德，一切内政倚之。婚后读书城南僧舍，中嘉靖四十四年（1565）进士，历官国子监司业，《新城县志》云："渊矩度甚严，一时贵游高第，凛凛步趋，国学为之改观。"明年积劳卒官，仅43。次子娶同邑监察御史王象蒙之妹，王象蒙撰《太史公传》云："公天性质朴，大不失赤子心，襟度开豁，若涉北海莫可为量。事亲孝，处兄弟友，与人交肺腑洞然，终其身不复知有人间机械之巧。然内实耿介，不好软语徇合，或面督过，朋辈以此寡。谐俗乃久之，亡不信其长者。"②

著有《沈太史诗》《中秘稿》。于慎行云："先生为人魁梧豪迈，仪观甚修，平生抗直不阿，毋论权贵，必以正对，意所不可，岳岳见辞色，而诚直无他肠。不善记人过，一语合意，辄出肺肝，即或谩之，坦然不为意也。博极群书，文词高古，有秦汉风。尤好为诗歌，体骨遒劲，与李临淮、康裕卿辈尝结社倡酬，浮白大噱。尝竟日夜为欢，诸长安游客争诵

---

① 王士禛撰，梁宗楠编：《带经堂诗话》卷26《韵事类下》第15条，人民文学出版社1963年版，第736页。

② 《山东桓台沈氏世谱》卷1，2009年重修。

'沈太史倜傥人豪也'。"① 沈渊诗精擅五律，高古旷朗，深沉厚重，《月下有怀》云：

> 摇落深秋夜，虚堂月色侵。十年孤客梦，千里故人心。远塞闻征雁，高城急暮砧。瑶琴空自拥，何处觅知音。

深婉而又悲凉，清逸而又沉厚，确实有骨力在焉。绝句《题刘汉翁侍御二亭》自然活泼，其一云：

> 结亭汉江上，时饮江亭下。山翁醉不眠，落日还骑马。

随意挥洒而妙趣天成。又如七律《寄赠四明李山人》：

> 结屋云隈深复深，幽怀长对薜萝阴。江清石濑堪垂钓，月满山溪独抱琴。湖海有情还纵饮，乾坤何处不高吟。天涯相忆不相见，醉倚春风空此心。

写隐逸情怀，清峻高古，虽简澹悠远，又有萧爽之气纵横其中，洵为佳作。

贾三近（1534—1592）字德修，号石葵，别号石屋山人，又称太史氏、兰陵散客、宁鸠子、贞忠居士等，兖州峄县（今枣庄市峄城区）人，贾梦龙子，嘉靖三十六年（1557）举省魁，隆庆二年（1568）成进士，历左给事中，勘事贵州，中道请归二载，起为户科都给事中，万历十二年拜右佥都御史巡抚保定，畿辅大饥，赈灾有方，八年后授兵部右侍郎，以亲老辞归，不许，寻因背疽发作，卒于家。"为人白皙修长，鹤姿鹗立，气宇轩豁，风神俊朗，魁然伟丈夫也。……端方霍落，无所阿曲，而温厚坦夷，不为峭岸深机以为涯"。② 著有《东掖漫稿》，辑寓言为《滑耀编》三卷、编《皇明两朝疏抄》二十卷等，多散佚。以峄县古称兰陵，故与其父有《金瓶梅》作者之说。

---

① 于慎行：《穀城山馆文集》卷26《明故国子监司业澄川沈先生合葬墓表》，《四库全书存目丛书》，齐鲁书社1997年版，集部第148册，第34页。

② 于慎行：《穀城山馆文集》卷20，《四库全书存目丛书》，齐鲁书社1997年版，集部第147册，第588页。

《滑耀编》"皆采录寓言，如送琼、奇巧、责龟、册虎之类，悉为收藏。其曰'滑耀'者，取庄子'滑疑之耀，圣人所图'语也。前有宁鸩子序，宁鸩子即三近之寓名。各篇之后，间附评语。其《送穷文》篇末谓穷鬼本出有穷氏，尝从孔子游陈、蔡间，既而归鲁，舍于颜回原宪家云云。以圣贤供笔墨之游戏，一佻薄甚矣"①。

贾三近诗不为刻削，浅近自然，流畅中时有谐趣，于无意间而工。于慎行《石葵贾公墓志铭》云："所为歌诗，清爽疏宕，咳唾立成。"② 其《蜀中四咏戏寄按蜀郭侍御》以四首七绝分别吟咏琴台、明妃村、万里桥、巫山四处名胜，清峻洒脱，无咏史诗的沉重感，其中写明妃村、巫山云：

> 荆门草色几经春，十里江花尚锦茵。试问峨眉山上月，当年曾见汉宫人？

> 石发苔衣满旧山，襄王去后楚云间。霞衾宝瑟今何处？犹有仙娥十二鬟。

又如《重游青檀寺》：

> 水落前溪碧树秋，西岩兰若几经游。危巢野鹤何年去？旧识山僧今白头。

在看似平淡的叙述中，隐含着对沧桑岁月的感慨。

王教③（1539—1603）字子修，号秋澄，济南淄川城西苏李庄（今淄博市周村区王村镇苏李村）人，隆庆五年（1571）进士，历户都、史部主事，考功、文选司郎中，清正不阿，持正不倚，佐尚书陆光祖澄清吏治，力拒中贵之请，"力持公法，政府权珰，无所措手。……又尝荐起邹忠介、赵忠毅诸公，为正人所倚"④。以忤申时行，受同僚牵连，"一司尽

---

① 《四库全书总目》卷192，中华书局2003年版，第1753页。
② 于慎行：《毂城山馆文集》卷20，《四库全书存目丛书》，齐鲁书社1997年版，集部第147册，第588页。
③ 明代另有一王教，字庸之，号中川，河南祥符人，嘉靖二年（1523）榜眼，官至南京兵部右侍郎，有《中川遗稿》三十三卷。
④ 王士禛：《池北偶谈》卷9《谈献五》"王秋澄"条，《历代笔记史料丛刊》，中华书局1997年版，第208页。

黜",为诗曰:"丈夫去就寻常事,小帽青衫亦主恩。"泰昌初年平反。著
有《铨部集》。《淄川县志》云其归后,"简贵自持,文章不屑凡近一
语";《济南府志》云其"文法左国,诗逼大历"①,所谓"诗逼大历",
是指王教诗中表现出的那种孤独寂寞的冷落心境,以及诗中始终弥漫的清
峻高雅的情调和澹远萧瑟的风味。如《九日吴中》:

> 绛纱初就紫萸囊,九日陶家菊自芳。须借寒花谋一醉,忍将白发
> 对重阳。天开万里浮云动,秋逼千山古木苍。不见姑苏江上月,几家
> 王谢旧时堂。

又如《清风亭对月》:

> 永夜不成寐,犹怜旅兴生。何来江上月,解作故乡明。别院繁砧
> 响,寒云堕雁声。寥寥杯酒后,凄断若为情。

诗境深沉凄清,情绪悲凉萧索,用语清新雅致,无论诗情诗意,都弥漫着
浓郁的文人气息,颇耐品咏。

其实,王教诗并非如县志所云,不屑为凡近之语,他的不少小诗,轻
快通俗,自然如话,堪为公安派先声。如《菊花》:

> 飞残黄叶四山空,客散石楼烟雨中。要识陶家佳胜处,霜根无恙
> 伴秋风。

又如《序侄登岱还言天门外西似小筑》:

> 有客新归自岱宗,大言高踏白云重。西看碧岭天门外,绝似小山
> 第一峰。

二 傅光宅、钟羽正

傅光宅(1547—1604)字伯俊,号金沙居士,东昌聊城九州洼人,

---

① 参见宋弼《山左明诗钞》卷21,《四库全书存目丛书》,齐鲁书社1997年版,集部第412
册,第210页。

母汪氏，妊孕满月，一夕梦见瑞光满天而生子，本以"思"为辈，感异徵，谓必光耀祖宗，遂名"光宅"。万历五年（1577）进士，历吴县知县、重庆知府、河南道监察御史，巡两关、浙、陕。万历十五年九月疏荐戚继光复出，朝野快之，反遭夺俸，告归。万历十九年（1591）复职，巡按陕西，擢南京兵部郎中，丁母忧，服阙转工部，万历二十八年（1600），平乱于播州（今遵义），主张对从犯从轻发落、释放胁从者，保全万人，升按察副使分巡遵义，安缉流亡，颇著功绩，官终四川提学副使。一生为政清廉，宠辱不惊。《列朝诗集小传》云其"负意气，通禅理，为通人所称"①。时任南京刑部主事的谢肇淛《序》云："伯俊恂恂笃行，与人若不及，交游满天下而口不操人短长，仕落落不得志而不见喜愠之色。"

傅光宅卒后，大学士于慎行为撰墓铭，称"东省故多才士，以予生平所友有五人焉"，即历下于子冲（远真）、聊城傅伯俊、临邑邢子愿（侗）、临朐冯用韫（琦）、蒙阴公孝与（鼐）。"此五君乃一时海岱之英，而吾皆得以世谊交之……考德讲艺游心竹素之林，可谓甚盛。""公为人才气倜傥，风神闲旷，翛然物表姿也，孝友乐易情谊，周洽于人，无所不亲。书模黄豫章体，苍郁有致，海内珍之。""夙慕方外之游，于内典玄宗无不深诣，谈说名理，指画世故，挥麈悬河，风生四座，而切近事情，不为虚论，听者之醉心。平生倾身为士，无识不识，裹粮而赴者所至如雨，无不人人满志，即尝受其施后负之者，意亦不为衰也，其才博大通敏，无所不宜，居恒慨慕勋名，锐然有志当世，而以任真毁迹，卒为修隙者所，谈者惜之。嗟夫！名迹之间果足定士品乎哉"②！盛赞其人品、气节、才学。

傅光宅在佛学上也颇有造诣。释褐吴县令时结识真可和尚③，受其影响颇深，倾心佛学，兴修寺庙，刻印佛典，如万历十七年亲自参与嘉兴《大藏经》刻藏之事。并通读憨山德清之《绪言》，深谙佛理。另著有《奏疏》《四书讲义臆说》等，书法闻名于世，学宋之黄庭坚，尤善榜书，所过祠庙寺院，每为题额。

① 钱谦益：《列朝诗集小传》丁集下，上海古籍出版社1983年版，第618页。
② 于慎行：《四川按察司提学副使傅公光宅墓志铭》，焦竑编《国朝献征录》，《四库全书存目丛书》，齐鲁书社1997年版，史部第106册，第63页。
③ 真可（1543—1603），明代四大高僧之一，晚号紫柏，江苏吴江人，主张儒、道、佛一致，不执守佛教的一宗一派。

诗有《巽曲》《吴门》《燕市》《蚕丛》诸篇，以《傅伯俊诗草》七卷传世。于慎行谓"博闻强志，贯串百家，落笔千言，词采流丽，诗在唐盛中之间，莹洁俊逸"；《山东通志》云其"为文疏丽似苏公，诗在岑、孟之间"。谢肇淛序其诗集云："伯俊之诗出于性情，而不出于豪举；求之酝酿，而不求之纤秾。其在近代，则季迪（高启）肖其才情，献吉（李梦阳）媲其浑峭。"《续书史会要》云："博闻强志，贯串百家，落笔千言，词采流丽，诗在唐盛中之间，书模黄豫章，苍郁有致。"[①] 均评价极高。

傅光宅精擅五言，俊逸隽永，清秀多姿，陈田云："（伯俊）五言蕴藉，取法唐人。"[②] 其《舟中待友人》云：

> 烟树澹微月，水风生夜凉。扁舟垂杨岸，蒹葭何苍苍。尊酒欲斟酌，孤琴依彷徨。伫立望美人，露下霑衣裳。

清婉蕴藉之外简澹高古，而有魏晋人风致。又如《月下与伯耳言别》：

> 春空明月满，照此万里心。将以青山色，留君白雪音。江从扬子阔，路入桂林深。应待秋风发，相期汶水阴。

新俊浅易而语语情深，确有唐人神韵。七律婉丽秀美，如《春日花下有感》：

> 江月江烟望白门，春风春雨自黄昏。年年杨柳无消息，夜夜梨花有梦魂。苏小香车松下路，莫愁芳树水边村。缄情欲寄双飞燕，肠断回文是泪痕。

雅致工丽，深婉多情，在山东作家中少见。

钟羽正（1554—1637）字淑濂，号龙渊，青州益都（今青州市城西北钟家庄）人，登万历八年（1580）进士，授滑县令，此地政务素称繁剧，居正断决如流，绝狱断疑，人皆叹服。居官多惠政，升礼科给事中，

---

① 参见宋弼《山左明诗钞》卷24，《四库全书存目丛书》，齐鲁书社1997年版，集部第412册，第236页。

② 陈田编：《明诗纪事》庚签卷12，上海古籍出版社1993年版，第2471页。

转工科，出视宣府边务，不畏权势，严惩贪官。擢吏科都给事中，多有建白，为杜绝贪贿，疏请官员一切公事均在朝房计议，不得在私邸接待宾客，外官不得与京官私通，有事照章办理，办完即日出城，不得擅自逗留，获准。万历二十年（1592）正月，因疏请皇长子出阁就学，触万历帝之怒，斥为民。当时称四大贤人，羽正其一也。

居家杜门读书，士大夫往来其地，率辞不见，于乡倡诗社"真率会"，诸城邱橓①亦赋闲，甚相得。为人风趣，才思敏捷，擅长巧对，民间多有传说。万历四十三年（1615），青州大饥，倾资赈济，全活 1500 余人，朝廷赐"代天育物"匾。同年，吏部尚书郑特疏荐，次年任为光禄寺少卿，未赴，林居近三十年。光宗立，复起为太仆少卿，升太仆卿，天启时任金都御史，拜工部尚书，愤群奄恣肆，三疏自引归。逾年因霍维华案牵连夺官，崇祯初复官，卒赐太子太保。据《益都县志》记载，钟羽正自奉澹泊，身服布素，常食不过二器，藏书百箧，著有《厚德录》《管见录》等书。

其诗文集《崇雅堂集》为其门人高有闻、元野鹤所编，共 15 卷，附录一卷，赋、诗六卷，文九卷。《四库全书总目》提要云："羽正清介耿直，为时所重。故集中奏疏，多切中时弊，其他杂文则率意操觚者居多。诗多感激时事之作，气体尚遒，然未免沿七子之末流。"②钟羽正诗多抒怀感愤之作，往往直抒胸臆。如《注籍京邸》：

> 长夏何攸郁，闲门自掩扃。云来小阁暝，雨歇远山青。谢客缘多病，忧时愧独醒。匣琴还自理，苦调若为听。

书写了自己忧怀国事、寂寞多病的苦闷心情。又如《次杨月翁感怀之作》：

> 南国楼船逐海飙，青丘氛祲未全销。诸公桑梓忧非细，大将旗旄惨不骄。战士旧推齐击技，边城新遣霍嫖姚。中丞定有平蛮策，早静兵戎报圣朝。

---

① 邱橓（1516—1585）字懋实，号月林，诸城柴沟村（今高密市柴沟镇邱家大村）人，嘉靖二十九年（1550）进士，官至南吏部尚书，谥"简肃"，著有《四书礼经摘训》。

② 《四库全书总目》卷179《崇雅堂集提要》，中华书局 2003 年版，第 1615 页。

诗中直接反映了当时东南倭寇的骚扰入侵和明朝军队屡次失利的现实，通过对杨中丞的殷切期望，表达了对国事的深重忧虑和企盼早日稳定海疆的焦急心情。

三 葛曦、李尧民、高举、周如纶等

葛曦（1545—1592）字仲明，号凤池，济南德平（今临邑县德平镇）人，乃嘉靖间户部尚书葛端肃公守礼之孙，德平葛氏乃名门望族，以家礼著称。父葛引生（1526—1567），字长伯，号东山，廪生，有诗文集《东山余墨》，与从弟葛汇生、子葛昕（著有《集玉山房稿》）、葛曦俱以诗文名世。

葛曦"生而颖异，竞爽不群，四岁，先姑卢孺人授以诗经章句，应口成诵"。"天性沉毅多虑，豁达耐事，举动言笑不苟，外虽恂恂镇默，中实泾渭了然。若奖进后生，覆庇善类，成人之美，则自少有此襟度。极不喜与人屑屑较长短，居家无论尊卑，有拂逆者默然闭阁鼾睡以排之，睡熟而出，便霁色如初"。[1]

万历四年（1576）举乡试第一名，万历十一年（1583）中进士，历官翰林院检讨。为人不事请托，让贤周急，同侪皆称之。出使秦藩，嗣王暨宗室有所馈遗，率不敢受。时值关中饥，一路所经，多见饿殍，葛曦怆然不忍，尽出囊金，随路分济之，归而行李索然。分校礼闱时，所拔皆宇内俊彦。惜寿年不永，卒年仅四十八，子葛如凤方十岁。

葛曦在葛氏中诗名最著，有《葛太史公集》五卷（清嘉庆八年德平葛周玉树棠刻本），据其侄葛如麟后序，全集本八卷，只存五卷，较之目录，缺《谕朵颜卫檄》《拟俘献云南叛夷露布》《重修顺天府学记》三篇，而《勤政励学箴》一篇，又不在目录之内，参差错乱，不详何故。

在万历朝诗坛多元化态势下，葛曦仍追随七子派之后，《四库全书总目》云："其诗尚沿历下余派，少精湛之思，而音响亦自琅琅可诵。较之竟陵、公安以后钩章棘句者，尚有间焉。"[2] 七言歌行《雨后观龙舟竞渡》云：

> 五月五日天乍晴，西湖昨夜新水生。水云渺渺湖光紫，棹声欸乃

① 葛昕：《集玉山房稿》卷5《翰林院检讨亡弟仲明行述》，《四库全书》，上海古籍出版社1987年版，集部第1296册，第454—456页。

② 《四库全书总目》卷179《葛太史集存目提要》，中华书局2003年版，第1616页。

波心起。金支翠旗乍出没，虹蜺乱饮芙蓉水。历乱纷纷去复回，扬铃击汰声相催。疑是六龙行雨罢，玉鳞金甲却归来。轻舟为车楫为马，竞逐相驱不相下。扬枹鸣鼓欲何为？清时岂有沉湘者？遗俗千秋未足论，灵均不作楚波浑。愿将百炼江心镜，拂拭清尘献至尊。

描绘端午节赛龙舟的热闹场景，结末反用屈原沉江的典故，有歌颂太平之意。

李尧民（1544—1606）字耕尧，号雍野，兖州济宁人，四世祖赘婚于郓城张氏，后代遂家于郓城。"屡就省不利，下帐靡旦暮，至于呕血，犹手不释卷。然家徒四壁，唯授经、供严慈菽水，耻干谒人。里闬争艳慕之而罕觌其面"①。中万历二年（1574）进士，授长洲（今苏州西南）知县，改河北永年，以廉明著称。《永年县志·宦迹录》云："立身严正，为政精明，决断如神，洞烛民隐，劝课农桑，兴利除弊，不遗余力。"擢御史，崇祯《郓城县志》云："正色立朝，伏蒲敢谏，功在国本。"后巡抚河东盐政，尽除弊政，历大理少卿，巡按江西，视顺天学政，升应天府尹致仕。其子李瓒扩建城南旧居为涉园，有依竹堂，"堂之东曰颎青阁，折而北曰二君子亭，后曰水木芙蓉渚，松柏阴森，奇石环列，甲于齐鲁"。后病卒于郓城，追赠工部侍郎。

有《雍野先生快独集》18卷：诗六卷，文十二卷。所居之楼名"快独"，因以名集。李维桢《快独集序》称："其襟度恬静清远，其格力沉厚雄健，韵调俊爽妍雅……其诗古选简澹，近体朗秀。"② 《四库全书总目·快独集提要》云："杂文中奏议一类，敷陈颇为剀切。诗则秀润有余而兴象不足，纯为七子之派。"③ 如《盘沟晓月》：

> 一轮秋色暮云轻，下印盘沟碧水清。古渡停泓堪自照，断桥残月为谁明。斗边银汉孤鸿影，林外苍烟短笛声。步慑不防频过此，初衣方遂故园情。

---

① 《嘉议大夫应天府府尹李尧民行状》，胡建枢修《郓城县志》卷14，清光绪十九年（1893）刻本。

② 李维桢：《大泌山房集》卷10，《四库全书存目丛书》，齐鲁书社1997年版，集部第150册，第517页。

③ 《四库全书总目》卷179，中华书局2003年版，第1613页。

"盘沟夜月"为《郓城县志》所载"郓城十景"之一，盘沟迤逦盘旋，自西而东通往冷庄湖，沟内绿水潺潺，岸边杨柳曳姿，花芳草细。春和景明之际，姣月入水，玉镜镶黛，宛如画境。诗写致仕后于初秋黎明中独步盘沟，赏断桥残月，听林外短笛，深感终归故里后的愉悦与从容。又如五律《独饮》：

> 牢落停云径，凄其问字庐。坐看秋已暮，不醉欲何如？菊在聊亲酒，玄成且罢书。一声天外响，孤雁又愁予。

确实秀逸朗润、情致纡徐但气骨不高、声势不振。

高举字鹏程，号东溟，济南淄川（今淄博市淄川区）人，万历八年（1580）进士，累官巡抚浙江佥都御史。弟高誉，字鸥程，号南溟，贡生，兄弟有合集《埙篪编》。高氏兄弟之父高汝登本家资巨万，时逢灾年，尽捐以活人，二子至不能自存，邑人建祠祀之。

宋弼云："中丞（高举）历官颇著经济，不以诗名。所作每涉直陈，未工风致，厥弟上舍亦复同此。中丞自序云：'□□不禁，辄为小咏，纪事遣怀，多取足目前意兴而止。因家弟之言汇而梓之，若云作者其何敢！'上舍跋云：'兹刻也，第以惜吾神耳，匪敢以巴人细响谬托白雪绝调也。'"① 指出了高氏兄弟诗作直白浅露的特点，但两人之作，自然质朴，不事雕琢，亦朗朗上口，写所历所感，情真意切，颇有可存之处。《早行西山道中》云："晓度山村石径斜，村烟深处见桃花。人间念旧惟春色，也到寻常百姓家。"又如《重阳前三日招九老饮碧亭》："小宴闲亭兴味清，黄花白发故人情。江湖廊庙关心事，都付萧萧芦荻声。"都极尽闲散自然之趣。

周如纶字叔音，国子监祭酒周如砥②从弟，万历十四年（1586）进士，累官工部主事，京察外谪代州同知，乞归而卒，有《什一草》。宋弼云："周氏兄弟皆有诗集，叔音五言如'细雨花重发，狂歌酒再行''谏书忧转石，腰带怯垂金''半生鸣伏枥，十载叹飘萍''轩车违俗久，岁

---

① 宋弼编：《山左明诗钞》卷23，《四库全书存目丛书》，齐鲁书社1997年版，集部第412册，第231页。

② 周如砥（1550—1615）字季平，号砺斋，万历十七年（1589）进士，累官至国子祭酒，有《青藜馆集》四卷、《道德经集义》四卷传世。

月著述迟’，皆得诗人之致。"①

周如纶外谪时，作《明妃曲》三首，人皆传诵：

> 有旨明朝出汉宫，灯前偷拭泪痕红。花开花落寻常事，不悔当时忤画工。
>
> 未央入谢太匆忙，似觉君王欲断肠。为语东风漫相惜，生来无分到昭阳。
>
> 貂帽羔裘文革鞯，宫娥相送转相怜。掖庭不谓饶知己，纵老胡尘亦蹶然。

以昭君的口吻，写了领旨、入谢、辞别三个场面，事相属连，共同构成了完整的叙事情节。而揣摩昭君心态，独出机杼，诗中以昭君不赂画工而出宫与自己不事权贵而外谪作类比，自况的意味十分明显。

弟周如锦字叔文，岁贡生，官盐运通判，有《紫霞阁诗集》。如锦于万历十六年（1588）、万历二十五年（1597）两科，皆拟为解元，而皆以争议而罢，故其诗感慨系之。《戊戌人日纪怀二首》云：

> 柳舒梅放又青春，只益愁怀逐候新。与客论年惊老大，逢人为日愧沉沦。七依蟾窟环飞梦，两上龙门转下身。敢言孙弘余四十，犹从牧豕起平津。
>
> 郭里弦歌郭外耕，沽犹回首陇云横。年来并废屠羊肆，事往空贻画虎名。隔屋好山都在眼，撩人春色已含情。未知婚嫁何时毕，久拟余年学向平。

七次乡试未能中举，两次近乎登解元而反被黜落，二十年的沉沦坎坷郁积在心头，在新春时节却依然志向不减。

四　书法名家——邢侗

邢侗（1551—1612）字子愿，号知吾，又号来禽济源山主，济南临邑县邢柳行村人，万历二年（1574）进士，官终陕西行太仆少卿。出身诗书仕宦世家，曾祖、祖父、伯父皆出仕，父邢如约（1512—1602）乃

----

① 宋弼编：《山左明诗钞》卷23，《四库全书存目丛书》，齐鲁书社1997年版，集部第412册，第235页。

德王府御医。邢侗自幼聪慧，七岁能作擘窠书，十余岁楷法王羲之，十四岁被督学邹安福召至济南泺源书院读书，二十岁中举，二十四岁中进士，授河北南宫知县，升监察御史，万历十四年（1586）升陕西行太仆寺少卿兼宁夏河东兵粮道提刑按察司金事。同年因不满朝政腐败、宦官弄权，三次上书辞官，归隐临邑家中二十余载。六十二岁时因痛失爱子，哀伤过度，大病四十日不愈，挥毫写下绝笔："天高水长，学则如此，止则五峰，小圃未成，西汉书未烂耳。"葬于临邑城西大芦家西茔。

邢侗工书，学王羲之，大字雄健，小字遒媚，兼能画兰竹。殿试时书法擅场，震惊考官。被誉为"明四大书法家"（邢张米董）之首，而与当时杰出的书画家董其昌并称"北邢南董""风流文采，几于江左文、董，先后照应"①。书法为海内所珍。琉球使者入贡，请小留，购邢侗书而去。《来禽馆帖》是邢侗主刻的一部著名书法丛帖，成于万历二十八年（1600），以王羲之书法为主，有《唐人双钩十七帖》《澄清堂帖》《黄庭经》《兰亭序》三本（即定武本、褚遂良本和赵子昂临本），另有索靖的《出师颂》和赵子昂的《墨竹图》。现世后随即名扬天下，其中以《唐人双钩十七帖》最为著名，邢侗云："吾家十七帖，竟树寰中赤帜。"清人王澍看过百余本《十七帖》后评道："来禽馆为天下《十七帖》第一""有明《十七帖》之冠"。清代梁献亦云："无宋拓，得此本足矣。"

邢家先世殷富，邢侗归乡后，购城东南隅荒地十余亩辟建园林，名"泺园"（今临邑县一中院内），内设泺亭、犁邱、来禽馆等26景，每景配诗记述。因对王羲之草书《十七帖》推崇备至，故取其中"来禽"二字名其书斋。"家资巨万，筑来禽馆于古犁丘，减产奉客，遂致中落"②。钱谦益则详言之："先世席资巨万，美田宅，甲沛水上。子愿筑来禽馆，在古犁丘上，读书识字，焚香扫地，不问家人生产。四方宾客造门，户屦恒满。减产奉客，酒铫簪珥，时时在质库中。晚年书名益重，购请填咽，碑版照四裔。"③

王士禛云："吾乡太仆邢公子愿侗，以书法文章名神宗朝，然其行谊甚高。初知南宫县，同年渭南南公（原注：宪仲，工书居益之父）为枣强令，会御史按真定，皆在郡候察，而南公病殁，后事一无所备。先生直入白御史曰：'南枣强死，无为经纪后事者，某愿请旬日之假，驰往治

---

① 钱谦益：《列朝诗集小传》丁集下，上海古籍出版社1983年版，第617页。

② 《明史》卷288列传176，《文苑传四》，中华书局2000年版，第4945页。

③ 钱谦益：《列朝诗集小传》丁集下，上海古籍出版社1983年版，第617页。

丧，毕事后，赴郡听察。幸甚！'御史素重公名，许之，竟为停察事，听往治丧。至今南氏子孙感公高谊不忘。"①

"沜园"与《来禽馆帖》于明清之际饱经战乱，崇祯十一年（1638）乱兵陷临邑，"沜园"荒废，仅存"来禽馆"与"犁邱"二景。清道光四年（1824），临邑县令莫树椿访得邢侗22字行书墨迹，请名工上石于来禽馆，称"行书石刻"，并作文记述始末，刻于石刻两旁。1937年日寇侵临邑，将"来禽馆"占用，致其完全毁坏。1980年在邢侗十九世孙邢银然家出土了《来禽馆帖》刻石，今存邢侗纪念馆。

书画之外，邢侗兼擅诗文，在文苑与座师于慎行并称"于邢"，与同乡李攀龙并称"李邢"，与同时冯琦并称"邢冯"。王世贞《邢氏五世志略》云其"以文学名海内"。著有《沜园集》8卷，《来禽馆集》29卷，其中文二十四卷，诗仅五卷。其婿史高先云："先生能文能诗，能书能画，蕞会诸长，擅绝兼品。"②

邢侗当后七子光焰殆尽、地域诗坛多元化之时，与山左于慎行、公鼐、冯琦诸家倡言革新，"联七子之雄"③，在传衍边贡、李攀龙以来"历下诗脉"的同时，摈弃七子摹拟之习，主张自我树立，以言情、雅正为宗，所作清丽秀雅，但成就不高。故朱彝尊言："子愿虽有诗名，为书法所掩，其言曰：'诗盛于嘉、隆七子，以为尽词人之变矣。然效趋者高趾，促柱者急张，往往不病而呻吟，非乐而强笑，江河日下，七子之盛，七子之衰也。'盖深中时流之弊，特其自撰，不见脱颖耳。"④《四库全书总目》亦云："其序于慎行诗集，谓李、何学唐，为化鸠之眼，而于太仓、历下并有微词，盖能不依七子门户者，故所作大抵和平雅秀。王士禛《论诗绝句》亦有'来禽夫子本神清'之语。特骨干未坚，不能自成一队，文体则更近于涩矣。"⑤ 李维桢《来禽馆集序》云：

　　　子愿诗文……统其凡而言之，神思、体性、风骨、通变、定势、情采、镕裁、声律、丽辞、炼字，有至境矣；典雅、远奥、精约、显

① 王士禛：《池北偶谈》卷7《谈献三》"邢太仆"条，《历代笔记史料丛刊》，中华书局1997年版，第162页。

② 史高先：《来禽馆集小引》，邢侗《来禽馆集》，《四库全书存目丛书》，齐鲁书社1997年版，集部第161册，第345页。

③ 《邢氏家乘》第1册卷2《太仆崇祀文》，临邑邢侗纪念馆藏清刻本。

④ 朱彝尊：《静志居诗话》卷15，人民文学出版社1990年版，第444页。

⑤ 《四库全书总目》卷179《来禽馆集提要》，中华书局2003年版，第1613页。

附、繁缛、壮丽、新奇，有具美矣；分其品而按之，宗经则情深而不诡，风清而不杂，事信而不诞，义直而不回，体约而不芜，文丽而不淫，明诗则采缛于正始，力柔于建安，情极貌以写物，辞穷极而追新，或木片分以为妙，或流靡以自妍，有曲当矣；就其人而拟之，则贾生俊发、子云沉寂、子政简易、孟坚雅懿、平子淹通、嗣宗倜傥、叔夜俊侠、士衡矜重，心手相应，表里相符，有全德矣。

可谓对其人其文其诗给予极高赞誉，虽不乏过情之处，亦可见出对邢侗人品文品的敬仰之情。

邢侗诗歌以典雅清丽、风神俊逸为特征，宋弼云："《来禽馆集》诗五卷，去其应酬之作，大抵气体清逸，风神隐秀。渔洋山人云'来禽夫子本神清"，非虚语也。"[①] 如《走笔戏赠万伯修使君》：

> 五花胡马鹔鹴裘，夜猎归来兴未休。教唱西凉新乐府，一时霜月遍幽州。

截取狩猎归来夜宴欢歌的一个场面加以描绘。首句渲染了驰马大获而归时意气洋洋的情绪，末句以西凉乐曲和寒月白霜描绘了塞外荒寒的景象，极具风神，而余韵曲包。又如《端月送陈东父之阳丘谒董明府》：

> 若榴朝泛酒，送子出重关。问渡大清水，逢人小朗山。南风吹忆梦，赤日著愁颜。莫忘并州路，期君枫叶斑。

工雅别致，情意绵绵。《寄李本宁》云：

> 春色浓如许，梁园歌落梅。晚风将笛韵，吹度九河来。我梦杏梁月，君情深楚台。两乡常好在，沧海涠为杯。

乃赠好友李维桢之作，两人一在大梁，一在湖广，诗句一言彼，一言此，将心心相印之意传达得恰到好处，结句极富想象力。

总体看来，邢侗诗歌清丽有余，气格较弱，故陈田云："子愿诗神清

---

① 宋弼编：《山左明诗钞》卷23，《四库全书存目丛书》，齐鲁书社1997年版，集部第412册，第225页。

体弱，能张书苑，不足以踞骚坛。以较玄宰诸诗，差为过之。"① 指出了其风骨不健、气势不足，不够稳健响亮的缺点。

邢侗次子邢王称，字玉衡，邑诸生，有《雪浪斋诗草》。《邢氏家传》云："君承太仆公后，工文善书，号'小邢'。戊寅（崇祯十一年，1638）城破，谕降不应，遂被害。子珽救父，绝而复苏，收其遗文传之。"②

邢王称诗作宛转谐畅，多以男女恋情入诗。如《孤烛叹》：

> 蜡炬临清夜，空闺杼轴寒。彩光落妆镜，红影上阑干。欲剪愁人独，将吹虑梦难。相思怨边塞，何日报平安。

写男子远在边关，闺中思妇长夜以蜡炬的微光相伴，不忍吹灭的孤独情态，体察深细，刻画入微。又如《书红叶题诗图》：

> 梧桐叶下拂珠楼，尽日桥边怨女牛。流水断肠相并曲，随风吹出后宫愁。

刻画唐末宫女韩氏与书生于祐红叶题诗的故事，摹写宫女寂寞的情态，同样出色。

五　朱延禧、侯正鹄、刘士骥

朱延禧字允修，东昌聊城人，居今聊城东昌府区古城内的朱府口，登万历二十三年（1595）进士，授翰林院检讨，升礼部右侍郎。任日讲官时，讲《尚书》"可爱非君"一章，旁征博引，援古喻今，阐明义理，熹宗大悦，赞为"讲官第一"，拜礼部尚书。未几，晋太子太保、文渊阁大学士。修《两朝实录》成，迁吏部尚书、太子太师、建极殿大学士。以实论杨涟，反对称魏忠贤为"元臣"，为魏珰所恨，唆使言官田景新劾其罪，罢官归里，卒谥文恭，有《畸斋集》十五卷。善书，曾题朱之蕃③

---

① 陈田编：《明诗纪事》庚签卷7，上海古籍出版社1993年版，第1331页。

② 宋弼编：《山左明诗钞》卷32，《四库全书存目丛书》，齐鲁书社1997年版，集部第412册，第331页。

③ 朱之蕃（1548—1624）字元升，一作元介，号兰隅、定觉主人，祖籍东昌茌平乐平镇朱庄村，隶籍南直锦衣卫，万历二十三年状元及第，著有《南还杂著》《金陵四十景图考》《莫愁旷览》《奉使朝鲜稿》等文集。工书画，甚有名，古器收藏极富。

《君子林图卷》，现藏北京故宫博物院，并受邀书《东昌府管河通判李公崇记名宦碑》《刻小学书后》等。

其诗长于七言，清深简澹，含蓄蕴藉，有种淡淡的忧伤。如《栖霞送闻斯》：

> 一宿青山送尔行，南朝古寺夜钟声。禅房坐久无言说，只听送风对月明。

《春宫怨和白文学四首》婉约工丽，绰约有风致，其中二首云：

> 汉宫独语背花荫，日日遥闻凤吹音。昨夜君王新入梦，喜悬秦镜照丹心。

> 忽听紫燕落梁尘，又是朝阳桃李春。似说春游宫伴出，不知辞辇更何人？

以宫女的口吻诉说寂寞的生活，揣摩其心理可谓切近。又如《伯济闲闲斋盆莲初开招同社过赏有作》：

> 小院萝轩暑不侵，红叶立水影沉沉。微风度雨妙香发，赤日蒸云佳色深。凉夜有情同我醉，污泥无染似君心。何当更尽深杯兴，露柳垂垂月隐林。

描绘朋友隐居的住所，一片绿意葱茏，盆莲初放，几位友人相聚，诗酒赏花，夜深仍兴致勃勃，以莲寓君子之志，意蕴丰厚。

侯正鹄字中鹄，兖州郓城人，万历二十五年（1597）中举，万历二十九年（1601）进士，授太原府推官，历户部主事、郎中，累官汉中知府，用法平允，不喜势焰，为政清勤，学识渊博，风裁独著，神韵闲远，有《亦咏草》《交声集》。侯正鹄论诗特重"性情"之说，与晚明发抒真情、适情遂性的风潮相应，虽不刻苦为诗，亦无公安派率意俚俗之弊。孙高阳序云："中鹄之论诗曰：'诗咏性情，亦性亦情则可以咏故题。'故题其诗曰'亦咏'，岂讯辄于前车，抑寨裳于独往耳。诸所结撰，敏如注射，而则如山泉冷冷，春阳煦煦。"①

---

① 参见宋弼《山左明诗钞》卷25，《四库全书存目丛书》，齐鲁书社1997年版，集部第412册，第266页。

侯正鹄诗长于五七言律，各得其宜，情景交融无迹，感慨遥深，佳作比比皆是，如五律《秋末晓行》：

> 辞梦凌晨色，冲霜破晓寒。林空疏叶下，天静几星残。路入长安细，烟萦四野宽。年年从此去，马上见秋闱。

描绘秋末凌晨出行所见，如水墨画般萧散简远。七律《王夫子归自武当述见》云：

> 萧萧白发认行年，老去王猷兴更偏。几齿烟霞玄岳展，三春日月远游篇。泪无岘首看碑堕，人自鹿门怀古旋。莫对青尊说汉水，满江风雨正茫然。

诗风遒劲爽健而沉郁蕴藉，无直写胸怀之句，却使人感到诗人心中的郁勃与感怀。七绝《历下送客》爽朗俊发：

> 一尊酒尽洛源孤，城上遥啼隔水乌。唤起青衫人不住，西风愁杀大明湖。

《李京兆依竹堂》一诗悲慨沉雄，大气磅礴：

> 京兆读书城南端，结茅四壁青琅玕。天空夜作老蛟语，白日长生风雨寒。我昔把臂共入林，交欢此君千古心。陂龙化去潇湘暮，飒沓堂上起秋阴。公子才人名第五，手拔长剑铁花古。西斫昆仑东蓬莱，斩取长虹断作柱。海云朴碧绿霞抱，虬皮绣驳铜斑老。依竹之堂竹依依，来我白发看绝倒。有酒即将截作筋，散发烂醉此君旁。醉便打折为长笛，一吹四座泣山阳。到此且收苍梧泪；呼酒一醉京兆阡。

写于好友李尧民卒后重游涉园，见竹树森森之景，触景生情，回忆李尧民读书其中、二人把臂交欢之情，赞颂其盖世才志，痛悼其亡，吹笛呼酒，来伴相知。又如《书邑侯武公文达去思碑》：

> 茂宰东迁兴更豪，即看何处不牛刀。两年荐墨当朝重，三异功名汉史高。宁谓于时深抚字，转从去后见心劳。可怜伏阙哀明主，忍使

千家坐郁陶。

邑侯即武文达，字衷懿，陕西泾阳人，万历二十八年知郓城，官终辽东副使。诗作于武文达自郓城赴滋阳任后，推重其政能之高，抒发别离之失落伤感。

刘士骥（1566—1610）字允良，号祝阳，济南禹城人，举万历三十二年（1604）进士，官翰林院检讨，年四十五卒。好读《夷坚志》《齐谐》等，喜冲举修炼，慕道家之术，有《蟋蟀轩草》。《四库全书总目》提要云："士骥于李攀龙为乡人，而不循其门径，是集前有李若讷序，称允良自言，少年濡首李、王诸家，顾李、王生今日，宜另绣其肠，其不肯从风而靡，不为无见。然集中诗文，乃作啴缓之音，是则楚既失之，齐亦未为得也。"[1] 刘士骥出公安派曾可前房下，为其所录士，今观李若讷序，谓其不从风者，非只言不袭李攀龙，亦有不从公安派之意，并云"允良不尽逐风靡，亦不能却新嗜，其诗文具在温醇鲜快，无不有之"[2]。其诗风既有公安派率意之句，又讲求格调整炼，呈现出杂糅的面貌。如《夜酌》：

> 雨过新凉病骨清，高城凝望夕烟生。百年浮世空杯酒，万里长空自月明。却忆同袍清梦隔，时扪短发壮心惊。子虚赋就谁欣赏，四壁萧条绿绮横。

有的诗作绝似公安诗风。如《有感》：

> 何人殿上争如虎，有客山中卧似龙。白马清流伤往事，愿随沮溺学为农。

但总体看来，刘士骥自少即宗尚复古派之诗，后来才稍稍变易，故其诗风仍以格调为主。如《秋风》：

> 西风一雁度边城，日暮云沙野火明。白羽摇空来朔气，金笳吹月

---

① 《四库全书总目》卷179，中华书局2003年版，第1621页。

② 李若讷：《刘太史公遗稿序》，载刘士骥《蟋蟀轩草》，《四库全书存目丛书》，齐鲁书社1997年版，集部第182册，第362页。

动秋声。胡兵犹扰长榆塞，汉将谁屯细柳营。自笑穷年事铅椠，欲投柔翰请长缨。

苍凉高浑，沉雄雅炼，步李攀龙后尘。

六　赵秉忠、周京、杨梦衮、李衡等

赵秉忠（1573—1626）字季卿，号山其阳，青州益都（今青州市郑母镇）人。自幼勤奋力学，卓荦有大志，万历二十六年（1598）状元及第，官翰林，分校礼闱，得孙承宗；典试江南，得张玮、姚希孟、周顺昌，后皆为一代名臣。累迁礼部尚书，生性刚直，忤魏忠贤，屡遭排挤，又为黄尊素所劾，遂上疏熹宗，退隐归里。不久因案件牵连得罪，削籍夺禄，愤懑而死。崇祯初复原官。

其殿试卷保存于家，于1983年春被发现，试卷以绫装裱，折叠式，共十九折，正文前有赵秉忠履历简介，正文以小楷书写，字迹娟秀，共2460字，上有朱笔御批"第一甲第一名"，并列有六位阅卷官的职务、姓名，被称为"状元卷"。是迄今为止发现的我国历史上800名状元中唯一留存的一份殿试卷真迹，且保存完好，被定为国家一级文物。

明初至弘治之前，文学一直为馆阁之臣所柄，如解缙、三杨、李东阳等阁臣都先后主文柄几十年之久，因此，明前期文学一直笼罩在馆阁文学之下。弘治中期，前七子复古兴起，文学始由馆阁下移郎署，开启了明代文学新风尚。迨至晚明，复古运动式微，公鼐、于慎行、冯琦等名家一度欲借馆阁文学变革当代文风，年辈稍晚的赵秉忠也与这些同乡前辈一起鼓吹，他在为公鼐诗文集所作的序言《问次斋稿序》中说："倘亦馆阁文章之府权无旁落，请以兹刻征之。"恢复馆阁文学的地位，并非主张文风回归词气安闲、春容和平，究其动机，大致在振颓起衰，倡导博大雅正的"齐风"。

赵秉忠著有《江西舆地图说》1卷和《峄山集》12卷。《自序》其集云："迂拙之性，癖在山水，簪笏十一，岩栖十九，鸟语渔行，烟歌竹啸，随天籁所至，咏而成而自适耳。"① 其《题画》诗云："万里闲云四野寒，闭关僵卧笑袁安。短衣高笠过桥去，寻得梅花带雪餐。"简近自然，流畅清健。

---

① 参见宋弼《山左明诗钞》卷25，《四库全书存目丛书》，齐鲁书社1997年版，集部第412册，第254页。

　　周京字瘄西，号野王，兖州沂州（今临沂市）人，万历四十一年（1613）进士，官礼部主事，宏才博学，工书善诗，早年与江南诸名流读书金山寺，为诗一册，颇可诵，与公肃唱和酬寄极多。有《贲园草》，《吴越游草》，《金城集》。周京诗风雄豪沉郁，才气奔放，其吊古之篇尤见特色，故陈田云："瘄西吊古之章，颇饶兴趣。"①　如《琅琊吊古诸葛城》：

　　　　三分筹筴已茫茫，雨腹千秋战垒黄。马上欲寻龙卧处，空城斜日下牛羊。

平静中寓含无限苍凉之感。又如《琅琊冢》：

　　　　禾黍萧萧晋代官，尚余高冢卧秋风。新亭几许神州泪，尽入荒烟一望中。

凭吊东晋往事，感怀当年王导、谢安等人对神州分裂，无力恢复的凄怆之情。《疑冢》愤激地讥刺曹操的奸诈行径：

　　　　铜雀荒台野草平，累累高冢尚纵横。留将一片奸雄骨，博得千秋汉贼名。几帝几王空有恨，人疑人信一何成。西陵伎散曾知否？愁杀啼鹃带血声。

痛恨曹操对东汉皇室犯下的暴行，对其狡诈奸邪的品行尤其不齿。

　　杨梦衮（1577—1632）字龙光，号岱宗，济南青城（今高青县青城镇徐霞寨村）人，元朝散曲家杨朝英后裔。家境贫寒，幼年随家人迁小新城街（今木李镇内杨村）。为诸生有声望，弱冠犹未婚，科第不利，困诸生中几达二十年。万历三十八年（1610）县令王仪倡修《青城县志》，任为主编，年34。万历四十六年（1618）秋闱乡魁，明年登进士第②，年已42，选庶吉士，旋丁忧，天启四年，补兵部给事中，左副都御史杨涟参奏魏忠贤，从者如云，杨梦衮与焉，遭罚俸三月。天启四年（1624），

---

① 陈田编：《明诗纪事》庚签卷23，上海古籍出版社1993年版，第2641页。

② 宋弼《山左明诗钞》误刻为"万历乙未进士"，即万历二十三年（1595），时杨梦衮仅18岁。

参与重修三大殿，与魏忠贤党徒五虎之首崔呈秀，十狗之首张凌云共事，一身介于二逆之间，《青城县志》载杨梦衮疏云："自掌职之外，杜门谢客，一切事俱皆谢绝，凡权势利名所在之处，望而远避。"此后自从七品官骤升为一品工部尚书，崇祯初以附逆削职为民。时妻丧，数子夭亡，遂屏迹邹平山林，自名"长白山樵"，卒后遗言不入先人墓，葬于长白山麓，碑铭"云林樵冢"，所著书籍尽取焚之。

著有《岱宗藏稿》40卷、《草玄亭笔记》《史隐盟》等，惜不传世。其诗爽宕朗畅，《夏日园林三首》其二云：

> 不尽杯中物，其如两鬓霜。乾坤生是寄，日月醉为乡。景霁临花树，云深卧草堂。兴来还荷锸，笑杀竹林狂。

又如《寄答高进士》：

> 争传文字逼西秦，彩笔如花万象春。赋罢三都惊纸贵，归来四壁笑家贫。蛾眉此日真堪妒，龙性当年不易驯。闻到千金求骏骨，只今伯乐是何人？

对高进士之文采高华、廉洁奉公、气节凛然极尽称颂，对其遭忌归乡深表不平。此诗格调高峻而出之自然，稳练雅健而浑然一气，确为难得。

李衡字虎门，济南章丘人，李开先嗣子李春坞长子，万历四十六年（1618）举人，候补知县，县志称其高才远韵，磊落不群，工诗善画，与邑人张光启（字元明，诸生）唱和往来，有《虎门遗诗》，存诗百余首，人或谓李开先再世。以事为邑人兵戎王宪所诬，事虽白，而李衡郁郁而终。万历间，李衡重修中麓书院、旨江楼，率诸弟读书其间，颇为邑人称道。

李衡诗信手放笔，不加雕琢，生活气息浓郁，《送元明人都》诗云：

> 慷慨游燕市，西山问翠微。梅花还老态，春雁故低飞。驿路千行树，孤装二月衣。鸡村风雨夜，谁共掩松扉。

表达了对老友的依依不舍之情。又如《春日宁忠门过访山庄》：

> 与客花林坐夕晖，春残花事未全非。野棠隔涧传莺语，小菜成丛

引蝶飞。取醉何妨村酒薄，尝新剩喜子鱼肥。一丘一壑谁营得，落魄
鸡山老布衣。

描绘山野田园的生活，恬淡自喜。

济南新城（今桓台县新城镇）王氏在明代后期是一大官宦世家，人
云："山东风雅谁第一，新城王家故无匹。"① 自明朝以来，尤其是隆庆、
万历年间"科第之盛，甲于海内"。科甲仕宦以外，王氏一门还颇多饱读
诗书的文学之士，以六世为最，其中首推王象春（详见第十三章第四
节）。此外，王象昷、王象明亦为佼佼者。

王象昷字思止，号定宇，王象春堂兄弟，王士禛叔祖，贡生，以明经
官南京国子监典簿，知颍上、雒南二县，迁姚安府同知。有诗名。罢归
后，辟"迁园"于南郭，日与诸兄弟唱和其间，有《迁园集》二十四卷。
《居易录》云："（伯石公）诗名远出考功（王象春）下，然谨守唐人矩
镬，不失尺寸，如《咏鲁仲连》云：'孤城一飞矢，六国有心人。'又：
'萧条两岸柳，怊怅五更鸡''鱼藏芦底穴，雪压竹间庐''青荧茅舍火，
缥缈竹林烟''南雁迎花早，东风带雪多''月明才十日，人病已经旬'，
皆五言之选也。后人不振，余购其刻板藏之。"《渔洋诗话》又云："（伯
石公）有诗名，五言如……'龙源花外水，鹿角雨中山'，皆中唐之
选也。"②

王象明，原名象履，字用晦，号雨萝，王象昷弟，贡生，官大宁知
县，著有《雨萝集》《鹤隐集》《山居集》。王士禛以为"才不逮考功，
而欲驰骤从之，故时有衔蹶之患，未能成家"，而其诗"亦有足传，如：
'日日轻雷送雨声，小窗历乱竹枝横。水痕时落还时涨，枕上看山秋欲
生。''细雨新晴百草菲，含桃初染杏初肥。奚童竞扑柳花落，娇鸟时衔
榆荚飞。''水净欲浮蝌蚪字，苔深争迸篘龙衣。阑珊春色归何遽，帘外
轻寒蜡屐稀。'又有句云：'老松带露滴巾角，乱石欹风迎马前'"③。

王士禛曾将叔祖王象明、王象昷、王象春的诗歌辑为《琅琊三公
集》，刊刻流传。

---

① 方文：《嵞山集》之《嵞山续集》卷2《题王阮亭仪部像》，上海古籍出版社1979年版。
② 王士禛撰，梁宗楠编：《带经堂诗话》卷7《家学类》第1条，人民文学出版社1963年版，
第164页。
③ 同上。

第十三章 丈夫树立自有真——
万历朝诗文名家

在万历前期的山左诗人中，于慎行、冯琦、公鼐、邢侗四人可谓声名赫熠，照耀齐鲁。有此四子，足称一方之幸。他们倡导"齐风"，强调自我树立，以鲜明的面貌卓立于文坛。于、冯、公三人不愧诗坛宿将，并称为"万历山左三家"。三子中，于慎行长于史论，冯琦炼于政事，诗歌当以公鼐为冠。高出、于若瀛则异趋独步于"齐风"之外，不屑做软熟语，写作豪健之诗，如朗玉孤桐，新声异响。

万历后期，事态激变，王象春自辟门庭，不循竟陵楚风，推崇侠诗、禅诗，天才排夏，驰名于当时诗坛。公鼐、李若讷左右羽翼，一时号称"山东三才子"。

第一节 海表人望——于慎行

于慎行（1545—1608）字可远，又字无垢，号穀山，兖州府东阿（今平阴县东阿镇）人，于玭之子，殷士儋门生，隆庆二年（1568）成进士，万历初进修撰，充日讲官，因疏谏夺情，触怒张居正，以疾辞归，居正卒后起故官，后迁礼部尚书。多次极谏神宗早定东宫，大怫帝意，又逢山东乡试漏题，遂于万历十九年（1591）（或曰十八年冬）"引罪乞休"。闲居十余年，以读书著述为事，自称"一任骚坛定霸，争教学海穷源"①。《穀山笔麈》即此时所撰。万历三十三年始复官，三十五年诏入阁参与机务，抱病赴京，兼四肢有疾，廷谢时拜起失仪，上疏请罪，归卧于邸舍，不久病卒，天下惜之，卒谥文定，世称于阁老。

---

① 于慎行：《穀城山馆诗集》卷19《夏日村居》，《四库全书》，上海古籍出版社1987年版，集部第1291册，第181页。

于慎行为人诚实敦厚，笃于行谊。十七岁时举于乡，御史欲即鹿鸣宴冠之，以未奉父命辞。为讲官时，"尝讲罢，帝出御府图画，令讲官分题。慎行不善书，诗成，属人书之，具以实对。帝悦，尝大书'责难陈善'四字赐之，词林传为盛事"①。御史刘台因弹劾宰相张居正被逮，同僚朋友纷纷避匿，于慎行独往视之。后因偕同官疏谏张居正夺情，触怒张而辞归，居正卒后才得以起复故官。但当张居正被夺爵、侍郎丘橓奉旨籍没家产时，于慎行却修书一封，说张居正母老，诸子覆巢之下，颠沛可伤，劝丘橓顾念同僚之情，替皇帝宽大施恩，言词极恳挚，为时论所称。

于慎行好学，贯穿经史，通晓掌故，识见淹洽，"在史馆，穷年矻矻，以读书为事，每进讲唐史，至成败得失之际，反覆论说，上为悚听"②。辞归后，"居穀城（东阿）山中，十有七年，网罗搜抉，蕴藉益富"③。学问之外，明习典制，诸大礼多所裁定。《明史》称其"学有原委，贯穿百家。神宗时，词馆中以慎行及临朐冯琦文学为一时冠"④。除《穀山笔麈》十八卷外，还著有《穀城山馆诗集》二十卷（万历三十二年自刻本）、《穀城山馆文集》四十二卷（万历于纬刻本）⑤、《读史漫录》十四卷、《兖州府志》五十二卷、《东阿县志》十二卷，并参与撰修《明世宗实录》《明穆宗实录》，参与续修《明会典》等。

一　学术不可不纯、文体不可不正——文论

明初至弘治之前，文学一直为馆阁之臣所柄，如解缙、三杨、李东阳等阁臣都先后主文柄几十年之久，因此，明前期文学一直笼罩在馆阁文学之下。弘治中期，前七子复古兴起，文学始由馆阁下移郎署，开启了明代文学新风尚。迨至晚明，复古运动式微，公安崛起，一扫烦芜，而风气已变，不可复返。于慎行、公鼐、冯琦、赵秉忠等人一度欲借馆阁文学变革

---

① 《明史》卷217列传105，中华书局2000年版，第3826页。按：《明史》记述有误，"责难陈善"四字，是万历帝例行对新任侍讲官赐字之先制，事在万历五年。参见李庆立《于慎行及其著述之研究漫议》一文，《聊城大学学报》（哲社版）2004年第6期。

② 钱谦益：《列朝诗集小传》丁集中，上海古籍出版社1983年版，第546页。

③ 同上。

④ 《明史》卷217列传105，中华书局2000年版，第3827页。

⑤ 《穀城山馆全集》62卷，由太学生周时泰于万历三十五年（1607）于南京刻成，叶向高为《序》，书成而于慎行逝。《穀城山馆文集》42卷，系由其门人郭应宠、其子于纬据周时泰刻印《穀城山馆全集》文集42卷重新编校刻梓。

当代文风，主张恢复馆阁文学的地位。于慎行与方沆①等人还曾在南京举瀛洲诗社，追踪"三杨"台阁风雅，时间约在万历初。其《九日留都瀛洲会集呈诸馆丈》诗云："馆阁先朝多故事，群公勋业踵三杨。"② 究其动机，并非主张文风回归词气安闲、春容和平，而旨在振颓起衰，倡导博大雅正之风。

于慎行当隆庆、万历之时，万历初年，复古派力量尚存，但他从一种文学体裁产生兴盛的时代性和文学发展的规律性着眼，指出了后七子创作中规摹汉魏盛唐尤其是剿袭剽窃古乐府词句的模拟之弊。其《古乐府本调序》曰："唐人不为古乐府，是知古乐府也。辞声相杂，既无从辨，音节未会，又难于歌，故不为尔。然不效其体，而时假其名，以达所欲言，斯慕古而托焉者乎！近世一二名家，至乃逐句形模，以追遗响，则唐人所吐弃矣。"钱谦益云："其论五言古诗云：'魏晋之于五言，岂非神化？学之则迂矣。何者？意象空洞，朴而不敢雕；轨途整严，制而不敢骋。少则难变，多则易穷，古所谓鹦鹉语，不过数声耳。原本性灵，极命物态，洪纤明灭，必究精蕴。唐果无五言古诗哉？予既知其解矣，而不能舍魏晋者，取其可以藏拙，且适所便，非能遂似之也。'公生当庆、历之世，又为历下之乡人，其所谓者，皆箴历下之膏肓，对病而发药。夫惟大雅，卓尔不群，其是之谓乎！"③《四库全书总目》亦评之曰："慎行于李攀龙为乡人，而不沿历城之学。其论古乐府曰……其生平宗旨，可以概见。"④

《明史》谓于慎行"学有原委，贯穿百家"⑤，可谓概括了于慎行的学术与文学主张。其主张突出表现在《穀山笔麈》⑥ 的阐述中。于慎行极力强调学养和文体的纯正，"纯""正"是其文论的核心、总纲和精髓："学术不可不纯也，关乎心术；文体不可不正也，关乎政体。"即内容端详纯正，形式合乎法度。包括了内容与形式两个方面。

（一）文体观

"今之文体当正者三：其一，科场经义为制举之文；其一，士人纂述

---

① 方沆（1542—1608）字子及，号讱庵，福建莆田人，隆庆二年进士，历官湖广金事，有《猗兰堂集》。

② 于慎行：《穀城山馆诗集》卷13，《四库全书》，上海古籍出版社1987年版，集部第1291册，第118页。

③ 钱谦益：《列朝诗集小传》丁集中，上海古籍出版社1983年版，第546页。

④ 《四库全书总目》卷172《穀城山馆诗集提要》，中华书局2003年版，第1512页。

⑤ 《明史》卷217，列传105，中华书局2000年版，第3827页。

⑥ 以下文论皆引自于慎行《穀山笔麈》卷8《诗文》，中华书局1997年版，第84页。

为著作之文；其一，朝廷方国上下所用为经济之文"。从形式上将文体分为三类，即八股文、著述文与应用文，并论述了对具体文类的要求：

训令之体——诏令制敕之文："体在庄而且简，昭如月星。"忌铺衍过甚，佶屈聱牙。

奏对之体——建白题奏之文："体在详而且明，较如指掌。"忌隐晦雕琢，头绪杂乱。

纪述之体——纂述纪录之文："必质而且赡，可以传远。"忌刻意泥古，借古饰今。

文移之体——符牒檄命之文："必整而且实，致在必行。"忌修饰雕琢，文意不明。

（二）学养观

"夫文者，取裁于学，根于天理"。认为学养为文风之"源"，强调以深厚的学养为根柢，且与道德联系在一起，学务本根，以正本清源。他指出，文风有四种弊端："曰谲而不平，曰驳而不粹，曰巧而不浑，曰华而不实。"即花哨、驳杂、纤巧、靡丽，皆是由于学养不足，经术不厚。学养不足，所以会"务剽剥以为富，纂组以为奇"；经术不厚，则会"以索隐为钩陈，淡虚为致远"。

对作者的创作而言，由于在学习读书的过程中日积月累而逐渐形成了自己的风格，制举文、著作文、应用文三种文体之间实有统一的内质贯穿其中，即三者"亦自相因……同条共贯则一物也"。读书人最初刻苦研经，操觚为文，严守规矩法度，所为乃科第举业，"及其志业已酬，欲以文采自见，而平时所沉酣濡载入骨已深"，即使极力刻意摹仿，格调风范已成定势，实难改变。至于当官奉职，所为公文尺牍，亦依靠平素所习而成章，所以"雅则俱雅，敝则俱敝"，而作者本身并不知觉。

"故欲使经济之文一出于正，必匡之于制作，欲使著作之文一出于正，必端之于制举，而欲使制举之文一出于正，反之于经训而后可也"。要使文章形式合乎法度，内容端详纯正，必须正本清源，从读书研经做起，以形成深厚的学养，成文风之源。

（三）功能观

他高度重视文章经世致用的作用，认为文章与士风、政体休戚相关："制举著作之文，士风所关，至于经济之文，则政体污隆出焉，不可不亟图也。"具体而论更是如此："夫训命之体失，而朝廷之政不宣；奏对之体失，而臣下之志不达；记述之体失，而一代几于无史；文移之体失，而百司几于无法。此其所关者政也，非文也。"将文章的功用上升到"经国之大业，不朽之盛事”的重要地位。

（四）创作论

一是主张文风朴实，经世致用，而对晚明社会革新求变、张扬主体、空谈心性、贬斥经典的文化学术思潮颇致不满："先年士风淳雅，学务本根，文义源流皆出经典，是以粹然统一，可示章程也。近年以来，厌常喜新，慕奇好异，六经之训目为陈言，刊落芟夷，惟恐不力。陈言既不可用，势必归极于清空，清空既不可常，势必求诸子史，子史又厌，则宕而之佛经，佛经又同，则旁而及小说，拾残掇剩，转相效尤，以至踵缪承讹，茫无考据，而文体日坏矣。"究其根源，"则不务经学所致尔"。将文风的异变归之为空疏无学的士风，也隐含了对当时流行的公安派性灵文风的不满："世方慕为瑰玮之声、卓绝之调，举群趋之，何哉？"

针对当时"可谓极敝"的文风，他主张从返归经学入手："亦反经而已矣。"具体做法是："诚令讲解经旨，非程、朱之训不陈，敷衍文辞，非六籍之语不用，此培根疏源之方也。"即回归孔孟之学和程朱理学，也是对流传百年的阳明心学的一种反思。

二是反对模仿剽窃，简单摹古，主张广收博取，融会众家，水到渠成。他认为汉铙歌、古乐府魏晋以降，曲调、体制已不传，今之一二名家，嗜古好奇，所为拟乐府，实仅取其篇名。如李攀龙所作，"词旨颇近，而不能自为一词"，纯为摹拟；王世贞稍出己手，即不甚似。而古人文章之妙在"读书万卷，出入百家，惟咀嚼于理奥，取法其体裁，不肯模拟一词，剽窃一语"，因而如"煮成之药""百草成煎，化为汤液"，火候功夫俱备，自然水到渠成。而今之为文者，"读一家之言，则舍己而从之"，率意附和，不能博采众家。不读书、不用功，无根无柢，作文时就只能"合众以成之，甚至全句抄录，连篇缀辑"，以剽窃为摹古，如"合成之药"，稍加分辨，所用俱知。

此外，对文章中用古官名、地名以为雅的做法也进行了批评。"史、汉文字之佳，本自有在，非谓其官名、地名之古也，今人慕其文之雅，往往取其官名、地名以施于今，此应为古人笑也。""文之雅俗固不在此，徒混淆失实，无以示远，大家不为也"。

《榖山笔麈》中还就诗歌发展史的一些具体问题进行了论述。

1. 诗歌文体论："古人之诗如画意，人物衣冠不必尽似，而风骨宛然；近代之诗如写照，毛发耳目无一不合，而神气索然。"诗歌发展到明代，格律规范已成定势，体裁法度有章可循，已成为一种高度程式化的文体，反而缺少了"一段精神意气"，古人诗作之兴会神和，浑然无际，殆不复存。在一系列可操作的程式规范之下，诗歌成为一种产品，赠送酬答，无一不中尺矩，却匠气十足，风韵不在。其实这也是任何一种韵语文体的命运，在成熟化、程式化的过程中，最终走向没落。诗、词、曲、赋代有兴衰，无非如此。

2. 五言诗起源：从《史记》《汉书》的记载入手，辨析了李陵、苏武的赠答诗乃后人假托，并非最早的五言诗，甚有见地。但他又认为五言诗起源于西汉初年枚乘、邹衍之时，早于苏、李之诗，则失之欠考。一般认为，《古诗十九首》是最早的较为成熟的文人五言诗。

3. 揭示李白、杜甫诗歌的风格及源头：评价"李诗似放而实谨严，不失矩镬；杜诗似严而实跌宕，不拘绳尺"，体味深细，可谓知人。从源头看，"杜出六经、班汉、文选而能变化，不露斧痕；李出离骚古乐府而未免有依傍耳"。流露了扬杜抑李的倾向性。也揭示了杜诗有散文化的倾向，开宋诗风气之先的事实："宋诗之芜拙，杜诗启之也。"乃慧眼烛照。

4. 宋元词曲对唐的继承性："宋元词曲有出于唐者，如《清平调》《水调歌》《柘枝》《菩萨蛮》《八声甘州》《杨柳枝词》是也。"此外，还认识到了古今四声及音韵的不同。

三 典雅和平、自饶清韵——诗文创作

无论为人与为学，于慎行均有着强烈的宗经返圣的倾向，学术根柢讲求纯正，审美取向博大雅正，以远古圣贤自期，以道德文章自命，穷年矻矻，以读书为事，无放浪情怀声色嗜欲，带有典型的齐鲁士子的风习。故陆桂声曰："若夫审其声以知其人，则其春容正直之养、硕大庄严之象、先忧后乐之怀，长王国而保黎民者，亦将于是乎有考焉。"[①]

于慎行文风诗风的总体特征是春容宏富，典雅和平。《列朝诗集小传》云："公于诗文春容宏丽，一时推大手笔。"[②] 黄体仁则云："余读其全集，奏疏类贾、陆，叙、记似昌黎、眉山，赋咏在沈、谢之间，龙翔虎跃，蔚然已为词林冠冕。"[③] 邢侗《来禽馆集》卷九《于文定公诔辞》云："其为乐府，初夏松柏，秀劲风骨，苍茜色泽；其为声律，仙子鸣挡，肃远清越，错落玲琅；其为文章，水涣风行，渊然道德，溢于神情。"

---

① 陆桂声：《毂城山馆诗集叙》，参见李贤书修《东阿县志》卷18，清道光九年（1829）刻本。

② 钱谦益：《列朝诗集小传》丁集中，上海古籍出版社1983年版，第546页。

③ 黄体仁：《读史漫录序》，载于慎行《读史漫录》，齐鲁书社1996年版，第525页。

（一）宏博精核——文

于慎行之文闳博雅畅，称雄于当时，应求者络绎不绝。叶向高《文定縠山于公慎行墓志铭》云："里居日久，四方慕其名，凡碑版志传、赠送诔祝之类，无不欲得公之一言。羔雁填门，公择而应之，常有余力。……所著……皆宏博精核，成一家言。"① 又于《縠城山馆全集序》中云："其所网罗搜抉蕴诸胸中者，益闳深奥衍，不可涯涘。发为文词，皆春容宏丽，深至婉委，于情事曲折无所不尽；而于气格、词理、意象、色泽，无所不工。余尝反复读而论之，以为公之文：就一篇之中，则沈雄归之秦、汉，流畅出之宋、唐，乃其取材于昭明《文选》者为多。"②

其文风早岁华赡，晚近自然。叶向高云："于文，早学六朝，弘丽绵密；晚年乃益近自然，有欧、苏之致。"③ 又曰："若概其生平，则少年之作，以宏富为宗，故近六朝；中岁以后，以骨力为主，故参东西京；至于晚节，则陶洗铅华，自生姿态，又若在昌黎、眉山之间。"④ 但由于过分注重"求为有用"，不够刻意于文采。故黄宗羲评曰："其文博赡经世，固是名家。时露刻板处。"⑤

《四库全书总目》云："明中叶以后，文格日卑，学浅者蹈故守常，才高者破律坏度。慎行之文，虽不涉吊诡之习，至于精心结构，灏气流行，终未能与唐顺之、王慎中、归有光等并据坛坫。"⑥

《縠山笔麈》乃其退居縠城山中时所著，共三十五类，万历四十一年（1613）刊刻，是一部内容丰富的笔记，保存了不少明代政治史和思想文化史的有价值的史料。主要记述明朝万历以前的典章、人物、兵刑、财赋、礼乐、释道、边塞诸事，为考溯源流，亦时或兼及前明诸朝史实。由于他长期充任御前讲官，又曾任职礼部、吏部，因此明习礼仪典章，了解朝廷内幕，故该书所记有关明代内阁、封藩、勋戚、宦官、职官、科举、财赋、刑法、边备、朝仪等制度以及嘉、隆、万时期朝廷内阁的纷争排挤倾轧、官场的腐败、士大夫的寡廉鲜耻以及社会经济文化诸状况的记载等

①　焦竑编：《国朝献征录》卷17，《四库全书存目丛书》，齐鲁书社1997年版，史部第100册，第718页。

②　参见李贤书修《东阿县志》卷18，清道光九年（1829）刻本。

③　焦竑编：《国朝献征录》卷17《文定縠山于公慎行墓志铭》，《四库全书存目丛书》，齐鲁书社1997年版，史部第100册，第718页。

④　叶向高：《縠城山馆全集序》，参见李贤书修《东阿县志》卷18，清道光九年（1829）刻本。

⑤　马良春等：《中国文学大辞典》，天津人民出版社1991年版，第198页。

⑥　《四库全书总目》卷179《縠城山馆文集提要》，中华书局2003年版，第1609页。

较详细，且多出笔者亲历或目睹耳闻。此外，书中还对明代的史学、地理、宗教、民族等作了记述。

《读史漫录》十四卷，评论历代史事，起于伏羲氏，终于辽金元，有万历三十年门人郭应宠刻本。书前叶向高题词曰："其论世超，其持衡审，殚元会之变，综得失之林，别善败如列眉，烛忠佞如观火，至于军国机宜，华夷厄塞，莫不备举。盖经世之书，而非占毕之业。"① 黄体仁《序》云："司马温公居洛作《通鉴》凡百余卷，温公主于纪事，公主于立论，烦简稍异，而抽凤毛，截麟角，词约而切峻。"② 《四库全书总目》云："所论无甚乖舛，亦无所阐发。"③ 显然失于简率。而王士禛评论极高："史断自胡志堂《管见》而后，以东阿于文定公《读史漫录》为最。"④

（二）典雅和平——诗

在晚明诗坛的多元化态势中，于慎行之诗仍以复古为宗，追踪汉唐诗文传统，这无疑是前后七子诗文意识的接续。故叶向高云："其诗则服膺李于鳞，骨力气格，大足相方。"⑤ 但他又深知七子模拟之弊，而在创作中力避之。《四库全书总目》评曰："慎行于李攀龙为乡人，而不沿历城之学。……其诗典雅和平，自饶清韵。又不似竟陵、公安之学，务反前规，横开旁径，逞聪明而僩古法，其矫枉而不过直，抑尤难也。"⑥

在诸体之中，于慎行独好魏晋古风，认为其臻于神化，风骨宛然，返璞归真，登峰造极，但又认为不可强致，学之则迂，关键在于汲取其"神情"："夫自三百篇以降，至于汉魏及唐，体裁不同，要以袖然意象之表，不可阶梯，正在神情耳。"⑦ 而不似复古派之拟古，旨在格律、声调、法度、文辞的形似。

《穀城山馆诗集》卷二的五古《感怀》二十七首和《古意》十二首，

---

① 于慎行：《读史漫录》，齐鲁书社1996年版，第525页。

② 同上书，第527页。

③ 《四库全书总目》卷90《穀城山馆诗集提要》，中华书局2003年版，第762页。

④ 王士禛撰，梁宗楠编：《带经堂诗话》卷2《评驳类》第13条，人民文学出版社1963年版，第64页。

⑤ 叶向高：《文定穀山于公慎行墓志铭》，焦竑编《国朝献征录》卷17，《四库全书存目丛书》，齐鲁书社1997年版，史部第100册，第718页。

⑥ 《四库全书总目》卷172，中华书局2003年版，第1512页。

⑦ 于慎行：《穀城山馆文集》卷11《冯宗伯诗集叙》，《四库全书存目丛书》，齐鲁书社1997年版，集部第147册，第427页。

诗意清冽，颇具高老之象。如《感怀》：

> 陟彼高台上，天风吹我裳。顾见双黄鹄，浩浩摩空翔。振鬐翳若水，矫翅凌扶桑。羽翼岂不修？其如天路长。横绝薄四海，中道以彷徨。

格调高华，意境深邃，气宇博大，陈子龙云："岂有留侯《四皓》之思也！"①

《春半》云："卧病忽已久，闲房鸣素琴。徘徊紫芝意，惆怅青春深。芳草乱迷径，残花空满林。凭轩送高鸟，驰思缈难任。"（卷六）《送崔亚沂博士》云："共作名山隐，三秋采蕨薇。宁辞今日别，只恐故人稀。斗酒不得醉，白云相与归。秋来玄燕度，可向海门飞。"（卷七）皆意境古朴，典雅淳和，郁郁魏晋之风，可为慎行诗典范之作。故邢侗云："若以乐府、古诗而侪先生于盛唐，则盛唐犹似负先生者。"② 陈田云："东阿论诗，洞达古今流变。《榖城山馆集》音调谐畅，沨沨乎朱弦大雅之音。"③

于慎行诗歌从容旷达、质朴典雅，多抒发个人怀抱和描绘山水自然风光。如诗集卷十二《同朱可大廷平登岱八首》其三：

> 忽出尘寰赋壮游，试从九点辨神州。浮云直上千峰色，落日长悬万里秋。紫塞东临沧海断，黄河北绕大荒流。秦封汉禅成丘土，留与人间不尽愁。

东阿位于泰山西部支脉榖城山、鱼山、翠云山之间，故又称"榖城"，东距泰山仅二百余里，于慎行深以五岳独尊的泰山而自豪。他曾七次登岱，并将别业中所居之楼命名为"望岳楼"，并自称"岱畎生""石闾主人""榖山""榖城山下居士"等。该诗即描绘出了泰山千峰竞秀、云蒸霞蔚的壮美景色，和东临沧海、北俯黄河的雄奇地势。

《曝经石》一诗，亦咏泰山名胜，写景言志，方严端正，更是纯然北音之习。诗云：

---

① 陈子龙等编：《皇明诗选》卷 4《五言古诗三》，华东师范大学出版社 1991 年版，第 270 页。

② 邢侗：《来禽馆集》卷 6《榖城山堂诗草序》，《四库全书存目丛书》，齐鲁书社 1997 年版，集部第 161 册，第 434 页。

③ 陈田编：《明诗纪事》庚签卷 8，上海古籍出版社 1993 年版，第 2361 页。

朝下天门关，夕憩曝经石。此石自何年，斜倚万仞壁？叠嶂洒飞泉，匹练百余尺。水底玉篆分，了然成鸟迹。其文乃上古，读之茫不识。谁参雪窦禅，永示金仙迹。渌池低宝树，宛见祥河出。兀坐听潮音，洗耳心方寂。（卷三）

模山范水，句法严整，语意古朴。

七言律稍不逮，然亦有佳作，如七绝《少年行》："锦带珠袍绿臂韝，相逢尽说富平侯。南山夜猎春城晚，系马新丰旧酒楼。"（卷十八）描写汉代世家子弟的富足冶游生活，于平稳工整中流露出少见的意气风发。

《静志居诗话》云："东阿格律和平，当正声微茫之时，能为是调，即以诗高选，亦堪作相。"[①] 综观于慎行之作，五言诗平朴典雅，诗意高古，有魏晋之风，七言古、律则少逊之，有散文化倾向，平稳质朴有余，高华流美不足。

第二节　词林宿望——公鼐

公鼐（1558—1626）字孝与，号周庭，人称东蒙公，青州蒙阴人，万历二十九年（1601）进士。公氏乃蒙阴望族，世代蝉联进士，至公鼐一代，有"五世进士"之称。在万历朝诗坛上，公鼐可谓山东诗人之冠。

公鼐自幼即以"异敏"著称，"生有异才，髫龄能诗。读书一目即记，载籍靡不腹笥之。弱冠，文名炳著海内"[②]。其父公家臣于隆庆五年（1571）中进士，授编修。14岁的公鼐随父入京读书，从父同年翰林院之常熟人赵用贤、武进人吴中行问学，并结交冯琦、王衡等人，皆刚直嫉恶、品行端正之士。15岁时写下七律《拟秋怀》，放言："国计连年称款虏，边防此日重销兵。有怀投笔非吾事，愿学龙门策太平。"表达了希望用和平的方式处理异族入侵的政治主张和要参与策划太平伟业的雄心壮志。钱谦益云："孝与家世词馆，与临朐冯文敏（冯琦）同学，在公车时已有宿名齐鲁间。"[③] 未及弱冠的公鼐，即以其文采与同乡冯琦并称"齐郡二彦"。

---

① 朱彝尊：《静志居诗话》卷15，人民文学出版社1990年版，第434页。

② 李大晋编：《蒙阴县清志汇编》，中华书局1999年版，第5页。

③ 钱谦益：《列朝诗集小传》丁集下，上海古籍出版社1983年版，第625页。

万历五年（1577），赵、吴二人因谏张居正夺情一事遭杖戍，朝臣多敬避之，公鼐却为送行至潞河。其父也在劝谏之列，谪泽州通判。年方弱冠的公鼐在居京六载后回到故里，二十年间科场屡上，久困场屋，直至万历二十五年方与弟公鼐同中举人，四年后终登进士第，时已44岁。授编修，迁左谕德，充东宫讲官，博学多闻，"一时馆阁之士，无以尚也"①。

然仅居官五年就身陷"立太子"之争，不堪朝政窳败，于万历三十六年五十一岁时引疾归隐蒙山，"荷锄犹带经，爇薪时映册"②，便是这段耕读生活的写照。十二年后，光宗立，起为国子祭酒，帝甚为倚重，亲书"理学名臣"匾额悬于府门，国有大事，公卿咸就裁之。熹宗立，进詹事府詹事，迁礼部右侍郎，协理詹事府，充实录副总裁，值阉党乱政，"孝与以宫端入朝，晓畅旧事，抗疏别白，直陈其所以然。群小恶其害己，尽力击排"③，因力荐姻亲李三才事，为御史劾以徇私妄荐，遂落职归里，未几卒于家。崇祯初复官赐恤，追赠礼部尚书，谥文介，并于蒙阴县城敕建"全荣坊"及"五世进士、父子翰林"石坊，殁后有余荣。《谕祭公鼐文》中称："惟尔真修卓名，博学宏词。承太平之家风，作述继美；掌先朝之典故，今古为昭。"④万历四十三年（1615）山东大饥，泰安、蒙阴一代尤甚，百姓卖儿鬻女，流离失所。闲居的公鼐慨然上书，请求赈济，全活通省，此举被载入县志而称颂备至，《谕祭公鼐文》中亦褒之为"仁殚乡间"⑤。著有《问次斋集》百卷，仅有《问次斋集》文五卷、《问次斋稿》诗三十一卷两千余首传世。

一　反对拟议、自我树立

公鼐"好学博闻，磊落有器识"⑥，性情激切，雅负性气，好雄辩，如好友王衡所言："高卧听雄辩，赖子食吾耳。谁与相激扬，言有鲁太史。"同大多数山左诗人一样，公鼐对前后七子振衰起弊的文学功绩十分推崇，在《读冯侍讲诗》一诗中写道："诗道厄中叶，明兴回颓流。成弘际为盛，作者盈九州。李何相对起，矫矫凌千秋。边徐孙与薛，振羽同夷

---

① 钱谦益：《列朝诗集小传》丁集下，上海古籍出版社1983年版，第625页。
② 公鼐：《问次斋稿》卷7《己酉卧病感怀五百字》，齐鲁书社1998影印本，第90页。
③ 钱谦益：《列朝诗集小传》丁集下，上海古籍出版社1983年版，第625页。
④ 薛庆德、朱明秀：《公鼐传略》，载公鼐《问次斋稿》，齐鲁书社1998影印本，第2页。
⑤ 同上。
⑥ 《明史》卷216列传第104，中华书局2000年版，第3812页。

犹。古质还汉魏，雅颂追商周。殆至嘉靖季，七子争鞭辀。历下树赤帜，骚坛据上游！"① 又赠李若讷诗云："关右辞宗起庆阳，济南白雪照东方。愿君珍重成三李，一代名家总赞皇。"② 对李梦阳、何景明、边贡、李攀龙等人推崇备至。但公鼐论诗，强调自我树立，反对拟古效颦。针对李攀龙"拟议以成其变化"的观点，明确表示"拟议原非吾所悦"，指出"丈夫树立自有真，胡为效彼西家颦……啧啧莫问群儿喧，愿成昭代一家言"③，力攻模拟之非。

公鼐有《古乐府序》一文，从乐府诗的渊源流变出发，指出一代有一代之声情，历代文学样式的演化，各受其时代的影响，近人拟古乐府诗专求形似而强同古人，实则乖违难合，与于慎行论乐府的观点可谓如出一辙。文曰：

> 宋儒郑渔仲氏曰："继三代之作者，乐府也。乐府之作，宛同风雅。今之行于世者，章句虽存，声乐无用。崔豹之徒，以义说名；吴竞之徒，以事解目。盖声失则义起，乐府之道，几乎熄矣。"此言乐府原为诗乐之用，而事义则必有所由起，均不可废也。愚谓风雅之后有乐府，如唐诗之后有辞曲，声听之变，有所必趋，情辞之迁，有所必至，古乐之不可复久矣。后人之不能汉魏，犹汉魏之不能风雅，势使然也。如汉《朱鹭》《翁离》之作，魏晋诸臣拟之，以鸣其一代之事，易名别调，各极其长，岂以古今同异为病哉？后世文士，如李太白则沿其目而革其辞，杜子美、白乐天之伦，则创为意而不袭其目，皆卓然作者，后世有述焉。近乃有拟古乐府者，遂颛以拟名，其说但取汉魏所传之辞，句模而字合之。中间岂无陶阴之误、夏五之脱？悉所不较。或假借以附益，或因文而增损，局蹐床屋之下，而探胠滕箧之间，乃艺林之根蟊，学人之路阱矣。以此语于作者之门，不亦恧乎？夫才有长短，学有通塞，取古今之人，一一强同，则千里之谬，不容秋毫，肖貌之形，难为睹面。若曰乐府则乐府矣，尽人而能为乐府也。若曰必此为古乐府，使与古人同曹而并奏之，其何以自容哉？李于鳞氏曰："拟议以成其变化。"噫，拟议将以变化也，不能变化，而拟议奚取焉？余知其不可而不能不为也。第命曰古乐府，而不敢以

① 公鼐：《问次斋稿》卷5，齐鲁书社1998影印本，第75页。
② 公鼐：《问次斋稿》卷30《赠季重诗》其八，齐鲁书社1998影印本，第284页。
③ 公鼐：《问次斋稿》卷8《长歌赠邢子愿席上》，齐鲁书社1998影印本，第104页。

拟称云。①

公鼐的自我树立，表现为与冯琦、于慎行、邢侗诸公延续历下诗脉，共同推崇雄浑大雅之诗，他说："为君历代选宗工，前称弘正后嘉隆。北地雄浑真大雅，步趋尽出少陵下。"②　"关中作者擅辞场，海内争传李梦阳。一自源流归历下，至今大雅在东方。"③　其推崇李梦阳、李攀龙，意不在承续复古主张，而是基于齐鲁厚重的文化传统而共同倡导高古雄浑的诗风。因此，他们突破了后七子派推尊汉唐的界限，《问次斋稿》中收有公鼐和宋人诗多首，正说明他逐渐走出后七子派尊唐排宋的理论误区，并树立了创新的诗观。焦竑称："极变穷工，卒归大雅，斟酌中和，节度流竞，舍是将安归也？"④

二　诗文淹雅，绝句尤工

公鼐诗歌风格爽丽，为当时诗坛巨擘，同时的著名学者焦竑赞曰："才识独出，综览复富"，"能牢笼载籍之菁华，不为靡曼剥夺之语"，"直取独见，上媚千古"，"文名烜奕，电掣虹流，震锽耳目"。⑤　清初的"南朱北王"均对其评价甚高。王士祺云："吾乡公文介公（鼐）万历中为词林宿望，诗文淹雅，绝句尤工。"⑥　朱彝尊则云："言诗于万历，则三齐之彦，吾必以公文介公为巨擘焉。"⑦

《问次斋稿》共收赋四篇，诗二千零一十五首，共约二十万字，前有万历十七年状元焦竑、万历二十六年状元赵秉忠、挚友李若讷、外甥吕邦燿为序。集中诸体咸备，古乐府、古体诗、律诗，律诗中有绝句、有排律。好友赵秉忠序曰："若走丸决流，纵横无端，曲备诸体，而不专学一。"⑧　李若讷亦称："诸诗咸备，诸体咸妙，不屑屑摹古，亦不沾沾足今。盖涵

---

① 公鼐：《问次斋稿》卷2，齐鲁书社1998影印本，第49页。

② 公鼐：《问次斋稿》卷8《长歌赠邢子愿席上》，齐鲁书社1998影印本，第104页。

③ 公鼐：《问次斋稿》卷28《赠蒋生》其二，齐鲁书社1998影印本，第273页。

④ 焦竑：《问次斋诗稿序》，载公鼐《问次斋稿》，齐鲁书社1998影印本，第2页。

⑤ 同上。

⑥ 王士祺：《池北偶谈》卷11《谈艺一》"公文介公诗"条，《历代笔记史料丛刊》，中华书局1997年版，第243页。

⑦ 朱彝尊：《静志居诗话》卷16，人民文学出版社1990年版，第490页。

⑧ 赵秉忠：《公太史孝与先生诗稿序》，载公鼐《问次斋稿》，齐鲁书社1998影印本，第6页。

味其体，而抒写之用得焉。"① 在公安绝去依傍、创为新诗之际，公鼐关注诗歌传统，出入古今，熔铸变化，遂自成一家。

公鼐善于因体畅情，五、七言古体诗宏放奇丽，感情淋漓酣肆，极尽辗转含吐之能事。律、绝沉郁清脱，乐府温厚醇雅，诸体中，以七古和七绝为最胜。

五古与其负气好辩的性情相应，多纪宦感遇，沉吟哀怨，法度整肃，气势畅悠。卷五的咏史诗《鲁仲连》《张子房》《严子陵》《嵇叔夜》《阮嗣宗》《陶令》《邵尧夫》诸作，评论古今人物，俯仰天地，纵横捭阖，笔力凌厉迅疾，气势沛然宏放。

七言古诗多描写沂蒙山水的灵秀奇美，书写对齐鲁乡土的赞美与自得，最能体现出他对宏大奇丽的"齐风"的追求。公鼐一生除短暂居官外，近四十年放情齐鲁山水，自称"我亦江湖探幽客"②"天地容我任驰荡"③。归隐故乡后，更在蒙山、泗水的怀抱中，荡涤着对时政的不堪与无奈。步履遍及蒙阴、青州、济南、临邑之间，深得山水之灵秀，他以雄丽的笔调真情绘写山左名川奇水，如《望蒙山吟有寄》《蒙山谣赠张子》《登劳山诗》《自江南归次临沂望蒙山短歌》等，皆雄放豪迈，情透笔端，堪称古质和雄丽结合的完美典范。《望蒙山吟有寄》中云：

> 蒙山秀出东海边，海上白云相与连。昼倚晴峰望五岳，夜凌绝磴攀青天。月明正照峰头树，猿猱乱啼不知处。周围林麓接桑田，中有幽禽自来去。六月重阴爽若秋，初平牧羊在上头。拍手大叫空谷应，振衣长啸万壑幽。齐鲁千里平如掌，俯视一气恒泱漭。眼底不生京洛尘，物外自有烟霞想。

一派波云相接、荡涤胸襟的山海奇观，平原则沃野千里，一望无际，展现了故园风光的宏阔与壮美。诗笔纵横无端，神采飞扬，而又感情真挚，兼具奇肆之美与雄丽之姿。又如《自江南归次临沂望蒙山短歌》：

> 齐鲁平分涣莽中，有山特立沧溟东。秀色葱茏半天起，九叠匡庐差可拟。历乱浮云山外飞，飘如远行客欲归。沂水澄深鸭头绿，乡心

---

① 李若讷：《问次斋诗稿序》，载公鼐《问次斋稿》，齐鲁书社 1998 影印本，第 10 页。

② 公鼐《问次斋稿》卷 8《游灵岩寺别宗上人》，齐鲁书社 1998 影印本，第 99 页。

③ 公鼐《问次斋稿》卷 8《感旧行》，齐鲁书社 1998 影印本，第 99 页。

　　如失豁心目。

深情婉致间颇见风神秀发。总之，公鼐七古气势磅礴，虚实相生，篇无累句，句无累字，给人美不胜收的奇妙感受。

　　公鼐乐府温厚醇雅，恪守儒家兴观群怨诗教而又力求变化。他不满于李攀龙等人拟古乐府的字模句合，肯定杜甫、白居易自出新意的精神。其乐府诗颇多忧愤感悱之作，如《秋胡行》慨叹党争的纷扰倾陷："结交世争趋，知人常苦难。""两歧必乱，中立必奸。反眼陷阱，覆手波澜。"道出了正直士人难以立足的政治处境。《塘上行》借塘上之草"托迹无凭借，高下恒相依"的特性，讽刺庸人柄政、结党营私，小人朋比、目光短寸的鄙薄劣行："奈何宿春容，不为千里期？争先竞扶寸，角重较铢锱。常以一日饱，遂忘千日饥。常以一手力，欲掩千目窥。常以一人是，尽谓千人非。"无疑继承了古乐府诗强烈的"美刺"精神。

　　公鼐才富学厚，深具雅人之质，其律诗、绝句发于情，邕于旨，沉郁清脱，声律工致，朱彝尊云："观其七律，仍以历下为宗。故有'文章一代李沧溟'之句。"① 李攀龙绝句高华整炼，可见公鼐亦深得唐人三昧。冯琦赞其"逼真杜诗"，其沉吟不绝的哀思，确实深具杜诗神理。如赠答冯琦的五律《答用韫夜话作》：

　　　　不禁灯前泪，难酬别后心。十年三命驾，四海一知音。涉世吾何拙，忧时尔独深。相持无剩语，各叹二毛侵。

开篇即饱含深情，颔联以数字对仗，写自己十年的坎坷经历和与冯琦的知己之情，十分别致。颈联工稳，感怆至深。

　　公鼐诗歌最擅场者应属绝句。《问次斋稿》存五绝五十首，七绝四百三十首。赵秉忠序曰"隽永藏于爽亮，纤秾寓之澹雅"。五绝清新匹练，七绝清俊而不绮靡，超然而不幽冷，给人以咀嚼英华而芬芳满颊之感，其清俊醇雅之美的确值得品赞。王士禛在《池北偶谈》中列举了《习家池》《西郊金主钓台》《畿南问宋辽战地》《明湖独眺》《别邢子愿》《衍元白诗寄冯用韫》《济南晤李季重》《泉林寺》《兰溪望金华山水》《南楼》《掖县道中》《襄阳》《南竺寺》诸篇，洵为五、七绝佳作，摘句更是慧眼独具。内容多写耽情山水之游和友朋相知之情。游赏

──────────

① 朱彝尊：《静志居诗话》卷16，人民文学出版社1990年版，第491页。

纪行之作又可分作两类：

一类咏怀文化古迹，典重醇雅。

在对景物的描绘中，带有沉重的历史之感。如《问次斋稿》卷31的《西湖》二首：

> 清波如镜照娥眉，高庙嬉游二帝悲。共道西湖比西子，一般倾国果相宜。

> 河洛腥膻王气收，重湖歌舞不知愁。若非此处真安乐，肯认杭州是汴州？

将宋高宗之逸乐与徽、钦二帝之被掳作鲜明对比，表面赞叹西湖风光旖旎，杭州佳丽如云，使宋高宗乐而忘忧，实则作反语，批评了贪图享乐、忘却故国，不图恢复江山，最终被异族亡国的行径。

《自襄阳至习池》云："岘首岩峣汉水长，习池烟树野亭荒。羊公流涕山公醉，并枕残碑卧夕阳。"（卷31）该诗作于万历三十四年公鼐出使江西、湖广之际。习家池在襄阳县南十里卧龙山下，因后汉建武中襄阳侯习郁而得名。岘首山即岘山，在襄阳县南，东临汉水，晋人羊祜曾登临此地，感怀而泣，后人为立"堕泪碑"。诗句流畅精美，用典稳洽，又幻化无迹，处处透出清俊醇美。

一类描写自然风光，清新流利。

以两首写雪景绝句为例。卷27《初雪晚望》云："积素迷空入望平，碧天如练晚寒生。今宵一片南楼月，只觉前山分外明。"诗人心中一片澄明，笔下才无尘俗之象，体现了对自然的静悟。卷27《大雪漫兴》其一云："栗栗北风严，飘飘乱飞絮。山色与天光，茫茫不知处。"以"乱"状飞雪如絮飘扬之态，生新鲜活，绘景虚实相生，极具生韵。

再如《历下湖上独眺》其二："窄岸平桥万柳斜，半城春水半人家。东风吹雨宵来急，一片乡心到海涯。"（卷30）诗写傍晚时分，在雨中的大明湖畔眺望，泉城济南"一城杨柳半城湖"的秀丽美景，激发了诗人浓烈的乡情。情寓景中，意味隽永。《掖县道中》云："齐疆行尽海云生，处处看山自问名。麦秀渐渐桑柘绿，马头不见曲侯城。"（卷28）爽利俊逸，充满初春的生机，与作者轻快愉悦的心境浑融无迹。

卷31《过兰溪望金华山水》写景新异，笔势奇美：

> 百折桐江绕钓台，四明云起接天台。半空突出冰轮涌，定是龙湫

雁宕开。

描写浙江金华一带山水，虚实结合，将桐江、严子陵钓台、天台山、雁荡山、龙湫众多胜景汇聚在一起，而无排比罗列之感，后两句用笔突兀奇异，可谓妙语惊出，而气势宏阔，极符合龙湫飞腾的气势。

卷 27 的《南楼》与卷 26 的《南竺寺》二首，则充满静寂的禅悦之趣：

> 《南楼》：十二楼开列玉京，分明天上落层城。檐前寂寂三株树，半夜鹤飞来上鸣。
>
> 《南竺寺》：晚霞挂重塔，微月碧殿空。林壑松桧响，十里闻秋风。

寂寂中仙鹤飞鸣，松风阵阵，月华如练，恍如世外仙境，令人心静如水，意驰神飞。

友朋往来唱酬之作如《别邢子愿》："南浦分携暮雨微，平林望断送将归。新诗一一题团扇，陇首秋云片片飞。"《衍元白诗寄冯用韫》："千里襟期付此词，邮筒珍重寄相思。将来莫遣玲珑唱，泪尽夷陵缓棹时。""生平有意皆成幻，死去凭谁得报君。灯影幢幢对疏雨，一声哀雁入秋云。"《济南晤李季重（若讷）》："一望并州雁影沉，三年幽梦啭湖阴。历城四面寒泉水，堪照青陵台下心。"诗情深厚蕴藉，诗意清丽俊爽，词句圆润流美，无尖新峭刻之风，读之有含英咀华之感。

王士禛认为公𪩘绝句"皆不减唐人风致，而《列朝诗》取之甚少，不可解。盖牧翁多抑西北人也"[1]。公𪩘出身翰林，博学多闻，几乎无诗不用典，句句有故实。不少作品引经据典，熔化无迹，"能牢笼载籍之菁华，不为靡曼剥夺之语"[2]，增强了诗歌内涵。但有时用典过多，也带来了板滞堆砌之弊，所谓"为诗好征引故实，如昔人所谓獭祭鱼者"[3]。

---

① 王士禛：《池北偶谈》卷 11《谈艺一》"公文介公诗"，《历代笔记史料丛刊》，中华书局 1997 年版，第 243 页。

② 焦竑：《问次斋诗稿序》，载公𪩘《问次斋稿》，齐鲁书社 1997 年影印本，第 2 页。

③ 钱谦益：《列朝诗集小传》丁集下，上海古籍出版社 1983 年版，第 625 页。

第三节　齐郡之彦——冯琦

　　冯琦（1558—1603）字用韫，号朐南，海浮公为改号琢庵，青州府临朐人，文章经济大儒。年十九，举万历五年（1577）进士，授编修，预修《会典》成，选侍讲，进少詹事，掌翰林院事。迁礼部右侍郎，改吏部，莅政勤敏，力抑营竞，尚书李戴倚重之。寻转左侍郎，累迁礼部尚书。时内阁缺人，万历帝已简用朱国祚及冯琦。而沈一贯密揭，言二人年未及艾，当先用老成者，乃改命他人。冯琦素善病，至是而笃。上十六疏乞休，帝皆不允。卒于官，年仅四十六。"遗疏请厉明作，发章奏，补缺官，推诚接下，收拾人心。语极恳挚。帝悼惜之"①。赠太子少保，谥文敏。有《宗伯集》81卷，收诗歌300余首，记、序百余篇，奏、对、策、论百余篇。万历三十七年（1609）有《冯琢庵先生北海集》58卷问世，万历四十四年（1616），松江林有麟又为选刻《冯用韫先生北海集》46卷。另编《宋史纪事本末》一百零九卷、《经济类编》百卷，采撷繁富赅洽。在万历朝词馆中，冯琦与于慎行并称"于冯""文学为一时冠"。

一　学有根柢，自然为致——学问与主张

　　冯琦出身临朐冯氏，乃"海岱诗社"眉目冯裕之曾孙，"临朐四冯"之一冯惟重之孙，父冯子履、弟冯珂亦能诗。临朐冯氏先辈皆不显，自冯裕始贵，而于嘉靖间最盛。明初冯裕曾祖冯思忠徙家广宁（今辽宁省北镇县），嘉靖六年冯裕赴官平凉时方将家眷安置青州。自冯裕正德三年进士起家，十五年间父子五人三进士两举人，蜚声文坛，享誉齐鲁。此后代不乏人，至清初的一百余年中，人才辈出，世代贵显。从冯裕至清初冯溥一代，共有进士八人，举人、贡生达十几人。清初康熙朝则有官至大学士的冯溥②。王士禛《居易录》云："余乡文献旧家，以临朐冯氏为首。……数代皆有集传于世。"③ 冯琦一支，四代进士，可谓殊见。且冯氏家风奉儒守肃、立德修身、恪守家礼、忠孝兼备，受人景仰。

---

①　《明史》卷216列传104，中华书局2000年版，第3805页。

②　冯惟讷玄孙，冯子临曾孙，冯珣孙，冯士衡子，乡人称为"冯阁老"。

③　王士禛撰，梁宗楠编：《带经堂诗话》卷15《氏籍类》第25条，人民文学出版社1963年版，第394页。

冯子履（1539—1596）字礼甫，号仰芹，梦天地以韩魏公为其子，遂生冯琦。中隆庆二年（1568）进士，所至皆有善政，累迁参政，时冯琦已授翰林侍讲，子履言："盈而溢，天之道，吾惧其盈也。"遂以疾辞归，卒于家。子履生数日而孤，母蒋氏抚养成人，"天才纵横，无所不可，文不烦思，而数千百言援笔立就。……轻裘缓带，温然儒生，而胸中甲兵，有韬钤之士所不敢望者"①。为官多为民便，为人平和易处，不设城府，阔达大度而正直无私，大有先辈遗风。

冯琦幼颖敏绝人，与蒙阴人公鼐同为青州府人士，少年即以文才驰名，并称"齐郡二彦"。弱冠登第，勤勉向学，讲求经世致用，反对当时盛行的禅学风气，"时士大夫多崇释氏教，士子作文，每窃其绪言，鄙弃传注。前尚书余继登奏请约禁，然习尚如故。琦乃复极陈其弊，帝为下诏戒厉"②。他学问渊雅，熟悉典制，有济世之才，在万历词馆中与于慎行并享盛名，人称"于冯"。钱谦益云："尚书天资瑰玮，濡染家学……早入史馆，肆志问学，诵读讲贯，目有程要，尤究心列圣典谟，泊先臣条奏，讲求有用之学。……隆、万之间，东阿于文定公博通端雅，表仪词垣；临朐于文定为年家子，继入史馆，声实相望。……当时士大夫入史馆者，服习旧学，尤以读书汲古为能事。学有根柢，词知典要，二公其卓然者也。"③

冯琦为人诚孝，为官恪尽职守，清正廉洁，究心民瘼，直言敢谏，"琦居，恒独处一室。至草书，则阖扉危坐，抚心沉思，意象惨愤，其词深切婉至，务积诚以悟人主。其母尝怪其貌瘁"④。每有疏奏出入，竞相传录，以《肃官常疏》《矿税疏》等闻名朝野，帝虽难悉从，但常对冯琦深语欲涕。在吏部，"莅政勤敏，力抑营竞，尚书李戴倚重之。……琦明习典故，学有根柢。数陈谠论，中外想望丰采，帝亦深眷倚"⑤。陈田评之曰："用韫早达，留心经济。时讲筵久辍，与同官余继登共进《通鉴讲义》，傅以时政；尤究心当代掌故，于祖宗典谟，先臣条奏，能举其要。谓魏相条上汉故事，可为师法。骎骎向用，登揆席，为沈一贯秘揭而止。

①　余继登：《澹然轩集》卷7《冯仰芹墓表》，《四库全书》，上海古籍出版社1987年版，集部第1291册，第926—927页。

②　《明史》卷216列传104，中华书局2000年版，第3805页。

③　钱谦益：《列朝诗集小选》丁集中，上海古籍出版社1983年版，第548页。

④　姚延福修：《临朐县志》卷14《人物》，光绪十年（1884）版，民国十六年（1927）再版。

⑤　《明史》卷216列传104，中华书局2000年版，第3805页。

文章尔雅，诗兼长各体。论者谓与东阿于文定，并为海表人望云。"①

　　冯琦论诗，承袭临朐冯氏文学自适性情、不主格调之家学，追求汉魏古风之不假雕饰、自然天成之美，编曾祖冯裕等"海岱诗社"成员唱和之诗为《海岱会集》，又编冯裕、"四冯"诗为《冯氏五大夫集》。正是对独标真情、不矫不艳、不随风气为转移的诗歌宗尚之彰显。

　　与此相应，其诗论与创作均突出一个"情"字。主张诗文以抒情貌事为宗、自然化工。其《于宗伯集序》云："诗以抒情，情达而诗工；文以貌事，事悉而文畅。古人之言尽于此矣。"②《谢京兆诗集序》亦云："古人之诗，情而已。若远若近，若切若不切，而可以纾己之情，可以谕人之情，人己之情两尽而语不必书尽，彼与我知之，而后人有不及知者，此古人之所工也。"③

　　他指出复古派一味追求格调法度、罗列古人词句，却忽视抒写今人性情，直刺拟古专求形似、失之真情的弊端："今之为诗者，一何与古异也！……其人其地其事与夫官秩姓氏皆引古事相符，以为典切而已，情不必纾人，情不必谕语，已尽而读之，不了了一了，而遂索然无余。"④"后之作者高唱矜步以为雄，多言繁称以为博，取古人之陈言，比而栉之，以为古调、古法，调不合则强情而就之，法不合则饰事以符之。夫句比字栉，终不可为调与法，即调与法，亦终不可为古人，然则徒失今人情与事耳。"⑤从而表明自己的诗文主张——以抒情为宗，以自然为致："窃以为调欲远、情欲近。法在古人，事在今日，必不得已，宁不得其调与法，而无失其情与事。……古人所由传，正以独诣为宗，自然为致。"⑥

二　写景传情，沁人心脾——诗文风貌

　　《北海集》录冯琦诗五卷，均"以情真为宗，次传声调。长篇感激沈壮，类老杜。五七言律，合雅会心，绝不如近时名家，以浮音亢节自喜。"⑦冯琦诗歌崇尚"乐府""建安"之风，又各体兼长，典雅平稳，

① 陈田编：《明诗纪事》庚签卷12，上海古籍出版社1993年版，第2456页。
② 冯琦：《宗伯集》卷10，《四库禁毁书丛刊》，北京出版社1998年版，第15册，第159页。
③ 同上书，第161页。
④ 同上。
⑤ 冯琦：《宗伯集》卷10《于宗伯集序》，同上书，第159页。
⑥ 同上。
⑦ 王锡爵：《文肃文草》，参见陈田《明诗纪事》庚签卷12，上海古籍出版社1993年版，第2456页。

不求工而自然合度，正是遵循着情真、自然的宗旨。于慎行评曰："公之为古体，渊源汉、魏，而轶出于唐；其为近体，沈浸盛唐，而致极于杜。兼备众美而发于一窍。"① 陈子龙则曰："宗伯经术之士，其诗虽未冥搜，亦能象合。"②

其乐府诗与五、七言古体多写时政。如乐府《去妇行送别陈南滨侍御》："昨日尊章偶不欢，今朝娣姒笑相目。……去妇行色何草草，人情反复谁能保？"以去妇因不得公婆欢心而被逐、娣姒冷眼嘲笑、丈夫喜新厌旧的遭遇，暗写君心难测，忠臣遭贬、人情凉薄。五古《壬辰书事赠别钟淑濂张伯任》写神宗欲废太子，庭臣进言被贬事。《过故相第》写张居正死后夺爵，旧日喧哗热闹的府第如今一片冷寂。

七言歌行《双林寺歌》则以双林寺由往日的繁华到今时的破落为对比，写大珰冯保在宦海变换中急遽升沉的经历。冯保字永亭，号双林，深州人，嘉靖中为司礼秉笔太监，万历帝年幼时，他依仗太后势，赏罚皆由己出，及万历亲政，遂谪冯保至南京安置，籍其家。冯保得势时，随侍帝侧，势焰炽天，"忆昔金貂近帝枢，转日回天倾上都。九列有时观进退，五侯无敢同驰驱。纵横五鹿客，交结霍家奴"。万历初，冯保营建葬地，敕造双林寺，寺庙极尽富丽宏伟："城中甲第连白虎，城外浮图下赤乌。浮图矫矫凌云际，乘豹骖貍斗神异。天中画栋蟠龙螭，阶下丰碑蹲屃赑。天子亲为降敕书，宰臣不惜书名字。布金刻玉神亦劳，衉血涂膏鬼所忌。"等到家产籍没后，却是"大第沈沈别有人，野寺凄凉已无主。……豪华意气竟何在？寂寞楼台空复高"。荣耀显赫化为一片凄凉，慨叹荣瘁悲欢之易变。

近体律绝则弥漫着浓浓的亲情友情，描绘出清丽的山水风光，处处流露着真情与自然。《北海集》卷一《癸未春述怀五首》其三云：

> 女弟才三岁，举步一何娴。向人轻下拜，颇识嗔喜颜。伤彼蕙兰花，零落清霜寒。畴昔多欢惊，一一成悲端。余亦慕弘达，不能割此难。焚汝身上衣，碎汝指上环。九原长决绝，抚膺独汍澜。

伤悼三岁小妹夭亡，回忆小女孩的懂事、可爱和短暂生命中带给别人的快

---

① 于慎行：《榖城山馆文集》卷11《冯宗伯诗叙》，《四库全书存目丛书》，齐鲁书社1997年版，集部第147册，第427页。

② 陈子龙等编：《皇明诗选》卷6，华东师范大学出版社1991年版，第398页。

乐，往日难以割舍的美好回忆适成今日无法排遣的悲哀。前四句回首往昔，后乃述今以寄追念，悲怀伤感，令人凄然泪下。出语真挚自然，而一往情深。此诗深为陈田所叹赏，《明诗纪事》中列为冯琦第一首。

《哭亡女》则是为幼女所作，冯琦任职京城时，小女不幸早殇，不禁令他痛彻心肝，其四云："梦里如相见，人前或错呼。不如梁上燕，并坐已将雏。"（《北海集》卷六）痛惜之情注入笔端，展现了一个伤情欲绝的父亲形象。

送别诗同样感情深挚，无浮泛敷衍之语，如《送二舅之官寄怀伯舅》："最关情，在何许？一郡槐花冷秋雨。"离情与秋景交融无迹，浑然天成，读来沁人心脾。又如《送公孝与下第东归》三首其一：

> 万里苍烟海气通，欲从何处望东蒙？斜风细雨长安道，赖得分携是醉中。

公霈虽中第较晚，但因父在京师，很早就与同乡冯琦相识。诗前半言归途遥遥，暗寓珍重之意；后半写眼前景，京城暮春，斜风细雨中分别，幸有薄醉，可以稍缓离愁之苦，言留恋之深。《送孝与东归》云：

> 素衣不惯帝京尘，出郭看春已暮春。我自倦游君未遇，杨花如雪送归人。

情景交融，音节谐畅，末句情深意长。

其写自然风光之作，则如雨过天晴，万象明媚，清新隽秀，润泽心胸。如《过翠华岩》：

> 明湖看欲近，远寺始闻钟。不识青莲界，芙蓉第几重？行披山径草，坐对洞门松。云际传清梵，天响落碧峰。

深山古寺，幽幽梵音，落笔天然，诗意纯净，令人有尘外之想。《碧云寺》云："峰头过新雨，石发净如沐。泉声下石溜，历历飞寒玉。"《中锋》云："万象各自媚，孤云安所薄？山南行雨罢，且复归旧壑。"信笔写去，不拘格套，又饶有情致，充溢着活泼自然的精神。

《题三娘子画像》三首乃题画佳作。三娘子（1550—1612）是万历时蒙古族俺答部女酋长，乃俺答长女哑不害之女，天生丽质，风华绝代，俺答夺为妻,事无巨细,悉任其裁之,与明朝修睦,隆庆初,封忠顺夫人。从胡俗,历配三王,主兵权,为明朝守边保塞,自宣府、大同至甘肃不用兵者二十年。万历二十年,与长子撧力艮平宣镇史、车二酋之叛,献俘于明中军常鹤,常鹤画三娘子像献于朝。一时朝官如于慎行等多有题像之作,冯琦诗云:

> 塞北佳人亦自饶,白题胡舞为谁娇?青霜已尽边城草,一片梨花冷不销。
>
> 红妆一队阴山下,乱点驼酥醉朔野。塞外争传娘子军,边头不牧乌孙马。

第一首中"白题"为北方民族所戴笠帽,写虽是深秋,霜凋百草,但三娘子翩翩起舞,如一片梨花绽放在草原上,依旧带着春天的气息,赞美三娘子的青春与美丽。第二首中前半写三娘子率其侍从驰骋朔漠、酣醉草原的飒爽英姿与豪情意气,后两句则赞美其守卫疆土、驰名边塞,鞑靼不敢北犯的功绩。洋溢着对这位卓异的北方异族女性绝代风姿与英风豪气的赞美,题材风致皆为古代所不多见。

冯琦志在经术治国,诗文乃余事,为文不尚空谈、不务浮华。其游记文仿东坡笔法,善叙事、抒情,寓哲理于其中,如《游冶源记》《游石门山记》等。因长期居显位,摄政事,留下不少奏章策疏,包涵深刻政治见解与思想内涵,如《肃官常疏》揭露当朝官场腐败之风,指出"士大夫精神不在政事,国家之大患也",并列举祸患之表现,条陈贪污之手段,分析治理之不易,提出治理腐败之措:"有才无守者,不得滥与荐章,已列脏迹者,不得止拟降调。……后来勘问,定须明正法典,勿致曲为宽纵。"论据确凿,说服力强,他如《矿税疏》《中使酿衅疏》等,皆充分表现了匡世济民思想和敢于针砭时弊的精神。于慎行大加赞赏:"其修学博而不滥,其抽思深而不谲,其综藻华而不雕,其称名奥尔不晦,其议论辩说,邈深恍惚,冥造希夷,愈入愈深,愈出愈邑,而不可端倪。"①

_____

① 于慎行:《毂城山馆文集》卷12《宗伯冯先生文集叙》,《四库全书存目丛书》,齐鲁书社1997年版,集部第147册,第433页。

第四节　天才傲兀——王象春

王象春（1578—1632）初名象巽，字季木，号虞求，济南新城（今桓台县新城镇）人，浙江按察使王之猷子，王士禛叔祖。万历三十八年（1610）进士，殿试一甲第二名，官至南京吏部考工司郎中。恃才狂放，激论是非，受朋党攻击，辞归，寓居济南大明湖南侧，筑问山亭于百花洲，以诗酒自娱，家居十余年卒。以诗名万历间，有《问山亭诗》五卷、《济南百咏》（又名《齐音》）一卷、《李杜诗评》。世目博洽，曾作《北湖游记》，北湖即锦秋湖，位于博兴与新城分界处，文中辨析湖名典故及历代传讹，令人折服。清初，王士禛、王士骥、王士骊兄弟从《问山亭诗》中选取"雅驯雄峻"之作 182 首，成《问山亭主人遗诗》，流传甚广。

一　雅负性气、自辟门庭——性情主张

王季木学博才高，超轶不群，是一位雄峻强直之士，也因此而卷入党争，颇遭排挤，仕途受厄。王士禛《池北偶谈》记载："从叔祖王季木考工跌宕使气，常引镜自照曰：'此人不为名士，必当作贼。'尝奉使长安，饮于曲江，赋诗云：'韦曲杜陵文物尽，眼中多少可儿坟。'其傲兀如此。"[1] 显示了晚明士人恃才负气、使性任侠的特点。

万历后期，朋党林立，各聚羽翼，互相攻讦，纷争不休，逐渐形成了东林与齐、昆、宣、楚、浙等党派的对立。据《列朝诗集小传》记载，万历三十八年殿试，受业于安徽宣城人、宣党头目汤宾尹的浙江归安人韩敬为状元，钱谦益为探花，王象春名列榜眼，尚愤愤不平，每叹诧曰："奈何复有人压我！"其语为时人广为传播。后天启间韩敬科场舞弊案发，宣党、浙党遂以为王象春攻讦所致，由是遭到两党排挤诬陷，贬谪外放，累迁南吏部考工司郎中，后归田。"季木雅负性气，刚肠疾恶，扼腕抵掌，抗论士大夫邪正，党论异同，虽在郎署，咸指目之，以为能人党魁也。卒用是败。归田久之，遂不起"[2]。后崇祯帝肃清阉党，曩时被黜大

---

① 王士禛撰，梁宗楠编：《带经堂诗话》卷 7《家学类》第 1 条，人民文学出版社 1963 年版，第 164 页。

② 钱谦益：《列朝诗集小传》丁集下"王考功象春"条，上海古籍出版社 1983 年版，第 653 页。

臣纷纷起复，王象春却始终未见召用。①

王象春早年推重李攀龙、师法李崆峒，好友公鼐曾有诗云："骚坛世界日争新，格套淫哇莽自陈。……独有可儿王季木，时将诗吊李于鳞。"② 在同辈文人中则独推同为"北地三子"之一的文翔凤③，二人早年均以七子为宗，钱谦益云："季木于诗文，傲睨辈流，无所推逊，独心折于文天瑞。两人学问皆以近代为宗。天瑞赠诗曰：'元美吾兼爱，空同尔独师。'其大略也。"④ 中年后主张"重开诗世界"，不受当时盛行一时的公安文风之牢笼，推重禅诗、侠诗，故《静志居诗话》云："万历中年，诗派纷出，季木自辟门庭，不循时习。"⑤ 保持了他狂傲自负的个性，钟惺云："吾友王季木，奇情孤诣。所谓诗有蹈险经奇，似温、李一派者。乃读其全集，飞翥蕴藉，顿挫沉着，出没幻化，非复一致，要以自成其为季木而已。初不肯如近世效石公（袁宏道）一语。……季木居石公时，不肯为石公；则居于鳞时，亦必不肯为于鳞。"⑥

从师法李崆峒到自辟门径，王象春无疑受到了同年进士钟惺、钱谦益二人的影响。钟惺为季木诗集作序，云："夫于鳞前无为于鳞者，则人宜步趋之，后于鳞者，人人于鳞也，世岂复有于鳞哉？势有穷而必变，物有孤而为奇。石公（按：袁宏道）恶世之群为于鳞者，使于鳞之精神光焰不复见于世，李氏功臣，孰有如石公者？今之称诗者遍满世界，是岂石公意哉？"⑦ 以李攀龙和袁宏道为例，说明步武他人不但不能成为他人，还会丧失自我的特性，所谓"物有孤而为奇"，鼓励诗人要自我树立。

钱谦益更详细回顾了当时与王象春、文翔凤论诗、恳切规劝二人放弃师法七子的情景，云："岁庚申，以哭临集西阙门下（按：万历四十八年庚申，1620 年，万历帝驾崩），相与抵掌论文，余为极论近代诗文之流弊，因切规之曰：'二兄读古人之书，而学今人之学，胸中安身立命，毕竟以今人为本根、以古人为枝叶，窠臼一成，藏识日固，并所读之书胥化

① 钱谦益：《牧斋初学集》卷 66《王季木墓表》，上海古籍出版社 1985 年版。

② 公鼐：《浮来先生诗集》卷 4《长安杂忆》第十七首，《四库禁毁书丛刊》，北京出版社 1998 年版，第 160 册，第 628 页。

③ 文翔凤字天瑞，号太青，陕西三水人。与王象春同为万历三十八年进士，官至太仆寺少卿。著有《太微经》《东极篇》《太青文集》。

④ 钱谦益：《列朝诗集小传》丁集下"王考功象春"条，上海古籍出版社 1983 年版，第 653 页。

⑤ 朱彝尊：《静志居诗话》卷 17，人民文学出版社 1990 年版，第 504 页。

⑥ 钟惺：《隐秀轩集》卷 17《问山亭诗序》，上海古籍出版社 1992 年版，第 254 页。

⑦ 同上。

为今人之俗学而已矣。譬之堪（通'勘'）舆家，寻龙捉穴，必有发脉处。二兄之论诗文，从古人何处发脉乎？抑亦但从空同、元美发脉乎？'季木桥然不应。……季木退而深惟，未尝不是吾言也。"①

可见，对王象春论诗观念的转变，钟、钱二人起到了推波助澜的作用。

二 新异奇警、瘦骨清隽——诗歌风貌

王象春有《问山亭诗》五卷千余首，得名于其在济南大明湖畔所筑的问山亭，变风变雅，傲兀奔逸，得老杜之骨力；清隽之作，又神韵清圆，开王士禛神韵诗先河。

王士禛颇以叔祖为荣，在《池北偶谈》《居易录》《渔洋诗话》②中，屡屡道及王季木其人其诗。如《渔洋诗话》云其"天才排奡，目空一世"；《居易录》云其"以诗名万历间，与文光禄天瑞翔凤齐名。……今所传《问山亭前后集》，汰其芜杂，撷其菁英，可传者尚可得十之二三也。少时诗，如'故人江汉绝，疏雨户庭过'之句，不减大复（何景明）、苏门（高叔嗣）"；《池北偶谈》中又说，王象春诗歌为钱谦益评为"其警策处要自不可磨灭。《列朝诗》中仅录三首，又非佳作"。

季木之诗风格奇警。《再书项王庙壁》一篇，颇得古今诗人评家激赏，可谓传世之作。诗云：

> 三章既沛秦川雨，入关更纵阿房炬，汉王真龙项王虎。玉玦三提王不语，鼎上杯羹弃翁姥，项王真龙汉王鼠。垓下美人泣楚歌，定陶美人泣楚舞，真龙亦鼠虎亦鼠。

将刘邦与项羽一生的行事大要，入秦约法三章——烧毁阿房宫；鸿门宴光明磊落——战广武言弃老父；虞姬垓下之歌——戚夫人宫中泣舞罗列排比，加以比较，并无一句直接评论，仅用暗喻的形式，以"龙、虎、鼠"三字，就将两人功过是非、得失成败栩栩如生地展现出来，先褒刘贬项，后褒项贬刘，最后项、刘同贬，不偏不袒，用语佻达，才气奔轶，新人耳目。三句一章、连咏三章的形式更是不拘套格，新异奇警，语句爽如哀

---

① 钱谦益：《列朝诗集小传》丁集下"王考功象春"条，上海古籍出版社1983年版，第653页。
② 王士禛撰，梁宗楠编：《带经堂诗话》卷7《家学类》第1条，人民文学出版社1963年版，第165页。

梨，脍炙人口，在咏刘、项之作中，确为罕见之佳作。《渔洋诗话》以为"古今判刘项，无此雄快"①。《明诗别裁集》中象春诗惟录此首，评为"奇辟可俪谢皋《羽》篇"②。唐李贺曾作《公莫舞歌》，咏鸿门宴故事；宋末谢翱曾作《鸿门宴》，高出前作；《静志居诗话》则认为此诗："比于谢参军《鸿门》作，更觉遒炼。亡友颍川刘考功公㑇（颍川人刘体仁，清初诗人，官吏部）亟赏之，几于唾壶击缺。此非邪师外道之传也？"③《池北偶谈》卷十六亦有相同记载："此诗刘公㑇绝爱之。"④

王象春虽反对公安派"淡且适"的适己悦性之诗，但对禅诗并不排斥，他以禅诗为最上乘，置于侠、道、儒诗之上，认为"官不离禅禅更诗"（《问山亭遗诗》之《答苏云浦侍御》）。但季木之"禅"，并不同于李贽、陶望龄之"狂禅"，呵佛骂祖，而是注重"禅神"，写虚静自得的生活，如《山居》云："云与同闲鹤并孤，嗒然隐几得今吾。敲来石火炊先熟，服久山泉体自瘳。隔舍有僧同说梦，妙方无计可医迂。晓窗岚翠浓于然，自看长松过雨图。"《赠注历阳》云："与君当此世，或好是名流。日读离骚醉，时偕野梵游。赋成羞狗监，冻剧却狐裘。春入湖冰绽，有无钱买舟？"一派高洁旷达之风。

季木侠诗，则豪气充盈，放驰自如。如《榛子镇》云："千帐绝烽火，椎牛射猎回。风霜秋马健，刁斗夜声催。紫气关前尽，青山塞上来。良家工技击，谁是伏波才？"兀傲雄肆，不拘一格。《赠徐海曙》云："满室皆风雨，飞龙在眼前。闻君谈剑术，中夜不一眠。"《问山亭》更是季木自我形象的写照。问山亭在济南大明湖畔，季木所构，诗云："问山亭子拱如笠，屹立湖中阅古今。箕踞悲骚王季木，时敲石几激清音。"（《济南百咏》），清幽冷隽，瘦硬奇倔。

王象春长于咏古，立议贵新，《谒岳武穆庙》云：

衰草寒烟日暮时，伤心瞻拜岳王祠。君王自得偷安计，臣子应班痛哭师。东海未填精卫死，南风不竞杜鹃知。由来和议非长策，千古

---

① 王士禛撰，梁宗楠编：《带经堂诗话》卷7《家学类》第1条，人民文学出版社1963年版，第165页。

② 沈德潜等编：《明诗别裁集》卷10，上海古籍出版社1979年版，第261页。

③ 朱彝尊：《静志居诗话》卷17，人民文学出版社1990年版，第504页。

④ 王士禛撰，梁宗楠编：《带经堂诗话》卷7《家学类》第1条，人民文学出版社1963年版，第164页。

英雄恨莫追。

首联渲染出悲凉景象，颔联君臣对比，深寓痛楚，颈联运用精卫填海和杜鹃啼血的典故，而稍做变化，尾联点出题旨，一针见血。气韵矫健、力透纸背。

钱谦益论诗多贬抑西、北人，对王季木却青睐有加："季木尤以诗自负，才气奔轶，时有齐气，抑扬坠抗，未中声律。余尝戏论之：'文天瑞如魔波旬，具诸天相，能与帝释战斗，遇佛出世，不免愁宫殿震坏。季木则如西域波罗门教邪师外道，自有门庭，终难皈依正法。'"① 王士禛认为"此虽戏论，其言自确"。②

钱牧斋此论，其实未能涵盖王季木诗歌的全部。豪气纵横之作只是王象春诗歌的一个方面，评之为"诗雄骨清瘦"③，应更为切当。其不少作品，瘦骨清隽，神韵清圆。《送傅生归金溪》云："彭蠡无波细雨生，江蓠被岸客舟轻。春风不惮三千里，为及黄梅听鸟声。"有韦应物风致。《昔年》句："九秋作赋凌三殿，一路看山问六朝。锦树琼花俱寂寞，青鸾黄鹄自扶摇。"怀旧思古，余韵悠然。《晴望》句："初闻水面燕呢喃，云尽西风龙入谭。睡起推窗延爽气，天边添出几峰岚。"秀润可喜。《山行》其一云："不为生计即闲身，矮帽无风驴背驯。雪树千寻时度鸟，山行终日不逢人。"寂寂无人的空谷，千尺银装的雪树，展现出空旷、奇美的雪境。其二云："新云新鸟满春溪，日遍千峰也恨迟。偶遇高僧相对语，一山经月不思移。"诗思新妙，神韵摇曳。《山家》有句："山家香稌饱椿芽，雨歇篱旁自种花。"恬淡田园风情尽出。皆珠圆玉润，隽秀清灵，意境静美，情致悠远，深造唐人门庭。

第五节　新声异响——高出、于若瀛

在山左诗人与公安派分道扬镳，倡扬浑厚大雅的"齐风"之时，在共同的追踪七子、弘扬厚重雅正的审美风尚追求下，高出、于若瀛二人却异

---

① 钱谦益：《列朝诗集小传》丁集下"王考功象春"条，上海古籍出版社1983年版，第653页。

② 王士禛撰，梁宗楠编：《带经堂诗话》卷7《家学类》第1条，人民文学出版社1963年版，第164页。

③ 王象春：《问山亭主人遗诗》之《送徐孟明之清源兼讯熙明兄三章》，武进涉园1928石印本。

趋独步，其创作风格追求生新，不屑作软熟语，以新声异响拔萃于当时。

一　高出

高出字孩之，号无无道人，登州莱阳人，登万历二十六年（1598）进士，南北游宦，累迁南京户部郎中，后外任河南按察使，左迁广宁道（辽东）监军副使，改西平堡监军，后因辽阳失守，被逮下狱。有《镜山庵集》25 卷，包括《初删稿》七卷，《槎亭稿》一卷，《山中拾遗稿》一卷，《卢隐稿》六卷，《郎潜稿》六卷，《拘幽稿》四卷。书前有高出天启六年所作总序——《镜山庵集自序》，除《槎亭稿》一卷（收杂体诗103 首）无序外，其余各稿皆有高出自序，另外《卢隐稿》和《郎潜稿》有焦竑所作合序——《高孩之二稿序》。

高出弱冠登第，始肆力于诗文，转益多师，初读王世贞诗，即起而学之；继见李梦阳、李攀龙之作，又学二李；再诵杜诗，便专力学杜，继而上溯至杜甫、初盛唐、汉魏六朝、诗三百，朝夕吟咏，废寝忘食，自号能诗，人谓之"诗狂"。在万历诗坛上，高出、王象春、文翔凤并称"北方三子"，除文翔凤为陕西三水人外，高出与王象春皆出自山东。

在诗歌主张上，高出对复古派心仪瓣香，云："夫诗莫盛于唐，自唐以后浸以弱靡极矣。我明北地诸君子，起而力振之，遂能绍述作者。"[1]万历中叶后，李攀龙诸人饱受非议，众口一词，诟詈万端，高出极力维护"七子"风范，而与竟陵派领袖钟惺进行了激烈的文学论争。他致书钟惺，对《诗归》主张的"幽深孤峭"说提出异议，认为诗文"厚"方能"达"，可谓反其道而行。一个"厚"字，足见山左文人的取向。钟惺复书指出此论不免本末倒置，云："向捧读回示，辱论以惺所评《诗归》，反覆于厚一字，而下笔多有未厚者，此洞见深中之言，然而有说……从古未有无灵心而能为诗者，厚出于灵，而灵者不即能厚。"[2]

天启六年，即钟惺卒后一年，高出因辽阳失守下狱，犹论诗为复古派鸣不平云："余犹忆发始燥时，天下学士大夫罔不慕说李、王，而及见之者举其咳唾以为快。后乃稍有厌薄之者，至今则又皆骂之。第使今日诸贤而生王、李之时，其为希声附景，攀骥尾而藉鸿翼，又可胜道哉！"同时

---

[1]　高出：《镜山庵集》之《自序》，《四库禁毁书丛刊》，北京出版社 1998 年版，第 30 册，第582 页。

[2]　钟惺：《隐秀轩集》往集《与高孩之观察》，《四库禁毁书丛刊》，北京出版社 1998 年版，集部第 48 册，第 437 页。

针对钟惺《诗归序》中称道"古人之精神"和《与王稚恭兄弟》中"国朝诗无真初、盛，而有真中、晚"的论调进行了批评，云："时贤之言曰：'吾代无真初、盛而有真中、晚。'噫！今之矜以为真中、晚者，庸讵异前贤之所矜为真初、盛者耶？如曰自有吾之真诗在，何必古之师而屑屑初、盛为者？固也夫不屑真初、盛，而何以屑真中、晚耶？"① 以激烈的语调和一连串的质问表达了对竟陵派的强烈不满。"时贤"即指钟惺。高出认为他自相矛盾，既然"自有真诗"，又何必屑屑于"古人之精神"；既然不屑"真初、盛"，更何必屑于"真中、晚"？

高出诗歌力避软俗，不袭陈言套语，诗风猛健。《山左明诗钞》卷二十六引冯时可语曰："孩之诗能不袭陈言。"《明诗纪事》引焦竑《澹园集》云："孩之《卢隐稿》因故为新，去俗起雅；《郎潜稿》气骨高举，音词警遒，譬之朗玉孤桐，自中天律。"② 朱彝尊云："孩之家本东莱，不袭历下余派。如蘋婆果初生，食之味虽近酢，犹胜冬月储藏，软同绵絮。"③

而宋弼以为高出诗歌前后期风格有所不同，前期骨劲气沉，刚健生新，后期则渐趋平和自然，朱彝尊所论不能概其全貌："副使登第年甚少，为诗才气溢溢，力避软俗，过于猛健。若掇其菁英，自可步少陵之武、参北地之席。至于晚节，渐近自然矣。《诗综》所云，第举一端，未该全体。"④

《镜山庵》诸集中，早期作品如《初删稿》较多拟古乐府之作，见出复古派之影响，后期《卢隐稿》《郎潜稿》则风格已成，鸢飞鹤唳，不同凡响，陈田以为较邢侗为胜，而不为王士禛所赏，故不免有遗珠之憾："孩之《初删集》拟古为多，痕迹未化。《卢隐》《郎潜》骨劲气沉，如厉翮之鹰，凡鸟当之无不披靡。渔洋《论诗绝句》，于万历朝东人，独举来禽夫子，斯所谓遗玄珠于赤水，不得称独照之匠也。"⑤

《冬日漫兴》抒发了忧时愤世、报国无门的悲愁忧思：

野树云深天荡摩，清斋披发影婆娑。逢人忌讳诗篇减，对酒生平

① 高出：《镜山庵集》之《自序》，《四库禁毁书丛刊》，北京出版社 1998 年版，集部第 30 册，第 160 册，第 628 页。

② 陈田编：《明诗纪事》庚签卷 2，上海古籍出版社 1993 年版，第 2260 页。

③ 朱彝尊：《静志居诗话》卷 16，人民文学出版社 1990 年版，第 489 页。

④ 宋弼编：《山左明诗钞》卷 26，《四库全书存目丛书》，齐鲁书社 1997 年版，集部第 412 册，第 258 页。

⑤ 陈田编：《明诗纪事》庚签卷 2，上海古籍出版社 1993 年版，第 2261 页。

感慨多。忧国力微中夜舞，望乡愁绝远游歌。时时觱篥城头起，吹彻
层冰断雒河。

诗乃述怀所作，情感纷扰复杂，诗人中夜不寐，披发起舞，既有漂泊远游
的生平之慨，又有国运不振的忧怀感发，思乡情切，报国无门，城头时时
传来的军旅号角，在朔风劲吹的荒寒边塞使人更添危机四伏的郁悲。全诗
百感交集，又一气宛转，沉郁浑厚，思虑深远，哀音缭绕，深切感人。

《舟中道上二首》其一云："村旷山童野草黄，天清马放逐牛羊。丈
人相敬供鸡黍，渐喜方言似故乡。"描绘北方乡村原野辽阔，牛羊遍地，
村人朴实热情，牵动了旅人的思乡之情。诗风平朴自然，富有生活气息。

《后游亭山园同道岸》为游赏之篇，新颖中不乏谐畅：

　　怜春春破门未出，只待桃红莺语时。便与烟峦添妩媚，细教风雨
费禁持。水流清泻琴心远，石涌孤垂屐齿疑。此地百年几回醉，看山
一度数行诗。

亭山在章丘西南约六十里，诗写与诗僧道岸同游山园所见，此乃二度游
玩，故名"后游"。暮春时节，山光妩媚，清流潺潺，山石突兀，令人忘
却尘俗，美景难逢，于沉酣流连中不禁诗情纵横。事情诗境本平常，但作
者写来不袭陈言，用语新异，有风神孤秀、清绝逸宕之美。

其《咏鹤》句"阔步仍狂士，垂肩竟老人"，写仙鹤俯仰之姿，比喻
新异不经人道，久为传诵。其《古意》云："凤鸟久不至，丹穴邈难寻。
如其今来仪，不异他山禽。所以鸣岐后，千古闊其音。"在万历文坛上，
高出正如那一只高栖的凤鸟，鸣声如朗玉孤桐，而难觅知音。

二　于若瀛

于若瀛（1552—1610）字文若，号子步，晚号念东，自称"龙山烟
客"，兖州济宁卫人，万历十一年（1583）进士，自兵部郎中出为河南金
事，引疾归里。居五六岁复起，累迁右金都御史巡抚陕西，卒于官，谥襄
敏，著有《弗告堂集》26 卷。于若瀛"风仪容观，清清泠泠，矚在霞
外"①，为官不事营谋，屡不得迁，工书画，书法晋人，画仿元人，不轻

---

① 谢陞：《于文若先生弗告堂集序》，于若瀛《弗告堂集》，《四库禁毁书丛刊》，北京出版社
1998 年版，集部第 46 册，第 7 页。

为人作，与叶向高①、谢陛②相亲厚。

在万历朝山东作家中，于若瀛亦是其中的佼佼者。朱彝尊云："同时名家者，冯用韫（琦）、于念东（若瀛）、王季木（象春）皆拔萃者也。"③ 于若瀛诗风与高出相似，而成就不及，其诗追求矫健瘦硬，颇与当时流风不同。叶向高云："其诗泠然超然，不袭世人半语，而情景宛至。"④ 谢陛云："文若先生诗，诸体各具，远不尽泥古，近不必泥古，而自出新裁，然皆有独造之语，又皆有超然之致。如以其品，可谓高矣，可谓逸矣。"⑤ 陈田云："文若诗不入当时流派，矫健之篇，妙得古人气格。"⑥

朱彝尊云："念东诗格未超，然不屑作软熟语。"⑦ 门生王图云："（文若）近体清旷秀倩，出入开元、大历之间。绝句神境符合，语语会心。"⑧ 郑汝璧则以为"抗心希古，虚恬朗润"⑨。均指出了于若瀛诗歌所具有的中唐特征，即风格清雅淡远，表现出一种孤独寂寞的冷落心境，可谓一语中的。而焦竑云："念东诗，不激而高；不刻而工，隽永藏于温醇，纤秾寓之雅澹。"⑩ "隽永""雅澹"有之，而"温醇""纤秾"则纯为套语，与其诗风不尽相符。

于若瀛喜山水，"辙迹所经，凡名山胜水，公无不恣览"⑪。任职南京时，饱览镇江、苏杭、金陵美景，故其诗多记行写景或书怀之作，如《金陵春词四首》《黄华山瀑布》《观潮歌》《即焦山》《华严寺》等。《发灵宝县》云：

> 弘水西来曲抱城，新秋雨色望偏清。码头青嶂千寻起，树里黄河一片明。入部星光催汉吏，近关人语半秦声。岂峣二华知何处？遥见

① 叶向高（1559—1627）字进卿，号台山，福清人，万历十一年进士，累官吏部尚书。

② 谢陛字少连，歙县人，著有《季汉书》，以蜀为正统，魏、吴为世家。

③ 朱彝尊：《静志居诗话》卷16"公鼐"条后，人民文学出版社1990年版，第491页。

④ 叶向高：《弗告堂集序》，于若瀛《弗告堂集》，《四库禁毁书丛刊》，北京出版社1998年版，集部第46册，第2页。

⑤ 钱谦益：《列朝诗集小传》丁集下，上海古籍出版社1983年版，第617页。

⑥ 陈田编：《明诗纪事》庚签卷14，上海古籍出版社1993年版，第2497页。

⑦ 朱彝尊：《静志居诗话》卷15，人民文学出版社1990年版，第459页。

⑧ 王图：《弗告堂集序》，于若瀛《弗告堂集》，《四库禁毁书丛刊》，北京出版社1998年版，集部第46册，第4页。

⑨ 郑汝璧：《弗告堂集序》，同上书，第4页。

⑩ 焦竑：《弗告堂集序》，同上书，第6页。

⑪ 郑汝璧：《弗告堂集序》，同上书，第4页。

氤氲紫气生。

诗乃赴任陕西巡抚时所作，舟自河南灵宝启程，沿黄河西行入秦，正初秋时节，细雨中景色分外清新，山峰峻峭，山色青翠，河水泛着粼粼的波光，潼关就要到了，人们的方音里也多半带着秦声，那远处山岚雾气中耸立的，正是西岳华山。写景视角独特，用语不落俗套。《宿青柯坪》云：

> 玉女峰头日暝，仙人掌上云封。一枕梦清尘外，风涛乱搅寒松。

摹写青柯坪诸峰山头云雾缭绕，日光熹微，在沉沉松涛中安然入梦，不觉超尘脱俗，神游天外。无论遣词造句、用意皆独出机杼，六言一句的形式，也极为新颖，读来有清俊爽利之感。《清泉寺》亦有此风，诗云："满谷西风椒叶稀，穿林片片冻云飞。荒原车马应无数，闲杀山僧坐翠微。"欲写山寺之寂静，而先写西风落叶、寒云飞渡的动景，又以原上车马的喧闹加以衬托，以山僧闲坐点出，极富新意。

其冷落幽峭诗风的形成，无疑与醉心山水书画之趣的性情和不善钻营、郁郁不得志的仕途经历有关。于若瀛中进士后，历二十年方得升南京尚宝卿。又据《山东通志》记载，他任职陕西时，抗疏力救为大珰梁永构陷下狱的某知县，"所拔秦中士子如王图、解经邦、王之寀，皆有名绩，后以志不得行而病，犹奋起扬兵塞上，中途而卒"。[1] 故其诗多凄清冷寂之篇，如谢陞所云："盖必知先生士品而方可品先生诗矣。"[2]

如《雨宿潼关》：

> 明灯虚馆凄清夜，细雨萧萧乱客肠。秋入关门悲鼓角，年来驿路老星霜。家临济水菰芦白，垅接南山黍谷黄。千里故园愁阻绝，梦还京国亦他乡。

自注云："时寄家京邸。"凄苦愁闷之情，洋溢在字里行间。又如《长安冬夜词》：

---

① 参见宋弼《山左明诗钞》卷25，《四库全书存目丛书》，齐鲁书社1997年版，集部第412册，第247页。

② 谢陞：《于文若先生弗告堂集序》，于若瀛《弗告堂集》，《四库禁毁书丛刊》，北京出版社1998年版，集部第46册，第7页。

自昔岧峣上京，朝朝车马纵横。千山梦游乡国，一枕寒生客情。楼外塞鸿悲切，窗前丛篠凄清。沉吟永夜不寐，浊酒无人自倾。

虽采用六言的形式，多了几分爽快之气，但内容却与《雨宿潼关》相差无几。

于若瀛诗歌即景述怀中多弥漫着感伤和惆怅，沉郁顿挫中，略有拗口之感，不够流畅自然，这也可能是其流传不广的原因，如《晚投清江浦》："淮水吞江浦，孤帆晚复开。树移沙岸转，波逆海潮回。人语迎村杂，鱼灯拂棹来。系舟犹未稳，寒漏已频催。"虽造语辞句新意迭出，但总嫌生硬滞涩，不利于咏诵。

第六节　山东才子——公鼐、李若讷

在万历后期文坛上，公鼐、李若讷与王象春并称"山东三才子"。

一　公鼐

公鼐（1569—1619）字敬与，号浮来山人，青州蒙阴人，公鼐之弟。早慧，九岁即以《昭君怨》诗闻名一邑。为人"天性英敏，走笔千言，博学善书，名重京师"[1]。万历二十五年（1597）与兄公鼐同中举人，屡困公车，官至工部屯田司主事，提督浙杭关务，晚滞冷署睹封疆之渐壤、悼门户之相持，悲天悯人之感，往往与诗文发之。有《浮来先生诗集》（《小东园诗集》）十四卷、传奇《千金裘》、《诗谈》一卷，《圃谈》一卷等。

公鼐忧心国家安危，究心政局弊端，痛恨党争。东北的满洲日益强大，八旗兵时来侵扰，对明王朝构成极大威胁，朝廷却妥协退让，一味媾和，公鼐对此极其忧愤，其《辛卯纪事》曰："庙议安邦略，犹闻马市先。岂能容再误，何必待来年。狼子戎心狡，狐疑汉策偏。帝阍真虎豹，无路说忧天。"点破满洲对明朝社稷威胁之大，对朝廷的妥协政策痛心不已，可谓慧眼独具，识见高远。他痛恶朝官树党，在崇祯帝下旨肃清阉党后，以《读邸报有感》一诗表达了爽快的心情，并对秉权者寄予厚望：

---

[1] 刘德芳主修：《蒙阴县志》，康熙二十四年（1685）刻本，参见李芳元《公鼐家世与生平考略》，《临沂师专学报》1999年第4期。

"国事迩年来，聚讼悲老成。觉议一已出，谁知渭与泾。国宝见新参，谠议正以平。如食哀家梨，如听上林莺。如瞽得扶老，如敌得长城。……朝廷付公等！吾但守硁硁。"《直中书有感》则直刺万历帝常年避居深宫，不理朝政："晓排阊阖近星辰，暮惹炉烟下紫宸。玉玺不开时有诏，金瓯常覆为何人？"

公鼐与冯琦、于慎行、王衡、邢侗、周京等人都有交游，而与王象春论诗最相投。二人均推重禅诗、侠诗，王象春对其评价甚高："予何以定浮来诗？浮来盖侠而禅者。"①

公鼐侠诗，豪宕爽利，如《送翁完虚奉常使德藩兼怀旧游》：

> 七十峰头七十泉，夜来飞梦落齐川。偶闻上客驱车去，欲伴名山借榻眠。周礼至今犹在鲁，酒徒好忆再游燕。国人耳目皆相属，莫为清时懒着鞭。

读来回肠荡气，心怀为之一开。结句暗示厂卫的刺探构陷行径，于轻快中又透出隐隐的沉重。其不少作品，较之王季木之豪气激荡，更为愤懑急怼，充溢郁勃之气。如《浮来先生诗集》卷一的五古《除夕与王季木守岁》：

> 去家近二年，饱食离乡味。为官一载中，半付懵腾醉。牵缠儿女情，滴尽心头泪。潦倒风尘缘，折尽英雄气。穷忙愁病中，不觉岁已尽。饥鼠窜空庭，寒鸦搅清睡。岂无北阙节，恐似众声吠。岂无南山田，耦耕少其类。勉强立人朝，日夜计休退。赖尔好相过，差能慰憔悴。寒灯剥枣栗，深夜忘梦寐。共怀千秋图，一蠡未能遂。

写除夕之夜，却全无节庆之气，穷愁怨悱，无路排解，赖相知好友相伴眼前，共度岁末。全诗意境凄凉幽幻，心境悲凉，充满对末世现实的愤激，传达出士人悲凉的时代心绪。

《明诗纪事》谓公鼐诗"长于近体，与乃兄风格略似"②，此论不尽然。公鼒绝句擅场，圆润流美，有唐人风致，公鼐则不善绝句。就七律诗而言，公鼐风格确与乃兄有相似之处。如《秋日闲居》："十亩为园万树

---

① 王象春：《公浮来小东园诗序》，公鼐《浮来先生诗集》，《四库禁毁书丛刊》，北京出版社1998年版，集部第160册，第505页。

② 陈田编：《明诗纪事》庚签卷8，上海古籍出版社1993年版，第2369页。

重，前山秀出数芙蓉。村边茅屋连红叶，楼外寒泉挂碧松。欲向赤城寻采药，岂知长乐好闻钟。林间猨鹤休相妒，占得西南第几峰？"《寄李季重进士》："五噫歌成出汉关，喜从今日谢尘寰。情随驿路牵愁去，春放杨花伴客还。交态与君期皓首，故人独我恋青山。心知有约应相待，为访千岩万壑间。"《送周野王南游》："万缕垂杨拂画桥，春风何处听吹箫？江从北固分三楚，人到西陵忆六朝。竹箭发时逢社燕，兰舟归去看江潮。与君共有千秋约，莫待淮南桂树招。"诸篇皆浑然一体，调谐句畅，意境闲散、情态轻快舒爽，确为集中佳作。

公鼎诗歌以稳洽见长，而公㷍之作则时见郁怒遒张，峭刻幽峻。如《浮来先生诗集》卷二的《乙巳夏日读白氏长庆集，因效其体》，其一云："但有诗篇堪送目，何须摇落苦悲秋。眼中儿女杯中物，闲看人间弄沐猴。"其八云："不向禅门证白毫，不从世路厌青袍。呼儿但使通《文选》，痛饮何须读《离骚》。打破瓦盆空自在，掀翻公案悟方高。已知万事都无着，肯为三旌叹二毛。"狂狷牢骚，奇崛之气横亘肺腑，愤世之情溢于言表。

二　李若讷

李若讷（约1572—？）字季重，号重甫，济南临邑贾家村人，少举于乡而会试屡挫，得中万历三十二年（1604）进士，历息县、内乡令，归德府同知，侍郎，苏州知州，湖广荆南道副使，累官四川参政。清惠精明，民爱而畏之，不俯仰权贵，因不满魏忠贤专权，谢政归里。著有《五品稿》29卷、《四品稿》9卷、《二清堂诗集》1卷、《杨花诗》200首等。《济南府志·文学传》云："若讷事亲至孝。守太平郡以大治，而橐中止二十四金泺。历参藩，所至以文学饰吏治。清直不阿，不事结纳，仅以三品终。常慕郫侯筑山楼，颜曰'小万卷'。"[1] 为人"慎交寡言，小心直道……自儒以仕，泊然自守。虽久踬文场、淹翔宦籍，而引分揆心，竟不以凌竞与之。于彼无营，于此独精，此季重之可敬者也"。[2] 其《含清园记》乃园林游记之名篇。

在万历后期文坛上，李若讷与王象春、公㷍并称"山东三才子"，交游王象春、公鼐、公㷍、刘士骥、王家植等人，而以王象春为知己。知苏

① 参见宋弼编《山左明诗钞》卷28，《四库全书存目丛书》，齐鲁书社1997年版，集部第412册，第280页。

② 王象春：《李季重四品稿叙》，李若讷《四品稿》，《四库禁毁书丛刊》，北京出版社1998年版，集部第10册，第3页。

州时，与司理武陵人胡天岳甚相得，政暇，则饱览苏杭风光，发之吟咏，成《四品稿》。王象春《李季重四品稿叙》云："季重名家子，少有才名，及长，无他好，惟好读书。……向者为郎，有《五品稿》，宏朗精鉴，人每称之。及为守，又有《四品稿》，澹冲深致，进乎技矣。"曹履吉叙《四品稿》云："乃先生笔落，简言求诸远，极言求诸变。……皆玄举开阖顿挫，沉着痛快之致。"①

"三才子"均厌弃公安派软熟俗圆、浅率直白的诗风，虽在当时风气下不免受其影响，但却强调自出新意。赵秉忠《题五品稿》云："近曰：'文章家状王、李而以文长（徐渭）、中郎（袁宏道）为态。'然揆其所业，诗不免搜晚唐之异者，参以宋人之雄者。文但取苏长公之小文有致者，杂以佛语稗说为新刻。亦词人相胜之奇耳。季重时与相似而一往轶尘，别有以自畅，正不必刻画徐、袁也。"② 突出了李若讷诗歌清新轻逸、新异出尘的特征。

如《云二首》：

> 来从远岫中，散向平林上。斜日正萧疏，微风爱轻飏。
> 忽作红翠生，映山复涵水。盈盈散何方？但见层阴起。

恬淡清新，有不食人间烟火之气。再如《南郊寺中送别司理黄公》：

> 日日追随忽袂分，出郊萧寺恋初曛。来乘花月江城识，去似风幡法界闻。别酒未能春醉客，看山犹欲晓留君。僧雏鲜茗求题记，一句敲残片月痕。

语句流畅而不袭陈言，爽利轻快而深情满纸。

其诗之不事雕琢则与公安派同调，朱之蕃《李季重四品稿叙》云："信手拈来，繻（当作'濡'）毫写去，而曲折中规绳，首尾联珠璧。"③ 如：

---

① 载李若讷《四品稿》，《四库禁毁书丛刊》，北京出版社 1998 年版，集部第 10 册，第 6—7 页。

② 参见宋弼《山左明诗钞》卷 28，《四库全书存目丛书》，齐鲁书社 1997 年版，集部第 412 册，第 280 页。

③ 载李若讷《四品稿》，《四库禁毁书丛刊》，北京出版社 1998 年版，集部第 10 册，第 14 页。

《老城雪中》：雪作梁园色，虽寒似有情。无端向客路，愁思任纵横。

《葵丘驿》：驿路满风尘，萧条邮舍春。葵丘牛耳尽，睢水马蹄频。

《秋末促装》：朝与青山辞，暮望青山色。依稀晚照红，马上无相识。

皆自出机杼，通俗自然，脍炙人口。

第七节　墨坛奇葩——邢慈静

邢慈静（1573—1640后），邢侗胞妹，号兰雪斋主、蒲团主人，晚号鸣玉，"博学善属文，诗有清致，书画俱称绝品，与兄齐名"①②。是晚明文坛、书坛上誉重一时的女文学家和书画家。与卫夫人（茂漪）、管道升并称为"墨坛三大才女"。清初王士禛赞曰："来禽夫子本神清，香茗才华未让兄。"③

邢氏乃诗文仕宦之家，慈静自幼聪颖，阅读了家中大量藏书，诗文书画俱精，深得母、兄钟爱。对其少女时代还产生过重要影响的是九嫂杨氏。杨氏，海丰（今山东无棣县）人，太子太保杨巍之妹，慈静堂哥邢偖继妻，约长慈静十几岁，"博学多艺，饱读诗书，亦善书画，书法自成一家"④。钱谦益亦云："博学能文，过于慈静"，其兄"凤以文章经术主盟东国，以故，氏雅善诗文。"⑤ 出嫁时携至书籍十余架，见"慈静方垂髫，辄以小弱戏抽架上书试使读，则应口背诵，尽卷不讹一字，氏大惊，

① 桑东阳、邢侗纂修：《武定州志》卷10，明万历十六年（1588）刻，清修补印本。

② 邢侗，邢琮，孙邢峙，邢振道，邢惊，邢世举等修：《邢氏家乘》卷10，临邑邢侗纪念馆藏手抄本。

③ 王士禛：《渔洋山人精华录》卷5《戏仿元遗山论诗绝句三十二首》，《四库禁毁书丛刊》，北京出版社2000年版，集部第53册，第74页。

④ 邢侗，邢琮，孙邢峙，邢振道，邢惊，邢世举等修：《邢氏家乘》卷10，临邑邢侗纪念馆藏手抄本。

⑤ 钱谦益：《列朝诗集小传》闰集，上海古籍出版社1983年版，第747页。

因乱抽他帙，历试又已，莫不皆然，愈益叹服"①。据载其诗稿曾与邢慈静《非非草》合订，在当时流传很盛，惜后来散佚。②慈静有《望九嫂病》《题九嫂后院石榴》等诗，无疑是二人吟诗唱和、过从甚密的真实写照。慈静出嫁时道："八月仲秋辞九嫂。"杨氏则应口答曰："九日重阳盼八姑。"充分表现出姑嫂二人的敏捷才思和亲密无间。

母万氏极爱慈静，必欲嫁贵人，年28方嫁武定府（今山东惠民县）人、平阳府同知马拯（明万历十一年进士，回族）。夫妇志趣相投、恩爱情深，婚姻虽历17年，却始终聚少离多。婚后两年间，她两次回乡奔双亲之丧，此后滞留家中。万历三十一年，马拯升任山西大同知府，三年后又升任山西副使，赴关外坐镇辽阳，邢侗不忍八妹与丈夫长期分离，派季弟送之赴辽，此后慈静才有了唯一的儿子。在辽六年后，邢侗去世，慈静又一次千里奔丧，三年后马拯升任广东右布政使至临邑探亲，夫妻才重得团聚。

万历四十四年，马拯受到排挤，被朝廷任为贵州左布政，前去平叛。慈静预感前途艰险，劝夫辞官还乡，马拯坚持赴任，她只好携幼子随行。不到半年，马拯就因劳瘁吐血而亡。清《临邑县志·邢慈静传》记载："氏断发毁面，一恸立绝，药之三日乃苏，既由水路归，氏与夫灵舆独据一舟，出没江湖，遇风险辄拊柩大号曰：天乎！倘柩之亡，妾与俱亡耳！卒之灵柩得还，氏自赴阙上言（《为夫请恤疏》）列夫劳绩，上悯之，赠太常寺卿，赐酒一坛。于时，朝野推氏义烈云。"

邢慈静北归之行，水陆共两千里，坎坷困顿，艰辛备尝。为示其子孙不忘其事，归乡后作《追笔黔途略》一文，描写孤儿寡母、单帆轻舟飘零在惊涛险浪中的艰难历程："沿途有死无生之状，百口不能摹；危山险水，魄震魂摇者，千口不能摹。封豕长蛇之怒，豺号虎啸之威，傅母子瞬不及顾，万口不能摹。"凄风苦雨，让人潸然泪下。清人赵岳年读罢叹道："黔途扶梓归，沥血诉款曲；是夕天欲裂，阴风撼老屋；松滑冷无烟，啾啾幽灵哭；对此心骨摧，凄凄不可读；欲罢难去手，展卷仍二复。"此文清初被王士禄收入闺秀诗集《然脂集》中，陈维崧云："文笔

---

① 邢侗，邢琮，孙邢崿，邢振道，邢惊，邢世举等修：《邢氏家乘》卷10，临邑邢侗纪念馆藏手抄本。

② 杨氏出嫁后一直抱病，可能在万历四十年前就去世了，因为该年邢倌又娶了第三位妻子王氏。

高古，有班惠姬之风气。"①

　　慈静返乡后携子定居临邑。此时至亲均已谢世，备尝清冷凄苦。从此她寡居事佛，自号"蒲团主人"，专心书法和绘事。不久又丧子，晚年又失去了一位 18 岁的爱孙，身心蒙受巨大创伤，境遇十分凄凉。其《静坐》诗云："闲抛针线坐来深，静里频将面目寻。天地两忘身是幻，一谭清影月沉沉。"无疑是其寡居后清寂生活的真实写照。慈静自幼受到母亲的影响虔心礼佛，因而佛教主题始终贯穿在其诗歌、绘画中。

　　明代女书法家主要有朱无瑕、马湘兰、薛素素、卞赛、杨叔卿等，以邢慈静最著名，善楷书，尤以行书见长，妙丽而有姿致，风骨劲健，"酷似其兄"。②《明史》《临邑县志》也均有"善仿兄书"的记载。王羲之《澄清堂帖》也对她产生了重要影响。其传世之作《行书临帖》《行书四言诗》《临兰亭序》等多是上乘精品，章草笔意，灵秀古劲，深得右军神韵。时著名书法家刘重庆为她手书的《芝兰室非非草》作《跋》曰："夫人楔帖自是夫人帖。然而笔法婉劲，晋体独存，余不知王右军当年面目何似，然而视楔帖传世本千百矣，后有真赏，或者其首肯于此。"清代临邑县令莫树椿在《慈静夫人题赞》中叹道："不独诗才清妙，而字画之婉畅浑脱，尤非宋元以后笔墨。嗟乎，天之钟灵毓秀，诚不择人，何独于夫人而特厚也。"

　　她晚年亲自双钩刻成《之室集帖》，为梨木板刻，共计十页，双面刻字或单面刻字，刀工精良，字迹清峻秀拔。内容为三：一是她手书的《芝兰室非非草》41 首诗，笔势蹁跹；二是她手临的《兰亭序》，朴茂端庄，苍劲老练；三是她集胞兄邢侗书札手迹《来禽馆真迹》。是一套很有影响的碑帖，为海内所珍，拓片传世颇多，于右任先生编著《标准草书》就曾采此帖数字。

　　此外，邢慈静工于绘画，善画竹石，尤工观音，除画艺精湛外，无疑与其虔心事佛有关。《无声诗史》赞道："画品清雅，亦彤管之秀，名家赏鉴不虚也。"③《邢氏家乘·翰墨志》云："夫人以画观音名世，吾邑旧家收藏甚夥……笔法超元人妙，墨痕愈细，神气如生。"④可见造诣之精

---

① 陈维崧：《妇人集》，商务印书馆 1932 年版。
② 钱谦益：《列朝诗集小传》闰集，上海古籍出版社 1983 年版，第 747 页。
③ 姜绍书：《无声诗史》卷 5，《续修四库全书》，上海古籍出版社 1996 年版。
④ 邢侗，邢琮，孙邢崞，邢振道，邢惊，邢世举等修：《邢氏家乘》卷 12，临邑邢侗纪念馆藏手抄本。

深。陈维崧《妇人集》谓："慈静画观音大士，庄严妙丽，用笔如玉台腻发，春日游丝。"其《莲瓣观音像》被清代乾隆内府收藏，并被录入《秘殿珠林目录》。她试用头发绣制的《发绣大士像》极精，见者诧为针神，誉为稀世绝品。传世作品有《古木竹石图》，用淡墨绘古梧、疏竹、怪石，笔意萧疏，清隽逸趣。《墨梅图》轴左上自题："梅花开处玉为林，先报江南第一春。梦入罗浮尘世外，觉来天地几闲人。"崇祯十三年（1640）还作《拳石图》轴，著录于《书画鉴影》。

兼擅诗文，在明末清初文坛享有盛誉，著有《芝兰室非非草》一卷、《兰雪斋集》，均为《列朝诗集》收录，《非非草》为《明史·艺文志》著录，文有《黔途略》等行世。"芝兰室"乃其婚前书房，取自《孔子家语·在厄》："芝兰生于深林，不以无人而不芳。""与善人居，如入芝兰室，久而不闻其香，即与之化矣。""兰雪斋"则是其婚后书房。清陈维崧《妇人集》云："马夫人雅工诗文。""予在莱海时，于刘幼孙呈生家见夫人答刘一书，词极雅健。又于张渤海家见其砚铭二首，亦有致。""妇人笔墨，见于金石者，房磷妻高而外，殆不多有；然高文词不多见，则夫人兼长为尤难矣。"

其诗或怀古，或赠答，或咏物抒怀，或述说遭际，感情真挚，格调明快，不事雕琢，绝非模拟前人的雕琢文字或脂粉气十足的无病呻吟。雅净流丽、清新自然，别有情韵，意趣横生，如作于江南的《九日寄兄》：

> 千里愁多病未苏，登高无力倩人扶。黄花此日开应遍，曾有新诗上卷无？

寥寥数语，情景毕肖，委婉清新，颇具易安风骨。《咏风》之"响敲檐马虾须贴，花气轻飘入户清"，描摹无形之物，生动奇妙而意趣典雅，确为上乘之笔。

邢慈静闺中待字之作皆清新活泼，如：

> 花仙何事独无香，带雨含烟亦自芳。卯酒初醒春睡起，好将娇态问明皇。（《海棠》）
> 春色融合满上林，佳人何事病侵寻。加餐愿祝身强健，携手花间听鸟音。（《望九嫂病》）
> 榴花小院未开残，绿叶成荫子一团。为语主人须爱惜，休教风雨恼酸酸。（《题九嫂后院石榴》）

字句中洋溢着少女天真无邪的青春活力，展示着闺中生活的无忧无虑。

《思亲》一诗作于刚刚出嫁之后，夫妻情趣相得，美满恩爱：

> 白发双亲喜惧时，迢迢分水动情思。风摇竹影疑人动，忽听林梢唤子规。

虽有对家乡父母的思念，却无丝毫愁苦抑郁之态。这段时期她创作了几十首表现幸福生活之作，十分真挚。《红指甲》道：

> 指如玉笋甲如银，巧染鲜红真可羡。闲拨瑶琴向绣窗，冰弦乱落桃花片。

《送春归》云：

> 才报韶光入草扉，桃花人面两相辉。倏然又是清和节，杜宇声声咽夕晖。春去也，送春归，嘱咐莺花莫相妨。长夏朱英亦可人，挥毫休写伤春赋。

当然也有与丈夫分别后的离愁，如《愁思》：

> 妆台玉镜日生尘，架上衣裳懒着身。盼望海天双鲤绝，萧条薄宦亦愁人。

离愁苦别，婉转凄切，真切映射了夫妻聚少离多的生活。

寡居时期的她，诗风一变为悲苦、寂寞，透露着浓重的禅机，充分表现了佛家所追求的清净寂灭、物我两忘的境界，也看见出佛教对其影响至深。如：

> 凌寒只影下龙荒，岂为奔波觅稻粱。欲假秋风双击帛，芦花明月满天霜。（《孤雁》）
>
> 忏悔身心淡幻情，名香一烛读心经。从今细悟无生理，要上莲花顶上行。（《有感》）

又如《读三国志》：

　　抱膝长吟道自尊，一时鱼水感深恩。当年若稳隆中卧，不到秋风
五丈原。

借咏叹孔明身世，惋惜丈夫马拯劳瘁而卒的遭际，流露出浓厚的遁世情
绪，此诗与《静坐》为《列朝诗集》所选入。

　　邢慈静一生清高，不入时俗，苏州市博物馆藏其墨迹《书杂诗册》
中书有王冕的《梅花》诗，其颔联云："不要人夸好颜色，只留清气满乾
坤。"无疑是她一生品格与诗风的绝佳写照。

第十四章　至今大雅在东方——
明末山东文坛

　　明末山东作家的情况比较复杂，大致分为几种情况：一是明清易代之际殉节者或死难者；二是由明入清不仕者，即遗民；三是入清出仕新朝者，即贰臣。后两类尤其需要加以辨析，如果仅以遗民和贰臣作为判别作家属于明还是清的标准，显然过于武断。很多遗民诗人入清时年龄尚幼，如高弘图①之孙高璪，入清时仅八岁；王士禛妹婿张实居，入清时仅十一岁；姜埰之子姜安节、姜实节，入清时不足二十；或虽近中年，却未从事诗歌创作，如康熙朝"黄培诗案"的主角、即墨人黄培（1604—1669）入清时虽 41 岁，却是入清后才开始诗歌创作的，故这些情况都不应作为明末诗人来加以考察。贰臣同样如此，如安丘人刘正宗，入清时已 51 岁，68 岁卒；德州人卢世㴶，入清时 57 岁，66 岁卒；叶承宗入清时 43 岁，47 岁卒，很显然应列入明末文人中。故本章主要以入清年龄和创作时间作为依据来考察明末作家。至于大量入清时正值壮年，在明、清均有文学创作的作家，如丁耀亢、丘志广、丘石常等人，则主要以其在明末的文学活动作为考察对象。姜埰、姜垓、徐夜、赵进美等人，入清时年近而立，或为遗民，或仕清廷，但在明末均有一定影响，且于清初继续传承明季诗风，故予以收录，但论述从简。

　　明末作家众多，但由于政治、文网等原因，很多作家被列入讳言之列，尤其是殉国诸人和遗民诗人，在清初的一段时期内，成为敏感问题，陈济生的《启祯遗诗》就曾遭到禁毁。遗民诗人也由于常居山野，绝少与外界交游，不为人知，又为新朝所忌，逐渐淹没在清初新兴诗人的光环之中。正如李慈铭所言："桑海诸公遗集，其时尚多忌讳，十九不出，尤

---

① 高弘图（1583—1645）字研文、子犹，号硙斋，莱州胶州人，万历三十八年（1610）进士，崇祯末官南户部尚书，后任南明弘光朝礼部尚书、东阁大学士，南京陷落，绝食九日而死，著有《太古堂集》2 卷。清代避乾隆（弘历）名讳改为"高宏图"。

宜搜辑存之也。"① 除一些著名人物，如徐夜、姜垛等人外，多数作家的生平著述未能被及时记录下来，在此后几百年的漫长岁月中，也就渐渐湮没无闻，只能在杂著笔记中窥见零星的记载，也多为一鳞半爪、只言片语，殊为可惜。故本章重在钩稽明末及易代之际山东籍作家的详细情况，取舍较宽，以备诗史之考。

第一节　明末山东文坛概说

明末山东作家创作极盛，王士禛《古夫于亭杂录》云："吾乡风雅明季最盛，如益都王（遵坦）太平、长山刘（孔和）节之，尤非寻常所及。……他如益都王（若之）湘客，诸城丁（耀亢）野鹤、邱（石常）海石，掖县赵（士喆）伯濬、（士亮）丹泽，莱阳姜（垛）如农、弟（垓）如须、宋（玟）文玉、弟（琬）玉叔，董（樵）樵谷，淄川高（珩）葱佩，益都孙（廷铨）道相、赵（进美）韫退，章邱张（光启）元明，新城徐（夜）东痴辈，皆自成家，余久欲辑其诗为一集传之，未果也。"②

一　明末山东文坛风貌

明末山左文坛具有两个显著特征，一是文学社团之纷起，二是宗经复古之圭臬。二者皆与其时世风文风相呼应。

万历之世已是危机四伏，至天启、崇祯两朝，三百年明王朝终于走上了末路。天启昏聩，阉党乱政，势焰炽天，忠直之士被荼毒殆尽。崇祯帝即位，肃清阉党，起复东林，虽欲励精图治，终无力回天。在清军与起义军的内外交困中，末世王朝一触即溃。明王朝"陆沉"前夜，在国运衰变、朽弱不堪中，士子们不再沉溺于抒写闲情心绪，转向关注世道国运，希冀以文学作用现实，引发了明末诗风的转移。张溥、陈子龙、吴应箕、方以智、艾南英等人不再满足任性自适的浅斟低唱，转而追求诗风宏大雅正，以朴肆浑厚的大手笔寓含对时代的深思与救世振兴的寻求。

晚明以迄清初，文坛最为显著的现象是社团的风起云涌和对文坛的巨

---

① 李慈铭：《越缦堂读书记》集部·总集类"明诗综"条，上海书店 2000 年版，第 1192 页。

② 王士禛撰，梁宗楠编：《带经堂诗话》卷 11《指数类下》第 42 条，人民文学出版社 1963 年版，第 263 页。

大作用。明末文学社团之数量达到巅峰，作用于文学的效果可谓至伟。文学社群的联盟性与地域性，使得明末文学呈现同中有异、异中有同的独特风貌，形成明末坛坫林立、派别纷呈的景象，以复社、几社最为蔚盛，从而掀起明代第三次文学复古思潮，并对清初文坛产生重要影响。明末清初文学社群对文学的推动作用超越以往任何一个时代，与其宗经复古之社团宗旨密不可分。

"宗经复古"思想最早源于镇江周钟，正式提出者则是张溥。天启四年（1624）应社初立，张溥便在《五经征文序》中初步确立了社团宗旨"志于宗经复古"。后随着复社联盟的成立，遂成为全国性的社团宗尚。其内涵一是强调文学的经世功能，有感于明代文人不通经术，不能致君泽民，遂与四方士人共兴复古学，期异日务为有用。二是倡导与此相应的博大雅正的诗风文风。陈子龙在《答胡学博》一文中说，明前后七子振起风雅，士君子也多以"功名"显，而至万历末年，文人所为诗歌，"非迂朴若老儒，则柔媚若妇人也。是以士气日靡，士志日陋，而文武之业不显。夫居荐绅之位，而为乡鄙之音，立倡明之朝，而作衰飒之语"①。

在这种倡导下，山左、浙东、闽中、粤东的士子们不约而同，纷纷结社唱和，响应鼓吹。在齐鲁，莱阳邑社与掖县赵士喆之山左大社称盛一时。莱阳人宋继澄及其子侄、姜垛、姜垓等则结莱阳邑社，后并入掖县人赵士喆主盟的山左大社，又同并入复社。清初理学家、山东济阳人张尔岐云："当明之亡，名士标置为社会，山东名士与复社者九十余人士。"② 各地文人汇聚在复社和几社的名号之下，南北诗坛出现融合的趋势。山左士子宋玫、赵士喆、丁耀亢、赵进美、姜垛、姜垓等人在北方与复社、几社声息相同，屏斥公安之适意禅趣、竟陵之幽峭清寂，倡导诗以用世，宣扬雄浑雅正的诗风，以期起衰振敝，救世于衰朽。

这一时期的山东诗人，以天下为己任，热忱关注现实，在艺术风格上多宗奉杜甫，同时继承复古派所倡导的"宏大雅正"的诗风，取向浑厚雅重，与东林诗风相契，追求雄浑劲健的格调，古雅含蓄的语言，沉郁顿挫的音节，而贬斥婉丽清细，更不屑于"幽深孤峭"的竟陵派"苦寒之声"。赵士喆、宋玫诗宗杜甫，浏漓顿挫；姜垛所作激壮悲凉，有燕赵之风；赵进美与姜垓、方以智、陈子龙等人以诗名天下，论诗推崇前后七子；德州人卢世㴶、程先贞诗亦学杜，倾慕李攀龙、陈子龙等复古一派；

---

① 陈子龙：《陈子龙文集》下册，华东师范大学出版社 1988 年版，第 423 页。
② 张尔岐：《蒿庵集》，齐鲁书社 1991 年版，第 179 页。

他如安丘刘正宗、益都孙廷铨、莱阳宋琬无不如是。丁耀亢于明末亦推崇雅正雄浑，对竟陵派苦寒细弱之调不乏讥讽。

由明入清的山东诗人，在宗风上有一个显著特征，即由于身经战乱，饱尝国破家离的苦痛，所以大都师法杜甫，所作沉挚悲凉，寄托遥深。如赵士喆、宋琬、姜垛、姜垓、徐夜、卢世㴶、程先贞等，无不如是。陈田引王士禄《涛音集》云："西樵曰：文潜诗浏漓顿挫，颇宗少陵。古今诸体，渊源并远，其放笔坦纵，时近苏、陆，要是豪人本色，至遵海大节，近攀谢、郑，远媲夷、齐。余挽文潜诗云：'纵使魂兮化朱鸟，也应独食首山薇。'盖执鞭之愿，于此在矣。"①

二　明末山东文人的结社

明末结社之风盛行，带有政治与学术、文学合一的特征，极大促进了文人间的交往与地域间的交流。影响最大者无疑是复社，创始于崇祯元年，经过尹山大会、金陵大会、虎丘大会，声势遍及海内，后以太仓张溥为盟主，合诸社为一，以"兴复古学"为号召，故定名"复社"。原为学术性社团，后逐渐发展为政治团体，涉入党争。南明灭亡后，复社部分成员坚持抗清，遂成为抗清组织，于顺治九年（1652）被迫解散。

与此相呼应，山左文人结社交游之风浓厚，莱阳、新城、诸城等地，鲜有不入社者。频繁的诗文社事、浓厚的文化氛围，促成了明末清初山左文坛的创作盛况，也扩大了山左文人的声誉。一是山左文人加入异地诗社。如丁耀亢于万历四十七年游于云间董其昌、乔剑浦门下，次年与陈元素、赵宧光于虎丘结"山中社"；莱阳邑社、山左大社加入复社等。二是山左范围内的地域性结社。见于文献记载的有莱阳邑社、山左大社、新城从社等。士子们同声共气，互相引重，交游唱和，共肩国难。明清之际，命运殊途，大概为三：一则于鼎革之际殉难，气节振寰宇；一则出仕新朝，亦不乏旋即辞归者；一则以遗民自居，或避居遁迹，或秘密抗清，后两者的诗社活动一直延续至清初。

山左大社②乃复社分支，胡承谱《只尘谭》云："故明时群社纷起，而以复社为东林宗子，咸入其社属焉。若几社、应社、闻社、澄社、徵书

---

① 陈田编：《明诗纪事》辛签卷25，上海古籍出版社1993年版，第3391页。
② 朱彝尊：《静志居诗话》所记复社分支时云"山左有朋大社"（人民文学出版社1990年版），第249页，综合各家所记，"朋大社"即为"大社"。

社、南社、则社、大社、席社……统合于复社，而总以东林为帜。"① 创始人为掖县赵士喆，陈济生《天启崇祯两朝遗诗》卷九云："济生自始列诸生，即闻齐六郡有山左大社，皆一时贤豪，而赵君伯濬（士喆）寔为之倡，山东学者推为祭酒。"而诗社成员则以莱阳籍人士最多。卢见曾《国朝山左诗朝》卷九则在宋琬名下附录了一个山东各州县参加复社的成员名单，并说："时云间有几社，浙西有闻社，江北有南社……山左有大社，统合于复社。……吾乡之预斯盟者，共九十一人，而莱阳居三分之二，且又过焉。"《莱阳县志》之"艺文·宋孝廉继澄传"则："山左大社九十一人……莱阳……实居十六七。"并列出了 63 位成员，著名人物有莱阳宋继澄、赵士骥、左懋泰、宋琬、宋琏、宋玫、姜埰、姜垓、宋埕、栖霞郝晋、沂州孙一脉等，不胜枚举，以莱阳宋氏、姜氏、赵氏子弟居多。其中 54 位见于《复社姓氏录》。

　　莱阳邑社则是以宋继澄为首成立于登州府莱阳县的诗社团体，它与山左大社的关系颇令人费思量。《复社纪略》谈及复社在全国的分社时云："是时江北匡社、中州端社、松江几社、莱阳邑社、浙东超社、浙西庄社、黄州（一作黄山）质社与江南应社，各分坛坫，天如乃合诸社为一。"② 所录复社成员中莱阳籍诗人有 18 位。由此则入复社者为邑社而非大社，《莱阳县志》亦云天启末年宋继澄于莱阳倡建"大社""投名入社者乃至六七十人"③。其实，早在复社的前身应社阶段，莱阳的社事活动已与之遥相呼应。据《复社纪略》记载："先是，贵池吴次尾应箕与吴门徐君和鸣时合七郡十三子之文为匡社，行事已久。至是，共推金沙主盟。介生乃益扩而广之，上江之徽、宁、池、太及淮阳、庐、凤，与越之宁、绍、金、衢诸名士，咸以文邮致焉，因名其社为应社。与莱阳宋氏、侯城方氏、楚黄梅氏遥相应和，于是广应设社之名闻于天下。"故综合以上所录资料来看，邑社成员应与参加山左大社的莱阳籍文人一致，即莱阳邑社成立后并入山左大社，成为大社的主要力量，后又并入复社。莱阳诗人群以宋继澄为冠，并在明亡后以遗民身份一直延续至清初，清初顾炎武即至莱阳与赵士完、任唐臣等订交。

　　关于从社，记载较少，《重修新城县志·人物志三》载，新城文人王

① 袁翼：《邃怀堂全集》之《骈文笺注》卷 2《书几社考后》注引，清光绪十四年（1888）袁镇嵩刻本。

② 陆世仪：《复社纪略》，（上海）神州国光社 1941 年版，第 184 页。

③ 万邦维等修，张重润等纂：《莱阳县志》卷 3，清康熙十七年（1678）刻本。

图鸿曾"约邑中名士二十余人为从社",又于《杂识志》中专列"从社姓氏"一条,著名遗民诗人徐夜即列名其中。王图鸿,新城王氏之七世祖,长王士禛一辈,著有《春秋四则》《三传义列》《字韵》《唐宋诗辨》《八大家论断》等。

三　明末山东文人的群落分布

明末山东作家分布的地域性非常明显,如果说从弘治一直到万历前期,鲁中、西地区的作家一直占据了诗坛优势的话,从万历后期开始,东鲁作家则异军突起,渐渐占据了上风。明末山东作家多集中在济南府的新城、长山,青州府的益都、诸城,莱州府的掖县、即墨,登州府的莱阳等东鲁地区,且多为少壮派人物。如毕拱辰、王与胤、宋继澄、宋玫、高名衡、左懋第、王若之、赵士喆、赵士骥、丁耀亢、赵进美、姜埰、姜垓、徐笃、黄宗昌、徐夜、董樵、王衮、刘孔和、王遵坦等人,他们壮年有为,方自砥砺,志在报国。在国变之际,不少人弃儒操戈,投笔从戎,抵抗清兵,一批人在鼎革中殉难,青史留名。

清初的山东文坛则以遗民诗人及短暂出仕即归的文人为主体,形成了新城、莱阳、诸城、德州四个主要的遗民集团,与山右、关中、畿辅等几大地域遗民诗人共同构成了北方遗民群落。顾炎武与山东遗民群多有交往,如至即墨与黄培等交游唱和,并受到"黄培诗案"的牵连,又曾定居章丘,交往张光启、徐夜,还在路过德州时与卢世㴶、程泰、程先贞等人订交,并讲学月余。

新城遗民群主要活动于新城、章丘、邹平、长山、淄川、济阳一代。主要人物有新城徐夜、章丘张光启、邹平张实居、济阳张尔岐等。莱阳遗民群的活动范围在莱阳、即墨、胶州、掖县一带,以宋继澄为首,包括宋琏、张允抡、姜圻、赵士喆兄弟、董樵、黄宗昌、黄培等。宋继澄、张允抡曾长期授徒于即墨黄培之玉蕊楼,并与即墨黄氏、蓝氏子弟等结丈石诗社,往来唱和活动频繁,极重名节,拒不仕清。诸城诗人群以"诸城十老"为骨干,其中的丁耀亢、邱石常、邱志广虽非遗民,但皆短暂出仕而旋归乡,另有一些安丘、益都、乐安、河北等地侨居的遗民,相与共结白莲社、鸡豚社,活动场所即张衍、张侗兄弟之放鹤园及城外之卧象山,成员约有20余人。德州遗民群以德州卢氏、程氏两大世家子弟为主,以卢世㴶、程泰、程先贞等为骨干,另有李浃、李源、李涛等。由于处于贯通两京的运河之畔,是南北文人往来必经之地,钱谦益、柳如是、顾炎武等皆驻足于此,多有交游唱和活动。

除莱阳、即墨等地遗民群极其看重出处大节外，新城、诸城、德州等地大多数由明入清的文人表现出对新王朝敌视的淡化与名节观念的变通，出仕弃官，反复多变，多强调隐逸情怀而不重是否出仕。究其原因当与清王朝之高压政策及中年衣食之谋不无关系。当然亦有持节甚坚者，如徐振芳、张光启、李焕章、徐夜等。

山东文坛虽经明清易代之难，但在明末与清初之间呈现出了接续性的特征。明中后期山左文坛形成的丰厚蕴积与文化积淀无疑是清初山东诗坛持续发展的土壤，关注世道国运、热心经济社稷的浓厚儒家人世情怀则是清初山左诗人创作繁盛的精神动力。从而在清初构成了山左诗坛争胜东南的局面，为"本朝诗人，山左为盛"① 作了奠基。

第二节　宋玟、董樵、姜埰与莱阳作家群

莱阳在明季可谓是山左乃至江北社事活动最为发达的地区之一，莱阳作家群于明末山东文坛也最为引人注目，人数最多，声势最壮，以宋氏、姜氏、左氏、董氏、张氏、赵氏等莱阳望族子弟为主，诸姓关系密切，互有姻戚。宋氏家族被视为莱阳社事活动的代表，另有左懋第、姜埰、姜垓、赵士骥、张允抡、董樵、崔丹等。明末清初的数十年间，宋氏、姜氏子弟活跃于复社与各种诗文雅集活动中，名闻大江南北，成为明代山东遗民的精神领袖。出仕新朝的宋琬更在清初与施闰章齐名，号称"南施北宋"，跻身"国朝六家"之列。

一　宋继澄、宋玟与莱阳宋氏

莱阳宋氏为科第、文学巨族。宋继登②与长子宋琮③、次子宋玾、三子宋玟，二弟宋继发，三弟宋继澄，族弟宋应亨④，宋继发子宋瑀，宋继

---

① 赵执信：《谈龙录》，赵蔚芝、刘聿鑫校点《赵执信全集》，齐鲁书社1987年版，第72页。

② 宋继登（1579—1642）字先之，号道岸、渌溪，明万历三十二年（1604）进士，累官陕西右参政、南京鸿胪司卿等，雄才博识，甚负时誉，著有《松荫堂诗集》。

③ 宋琮（1597—1637）字宗玉，号五河，崇祯元年（1628）进士，历祥符知县，官至直隶金坛知县，有能声，著有《五河残稿》一卷、《蔺子草拾遗》一卷，另有《柏园艺》一种、《柏园社宦稿》一种，今皆失传。

④ 宋应亨（？—1643）字长元，天启五年（1625）状元，累迁吏部稽勋司郎中，解任归，崇祯十六年清兵破莱阳，被执不屈死。乃清初著名诗人宋琬之父，有文名。

澄子宋琏、宋瑚，宋应亨子宋琬等俱有文名。李镗豫《万柳老人诗集残稿序》云："明清之际，诗学倡兴于山左，莱阳宋氏尤冠部曹，远近风从，颇极一时之盛。"诸宋中，以宋继登声名最著、宋玫成就最为杰出。

宋继澄（1581—1664）字华之，号澄岚、渌溪，又号万柳居士，晚年自称莱海病叟，登州莱阳万山前店乡万柳村人，天启七年（1627）举人，道学家。父宋兆祥，嗜古文词，兼工书法，在其影响下，儿孙中诗人辈出，声誉盛一时，时人比之"三苏二陆"。宋继澄天启末年于莱阳倡建邑社，应者云集，成员至六七十人，后又与其子宋琏等率众加入山左大社，成为主要力量，后并入复社，"文名震大江南北""文章声誉海内知名"①。明亡后，与子宋琏隐居于万柳草堂，授徒自给。设教于即墨崂山黄宗昌之玉蕊楼多年，与即墨望族黄氏、蓝氏文人雅集唱和，有"剖斗折衡为文章，天下娄东与莱阳"之名。还曾与顾炎武同为黄宗昌《崂山志》作序。为人仗义执言，急人危难，曾为大山所卫廪生陆大行申冤。康熙元年（1662），受其妹夫黄培诗案株连系狱。后得释回乡，不久卒，门人私谥"文贞"。

著有《万柳堂集》、《丙戌集》16卷、《四书正义》20卷、《诗经正义》、《经义考》、《古文偶笔》等，皆已失传，民国十八年（1929）莱阳人于世琦辑录佚诗为《万柳老人诗集残稿》，收录诗作126首，其中五律79首，七律45首，七绝2首，包括了明末清初两个时期的作品，表现了高隐不仕的气节和悲思故国的遗民情怀。其诗师法唐人，如陈子昂、王湾、王维、杜甫等，五言成就较为突出。如《望帝》：

> 望帝悲何极，当时花正开。年年春欲尽，啼向故城来。

借咏写亡国之君望帝的化身杜鹃鸟，寓托了深沉的家国之悲。又如《拟杜甫旅店抒怀》：

> 客行胡不倦，当夕暂为留。野色云俱没，江声月共愁。百年从夜漏，万里信孤舟。漂泊知何日，春风正未休。

沉郁顿挫，对仗精工雅炼，句式间可以看出有意学杜的倾向。再看《拟陈子昂度荆门望楚》：

① 万邦维等修，张重润等纂：《莱阳县志》卷3，清康熙十七年（1678）刻本。

　　　　路接荆门入，山明楚塞开。月辞三峡过，云度九江来。欲望彭居恨，如闻郢调哀。谁知独往意，极目更徘徊。

对仗工稳，确实符合陈子昂"音情顿挫，光英朗炼"的美学追求。七言亦不乏佳篇，如《人自广陵来》：

　　　　天际飞鸿此处过，维扬春色近如何？年来似道笙歌歇，岭上梅花更不多。

流畅自然，意蕴深含。

　　宋玫①（1607—1643）字文玉，号九青，宋继登三子，宋继澄之侄，师赵士骥。于莱阳宋氏诗人群中最为卓异。吴伟业《梅村诗话》中云："吾友故司空九青，在其间尤称绝出，诗文踔厉廉悍，雄视汉唐以来诸家。"②宋玫于天启五年（1625）与族叔宋应亨同举进士，累迁工部右侍郎。崇祯十五年，廷推阁臣，为流言所中，帝疑其有私而下狱，削籍释归。回乡当年末，清兵临近莱阳，城北墙不固，宋应亨出千金建瓮城，宋玫及同乡赵士骥、知县张宏亦出资购置武器，城乃获全。次年二月清军复攻城，城破，宋玫等人率众奋力抵抗，与宋应亨、赵士骥等均不屈而死，年三十七。

　　宋玫与吴伟业友善，二人曾于崇祯十四年同主武昌乡试，十分相得。吴伟业《书宋九青逸事》详细记载了宋玫死后的情况："山东被兵，傍躏东莱，九青率家人登陴守，城陷，不屈死。嫂夫人亦死，宗人歼焉。未一岁，京城失守。……有人从北来者，辄询宋氏存亡，道路隔绝，流离接踵，盖亦不可知已。如是又五年，东莱周公镇抚吾吴，言九青尚有子，以在褓褓得脱。周公之出也，过其家，则已胜衣趋拜矣。"③

---

① 因繁体手写"玫"与"玟"字形相近，故今人书中多误作"宋玟"，《山左明诗钞》卷31"宋玫"条下有如此记载：《鹅笼馆集序》："文玉（王与玟）六七岁，季父季木（王象春）携见宋（宋玫之父宋继登）。先之，宋亦有小儿在侧，向季木乞名。季木蹶然曰：'畴夜，吾梦神人以奇篆示余，裹以五色云，其文曰'玟'。夫玟为文玉，二子可同名。'渔洋山人（王士禛）曰：'人不知九青亦考功命名也。'"《鹅笼馆集》乃王与玟之集，由此可见，当作"宋玫"。

② 吴伟业：《梅村家藏稿》卷58，《四部丛刊初编》，上海商务印书馆民国十八年（1929）缩印武进董氏新刊本。

③ 同上书，卷24。

宋玫诗学杜甫，爱苍浑之调，五言最工，日课五言诗一首，题咏甚夥，而诗集在明末兵火中付之一炬，吴伟业《梅村诗话》云："九青少颖异，为诗学少陵，爱苍浑而斥婉丽，然不无踌跂（按：错乱不顺），当其合处，不减古人。尝与余同使楚，楚嘉鱼熊鱼山（熊开元）、竟陵郑澹石（郑友元）俱九青同年，到武昌相访，郑诗亦清逸，其赠什曰：'剖斗折衡为文章，天下娄东与莱阳。'谓我两人也。"① 郑友元谓宋玫与吴伟业齐名，虽不免过誉，亦可见宋玫在明末的文声。

宋玫诗今仅存七首：《山左明诗钞》录五首，康熙《莱阳县志》录两首，其中五律五首、七律一首、七绝一首。其《晚秋穷居》云：

> 养痾宜兹地，多闻虑自轻。菊耽十月色，梧领一秋声。散病欢移坐，思家遇送行。忧来只远望，无计出春名。

精工雅炼，而浑然一气，气骨风神，的确得杜甫诗气象。又如《溪上闲吟》：

> 溪上风花远，亭皋春事幽。长林如许醉，澄水早销愁。尽日相往来，凭人自去留。有时乘兴到，采隐北山头。

宁静明秀的景物，萧散自然的氛围，闲适愉悦的情思，恰是杜诗沉郁顿挫之外的另一风格。七绝《悼旧》通过今昔对比，透露了国事不宁、家业衰败的忧思。诗云：

> 画阁红楼第一家，曾将玉佩向人夸。祇今风雨清明后，燕啄香泥葬落花。

虽作于宋玫生前，却浑似九青身后的凋零。

宋琬（1615—1694）字殷玉，一字林寺，号晓园，宋继澄次子。"幼而颖敏，精诗古文"②，崇祯十二年（1639）中举，天启末与父一起加入复社，入清不仕，征辟不就，与父隐居万柳山庄以终。著有《晓园文

---

① 吴伟业《梅村家藏稿》卷58，《四部丛刊初编》，上海商务印书馆民国十八年（1929）缩印武进董氏新刊本。

② 万邦维等修，张重润等纂：《莱阳县志》卷3，康熙十七年（1678）刻本。

集》，今已不传。惟其父《万柳老人诗集残稿》附有《晓园子诗集残稿》
一卷，收诗 38 首，绝大部分为七律，仅《地僻》一组就达 30 首。卢见
曾《国朝山左诗钞》云："郭虞受云：林寺先生奉父隐居，晨昏之暇，肆
力于古，东方人士迄今知有诗文正宗，不为靡靡惑乱者，先生之教也。"①

宋琏诗以古雅为宗，精擅七言律绝，或沉郁悲凉，或浑融自然，或俊
爽流畅，皆无婉丽之态。《在梅溪故舍有感》云：

芦中穷士泛天涯，谁向王孙进白麻。孤剑长依江上草，故人应傍
日南花。五年关塞悲春雨，一叶乡山落暮鸦。何处漂零独不见，于今
几是鲁朱家。

故国沦丧、身世飘零之慨，苍凉凄楚。《赠别姜如须》为赠同乡姜垓之
作。诗云：

故乡丛菊任蒿莱，潦倒荒亭倚酒杯。越鸟频惊华发尽，吴山犹带
夏云来。十年大漠催官笛，一夜寒江尽落梅。南国至今多旧迹，知君
更上岳王台。

姜垓乱后与兄隐居吴门，诗中尽抒家园荒芜、流落他乡的悲慨，隐含着遗
民共同的高洁之志、故国之思。《地僻》组诗作于崇祯四年宋继澄携家避
难淮阳后，宋琏尚不及弱冠，景况十分困窘。其三云：

岩头风雨送春归，把酒绳床望翠微。抱膝谁怜芳草梦，得家剩有
老莱衣。青天岳麓无消息，永夜悲歌惜是非。闻道一贫忧不大，白云
深处故忘饥。

虽有饥寒之忧，尚无亡国破家之恨，自然闲散。七绝《历下元夜》清新
流美：

满城灯光接湖光，仕女娇歌夜未央。七十二泉明月夜，谁怜春色
是他乡。

①　钱仲联编：《清诗纪事》第 2 册，江苏古籍出版社 1987 年版，第 959 页。

工于写景，将泉城元宵佳节欢歌笑语，湖光、灯光交相辉映，照彻夜空的盛况描写得绘声绘色。

二　莱阳二姜

提到清初山东遗民，首推"莱阳二姜"，杨际昌《国朝诗话》谓二人"皆以金石为肝胆者也"①。

姜垓（1607—1673）字如农，一字卿墅，自号敬庭山人、宣州老兵，崇祯四年（1631）进士。崇祯十五年（1642），任礼科给事中的姜垓以建言触怒崇祯帝，被廷杖几死，系狱，十七年二月始释，戍宣州卫，将赴而都城陷，年三十八，遇赦，乃避乱苏州，对故朝忠心不改，自号宣州老兵，为避阮大铖倾陷，辗转移居徽州，祝发为僧。弘光时起原官，鲁王监国，以兵部右侍郎征召，皆不赴。入清不仕，晚年与弟姜垓卜居吴门而终，门人私谥贞毅。遗言二子曰："吾奉先帝命戍宣州，死必葬我敬亭之麓。"② 遂葬宣城，夫妇合葬，而以衣冠葬于父母之侧，南北名士多歌咏之。

姜垓自言"甲申以后始学诗""学诗只学杜工部"，所作激壮悲凉，"风格一本杜陵"③，有燕赵之风。《寓宣州作》之"莫向此生愁白发，好为吾骨买青山"，《广陵遇嘉禾友感赴》之"人留天宝风尘后，客在雷塘雨雪间"，皆佳句，"为文驰骋，能持议论"。故邓之诚云："即以诗文论，实有健笔。"④ 尝自刻甲申（崇祯十七年）至己亥（顺治十六年）诗文为《敬亭集》，庚子（顺治十七年）至壬子（康熙十一年）诗文为《馎饦集》，其子姜安节合刻为《敬亭集》11 卷，诗、文各五卷，补遗一卷。曾自著年谱一卷，姜安节为作年谱续编一卷，又曾于顺治十二年撰文集《正气集》，以纪殉难诸君子。《四库全书总目·敬亭集提要》评曰："垓诗才本清刚，气尤激壮，故诗文皆直抒胸臆，自能落落不凡。然纵笔所如，不暇锻炼，故粗犷之语，亦时时错杂其间。盖性情用事居多也。"⑤

姜垓集中多有情文并茂、感人肺腑的佳作。如《摇落用杜韵》：

旅食频频改，朱云冉冉流。弱龄辞海岱，老眼送江舟。袖内三年

---

①　钱仲联编：《清诗纪事》明遗民卷 1，江苏古籍出版社 1987 年版，第 218 页。

②　《明史》卷 258 列传 146，中华书局 2000 年版，第 4458 页。

③　朱彝尊：《静志居诗话》卷 19，人民文学出版社 1990 年版，第 575 页。

④　邓之诚编：《清诗纪事初编》卷 2，上海古籍出版社 1984 年版，第 154 页。

⑤　《四库全书总目》卷 180《敬亭集提要》，中华书局 2003 年版，第 1629 页。

字，山中五月裘。飘零吾已厌，何得更高秋。

写自己于南明时流离漂泊的身世，沉郁顿挫，颇有杜味。再如《赴戍州卫》：

> 垂死承恩谴，天威咫尺间。荷戈荒徼去，收骨漳江还。衮职思犹补，龙髯竟绝攀。桥陵（一作"先皇"）千滴泪，独在敬亭山。

沈德潜指出诗中的"荒徼""漳江"二语"未合宣州"，其实诗乃套用唐韩愈《左迁至蓝关示侄孙湘》中"好收吾骨瘴江边"一语，就全诗论则是"泪痕血点垂胸臆"[1]，感染力极强。杨际昌《国朝诗话》云："'先皇千滴泪，独在敬亭山'。大节尽此十字矣。"

弟姜垓（1614—1653）字如须，号亻后石山人，崇祯十三年（1640）进士，历官吏部考功司主事。兄下狱，号呼奔走，尽力营护。后闻乡邑破，父殉难，一门死者二十余人，请求代兄系狱，释姜埰归葬家人，不许，遂即日奔丧，奉母南走苏州。姜垓为行人时，见署中题名碑，崔呈秀、阮大铖与魏大中并列，疏请去掉崔、阮之名。阮大铖得志后，极欲杀之，乃变姓名逃至宁波。鲁王曾召为考工司郎中，未赴。晚岁与兄客居吴门，先其二十年而卒，年仅四十，葬西山之竺屋，门人私谥贞文。有《亻后石山人稿》《筼筜集》。

姜垓未第时，即以才名，登第后，与赵进美、方以智、陈子龙、李雯、宋琬等人以诗名雄视南北。其作与乃兄相近，大抵沉郁悲凉，粗犷不羁，亦不乏佳作。朱彝尊评之"温润而恂栗"[2]。魏禧论曰："沉郁离忧，无愧'三百篇'之旨。"[3] 全祖望《姜贞文先生集序》则云："诗胜于文，其信手所之，如怒蛟，如渴骥，非复绳墨所可检束，及其谐声按律，又无不合昔人者。"[4]

如《兰将岁晏杂感》云："未遇孙登啸，犹工庾信哀。残花三载过，归

---

① 沈德潜等编：《明诗别裁集》卷10，上海古籍出版社1979年版，第273页。

② 朱彝尊：《静志居诗话》卷16，人民文学出版社1990年版，第583页。

③ 魏禧：《魏叔子文集》外编卷18《莱阳姜公偕继室博孺人合葬墓表》，中华书局2003年版，第981页。

④ 全祖望：《鲒埼亭集》卷31，《四部丛刊初编》，上海书店1989年版，集部第29册，第74页。

雁数行来。刀尺寒衣改，关楼暮角催。妻孥回首地，翻恨别天台。"苍凉激楚。《对酒行同秋岳作》诗中有云："草凋骐骥分宜瘦，国危贤哲须自疼。末年朝议最纷纷，兄弟击奸计不就。"可见对明王朝怀有强烈的责任感。吴人称姜氏兄弟为"二姜先生"，卒后于鹤洞筑二姜先生祠以祀之。

"二姜"之兄姜圻，号嵯峨山人，明末贡生。清兵攻莱阳，姜氏举家反抗，被杀二十余口，姜圻于血泊中背负父亲姜泻里（1583—1643，字尔岷，号汉州，廪生）尸首逃出。明亡后南下江浙投鲁王，以贡生谒选为象山知县，浙东破，解组北归，居莱阳大梁子口村，后迁汪家夼村，著有《莱阳嵯峨山人诗集》。"二姜"之弟姜坡（1620—1643），字如坡，廪生，居莱阳城南五华里处姜家庄村，崇祯癸未（1643）二月莱阳城破，父殉邑难，姜坡伏尸痛哭，被清军掠走，夜半企图引火烧营，被杀，年二十四岁，乡谥孝烈先生。

三　赵士骥、董樵、崔丹、左懋第、张允抡

赵士骥（1588—1643）字卓午，号黄泽，莱阳人，复社成员，生而端凝，天性孝友，长博通经，甚负文誉，中崇祯十年（1637）进士，官中书舍人，日诵《大学衍义》《文献通考》，博稽前代制度，深析治乱之源，期望能见用于皇帝，有功于国家。与同邑宋氏交善，宋琮、宋玫、宋瑚兄弟皆出其门下。崇祯十五年（1642），清军攻莱阳，出赀治守具以抗之，次年二月城破，愤然跳城殉国。著有《文起楼文稿》二卷、《感喟集》《春秋四传合解》。同科进士曹溶在《（莱阳）天水赵氏族谱》"赠光禄卿卓午赵公传"中云："宋氏以治制艺名一家，公虽鼓匣从游，而文章典硕宏雅出其上。"

董樵（约1615—？），一名骦，字亦樵，号乔谷，又号东湖，登州莱阳大淘漳村人，崇祯时县学生，二姐为姜垛妻，宋琬为其姨表兄。父董应雷明经出身，三任学职，以能诗名。甲申后，董樵与业师赵士喆徙居文登海滨，每日荷一担柴入市换米，人莫知其住处。县有一士绅在路上将其拦住，欲与交谈，董樵将柴薪弃于道旁，云："吾科头，当取冠与公揖。"假说要回去取帽子，日暮不归。绅士携柴薪而归，曰："此高士所遗也。"自此不复入集市。① 曾参与胶东于七起义，又曾数客即墨，参与黄蓝诸姓的唱和活动，有《南游》《岱游》《贾游》《入山》《偶存》《燕山》《还山》《耦耕堂》等集，计三四十卷，嘱王士禛为论定，未及而卒，今仅

---

① 朱彝尊：《静志居诗话》卷22，人民文学出版社1990年版，第697页。

《西山诗存》一卷存世。据《渔洋诗话》记载，董樵于康熙初游婺郡，闺秀诗人倪仁吉高其人，斫手种方竹为杖遗之。[1] 朱彝尊评董樵诗云："其诗合骚揜雅，惜不多传。"[2] 陈田云："亦樵诗，华整袗炼，不类山泽之癯。"[3]

《咏怀》一组诗写自己身经易代之乱的悲怀和遭遇，抒发了遗世独立、不为富贵而折节的志向胸怀。之一云：

> 兰生托层岩，幽独鲜人知。正当扬葩候，所遇非其诗。采采桃李花，乃在山之蹊。岂不艳目前，难免达士嗤。珍重语国香，长守贞洁姿。

无疑是诗人的自况和自勉。写自己虽高才亮节，却生不逢时，遭遇易代之乱，如深山兰花，幽独自开。结句表明高蹈之志，要一生长守坚贞志节。之二云：

> 朱明运徂谢，金风来何早。肃杀气一变，萧萧摧百草。百草不自立，随风任颠倒。顾瞻芙蓉花，颜色转妍好。只恐觖舌鸣，芳菲难遽保。亦有美枞柯，亭亭出物表。

首二句直接言明清鼎革，毫不避讳，百草指意志不坚定者，芙蓉指主动迎降者，指出变节换来的富贵不会久长，而以独立不倚、亭亭玉立的佳木自喻。之三云：

> 黄尘蔽廛市，步出西郭门。悲风四面至，白日为之昏。鸺鹠傍我蹄，虎豹向我蹲。虽无吃人意，其视眈眈然。吾无太阴弓，难使恶鸟翻。我无湛庐剑，莫驱猛兽奔。彷徨觅归途，云烟隔通津。安得贯月槎，乘之入星源。

人间恶人帮凶无异猛兽，遮天蔽日，难见青天，诗人满怀忧愤，欲澄清玉

---

① 王士禛撰，梁宗楠编：《带经堂诗话》卷20《闺阁类》第4条，人民文学出版社1963年版，第569页。

② 朱彝尊：《静志居诗话》卷22，人民文学出版社1990年版，第697页。

③ 陈田编：《明诗纪事》辛签卷15，上海古籍出版社1993年版，第3151页。

宇而身单力薄、孤立无援，只能作出世之想，愿乘飞月之槎，遨游于星河灿烂的清平世界中。

崔丹（？—1644）字道母，更名子忠，字开予，又字青蚓，号北海，登州莱阳人，侨居京师，崇祯时为顺天府生员，著名画家，善画山水人物，与陈洪绶齐名，号"南陈北崔"。"形容清古，言辞简质，望之不似今人。画亦法古，规摹顾、陆、阎、吴遗砅，关、范以下，不复措手"①。擅画人物、仕女，兼工肖像，细描设色，笔墨灵秀，神情生动，能自出新意，不落古人窠臼。衣纹多皱褶，是其人物画之特点。吴梅村曾有《题崔青蚓洗象图》之作。

崔丹孤峭绝俗，清高自持，甘于清贫，画不轻易授人，有二女，妻女皆能画，阖家在艺事中怡然自乐。朱彝尊云："道母以画见知于华亭董尚书（其昌），益自重。家最贫，有以金帛请者，概不纳。有二女皆善画。莱阳宋司臬玉叔（宋琬）曾示予《许旌阳移居图》，鬼物青红，备诸诡异之状，几与龚圣与（南宋画家龚开）争能，非近日画家所及也。"②

崇祯十一年（1638）钱谦益入京，与崔丹所居甚近，晨夕过从者凡两月，离京时，崔丹等送之于报国寺松下，因此钱氏记述崔丹之形迹甚悉："居京师阛阓中，蓬蒿翳然，凝尘满席。莳花养鱼，杳然遗世。兴至则解衣盘礴。一妻二女，皆能点染设色，相与摩挲指示，共相娱悦。间出以诒知己，若庸夫俗子，用金帛相购请，虽穷饿，掉头弗顾也。"少为诸生时，师事同乡宋继登，与宋玫、宋琮、宋璜等子弟及群从同学，而与宋应亨、宋玫最为交厚。"应亨署铨曹，属一选人以千金为崔君寿，道母笑曰：'若念我贫，不出囊中装诒我，而使我居间受选人金，同学少年，尚不识崔子忠何等面目也？'应亨愧谢而已。玫居谏垣，数求其画，不予，诱而致之邸舍，谓曰：'更浃日不听出，则子之莳鱼盆树，且立槁矣。自将若何？'道母不得已，乃与画，画成别去，坐邻舍，使僮往取其画，曰：'有树石简略处，须增润数笔。'玫欣然与之，立碎之。其孤峭绝俗，皆类此也"③。关于崔丹之所终，诸书皆言国变后穷饿而死，但所记略有不同。钱谦益云："道母乱后依友人以居，家人尚数口，友人力不能供，而未忍言也。道母微知之，固辞而去，竟穷饿以死。"④ 朱彝尊云："甲申

---

① 钱谦益：《列朝诗集小传》丁集中，上海古籍出版社1983年版，第533页。
② 朱彝尊：《静志居诗话》卷21，人民文学出版社1990年版，第656页。
③ 钱谦益：《列朝诗集小传》丁集中，上海古籍出版社1983年版，第533页。
④ 同上。

寇变,走近郊,匿陶穴中不出,遂饿而死。'复社'一二集,道母均与焉,先后名字不同。"[1] 谈迁《北游录纪闻》则云:"无子,赘婿无赖,尽破其产。甲申之乱,竟馁死。"[2]

崔子忠不惟善画,更以诗知名于时。如《西山滴水岩二首》其二:"石似当空立,岩疑急就成。雨花山庙湿,雷树羽宫晴。绝壁洪荒在,阴畴晦朔并。古潭龙夜语,徐夏应泉声。"用语新警绝俗,不同凡响。

左懋第(1601—1645)字仲及,号萝石,又号次公,登州莱阳(今莱西市)人,崇祯三年(1630)乡试亚元,崇祯四年进士,屡官刑科左给事中。清兵破北京,福王立,累拜兵部右侍郎兼右佥都御史,督师河北,联络关东诸军,并出使清廷议和,被羁留,始终不屈,于顺治二年闰月十九日被杀,乾隆中赐谥"忠贞"。有《左忠贞公集》《梅花屋诗草》一卷,"梅花屋"者,系左懋第任韩城令时葺屋读书,屋前有梅花一树,故名,今存《萝石山房文钞》四卷、《左忠贞公剩稿》四卷。

据《静志居诗话》记载,左懋第出使前,曾贻书一封给姜垛,大略谓:"国遭大故,二东不闻有断头穴胸以报故君者。彼邹、鲁仁义之称安在?懋第此行,是懋第死日也。"[3] 母陈氏,宁海州(今牟平县)儒家女,"知书,有大节。明崇祯甲申,左公衔命督饷江左,母居京师。三月,京师陷,公从兄吏部郎懋泰以车载母,间道东归,而身与张尚书忻、郝侍郎晋徒步以从。至白沟河,仰天叹曰:'呜呼!此张公叔夜绝吭处也。'呼懋泰前,责以不能死国:'吾妇人,身受国恩,不能草间偷活,寄语吾儿勉之,勿以我为念。'又见二公责之曰:'公,大臣也,除一死外,无存身立命处,二公勉之。'……盖出都不食已数日矣。与左公之死相距仅一载"[4]。

左懋第诗遒劲可观,《客燕》诗云:"鼎霭攀无及,亲闱并莫依。岂堪哀子泪,时落客尘衣。陵树梦犹见,家山魂亦稀。人间忠孝事,意与鹤同归。"表达了坚贞自守、誓死不屈的决心。其临刑前绝笔诗云:"漠漠黄沙少雁过,片云南下意如何?丹忱碧血消难尽,荡作寒烟总不磨。"令

① 朱彝尊:《静志居诗话》卷21,人民文学出版社1990年版,第656页。

② 参见钱仲联《清诗纪事》,江苏古籍出版社1987年版,第3册,第1527页。

③ 朱彝尊:《静志居诗话》卷20,人民文学出版社1990年版,第626页。

④ 王士禛:《池北偶谈》卷7《谈献三》"左公母"条,《历代笔记史料丛刊》,中华书局1997年版,第163页。按:王士禛误记为"徐氏",《明史稿》《明史》、左懋第《先大人暨先宜人行状》、左懋第从玄孙左仕可《先伯高祖陈太淑人轶事》、明遗民李清《南渡录》卷1、《莱阳县志》等文献均记为"陈氏"。

人感愤。

左氏亦莱阳大族，懋第堂兄左懋泰（1597—1656），字大莱，号旦明，崇祯七年（1634）进士，历官吏部员外郎。李自成陷北京，归降大顺，授兵部左侍郎，镇守山海关。后又被迫降清，任原官，劝降左懋第，懋第曰："此非吾兄也！"叱之而出。康熙六年（1649）为仇家所讦，与弟左懋绩、左懋晋及子侄左昣生等举家百口流放铁岭。懋泰工诗属文，与盛京、铁岭、尚阳堡之流人文士共创"冰天诗社"，威信颇高，尊为"北里先生""塞外高松"。病逝于戍所，著有《徂东集》一卷。

张允抡（1609—1678），字并叔，号季栎，别号栎里子，莱阳张格庄人。十岁而孤，从伯兄允振、仲兄允捷读，继授业于叔父——明天启进士、直隶蠡县知县张宏德。中崇祯七年（1634）进士，官户部主事，擢郎中，授江西饶州知府，十五年（1642）辞官，"资斧竭淹滞淮上"，次年二月莱阳城破，其母与诸兄允振、允擢、允扳、允撝及一族共十七人殉难。明亡后，入崂山隐居不仕，受黄宗昌之邀与宋继澄在崂山玉蕊楼、张村等处设馆授徒十余年，布衣蔬食，晨夕樵汲，唯一老仆，后归乡卒。工诗善琴能文章，尤爱山水，足迹所至遇名胜无不游。其遍游崂山名胜，其《栎里子游崂山记》中，收有游记十三篇，诗七十余首，对崂山的人文景观和自然景观记载甚详，著有《希范堂集》《廉吏传》《高士传续编》及《栎里子集》十五卷。

第三节　孙镇、宿凤翯、赵士喆与掖县作家群

掖县亦称东莱，即今莱州市，位于渤海之滨，明末作家以赵氏、宿氏等望族子弟为主，另有毕拱辰、孙镇等名家，东莱诗人与莱阳作家群交往密切，同入复社，以赵士喆为冠冕。

一　毕拱辰、孙镇、宿凤翯等

毕拱辰（？—1644）字星伯，号湖月，莱州掖县（今莱州市）人，万历四十四年（1616）进士，累迁山西兵备佥事，崇祯十七年李自成攻太原，与巡抚蔡懋德以死守，城破抗节死，乾隆中赐谥烈愍。

毕拱辰好读书，工诗，有《珠船斋诗》《凫溪存稿》《旅咏草》《瓯余草》《系曜近草》等。王士禄《涛音集》云："金宪博综鸿秘，不减曹仓、邺架，《莱乘》一编，文献所资，为诗无恢诡惊艳之才，而好慕青

藤、谯庵诸公，不无邯郸之恨。然刈其榛芜，撷其苕秀，亦复矫矫不凡。其句如'千峰低雁影，十里辨龙腥'；《读魏珰始末》云：'纸上忠魂余血泪，人间羽党尚须眉。'《示内》云：'糈薄只堪添鹤料，局寒仍欲泣牛衣。'《赠友》云：'六朝恨草频相负，八米新吟蹇自嗟。'又'范成岛佛金千笏，梦到江花笔几床。'皆有别趣。"①

毕拱辰诗风沉郁凝练，厚重多慨。如《赠李挥使造船瓜洲》：

> 烽高海国已频年，舟楫何人问济川。北地雄风推李广，中原长技属楼船。曲江涛色千帆出，浮玉钟声一水悬。忆尔扬舲东首日，淮流三月碧于天。

工稳遒雅。

孙镇字宁之，号介邱，莱州掖县（今莱州市）人，天性聪颖，读书寓目不忘，幼入胶州县学为诸生，工吟咏，喜山水，博学广取，自汉魏三唐歌行古风排律，茹精濯髓，著有《大风社集》。清初王士禄收入《涛音集》卷二，评曰："宁之拟古乐府，得其声情，自是绝技。五古秀挺，七言歌行跌宕有气。"王士禛评曰："宁之五言，颇学汉魏、三谢，然自是盛唐佳境，时有桀骜之气浮动眉宇。七言放歌，杂之杜陵，几难复辨。至拟古乐府等作，古崛奥衍，斑驳陆离，直与北地抗行。惜其长辔未骋，而芳兰早凋，令天假之年，吾未测其所至也。"② 对孙镇各种体裁之作均给予高度评价。陈田以为孙镇古乐府不事模拟，"古直苍凉……近体摹仿少陵，时有奇句。选家录明诗无有知宁之者，王西樵教授莱州，编《涛音集》，乃取宁之诗而论次之。世无西樵，如宁之者，亦埋没于荒烟蔓草而已"③。以为孙镇成就甚高而不著诗名，幸有清初王士禄慧眼识珠，得以放其光彩。

孙镇拟古乐府多以写时事，汲取的正是乐府诗"感事而发，深于哀乐"的现实精神，如《拟古善哉行》气貌简古，怨悱凄恻，充满了对末世纷乱的忧虑。

五古如《行役》二首写行路沿途所见田园荒芜，生业凋敝，百姓困苦的景象；《田横岛》《劳山》《幸台》《大珠石室》《宁戚墓》《古长城》

---

① 参见陈田《明诗纪事》辛签卷 2，上海古籍出版社 1993 年版，第 2842 页。

② 参见陈田《明诗纪事》庚签卷 27，上海古籍出版社 1993 年版，第 2731 页。

③ 陈田编：《明诗纪事》庚签卷 27，上海古籍出版社 1993 年版，第 2731 页。

等描绘古齐国的遗迹，览胜怀古，纵横驰荡，苍凉激楚。如《幸台》云：

> 晚登古台上，北风何萧萧！海空蜃楼灭，天广蓬山遥。汉武昔爱仙，巡游此招要。税驾当利城，山川莽来朝。行幄岂不华，势欲凌云霄。安期不可待，龙颜亦以凋。霓旌变浮烟，笳鼓散鸣潮。地古池馆尽，年深碑版销。如何千载下，雄名丧轻飙。龙去不再还，鸟啼夜寥寥。惟有旧时月，依然满山椒。

登临汉武巡行古台遗址，描绘荒凉旷荡的景象，指出了武帝求仙的荒谬。

七古雄浑捭阖，丰情壮采，才气飞扬。如《徐尔行自青州来视余病……欲归作歌赠之》中云：

> 去年东走长安城，长安飞雪燕山平。王侯见士如见鬼，黄金为宝文章轻。归来闭户渴欲死，林间病骨相支撑。徐郎驱马青州道，高谈《七发》雄风生。病夫起坐感离别，寒暄数语形神清。……

孙镇近体沉郁顿挫，凝练浑厚，得杜甫三昧。五律《群盗》反映了明末起义纷起，民不聊生的动乱现实。诗云：

> 杀气生群盗，妖氛失汉旌。黄巾横四野，白日闭孤城。守吏无人色，苍生有哭声。恐烦东郡顾，垂望正含情。

七律《秋怀》苍凉悲怆，弥漫着深感末世王朝衰飒不振、无力回天的悲哀与痛楚。诗云：

> 黄金台畔草萧萧，碣石宫烟锁寂寥。市骏代非遗骨立，谈天名在古人遥。平沙落月迷寒雁，荒塞征蓬走夕飚。今日悲歌徒感慨，英灵千载不堪招。

总之，孙镇诗中充满着郁勃苍凉的时代情绪，也清晰地展现出明末动荡不安的社会现实。

宿凤翥字孟威，号樊桐，莱州掖县（今莱州市）人，有《尚白斋诗》。王士禄《涛音集》卷三云："樊桐五古，专摹建安以上，似不屑晋、宋。近体亦臻老格。"王士禛云："樊桐与宁之力追正始，《选》体沉古遒迈，原本河梁，杂以乐府。七言雄郁，意得处直逼少陵。"陈田以为："孟威与孙宁之唱和，趋法略同，古体不及宁之。"[①] 宿凤翯诗以五、七言律见长，五律《秋野》云：

> 病起惟尊酒，愁吟独野行。海浮莱子国，山接不其城。序晚群芳落，天晴旅雁鸣。乱山云雾里，的的断霞明。

久病新愈，郊野漫步，笔致清婉简远，有东汉五言诗之风。七绝《登马鞍山》新异出尘，骏爽风发。诗云：

> 远雁平沙烟寺钟，万山苍翠削芙蓉。拂衣一望秋如水，海气遥吞七宝峰。

弟宿凤起、宿凤鸣皆能诗。宿凤起字冲之，号石巢，凤翯弟，有《清虚馆诗》。其《西园杂咏》诗云："颇爱山居好，疏在常不冠。莺啼觉昼永，花落识春蚕。竹外寻棋局，沙头理钓竿。升沈事已矣，云外独加餐。"叙山居闲散之乐。宿凤鸣字伯韶，学禅，著有《丛石山房稿》。其《虎溪待月劳林上人相迎》诗云："一生身已似枯禅，每坐高僧水竹边。偶为看云过别壑，漫劳飞锡下诸天。经坛月出花空落，香径人归虎独眠。莫道传心容易静，须知喻法在青莲。"满是禅机。

二　赵士喆兄弟

赵氏世为掖县人，因嘉靖、隆庆间赵燿、赵焕兄弟皆中进士而大显，万历间弟赵灿又中举，有"三凤"之誉，子孙甚藩，成为明末胶东的一大望族兼文学家族。明清之际，赵士亮、赵士宽、赵士完、赵士喆、赵士冕兄弟又有"五龙"之称。以赵士喆成就最高，人品气节尤为当世推重。

赵士喆字伯濬，赵灿孙，赵禧昌子，贡生，于明末倡山左大社以应复社，战乱之际，组织乡兵护卫乡里，入清不仕。《静志居诗话》云："伯濬倡山左大社，以应复社，捍乡里之牧圉，效信国之集句。尝削稿纵谈天下事，思上之朝，见陈启信用事，耻之，不果，颠沛终老。殆临江节士、扶风豪士之流。"[②] 王士禛《渔洋诗话》云："甲申，避兵松椒山，遂不

---

① 陈田编：《明诗纪事》庚签卷8，上海古籍出版社1993年版，第2388页。
② 朱彝尊：《静志居诗话》卷21，人民文学出版社1990年版，第662页。

归，与弟子董樵耦耕海上……弟士亮、士冕等皆能诗。"① 松椒山位于文登海滨，去掖县五百里，士喆躬耕读书，终身不归，著有《观物斋集》《东山诗外》《石室谈诗》《建文年谱》《皇纲录》《辽宫词》等，卒后门人私谥"文潜先生"。王士禄挽诗云："纵使魂兮化朱鸟，也应独食首山薇。"

《池北偶谈》云："（士喆）尝作《辽宫词》百首，可与周宪王（按：应为周定王朱橚）《元宫词》颉颃。"② 其中二首云：

> 四楼城阙尽东开，正旦诸王面面来。磔犬烧羊捅乳酒，君臣团坐笑传杯。
>
> 扈跸宵征敢冒寒，侍儿应作健儿看。锦靴貂额戎装好，不用郎当舞袖宽。

刻画了契丹游牧民族的饮食住行和豪爽勇武的性格，充满浓郁的异族风情。

伯濬诗多咏史、隐逸题材，诗风从容沉厚，悲慨万端。长诗《辛巳道中作》共五十八句，作于崇祯十四年，叙及清兵于崇祯十一、十二年入寇，劫掠直隶、山东后，两省又连接两年遭受旱蝗之灾，民不聊生，从而引发大规模起义之事，反映了明末动荡的社会现实，堪为诗史。诗中写至武定州（今山东惠民县）时所见：

> 行行至武定，目击多酸楚。巷陌骨如霜，居民面如土。父老为我言，前岁遭屠卤。流移犹未归，尺籍多虚伍。如何米豆征，敲扑猛于虎。齐城七十二，南下连邹鲁。诗书弦诵地，大半经桴鼓。已乱不能剿，未乱不能抚。商河唇齿邑，群盗自吞咀。

明王朝已是危机重重、行将覆没。对此，赵士喆不禁忧愤满怀：

> 予闻父老言，孤愤填胸臆。圣主悯时艰，忧勤同二祖。破格欲抡才，每为权奸阻。养成狐鼠骄，坐使英雄腐。纷纷肉食流，缓急何足

---

① 王士禛撰，梁宗楠编：《带经堂诗话》卷19《栖隐类》第21条，人民文学出版社1963年版，第549页。
② 同上书，卷21《采风类》第4条，第613页。

数。父老欲有言，涕泗零如雨。驱马舍之去，不敢深相语。登莱幸小
康，暂且归林圃。壮心犹未下，时作闻鸡舞。

感慨崇祯帝虽欲励精图治，而积弊难改，国已无可救药，感时忧国的同时
展现了自己胸怀壮志、报效国家的雄心和抱负。《拜齐高士王蠋墓》是其
心灵的独白：

> 布衣殉社稷，起复为感恩？大节不可毁，至性不可泯。

交代了以一介布衣身份抗节不屈并非出于对前朝帝王的感恩之情，乃文人
士大夫之大节所在、至性所存，展现了更高境界的胸怀与儒生自觉追求道
德自律和人格完善的精神。

赵士元、赵士亮、赵士宽、赵士完、赵士冕皆赵耀之孙，赵胤昌
之子。

赵士元字汝长，号青丘，明末贡生，历任夏县训导、陕西泌水县知
县，官至泉州府同知。著有《竹石居诗稿》。

赵士亮字汝寅，号丹泽，贡生，官东安知县，明亡后不仕，携子隐
居，著有《龙溪草》。王士禛于《涛音集》中云："丹泽与孙宁之、宿樊
桐鼎力一时。《秋兴》《塞上》诸篇，已造境地。"[1]《秋兴》诗云：

> 王气钟山近有无？金陵自古帝王都。松杉犹带前朝色，台殿时思
> 佩玉趋。苍鼠昼冥翻碧瓦，荒苔秋老锁雕铺。石城北地秦淮水，想像
> 当年入霸图。

格律整炼，沉郁苍凉，充满黍离之悲，故陈田云："玩《秋兴》一篇，似
汝寅鼎革后尚存。"[2]

赵士宽（？—1635）字汝良，号菉斐，官生，以门荫为凤阳府通判，
驻颍州。崇祯八年正月，方谒上官于凤阳，闻闯兵至，一日夜驰三百里返
归颍州。率民固守，城陷，率家众巷战，力竭，投城下乌龙潭死节。妻李
氏携三女登楼自焚，仆王丹亦骂贼死。事闻，赠士宽光禄寺寺丞，著有
《芸窗诗存》。

---

① 参见陈田《明诗纪事》庚签卷 28，上海古籍出版社 1993 年版，第 2752 页。

② 陈田编：《明诗纪事》庚签卷 8，上海古籍出版社 1993 年版，第 2388 页。

赵士完字汝彦，号琨石，崇祯五年（1632）举人，官福建流县令，战乱弃家南下，栖身废寺中，颠沛流离，后北归，入清不仕，著有《璞庵诗稿》。顾炎武顺治十四年（1657）至山东时与之订交，并居其家，经其介绍结识任唐臣。任唐臣字子良，出身掖县大族，明末贡生，入清弃科第，家富藏书，顾炎武应其请为作《莱州任氏族谱序》，收入《亭林文集》卷二。赵士完《送张瑶星南归》诗云："依稀沧海东，遥见田横墓。挥涕欲沾巾，诗成鬼神怖。"借不肯称臣于汉，率众避居海岛的义士田横表达了遗民不屈而苍凉的情怀。

赵士冕字汝仪，号稼庵，贡生，清初历浙江湖州府推官，仕至江南镇江府知府。性好侠，喜交游。清初新城王士禄官莱州教授，与弟王士禛皆与其唱和，过从甚密。著有《稼庵近草》《吴越吟》《三山草》《白门草》《半塘草》等。

第四节　黄宗昌、杨连吉与即墨作家群

即墨作家群以黄氏、杨氏、蓝氏等望族子弟为主，与莱阳作家群往来密切。两地清初均有大量遗民诗人，清初宋继澄、张允抡等名士都曾授徒于崂山黄宗昌之玉蕊楼、张村等处。顾炎武亦至即墨与诸人定交唱和。黄培则主盟丈石诗社，多发故国沦丧之悲与悼怀之思，后因康熙间"黄培诗案"遭受重创。

一　即墨黄氏作家

黄氏乃即墨仕宦大族，于永乐初年由益都棘林村（今青州市谭坊镇吉林村）迁居即墨。发迹于黄作孚（约1516—1586），黄作孚字汝从，嘉靖三十二年（1553）进士，观政兵部，正值严嵩擅权，忠臣杨继盛被杀，黄恶其所为，一日于严嵩处谒见，忽忆杨继盛临终诗，不觉口自吟出，为严嵩所衔，后任高平知县，临政宽缓，任人不疑，下属受严嵩党羽怂恿诬告，遂罢官。家居后，与弟黄作圣于即墨东南群山中创建下书院以育子弟，有《切斋诗草》。黄嘉善，黄作圣子，字惟尚，号梓山，万历五年（1577）进士，官至兵部尚书，有《见山楼集》。作孚孙黄宗昌、嘉善子黄宗庠、曾孙黄坦、黄培等皆擅诗。

黄宗昌（1588—1646）字长倩，号鹤岭，即墨城里人，天启二年（1622）进士，任雄县知县，时魏忠贤党羽猖獗，到任后，立即将雄县境

内横行不法的阉党——正法。后调清苑知县，独不为魏忠贤建生祠。崇祯初选授山西道御史，上《纠矫伪疏》，"请罢除天启弥留时阉党矫旨伪官，劾罢阉党有功，可谓勇于触邪者也"。又上《纠无行词臣疏》，弹劾周延儒等"淫嬉无度，欺罔擅行，受贿卖官，贪赃枉法"数罪。崇祯二年冬，巡按湖广，查处岷王朱禋洪被杀案，群奸伏诛。以劾忤阁臣温体仁、周延儒，遂归。崇祯十五年，清兵围即墨，黄宗昌变卖家产作军饷，率乡人拒守，城获全。仲子黄基中流矢而死，黄基之妻周氏及三妾——郭氏、二刘氏殉之，人谓之"一门五烈"。北京陷落后，黄宗昌将南赴，而城被围，于变乱后家居二年，握发以终，不曾剃头。晚年因仰慕汉代大儒郑玄，故于即墨东南群山中的郑玄康成书院遗址下建玉蕊楼，寻胜探奇，吟诗抒怀，黄氏子弟皆读书于此，著有《恒山游草》《于斯堂集》《崂山志》《崂山名胜志略》等文稿数十卷。

其《七夕有怀》诗云：

> 危坐抚佳节，萧萧但雨声。闺中儿女态，天上别离情。秋入玄蝉急，年侵白发生。所嗟垂老意，张角总无成。

有无限伤感之情。《故园》云：

> 新葺茅斋木板扉，寻常高卧到斜晖。遥怜旧植青桐树，久贮清荫待我归。

流露了对家园、故乡的思念和向往。

黄宗庠，黄嘉善第三子，字我周，号仪庭，崇祯十六年（1643）进士，通政司观政。为人简重有威，深得乡人敬重，性恬淡，不乐仕进，在崂山之华楼山西北白鹤峪筑镜岩楼隐居，读陶诗，学颜楷，自号"镜岩居士"，著有《镜岩楼诗集》。写了许多盛赞崂山的诗篇，其《白鹤峪悬泉咏》一诗中有"千金买山陬，所惬在一泉"之句，即指其别墅镜岩楼。

黄坦（1607—1689），黄宗昌长子，字朗生，号惺庵，明崇祯十二年（1639）副榜，任浦江知县，勤政清廉，洁己爱民，后以家事去任，宦囊如洗，幸赖士民助之而归。明亡后，继父志补成《崂山志》，并继承其父生前的意愿，捐资鸠工，会同即墨准提庵僧人慈沾兴建华严庵，著有《秋水居诗集》两卷。

黄培（1604—1669）字封岳，号孟坚，明末以荫官锦衣卫指挥佥事，有《含章馆诗集》。据黄宗昌《崂山志》卷六《物产》记载，甲申年，其侄黄培辞官归乡葬母，于八仙墩见大石如墨，可丈许，光射目，从者二三人，扶而植之如山立，朴而润，有峰峦可像，遂树于斋，名其书斋曰"丈石斋"。明亡后不顾禁令，宽袍大袖，蓄发留须，还曾通过董樵支援于七义军物资。顺治十四年（1657），莱阳宋继澄设馆授徒于黄家，遂首倡"丈石诗社"，黄培为主盟，唱和之作多有涉及故国之思与仇视新朝之语。成员还有宋继澄之子宋琏、黄氏之黄坦、黄堣、黄壦、黄壧、黄垍、黄坪、黄贞麟、黄贞明，蓝氏之蓝湄、蓝启蕊、蓝启华，莱阳张允抡、董樵等，诗社活动于1661年，1662年达到顶峰。不料康熙四年（1665）与黄培父子有隙的蓝溥、金桓以反清复明之罪告至莱州道，后得以和解。次年与黄培结怨颇深的仆人之子姜元衡又告至省督抚署，黄培被逮，康熙八年被杀。诗社遂之消散。

二　即墨杨氏作家

即墨杨氏文学自弘治时的杨良臣，一直绵延至明末的杨连吉，五世中有四代名于诗。

杨良臣字舜卿，弘治十一年（1498）举人，官太原通判，为人极孝悌，居官有功于当地，著有《南庄遗稿》，展现了澹泊旷达的情志与胸怀。长子杨舟、次子杨盐（详见第十章第六节）皆工诗。杨舟字尔浮，号载轩，邑诸生，有《载轩遗稿》。杨嘉祜字见素，杨舟孙，邑诸生，有《叩缶集》，一生未仕，故其诗多写闲散的田园生活，不时流露出偃蹇困窘的愁苦。杨盐曾孙杨遇吉、杨连吉、杨进吉等皆擅诗。

杨遇吉字晋生，崇祯间诸生，负性慷慨，多谋略，登莱道丁公欲荐其为官，杨遇吉以母老弟幼固辞不就。隆庆年间，曾任宛平知县的即墨举人胡从宾在崂山乌衣巷筑有别墅，因胡氏与杨遇吉为亲谊，明亡后，胡氏族人遂以此别墅相赠，遇吉乃同弟连吉携家隐居于崂山乌衣巷，其《移居劳山》五言古诗中有"移居向南山，始惬此幽独"之句。

杨连吉字汇征，崇祯间邑诸生，与黄宗昌交善，癖耽烟霞，酷爱山水，工诗有文名。与兄隐居乌衣巷，览山赋诗，寄情山水，有《悠然庐集》一卷。与堂叔杨嘉祜一样，杨连吉诗皆写隐居山野的处士生活，却无愁苦之音，以平静悠然的心态，展现着对恬淡自适生活的品味。如七绝《还山》云："九月下山三月还，门庭如故草芊芊。东风吹绽杏花色，始悔城中又半年。"又如《村居》：

寂寂山村僻，居邻不数家。柴门终日闭，生事任年华。细雨滋秋草，绪风开野花。迩来从吾懒，常是对烟霞。

僻远的山村中，诗人闭门独居，看花开花落，任岁月流逝，这种内心的平静与安宁其实正是文人士子的操守之所在。又如《秋凉》：

帘帷渐渐下，节候觉初凉。满径藓花碧，隔溪山果黄。河声犹作涨，露色已成霜。自爱千峰静，凭栏待夕阳。

杨连吉的心态，颇似老僧，在禅悦澄静中体悟人生，故笔下一片明秀澄澈，确实达到了王维所谓"气和容众，心静如空"的"无我"之境。

弟杨进吉字大复，崇祯年间增生，因两位兄长隐居崂山乌衣巷，故亦徜徉其间，曾品评并诗赞乌衣巷八景为"四围青嶂""莺语梨花""避暑岩潭""墨矶垂钓""东山待月""长河秋涨""千林红叶""雪满群山"。著有《客雉草》一卷。

第五节　丁耀亢与诸城作家群

山东是清初遗民人数较多的省份之一，以新城、莱阳、诸城等地为最多。当时诸城诗坛以"十老"最负盛名，说法不一，诗人众多。王乘箓、张衍、张侗、徐田、隋平、赵清、臧允德、丁豸佳及侨寓诸城的乐安人李焕章、李灿章，益都人杨涵、王屿似，直隶人马鲁等皆为遗民。丁耀亢、丘石常、丘志广、刘翼明、李澄中虽出仕清朝，多出于生计，丘志广、刘翼明官训导，丁耀亢、丘石常由教谕升知县，均不赴。张衍、张侗兄弟于城西辟"放鹤园"（位于今枳沟镇普庆村），供诸城及旁邑文士往来侨居、诗酒唱和，城外卧象山亦游会之所，武定李之藻、江都洪名亦时常往来，使诸城成为当时遗民的一个活动中心。

一　丁耀亢

丁耀亢（1599—1669）字西生，号野鹤，又号紫阳道人、野航居士，六十岁时目疾，遂自署木鸡道人，青州诸城信阳镇大村（今青岛胶南市大村镇）人，明诸生，入清以顺治四年（1647）拔贡，官至惠安知县。

丁氏为诸城望族，丁耀亢家世甚盛，祖父丁纯，明经出身，父丁惟

宁、族兄丁自劝皆为明末进士，仕宦有政声；弟丁耀心、从子丁大毂俱中
崇祯举人。丁纯、丁惟宁亦能诗。且散曲为丁氏家族之所长，丁耀亢及祖
父丁纯、从祖丁綵、从父丁惟恕皆工散曲。丁耀亢幼年失父怙，发奋攻
读，少颖异，有智略。二十岁补诸生，有声名，独屡试不第。性巍奇，好
游，负奇才，倜傥不羁。《今世说》云："襟期旷朗，读书好奇事，高谭
惊座，目无古人。"万历四十七（1619）年，二十岁的丁耀亢负笈云间，
从董其昌、乔剑浦游，翌年在苏州虎丘与陈元素、赵宦光共结山中社。既
归，郁郁不得志，与莱州王子房同负经济大略，讲求经世之学，又得屈原
《天问》之启发，作《天史》十卷，记历代天象吉凶诸事，兼抒生不逢时
的感慨，以示益都钟羽正，羽正奇之，稿后被焚于南都。

崇祯十五年（1642），清兵攻占诸城，丁氏家族奋起抗之，罹难者颇
众，其弟、侄皆不免。丁耀亢携母入海避兵，始得幸全。甲申鼎革，与刘
正宗入海南谒淮镇刘泽清，授以赞画，后被荐为王遵坦监军。顺治二年，
弘光朝灭亡，刘、王相继解甲降清，邀其共投豫王多铎，丁耀亢闻变，乘
夜登舟而归，辗转青州、莱州、胶州、沂州等地。

入清后，于顺治四年（1647）游京师，与王铎①、龚鼎孳②、傅掌雷、
刘正宗、薛所蕴③、张文光④等由明入清而出仕诸人交游酬唱，以诗抗衡，
日赋诗于陆舫中，诗名大噪。迫于生计，由顺治四年拔贡，于明年出任镶
白旗教习，时年50。顺治十一年授容城教谕，后迁福建惠安知县，未就
任而归，康熙四年因著《续金瓶梅》被祸下狱，免死，僧服苦行，潜心
著述，康熙八年卒，年七十一。

丁耀亢博学有才，工古文、诗词，兼通词曲，有《丁野鹤诗抄》十
卷，《丁野鹤集》十二卷，据邓之诚《清诗纪事初编》，其中《逍遥游》
二卷、《陆舫诗草》五卷、《椒丘诗》二卷、《江干草》《归山草》《听山
亭草》各一卷，收崇祯六年至康熙八年共三十七年之诗，附《化人游》
《赤松游》《西湖扇》戏曲三种。崇祯五年以前，有《问天一刻》（《问天
亭放言》）。据其子丁慎行《西湖扇跋》所记，丁耀亢尚有《天史》十
卷、《漆园草》（已佚）、《表忠记》（又名《蚺蛇胆》）、《非非梦》、《星

---

① 王铎字觉斯，河南孟津人，天启二年进士，入清官至大学士。

② 龚鼎孳字孝升，号芝麓，江南合肥人，崇祯元年进士，官兵科给事中，入清官至兵部尚书。

③ 薛所蕴字行屋，号行坞，又号桴庵，河南孟县人，崇祯元年进士，官国子监司业，入清官至
礼部左侍郎。

④ 张文光字谯明，号坦公，河南祥符人，崇祯元年进士，入清官按察副使。

汉槎》等作，并以刊行。入清著有小说《续金瓶梅》，另有笔记《出劫纪略》《家政须知》存世。另记载有《落叶》一卷、《管见》一卷、《乐府》二卷。《醒世姻缘传》一书据传也为其所作。

丁耀亢素有诗名，早年推崇雅正雄浑，对竟陵诗风多有批评，如《逍遥游》之《约邓孝威共订杜诗名以清归破时调也因次元韵》云："谈诗久已谢时能，新调空传说竟陵。春蟫有声吹细响，干萤无火续寒灯。乱鸣郊岛终难似，厚格杨卢岂合惩。千古高深岂五岳，君看何处不崚嶒?"对竟陵派苦寒细弱之调不乏讥讽。丁日亁《逍遥游叙》亦云其"叱黜竟陵"，泂为雅宗。显示出齐鲁文化传统对其影响之深。

入清以后，家国身世之痛、十年抱剑之悲，使丁耀亢诗风由风致雅正转为牢骚亢厉，以楚骚自托。康熙《诸城县志》卷7云："公之诗刻苦雄杰，不寄人篱下，自成一家言。"① 乾隆《诸城县志》卷36《文苑传》云："为诗蹈厉风发，少作即饶风韵，晚年语更壮浪，开一邑风雅之始。"②《四库全书总目》云："耀亢少负隽才，中更变乱，栖迟羁旅，时多激楚之音。自入都以后，交游渐广，声气日盛，而性情之故亦日薄。"③

据王士禛记载："徐东痴言，少时于章邱逆旅见一客，袴褶急装，据案大嚼，旁若无人。见徐年少，呼就语曰：'吾东武丁野鹤也。顷有诗数百篇，苦无人知，子为我定之。'因掷一巨编示徐。尚记其一律云：'陶令儿郎诸葛妻，妻能炊黍子烝藜；一家命薄皆耽隐，十载形劳合静栖。野径看云双屐蜡，石田耕雨半犁泥；谁须更洗临流耳，戛戛幽禽尽日啼。'野鹤晚游京师，与王文安（铎）诸公倡和，其诗亢厉，无此风致矣。"④故丁日亁《逍遥游叙》评其诸作云："横槊朗吟，天地震动；酾酒歌呜，风雨昼来。"⑤《归山草》卷二之《焚书》云："帝命焚书未可存，堂前一炬代招魂。心花已化成焦土，口债全消净业根。奇字恐招山鬼哭，劫灰不灭圣王恩。人间腹笥多藏草，隔代安知悔立言。"记《续金瓶梅》遭禁毁事，对自己的书稿给予高度评价，相信将来还能传世。自信与悲愤同时流露笔端，丁耀亢不羁的性格亦可见一斑。

---

① 参见赵景深、张增元《方志著录元明清曲家传略》，中华书局1987年版，第194页。

② 同上书，第195页。

③《四库全书总目》卷181《丁野鹤诗钞提要》，中华书局2003年版，第1652页。

④ 王士禛：《池北偶谈》卷12《谈艺二》"丁野鹤诗"条，《历代笔记史料丛刊》，中华书局1997年版，第270页。

⑤ 丁耀亢：《逍遥游》前序，《四库禁毁书丛刊》，北京出版社1998年版，集部第186册，第9页。

二　邱志广、邱石常

邱志广（1595—1677）字海粟，又字洪区，号蝶庵，世居诸城柴村，故又以柴村为号，入清由岁贡官济南长清训导。与侄邱石常齐名，又与刘翚友善，踪迹行年相似，而自谓才不及刘翚。有《柴村集》十九卷，其中文十二卷、诗五卷、赋一卷、自药一卷，末附其孙邱性善所著《德滋堂歌诗》及邱志广小传共一卷。喜读程朱之书，所著理学之文不传。《柴村集》中有《自药》一卷，盖其箴铭语录之类，"多阅历有得之言。心平气和，宜其有耄耋之寿"。① 又曾收章丘梁顾为女弟子。

《柴村集》首有李焕章所作序及《邱先生传》，称其文长于议论，如《东坡志林》。邓之诚云："自今观之，文不入格，称谓鄙俚，关夫子刘皇叔之称，同于演义。然清言娓娓，人情人理，不以诘屈怪异为高，亦有足取。"② 《四库全书总目》提要云："志广少好神仙，学于道士齐本守，后乃从马从龙讲学，故所见杂出儒、墨之间。其文长于议论，然称所欲言，词不多择。诗尤涉《击壤集》派。其甥李澄中序，谓'杂以诙谐，出以调笑，亦觉风流蕴藉，无不宜人'。澄中，山左胜流，非无鉴别，殆以母党尊行，故婉词见意欤？"③

邱志广诗虽谐谑超腾，但身经易代之乱，间有沉抑悲慨之作，如《柴村今体诗钞》卷三之《乱后》其一、其二：

> 五亩空宅劫焰微，蓬蒿满院旧居非。凄凉白骨寒秋雨，萧索青林挂落晖。补葺一茅尘灶冷，荒埋三径野花飞。纵余几个人如鼠，狐兔相怜问瘦肥。

> 夕阳影里壁参差，秋断缭垣细雨时。绣阁草深雄鼠坐，画堂土满野蒿欹。三更鬼哭生寒夜，百堵云荒落女陴。多少五陵公子去，半成白骨半山移。

写经历明清易代战乱劫掠后家园荒芜，满目疮痍，白骨暴露，生灵涂炭。世家大族百不存一，或死或逃，劫后余生的人们惊恐犹存。战乱带来的痛苦如此深重，诗人心中的凄凉可想而知。

---

① 邓之诚编：《清诗纪事初编》卷6，上海古籍出版社1984年版，第689页。

② 同上。

③ 《四库全书总目》卷182，中华书局2003年版，第1650页。

　　佺邱石常（1606—1661）字子廪，筑海石山房于诸城九仙山东北麓（今邱家店子村），故号海石，明末副贡生，明亡避乱浙东，入清选利津训导，升高要知县，不赴。撰《楚村诗集》六卷、文集六卷，收诗512首，文97篇。

　　其人高颧伟干，目炯炯，神光射人。家世贵盛，少时与兄邱子和及刘翼明、陈木公、戴宾庭读书于铁沟园（一作铁水园）中。早负盛誉，与丁耀亢齐名，往来于江淮吴越间，所交悉天下奇男子。王士禛《古夫于亭杂录》记二人逸事云："诸城丁野鹤与邱海石友善，而皆负气不相下，一日饮'铁沟园'中（东坡集有《铁沟行》，即其地），论文不和，邱拔壁上剑拟丁，将甘心焉，丁急上马逸去。"[1] 二人性气相似，出处亦同，入清皆由教谕官知县，又均未赴任，故邓之诚云："大约石常与丁耀亢皆权奇好事，不屑计较名节，且视富贵甚轻，及其穷也，虽末职亦复甘之，不乐又复弃去。视杀身成仁为无济于事。两人才情行径略同。"[2] 归后居九仙山，日与中人射猎豪饮，所著日富，曾于顺治十四年赴济南大明湖"秋柳诗社"唱和。殁后王士禛有《岁暮怀人绝句》云："九仙诗人丁野鹤，挂冠仍作武夷游。齐名当日邱灵鞠，埋骨青山向几秋。"

　　邱石常诗风放笔驰骋，古体诗浩瀚纵横，不可一世，近体诗则才气跞驰，端倪莫辨。文风则汪洋恣肆，长于雄辩。邓之诚云："子羽（刘翼明）序其诗谓不为公安、竟陵、虞山、云间所移。赋性若剑铔江涛，任气若雷鸣电掣，不为格法所绳。石常亦自称'文尝喜聱牙，诗不爱《选》体'。诗文皆有奇气，富于辩才。"[3] 其诗多有事可指，议论时事。如《感事》：

　　　　憨然啣面即行吟，处士何妨横议深。杀菽雾霜非令甲，啮人儿女岂天心？竹屋谁胜扬州鹤，海物惟甘瓜子金。苇络护窗书一寸，且消新茗听幽禽。

似讽咏清兵破城，烧杀劫掠事。《有感》似刺宫女不得放还：

---

① 王士禛撰，梁宗楠编：《带经堂诗话》卷11《指数类下》第42条，人民文学出版社1963年版，第263页。

② 邓之诚编：《清诗纪事初编》卷6，上海古籍出版社1984年版，第687页。

③ 同上书，第686页。

　　　　银河只隔水盈盈，诏下文姬不许行。才貌如卿值一死，风流无主奈多情。嫌笼娇鸟开何日？抱柱迂生哭有声。闻道南宫皆赐配，梦中呓语望成名。

《陈子瑜辞家有年矣，城破后归来》写清兵破城后荒凉凄惨的景象：

　　　　鲸鲵血尽始归来，城郭人民强半灰。谁意吴门老乞士，及看漳水没高台。故宫离黍收三径，荒草孤坟破一堆。南北地天惟笑傲，野藜花发日衔杯。

皆字字沉痛，鼎革之初民不聊生之状，即此可见。

　　其《马上见》一绝则神闲气清，悠扬流丽，淡雅可喜，视咏事诸作，另一风味。诗云：

　　　　薄罗衫子凌春风，谁家马上口脂红；马蹄踏入落花去，一溪柳条黄淡中。

大有王士禛神韵风调，故为其《古夫于亭杂录》所载。

　　文则多记履历，历历在目。《招亡妻马孺人文》回忆明亡后与妻子避乱杭州山中，妻子再三劝自己不要出仕，"虽古之义士，何以加诸"？《邑侯夏公除荒碑记》则为夏津训导时所作，虽为学官，却究心地方利弊，当时水深火热之状，亦可得见其实。

三　刘翼明、李焕章

　　刘翼明（1607—1688）字子羽，号镜庵，诸城（今青岛胶南市琅琊镇刘家村）人，曾与邱石常、陈木公、戴宾庭读书于铁沟园中，入清由岁贡生官利津训导，有《镜庵诗选》一卷，为李澄中所选，为《序》云："子羽少慷慨有经世才，喜交游，读书任侠，久不遇，蹉跎以老。贫益甚，乃讳言侠，专其力于诗。积五十年，存四千余首。"[1] 刘翼明好友胶州人王偭为仇家所杀，无子，子羽为哭诉于有司，仇得报，纪圣选作《青衿侠传奇》记其事，亦可见刘翼明年少时英风侠概。

　　王士禛《渔洋诗话》云："诸城刘翼明字子羽，居琅邪台下，老而工

---

① 钱仲联编：《清诗纪事》，江苏古籍出版社1987—1989年版，第4册，第2269页。

诗，余常爱其句云：'桃花柳絮春开甕，细雨斜风客到门。'"① 乃《自梁丘同马三如宿王申甫峒峪别业》中句，然全诗不称。

李焕章（1614—1688）字象先，号织斋，青州乐安（今广饶县）人，与弟李灿章晚年寓放鹤园，张衍特建"二李轩"以居之。明诸生，古文家，与侯朝宗、王于义、陈右庄号称四家文。明亡时 31 岁，不仕新朝，专肆力于诗文古词，品节甚峻。所著有《龙湾集》《无学堂集》《老树村集》《遁山堂集》等，有遗文二百四十七篇，凡百余万言，后合诸集而选为《织斋集钞》八卷，91 篇，别有《老树村文集》二卷，49 篇。

李焕章与济阳学者张尔岐友善，以周亮工为知己，并与顾炎武同修《山东通志》，曾致书顾炎武辨正地理，顾炎武作《谲觚十事》驳之，语辞过峻。王士禛曾招之，李焕章不欲交接贵人，不往，两人遂致疏绝，故《池北偶谈》于李焕章古文只字不谈，独谓其"能记前生事"②。李焕章亦自谓喜好禅宗，知前生将来，故不入名场，妻亡不再娶，好游，喜读佛书，栖于僧舍，将一切归之宿命。入清后，游历江南、汴洛、晋中、京师、鲁西南及胶东各地。

李焕章少时曾读书云黄山中，家有藏书，多读史，议论颇有识见。如《李忠文公文集序》《徐汝廉先生与钱大宗伯书书后》二文，感慨崇祯帝不肯迁都以至最终亡国；《科道姓名录序》讥刺明代科道之横行等。李焕章古文书论各体皆备，文风追求放逸驰骋，不屑为纡徐有致，笔力雄健。为同时诸家之佼佼者。《四库全书总目·织斋集钞提要》云："其文跌宕排奡，气极颇壮，而汪洋纵放，未免一泻无余。至于明季忠烈诸臣，多为立传，其表微阐幽，亦可谓留意史学。然所载不能一一审核……盖草莽传闻之词，随笔纪录，未足据为定论也。"③

其《郊居》诗云："不嫌荒僻甚，惟爱静无哗。杨柳阴三亩，芙蓉带万家。晚云横峭壁，新雨静平沙。正是高吟处，孤筇步月华。"描绘黄昏宁静的乡村，新雨初霁，杨柳葱茏，芙蓉盛开，晚云横掠山头，池塘波平浪静，景色宜人。诗人孑然一人，手拄一杖，高歌朗吟，漫步在月华之中，高蹈之风，自得之趣，呼之欲出。表达了作者耽幽爱静的生活情趣与

---

① 王士禛撰，梁宗楠编：《带经堂诗话》卷 12《佳句类》第 22 条，人民文学出版社 1963 年版，第 298 页。

② 王士禛：《池北偶谈》卷 20《谈异一》，《历代笔记史料丛刊》，中华书局 1997 年版，第 480 页。

③ 《四库全书总目》卷 181，中华书局 2003 年版，第 1637 页。

淡泊自适的胸怀。

第六节 王衮、王若之、徐振芳与青州作家群

明末青州诗人群包括益都、博山、沂水、乐安、安丘等地，多于明亡时罹难，幸存者或流寓他乡，或隐居不出，或出仕新朝，清初并无诗社活动之记载。明末以王若之、徐振芳为翘楚，清初则属刘正宗、赵进美等折节新朝者享有盛誉。

一 王衮、王遵坦

王衮字补之，一字幼迁，青州益都（今青州市）人，贡生，有《四难轩集》《慧业轩集》。兄子王遵坦序云："先生诗，取径孤淡，调节凄激，气所盘薄，卓乎为一家之作。"①《榆墩逸稿》云："今之能诗者，才人则益都王补之，其言超忽英丽，风起霞变。"陈田云："衮之（按：当为补之）名在复社，诗格斩新，不落当时成派。"②王衮诗多写对功名的蔑视和庙堂之外的愁苦与闲散，如《对酒》《午睡》《幽亭》《园行》等，也有不少抒发怀抱、反映时事之作，如《愁》《十伤》《感秋》《遁思》等。《幽亭》云：

> 乱叶结幽亭，山当四面青。溪连寒霭汲，门共野云扃。剩拥书十卷，宁须带万钉。匡床过驯鹿，机事已全冥。

写山野的生活，而无同类题材的园蔬花柳、酒友相招，自是一番新境。七律《愁》虽以愁为题，却无低徊愁苦之态，反而豁达大度，读来心怀为之一开，颇有劝世意味。诗云：

> 阅尽浮生曲折愁，拌将百念放归休。虚名与梦观何异？徂岁如驹挽不留。天上有方期炼骨，人间无地与埋愁。功名碌碌寻常事，犹恐无儿似邓攸。

① 参见宋弼《山左明诗钞》卷34，《四库全书存目丛书》，齐鲁书社1997年版，集部第412册，第346页。

② 陈田编：《明诗纪事》辛签卷25，上海古籍出版社1993年版，第3387页。

《自城居归视山园时淄青方乱二首》其二云：

> 小立林园岸幅巾，清池为洗素衣尘。欲从篱外骑驴径，去访村南屠狗人。旱后有虫裁豆叶，乱来无主祭村神。犹愁平地干戈满，未得为农老此身。

诗风爽健遒苍，在家国将亡时犹处乱不惊，可见王衮超乎常人的镇定与旷达。

王遵坦，王衮兄王漾子，与丁耀亢交善，明末弃儒而将，投刘泽清①麾下，屯兵于东海之中。南明弘光朝亡后，随刘泽清降清，"入京，授川抚，膏田大宅皆荒芜他售，卒没于川"②。王士禛《渔洋诗话》云："（王遵坦）博雅嗜古，诗学杨用修，源本乐府，与刘公子节之（刘孔和，详见下）倡和齐名，有《愿学斋集》。"③《渔洋山人文略》又云："王遵坦长身少须眉，状类寺人（太监），跌宕负奇，好饮酒击剑。父漾失势家居，无日不饮酒；叔父衮，才而数奇，亦跅弛放于酒，每饮酒辄呼遵坦与俱，各尽数枝石，酒酣相与赋诗，大歌呼为乐。客至辄不得通，顾独与孔和交善。遵坦别业在家桑谷，山水幽奇，数与孔和游止赋诗，或屏人促膝画地，语终日，人莫测也。王赠刘诗曰：'驴脊如柴少鞯勒，小挫风期非我曹。'刘亦赠王云：'何似冉家好兄弟，同心化出钓鱼山。'齐人皆目笑之，以为狂生。"④

王遵坦诗才情烂漫，《咏古玉镜子》云："世间铜臭入尘埋，圆璧千年出洛街。晓步想随双凤珮，晚妆应照九鸾钗。微茫斑驳云生面，错落光明月入怀。最好琼楼伴仙子，素娥斜捧上瑶街。"为王士禛所赏。

二　王若之

王若之字湘客，青州益都（今青州市）人，南京户部尚书王基之孙，祖籍莱阳，故称琅琊人，以祖荫除官，累迁南京户部金事。清兵攻破南

---

① 刘泽清字鹤洲，山东曹县人，官至左都督，加太子太师。李自成陷北京，拥立福王，设镇淮北，封东平侯，后降清，复谋叛，被杀。

② 丁耀亢：《出劫纪略》之《从军录事》，《明史资料丛刊》第二辑，江苏人民出版社 1983 年版，第 156 页。

③ 王士禛撰，梁宗楠编：《带经堂诗话》卷 11《合作类》第 26 条，人民文学出版社 1963 年版，第 279 页。

④ 同上书，卷 25《轶闻类》第 6 条，第 709 页。

京，流寓姑苏，不屈被杀，乾隆时赐谥节愍，有《湘客集》。

王士禛反复记载其人，《渔洋诗话》云："（若之）性嗜古，南渡避地姑孰，图书鼎彝之属尚兼两，后死金陵。若之风神清映，如晋宋间人，工诗及尺牍。"①《池北偶谈》云："（若之）为人萧洒疏诞，有晋人风致。工尺牍，好弹琴，善五言诗，尝刻尺牍、五言四卷。以门荫入官，仕至长芦都转运使。南渡，官金陵。大兵渡江，若之转徙，寓姑孰佛寺，以书画鼎彝古金石文字自随，车尚兼两。洪文襄公承畴谕之降，不屈死。王所宝古琴名'桐笙'，今尚在其家。"②《居易录》云："若之服官留都，放情山水，买舟游武林，穷湖山之胜。三忤奄寺，罢官居金陵。乙酉，辟乱姑孰。干戈崎岖，独载三代古鼎彝、法书、名画，兼两连舳，寝食与俱。其答人书云：'正唯草莽之中，当坚守一之节。'遂死。所与游者邹南皋（邹元标）、冯少墟（冯从吾）、钟龙渊（羽正）、张藐姑（张慎言）、李懋明（李邦华）、左萝石（左懋第）诸公，皆一代伟人。"③

《居易录》云："琅邪王若之，字湘客，孤情绝照，诗清真，无启、祯习气。"④ 其诗长于绝句，澹远俊逸，隽永清新，《初至金陵见月》云："素宇流孤月，清光照雁声。似从千里外，寄与故乡明。"《季夏北上浒山遇雨偶题三首》其三云："片时眼界澄清，鼻观与之俱省；脱巾解带匡床，消受荷花百顷。"《山居漫兴》云："红紫园林春事多，主人樽酒恣婆娑。好怀饶与芳时竞，一日花开一醉歌。"

三　高名衡、徐振芳

高名衡（？—1642）字仲平⑤，号鹭矶，青州沂水⑥大庄（今沂南大庄）人，崇祯四年（1631）进士，历官监察御史出按河南。崇祯十四年、十五年，李自成多次围开封，以守城功擢右佥都御史巡抚河南，加兵部右侍郎，以疾辞归，抵家两月，清兵至，夫妇同殉难，乾隆间赐谥忠节。有

① 王士禛撰，梁宗楠编：《带经堂诗话》卷10《指数类上》第19条，人民文学出版社1963年版，第239页。

② 王士禛：《池北偶谈》卷9《谈献五》"王若之"条，《历代笔记史料丛刊》，中华书局1997年版，第211页。

③ 王士禛撰，梁宗楠编：《带经堂诗话》卷19《节义类》第18条，人民文学出版社1963年版，第536页。

④ 王士禛撰，梁宗楠编：《带经堂诗话》卷10《指数类上》第19条，同上书，第239页。

⑤ 《四库全书总目》作"平仲"，误。

⑥ 《明史》误记为沂州，属兖州府。

《画衣诗》《更生吟》等。

高名衡工诗画，登第后观政京师，伉俪情深，曾手绘画衣以寄内，安丘张贞（号杞园）之《渠丘耳梦录·画衣记》记载甚悉："余家旧藏画衣一称，沂水高中丞笔也。盖写折枝墨卉于白练上、羃以青纱而成者。凡花卉二十五种，作三十二丛，衣之前后及左右袂，题五七言断句凡八首。先侍御与先生同年相好，过其邸舍，此衣适成，将以遗张夫人。侍御公一见欣然，辄自持去，先生亦无难色。考先生夫妇伏节，同日并命，可谓与日月争光矣。而其平日风流自命、柔翰关情如此，毋亦靖节赋《闲情》故事耶！"[1] 其中五首诗云：

> 客邸长安一事无，昼长人静影形孤。闲将一段鹅溪绢，写作名花百种图。
> 对月偏成忆，随风更有思。乡心无可寄，聊写最娇枝。
> 花枝鲜且妍，置之在怀袖。好记花枝新，怜取衣裳旧。
> 轻襦画折枝，悠然感我思。画时肠已断，著时心自知。
> 雾縠偏宜暑，冰绡迥出尘。著时怜百朵，应忆画眉人。

后书："辛未（按：崇祯四年，1631）夏日作于燕邸，寄内子，仲平题。"康熙三十九年（1700）张贞偶对王士禛言及此事，王甚艳之，张遂将画衣相赠，并作《画衣记》以述其本末，王士禛《居易录》《渔洋诗话》亦载此事。

《更生吟》只七言律诗八首，《四库全书总目》提要云："是编乃名衡巡按河南时，值李自成攻开封，在围城中所作。自成凡三攻开封，此其初攻解去之时也。前有自序，末有其玄孙淑曾跋，称其生平著述甚夥，屡经兵燹，拾之灰烬之余者，类多残缺。惟此诗粗备首尾，因钞藏之云云。……是编虽止七言律诗八首，不成卷帙，而忠义之气凛然简外。"[2]今存二首，其自序云："闯逆犯汴，昼夜疾攻者七日，幸有鬼神呵护，贼卒大创遁去，然亦数濒于死矣。随当时景象，漫为八章，语俚情真，以示诸同事，不忘患难之意。"诗云：

---

① 参见宋弼《山左明诗钞》卷32，《四库全书存目丛书》，齐鲁书社1997年版，集部第412册，第325页。

② 《四库全书总目》卷180，中华书局2003年版，第1629页。

　　阴霾匝地血风腥，黄雾漫天昼欲冥。岂有麒麟行地上，仍令豺虎在郊垌。军中不用传吊斗，城上何劳送柝铃？静倚女墙瞻气候，贼营万炬列如星。

　　沿城百架步云梯，号召先登万口齐。星月无光骄魍魎，风沙满目跃鲸鲵。城隅春草涂肝脑，匣里秋霜淬鹮鶒。壮士挽弓摧巨寇，仆姑穿甲透重犀。

　　其妹高玉璋，明末女诗人，自幼天资颖慧，通文墨、善诗赋。夫张兆圣，沂水张庄人，任北方边塞守备、京畿五城兵马司。父、兄、夫常年游宦，玉璋常作诗以寄情。早卒，葬于东里店文山前张家大林。高名衡归乡时，于其遗箧中见题曰《玉映草》诗集一册，睹物思人，悲不自胜，遂撰《玉映草小引》同部分诗作刻碑于东里店。碑高 2.2 米，宽 1.06 米，厚 0.39 米，无碑帽。上刻《玉映草》诗二十八首，均五、七言律诗，有题梅一首、送夫七首、怀父六首等。另刻高名衡所作怀妹诗六首，寄妹诗六首。1939 年春，山东日报社记者刘窥天将高玉璋诗登于报端，高氏族人高倏勋曾随时任山东省政府主席的沈鸿烈专访张庄，瞻仰诗碑。惜建国后墓平碑毁，抄本亦未能幸免。后经多方搜求，存诗 21 首，多系节令、伤逝、怀人、咏物之作，清绝隽逸。如：

　　落尽杨花春欲归，伤心谁复著罗裙？鹃声啼老三更月，梦逐离魂带雨飞。（失题）

小诗惜春兼怀人，清新隽永，秀媚多姿。又如《父任蓟北相别五年》六首其四：

　　望断天涯几度秋，白云飞尽水空流。蓟门风紧无双雁，谁寄音书到并州？

抒发了离别日久，女儿对父亲的深切思念与团聚的期盼，柔肠秀骨，婉转生情。

　　徐振芳（1598—1657）字大拙，青州乐安（今广饶县）人，少负异才，天启七年（1627）会试时，因试策中有忤魏忠贤语，遂中副榜，崇祯九年（1636）补遗才。游京师，名动公卿，喜谈兵，尝客总兵丘磊、刘泽清军中，李自成破中州，叩阙上书，不得达，以荐官后军都督府都事，榷清江税。清军入关后，于淮河上起义兵。丁耀亢亦与之共事，《逍遥游草》有《阅徐大拙雪鸿草有感》云："黄河吹角日将曛，故垒萧疏两岸分。侯是淮阴仍胯下，士非东海愧从军。梦中蚁幻全无味，雪里鸿飞尚有文。草檄共推君第一，中原何事不先闻？"即写起义时事。变乱后徙家江苏安东，古称涟水，不北返，入清不仕，卒后葬于涟水。

诗作甚多，散佚亦众，著有《喝月草》《浥溪草》《雪鸿草》《三素草》《楚萍草》（系入清后所作）等，四库全书录后三者，合为《徐大拙诗稿》三卷，提要云："所作奇气坌涌，时出入于李贺、卢仝之间。而竟陵、公安之余习未尽湔除，故往往失之纤仄。变徵之声，酸吟激楚，其学谢翱而未成者与？"① 邓之诚对此予以批驳："《志》（按：雍正《乐安县志》）称振芳丰颐美髯，工诗古文辞赋，尤精于诗。《传》（按：《徐振芳传》）言其豪放卓荦，睥睨一切，非其意即王公贵人亦不顾。今读此集，格律浑成，才情奔放，特多凄凉激楚之音，盖沧桑之际，密有所图，终于无成，而不肯枉屈，信乎豪杰之士也。《提要》乃以楚音短之，岂非聋瞆？"②

其诗苍凉激楚，时有警语，书写了明末清初的战乱与动荡，以沉稳苍健见长。诗稿卷三《楚萍草》之《安庆》云：

> 舒州旧是繁华地，瓦砾丘墟荆棘生。湖上平章能误国，山头廷尉敢屠城。当时天意高难问，终古江流恨有声。闲上龙眠峰顶望，萧疏烟树晚霞明。

自注云："左兵以清君侧为名，所过皆焚僇。独皖产一阮，正君侧之恶也，其焚僇也宜哉。"咏南明弘光朝四镇之一左良玉以清君侧为名，率兵作乱，过安庆屠城而去，并表达了对阮大铖误国的愤恨，忧时念乱之情宛然可见。又如诗稿卷二《三素草》之《甲申五月阅清江浦义旅》：

> 射阳湖上系铜鐎，海水群飞岱影摇。柝乱荒鸡乡梦冷，弦惊旅雁客书遥。南来甲马盘三辅，东转江声壮六朝。莫说黄河天堑在，将军新拜霍嫖姚。

写起义军攻破北京后，徐振芳与丁耀亢等人于淮河上起义兵之事，慷慨淋

---

① 《四库全书总目》卷181，中华书局2003年版，第1638页。

② 邓之诚编：《清诗纪事初编》卷1，上海古籍出版社1984年版，第156页。

漓，顿挫有致。诗稿卷三《楚萍草》之《黄鹤楼》则借怀古写近世，明写楚国亡国，暗写明清易代，抒发了故国之痛、黍离之悲。诗云：

> 黄鹤飞仙去渺茫，登临四顾海风凉。江声动地通夔府，烽火连天到夜郎。三户悠悠亡国恨，九歌一一断人肠。残山剩水分今昔，野老闲愁对夕阳。

四　刘正宗、赵进美

顺治年间，山东籍官僚有数人曾在朝廷中官居高位，其中对文学有较大影响者，首推刘正宗。刘正宗（1594—1661）字可宗，号宪石，顺治帝赐字"中轩"，青州安丘人。崇祯元年（1628）进士，由推官选授编修。甲申国变，先是据梁丘御闯兵，后清朝定鼎，安镇胶、沂间，遂移家入海，南行谒淮镇刘泽清，刘无意恢复，惟据淮为藩府，大兴土木，第二年（1645）五月，清兵渡江，刘解甲降清，大概刘正宗亦随降。刘入清时已51岁，官至清廷文华殿大学士兼礼部尚书，人目为权奸，丁酉（顺治十四年）科场案为其一手把持。后因事被劾，于顺治十七年（1660）被革职，家产一半没入旗下，不许回籍，因此一病不起，次年辞世。

刘正宗在馆阁中以能诗名，论诗宗法"后七子"。自明末以来，后七子李攀龙等人就饱受指摘诟詈，刘正宗则承继"历下诗派"的诗学宗旨，与钱谦益、吴伟业相抗衡，在当时也造成了一定影响。刘正宗著有《逋斋诗集》四卷、《雪鸿草》一卷。《雪鸿草》收顺治四年之前所作。邓之诚云："（正宗）自负能诗，力主历下，与虞山娄东异帜。……其诗笔力甚健。江南人选诗多不及之，门户恩怨之见也。"①

刘正宗出仕二朝，身历兴亡，故诗多感伤之慨。集中如《老妇行》《对镜叹》，皆自况也。如《对镜叹》："少年对镜颜色好，衰年对镜颜色老。镜里容光能几时？回头绿鬓成枯槁。开匣莫拂镜上尘，镜明空见白头早。亦知白头不可黑，有时白头不可得。窗前槿花换朝荣，日暮临风已无色。寄语少年速为欢，他日欢场徒恻恻。百金刀环明月辉，千金骏马黄金勒。章台杨柳饶春风，醉来光动玉台侧，不见老翁空叹息。"

在刘正宗等人的影响下，清初山东诗坛坚持以"七子派"为宗者，还大有人在。当然，也有人看到了"七子派"末流的弊端而提出修正意

---

① 邓之诚编：《清诗纪事初编》，上海古籍出版社1984年版，第660页。

见，赵进美即其一。

赵进美（1620—1692）字嶷叔，一字韫退，号清止，青州益都颜神镇（其地于雍正十二年另立博山县，即今淄博市博山区）人，崇祯九年（1636）乡试解元，崇祯十三年（1640）进士，清初著名诗人赵执信从祖，古文大家，有《清止阁集》九卷，兼作戏曲，有《瑶台梦》《立地成佛》等传奇。入清仕至福建按察使。

赵进美在明末享有盛誉，与云间诸子分据南北坛坫。赵执信为其所作《行实》中云："庚辰（崇祯十三年）成进士，榜下，誉籍甚。与莱阳姜如须（埰）、宋荔裳（琬），桐城方密之（以智），华亭陈卧子（子龙）、李舒章（雯）、宋辕文（征舆）辈，以诗名雄视南北。"[1] 论诗推崇前后七子："公童年为诗，颇好华艳，登第后，师友渐摩，遂践信阳、历下之庭。"[2] 入清后，赵进美补太常博士，依然驰名文坛，而谦谨端方，为时所重，与龚鼎孳、曹溶文章齐名。

王士禛《蚕尾续文》云：（赵进美少为）"诗清真绝俗，得王孟之趣，使江西时尤刻意二谢；其《放吟》一卷，皆乐府诗，丁明末造，多悲天悯人之思，顾盼跌宕，不主故常，有邯郸生天人之叹。后官京师，与龚芝麓（鼎孳）尚书、曹秋岳（贞吉）侍郎诸公倡和，一变而高华尚声调，然《梨花》《枫叶》诸篇，风致不减青邱（高启）、海叟（袁凯），《使楚》一集，尤为艺林贵重。"其《咏枫叶》云：

> 郭外西风扰岸斜，长林秋静有啼鸦。微寒已入婵娟树，远色初分淡淡霞。千里题书临白雁，重阳疏雨映黄花。洞庭木叶伤心日，寂寞怀人在水涯。

深婉空窈，工丽精美，散发着凄婉与伤感。又如《梨花》：

> 暮烟无雨更依依，清影含春望欲稀。疏近琐窗留月照，寒垂网户见莺飞。共停阁外青丝骑，细舞镫前白纻衣。莫向后庭歌《玉树》，故宫风雨已前非。

---

[1] 赵执信：《诒山文集》卷10《中大夫福建提刑按察使司按察使先叔祖韫退赵公暨元配张淑人合葬行实》，赵蔚芝、刘聿鑫校点《赵执信全集》，齐鲁书社1993年版，第326页。

[2] 同上书，第328页。

精工雅炼，语超而韵远，表达了亡国之恨。《咏禁旅》二首作于明末，反映了当时边烽与寇警交乘，国之将亡，而文贪武嬉的状况：

> 争饷喧诸将，征师到百蛮。传闻都护怒，郡县事方艰。
> 宝剑紫骅骝，双弓映锦鍪。解鞍成一笑，少妇在楼头。

第七节　王与胤、刘孔和与新城作家群

新城作家群属济南府，包括新城、章丘、邹平、长山、淄川、济阳一代的遗民诗人，主要人物有新城徐夜、章丘张光启、邹平张实居、济阳张尔岐等。其中以新城王氏诗人最为显耀。

新城（今桓台县新城镇）王氏在明代后期是一大官宦世家。明末以迄清初的 180 年间，科甲递接，簪缨不绝，海内视为望族，号为"江北青箱"，里中至今还立有"四世宫保"的牌楼。据统计，自明中后期（嘉靖二十年，1541，王重光中第）至清中后期（约道光十八年，1838）的三百年间，王氏一门登进士第者共 29 人（其中武进士 6 人），中举人者 69 人（其中武举 3 人），贡生 113 人，另有无显赫功名而任县以上官吏者 9 人，前后出仕做官者（含从八品以上）共约 120 人。三百年来，王氏家族世代仕宦，成为诗书簪缨的名门望族。

科甲仕宦外，王氏还是著名的文学世家，有诗名世者数人，以万历间六世为最，其中首推王象春，此外，王象蒙、王象艮、王象节、王象明亦为佼佼者。清初王士禛曾将叔祖王象明、王象艮、王象春的诗歌辑为《琅琊三公集》，刊刻流传。七世王与胤、王象春兄子王与玫亦有诗名。[①] 八世则首推王士禛、王士禄等。人云："山东风雅谁第一，新城王家故无匹。"[②]

新城王氏曾在明清鼎革之际饱受战火屠戮，屡遭打击。先是崇祯四年（1631），滞留新城的辽将孔有德部因与王氏族人发生冲突而激发部下李九成兵变，欲灭尽全族，王家遂惨遭重创。继而崇祯十五年（1642）岁末，清军大举南侵，陷新城，统帅恰是明朝叛将李九成，王家有三十余人

---

① 王士禛撰，梁宗楠编：《带经堂诗话》卷 7《家学类》第 4 条，人民文学出版社 1963 年版，第 166 页。

② 方文：《嵞山集》之《嵞山续集》卷 2《题王阮亭仪部像》，上海古籍出版社 1979 年版。

死难。甲申国变，又有王与胤与妻儿老小全家自杀殉国。朱彝尊云："新城王氏，科第最盛，尽节死者亦最多。……王氏之门，才甲一世矣。"①幸而再兴于清初，王士禄、王士禛振声齐鲁，后者更继钱谦益之后，成为清初文坛宗盟、"国初六家"之一，登上了王氏家族文学的顶峰。

一 王与胤、王士和、王与玟等

王与胤（1589—1644）字永锡，一字百斯，王士禛二伯父。崇祯元年（1628）进士，仕至湖广道监察御史，以劾总兵邓玘淫掠忤阁臣，降补光禄寺署正，引疾归乡。八年后国变，北京陷落，崇祯帝自缢，消息传至新城，王与胤涕泣不食，投水、服毒，皆不死，乃自草圹志，再拜诀其父，与妻于氏、子士和阖门自经而死。有《陇首集》一卷，附录一卷，为王士禛编次，仅存诗 42 首，及劾邓玘疏一篇、自撰墓志一篇，附录传及墓表、逸事状，集乃巡视陕西茶马时所作，故名"陇首"。据王士禛《渔洋诗话》记载，"南城陈伯玑录其诗，与雁门（孙白谷）、箫曲（黄海岸）、钤冈（袁临侯）合刻之，为《四忠诗》。钱宗伯（谦益）赞之曰：'遗音危苦，孤桐玉律。吟龙夏石，梵猿噭月。浩歌悲啸，雷风交加。虫豸不蛰，象华其牙。'云云。"② 王与胤《瓶梅》诗云：

> 红英任似火，冰棱自如石。南枝与北枝，不作春来格。

陈伯玑曰："公忠烈之性，已见于此。"③《登南城同范玉坡晤梁如星道长》云：

> 登城遥望碧烟开，万里千峰扑面来。二雁插天分大小，九龙匝地自潆洄。夕阳终古秦川影，暮雨连宵渭水雷。喜见汲公持节至，清秋陇首待衔杯。

笔下气象万千，诗风凝练浑阔。

---

① 朱彝尊：《静志居诗话》卷 20，人民文学出版社 1990 年版，第 620 页。按：原书断句错误，作"王氏一门才，甲一世矣"。

② 王士禛撰，梁宗楠编：《带经堂诗话》卷 7《家学类》第 2 条，人民文学出版社 1963 年版，第 165 页。

③ 同上。

子王士和字允协，新城儒学生，其妻于崇祯十五年城破时先自经，"忠臣孝子烈妇，萃于一门，尤难得也"①。其《绝命词》云：

> 痛予生之不辰兮，天灭我之立王。我父母一闻兮，涕滂沱以彷徨。以身殉国难兮，维千古之臣纲。嗟反面而事仇兮，方臣妾之未遑。哀世溷浊兮，四维不张。天地无容身之隙兮，愿随我父母兮，归于帝乡。②

呼天吁地，凄恻惨怛，而以身殉难的气节昭然天地间。

王士纯（1623—1642）字孤绛，六世王象复之孙。"白皙美风姿，书法李北海，弱冠殉崇祯壬午之难。有《新月》诗云：'乍见一帘水，回头月抱肩；黄如浮醉酒，瘦比压琴弦。'"③

王与玟（？—1642）字文玉，贡生，王士禛再从伯父。幼依叔父王象春，王与玟之名、字与莱阳宋玟同，皆为王象春所命。文玉工诗，尤善行草，尺牍有苏、黄之风，嗜法书名画及古器，崇祯十五年清兵陷城，死难，著有《笼鹅馆集》行齐鲁间。

王漴为撰墓志云："性达不羁，为文瀿咏荡融，一往莫穷，不得志于有司，则益购奇书，闭户纵横。其诗喜宗晚唐，间及宋、金。"徐夜序《笼鹅馆集》云："从舅风流滑稽，当世鲜俦，求之古人，邯郸生叹为天人。……其论诗大抵以凄激为宗，归极流艳，故其自作亦多肖之。"④ 王士禛《居易录》云其"好为艳体，少时有《悼亡》诗句云：'二十五年将就木，一千里路不通书''欲唤小儿求梦草，定呼妙子到稠桑''茕茕白兔东西顾，恰恰黄鹂四五声''通德每宵谈秘事，清娱随处品名山'，皆工"⑤。其《悼亡诗为李姬作》云：

> 黄泉碧落两茫茫，何处寻伊说断肠。欲倩小儿求梦草，定呼妙子

---

① 朱彝尊：《静志居诗话》卷20，人民文学出版社1990年版，第620页。

② 《山左明诗钞》所载仅八句，文字略有不同，此从《明诗纪事》。

③ 王士禛撰，梁宗楠编：《带经堂诗话》卷7《家学类》第8条，人民文学出版社1963年版，第171页。

④ 参见宋弼《山左明诗钞》卷32，《四库全书存目丛书》，齐鲁书社1997年版，集部第412册，第329页。

⑤ 王士禛撰，梁宗楠编：《带经堂诗话》卷7《家学类》第3条，人民文学出版社1963年版，第166页。

到稠桑。环来再世知何日，褒藉幽冥泪几行。靬鞈金钿消息杳，白杨红粉总堪伤。

李姬乃其早年于京城时结识的女子，对于早年的这段感情，文玉耿耿于怀，不能忘却，二十五年后犹作《忆长安李姬》以怀志，死后又为作悼亡，观诗意，情深意切，凄恻伤怀，可见两人相知之深。

二　刘孔和

刘孔和（1615—1645）字节之，济南长山（今邹平县长山镇）人，崇祯五十相之一刘鸿训子，北京沦陷后，破产结客，起兵长白山中，有众三千人，闻王师破贼，率众南下，驻军于淮河北岸，以兵属刘泽清，因评诗侮刘被杀。福王遥授副总兵官，已死三日矣。[①] 著有《日损堂诗集》《练耀堂文集》。

王士禛屡屡道及刘孔和其人其事，记述甚悉。《池北偶谈》有刘孔和、王遵坦合传，云："二人皆负气跅弛，相友善。王居家桑谷，刘居长白，皆有林泉之美。崇祯间，见天下将乱，散财结客。"[②]《渔洋山人文略》云："刘孔和少倜傥好谈兵，慕陈亮、辛弃疾之为人，文章豪迈洞达，诗尤奇恣。甲申三月，起兵长白山中，率众南下，刘泽清开藩淮上，令客说之，使以兵属焉。孔和贵公子，性疏放，谓泽清乡里雅故，屡恃旧恩狎侮，泽清积不堪，且稍惮其威名，阴欲图之。择清武人不知书，既贵为藩镇，好为诗，往往诧视坐客。一日高会，酒酣出诗示客，次至孔和，孔和掷不视。大言曰：'国家举淮东千里付足下，未闻北向发一矢，而沾沾言诗，诗即工，何益国事，况不必工耶！'择清被酒大恚，推案起，一座震慑，不知所为。孔和不为动，拂衣徐出。泽清益不平，立遣壮士二十辈，追及舟中拉杀之。一军大哗散归。孔和时年三十一。孔和长八尺，面目如刻画，双目炯炯，射人如电，望之类羽人剑客；平居好论天下大计，感激奋发，须髯怒张。"[③]

---

① 陈济生：《启祯遗诗传》卷5，中华书局1958年影印本。

② 王士禛：《池北偶谈》卷5《王刘二奇士》条，《历代笔记史料丛刊》，中华书局1997年版，第116页。

③ 王士禛撰，梁宗楠编：《带经堂诗话》卷25《轶闻类》第6条，人民文学出版社1963年版，第709页。

朱彝尊云："其诗好排硬语，大约以孟郊、邵谒为宗。"① 王士禛《蚕尾续文》云："节之诗天才奇恣。"②《渔洋诗话》又云："（孔和）为诗豪迈雄放，有东坡、放翁之风……一代奇才也。"③ 如《伤心吟》云：

> 一日百痛哭，天地不我容。永随光景夜，愿先万物冬。酿愁为醇酎，铸忧为剑锋。味漓刃亦摧，忧愁无终穷。

刘孔和诗非尽为硬语，亦有意永深含，蕴藉俊秀之作。《题赵雪松宫女啜茗图》二首云：

> 秋风肃肃古衣裳，静女无愁黛亦苍。不点疏萤和月色，绢头已作百年凉。
> 厓山遗恨卷黄沙，彩笔王孙弗忆家。忍向卷中摹旧事，直须羞煞后庭花。

元代书画家赵孟頫（号雪松）为赵宋宗室，观此诗，颇寄托家国兴亡之意。又如《听小史燕子弹琴》：

> 高梧修竹晓沈沈，侍子垂帘拂素琴；听尽明光三十段，碧池凉雨一时深。

皆风神俊逸，隽永流美。

三　张光启、徐夜

张光启（1601—1680 后）字元明，济南章丘人，明诸生，少见知于麻城梅长公（之焕）、金华朱未孩（大典）两公，入清不仕，有《张仲子诗》。王士禛《居易录》云："元明世居白云湖上，少为诸生有诗名。崇祯庚辰（13 年，1640），年四十，弃诸生，辟一圃曰'省园'，以种树艺花自乐。乱后足不履城市，年八十余卒。有《张仲集诗》若干篇，余删

---

① 朱彝尊：《静志居诗话》卷 19，人民文学出版社 1990 年版，第 592 页。
② 王士禛撰，梁宗楠编：《带经堂诗话》卷 6《题识类》第 44 条，人民文学出版社 1963 年版，第 153 页。
③ 同上书，卷 11《合作类》第 26 条，第 279 页。

存百余首，往往可传。尝有句云：'近日闲看高士传，一生怕读早朝诗。'即其志可知也。"① 其《山中晓起》云："初日照西山，藜杖行共拄。山气何濛濛，人物亦太谷。"《池上》云："倚杖池边立，西风荷柄斜。眼明秋水外，又放一枝花。"《对菊》云："种菊丛丛傍石根，凌晨坐卧近黄昏。沽来新酿经秋醉，开尽寒花未出门。"皆清新俊秀，为隐逸之风。

徐夜（1612—1684）初名元善，字长公，慕嵇叔夜之为人，更名夜，字嵇庵，又字东痴，明诸生，世为济南新城（今桓台县新城镇）人。外祖父为王象春，与王士禛为外从兄弟。年二十九弃诸生籍，入清后不再应试，隐居东皋郑湟河上，掘门土室，绝迹城市，茅屋数椽，葭墙艾席，凝尘满座，处之晏如。徐夜之隐，虽有亡国之恨，主要源自家破人亡之痛。崇祯十五年（1642）清军大举南侵，岁末陷新城，王氏有三十余人死难，女性死得极为惨烈。徐夜之母王氏，嫁与徐民和，丈夫病殁，年始二十，扶孤教子，相依为命，壬午之难，徐夜正在城头抗击清兵，乱兵突入其家，其母不肯屈服遭到杀害，致使徐夜痛不欲生，隐居终身。

顾炎武、张光启等遗民皆与徐夜定交。邓之诚云："顾炎武不轻许可，亲至山中访之。炎武尝有诗曰：'今日大梁非故国，夷门愁杀老侯嬴。'夜之诗曰：'不堪频北望，曾是旧神州。'盖皆有不与同中国之慨，足证同心。"② 顺治十六年（1659），徐夜曾游历浙江，溯桐庐，登严子陵钓台，酹谢翱墓，渡浔阳而归，遂不复出。康熙十七、十八（1679）年间，被举荐博学鸿词，62 岁的徐夜力辞不赴，卒困顿穷饿以死。

徐夜少时读书外祖父家，得新城王氏家学濡染，束发工为诗，所作不下千首。与表兄弟王士禄、王士禛极善。士禛数索其稿，逊谢而已，所著书没于水，渡浔阳，诗稿又没于九江。王士禛乃就所藏辑得百余首，刻为《徐东痴诗》二卷。《渔洋山人文略》以为其"五言似陶渊明，巉刻处更似孟郊。中岁以往，屏居田庐，邈与世绝，写林水之趣，道田家之致，率皆世外语，储、王以下不及也"③。邓之诚则云："夜诗学阮籍《咏怀》，士禛谓学陶、韦，巉刻处似孟郊，非也。"④ 如：

---

① 王士禛撰，梁宗楠编：《带经堂诗话》卷 19《栖隐类》第 8 条，人民文学出版社 1963 年版，第 543 页。

② 邓之诚编：《清诗纪事初编》卷 2，上海古籍出版社 1984 年版，第 160 页。

③ 王士禛撰，梁宗楠编：《带经堂诗话》卷 5《序论类》第 1 条，人民文学出版社 1963 年版，第 114 页。

④ 邓之诚编：《清诗纪事初编》卷 2，上海古籍出版社 1984 年版，第 161 页。

《清明》：今年春冷酒常赊，野旷乌蹄日又斜。寒食清明都已过，墓田撩乱野塘花。

《转城》：来看东风剪柳条，土膏新软雪全消。转城三面无相识，黄叶随人过板桥。

写难状之景，用语生新瘦硬，的确神似孟郊，而其澄思幽复之致，故是轶俗。《徐东痴诗》卷一《九日得顾宁人书》云：

故国千年恨，他乡九日心。山陵余涕泪，风雨罢登临。异县传书远，经时怨别深。陶潜篱下意，谁复继高吟？

此诗是公认的徐诗代表作，前半一气铸成，沉郁悲壮，国仇家恨，溢满胸襟，后半言与顾炎武的同襟同抱，表达了要继陶潜之后高蹈隐居的志节。

第八节　徐笃、杨士聪、卢世㴐、程先贞

除去上述地区的作家外，曹州的徐笃、济宁的杨士聪、德州的卢世㴐和程先贞也堪称名家。明清时期的德州由于其北依京畿，南邻济南、运河大邑的地理位置，成为南北驿路与运河交通的要冲、进出北京的必经之路，文人来往交流频繁，出现了大量文化人口和一些重要的文化家族。清初更聚集了以卢氏、程氏等世家望族子弟及其姻亲友朋为主的诗人群体。德州程、卢二氏为世好，科第文学皆兴起于嘉靖初年，一直绵延至清初。卢世㴐、程先贞等与顾炎武、钱谦益等大儒私交甚契，声息相通，流露了深沉的故国之思。

一　徐笃、杨士聪

徐笃字行之，号墨庄，兖州曹州（今菏泽市）人[①]，诸生，万历间以诗名曹南，有《墨庄诗草》。徐笃诗工于近体，尤擅绝句，俊利爽逸，音节谐畅。如《次舅氏杨子白韵二首》其一：

---

① 此从《明诗纪事》《山左明诗钞》之说，钱谦益《列朝诗集小传》云曹县人。

　　称体荷衣手自裁，醉眠随意藉莓苔。山猿唤起仙游梦，又早邻翁载酒来。

描写了恬澹闲适的山野生活。《拔剑歌》意气飞扬，一反惯常的工稳雅练，诗云：

　　拔剑斫地地欲裂，扬剑指天星斗灭。丈夫意气岂不豪？世事难成甘抱拙。安昌翻请槐里头，蜿蜒白日吮人血。拔剑奋髯徒尔为！抚膺空谷泣明月。

诗风郁勃遒张，慷慨激昂，表达了末世动乱中奸邪横暴遍地，空有救国抱负而无处伸展、无力回天的一腔忧愤与激楚，只能化作涕泪纵横、仰天长叹。

　　杨士聪（？—1645）字朝彻，兖州济宁人，崇祯四年（1631）进士，授检讨，迁左谕德，北京陷落，趋妻女投井中，仰药不死，弃家而南，漂泊吴越间，岁余而卒；有《静远堂集》，诗文雅练，奏章警核。

　　杨士聪诗关注民生时政，以《凶年四吟》著称，题下自注云："崇祯庚辰（13 年，1640）、辛巳（1641），济宁大饥，人相食，土寇蜂起，感时有作。"四首五古分别写"死饥""死寇""死兵""死疫"，其中云："漉槐收涩实，剥榆露槁木。杨树馨寒林，草根殚邃谷"（《死饥》）；"远镇既攻陷，远村恣驱掠。……生齿类百万，狼藉就锋锷"（《死寇》）；"缘村掠民蓄，孰操自完策。贫民无立锥，更富遭奇阨。谈笑借汝头，聊以充斩馘"（《死兵》）；"兵荒已半死，岂堪罹病瘯。春来渐多疫，什九剧绵惙。……贫民无棺敛，委弃空痛结。横尸陈道衢，端为鸟鸢设"（《死疫》）。展现了百姓以草根树皮为食，又为强盗乱兵所杀，为瘟疫疾病所夺的惨状。

二　卢世㴗

　　德州卢氏门庭之显，始自卢宗哲（见第三章第八节），子卢茂（1534—1598）字如松，号绍涞，太学生，官归德通判，官清正奉公，著有《滁阳漫稿》。卢茂二子卢永锡、卢文锡字皆工诗。卢世㴗（1588—1653）字德水，号紫房，晚号南村病叟，卢永锡次子，清乾隆间卢见曾叔祖，天启五年（1625）进士，官户部主事，告归，起为礼部主事，改监察御史，崇祯十二年，主管漕运，两年后告病归。降清，年五十七，起复原官，辞以疾不赴，纵酒自放，卒于顺治十年，年六十六。有《尊水园集略》十二卷、补遗一卷、《读杜私言》，又《四库全书总目》"子部·杂家类"著录《春寒闲记》一卷，不著撰人，卷末自跋署名"德水"，疑亦为其所作。

卢世㴶身负济世之才，文章声气，播于一方，田雯为之作传，称其诗酒自污，比之于阮籍、陶潜。邓之诚论其行迹云："世㴶以干济有为之才，文章声气，足以奔走一世。知时不可为，而又不无以身字为念，等一降表。迹其行事，或与钱谦益、吴伟业有所分别。"① 明末钱谦益被逮时，卢世㴶曾积极周旋，故二人亦有不少交往。与同乡程先贞最为投契，年龄长程十九岁。王士禛认为卢世㴶才情胜过程先贞，而深稳不及。

卢德水论诗主"墨气"说，云：

> 卢子阅古今诗将遍，恍然有悟于墨气。所谓墨气者，即在文章之内。故据文章以求墨气而墨气转隔，何也？人固有不烦绳削而自合，亦有规规求合反失之者，有天存焉，人岂得而强哉？此墨气之说也。
>
> 尝观李白、杜甫居然冰炭，而墨气隐隐相关，近世有举陶、韦而合之者，直是皮相，毕竟灵运通渊明之墨气耳，少陵合陶谢合庾鲍，合杨、王、卢、骆，其于古人同异即离之间妙有会通，由知其墨气故也。
>
> 李北海有言：学我者拙，似我者死。兹论出而墨气始通天彻地矣。余于唐人中最爱张谓，乃才欲上口辄思吐却，恐未领其微，只得其率，渠一点墨气已隔去万重。余所以爱张谓而不敢读张谓也。②

由上观之，"墨气说"的内涵并不非常明确，前段似乎在说诗歌创作的风格面貌与作者自身的才情个性相关，出自作家的自然天性，有不可强求而致者，故只求字句篇章的相似是徒劳的。第二段论李杜，陶谢，谓李杜风格截然不同，而墨气相关，陶谢有相似之处，亦墨气相通，近世强学陶谢，只得皮相。又似乎认为作家的创作面貌与整个时

---

① 邓之诚编：《清诗纪事初编》卷 6，上海古籍出版社 1984 年版，第 697 页。
② 卢世㴶：《海右陈人集序》，程先贞《海右陈人集》，上海古籍出版社 1981 年版，第 3 页。

代的审美风尚有关。最后言杜甫合魏晋六朝及初唐诸家之墨气，似又在主张应贯穿百家，得其神髓。第三段则借李北海之言和自身学张谓的经历说明作家"墨气"的独特性和"墨气"的不易学得。综上，"墨气"的概念大约相当于"神髓"，与作家个性品格、时代风尚相关；其实质应是反对模拟蹈袭，不求字句法度的形似，而是追求得其神髓，融而无迹。

卢世潍诗歌长于五律，不善七律，自谓："余生平于五言律不敢以千里畏人，至七言则自惜袖短，纳手知寒，岂非天之降才尔殊乎！虽不能至，心向往之。始则跌宕于济南，后则折节于云杜，今乃倾倒于正夫。"可见倾慕李攀龙、陈子龙等复古格律一派。① 诗宗杜甫，酷嗜杜诗，读杜甫集至四十遍，又构尊水园，"以祀子美与宋五郎，号曰'杜亭'"②，自称"杜亭亭长"，并撰有《读杜私言》（原名《胥钞集》）。邓之诚云："世潍始撰《读诗私言》，谦益因之有《小笺》（《读杜小笺》）及《笺注》，然谦益诗不似杜，而世潍则悲感凄怆，无一字非杜也。即其诗可以观其人也。"③

其《尊水园集略》卷四《正夫家藏思陵石墨钱牧斋先生题诗其上余次韵奉和》云：

> 石墨镌华蕴宝香，虞山短咏动寒光。可怜云汉成烟雾，凄断银钩四十行。

借咏崇祯时代的一方石墨，抒发了亡国之恨和故国之思，足可见其心迹。

三　程先贞

程氏乃德州左卫（今德城区）人，科第发家始自嘉靖间一代名臣程珆（见第三章第七节），此后五世，皆以仕宦出身，程家世官水曹，代有诗名。程珆孙程绍（1557—1639）字公业，号肖㪅，万历十七年（1589）进士，崇祯间官工部右侍郎，有《澹息居遗稿》。程泰字仲来，号鲁瞻，程绍子，恩贡生，官中书，授通判，曾与修《熹宗实录》，有《啸歌一卷》。

---

① 卢世潍：《还山春事题辞》，程先贞《海右陈人集》，上海古籍出版社 1981 年版，第 5 页。

② 范金民、谢正光编：《明遗民录汇辑》，南京大学出版社 1995 年版，第 1090 页。

③ 邓之诚编：《清诗纪事初编》卷 6，上海古籍出版社 1984 年版，第 697 页。

程先贞（1607—1673）字正夫，号惢庵，程泰子，明末未及入仕，侍父疾还里，入清官工部员外郎，不两年告归，家居近三十年。为人"荫藉高华，处之一若寒素。……与人坦直，胸无城府。然负性孤迥，妻梅子鹤，逸韵干霄"①。先贞束发攻诗，自伤无以先于世，而年已耆艾，因号"海右陈人"，并以名集。著有《还山春事》（收七言律诗30首）、《燕山游稿》《惢庵诗草》《窥园百一诗集》《窥园百二诗集》诸稿十数卷，后分体编为《海右陈人集》上、下两卷，集中有大量与钱谦益投赠往来的诗歌，并以钱谦益序冠其集，故不为《四库全书》所收，此外还辑有《诗搜》。

德州为南北两京陆路交通之要冲，程先贞因得以交接当代士夫，尤其是由明入清者，如周亮工、田雯、程周量以及王士禛兄弟等，而与顾炎武、钱谦益关系密切，可谓怀抱同一，声息相通。钱谦益于崇祯十年被逮时，曾勾留德州月余，即宿程先贞家，《有学集》中"何处东楼好"一诗，即为程氏父子所作，柳如是亦曾题诗于壁。入清程先贞又成为招降钱谦益之说客，故私交甚深。清初顾炎武为避仇远祸，远行燕赵等地，过山东辄居程先贞家，与之唱和，前后有三四次之多，且于程家讲说《易》学，可谓是平生不喜讲学的例外。

程先贞论诗主张"孤""清"与"厚"的融合，认为"不孤不可与托想，不清不可与寄迓，孤矣，清矣……又当人之以厚"。其妹夫陈钟英心折此说："迩来世路险巇，浮沉周旋，习用软熟，期以存厚而免于忌，其去孤清远矣。……几几于厚之一途，既媚且劳，既杂且秽，媚与劳、杂与秽，诗家之所大忌也。……故作比兴风雅之言未有既孤既清而可不几于厚者，亦未有不孤不清而可得入于厚者。"② 按常理而言，士人周旋应酬于世途，不免为存"厚"而流于软熟俗媚，入诗家之大忌。程先贞此说正中此弊，发人警醒。观其诗论，"孤""清""厚"不强调诗品与人品的统一，它要求诗人首先要有独立不倚的耿介品格，淡泊名利的精神节操，与坦直厚重的心灵空间，才能臻于比兴风雅的诗歌至境，而不是流于应酬敷衍的软媚文字。

程先贞诗自谓"学陶兼杜"，冲澹闲适是其本色。好友卢世㴶序云："吾友程正夫蔼然有王、孟、柳、韦风流，余喜诵之，以为药石

---

① 陈钟英：《海右陈人集序》，程先贞《海右陈人集》，上海古籍出版社1981年版，第7页。
② 同上。

生我。"① 陈钟英则从其诗论出发，评价其诗云："读葸庵先生诗，先自处于孤之地、游于清之乡，而后不觉入于厚。"② 程先贞虽学陶而兼杜，固心折复古诸子，厌弃公安竟陵，其诗歌亦被誉为"含信阳之俊朗，茹历下之高华，不屑以一言公安竟陵之后尘"③。如《还山春事》之一：

> 种种丹心一寸灰，杜诗高唱屡裴徊。扫除双耳听鹏去，收拾孤魂梦蝶来。哀乐无端还自笑，死生有限莫相猜。为怜花落空阶遍，深闭柴门久未开。④

诗写自己辞官归来后的心态：壮志未遂，丹心成灰，惟有徘徊高歌杜诗以抒郁怀，学庄子远避尘嚣，俯仰自得。全诗工稳雅致，寓意深远，含蓄蕴藉，不愧佳作。

王士禛《渔洋诗话》则称赞程先贞五、七言古诗之作，云："才情不及卢德水，而深稳过之，如《丰侯歌》《葛巴剌碗歌》（以西域高僧葛巴剌顶骨所制之碗，用以供佛）、《火莲行》诸篇，皆有逸气。"⑤

《丰侯歌》小序曰："儒学祭器库有斫木为人形，跪戴盘盂于首，曩来不识为何物，适阅《路史》，始知为俎豆之属，是名曰丰。昔丰侯坐酒亡国，象其形为罚，爵用同反坫。仪礼乡射，命弟子置丰西阶下，即此物。"⑥ 歌曰：

> 较射堂开弓矢柔，升堂三揖自为俦。胜负徐分罚以爵，卒爵回首付丰侯。丰侯有过弃不守，平生傲惰惟耽酒。今来日日戴香醪，何曾略滴垂涎口。端然跪向两阶西，肩顶相摩颐隐脐。风霜萧条岁月老，终古浑如病夏畦。存亡堪笑一凡楚，斯人何事偏劳苦。拟从射者丐残形，尽遣余羞销一炬。君不见怙终不悔复何如？伤心自僇

① 卢世㴶：《海右陈人集序》，程先贞《海右陈人集》，上海古籍出版社 1981 年版，第 4 页。

② 陈钟英：《海右陈人集序》，同上书，第 7 页。

③ 冯廷櫆：《海右陈人集序》，同上书，第 20 页。

④ 程先贞：《海右陈人集》卷下，上海古籍出版社 1981 年版，第 153 页。

⑤ 王士禛撰，梁宗楠编：《带经堂诗话》卷 11《指数类下》第 24 条，人民文学出版社 1963 年版，第 256 页。

⑥ 程先贞：《海右陈人集》卷上，上海古籍出版社 1981 年版，第 94 页。

亦足多。

写丰侯未尽国君之责，耽酒而亡国，死后被刻形为俎豆祭器，头戴盘盂，屈身长跪，自取其辱。作者宅心仁厚，不忍见其蒙羞之状，故欲求得而付之一炬。对丰侯的沉溺亡国给予了批评，当有所指。

第十五章　个中滋味谁参透——
明末山东曲坛

嘉靖后，昆曲勃兴，以昆腔演唱的南曲占据了明显的优势，南曲讲求词藻、情韵，更加雅化、词化，将散曲的形式美、音乐美发挥到了极致。散曲作家也多集中在东南一带城市经济繁荣的地区，题材多以风情闺怨为主，带有强烈的声色气息，失去了北曲的蒜酪之味和遒劲之风，北曲迅速衰落下去。

晚明北曲不振，山东散曲创作亦呈现出衰落趋势，作家有孙峡峰、丁惟恕、丁耀亢、王与端、胡东铭、叶承宗、光岳奇、于骥逸、东鲁古狂生等，还出现了著名鼓词作家贾应宠，取得了不菲的成就。

第一节　孙峡峰、贾应宠

孙峡峰（约 1573—1642 后），青州安丘人，不求仕达，布衣终生，为人谨厚，有"洞阳恭士"之誉。善曲，著有《峡峰先生小令》，明末抄本，不分卷。

孙峡峰散曲可谓文如其人，亦以"谨厚"为宗。内容和旨趣显露出浓厚的儒家精神，即积极入世，关注现实，对百姓生活、风俗教化均有着较强的责任感，较少散曲中常见的避世、玩世态度。与明末理性回归、关注世道国运的精神是相一致的。

小令［南中吕·驻云飞］是一首劝农歌：

> 可爱春天，嫩柳含金景色鲜。桃李争芳妍，浪暖鱼龙变。嗟，农事最为先。愿君黾勉，国课衣食，咸赖庄家办。人若勤苦免饥寒。

春回大地，正是农忙时节，此曲描绘了欣欣向荣的春色，指出了农业为国家税收和人民衣食之根本，勉励人们趁大好春光勤苦劳作，以获取丰衣足食。表现了作者的重农思想和勤勉自给的意识，与一般游春散曲中劝人及时行乐的旨趣迥异。

［南仙吕·桂枝香］既是讽世又是劝世之作，曲云：

> 时势不好，人情变了。但见人就妆模样，但见人就弄圈套。我蠢到老，到老是非不较。任人欺我，念佛心改不了。我顺理行将去，随天公怎么着。

一方面指责世风日下，尔虞我诈；一方面表明自己洁身自好，一心向善，谨遵道德，决不同流合污。表现了淳厚的人品和正直的作风。曲风虽平直如话，如里巷歌谣，但殊乏文采，不够流美。

贾应宠（1590—1674）字思退，一字晋蕃，号凫西、澹园，因喜说鼓词，又自号木皮散客，兖州曲阜人。崇祯间贡生，以明经起为直隶固安县令，后任户部主事，官至刑部郎中，因为人所忌，告归，不久明亡。入清后，他被逼出仕，补旧职，非所愿，遂于官署中大说鼓词，不久便坐此免职。

贾应宠为人正直豪放，归家后常取《论语》演为鼓词，端坐于市坊中，击鼓板演唱，嬉笑怒骂，抨击世态。因不容于乡里，遂移家滋阳（今兖州），闭门读书，但矢志不改，年八十余岁，仍说鼓词笑骂不倦。著有《木皮散客鼓词》，以大胆的言辞，犀利的笔法，揭露社会上和历史中的秽恶，以发泄亡国后抑郁悲愤的情绪，在当时虽不登大雅之堂，却广为民间传诵。孔尚任《桃花扇》中即借用了其《太师挚适齐》鼓词和《哀江南》一套北曲，另有《澹园恒言》、诗集《澹园诗草》等，诗亦有可读之作。

鼓词是明清时流行于北方的一种曲艺，可由一人自击鼓板演唱，也可增加数人用三弦等乐器伴奏，唱词基本为七字句和十字句。

贾凫西的《鼓词》系演说中国历史，从"混沌初开"直说到明代初年，有说有唱。宗旨是褒扬忠烈、鞭挞奸佞，为世道人心一惩，故对历史上奸邪当道、忠正遭殃的现象，深致愤慨。其中写道：

> 忠臣孝子是冤家，杀人放火的天怕他。仓鼠偷生得宿饱，耕牛便死把皮剥。河里游鱼犯了何罪？刮了鲜鳞还嫌刺扎。杀人的古剑成至宝，看家的狗儿活砸杀。野鸡兔子不敢惹祸，剁成肉酱加上葱花。杀

妻的吴起倒挂了元帅印，可怎么顶灯的袁瑾挨了些嘴巴。玻璃玉盏不中用，倒不如锡蜡壶瓶禁磕打。打墙板儿翻上下，远去铜钟声也差。管教他来世的莺莺丑似鬼，石崇脱生没个板渣。海外有天天外有海，你腰里有几串铜钱休浪夸。俺虽没有临潼斗的无价宝，只这三声鼍鼓走遍天涯。

第二节　丁惟恕、丁耀亢

丁惟恕（约 1570—1640 后）① 字心田，青州诸城信阳镇（今属胶南市）人，丁绿第四子，丁耀亢族叔，明末人，生平不详。善曲，崇祯十三年（1640）自刻所作曲《续小令集》行世。《续小令集》中共收小令二百零五首，取材广泛，主要为四大类，一是描摹时令景物；二是述怀写抱；三是将二者结合起来，即对景抒怀；四是写闺情相思，另有嘲讽世态人情、咏时事、忧农事、记交游及咏物之作。其散曲曲词严谨，少用衬字，无佻达放浪之态，题材内容方面多有开拓，在北曲作家中有较强的特色。

［南商调·黄莺儿］描写了友朋前来拜会、相得甚欢的情景。

> 可喜故人来，辱高轩过小斋，焚香扫舍权相待。春风满怀，月色满街，交情款叙三更外。意徘徊，邻鸡休唱，玉漏莫频催。

先写闻讯后洒扫庭除，热情迎接，次写相见叙谈，老友聚首，千言万语，一夜长谈仍意犹未尽。曲中始终洋溢着故旧相知见面的欢快情绪，"春风满怀，月色满街"更是不可多得的佳句，情景相生，意境优美，准确传达了作者与朋友间的深情厚意和交契投缘的愉悦心情。题材新颖，叙述简练精要，衬字极少，从内容取材到遣词造句到意境熔铸，都体现出明显的诗化倾向。

《中吕·朝天子·借傀儡寓意》《河南韵·傀儡》《河南韵·捻转》《北中吕·嘲天子·嘲星相二曲》等则是借咏物以讽世之作。《借傀儡寓意》云：

---

① 此据刘英波《明代散曲家补正》，《鲁东大学学报》2013 年第 3 期。

闭着眼懒开，低着头懒抬，看不上炎凉态。人心不古世情歪，个个心肠坏。笑里藏刀，为非作歹，早不觉天意矮。黑漫漫祸来，密匝匝危灾，才报他冤孽债。

晚明时期，随着商业文明的发展，城镇经济的繁荣以及思想界个性解放思潮的蔓延，张扬人欲成为普遍的风气，随之而来的是道德的沦丧和伦理的危机，因此，讽刺世风世态的内容大量出现在散曲作家笔下。词曲角度新异，将傀儡无骨无筋、不能活动的形象拟人化，谓其懒得睁眼抬头看世态，告诫为非作歹者难逃天网，寄寓了对世情浇薄、世风败坏的愤慨之情。

丁耀亢（见第十四章第五节）与历城的叶承宗同时，皆为由明入清的词曲家。有多种小说、戏曲著作，《丁野鹤集》后附《化人游》《赤松游》《西湖扇》戏曲三种，尚有《漆园草》（已佚）、《表忠记》（又名《蚺蛇胆》）、《非非梦》《星汉槎》等作，并以刊行。散曲今惟得见其套数两首——《青毡乐》和《青毡笑》，出自《北游录》，均为南北合套，双调，从曲词看，内容前后相继，当作于清初任容城教谕前后。写自己自适自乐，不喜为官，乐闲安贫，胸怀旷达的逍遥生活。

《青毡乐》中体现的感情由平静转而激越，渐渐又归于通脱，主题却贯穿始终。

　　［北新水令］高名不列荐绅编，别有儒林便览。行藏原是隐，羁旅号为官。潇洒清闲，又休看作风尘下贱。
　　［南步步娇］空堂四壁红尘远，镇日把重门掩，倏然似远山。风雨疏帘，静把图书展。鸣琴仔细弹，歌一曲猗兰空谷无人见。

首二曲写对奔波游宦和隐居著述的高下价值判断，高度赞美隐居优游，显示了对官宦生涯的厌弃，并描述了自己远离尘嚣、读书弹琴的宁静生活和高雅情趣。

后三支曲变得急促愤激，显示作者情绪的起伏不平：

　　［北折桂令］老头巾不受人怜，说什么炎凉冷暖，苦辣酸甜。到处有酒瓢诗卷，龙泉射电，彩笔如椽。扶世界不用俺登朝上殿，挽江河那用俺进表陈言。天赐平安平安，一任盘桓。受清贫料没有暮夜黄金，论官箴那里讨犯法青钱。

[南江儿水] 把傀儡排场戏，看长安棋局翻。见多少掀天揭地兴亡乱，白衣苍狗浮云变，朝更暮改蜃楼幻。月落酒阑人散，梦醒邯郸，续不上儒门公案。

[北雁儿落带得胜令] 穿一件旧乌青破绢衫，吃几口淡黄虀闲茶饭。白胡须扮出个四皓贤，黑皮靴活像个钟馗判。煞不出郭汾阳将相权，也没有伍子胥骷髅剑。森严，明伦堂紧对文宣殿。回也么贤，俺是个活寿星长命的老颜渊。

有对世态炎凉、官场受贿的不满和国破家毁的兴亡之悲，在愤世的情绪流荡中乐闲安贫的主题依然显现，随后五支曲情绪又渐归舒缓，重新显现了萧散闲适、不慕富贵的旋律。其中云：

[南园林好] 对明月星斗烂斑，对松影风露联翩。受用些灯昏酒淡，得意处竟忘言。

[北沽美酒带太平令] 履平地静波澜，抛舟楫任长川，正好在芦花岸。闲看鱼龙罢钓竿，似辽阳鹤反。吊城郭，阅尘寰。又何须雕盘美馔？又何须锦衣绣幔？又何须油车翠帏？又何须琼楼曲槛？俺呵，这的是随缘，遇缘；知天，乐天。呀，素位中春风无限！

[清江引] 高阳知己何时反？浊酒自家劝。文章镜里花，富贵风中线，不觉的饭牛歌归去晚。

《青毡笑》则写作容城教谕后的清苦生活与容城遭遇水灾的现实，展现了清初州县荒凉贫瘠的社会状况，表达了悔入宦途、安贫超脱、决意早日辞归的情怀。

[南步步娇] [北折桂令] 二曲写官署学馆的破败：

[南步步娇] 三间官署门窗坏，瓦漏将泥盖，东西分两斋。屋塌墙歪，有个官儿在。少米又无柴，好一似孔仲尼独自游陈蔡。

[北折桂令] 明伦堂没甚安排，见了个悬钟破鼓，四壁尘埃。并没有排衙皂快，投文画卯，放告抬牌。有几个冷秀才打恭下拜，有几个老门斗少袜无鞋。破庙枯槐，古碣荒苔，本像个夜寺头陀。又多了行香送考，瘦马空街。

容城遭水灾后，学生四散，学官俸银无着，只能忍饥挨饿，在经历仕宦路上的种种事与愿违之后，丁耀亢终于决意辞官归隐。

　　　　[北沽美酒带太平令] 山鸟倦盼蒿莱，云出岫困烟霾，现放着
青山在。茅屋疏篱竹树栽，访诗朋酒侪。烹茗笋，坐松崖。命孤舟
长江一派，驾篮舆青林一带。任阴晴风涛澎湃，任炎凉浮云草芥。
俺呵，也不羡州才，县才；鸾台，柏台。呀！老学官不消把黄粱
梦赛。

　　　　[南清江引] 功名困顿真苦海，误把儒冠戴。风波世路难，日暮
光阴快，早学个归去来彭泽宰。

两支套曲均纵横捭阖，谈古论今，神采飞扬，豪宕不羁，与丁耀亢之为人
相应和。

第三节　王与端、于骥逸等

　　王与端字方函，号栖斋，济南新城（今桓台县新城镇）人，出身新
城王氏，王象泰子，"嗜学，工诗画，尤以金元词曲名家。先是，济南有
章丘李中麓、袁西野，历城有刘五云，皆以北曲擅场，与端后出，与之颉
颃焉。所著有《栖斋词曲》几十种，乱后轶不传"①。

　　胡东铭，明末章丘人，"字鉴南，善吟咏，工金元词曲，隐居南村，
天启中县令表其庐，著有《悦性录》"②。同时期的章丘人胡东渐字向若，
万历二十三年进士，官至操江巡抚佥都御史，当为其兄弟辈。

　　光岳奇字平子，济南阳信人，补邑廪生。高祖光懋，有政声，见于
《民国阳信县志·宦绩志》，叔父光俊民，有文名，为《民国阳信县志·
文学传》著录。光岳奇博学善属文，尤工于诗。明季天下大乱，日与朱
钰（字子涛，自号一剑子，武定人）、毛如瑜、马素融诸子诗酒啸歌，淋
漓悲愤见于篇章，旁若无人。闻李自成陷北京，辄自为充耳，废弃衣冠，
披发佯狂于市，遇酒辄醉。鼎革后，"有人曰：'发不宜委地，薙之便。'

---

① 康熙《新城县志》卷8，参见赵景深、张增元《方志著录元明清曲家传略》，中华书局1987
　　年版，第474页。
② 道光《章丘县志》卷11，参见赵景深、张增元《方志著录元明清曲家传略》，中华书局1987
　　年版，第481页。

岳奇曰：'吾知之。'遂号泣至井边，一跃而入。"① 有《旦复旦传奇》行世。

于骥逸字天房，济宁人，戏曲理论家，"幼敏悟，于书无所不窥。文名噪齐鲁。省试不利，乃研精律吕，为乐府、传奇。又精书画，山水、花卉、人物入妙品。楷法、章草、隶篆皆追古人，旁及奇门、六壬、大乙、天官等书。性不谐俗，遁迹吴越山水间。明末天下大乱，草衣箬冠，与渔樵为伍。士大夫从求书画，傲然不顾。或方外者流，一言契合，则穷日夜谈不倦。卒后诗文散失，子瑄裒集为若干卷，藏于家"②。

明末清初山东创作散曲的还有东鲁古狂生，生平不详，清初撰有小说集《醉醒石》。从其自称籍贯"东鲁"来看，如前所述，其为曲阜或济南人的可能性也很大。

今存小令《南商调·黄莺儿》四首，第一、四云：

> 摘藻薄卿云，恃才高、每丧身，古来多少遭奇困！於兔快心，蚡蝓有文，现身说法殊堪信。再沉吟，若无谊友，妻子定飘零。
>
> 肩从泰山高，落汤虾，只曲腰，人言未听先呼妙。助清歌扇敲，献殷勤步劳，低言似恐人知道。心也焦，声声大叔，怕是管家乔。

第一首慨叹古今文人命运多舛，第四首讽刺了那些溜须拍马、阿谀奉迎、见风使舵、鬼鬼祟祟的帮闲文人的丑态。整体来看，曲词较书面化，不够流畅通俗。

第四节　叶承宗

明中叶后北曲衰落，作家寥寥，明末时历城有词曲作家叶承宗，成就较高。

叶承宗（1602—1648），字奕绳，号渼湄啸史，别署稷门啸史，济南历城（今济南市）人，天启七年（1627）举人。其先浙江丽水人，成化

① 民国《阳信县志》卷5，参见赵景深、张增元《方志著录元明清曲家传略》，中华书局1987年版，第72页。

② 乾隆《济宁直隶州志》卷26，参见赵景深、张增元《方志著录元明清曲家传略》，中华书局1987年版，第522页。

初，高祖叶宝为金吾尉，从德王之国，因家于济南。入清年四十三，中顺治三年进士。次年授江西临川知县，值灾荒，开仓赈饥，所活甚多。又重视教育，立香楠社，教课诸生，后多知名之士，侍读李来泰即其一。顺治五年冬，江西总兵金声桓叛清，叶承宗被执不屈，"贼怒，系于狱，仰天叹曰：'死得所矣！'至夜自尽。……弟承祧焚其尸"①。

叶承宗少工诗文，有《泺函》十卷；兼善戏曲，有散曲《泺函乐府》一卷，存套数五篇；曾撰杂剧十三种、传奇二种，杂剧《羊角哀》《狂柳郎》《莽桓温》《猪八戒》《穷马周》《痴崔郊》《沈星娘花里言诗》《黑旋风寿张乔坐衙》八种和传奇《百花洲》《芙蓉剑》已佚，今传于世者，惟杂剧四种：《金紫芝改号孔方兄》《贾阆仙除日祭诗文》《十三娘笑掷神奸首》《东岳庙狗咬吕洞宾》；另辑有《历城县志》十六卷。

散曲存套数五阕，[南仙吕入双调]二阕：《步步娇》和《临川散粥》[北双调]三阕：《榆钱》《病中洗足》和《旅觉述怀》。

《步步娇》作于崇祯九年（1636），写友人胡昭来春试京城，与姜李氏的儿女情长。曲前有序，言李氏年十三时，将被父母卖为青楼，胡昭来悯之，买为侧室，不久昭来赴试来京，旅邸中念之，叶承宗为作词曲，以广其意。曲中以李氏的口吻写别后的思念和对昭来的感激。

> [香柳娘] 望迢迢玉京，望迢迢玉京，梦魂蚩越，怎能做离魂倩女临都阙！俺衷肠谁语，俺衷肠谁语？背地暗咨嗟，对娘假欢悦。蓦地里惨切，蓦地里惨切，离愁万叠，等你来家细说。

揣摩年轻女子的心态，生动逼真，语气惟妙惟肖，多用口语，声口毕现。

《榆钱》作于崇祯十二年（1639）清明时节，序云："己卯伤创伏枕，清明无酒，思食榆钱，因而感赋。"②该曲借榆钱自喻，由榆钱味美可食而被任意攀折掠取，联想到自己才略过人而仕途多舛。曲云：

> [得胜令] 呀！谁叫你生性不藏形，有物便施呈？您冶铸原无本，人可也串钱不用绳。任随处飘零，原不是守钱虏腌臜性。论才略天生，镇备着复还来怎有灵。

---

① 参见赵景深、张增元《方志著录元明清曲家传略》，道光《济南府志》卷53，中华书局1987年版，第203页。

② 凌景埏、谢伯阳编《全清散曲》，齐鲁书社1985年版，第114页。

明为讥笑榆钱，实则反语，抒发内心的愤激。又由榆树的挺拔坚实而遭人毁损，联系到自己当年心怀济世之志而目前却处境淹蹇，以天生硬实自我宽慰，勉励自己振作。

[折桂令] 忆当年枝叶方生，便期着为栋为梁，在大厦明廷。到如今一事无成，不能够映日参天，反受这毁质劳形。还亏您铁骨节天生原硬，旧根基蟠结难倾。蜚堕何凭，撒漫休疼，若不是散尽金钱，怎显得新叶先生。

[收江南] 呀！投至到明年今日呵，早满树选钱青，恰便似陶朱三致旧知名，又何妨万钱下著效何曾。劝伊家莫惊，到明春大兴敢有花有酒过清明。

《病中洗足》借洗脚之际，通过双脚的奔波忙碌和所见证的坎坷经历，陈述自己历年的遭际。如：

[折桂令] 记当年十指遭殃，连袜和鞋丢得精光。还亏您走入民房，着得大屩，又抛入莲塘。踏着火登时泡长，遇草满脚针芒，举步如狂冷冻如僵。不亏你老马知途，怎能勾引入神堂。

《旅觉述怀》序云："此余见旨下，五更偶成曲也。次日即为所梗矣！吁，一寒官不可膻想也如此夫！"当作于顺治三年中进士之时，曲中展现了中举后欣喜自得又极力处以低调，展望今后，忻谨交并的复杂心态。

[折桂令] 俺本是爨下焦桐，得遇中郎，深庆遭逢。二十年枉自书空，谁料陬生也得登龙。列科名已生惶恐，坐鳣堂到觉轻松。俺可也不敢求通，不敢愁穷。但能够日食丘餐，便是俺禄享千钟。

欢悦之下又惶恐不安，打算今后藏愚守拙，小心谨慎，平安度日，然而喜不自胜与对为官后优裕富足生活的憧憬还是控制不住地流露出来。

[雁儿落] 从今后深居绛帐中，月受青毡俸。堆高苜蓿盘，填满黄齑瓮。

[沽美酒] 择吉辰控玉骢，择吉辰控玉骢，虔瞻礼素王宫，冠带临官无破冲。上高斋端拱，修俎豆列笙镛。

　　〔太平令〕坐伦堂诸生环拥，登经阁群书遍诵。破天荒岁时四奉，踏菜园春秋二仲。猛抬头窗棂日烘，薄衾透风。呸！倒误了俺五更头黑甜乡梦！

《南仙吕入双调·临川散粥》作于顺治四年作者任临川知县时，时逢灾荒，叶承宗发仓赈饥，此曲即写灾民蜂拥领粥的场景，是一幅触目惊心的"饥民图"：

　　〔步步娇〕散粥城南亲驰骤，老稚纷相辏，阶前人影稠。堪怜他面鹄形鸠，都充名口。他是瘦咽喉，答应不出连声有。
　　〔醉扶归〕莫怪他挨前又擦后，也是他没气力的筋骸不自由。紧随身还有个病孩儿，等闲拚不开亲娘手，也待要抢先争得个饭一瓯。眼生生怎撇下着疼肉！
　　〔皂罗袍〕怪得他布麻缠首！他母僵废陌，爹葬荒沟。百忙里关不住半瓢餐，从昨日饿倒了两三口。尤可怜那妇人，眼儿里饱，进前又羞；肚儿里饥，归家又愁。楚宫腰，乱向风前斗。
　　〔好姐姐〕也有衣冠故旧，恨家残也效干求。对人羞涩，几度欲藏头。休落后，肚里雷轰难销受，且休提裘马翩翩旧日游。
　　〔香柳娘〕对朝餐自悲，对朝餐自悲，一餐难凑，官粮还欠七八斗。几番家欲死，几番家欲死，卖不出贱田畴，叫不应狠亲旧。还仗赖邑侯，早奏宸旒，急来搭救。
　　〔余文〕县官弱骨和伊瘦，痛痛痛言难出口，怎能够明诏蠲免将子遗留！

前四支曲子，写临川饥民于城南等待舍粥的场景。〔步步娇〕总写人头攒动的赈粥场面，写饥民之多、灾荒之剧，灾民面容枯槁，勉强支撑前来领粥。后三支曲为分写，分别描绘了几幅典型的灾民情形：一是手拉幼儿的母亲，不顾别人的责怪，在人堆里挤来挤去，为的是抢先给孩子领一碗粥；一是双亲刚刚亡故的孝子，身披重孝，料理父母丧事，几日未曾进食；一是年轻的少妇，既羞又饿，瘦骨嶙峋，在人群中苦苦支撑；一是旧日的世家子弟，家事破败，一落千丈，再无以往的翩翩风度，顾不得羞耻，低着头也在人堆里等待。〔香柳娘〕以灾民口吻向县官哭诉，写官粮给灾民带来的进一步的逼迫。灾荒之年衣食无着，官粮还要照交不误，变卖田产所得极其微薄，亲旧故知不闻不问，逼得全家几番欲自尽，希望县官上疏皇帝减免官粮，留一条活路。［余文］是作者自诉，写县官的为难境遇与无奈，身为父母官，面对灾荒，日夜忧劳，而又无法使皇帝减免灾民的租赋，内心痛苦难言。

据道光《济南府志》卷53记载，发生饥荒后，抚州知府依然催征赋税，"承宗曰：'此岂有司博上时耶！'停征数月，民甚赖之"①。这组套曲突破了散曲以讽世、乐闲、风情为三大宗的传统题材框架，乃散曲题材中少有。能以知县身份而站在灾民的角度，体察同情其苦难，尽力解救，并以文字反映民生之艰，尤为难得。写法上全用口语入曲，质朴深沉，高度写实，可谓承风雅遗韵，富有感染力。

---

① 参见赵景深、张增元《方志著录元明清曲家传略》，中华书局1987年版，第203页。

结　语

　　明清两代是山东文学史上的辉煌时期，时间集中在明中叶至清中叶，明代则是这一辉煌期的肇端。除南方的江浙、闽粤作家外，山东作家在北中国最为突出，较之其他北方各省，作家人数众多，且出现了十几位有影响力的大家名家。明中叶文坛上，山东诗文作家作为复古运动的领袖或中坚，更占据了诗坛主流的地位，其影响波及百年，一直延续至清初。

　　明代山东文学在各个时期、各种体裁都出现了在全国具有影响力的作家甚至领袖。明初的杂剧家、戏曲理论家贾仲明，代表了当时宫廷北杂剧的最高成就，并以创作实践，积极促进和推动了戏剧的南化。在明中叶最引人注目、影响最大、也最能代表明诗风貌和成就的两次诗文复古风潮中，就有三位山东作家跻身于前后七子之中，且地位都很高，边贡为"弘正四杰"之一，李攀龙为第二次复古风潮的领袖，被誉为"一代诗宗"，谢榛则是"后七子"中的理论家和诗歌大家，声名远播于大河南北、关中秦晋地区。在戏曲领域，李开先的传奇《宝剑记》成为明代传奇的序曲；冯惟敏以其北派散曲的成就，被誉为"曲中辛弃疾"。明后期，万历朝的于慎行、冯琦领袖馆阁文学，"文学为一时冠"，邢侗不仅是诗文名家，其卓异的书法艺术与董其昌并称为"北邢南董"，甚至扬名日本、朝鲜。明末清初的"莱阳二姜"、徐夜等人，以不屈的气节和沉郁悲浑的诗作，成为享誉大江南北的著名遗民诗人。即使是小说领域，明代"四大奇书"中，《三国演义》的作者罗贯中被不少研究者定为山东东平人，《水浒传》中的很多场景发生在山东境内，《金瓶梅》描写的则是鲁西南运河一带的城市生活风貌，其作者虽众说纷纭，但很可能与山东有某种关联。由明入清的丁耀亢在清初又创作了《续金瓶梅》，产生了巨大影响。

　　此外，明中后期山东还出现了众多文化族群，文化人口繁多，堪与南方地区争胜。成为山东文化繁荣的标志，也直接促进了山东文学的兴盛。其中明后期的"新城王氏"自嘉靖中期直至清康熙末年的近二百年中，科甲络绎不绝，成为诗书簪缨的名门望族，海内号称"江北第一青箱"，康熙朝的王士禛则作为"国初六家"之一，继钱谦益之后，成为清初文坛宗盟。

明末山东作家多集中在鲁中的新城、益都、诸城，胶东的莱阳、掖县等东鲁地区，且多为少壮派人物。他们盛年有为，慷慨报国。在鼎革之际，不少人投笔从戎，抵抗清兵，高名衡、左懋第、毕拱臣、王与胤、宋玫、王若之、刘孔和等人在鼎革中殉难，幸存者如姜埰、姜垓、刘正宗、丁耀亢、赵进美、徐夜、董樵、宋琬等，或守节不屈，或出仕新朝，都对清初文坛产生重大影响，构成了山左诗坛争胜东南的局面，为清代前期山东文学的繁荣兴盛作了奠基。

明代诗歌成就不菲，长期以来却未得到足够的重视和公正的评价。明人党同伐异的门户之见和宗派作风遗祸不浅，更兼明末清初钱谦益等人缺乏公心，对后七子、竟陵派诟詈万端，王、李、钟、谭不免蒙冤。况且尚有大批作家不傍门户、诗思秀发，五百年来仍埋尘埃、寂寂无闻。作为今之研究者，应秉持公心，分辨是非，展示明代文坛一方作家的真实状态，使璞玉免于沉埋，明珠得放光彩。

参考文献

一 诗文总集、选集

1. （明）陈子龙、李雯等：《皇明诗选》，华东师范大学出版社 1991 年版。

2. （明）俞宪：《盛明百家诗》，《四库全书存目丛书》，齐鲁书社 1997 年版。

3. （清）钱谦益：《列朝诗集》，上海三联书店 1989 年影印本。

4. （清）朱彝尊：《明诗综》，上海古籍出版社 1993 排印本。

5. （清）沈德潜、周准：《明诗别裁集》，上海古籍出版社 1979 排印本。

6. （清）陈田：《明诗纪事》，上海古籍出版社 1993 年版。

7. （清）陈济生：《天启崇祯两朝遗诗》，中华书局 1958 年影印本。

8. （清）潘介祉纂辑：《明诗人小传稿》，（台湾）国立中央图书馆印行 1986 年版。

9. （清）卓尔堪：《明遗民诗》，中华书局 1961 年版。

10. （清）沈德潜：《清诗别裁集》，中华书局 1975 年版。

11. （清）宋弼：《山左明诗钞》，《四库全书存目丛书》，齐鲁书社 1997 年版。

12. 邓之诚：《清诗纪事初编》，上海古籍出版社 1984 年版。

13. 钱仲联：《清诗纪事》，江苏古籍出版社 1987—1989 年版。

14. 谢伯阳：《全明散曲》，齐鲁书社 1994 年版。

15. 凌景埏、谢伯阳：《全清散曲》，齐鲁书社 1985 年版。

16. 饶宗颐初纂、张璋总纂：《全明词》，中华书局 2004 年版。

二 明代作家诗文集

1. 《四库全书》本，上海古籍出版社 1987 年版。

石存礼等撰、冯琦编《海岱会集》

边贡《华泉集》

杨巍《梦山存家诗稿》

王世贞《弇州四部稿》《弇州续稿》

于慎行《穀城山馆集》

李舜臣《愚谷集》

赵完璧《海壑吟稿》

葛昕《集玉山房稿》

2. 《四库全书存目丛书》本，齐鲁书社 1997 年版。

黄福《黄忠宣公文集》

马愉《马学士文集》

刘珝《古直先生文集》

毛纪《鳌峰类稿》

边贡《华泉先生集选》

殷云霄《石川瀍洲遗集》《芝田遗集》

蓝田《蓝侍御集》

刘天民《函山先生集》

苏祐《穀原诗集》

靳学颜《靳两城先生集》

葛曦《葛太史公集》

李先芳《东岱山房诗录》

殷士儋《金舆山房稿》

于慎行《穀城山馆文集》

于慎思《庞眉生集》

邢侗《来禽馆集》

李维桢《大泌山房集》

边习《睡足轩诗选》

李尧民《雍野李先生快独集》

刘士骥《蟋蟀轩草》

钟羽正《崇雅堂集》

周如砥《周季平先生青藜馆集》

姜埰《敬亭集》

王与胤《陇首集》

3. 《四库禁毁书丛刊》本，北京出版社 1998 年版。

于若瀛《弗告堂集》

高出《镜山庵集》

冯琦《宗伯集》

李若讷《四品稿》

公鼐《浮来先生诗集》

4. 《四库未收书辑刊》本，北京出版社1998年版。

蓝章《蓝司寇公劳山遗稿》

左懋第《萝石山房文钞》《左忠贞公剩稿》

刘正宗《逋斋诗四卷逋斋诗二集二卷逋斋诗二卷》

刘翼明《镜庵诗选》

5. 其他

（明）冯惟敏：《海浮山堂辑稿》，《续修四库全书》，上海古籍出版社1997年版。

（明）冯惟敏：《海浮山堂词稿》，上海古籍出版社1981年版。

（明）冯惟敏：《冯惟敏全集》，谢伯阳编纂，齐鲁书社2007年版。

（明）李攀龙：《李攀龙集》，李伯齐校点，齐鲁书社1993年版。

（明）谢榛著、李庆立校笺：《谢榛全集校笺》，江苏古籍出版社2003年版。

（明）李开先著，卜键笺校：《李开先全集》，文化艺术出版社2004年版。

（明）戚继光：《止止堂集》，王熹校释，中华书局2001年版。

（明）公鼐：《问次斋稿》，齐鲁书社1998年影印本。

（明）冯琦：《北海集》，文海出版社1970年版。

（清）丁耀亢：《丁耀亢全集》，张清吉校点，中州古籍出版社1999年版。

（明）王象春：《问山亭主人遗诗补集》，《丛书集成续编》，台湾新文丰出版社1989年版。

（明）冯裕等撰，冯琦编：《冯氏五先生集》，明万历二十四年冯氏刻本。

（清）程先贞：《海右陈人集》，上海古籍出版社1981年版。

三 诗话、诗论

1.（明）王世贞：《艺苑卮言》，丁福保辑《历代诗话续编》，中华书局1983年版。

2.（明）王世贞：《明诗评》，《丛书集成初编》，中华书局 1985 年版。

3.（明）谢榛：《四溟诗话》，丁福保辑《历代诗话续编》，中华书局 1983 年版。

4.（明）胡应麟：《诗薮》，上海古籍出版社 1979 年版。

5.（清）钱谦益：《列朝诗集小传》，上海古籍出版社 1983 年版。

6.（清）朱彝尊：《静志居诗话》，人民文学出版社 1990 年版。

7.（清）王士禛撰，梁宗楠编：《带经堂诗话》，人民文学出版社 1963 年版。

8.（清）王士禛：《渔洋诗话》，丁福保辑《清诗话》，上海古籍出版社 1999 年版。

9.（清）永瑢等：《四库全书总目》二百卷，中华书局 2003 年版。

10.（清）李慈铭：《越缦堂读书记》，上海书店 2000 年版。

11.（明）吕天成撰，吴书荫校注：《曲品校注》，中华书局 1990 年版。

12.（明）王骥德：《曲律》、王世贞：《曲藻》、张琦：《衡曲麈谈》，中国戏曲研究院编《中国古典戏曲论著集成》，中国戏剧出版社 1982 年版。

四　史料、笔记、方志、碑传、年谱

1.（台湾）中央图书馆编：《明人传记资料索引》，中华书局 1987 年版。

2.谭其骧主编：《中国历史地图集》第七册，中国地图出版社 1982 年版。

3.臧励龢等：《中国古今地名大辞典》，商务印书馆民国二十二年（1933）版。

4.臧励龢等：《中国人名大辞典》，商务印书馆民国十年（1921）版。

5.姜亮夫编：《历代人物年里碑传综表》，中华书局 1959 年版。

6.梁廷灿编：《历代名人生卒年表》，商务印书馆 1930 年版。

7.（清）张廷玉等：《明史》，中华书局 2000 年版。

8.（明）过庭训纂集：《明分省人物考》，《明代传记丛刊》，台湾明文书局 1991 年版。

9.（明）焦竑：《国朝献征录》，上海书店 1987 年版。

10. 赵景深、张增元编：《方志著录元明清曲家传略》，中华书局1987年版。

11. 庄一拂：《明清散曲作家汇考》，浙江古籍出版社1992年版。

12. （明）何良俊：《四友斋丛说》，《历代史料笔记丛刊》，中华书局1997年版。

13. （明）于慎行：《榖山笔麈》，《历代史料笔记丛刊》，中华书局1997年版。

14. （明）沈德符：《万历野获编》，《历代史料笔记丛刊》，中华书局1997年版。

15. （明）焦竑：《玉堂丛语》，《历代史料笔记丛刊》，中华书局1997年版。

16. （清）王士禛：《池北偶谈》，《历代史料笔记丛刊》，中华书局1997年版。

17. （清）王士禛：《分甘馀话》，《历代史料笔记丛刊》，中华书局1997年版。

18. （明）郑仲夔：《玉麈新谭》，中国社科院历史研究所明史研究室编《明史资料丛刊》第三辑，江苏人民出版社1983年版。

19. 《历城县志正续合编》，济南出版社2007年版。

五　现代研究专著

1. 乔力、李少群主编：《山东文学通史》，山东教育出版社2003年版。

2. 李伯齐：《山东文学史论》，齐鲁书社2003年版。

3. 李伯齐、许金榜主编：《山东分体文学史》，齐鲁书社2005年版。

4. 徐朔方、孙秋克：《明代文学史》，浙江大学出版社2006年版。

5. 廖可斌：《明代文学复古运动研究》，上海古籍出版社1994年版。

6. 陈书录：《明代前后七子研究》，江西人民出版社1994年版。

7. 裴世俊：《王士禛传论》，人民文学出版社2001年版。

8. 李庆立：《谢榛研究》，齐鲁书社1993年版。

9. 许建昆：《李攀龙文学研究》，文史哲出版社1987年版。

10. 王承丹：《明代诗文综论》，中国文联出版社1999年版。

11. 李圣华：《晚明诗歌研究》，人民文学出版社2002年版。

12. 杜贵晨：《明诗选》，北京：人民文学出版社2004年版。

13. 郭绍虞：《中国文学批评史》，上海古籍出版社1979年版。

14. 王运熙、顾易生：《中国文学批评史》，上海古籍出版社 1985 年版。

15. 熊礼汇：《明清散文流派论》，武汉大学出版社 2003 年版。

16. 钱钟书：《谈艺录》，中华书局 1984 年版。

17. 徐子方：《明杂剧史》，中华书局 2003 年版。

18. 徐子方：《明杂剧研究》，文津出版社 1998 年版。

19. 任讷：《散曲概论》《曲谐》，《散曲丛刊》，中华书局 1931 年版。

20. 李昌集：《中国古代散曲史》，华东师范大学出版社 1991 年版。

附录一　明代山东作家一览表(537人)

姓名	字号	生卒年	籍贯	科考	职官	文集
洪武（5人）						
牛谅	士良		兖州东平	洪武六年举秀才	礼部尚书	尚友斋集
张绅	仲绅，士行，云门山樵		登州蓬莱	洪武十五年举荐	浙江左布政史	
王子鲁	笙鹤道人		东昌高唐	洪武中举荐	河间教授	
王琎	宗器		济南长山	洪武四年举人	史馆编修	
孔希学	士行	1335—1381	兖州曲阜	洪武间赐袭衍圣公		
建文至天顺（16人）						
黄福	如锡，后乐翁，谥忠宣	1363—1440	莱州昌邑	洪武十七年以乡荐入太学	南户部尚书少保	黄忠宣集13卷，别集6卷
张本	致中		兖州东阿	洪武太学生	兵部兼户部尚书	
王士嘉	道亨		东昌武城	太学生	礼部侍郎	
王眈	舜耕，南亩		兖州单县	举荐	山阴知县	
许彬	道中，东鲁		兖州宁阳	永乐十三年进士	礼部侍郎	东鲁先生集
封术			济南历城	永乐二十一年举人	胙城教谕	
马愉	性和	1395—1447	青州临朐	宣德二年状元	礼部侍郎	澹轩集7卷
毛宗鲁	师曾		莱州掖县	宣德五年进士	御史	葵轩稿
王清	一宁	？—1449	兖州济宁	世袭济宁卫指挥，正统中为广东都指挥	建橐集	

姓名	字号	生卒年	籍贯	科考	职官	文集
王允	执中		济南历城	正统十年进士	布政使	
刘珝	叔温，古直，谥文和	1426—1490	青州寿光	正统十三年进士	户部尚书，兼谨身殿大学士	古直先生集16卷
尹旻	同仁		济南历城	正统十三年进士	吏部尚书	
宋塘	守唐		兖州济宁	正统岁贡	陈州学正	瀼泽稿，宛邱稿，归田稿
秦纮	世缨，谥襄毅	1426—1505	兖州单县	景泰二年进士	户部尚书兼右副都御史	
李暈			兖州沂州	景泰二年进士	给事中	
赵弼	雪航		兖州济宁	景泰元年举人	教授	竹雪集

成化、弘治初（21人）

姓名	字号	生卒年	籍贯	科考	职官	文集
郭玺	文瑞	1435—1475	兖州城武	天顺八年进士	兵部主事	
官廉	汝清，韦轩，后乐居士	1444—1484	莱州平度	天顺八年进士	户部郎中	瀛洲集，蓟东集
张海	文渊	1436—1498	济南德州	成化二年进士	兵部左侍郎	
郭镗	子声，弦庵		东昌恩县	成化二年进士	云南佥事	
刘魁	士元		东昌高唐	成化二年进士	御史，巡按两浙	骢马行春诗
杨光溥	文卿		青州沂水	成化五年进士	山西按察副使	沂川集
李晟	孔阳		东昌濮州	成化五年进士	监察御史	
王珣	德润		兖州曹县	成化五年进士	副都御史	南轩诗稿
毕亨	嘉会		济南新城	成化十一年进士	南京工部尚书	
敖山	静之		东昌莘县	成化十四年进士	江西提学副使	灿然稿
于凤喈	世和		登州莱阳	成化十七年进士	大理寺卿	抱拙稿
曲锐	朝仪	？—1511	登州莱阳	成化十七年进士	右副都御史	

姓名	字号	生卒年	籍贯	科考	职官	文集
张天瑞	天祥	1451—1504	东昌清平	成化十七年进士	左春坊左庶子	雪坪集
张祯			莱州平度	成化十七年进士	河南按察使	
蓝章	文绣	1454—1525	莱州即墨	成化二十年进士	南刑部侍郎	劳山遗稿1卷
王敕	嘉谕，云芝		济南历城	成化二十年探花	祭酒	云芝集
谢绶		1458—？	东昌朝城	成化二十年进士	湖广提刑按察副使	
毛纪	维之，海翁，鳌峰逸叟	1463—1545	莱州掖县	成化二十三年进士	吏部尚书	鳌峰类稿26卷
刘约	博之，黄石		兖州东阿	成化二十三年进士	河南参政	黄石吟稿
孔克晏		孔子56代孙	兖州曲阜			
周秀	公全	1462—1524	先世长洲占籍历城	举人	怀庆同知	瓮山集

弘治、正德（54人）

姓名	字号	生卒年	籍贯	科考	职官	文集
石存礼	敬夫，来山	1471—？	青州益都	弘治三年进士	绍兴知府	
官贤	汝俊		莱州平度	弘治三年进士	陕西提学金事	太泉集
韩智	愚夫		兖州滋阳	弘治三年进士	户科都给谏	澹庵稿
李昆	承裕，东冈	1471—1532	莱州高密	弘治三年进士	兵部左侍郎	东冈小稿
陈玉	德清		兖州沂州	弘治六年进士	南左都御史	
任文献	光圆		兖州郯城	弘治六年进士	御史	
王崇文	叔武，兼山		兖州曹县	弘治六年进士	左副都御史	兼山遗稿
耿明	晦之，一白	1463—1517	东昌馆陶	弘治九年进士	江西参政	
郭东山	鲁瞻，石崖	1470—1530	莱州掖县	弘治九年进士	四川右参政	石崖集
刘铉	汝忠，西桥	1476—1541	青州寿光	8岁宪宗授官	太常卿兼五经博士	西桥集
边贡	廷实，华泉	1476—1532	济南历城	弘治九年进士	南户部尚书	华泉集14卷

姓名	字号	生卒年	籍贯	科考	职官	文集
王崇献	季征，药塘		兖州曹县	弘治九年进士	右佥都御史	韵语拾遗
杨良臣	舜卿，南庄	1461—1528	莱州即墨	弘治十一年举人	太原通判	南庄遗稿
张瑶			济南德州	弘治十四年进士	山西通判	
李廷相	梦弼，蒲汀	1481—1544	东昌濮州	弘治十五年探花	南户部尚书	南铨稿
陈九畴	禹学		兖州曹州	弘治十五年进士	副都御史	
周举	尚宾		兖州郯城	弘治十五年进士	云南按察副使	
乔岱	希申，龙溪	1478—1542	济南章丘	弘治十五年进士	山西金事	龙溪词
柴世需	元功		兖州阳谷	弘治十七年亚元	工部员外郎	
刘田	伯耕，东溪		兖州东阿	弘治十八年进士	户部员外郎	东溪存稿
翟銮	仲鸣，石门，谥文懿	1477—1546	青州诸城	弘治十八年进士	兵部尚书，少傅兼谨身殿大学士	
林泰			济南长清	弘治十八年进士	饶阳知县	
陈鼎	大器		登州卫籍	弘治十八年进士	应天府尹	
穆孔晖	伯潜，玄庵，谥文简	1479—1539	东昌堂邑	弘治十八年进士	南太常寺卿	穆文简公宦稿，穆文简公晚稿
殷云霄	近夫，石川	1480—1516	兖州寿张	弘治十八年进士	南工科给事中	石川集5卷
毕昭	蒙斋		济南新城		山西巡抚	
周允中	宏道		兖州金乡	正德二年举人	西宁参议	南庄诗
马亨衢	号东野		济南德州	正德二年举人	洛阳知县	东野吟稿
王崇仁	仲安		兖州曹县	正德三年进士	陕西按察副使	录丑稿
冯裕	伯顺，闾山	1479—1545	青州临朐	正德三年进士	贵州按察副使	方伯集1卷
刘澄甫	子静，山泉	1482—1542	青州寿光	正德三年进士	山西参议	山泉集

姓名	字号	生卒年	籍贯	科考	职官	文集
刘渊甫	子宏，范泉	1486—1548	青州寿光	正德五年举人	汉阳知府	范泉集
黄卿	时庸，海亭	1485—?	青州益都	正德三年进士	江西左布政使	编筜集8卷
官一夔	舜鸣，少泉		莱州平度	正德五年举人	卫辉同知	环山亭集，少泉诗集
樊继祖	孝甫，双岩		兖州郓城	正德六年进士	宣大总督兵部尚书	云朔行稿，南园漫兴，秋霁元吟
李际元	通甫		兖州阳谷	正德六年进士	四川按察金事	
黄臣	伯邻，安崖		济南济阳	正德六年进士	巡抚都御史	
许成名	思仁，龙石	?—1558后	东昌聊城	正德六年进士	礼部左侍郎	龙石稿8卷
杨应奎	文焕，渑谷，渑池，塞翁	1486—1542	青州益都	正德六年进士	南阳知府	渑谷集，陶情令
王道	纯甫，顺渠	1487—1547	东昌武城	正德六年进士	吏部右侍郎	顺渠文录12卷
邹颐贤	养浩，芦南		济南德州	正德八年举人	平凉同知	芦南集
陈经	伯常，东渚	1483—1550	青州益都	正德九年进士	兵部尚书	
张景华	时美，白溪		兖州郯城	正德九年进士	右都御史	白溪诗稿
李锡	晋卿		济南临邑	正德九年进士	山西参政	
刘天民	希尹，函山	1486—1541	济南历城	正德九年进士	四川按察副使	函山先生集
吴铠	文济，石湖	约1491—1539	兖州阳谷	正德九年进士	右金都御史	
翟瓒	廷献，青石		莱州昌邑	正德九年进士	右副都御史	虫吟草
桑溥	伯雨，汝公，泽山		东昌濮州	正德九年进士	浙江按察使	宦游集，闲居集
呼相如	号肖斋		兖州济宁	正德十一年举人		
王三锡	承恩		兖州曹州	正德十二年进士	四川参政	
阎闳	尚友		东昌临清	正德十二年进士	贵州提学副使	
浦鋐	汝器		登州蓬莱	正德十二年进士	御史	

姓名	字号	生卒年	籍贯	科考	职官	文集
任淳	元朴		东昌堂邑	正德十六年进士	监察御史	石麟集
李録	贡卿		济南临邑	正德十六年进士	临洮知府	

嘉靖（135 人）

姓名	字号	生卒年	籍贯	科考	职官	文集
孙重光	骝山		济南海丰	嘉靖元年举人	邠州知府	孙判史集
李松	鹤巢		兖州曹州	嘉靖元年举人	开封教谕	
蓝田	玉甫，北泉	1477—1555	莱州即墨	嘉靖二年进士	河南道监察御史	蓝侍御集
李仁	元夫，静斋，吾西	1489—1552	兖州东阿	嘉靖二年进士	右副都御史巡抚大同	吾西遗稿
刘隅	叔正，范东	1490—1566	兖州东阿	嘉靖二年进士	右副都御史	范东集
李舜臣	懋钦，梦虞，愚谷，未邨居士	1499—1559	青州乐安	嘉靖二年进士	太仆卿	愚谷集 10 卷
黄祯	德兆，北海野人		青州安丘	嘉靖二年进士	吏部文选司郎中	北海野人稿
张文芝	元征		兖州东平	嘉靖二年进士	保定兵备副使	柘泉类稿
刘汝松	贞吾		济南历城	嘉靖二年进士	知府	
李士翱	如翰		济南长山	嘉靖二年进士	户部尚书	长白集
赵云鹏			济南德州	嘉靖四年举人	太谷知县	
苏祐	允吉，舜泽，榖原	1493—1571	东昌濮州	嘉靖五年进士	兵部尚书右都御史	榖原集 10 卷
张子立	原礼		登州黄县	嘉靖五年进士	金都御史	
崔廷槐	公桃，楼溪	1499—约 1560	莱州平度	嘉靖五年进士	四川金事	楼溪先生集 30 卷
傅汉臣			莱州平度	嘉靖五年进士	御史，巡按顺天	
谷继宗	嗣兴，少岱		济南历城	嘉靖五年进士	知县	岁稿 1 卷
李学诗	正夫，方泉	1503—1541	莱州平度	嘉靖五年进士	左中允	桃花洞集
江南	西皋		济南济阳	嘉靖五年进士	金事	

姓名	字号	生卒年	籍贯	科考	职官	文集
林琼	廷献		东昌临清	嘉靖五年进士	刑部主事	霜柏集
王汝孝	绍甫,岱麓		兖州东平	嘉靖五年进士	副都御史	
张相			东昌临清	嘉靖五年进士	提学副使	
毛渠	公泽,石溪	1497—1547	莱州掖县	嘉靖五年进士	太仆寺卿	
冯惟健	汝强,陂门	1501—1553	青州临朐	嘉靖七年举人		陂门集8卷
于玭	子珍,册川	1507—1562	兖州东阿	嘉靖七年举人	平凉同知	于氏诗略
逯希韩			济南章丘	布衣		
袁崇冕	西野		济南章丘	布衣		西野老人乐府
袁公冕	伯瞻,西溪	1483—1537	济南章丘	举人	汝宁府通判	
李开先	伯华,中麓	1502—1568	济南章丘	嘉靖八年进士	太常少卿	中麓闲居集
吴孟祺	元寿		兖州宁阳	嘉靖八年进士	潼关兵备副使	六泉漫稿
赵鲲	宇南,时化,九岭		兖州寿张	嘉靖八年进士	贵州按察副使	九岭集
周显宗	子孝,洞虚		东昌濮州	嘉靖八年进士	汉中知府	桃村山人自适稿3卷,周汉中集4卷
田濡	少生,南畹	1497—1576	东昌聊城	嘉靖八年进士	太仆寺卿	囧卿集
郭宗皋	君弼,似庵	1499—1588	登州福山	嘉靖八年进士	南京兵部尚书	似庵诗稿
葛守礼	与立,与川	1505—1578	济南德平	嘉靖八年进士	左都御史	葛端肃公集
左杰			东昌恩县	嘉靖八年进士	河南参政	
张凫	羽卿		登州莱阳	嘉靖八年进士	彰德知府	
吕调羹	梦卿		东昌濮州	嘉靖八年进士	兵部主事	
郭鋐	汝器		东昌聊城	嘉靖十年解元	顺天府治中	

姓名	字号	生卒年	籍贯	科考	职官	文集
郭本	道充，鲁川		兖州曲阜	嘉靖十年举人	户部主事	鲁川集
高尚志			东昌冠县	嘉靖十一年进士	运使	
田大有	豫甫，思斋	1504—1581	兖州东平	嘉靖十一年进士	庆阳知府	
谢九仪	少溪		济南章丘	嘉靖十一年进士	兵部侍郎	
范瑟	孔和		济南历城	嘉靖十一年进士	陕西按察副使	柏峰集
扈永通	一贯，会溪		兖州曹县	嘉靖十一年进士	河南左布政使	会溪类稿
程珌	子彬，静泉		济南德州	嘉靖十一年进士	江西右布政使	右丞集
吴岳	汝乔，望湖	1501—1568	兖州汶上	嘉靖十一年进士	吏部尚书	望湖遗稿
方元焕	子文		东昌临清	嘉靖十三年乡贡		
谢注	潜石		东昌朝城	嘉靖间岁贡生	建平县丞	潜石集
卢宗哲	濬卿，涞西	1505—1574	济南德州	嘉靖十四年进士	户部侍郎	焚余草
马九德	吉甫，小东		济南德州	嘉靖十四年进士	巡抚顺天副都御史	
靳学颜	子愚，两城	1514—1571	兖州济宁	嘉靖十四年进士	吏部右侍郎	靳两城先生集20卷
张舜臣	熙伯，东沙		济南章丘	嘉靖十四年进士	南户部尚书兼左都御史	
任万里	图南，梅轩		莱州掖县	嘉靖十四年进士	礼科给事中	梅轩诗稿
刘佐	一轩		济南德州	嘉靖十四年进士	参议	遂初堂诗
冯惟敏	汝行，海浮	1511—1580	青州临朐	嘉靖十六年举人	保定通判	海浮山堂辑稿10卷，石门集1卷，海浮山堂词稿
宋延年	仁夫，一川居士		青州益都	嘉靖十六年举人	南京礼部司务	宋祠部集
程轨			东昌临清	嘉靖十七年进士	兵部侍郎	
王崇义	子由，方田	1509—1560	济南淄川	嘉靖十七年进士	宁波知府	见一诗稿

姓名	字号	生卒年	籍贯	科考	职官	文集
冯惟重	汝威，芹泉	1504—1539	青州临朐	嘉靖十七年进士	行人	大行集
冯惟讷	汝言，少洲	1513—1572	青州临朐	嘉靖十七年进士	光禄寺卿	光禄集 10 卷
龚秉德	性之，鸿洲，（一作虹洲）		东昌濮州	嘉靖二十年进士	湖广副使	三幻集
王重光	廷宣，泺川	1502—1558	济南新城	嘉靖二十年进士	贵州参议	
王崇俭	叔度	王崇献弟	兖州曹县	嘉靖二十年进士	未除官而卒	五桂堂稿，春秋笔意
张登高	子升		东昌濮州	嘉靖二十年进士	尚宝卿	
赵大纲			济南滨州	嘉靖二十年进士	都御史	
王正容	德辉		兖州宁阳	嘉靖二十年进士	松江通判	
许玠	孟玉		东昌濮州	嘉靖二十二年举人	兴济知县	午川集
许邦才	殿卿，克之，空石		济南历城	嘉靖二十二年解元	周府左长史	瞻泰楼集 16 卷，梁园集 4 卷
赵邦彦	元哲，少虚		兖州东阿	嘉靖二十二年举人		赵元哲集 8 卷
周济川	仲虚		兖州金乡	岁贡生	沈府经历	涞滨诗钞
周济用	仲实		兖州金乡	嘉靖二十二年举人	郧阳知府	南斋漫稿
蓝囧	深甫		莱州即墨	选贡生		巨峰遗诗
蓝因	征甫		莱州即墨	以父荫授官	庆阳通判	东泉遗诗
董楠	孟才		青州益都			董孟才诗集
赵完璧	全卿，海壑		莱州胶州	岁贡生	巩昌通判	海壑吟稿 11 卷
谢榛	茂秦，四溟山人，脱屣老人	1495—1575	东昌临清	布衣		四溟集 30 卷
贾梦龙	应乾，柱山翁	1511—1597	兖州峄县	岁贡生	内丘训导	泮东吟稿，昨梦存稿，永怡堂词稿

续表

姓名	字号	生卒年	籍贯	科考	职官	文集
李攀龙	于鳞，沧溟	1514—1570	济南历城	嘉靖二十三年进士	河南按察使	沧溟集 30卷
石茂华	君采，毅庵	1522—1583	青州益都	嘉靖二十三年进士	兵部尚书	
刘尔牧	长民，成卿，尧麓	1525—1567	兖州东平	嘉靖二十三年进士	户部郎中	尧麓集
翟汝俭	子家		青州诸城	嘉靖二十三年进士		子家集
杨选	以公		济南章丘	嘉靖二十三年进士	总督蓟辽副都御史	
许用中			兖州东阿	嘉靖二十三年进士	山西参议	许户部集
何海晏	治象		兖州平阴	嘉靖二十三年进士	河南参政	
谷中虚	子声，近沧	1525—1585	济南海丰	嘉靖二十三年进士	兵部侍郎	少司马谷公文集 2 卷
钟秀			青州益都	嘉靖二十五年举人	广宗知县	
李先芳	伯承，东岱，北山	1511—1594	东昌濮州	嘉靖二十六年进士	尚宝司少卿	江右诗稿，东岱山房稿 30 卷，清平阁集
李同芳	幼承		东昌濮州		王府审理	
陈梦鹤	子羽		青州益都	嘉靖二十六年进士	山西副使	雅音萃稿，平庄集，芝嶷山人岁稿
刘应节	子和，白川		莱州潍县	嘉靖二十六年进士	刑部尚书	白川诗集
吕荫	承之，东沙		济南阳信	嘉靖二十六年进士	四川佥事	
张西铭			济南滨州	嘉靖二十六年进士	尚书	
杨巍	伯谦，梦山	1517—1608	济南海丰	嘉靖二十六年进士	吏部尚书	梦山存家诗稿 8 卷
殷士儋	正甫，棠川	1522—1582	济南历城	嘉靖二十六年进士	礼部尚书	金舆山房集 14 卷
王君赏	汝懋，四山	1536—1595	济南淄川	嘉靖二十六年进士	苑马寺少卿	抱一诗稿
苏濂	子川，鸿石	1513—1580	东昌濮州	以荫	南光禄寺署正	伯子集 13卷
苏瀚	子冲，元石	约1520—1571	东昌濮州	嘉靖二十八年举人		仲子集 7 卷

姓名	字号	生卒年	籍贯	科考	职官	文集
戚继光	元敬，南塘，晚号孟诸，谥武毅	1527—1587	登州蓬莱，祖籍定远	嘉靖二十八年武举，世袭登州卫指挥佥事	左都督，少保	止止堂集5卷
刘效祖	仲修，念庵	1522—1589	济南滨州，寓居京师	嘉靖二十九年进士	陕西按察副使	云林稿6卷，春秋窗稿2卷，词脔
丘橓	懋实，月林		青州诸城	嘉靖二十九年进士	南吏部尚书	
栾尚约	孔源，岱沧		莱州胶州	嘉靖二十九年进士	怀庆推官	百一集
于慎思	无妄，航隐，庞眉生	1531—1588	兖州东阿	诸生		庞眉生集16卷
于慎言	无择，冲白	1536—1564	兖州东阿	嘉靖三十一年举人		冲白斋存稿
潘愚	颜泉		兖州峄县	嘉靖三十一年举人	郿州知州	
黄作孚	汝从，切斋	约1516—1586	莱州即墨	嘉靖三十二年进士	高平知县	切斋诗草
王汝言			济南滨州	嘉靖三十二年进士	通政司参议	
吴思敬	怀川		济南德州	嘉靖三十二年进士	怀庆知府	
侯祁	应文		兖州郓城	嘉靖三十二年进士	岳州知府	
桑绍良	子遂		东昌濮州	嘉靖三十四年举人	岚县知县	
马攀龙	冲霄，愧非		济南阳信	嘉靖三十四年举人	礼部主事	愧非集
侯廷柱	子任，密坡		青州诸城	嘉靖三十五年进士	察典	
陈忠翰	思翊		东昌濮州	嘉靖三十五年进士	河南按察副使	知非子集
宿度	元周，二山		莱州掖县	嘉靖三十八年进士	太仆卿	澹然园集
公一扬			青州蒙阴	嘉靖三十八年进士	工部郎中	闲吟集
王之垣	尔式，见峰	1527—1604	济南新城	嘉靖四十一年进士	户部左侍郎	历仕录
陈蕾	光宇，后崖		青州诸城	嘉靖四十一年进士	定边按察副使	仅存集

续表

姓名	字号	生卒年	籍贯	科考	职官	文集
葛引生	长伯，东山	1526—1567	济南德平	廪生	赠户部员外郎	东山余墨
葛汇生	进伯		济南德平	贡生	武英殿中书舍人	
李直			兖州东阿			
李才			青州乐安	太学生	武安主簿	
文镇			兖州济宁	布衣		窳陶集
苏潢	子长，杏石		东昌濮州		赵府审理	
殷盘	洗心		济南历城	以荫	思州知府	南北游稿
杨舟	尔浮，载轩		莱州即墨	邑诸生		载轩遗稿
杨盐	尔贡，炼庵	1524—1621	莱州即墨	嘉靖四十年举人	沛县知县	味道楼诗钞
毛似徐	仲子		莱州掖县	贡生	河曲知县	
许如松			东昌濮州	诸生		
赵卿			东昌濮州	岁贡生	沂州训导	
丁纯	质夫，海滨	1504—1576	青州诸城	嘉靖明经	大名府长垣教谕	
华鳌	空尘		济南章丘	诸生		空尘诗集
狄从夏	以忠		东昌临清		参将	
王巽	德称，亦山		济南淄川	诸生		游晋草，客越集
袭勖	克懋，懋卿		济南章丘	岁贡生	开平卫教授	懋卿集
边习	仲学，南洲		济南历城			睡足轩诗1卷
高应玘	仲子，仲纯，笔锋		济南章丘	嘉靖间贡生	元城县丞	高仲子集，笔锋诗草

隆庆、万历（148 人）

姓名	字号	生卒年	籍贯	科考	职官	文集
赵慎修	敬思	约 1525—？	莱州胶州	嘉靖四十四年进士	河南按察副使	
沈渊	子静，澄川	1535—1577	济南新城	嘉靖四十四年进士	国子监司业	沈太史诗，中秘稿
赵焕	文光，吉亭	1542—1619	莱州掖县	嘉靖四十四年进士	吏部尚书	
丁懋儒	聘卿，观峰		东昌聊城	嘉靖四十四年进士	永州知府直隶太平知府	巽曲山房集，寓永三大家集
王元宾	号对峰		兖州滕县	嘉靖四十四年进士	知府	

姓名	字号	生卒年	籍贯	科考	职官	文集
丁惟宁	养静，少滨	1542—1611	青州诸城	嘉靖四十四年进士	湖广参政	诗见《诸城县志》
任芹	汝献		登州莱阳	隆庆二年进士	吏部主事	
高鸣岐	松崖		济南武定	隆庆二年拔贡	彰德同知	
贾三近	德修，石葵	1534—1592	兖州峄县	隆庆二年进士	兵部右侍郎	东掖漫稿
冯子履	礼甫，仰芹	1539—1596	青州临朐	隆庆二年进士	河南参议	
胡来贡	顺庵		莱州掖县	隆庆二年进士	大同巡抚	
官延泽	润只，鉴仓		莱州平度	隆庆四年举人	隰州知府	日涉园集
张登云			兖州宁阳	隆庆五年进士	兵备副使	
王祖嫡	允昌		济南德州	隆庆五年进士	侍读	
王晓	寅亮		济南淄川	隆庆五年进士	大理寺卿	东山遗稿
王晙	寅畏		济南淄川	岁贡生	汾州教授	畅然园稿
孟秋	子成，我疆	1525—1589	东昌茌平	隆庆五年进士	尚宝少卿	孟我疆集
赵燿	文明，见田		莱州掖县	隆庆五年进士	右佥都御史	
公家臣	共甫，东塘	1533—1583	青州蒙阴	隆庆五年进士	户部主事	柳塘集
王教	子修，秋澄	1539—1603	济南淄川	隆庆五年进士	吏部郎中	铨部集2卷
王汝训	师古		东昌聊城	隆庆五年进士	工部侍郎	恭介公集
王象乾	子廓，霁宇		济南新城	隆庆五年进士	兵部尚书	西征草
冯子咸	受甫，望山，本轩	1548—1596	青州临朐	万历元年举人		
于慎行	可远，无垢，谷山	1545—1608	兖州东阿	隆庆二年进士	礼部尚书，大学士	谷城山馆文集42卷，诗集20卷
李尧民	耕尧，雍野	1544—1606	兖州济宁	万历二年进士	应天府尹	快独集18卷

姓名	字号	生卒年	籍贯	科考	职官	文集
邢侗	子愿，知吾，来禽	1551—1612	济南临邑	万历二年进士	陕西行太仆少卿	来禽馆集29卷，沛园集8卷
于达真	子充，完朴		济南历城	万历二年进士	陕西参政	
刘一相	维衡，顷阳	1542—1624	济南长山	万历五年进士	陕西布政使	诗见《天启崇祯两朝遗诗》
王之猷	尔嘉，柏峰		济南新城	万历五年进士	浙江按察使	柏峰集
黄嘉善	惟尚，梓山		莱州即墨	万历五年进士	兵部尚书	见山楼集
傅光宅	伯俊，金沙居士	1547—1604	东昌聊城	万历五年进士	四川提学副使	傅伯俊诗草7卷
张敬	尔和，松石		济南淄川	万历五年进士	礼部主事	张仪部集
冯琦	用韫，琢庵，谥文敏	1558—1603	青州临朐	万历五年进士	礼部尚书	宗伯集81卷，北海集46卷
钟羽正	淑濂，龙渊	1554—1637	青州益都	万历八年进士	工部尚书	崇雅堂集15卷
公鼐	孝与，周庭，东蒙公	1558—1626	青州蒙阴	万历二十九年进士	礼部右侍郎詹事府詹事	问次斋稿31卷
张汝蕴			济南章丘	万历八年进士	陕西按察副使	
王象蒙	子正		济南新城	万历八年进士	光禄少卿	
李汝相	希说，岩宾		济南临邑	万历八年进士	河南左参议	李参政诗集二卷，李山人谬义，掖垣疏草
高举	鹏程，东溟		济南淄川	万历八年进士	金都御史	埙篪编
高誉	鸥程，南溟		济南淄川	贡生		
毕木	子近，舜石		济南淄川	诸生		黄发翁集
刘勃	君授	？—1639	济南历城	万历七年举人	富平知县	
葛昕	幼明，龙池		济南德平	万历以荫	尚宝寺卿	集玉山房稿
徐准			济南新城	万历十一年进士	云南布政使	
徐图	君猷		莱州掖县	万历十一年进士	御史	

姓名	字号	生卒年	籍贯	科考	职官	文集
葛曦	仲明，凤池	1545—1592	济南德平	万历十一年进士	翰林院检讨	葛太史公集5卷
于若瀛	文若，子步，念东，谥襄敏	1552—1610	兖州济宁	万历十一年进士	右佥都御史	弗告堂集26卷
王孟煦	育明，念野		青州安丘	万历十四年进士	江西参政	云耕山房稿
曹璜	于渭，础石，一字伯玉，号元素		青州益都	万历十四年进士	通政司左参议	大云集
周如纶	叔音，		莱州即墨	万历十四年进士	代州同知	什一草
周如砥	季平，砺斋	1550—1615	莱州即墨	万历十七年进士	国子祭酒	青藜馆集4卷
程绍	公业，肖我	1557—1639	济南德州	万历十七年进士	工部侍郎	澹息居遗稿
孙善继	达甫，却浮		莱州掖县	万历十七年进士	工科都给事中	
逯中立	与权，确斋		东昌聊城	万历十七年进士	兵科右给事中	居易斋诗
王业宏	又毅		青州安丘	万历十七年进士	太仆少卿	
王象节	子度		济南新城	万历二十年进士	检讨	
张延登	济美，华东，谥忠定	约1567—1641	济南邹平	万历二十年进士	右都御史	有集20卷
毕自严	景曾，白阳	1569—1638	济南淄川	万历二十年进士	户部尚书	石隐园藏稿
张三极			东昌临清	万历二十年进士	教授	
马应龙	伯光		青州安丘	万历二十年进士	礼部精膳司郎中	杞乘，词林玉屑
潘榛	茂昆		兖州邹县	万历二十年进士	山西按察使	诗集11卷
朱延禧	允修		东昌聊城	万历二十三年进士	吏部尚书	畸斋集15卷
胡东渐	向若		济南章丘	万历二十三年进士	佥都御史	
朱之蕃	元介，兰嵎		东昌茌平	万历二十三年状元	吏部侍郎	奉使朝鲜稿
高出	孩之		登州莱阳	万历二十六年进士	辽东副使	镜山庵集25卷
赵秉忠	季卿，峄阳	1573—1626	青州益都	万历二十六年状元	礼部尚书	峄山集12卷

续表

姓名	字号	生卒年	籍贯	科考	职官	文集
宋焘	岱倪，绛田		济南泰安	万历二十九年进士	光禄少卿，御史	青岩居草
侯正鹄	中鹄		兖州郓城	万历二十九年进士	汉中知府	亦咏草，交声集
宋盘	念莪		济南乐陵	万历二十九年进士	兵部侍郎	家居草
陈伯友	仲恬		兖州济宁	万历二十九年进士	太常寺卿	尽心编，证语2卷，海鸥居日志
邓守清	星海		东昌聊城	万历十六年举人	临洮同知	临洮集
李诚明	思伯，泰云		济南德州	万历二十二年举人		
王象艮	伯石，思止		济南新城	贡生	姚安同知	迁园集24卷
王象明	用晦，雨萝		济南新城	贡生	大宁知县	鹤隐集，雨萝集，山居集
常秉仁	时庵		登州宁海			松柏堂集，草堂诗余一卷
沈梦麒	祯伯		登州莱阳	万历二十八年举人		因树庐稿
郭尔池	深甫		登州福山	万历二十八年举人	福建盐运同知	
高毓秀	若冲，雪竹		济南海丰	万历三十一年举人	沈邱知县	东斋日录
公鼐	敬与，浮来山人	1569—1619	青州蒙阴	万历二十五年举人	工部主事	浮来先生诗集14卷
李若讷	季重，重甫		济南临邑	万历三十二年进士	参政	五品稿，四品稿，杨花诗
王家植	木仲，直斋		济南滨州	万历三十二年进士	编修	
刘士骥	允良，祝阳	1566—1610	济南禹城	万历三十二年进士	检讨	蟋蟀轩草
秦士文	彬子		青州蒙阴	万历三十二年进士	兵部尚书	
王象晋	子进，荩臣，康宇	1579—1642	济南新城	万历三十二年进士	浙江右布政使	赐闲堂集4卷，剪桐载笔1卷

姓名	字号	生卒年	籍贯	科考	职官	文集
宋继登	先之，道岸，禄溪	1579—1642	登州莱阳	万历三十二年进士	陕西右参政南京鸿胪司卿	松荫堂诗集
郭允厚	万舆		兖州曹州	万历三十五年进士	户部尚书	
安伸	振拙		济南淄川	万历三十五年进士	太仆寺少卿	簧麓漫吟
李中行	舆之		青州乐安	万历三十八年进士	贵州粮储道	渑溪草
王潆	带如，愚谷		青州益都	万历三十八年进士	太仆寺少卿	柏村诗集
何应瑞	圣符		兖州曹州	万历三十八年进士	工部尚书	
宋统殷	献征		莱州即墨	万历三十八年进士	巡抚山西都御史	役言集
张僎	立所		青州寿光	万历三十八年进士	平阳推官	
贾毓祥	四塞		莱州掖县	万历三十八年进士	副都御史	
王象春	季木，虞求	1578—1632	济南新城	万历三十八年进士	吏部考功司郎中	问山亭诗5卷，济南百咏1卷
谭性教	生伯，笠石		济南莱芜	万历三十八年进士	陕西副使	黄雪山遗稿
周京	瘄西，野王		兖州沂州	万历四十一年进士	礼部主事	贲园草，吴越游草，金城集
张宗衡	号石林		东昌临清	万历四十一年进士	山西总制兵部侍郎	
刘鸿训	默承，青岳	1561—1634	济南长山	万历四十一年进士	礼部尚书	四素山房集19卷
傅国	鼎卿，丹水		青州临朐	万历四十一年进士	户部郎中	云黄集
史永安	盘石		济南武定人，迁长山	万历四十一年进士	兵部侍郎	南游草
耿如杞	楚材		东昌馆陶	万历四十一年进士	右佥都御史	世笃堂稿
毕拱辰	星伯，谥烈愍	？—1644	莱州掖县	万历四十四年进士	山西兵备佥事	珠船斋诗，凫溪存稿，系曜近草
赵胤昌	芝亭		莱州掖县	万历四十四年进士	御史	

姓名	字号	生卒年	籍贯	科考	职官	文集
王琨	友玉，世成		济南商河	万历四十四年进士	湖广参政	林下吟，南游草
李衡	虎门		济南章丘	万历四十六年举人		虎门遗诗
王楫	芝房		登州宁海	万历四十六年举人		禅隐斋诗草
杨梦衮	龙光，岱宗	1577—1632	济南青城	万历四十七年进士	工部尚书	岱宗藏稿40卷
梁士奇			兖州平阴	诸生		乐府杂诗
孙镇	宁之，介邱		莱州掖县			
宿凤翥	孟威，樊桐		莱州掖县			尚白斋诗
宿凤起	冲之，石巢		莱州掖县			清虚馆诗
王倜	无竞	？—1636	莱州胶州	诸生		太古园诗集
段黼	黄甫，景山樵客		兖州曹州	诸生		抱璞集
周如锦	叔文，大东		莱州即墨	岁贡生	盐运通判	紫霞阁诗集
张锦	号梧川		济南新城	选贡生	自在州知州	
王懋中	元修		莱州即墨	贡生	解州同知	一映草
张中发	智鹄，仰松		济南淄川	邑诸生		回首窝稿
袁勿	汝箴，少山		济南德州	以祖荫	平山知县	
张鷟			济南临淄			
杨谨			济南历城			
高有恒	维贞		济南济阳	选贡生		草元居诗
刘世伟	从周		济南阳信	贡生	宁波通判	
石光	蕴辉		东昌濮州	岁贡生		
蓝柱孙	少泉		莱州即墨	选贡生		少泉遗诗
蓝史孙	守泉		莱州即墨	太学生		守泉遗诗
鲁辛	云松		济南济阳	岁贡生	教授	
邓邦	子正		东昌聊城	岁贡生		琯朗草
卢茂	绍涞		济南德州	太学生	归德通判	滁阳漫稿
苏本			东昌濮州	官生	前府经历	
陶致炜			登州蓬莱	恩贡生	南昌知县	自娱文选
马刍	兰谷				儒士	
冯思齐	嘉善，荷郭		东昌濮州		省祭	

姓名	字号	生卒年	籍贯	科考	职官	文集
刘东周			兖州汶上	岁贡生		
张凤羽			兖州汶上	岁贡生	蜀府长史	四咏集
赵文炯	野云		兖州汶上	岁贡生	吴江县丞	
薛来			济南卫		千户	
辛文锦			东昌濮州	贡生	训导	
赵国宾			兖州平阴			
束英			兖州汶上	岁贡生	彰德同知	
王之相			青州蒙阴	贡生	砀山训导	
周燝	子微，方崖、丹崖	1578—1650	莱州即墨	荫生	南雄知府	玉晖堂诗草
卢永锡	元孝		济南德州		承德郎户部主事	
卢文锡	元敬		济南德州	太学生	靖州州判	
官栋			兖州沂州			
徐彬			兖州峄县	岁贡生	隆平知县	
赛从俭	时莘		登州靖海	贡生	三河知县	
崔淳			莱州平度	恩贡生	永平同知	
张四箴	心勿		济南新城	诸生		濯足轩诗

天启、崇祯（108人）

姓名	字号	生卒年	籍贯	科考	职官	文集
高弘图	研文，子犹，砝斋	1583—1645	莱州胶州	万历三十八年进士	南户部尚书，南明弘光朝礼部尚书	太古堂集2卷
陈其猷	辉前		青州诸城	万历四十三年举人		
林文蔚	君豹，元洲		莱州掖县	万历四十六年举人	保定兵备副使	醉竹馆集
宋鸣梧	泰斗		兖州沂州	万历四十七年进士	副都御史	
张允恭	谦吾		莱州掖县	天启二年进士	延安知府	
臧尔令	玉岩		青州诸城	天启二年进士	按察副使	
王都	宅中，介清		济南德州	天启五年进士	太常寺卿	象夏斋诗
楚烟	非烟，方壶	？—1642	兖州曹州	天启五年进士	户部主事	紫芝堂集

姓名	字号	生卒年	籍贯	科考	职官	文集
叶廷秀	谦斋		东昌濮州	天启五年进士	南户部主事	西曹秋思，诗谭
宋应亨	长元	？—1643	登州莱阳	天启五年状元	吏部稽勋司郎中	
宋继澄	华之，澄岚，渌溪万柳居士，莱海病叟	1581—1664	登州莱阳	天启七年举人		万柳堂集，丙戌集16卷，古文偶笔
王与胤	百斯，永锡	1589—1644	济南新城	崇祯元年进士	湖广道监察御史	陇首集
赵士骥	卓午，黄泽	1588—1643	登州莱阳	崇祯十年进士	中书舍人	文起楼文稿2卷，感喟集
宋琮	宗玉，五河	1597—1637	登州莱阳	崇祯元年进士	金坛知县	五河残稿一卷，蔀子草拾遗一卷
高名衡	仲平，鹭矶	？—1642	青州沂水	崇祯四年进士	兵部侍郎	画衣诗，更生吟
左懋泰	大莱，旦明	1597—1656	登州莱阳	崇祯七年进士	吏部员外郎	徂东集一卷
左懋第	仲及，萝石	1601—1645	登州莱阳	崇祯四年进士	兵部侍郎	萝石山房文钞，左忠贞公剩稿四卷
杨士聪	朝彻	？—1645	兖州济宁	崇祯四年进士	谕德	静远堂集
黄宗昌	长倩，鹤岭	1588—1646	莱州即墨	天启二年进士	山西道御史	恒山游草，于斯堂集
王若之	湘客		青州益都	以荫	南户部金事	湘客集
崔子忠（丹）	道母，北海，开予，青蚓	？—1644	登州莱阳，侨居都门	顺天府学生		
徐笃	行之，墨庄		兖州曹州	诸生		墨庄诗草
王衮	补之，幼迁		青州益都	贡生		四难轩集，慧业轩集
程泰	仲来，鲁詹		济南德州	恩贡生	通判	啸歌一卷
张瑶	天游，海眉		登州蓬莱	天启二年进士	开封府推官	诗见《天启崇祯两朝遗诗》
钱祚徵	锡吉，君远	1595—1641	莱州掖县	崇祯举人	汝州知州	
唐启泰		？—1641	莱州掖县	万历或天启举人	宜阳知县	
秦士奇	公庸，一水		兖州金乡	天启五年进士	昆山知县	冷云居稿

续表

姓名	字号	生卒年	籍贯	科考	职官	文集
卢世潅	德水，紫房，南村病叟	1588—1653	济南德州	天启五年进士	监察御史	尊水园集略12卷，读杜私言
王宫臻	符四		济南齐河	崇祯元年进士	西宁按察副使	
刘正宗	可宗，宪石	1594—1661	青州安丘	崇祯元年进士	清廷礼部尚书	逋斋诗集
苏壮	阳长		东昌濮州	崇祯四年进士	侍郎	梁园草
张允抡	并叔，季栎		登州莱阳	崇祯七年进士	饶州知府	希范堂集
周而淳	季玉，退庵，还之		莱州掖县	崇祯十年进士	兵科给事中	
谢继迁	禹门		莱州掖县	崇祯十年进士	永平推官	全归集
左其人	青邱		登州莱阳	崇祯十年进士	平阳知府	浙游草
李岩	坚石		登州莱阳	崇祯十年进士	河南按察副使	莪山集
王汉	子房		莱州掖县	崇祯十年进士	金都御史	
耿章光	闇生		东昌馆陶	崇祯十年进士	职方员外郎	
孙一脉	六子	？—1644	兖州沂州	崇祯十三年进士	检讨	
王山斗生	子凉		济南长山	崇祯十三年进士	如皋知县	怪石集
黄宗庠	我周，仪庭，镜岩居士		莱州即墨	崇祯十六年进士		镜岩楼诗集
黄坦	朗生，惺庵	1607—1689	莱州即墨	崇祯十二年副榜		秋水居诗集2卷
徐振芳	大拙	1598—1657	青州乐安	天启七年副榜		徐大拙诗稿3卷
韩养醇	长孺		济南禹城	天启七年举人	知府	留余堂稿
张锷	伯倩		兖州曹州	崇祯三年举人		
杨嘉祜	见素		莱州即墨	邑诸生		叩缶集
李狄门	云思		兖州峄县	崇祯九年举人		

续表

姓名	字号	生卒年	籍贯	科考	职官	文集
郑与侨	惠人，确庵，荷蒉，戊己老人		兖州济宁	崇祯九年举人		确庵诗稿
张光启	元明，仲集	1601—1680 后	济南章丘	诸生		张仲集诗
王乘篆	钟仙	？—1633	青州诸城	诸生		钟仙遗稿
丁耀亢	西生，野鹤，紫阳道人，野航居士，木鸡道人	1599—1669	青州诸城	顺治四年拔贡	清惠安知县	丁野鹤集 12 卷
丘志广	海粟，洪区，蝶庵、柴村	1595—1677	青州诸城	岁贡	清长清训导	柴村集 19 卷
丘石常	子廪，海石	1606—1661	青州诸城	副贡生	清高要知县	楚村诗集六卷文集六卷
刘翼明	子羽，镜庵	1607—1688	青州诸城	贡生	清利津训导	镜庵诗选 1 卷
张衍	溯西，蓬海，只半道人		青州诸城	诸生		渐山阁草
张侗	同人，石民		青州诸城	诸生		放鹤村文集，其楼诗集
程先贞	正夫，蒽庵	1607—1673	济南德州	以荫	清工部员外郎	海右陈人集 2 卷
宋玫	文玉，九青	1607—1643	登州莱阳	天启五年进士	工部右侍郎	憎草拾遗 1 卷
王与玫	文玉	？—1642	济南新城	贡生		笼鹅馆集
王与朋	寿三		济南新城	贡生		
王士纯	孤绛	1623—1642	济南新城	孝廉	赠光禄寺少卿	
王士和	允协		济南新城	新城儒学廪生		
邢王称	玉衡	邢侗子	济南临邑	邑诸生		雪浪斋诗草
光岳奇	平子		济南阳信	诸生		
黄培	封岳，孟坚	1604—1669	莱州即墨	以荫	锦衣卫指挥佥事	含章馆诗集
杨御庄	敬君		兖州沂州	世袭锦衣卫指挥	授本卫屯田道	蝶庵诗稿
臧允德	谐卿，嵩石		青州诸城	以荫	锦衣百户	
王孟复	淡希		济南淄川			
宿凤鸣	伯韶		莱州掖县			丛石山房稿
范养蒙	正甫		莱州即墨	岁贡生	沾化训导	青来斋诗

续表

姓名	字号	生卒年	籍贯	科考	职官	文集
马赞			济南阳信			菊澹斋诗
毕九歌	调虞					
术翼宗	石发		济南章丘	布衣		
王三近	仲甫，月庐		济南淄川	恩贡生		芦花草
戴铣	紫澜		兖州济宁	诸生		仅斋集
陈可继	懿孙		济南德州	诸生		
张元英	孟育		济南历城	诸生		
王大儒	汝为		济南历城	诸生		
王用枀	季辅		兖州济宁	贡生	训导	
孟海	涵伯		兖州沂州	学生	亚圣六十一代孙	
屈绍孔			兖州郓城	诸生		
赵隆	次公，泰器		登州莱阳	贡生	武义知县	蕤帻山人集
李焕章	象先，织斋	1614—1688	青州乐安，侨居诸城	明诸生		织斋集8卷，老树村文集
董樵一名鷽	樵，亦樵，乔谷，东湖	约1615—？	登州莱阳	崇祯时县学生		南游、岱游、贾游、入山、偶存、燕山、还山、耦耕堂等集
姜圻	嵯峨山人			贡生	象山知县	莱阳嵯峨山人诗集
姜埰	如农，卿墅，敬庭山人，宣州老兵	1607—1673	登州莱阳	崇祯四年进士	礼科给事中	敬亭集11卷，正气集
姜垓	如须，仳石山人	1614—1653	登州莱阳	崇祯十三年进士	吏部考功司主事	笯笃集
徐夜	东痴，嵇庵，湖上老渔	1612—1684	济南新城	诸生		徐东痴诗2卷
赵士元	汝长，青丘		莱州掖县	贡生	泉州府同知	竹石居诗稿
赵士亮	汝寅，丹泽		莱州掖县	贡生	东安知县	
赵士喆	伯濬，文潜先生		莱州掖县	贡生		观物斋诗，东山诗外
赵士宽	汝良，菉斐	？—1635	莱州掖县	官生	凤阳府通判	芸窗诗存
赵士完	汝彦，琨石		莱州掖县	崇祯五年举人	福建流县知县	璞庵诗稿

续表

姓名	字号	生卒年	籍贯	科考	职官	文集
宋琬	林寺，殷玉，晓园	1615—1694	登州莱阳	崇祯十二年举人		晓园文集
刘孔和	节之	1615—1645	济南长山			日损堂诗集，练耀堂文集
王遵坦	太平	王漾子	青州益都		巡抚四川都御史	愿学斋集
杨遇吉	晋生	1613—1681	莱州即墨	崇祯间诸生		
杨进吉	大复	1621—1655	莱州即墨	崇祯间诸生		客雏草1卷
杨连吉	汇征	1623—1697	莱州即墨	崇祯间诸生		悠然庐集
张尔歧	稷若，蒿庵	1612—1677	济南济阳	明诸生		蒿庵集三卷
孙廷铨	伯度，沚亭	1613—1674	青州益都	崇祯十三年进士	明永平府推官 清吏部尚书	沚亭自删诗集1卷，沚亭删定文集2卷
钟谔	一士	1610—?	青州益都	崇祯十六年进士		西乐山樵文集
高珩	葱佩，念东，紫霞道人	1612—1697	济南淄川	崇祯十六年进士	明庶吉士 清刑部左侍郎	栖云阁诗集16卷拾遗3卷 文集15卷
赵进美	嶷叔，韫退，清止	1620—1692	青州益都	崇祯十三年进士	清福建按察使	清止阁集9卷
姜安节	勉中，孝明		登州莱阳	姜埰子		永思堂诗钞
姜实节	学在，鹤涧		登州莱阳	姜安节弟		焚余草
张玉珍	七岁童子		济南历城			

方外（3人）

王士龙	五云，更名道元		兖州曹县	天启五年明经	商州知州	彻鉴堂诗
释志西			灵岩寺僧			
澄瀚	郢子		兖州济宁			

姓名	字号	生卒年	籍贯	身份	文集
闺秀（9 人）					
夏云英		1395—1418	青州莒州	周宪王宫人	端清阁诗 1 卷
刘氏		1506—1555	兖州东阿	于批妻，于慎行母	
毛钟秀		嘉靖	济南阳信	中丞毛继贤女，宁国府别驾刘世伟妻	离思小咏 32 首
徐氏		万历	济南长山	长治知县徐继治女，陕西参议耿鸣世妻，巡抚耿庭柏母	
邢慈静	兰雪斋主，蒲团主人，鸣玉	1573—1640 后	济南临邑	邢侗妹，贵州左布政使马拯之妻	芝兰室非非草 1 卷，兰雪斋集，善书画
杨氏		万历	济南海丰	杨巍之妹，邢珹之妻，邢侗之嫂	博学多艺，善书画
高玉璋		明末	青州沂水	高名衡之妹，张兆圣妻	玉映草
潘贞环		明末	兖州金乡	周中丞子妇	
梁顾	秀中，哀石道人	明末清初	青州安丘	归韩生，丘志广女弟子	
藩府宗室（13 人）					
朱檀		1370—1389		鲁藩荒王，朱元璋第十子，洪武三年封	
朱肇煇		1388—1466		鲁藩靖王，荒王檀子，太祖孙，永乐元年袭封	凭虚稿
朱泰堪		？—1473		鲁藩惠王，靖王子，太祖曾孙，成化三年袭封	悔斋集
朱阳铸		？—1523		鲁藩庄王，惠王子，太祖玄孙，成化 12 年袭封	尊德堂稿
朱健根	务本			鲁藩巨野僖顺王朱泰澄曾孙，封奉国将军	鲁藩二宗室诗
朱祐楎		1479—1538		衡藩恭王，明宪宗第七子，成化二十三年封	岁寒斋稿
朱观㷿	中立			鲁藩巨野僖顺王玄孙，鲁荒王檀七世孙，健根之子，封镇国中尉	济美堂稿
朱颐墡				鲁荒王檀八世孙，鲁藩安丘王诸孙，封奉国将军	玄同馆集

续表

姓名	字号	生卒年	籍贯	身份	文集
朱颐坺				鲁荒王檀八世孙，鲁藩巨野王诸孙，封镇国中尉	赤霞馆集
朱颐婫	江亭			鲁荒王八世孙	市隐堂集 6 卷
朱载玺				衡藩新乐康宪王，衡恭王之孙，宪宗曾孙	楼居稿，田居稿，梦玩仙囵集，神览沧溟集
朱寿铼				鲁荒王檀九世孙，崇祯中为云南通判，永明王以为金都御史，死难	
朱慈㷰	火西，大觚道人			衡恭王六世孙，崇祯十五年举人	饶学问，善诗歌

词曲作家 25 人（已见于上表者不列）

姓名	字号	生卒年	籍贯	职官、身份	作品
明前期（2 人）					
贾仲明/名	云水散人，云水翁	1343—1422	济南淄川，徙居兰陵（今苍山）	明成祖文学侍从	云水遗音集，杂剧 16 种
王田	舜耕，西楼		济南历城	永乐中山阴知县	西楼乐府
明中叶（13 人）					
刘龙田		约 1510—1559 在世	东鲁		见南词韵选
刘五云			济南历城		
谢九容	东村	嘉靖朝	济南章丘		东村乐府
弭来夫	子方，少庵	嘉靖朝	济南章丘	李开先连襟	见北宫词纪，词谑
刘守	修亭，百亭，伯亭		兖州济宁	李开先门人，瞀人	
马惠		嘉靖朝	济南章丘	李开先家裁缝	
张自慎	敬叔，就山，诚庵	嘉靖朝	济南商河，家于章丘	邑诸生，李开先弟子	见《词谑》
张国筹			济南章丘	选贡生，行唐知县	脱颖、茅庐、临歧柳、章台柳、韦苏州、申包胥等剧
张冠卿		嘉靖朝	济南淄川	布衣	

续表

姓名	字号	生卒年	籍贯	职官、身份	作品
王克笃	菊逸	约1526—1594后	兖州东平		适暮稿1卷（散曲）
薛岗	岐峰，金山野人	约1535—1595	青州益都	万历元年省试经魁	金山雅调南北小令1卷 香山记传奇
丁綵	号前溪	约1533—1603	青州诸城	布衣	小令一卷
刘世伟	宗周	嘉靖	济南阳信	贡生 浙江宁国府别驾	后溪诗稿，厌次琐谈1卷，过庭诗话2卷，戏曲数10卷

晚明（11人）

姓名	字号	生卒年	籍贯	职官、身份	作品
王与端	方函，栩斋		济南新城		栩斋词曲
常康	晋侯		登州宁海	万历四十四年进士 陕西承天知府	诗集《松柏堂后集》1卷 词3阕
胡东铭	鉴南		济南章丘		悦性录
孙峡峰		约1573—1642后	青州安丘		峡峰先生小令不分卷
丁惟恕	心田	约1570—1640后	青州诸城		续小令集不分卷
叶华	茂原 金粟头陀		兖州曲阜		青莲露
贾应宠	思退，晋蕃凫西，澹园，木皮散客	1590—1674	兖州曲阜	崇祯贡生刑部郎中	木皮散客鼓词，澹园诗草
于骥逸	天房		兖州济宁		
叶承宗	奕绳，泺湄啸史，稷门啸史	1602—1649	济南历城	天启七年举人 顺治三年进士	泺函10卷，杂剧13种，传奇2种，散曲泺函乐府1卷
东鲁古狂生			东鲁		

附录二 明代山东诗文作家时间地域分布表

分期		明前期 97年，12人		明中叶 128年，86人			晚明 68年，69人		总计
府	州县	洪武 31年 5人	建文—天顺 66年 7人	成化—弘治前期 37年 8人	弘治后—嘉靖前 45年 54人	嘉靖后—万历前 46年 24人	万历后 28年 41人	天启—明亡 40年 28人	167人
济南府 46人	历城		1		4	3			8
	章丘				2	2	3	1	8
	新城					1	3	3	7
	淄川				1	2	3		6
	德州			1	4				5
	临邑						2，闺秀1		3
	滨州					1	1		2
					海丰1		泰安、莱芜、邹平、禹城、德平各1	长山1	7
兖州府 34人	东阿				4		3		7
	济宁		1		1		2	1	5
	曹州				1			2	3
	东平	1				1			2
	沂州				1			1	2
	峄县					1	1		2
	郓城			曲阜1	寿张2	1	1		5
	阳谷				闺秀1		平阴1		2
				城武1	金乡，宁阳，汶上各1		邹县1	曹县方外1	6

续表

分期		明前期 97年, 12人		明中叶 128年, 87人			晚明 68年, 69人		总计
府	州县	洪武 31年 5人	建文—天顺 66年 7人	成化—弘治前期 37年 8人	弘治后—嘉靖前 45年 54人	嘉靖后—万历前 46年 24人	万历后 28年 41人	天启—明亡 40年 28人	167人
青州府 31人	益都				4		2	2	8
	临朐		1		5		1		7
	寿光		1	1	2				4
	安丘				1		1		2
	蒙阴					1	2		3
	乐安	1			1				2
	沂水			1				1	2
	诸城					2			2
	莒州	闺秀1							1
莱州府 23人	掖县		1	1	2	1	5	3	13
	平度			1	2				3
	即墨		1					2	3
	昌邑		1		1				2
	胶州					2			2
东昌府 18人	濮州			1	5	3			9
	临清				2	1			3
	聊城				1		1		2
	堂邑				2				2
		高唐1			武城1				2
登州 15人	莱阳				1		1	10	12
	蓬莱	1			黄县1	1			3

注：为保持收录标准的一致性，仅以《明诗纪事》及《列朝诗集小传》中的作家为例。

附录三　明代山东作家地域分布图

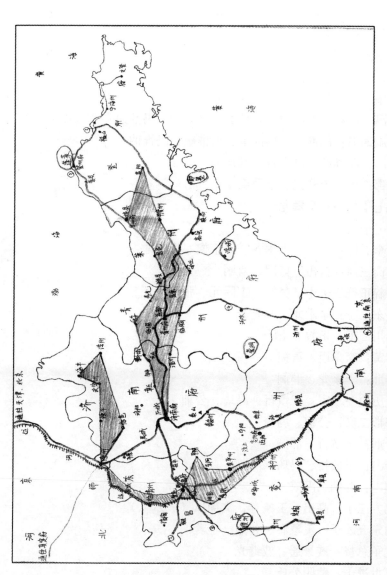

注：根据谭其骧主编《中国历史地图集》第七册万历十年山东地图复制,北京:中国地图出版社1982年版。

附录四　明代山东诗人并称、号称

江北二杰：敖山、王越（濬县人）

弘正四杰、前七子之一：边贡

弘正十才子之一：殷云霄

省中二彦：刘天民、薛蕙（亳州人）

五冯：冯裕、冯惟健、冯惟重、冯惟敏、冯惟讷

临朐四冯：冯惟健、冯惟重、冯惟敏、冯惟讷

三冯：冯惟健、冯惟敏、冯惟讷

齐郡二李：李开先、李舜臣

后七子之一：李攀龙

后七子之一：谢榛

边李殷许：边贡、李攀龙、殷士儋、许邦才

蓝氏三凤：蓝田、蓝因、蓝囦

阳谷正德三进士：吴铠、李际元、张恂

山东二李：李攀龙、李先芳

淄川二王：王教、王晓

李黄：李舜臣、黄祯

李邢：李攀龙、邢侗

万历山左三家：于慎行、冯琦、公鼐

齐郡二彦：公鼐、冯琦

于邢：于慎行、邢侗

于冯：于慎行、冯琦

邢冯：邢侗、冯琦

北方三子：高出、王象春、文翔凤（三水人）

山东三才子：王象春、公鼐、李若讷

父子总督：戚景通、戚继光

五世进士：蒙阴公氏

父子翰林：公家臣、公鼐

四世宫保、江北青箱：新城王氏

莱阳二姜：姜埰、姜垓

徐王：徐笃、王士龙

诸城十老：王乘箓，刘翼明，张衍，张侗，徐田，丁耀亢，李澄中，邱元武，隋平，赵清

新城二高士：徐夜、张实居

后　记

忆昔癸未之岁，予正值而立，年齿渐长而无所建树，每念及此，奄忽若失。遂决意投师沪上李时人先生门下，以期致广大而尽精微。幸蒙先生不弃，得执弟子之礼。传信于家，父母欢忭，举家同喜。二亲无子，素寄予厚望，正思砥砺，以慰老亲，不虞父猝然遭疾，回天乏术，时日无多。噩耗得闻，五内如焚。父名鸿章，生于民国官商之家，学医而从戎，后解甲归乡，施惠于一方。天生明敏，气宇不凡，清正耿介，卓尔不群，平生一腔抱负，终付僚署。甫得赋闲，将归道山！痛惜凄然，无以言表，不免慨叹天待之何其不厚耶！环顾家族零落，百年式微，后人殆尽，倍添怆然。

初秋之日，予自黄海之滨抵达黄浦江畔。甫入师门，顿感先生之仁厚端方，学问精深，高屋建瓴，获益良多，更兼师母敏慧端丽，嘘寒问暖，心中深以为幸。惟远隔数千里，不得常侍于慈父榻前，虽数次往返，时时存问，终如石在胸，不得释怀。严冬方至，落木萧萧，父弥留之耗传来，朔风骤起，天地无色，自三千里外急赴病榻，至则三日而卒，时方花甲寿诞后四日也。临终之际，终无一语，唯目视之处，意味深长，似含嘱托不尽之意。每念及此，悲怆满怀，不能自已。

值学业方进而遭此丧痛，恍然如梦，满目寥落，中心郁郁。已而李师以明代山左文士之题赋予，感先生命题精当，慧眼独具。得此佳题，如云破月来，襟抱为之一开。自揣浅陋之余，唯埋首问学，游心物外，以书籍为伴，与古人对语，身无彩翼，心有灵犀。遨游古时天地，访求先贤精神。渐觉沉潜而下，心如止水。稽核钩沉，多方搜求，历二寒暑而得成。

明代山左文士众多，著述纷繁，搜求不易，除去三五名家，可资借鉴者甚少，兼之本人学识精力有限，不能一一精研，虽务求准确详赡，遑猝成稿，难免肤浅，心中不无遗憾，精雕细琢之工，以俟将来。搁笔之日，新绿盈目，春水满池，莺飞草长，生机盎然。"年来景物还依旧，不见人生再少年"。回首流光若驰，岁月悠悠，年少不再，感慨良多。

　　先生师母，始终体恤关怀有加，感激之情，无以为报。爱人王栋先生更是全力支持，黾勉再三，排忧解纷，不辞劬劳，千日如一。齐鲁书社编辑、同窗刘海军惠赐藏书，远寄书籍，不啻雪中送炭。聂春艳、高建旺、孙良同、郭永瑞、刘廷乾等同门诸君时相聚首，切磋学问，受益匪浅。

　　予素习耽闲爱静，不善人事，蒙上苍眷顾，多遇良师。前有裴师世俊之青睐、袁世硕先生之激赏，及李伯齐、许金榜、王恒展、曹明海等诸位先生之教诲，今则有李师。论文写作中，又蒙聊城大学教授李庆立先生惠赐著作，析疑解惑，不胜感激。诸位先生皆方正饱学、声隽四方之士，卅载获益，多在于此。有良师垂范，友朋相知，兼伉俪相得，此吾生之幸。

　　仅以此陋稿为李时人先生教诲不倦之回报，得遇良师，获益终生；亦以告慰先父在天之灵。惟天壤殊途，黄泉永隔，逝者长已矣，生者长相思。

周　潇

2006 年 3 月 28 日

补　记

　　写下上述文字已有七年了，如今重新读过，依然勾起了失去父亲的日子里那些苦痛的回忆。几年过去，我送走了一个生命，又迎来了一个新的生命，但同样经历了一次关于生命的创痛。2007年初夏，我到复旦大学博士后流动站办理了休学手续，带着对章培恒先生的歉疚回到青岛。就在我满怀憧憬，准备迎接孩子的来临时，女儿端端却猝不及防地提前出世了。当我从手术台上醒来，女儿已被抱进了重症监护室，不能探视。就在别的婴儿躺在母亲的臂弯里安睡时，女儿却孤独地躺在医院里，在生死线上挣扎着，作为母亲，我只能以泪洗面，同样在和自己的承受力抗争着。一个月以后，我终于能够见到女儿并亲自在医院护理她了。隔着暖箱的玻璃，我见到了极度瘦弱的孩子，父亲离去时那极度瘦弱的样子又出现在脑海中，一时间，我难以自抑，泪如雨下。我真的开始怀疑生命自始至终就是悲剧，后悔把女儿带到人世。然而，女儿的坚强一点点唤醒了我的信心和勇气，在重症监护室几进几出后，她终于依偎在了我的怀里，我们回家了。抱着孩子弱小的身体，我意识到了一份沉重的责任，我会比别的母亲做得更好。几年过去了，我甘苦备尝地经历了她的成长，也享受着她带给我的快乐。如今，看着和丈夫嬉戏的婴宁一般的女儿，我终于体味到了生命的喜悦，也更加珍视生命、热爱生活。

　　感谢青岛大学师范学院的钱国旗教授、孙盛涛教授，文学院的刘怀荣教授，他们的肯定与支持使我在教学和科研上满怀信心；感谢济南社会科学院的张华松教授和山东师范大学齐鲁文化研究院的专家们，他们的赏识使我如沐春风，如听松涛；感谢我的挚友和同事们，他们的关心和帮助使我感受到人间的真情；感谢我的母亲于学华女士，花甲之年的她还时刻惦念着我和孩子，使人到中年的我依然沐浴着母爱的温暖；感谢我的亲人们，她们无微不至的体贴照顾使我渡过难关，深深体味到亲情的可贵；感谢我的爱人王栋先生，他的坚定执着使我免去许多生活的纷扰，并始终督促我前行。为了他们，我的爱和努力永不止息。

　　这是一个心智太过发达的时代，信息丰富得不能再丰富，人情练达得不能再练达，常常看到几岁的孩子已在舞台上模仿着万种风情。我们被种种热闹的娱乐包围着，祖先们曾经俯仰林泉的清穆宁静与悠然自得已成为奢望。我们越来越懂得文明礼貌，那些素朴的美德却离得越来越远。我们彬彬有礼，却失去了古道热肠；我们热衷慈善，却缺少了悲天悯人；我们趋利避害，却不再风骨凛然。而在先哲的文字里我可以找回它们。

　　此书是基于我的博士学位论文《明代山东作家研究》修改而成的，几年来时时不忘补阙订缪，汰去芜杂，算来已有十年之力。尤为感谢出版社宫京蕾女士为此书所付出的辛劳和助成之力。面世之际，如能无愧于先哲、贻笑于大方，则愿足矣。

　　记不清是谁说过了，人的一生要做三件事：种一棵树，生一个孩子，写一本书。如今正是春日，我要带着孩子在园中种下一棵小树，并时时看护，希望她能像树一样茁壮而挺拔、优雅而茂盛。人世有代谢，总有一天，我会离她而去，那么，这书、这树就算是我在这世间留下的不多的一点痕迹吧。忽然记起了归有光的《项脊轩志》，那亭亭如盖的枇杷树，是一种多么悠长的思念啊。

写于浮山北麓阳光山色苑

2013 年 5 月 27 日